SASHENKA

Simon Montefiore

SASHENKA

Traduit de l'anglais
par Irène Offermans

ÉDITIONS
FRANCE
LOISIRS

Titre original : *Sashenka*
publié par Bantam Press, an imprint of Transworld Publishers

Traduit de l'anglais par Irène Offermans

Une édition du Club France Loisirs,
avec l'autorisation des Éditions Belfond.

Éditions France Loisirs,
123, boulevard de Grenelle, Paris
www.franceloisirs.com

ISBN : 978-2-298-02433-3

À Santa

Au pays où le flot brille
Sur le roc désert et noir…
Une tendre magicienne
M'a donné un talisman
Et m'a dit avec tendresse
« Conserve mon talisman
Il t'est offert, je le confesse,
Dans un amoureux élan. »

Alexandre Pouchkine, *Le Talisman*

Dans les villes de province surgissent
parfois des êtres tels que, malgré le temps écoulé
depuis qu'on les a vus,
on ne peut s'en souvenir sans un frisson.

Nikolaï Leskov, *Lady Macbeth au village*

Me voici abandonné, orphelin,
personne n'est là pour me garder.
D'ici bientôt je mourrai, à ma tombe,
personne ne viendra me pleurer.
Dans l'arbre, à proximité,
seul le rossignol chantera. Parfois.

Chanson des enfants
des rues de Petrograd, 1917

UNIVERSITÉ DE MOSCOU

GAZETTE DE LA FACULTÉ
DES SCIENCES HUMAINES

12 MARS 1994

URGENT !

*

RECHERCHONS JEUNE HISTORIEN,
HABITUÉ AUX RECHERCHES
DANS LES ARCHIVES D'ÉTAT RUSSES.

MISSION : DÉCOUVRIR L'HISTOIRE
D'UNE FAMILLE, RETROUVER DES PERSONNES
DISPARUES, etc.

SIX MOIS, DISCRÉTION ABSOLUE EXIGÉE.

*

SALAIRE : US$ PLUS LES FRAIS

PASSEPORT VALABLE OBLIGATOIRE

SEULES LES CANDIDATURES DES DIPLÔMÉS
AVEC MENTION SERONT ÉTUDIÉES

EMBAUCHE IMMÉDIATE

CONTACT : PR BORIS BELIAKOV

DOYEN DU DÉPARTEMENT DES ÉTUDES
MODERNES ET CONTEMPORAINES,
FACULTÉ DE SCIENCES HUMAINES.

Table des matières

PREMIÈRE PARTIE

Saint-Pétersbourg, 1916

1

À l'heure du thé, le soleil s'était déjà couché lorsque trois gendarmes du tsar prirent position aux grilles de l'institut Smolny. En ce dernier jour du trimestre, on ne s'attendait pas à trouver des policiers devant ce pensionnat de jeunes filles, le plus chic de Saint-Pétersbourg. Leurs élégantes tuniques bleu marine à parements blancs, leurs toques en agneau et leurs sabres rutilants ne passaient pas inaperçus. L'un claquait des doigts d'un air impatient, un autre ouvrait et fermait l'étui en cuir de son pistolet Mauser et le troisième se tenait fermement sur ses deux jambes écartées, les pouces coincés dans son ceinturon. Derrière eux patientait un cortège de limousines étincelantes et de traîneaux aux armoiries aristocratiques. La neige tombait en biais dans la lumière des réverbères et des phares des voitures.

Cet hiver, le troisième depuis le début de la Grande Guerre, semblait le plus sombre et le plus long. Derrière les grilles noires, au bout d'une avenue pavée, l'institut aux colonnades blanches brillait de toute sa splendeur au milieu de l'obscurité naissante, comme un paquebot perdu dans la brume. Malgré le mécénat de l'impératrice et la présence des filles de la bonne société, le pensionnat ne pouvait plus nourrir ses élèves ni chauffer ses dortoirs. Le trimestre se terminait donc plus tôt qu'à l'accoutumée. La pénurie atteignait même les riches. Rares étaient ceux qui pouvaient encore alimenter leurs automobiles en carburant, et la traction à cheval revenait à la mode.

Cette nuit d'hiver glaciale faisait peser sur Saint-Pétersbourg en guerre une atmosphère lugubre. La poudreuse étouffait le bruit des chevaux et des moteurs, et le froid terrible intensifiait les odeurs : l'essence, le crottin, l'haleine chargée d'alcool des cochers endormis, l'eau de Cologne âcre et les cigarettes des chauffeurs en livrée, les parfums fleuris des dames qui patientaient.

À l'intérieur d'un petit landau Delaunay-Belleville se trouvait une jeune femme au visage ravissant. Éclairée par une lampe à pétrole, l'air sérieux, elle tenait un roman anglais sur ses genoux. Audrey Lewis – Mme Lewis pour ses employeurs, Lala pour l'enfant dont elle avait la charge – avait si froid malgré ses gants, son bonnet en peau de loup et son épais manteau qu'elle grelottait. Elle remonta un peu plus haut la lourde peau de mouton. Quand Pantameilion se hissa sur son siège, elle fit mine de l'ignorer et ne quitta pas des yeux la porte de l'école.

« Dépêche-toi, Sashenka, murmura-t-elle en anglais avant de consulter l'horloge en cuivre sertie

16

dans la vitre qui la séparait du chauffeur. Nous y sommes presque ! »

Elle était si excitée de revoir la jeune fille. Elle imaginait déjà sa silhouette longiligne se précipiter vers elle. Rares étaient les mères qui venaient chercher leur progéniture à la sortie du pensionnat, plus rares encore les pères, mais Lala, la gouvernante, se faisait une joie de s'y rendre.

Plus que quelques minutes, et Sashenka sera avec moi, songea-t-elle, mon adorable enfant, si sérieuse et si intelligente.

Les lanternes qui brillaient à travers la dentelle de glace qui ornait les vitres des voitures lui rappelèrent le village de Pegsdon où elle avait grandi dans le Hertfordshire. Elle n'était pas retournée en Angleterre depuis son arrivée en Russie, et se demandait si elle reverrait un jour sa famille. Cela dit, si elle était restée là-bas, elle n'aurait pas eu la chance de connaître Sashenka, sa petite chérie. Six ans auparavant, elle avait accepté un emploi chez le baron et la baronne Zeitlin et une nouvelle vie dans la capitale russe, Saint-Pétersbourg. Six ans auparavant, une fillette en tenue de marin l'avait examinée froidement de la tête aux pieds. La nouvelle gouvernante parlait à peine un mot de russe mais elle s'était agenouillée pour prendre la main menue dans les siennes. Après un moment d'hésitation, l'enfant s'était penchée pour poser sa tête sur son épaule.

« *Mne zavout Mme Lewis*, avait lancé l'Anglaise dans un très mauvais russe.

— Salutations à ma invitée, Lala ! Je me appelle Sashenka », avait répondu l'enfant dans un anglais difficile à comprendre. C'était dit : Mme Lewis « se appelait » dorénavant Lala ! Elles s'étaient rencontrées au bon moment, et s'aimèrent aussitôt.

« Il est cinq heures moins deux », annonça le chauffeur d'une voix rendue métallique par le tuyau acoustique.

La gouvernante se redressa et s'exprima dans un russe à peine teinté d'un léger accent britannique : « Merci, Pantameilion.

— Qu'est-ce que les pharaons fichent ici ? » s'étonna son interlocuteur. Tout le monde utilisait ce terme d'argot pour désigner la police politique, la gendarmerie. Il gloussa. « Les élèves cachent peut-être des codes secrets allemands sous leurs jupons ! »

Lala n'était pas disposée à aborder de tels sujets avec un chauffeur. « Pantameilion, pourriez-vous aller chercher la malle de Sashenka à l'intérieur. »

Les jeunes filles sortaient toujours à l'heure précise. Mme Buxhoeven, la directrice, que les élèves appelaient *Grand-maman*[1], dirigeait l'institut à la prussienne… mais en français. Lala savait que Grand-maman était une favorite de Maria Fiodorovna, l'impératrice douairière, et d'Alexandra, l'impératrice en titre.

Un officier de cavalerie et un troupeau de collégiens et d'étudiants passèrent les grilles pour rejoindre leurs fiancées. En voyant les gendarmes, ils hésitèrent un moment avant de poursuivre leur

----

1. Les mots en italique suivis d'un astérisque sont en français dans le texte. *(N.d.T.)*

chemin : que faisait la police politique devant un pensionnat de jeunes filles de la noblesse ?

Les cochers attendaient de ramener les pensionnaires chez elles. Piétinant pour lutter contre le froid malgré leurs longs manteaux doublés de laine d'agneau, ils observaient eux aussi les gendarmes, tout en s'occupant des chevaux.

Cinq heures. Les portes de l'institut Smolny s'ouvrirent, projetant une lumière jaune sur le perron.

« Ah ! Les voilà ! » s'exclama Lala en rejetant son livre.

En haut des marches, sanglée dans un uniforme noir et blanc, apparut dans le rai de lumière Mme Buxhoeven, raide comme un personnage de coucou suisse. Malgré le froid, la gouvernante baissa sa vitre. Son excitation montait encore. Elle pensait au thé préféré de Sashenka qui les attendait au petit salon et aux biscuits qu'elle avait achetés pour l'occasion à la boutique anglaise, sur les quais. La boîte de Huntley & Palmers était posée à côté d'elle sur la banquette en cuir bordeaux.

Les cochers s'installèrent à leurs postes, fouets à la main. Pantameilion se coiffa d'une casquette à rubans avant d'endosser sa livrée, puis lissa sa moustache en lançant un clin d'œil à Lala. Pourquoi diable les hommes s'attendent-ils qu'on tombe toutes amoureuses d'eux sous prétexte qu'ils savent démarrer une automobile ? s'interrogea la jeune femme tandis que le moteur toussotait avant de démarrer.

19

Pantameilion lui sourit, dévoilant une bouche pleine de chicots, et sa voix se fit entendre dans le tuyau acoustique. « Alors ? Où est notre petit renard bleu, notre isatis ? Dans quelques instants, ce seront deux beautés qui me feront l'honneur de voyager dans ma voiture. »

Lala secoua la tête d'un air navré. « Dépêchez-vous, Pantameilion ! Une malle et une valise, toutes les deux marquées Asprey of London. *Bistro !* Vite ! »

2

C'était le dernier cours : on cousait pour le tsar et la mère patrie. Sashenka faisait semblant de faufiler les culottes kaki mais elle ne parvenait pas à se concentrer et se piquait sans cesse le pouce. La cloche allait sonner et la libérer de cette prison du XVIIIᵉ siècle aux dortoirs pleins de courants d'air, aux réfectoires et aux salles de bal résonnant d'échos.

Sashenka serait la première à faire sa révérence à l'enseignante pour être la première sortie. Elle voulait toujours se différencier de ses camarades – être la première ou la dernière mais certainement pas entre les deux.

Elle se considérait maintenant trop grande pour Smolny et son esprit bouillonnait de sujets bien plus sérieux que les bêtises frivoles qui passionnaient les autres pensionnaires de ce qu'elle surnommait l'institut pour jeunes imbéciles de la noblesse. Elles ne parlaient que de pas de danses, plus obscures les unes que les autres : le cotillon, le *pas d'Espagne**, le *pas de patineur**, la *trignonne**

21

et la *chiconne** ; des dernières lettres d'amour envoyées par les officiers de la garde Micha ou Nicolacha ; de la mode en matière de robes de bal et de la façon de mettre leur décolleté en valeur. Après l'extinction des feux, elles en discutaient des heures et des heures avec Sashenka dont elles enviaient le buste déjà bien développé ! Leur futilité consternait la jeune fille et l'embarrassait, car elle n'éprouvait aucune envie d'afficher ses appas.

À seize ans, Sashenka ne se voyait plus comme une enfant et détestait son uniforme, lequel lui donnait l'air jeune et innocent : une simple robe blanche de coton et de mousseline recouverte d'un tablier d'une mièvrerie affligeante et d'une cape amidonnée qui lui recouvrait les épaules. Elle était une femme à présent, et une femme déterminée. Cependant, malgré ses secrets, elle n'en attendait pas moins avec impatience de retrouver sa chère Lala, ainsi que la boîte de biscuits anglais.

Lorsque *maman** Sokolov – toutes les enseignantes devaient être appelées maman – frappa plusieurs fois dans ses mains, Sashenka sortit de sa rêverie. « Mesdemoiselles, c'est l'heure de rendre votre couture. J'espère que vous avez bien travaillé pour nos valeureux soldats qui sacrifient leur vie pour notre mère patrie et pour Sa Majesté impériale l'empereur ! »

Ce jour-là, coudre pour le tsar et la mère patrie avait consisté à ajouter une fermeture à glissière – un luxe ultramoderne – aux culottes des paysans russes conscrits qui subissaient d'interminables souffrances, et qu'on massacrait par milliers sur ordre de Nicolas II. Cette tâche suscitait moult gloussements étouffés parmi les pensionnaires.

« Soyez très rigoureuses sur ce travail particulièrement délicat, les avait prévenues maman Sokolov. Une fermeture à glissière mal cousue peut présenter un danger supplémentaire pour le guerrier russe déjà assailli par l'adversité.

— C'est là où il garde son fusil ? » avait murmuré Sashenka à sa voisine, une remarque qui avait amusé les autres jeunes couturières, car aucune ne prenait sa tâche très au sérieux.

La journée avait paru interminable. Les heures de plomb s'étaient égrenées depuis le petit déjeuner pris dans la grande salle jusqu'à la révérence obligatoire devant la tapisserie représentant la mère de l'empereur, l'acariâtre impératrice douairière Maria Fiodorovna.

Après avoir récupéré les pantalons aux fermetures plus ou moins bien cousues, maman Sokolov frappa une nouvelle fois dans ses mains. « Une minute avant la cloche. Avant que vous ne partiez, *mes enfants**, je voudrais votre plus jolie révérence du trimestre, et une jolie révérence est une…

— … révérence basse, complétèrent les élèves en s'esclaffant.

— Mais oui, nobles demoiselles. En matière de révérence, *mes enfants**, plus c'est bas, plus c'est noble. Vous remarquerez que, plus une dame est placée haut dans la table des rangs[1] que nous a laissée notre premier empereur, Pierre le Grand,

---

1. Avec ses quatorze classes de fonctionnaires civils, militaires, ecclésiastiques ou de cour, la table des rangs établissait les règles de hiérarchie et de promotion dans l'échelle sociale russe. *(N.d.T.)*

plus elle plonge lorsqu'elle fait sa révérence à Leurs Majestés impériales. Touchez le sol ! Les vendeuses font une petite révérence, *comme ça** – elle s'inclina légèrement, et Sashenka eut le temps de croiser le regard de quelques camarades et se retint de sourire – mais les dames se baissent ! Que vos genoux touchent le sol, mesdemoiselles, *comme ça** ! »

Maman Sokolov exécuta le mouvement avec une énergie si inattendue que ses genoux croisés touchèrent presque le parquet. « Qui commence ?

— Moi ! » s'écria Sashenka, déjà debout. Elle avait tellement hâte de partir qu'elle fit la révérence la plus basse et la plus aristocratique de sa vie, plus basse encore que celle qu'elle avait réservée à l'impératrice douairière le jour de la Sainte-Catherine. « *Merci, maman** ! » lança-t-elle, au milieu des murmures étonnés de ses camarades qui la considéraient comme la rebelle de la classe. Depuis ce qu'elle avait appris l'été précédent, elle se moquait bien de leur opinion : ses certitudes avaient volé en éclats, sa vie avait changé.

Lorsque la cloche sonna, Sashenka se rua dans le couloir. Elle regarda autour d'elle, les moulures des hauts plafonds, le parquet ciré, les chandeliers et leur éblouissante lumière électrique. Enfin libre.

Elle avait passé à l'épaule son cartable gravé à son nom – baronne Alexandra Zeitlin – mais son bien le plus précieux était un sac en toile fort laid qu'elle serrait contre son cœur. Il renfermait les précieux romans réalistes de Zola, la poésie lugubre de Nekrassov et les provocations passionnées de Maïakovski.

Sashenka se mit à courir dans le corridor, au bout duquel on devinait la silhouette de Grand-maman dessinée par les phares des limousines, et la foule de gouvernantes et de cochers qui attendait les jeunes filles nobles de Smolny. De part et d'autre, les portes claquèrent et, soudain, le couloir fut envahi de demoiselles riant aux éclats, tout de blanc vêtues. Telle une avalanche de poudreuse, elles filèrent rejoindre leur vestiaire. En sens inverse, des cochers aux barbes blanchies par le givre arrivaient par vagues, avançant péniblement pour récupérer les malles des jeunes filles. Pantameilion resplendissait parmi les autres et fixait Sashenka comme s'il était en transe.

« Pantameilion !

— Oh, mademoiselle Zeitlin ! » répondit-il en s'ébrouant. Il était cramoisi.

Qu'est-ce qui pouvait bien avoir embarrassé le tombeur de ces dames du quartier des domestiques ? se demanda la jeune fille.

« Oui, c'est moi. Ma malle et ma valise sont dans le dortoir numéro douze, près de la fenêtre. Un instant ! C'est un nouvel uniforme que vous portez là ?

— Oui, mademoiselle.

— Qui l'a dessiné ?

— Votre mère, la baronne Zeitlin », répondit-il par-dessus son épaule tout en montant d'un pas lourd l'escalier qui menait aux dortoirs.

Qu'avait-il regardé avec tant d'insistance ? s'inquiéta Sashenka. Son encombrante poitrine ou sa trop grande bouche ? Gagnée par une sensation de malaise, elle se dirigea vers le vestiaire.

Après tout, l'apparence était le royaume superficiel des collégiennes ! Rien à voir avec l'histoire, l'art, le progrès, le destin. Elle souriait dans le vague, moquant le goût de sa mère pour l'or et l'écarlate : l'uniforme criard de Pantameilion prouvait, si nécessaire, que les Zeitlin étaient des *nouveaux riches**.

Elle arriva la première au vestiaire. Emplie de manteaux et de chapkas en fourrure, et d'étoles de renard ou de vison, la pièce sentait les forêts profondes de Sibérie. La jeune fille enfila son manteau, enroula son étole autour du cou et son châle d'Orenbourg[1] sur la tête. Elle se dirigeait déjà vers la porte quand les autres élèves affluèrent, pressées de rentrer chez elles, le visage enflammé et le sourire aux lèvres. Elles jetèrent leurs chaussures, chaussèrent de délicates bottes qu'elles protégèrent de galoches sans cesser un instant de jacasser.

« Le capitaine de Palhen est revenu du front. Il rend visite à papa et maman mais je sais qu'en fait il vient pour moi, annonça la petite comtesse Elena à ses camarades stupéfaites. Il m'a écrit une lettre. »

Sashenka était déjà à la porte quand elle entendit plusieurs filles l'appeler. Où allait-elle ? Pourquoi filait-elle si vite ? Ne pouvait-elle pas les attendre ? Que faisait-elle plus tard ? S'il te plaît, Sashenka !

La foule se bousculait déjà pour passer la porte. Une pensionnaire insulta un vieux cocher en nage

---

1. Châle en poil de chèvre. Tient son nom de la ville d'Orenbourg, dans l'Oural. *(N.d.T.)*

26

qui, sous le poids d'une malle, lui avait marché sur le pied. Malgré la presse, Sashenka se sentait à part, isolée des autres par une clôture invisible et infranchissable. Elle tira par-dessus son épaule son sac dont la toile paraissait rugueuse contre sa luxueuse fourrure. Elle avait l'impression de sentir les différents livres qu'il contenait, les anthologies de Blok et Balmont, les romans d'Anatole France et de Victor Hugo.

« Profitez de vos vacances, mademoiselle Zeitlin ! » déclara Grand-maman d'un ton chaleureux. Sashenka répondit d'un rapide *Merci** et d'une révérence qui n'aurait guère impressionné maman Sokolov. Enfin, elle était dehors !

L'air pinçant lui brûla délicieusement les poumons tandis que la neige lui mordait les joues. Les phares des différentes automobiles créaient un théâtre de lumière. Au-dessus, le ciel féroce et infini était d'un noir absolu, moucheté de blanc.

« Le landau est par là ! » indiqua Pantameilion, portant la malle de voyage Asprey sur l'épaule, une valise en crocodile à la main. Sashenka poussa la foule pour rejoindre la voiture de l'autre côté de l'allée. Elle n'en doutait pas, quelle que soit la situation – guerre, révolution, apocalypse –, sa Lala l'attendrait avec ses biscuits Huntley & Palmers, voire avec un cake anglais au gingembre. Et elle allait bientôt revoir son cher papa.

Lorsqu'un valet lâcha ses bagages par mégarde, elle bondit pour éviter l'obstacle. Quand le chemin fut bloqué par une imposante Rolls aux armoiries d'un grand-duc, Sashenka ouvrit la portière du véhicule, sauta à l'intérieur et ressortit de l'autre côté.

Les moteurs ronflaient et grondaient ; les avertisseurs retentissaient ; les chevaux hennissaient et piaffaient ; les cochers et les chauffeurs juraient et tentaient de se frayer un chemin au milieu des automobiles, des piétons et de la neige fondue. On aurait dit une armée qui levait le camp, mais une armée menée par des généraux dont l'uniforme se composait d'un tablier blanc, d'une étole en chinchilla et d'un manteau de vison.

« Sashenka ! Par ici ! » Debout sur le marchepied du landau, Lala agitait frénétiquement la main.

« Lala ! Je rentre ! Enfin libre ! » L'espace d'une seconde, Sashenka oublia qu'elle était une femme sérieuse avec une mission dans la vie, une femme qui n'avait pas un instant à perdre en futilités et autres sentimentalités. Elle se jeta dans les bras de sa gouvernante puis respira avec délice l'odeur rassurante de la cabine, un mélange de cuir enduit et du parfum de Lala. « Où sont les biscuits ?

— Sur le siège, ma chérie ! Tu as survécu à ce trimestre ! la félicita Lala en la serrant contre son cœur. Tu as tellement grandi ! Vivement qu'on rentre. Tout est prêt dans le petit salon : les scones, le cake au gingembre et le thé. En attendant, régale-toi des Huntley & Palmers. »

Soudain, alors qu'elle desserrait son étreinte, deux gendarmes se postèrent de part et d'autre de la portière.

« Alexandra Samuilovna Zeitlin ? demanda l'un d'eux.

28

— Oui, c'est moi, répondit la jeune fille, soudain prise de vertiges.

— Suivez-nous. » Il se tenait si près qu'elle voyait les pores de sa peau vérolée et les poils de sa moustache rousse. « Immédiatement. »

3

« Vous m'arrêtez ? articula Sashenka en se tournant vers son interlocuteur.

— C'est nous qui posons les questions, mademoiselle, répliqua l'autre gendarme, le menton orné d'une barbe en pointe digne de Poincaré.

— Attendez ! les implora Lala. C'est une collégienne. Que lui voulez-vous ? Vous faites sûrement erreur ! »

L'intervention de la gouvernante n'eut aucun effet : ils emmenaient déjà Sashenka vers un simple traîneau garé au bord de la route.

« C'est à elle qu'il faut demander ça ! rétorqua le gendarme par-dessus son épaule tout en maintenant fermement la jeune fille par le bras. Allez, dis-lui, petite garce imbécile. Tu sais parfaitement pourquoi on t'arrête.

— Je n'en ai pas la moindre idée, Lala ! Je suis désolée. Préviens papa », hurla la jeune fille avant d'être poussée à l'arrière du traîneau.

Le cocher, lui aussi en uniforme, fit claquer son fouet et les gendarmes grimpèrent à bord de la troïka.

Une fois installée, Sashenka se tourna vers le barbu. « Vous en avez mis du temps ! s'exclama-t-elle. Ça fait un moment que je vous attends. » Elle avait préparé cette tirade pour son arrestation, inévitable, mais, et c'était d'ailleurs ce qui était le plus agaçant, les policiers ne semblaient pas l'avoir entendue.

Le cœur de Sashenka battait à tout rompre tandis que le véhicule filait devant le palais de Tauride en direction du centre. En plein hiver, les rues étaient calmes, emmitouflées sous la neige. Coincée entre les épaulettes des deux gendarmes, Sashenka se tenait droite, réchauffée par la chaleur de ces gredins à la botte de l'autocrate. Devant elle, la perspective Nevski était encombrée de traîneaux, de chevaux, de quelques automobiles et de trams qui cliquetaient et faisaient des étincelles au beau milieu de la rue. Allumés nuit et jour en hiver, les réverbères à gaz rougeoyaient tandis que la neige continuait de tomber. Sashenka regarda derrière les officiers : elle voulait que quelqu'un la voie ! Une des amies de sa mère allait bien la remarquer en sortant de Gostiny Dvor, la galerie commerçante.

Les lanternes aux lueurs vacillantes et les ampoules électriques illuminaient les impressionnantes façades des ministères, des palais ocre et des magasins fabuleux de la ville qui défilaient. Il y avait le Passazh où se trouvaient les magasins préférés de sa mère : la boutique anglaise, ses vestes en tweed et ses savonnettes Pears ; Druce et ses meubles anglais, Brocard et ses eaux de toilette françaises. Sashenka serra ses bras contre sa poitrine. Elle se sentait nerveuse, mais pas effrayée. Elle était sur terre pour vivre cette aventure : c'était là sa vocation.

Où l'emmenait-on ? Au quartier général de la police, rue Fontanka ? Non, car le traîneau tourna dans la rue des Jardins-d'Été, devant le sévère palais Saint-Michel dans lequel les nobles avaient assassiné le tsar fou, Paul Ier.

Les tours de la forteresse Pierre-et-Paul s'élevaient à présent dans l'obscurité. Allait-elle être enterrée vivante dans le bastion Troubetskoï ? Non, car ils se dirigeaient vers le pont Liteïny.

Le fleuve était sombre. En traversant le pont, la jeune fille se pencha pour observer son Saint-Pétersbourg tel que Pierre le Grand l'avait construit : le palais d'Hiver, l'Amirauté, le palais du prince Menchikov et, quelque part dans les ténèbres, le Cavalier de bronze.

Je t'aime, Piter, songea-t-elle. Le tsar venait de renommer la ville Petrograd, car Saint-Pétersbourg avait des sonorités trop allemandes mais, pour les habitants, la ville resterait à jamais Saint-Pétersbourg ou Piter. Peut-être ne te reverrai-je jamais, Piter ! *Adieu**, ma ville, adieu papa, adieu Lala !

« Tout ou rien ! » C'était sa devise, celle d'un des personnages d'Ibsen, et elle n'en changerait pas.

La morne façade de brique rouge de la prison Kresty se dressait, menaçante, et semblait envelopper Sashenka de ses ombres. L'espace d'un instant, le traîneau parut minuscule devant les hautes murailles mais les grilles s'ouvrirent pour le laisser passer dans un éclat métallique.

Ce n'était pas vraiment une bâtisse. Plutôt une tombe.

4

Conduite par Pantameilion, le Delaunay-Belleville fila le long des perspectives Souvorovski et Nevski avant de s'arrêter devant la résidence de la famille Zeitlin, une façade gothique de granit et d'ocre de Finlande sur la rue Bolchaïa-Morskaïa. En larmes, Lala ouvrit la porte pour se précipiter dans l'entrée. Elle manqua de tomber sur trois filles qui polissaient la pierre à quatre pattes, les genoux et les mains recouverts de chiffons.

« Eh ! Vos bottes sont sales », hurla Luda, l'une des servantes.

Dans son empressement, Lala n'accorda aucune attention aux empreintes boueuses qu'elle laissait sur le sol rutilant. « Le baron est-il à la maison ? » demanda-t-elle. L'une des domestiques acquiesça d'un air contrarié. « Et la baronne ? »

La fille jeta un regard exaspéré vers l'étage. Malgré le sol humide, Lala se précipita vers le bureau.

De l'intérieur provenait un son mécanique digne d'une locomotive au moment du changement de voie.

Delphine, la vieille cuisinière française bourrue, proposait son menu à l'approbation de son employeur. En général, la maîtresse de maison s'occupait de ce genre de tâche mais pas ici, comme le savait parfaitement Lala. Le teint cireux, aussi sèche qu'une trique, Delphine avait toujours au nez une chandelle, qui pendait dangereusement au-dessus des plats. Lala se souvenait de la fascination de Sashenka quand elle était enfant. Et si ça tombait dans le bortsch ? s'inquiétait-elle, les yeux brillants.

« Ils ne vous aident guère, *mon baron**, disait la cuisinière, l'air hagard dans son uniforme froissé. Je leur parlerai si vous voulez, j'en viendrai à bout.

— Je vous en remercie, Delphine, répondit Zeitlin. Entrez donc, madame Lewis ! » La cuisinière se raidit et croisa la gouvernante sans même lui accorder un regard.

Dans le bureau, malgré son angoisse, Lala trouvait rassurante l'odeur de cuir et de cigare. Dans la pièce sombre aux murs de noyer s'entassait tout un luxueux bric-à-brac éclairé par deux abat-jour verts qui dispensaient la lumière électrique. Des palmiers semblaient jaillir de chaque mur. Les portraits accrochés au plafond par des chaînes baissaient le regard sur des bustes sculptés, de petites figurines en redingote et haut-de-forme, des photographies sépia signées de l'empereur et de divers grands-ducs. Des éventails en ivoire, des chameaux et des éléphants jouxtaient des camées ovales alignés sur une table de jeu recouverte d'un tapis vert.

Le baron Samuil Zeitlin était installé sur un étrange appareil qui remuait en rythme comme un cheval au trot et dont il actionnait les bras d'acier poli, mains posées sur les poignées en bois, les joues légèrement rougies, le mégot d'un cigare coincé entre les dents. La chaise de trot avait été conçue pour accélérer les nobles selles du baron !

« Que vous arrive-t-il, madame Lewis ? Que s'est-il passé ? »

Retenant difficilement ses larmes, Lala lui expliqua la situation. Le baron descendit aussitôt de son engin. Ses mains tremblaient légèrement quand il ralluma son cigare. Il l'interrogea ensuite avec précision, d'un ton posé et professionnel. Seul Zeitlin décidait quand leurs conversations étaient chaleureuses et quand elles ne l'étaient pas. Une fois de plus, Lala plaignit les enfants des gens de qualité qui n'avaient pas le droit d'aimer comme le commun des mortels.

Ensuite, prenant une grande inspiration, elle regarda dans les yeux cet homme mince et élégant à la moustache blonde et à la barbe taillée à la façon de celle d'Édouard VII. Si quelqu'un pouvait ramener Sashenka à la maison, c'était lui.

« Cessez de pleurer, madame Lewis », l'implora le baron Zeitlin, propriétaire de la Banque anglo-russe de naphte de Bakou et Saint-Pétersbourg, en lui tendant le mouchoir de soie qu'il conservait dans sa redingote. Pour lui, rester calme en situation de crise n'était pas seulement la marque d'un être civilisé, indispensable dans la vie, c'était un art, voire une religion. « Vos larmes ne nous la ramèneront pas. Asseyez-vous et reprenez-vous. »

Lala inspira, se recoiffa et lissa sa robe. Assise, mains jointes, elle rassembla ses forces pour retrouver son calme.

« En avez-vous parlé à quelqu'un dans cette maison ?

— Non », répondit la gouvernante dont le ravissant visage paraissait à Zeitlin infiniment désirable lorsqu'il était orné de ces larmes de cristal. La voix aiguë de la jeune femme le ramena à la réalité. « Mais Pantameilion est au courant. »

Il retourna derrière son bureau pour tirer un cordon de velours. Une servante apparut, discrète paysanne au nez retroussé caractéristique des Ukrainiennes.

« Luda, veuillez prier Pantameilion de décalaminer la Pierce-Arrow dans le garage, s'il vous plaît, lui intima Zeitlin.

— Oui, maître », répondit-elle en se courbant légèrement : les domestiques originaires de la campagne s'inclinaient encore devant leurs employeurs, songea Zeitlin, alors que ceux des villes se contentaient de les mépriser.

Tandis que Luda refermait la porte du bureau, Zeitlin s'enfonça dans son fauteuil et tira d'un air absent un nouveau cigare de sa boîte décorée d'un monogramme d'or. Caressant les feuilles roulées, il les huma d'un geste sensuel, fit glisser la bague et sectionna l'extrémité du cigare à l'aide de son coupe-cigare d'argent. Prolongeant son plaisir, il le caressa entre le pouce et l'index, le plaça délicatement entre ses lèvres et leva son briquet serti de pierres précieuses en forme de fusil – un cadeau du ministre de la Guerre pour lequel les usines de Zeitlin fabriquaient l'essentiel des crosses des fusils destinés aux fantassins.

« *Calmez-vous**, madame Lewis, implora-t-il. Rien n'est perdu. Quelques coups de téléphone suffiront sans doute à la faire rentrer à la maison. »

Pourtant, malgré les apparences, le cœur de Zeitlin battait à tout rompre : sa fille unique, sa petite Sashenka, se trouvait Dieu sait où, dans une cellule. Penser qu'un policier ou, pire, un criminel, voire un meurtrier, puisse toucher un cheveu de son enfant le mettait hors de lui. Il ressentait un peu de honte, un soupçon de gêne et une pointe de culpabilité, sentiments qu'il écarta rapidement. Cette arrestation était soit une grossière erreur, soit le fruit d'une intrigue menée par un concurrent jaloux, rien que le calme, le bon sens, le réseau et une bonne dose de flagornerie ne puissent rattraper. Il avait déjà relevé des défis plus ambitieux que sortir de prison une adolescente innocente ; son ascension des provinces à Saint-Pétersbourg, sa position sur la table des rangs, sa fortune sans cesse croissante, et même l'inscription de Sashenka à l'institut Smolny, tout cela témoignait de ses froids calculs, de sa méticuleuse organisation, de sa chance insolente et de la façon dont il embrassait sans vergogne le monde qui l'entourait.

« Madame Lewis, savez-vous quoi que ce soit sur les raisons de cette arrestation ? » demanda-t-il d'un ton gêné. Si puissant dans le monde, il se trouvait vulnérable dans sa propre maison. « Si vous avez la moindre information qui puisse aider Sashenka… »

Lala soutint son regard à travers la fumée grise. « Vous devriez peut-être interroger son oncle…

— Mendel ? Il est en exil, non ?

— C'est fort possible. »

Il perçut la tension dans la voix musicale de la gouvernante et comprit qu'il connaissait bien mal sa propre fille.

« Mais avant sa dernière arrestation, ajouta-t-elle, il m'a dit ne plus être en sécurité dans cette maison.

— Plus en sécurité… » répéta Zeitlin. La police secrète surveillait la propriété ? « Mendel s'est donc évadé de Sibérie ? Et ma fille est en contact avec lui ? Le salaud ! Pourquoi ne me dit-on jamais rien dans cette maison ? »

Mendel, le frère de son épouse, l'oncle de Sashenka, avait récemment été arrêté et condamné à cinq ans d'exil administratif pour complot révolutionnaire, mais il avait réussi à s'enfuir et peut-être avait-il mêlé Sashenka à ses sordides intrigues.

Lala se leva en secouant la tête.

« Monsieur le baron, je sais que cela est déplacé de ma part… » commença-t-elle en lissant sa robe à fleurs, ce qui ne fit qu'accentuer ses courbes que Zeitlin observait tout en tripotant un chapelet de komboloï en jade, le seul objet qui ne soit pas russe dans son bureau.

Un mouvement soudain se fit entendre derrière eux.

« *Shalom aleichem* ! lança d'une voix tonitruante un barbu large d'épaules vêtu d'un pardessus en zibeline, d'une toque d'astrakan et de bottes dignes d'un hussard. Ne me demande pas ce qui m'est arrivé hier soir ! J'ai perdu jusqu'à mon dernier kopeck. Mais qu'importe ? »

La porte menant au sanctuaire du baron s'était ouverte brusquement et l'odeur caractéristique de Gideon Zeitlin, un mélange d'eau de Cologne, de vodka et de sueur animale, envahit le bureau. Le baron grimaça – son frère lui rendait visite uniquement lorsqu'il avait besoin de renflouer ses caisses.

« La fille de la nuit dernière m'a coûté une petite fortune, poursuivit Gideon. D'abord les cartes, ensuite le dîner au Donan, le cognac à l'Europe, les bohémiens à l'Ours. Mais ça en valait la peine. C'est le paradis sur terre, hein ? Mes excuses, madame Lewis, ajouta-t-il en s'inclinant d'un air théâtral, ses grands yeux noirs brillant sous ses sourcils broussailleux, mais qu'y a-t-il de meilleur dans la vie que des lèvres fraîches et une peau douce ? Au diable les lendemains ! Je me sens merveilleusement bien ! »

Gideon Zeitlin frôla le cou de la gouvernante qui sursauta lorsqu'il entreprit de humer ses cheveux. « Divin ! » murmura-t-il en contournant le bureau pour aller embrasser fougueusement son frère, deux fois sur les joues et une fois sur la bouche.

Il jeta son manteau mouillé dans un coin, la fourrure s'étalant de tout son poids, et s'installa sur le divan.

« Gideon, Sashenka a des ennuis…, commença prudemment Zeitlin.

— Je sais, Samoïlo. Quels abrutis ! vociféra son frère avant de rejeter la responsabilité de tous les maux du monde sur l'humanité entière à l'exception de lui-même. Un informateur m'a appelé au journal. Je ne me suis pas couché de la nuit. Si maman voyait ça ! Je préfère encore qu'elle soit morte. Ça va, Samoïlo ? Ton palpitant ? Ta digestion ? Tes poumons ? Fais voir ta langue ?

— Je ne me laisse pas abattre. Fais-moi donc voir la tienne. »

Même si les deux frères ne se ressemblaient ni par le physique ni par le caractère, le journaliste dépensier et le nabab tatillon partageaient cette certitude typiquement juive que leur mort était imminente, et qu'elle serait causée par une angine de poitrine, une faiblesse pulmonaire – quelque chose qui ressemblerait à la phtisie –, un problème de digestion ou des ulcères à l'estomac, le tout exacerbé par les migraines, la constipation et les hémorroïdes. Les médecins les plus renommés de Saint-Pétersbourg et les spécialistes de Berlin, de Londres et des stations de Biarritz, Bad Ems et Carlsbad se disputaient âprement le droit de soigner ces malheureux, dont les anatomies se révélaient de véritables mines d'or pour le corps médical.

« Je peux mourir à tout instant, sans doute en faisant à nouveau l'amour à la fille du général, mais qu'importe ! Au diable la géhenne[1], l'enfer,

---

1. Séjour des réprouvés dans la Bible. (*N.d.T.*)

le Livre de la vie et tout le baratin juif ! La vie, c'est ici et maintenant. Après, c'est le néant ! Le commandant en chef et l'état-major – c'est ainsi qu'il surnommait Vera, sa très patiente épouse, et leurs deux filles – me maudissent. Moi ? Tu te rends compte ! C'est vrai, je ne peux pas m'en empêcher, je n'y peux rien. Je ne te demanderai plus rien d'ici très longtemps. Promis ! Mes dettes de jeu s'élèvent à… » Il murmura à l'oreille de son frère. « Donne-moi mon cadeau de bar-mitsvah, Samoïlo. Passe-moi le *mazuma* ! Passe-moi le fric et je file vers de nouvelles aventures !

— Où ça ? » demanda Zeitlin avant de tirer d'un coffret posé sur son bureau deux cents roubles – une belle somme – qu'il tendit à Gideon.

Zeitlin parlait russe comme un chambellan de la cour, sans le moindre accent. Il était donc persuadé que Gideon parsemait son discours d'expressions en yiddish et en hébreu pour le plaisir de le taquiner sur sa fulgurante ascension et lui rappeler d'où il venait. Il considérait que son cadet portait encore sur lui l'odeur de l'arrière-cour que leur père occupait dans les territoires nationaux pour les minorités[1].

---

1. Les territoires nationaux pour les minorités furent créés en 1791 par la Grande Catherine pour « accueillir » les Juifs et abolis au moment de la révolution de 1917. Plus de 90 % des Juifs de l'Empire étaient forcés d'y vivre, dans une zone qui représentait environ 20 % du pays et qui correspond aux actuelles Pologne, Lettonie, Lituanie, Ukraine et Biélorussie. Les conditions de vie y étaient particulièrement pénibles en raison de leur pauvreté. *(N.d.T.)*

Il observa Gideon saisir la liasse de billets et s'en servir d'éventail. « Ça, c'est pour moi, et maintenant j'ai besoin de la même chose pour graisser la patte de certains abrutis. »

Zeitlin, qui refusait rarement quoi que ce soit à son frère, ouvrit à nouveau la petite boîte.

« Je vais aller acheter du cake aux fruits confits à la boutique anglaise, découvrir où se trouve Sashenka, distribuer un peu de ton affreux mazuma à des policiers et des scribouillards et sortir ma nièce de là si je peux. Appelle le journal si tu veux me parler. Madame Lewis, mes hommages ! » Après s'être à nouveau incliné d'un air insolent, il fila en claquant la porte derrière lui.

Un instant plus tard, il la rouvrit. « Tu sais que Mendel rôde dans les parages ? Il est sorti de taule. Si je croise ce *schmendrik*, je le cognerai si fort que sa chaussure orthopédique atterrira sur les genoux de Lénine ! Ces bolcheviks sont de vrais abrutis ! » Sur ce, la porte claqua à nouveau.

Pendant quelques secondes, oubliant la présence de Lala, Zeitlin se cacha le visage dans les mains puis, après un profond soupir, il saisit le téléphone récemment installé, une boîte en cuir auquel un écouteur était fixé. Il tapa trois fois sur le dessus et parla dans le microphone. « Allô, le central ? Passez-moi le nouveau ministre de l'Intérieur, Protopopov ! Petrograd 234. Oui, tout de suite, s'il vous plaît. »

En attendant d'être connecté, Zeitlin ralluma son cigare.

43

« La baronne est-elle à la maison ? » demanda-t-il. Lala acquiesça. « Et les anciens ? Le cirque itinérant ? » C'était le surnom qu'il donnait à ses beaux-parents installés au-dessus du garage. Lala acquiesça à nouveau. « Je me charge de la baronne. Merci, madame Lewis. »

Tandis que la gouvernante fermait la porte, il s'interrogeait. Qu'avait donc pu faire Sashenka ?

« Allô ? Monsieur le ministre ? Zeitlin à l'appareil. Vous vous êtes remis de vos pertes au poker ? Très bien… Je vous appelle au sujet d'une affaire de famille un peu délicate. Vous vous souvenez de ma fille ?… Oui, c'est bien elle. Bon… »

5

À la prison Kresty, Sashenka attendait, toujours vêtue de son manteau en zibeline et de son étole en isatis. Son uniforme était déjà taché d'empreintes grasses et de poussière. On l'avait abandonnée dans une salle d'attente affreuse.

Le trajet de la porte aux bancs et des bancs au comptoir avait été poli par les innombrables passages, et le comptoir s'était légèrement creusé sous les coudes des milliers de prisonniers qu'on avait conduits là. Des prostituées, des perceurs de coffres-forts, des assassins et des révolutionnaires attendaient avec Sashenka, fascinée par les femmes. La plus proche d'elle, une énorme otarie à la peau tannée, portait une capote militaire sur un tutu de ballerine et empestait l'alcool.

« Qu'ess-tu veux, petite garce ? gronda-t-elle d'un air féroce. Qu'ess-tu regardes comme ça ? » Mortifiée, Sashenka eut soudain peur que ce monstre ne la frappe. La femme se pencha vers elle – affreusement près. « J'ai de l'éducation, je suis pas une catin comme on pourrait croire. C'est à cause de ce salaud, il m'a battue et… » Elle continua de parler jusqu'à ce qu'un gendarme l'emmène de force. Lorsque la porte claqua derrière elle, elle hurlait toujours. « Fils de pute ! J'ai de l'éducation, c'est ce salaud qui m'a brisée… »

Soulagée de son départ, Sashenka en éprouva de la honte avant de se rappeler que la vieille prostituée ne faisait pas partie du prolétariat mais de la bourgeoisie dégénérée.

Les couloirs de la maison d'arrêt grouillaient d'hommes et de femmes qu'on emmenait soit à leurs cellules, soit à la salle des interrogatoires, soit en exil en Sibérie. Certains sanglotaient, d'autres dormaient : l'humanité entière se trouvait représentée. Le gendarme de faction derrière le comptoir regardait Sashenka comme une princesse dans une porcherie. La jeune fille sortit de son sac ses livres de poésie dont elle tourna les pages en faisant semblant de lire. Quand elle trouvait un morceau de papier à cigarettes sur lequel étaient écrites de minuscules lettres, elle jetait un regard circulaire et l'avalait aussitôt. L'oncle Mendel lui avait expliqué quoi faire dans ce genre de situation. Heureusement, les papiers n'avaient pas trop mauvais goût et n'étaient pas trop difficiles à mâcher. Lorsque vint son tour de se rendre au comptoir, elle avait englouti toutes les preuves compromettantes, et demanda un verre d'eau.

« Tu plaisantes ? répliqua le gendarme qui avait enregistré son nom, son âge et sa nationalité mais refusait de lui révéler son chef d'accusation. On n'est pas à l'hôtel Europe, ici, ma petite. »

46

Elle leva vers lui ses grands yeux gris. « Je vous en supplie. »

Il posa violemment une tasse ébréchée sur le comptoir en laissant échapper un rire rauque.

Pendant qu'elle buvait, un autre gendarme l'appela. Armé d'un trousseau de clés, un troisième ouvrit une porte blindée et la jeune fille pénétra plus avant dans les profondeurs de la prison Kresty. On la poussa dans une pièce exiguë où elle dut se déshabiller avant d'être fouillée par une surveillante éléphantesque vêtue d'un tablier d'une saleté repoussante. Hormis Lala, personne n'avait jamais vu Sashenka nue – sa gouvernante lui faisait encore couler un bain tous les soirs – mais elle se persuada que c'était secondaire. Seule importait sa cause, son Graal. Qui plus est, tout le monde devrait aller au moins une fois en prison.

La surveillante lui rendit ses vêtements, mais garda son manteau, son étole et son sac. Sashenka signa le registre et obtint un reçu en échange.

Ensuite, on la photographia. Elle patienta dans une file où les autres femmes se grattaient constamment dans une odeur tenace de sueur, d'urine et de règles. Le photographe, un vieil édenté aux yeux exorbités, obligea la jeune fille à se placer devant un trépied sur lequel se trouvait un appareil si volumineux qu'on aurait dit un accordéon. Le vieillard disparut derrière un drap sombre et lança d'une voix étouffée : « Bon, de face. Debout. Regardez à gauche. À droite. Une fille de Smolny, hein ? Avec un papa très riche ? Vous n'allez pas rester ici bien longtemps. J'ai été l'un des premiers photographes à m'installer à Piter. Je fais aussi des portraits de famille si vous voulez en parler à votre papa... Et voilà ! »

Sashenka comprit que son arrestation était maintenant enregistrée pour l'éternité, ce qui la fit sourire et relança le boniment du photographe.

« Un sourire ! Quelle surprise ! La plupart des animaux qu'on m'amène se fichent complètement de leur apparence mais vous, vous serez magnifique. Ça, je vous le promets. »

Un surveillant au teint cireux à peine plus âgé que Sashenka mena ensuite la jeune fille vers une cellule. Au moment où elle allait entrer, un fonctionnaire en uniforme gris apparut de nulle part.

« Ça ira, mon garçon. Je te remplace. »

Ce freluquet aux épaulettes ornées de quelques barrettes semblait commander. Sashenka était déçue : elle aurait voulu être traitée comme les autres, les paysannes et les ouvrières. Et pourtant, la pensionnaire de Smolny qui sommeillait encore en elle fut soulagée lorsqu'il la prit délicatement par le bras. Autour d'eux, la pierre glaciale résonnait de cris, de grognements, de clés qui s'entrechoquaient, de portes qui claquaient et de verrous qui grinçaient.

Quelqu'un hurlait. « Allez vous faire foutre ! Vous et le tsar ! Vous êtes tous des espions à la solde des Allemands ! »

Le surveillant principal, dans sa tunique et ses bottes, n'accordait aucune attention à ce vacarme. La main toujours posée sur le bras de Sashenka, il parlait précipitamment. « Nous avons déjà eu quelques étudiants et des collégiens mais... vous êtes la première de Smolny. Pour tout dire, j'adore les "politiques". Les "droit-commun", c'est la lie de l'humanité. En revanche les "politiques", les gens éduqués, font de mon métier un plaisir. Je vais peut-être vous surprendre mais je ne ressemble pas aux autres surveillants. J'adore lire et je connais un peu votre Marx et votre Plekhanov. Je vous assure. Deux autres choses : j'ai un faible pour le chocolat suisse et l'eau de Cologne de chez Brocard. J'ai d'ailleurs un odorat très développé. Vous voyez mon nez ? » Sashenka le regarda sagement gonfler ses minces narines. « J'ai la sensibilité d'un esthète et je n'en suis pas moins coincé dans ce bouge. Vous êtes une parente du baron Zeitlin ? Nous sommes arrivés. N'oubliez pas de mentionner mon nom. Volkov, sergent Volkov.

— Je n'y manquerai pas, sergent Volkov, répondit Sashenka en faisant de son mieux pour ne pas se laisser asphyxier par le parfum entêtant de l'eau de Cologne à la lavande.

— Je ne ressemble pas aux autres surveillants, hein ? Je vous surprends ?

— Oh oui, sergent, beaucoup.

— C'est ce que tout le monde me dit. Bien, mademoiselle Zeitlin. Voici votre couchette. Rappelez-vous, le sergent Volkov est un ami qui vous veut du bien. Il ne ressemble pas aux autres surveillants.

— Pas du tout, en effet.

— Attention, dans une minute, vous regretterez mon eau de Cologne », la prévint-il.

Un garde ouvrit soudain la porte d'une cellule et la poussa à l'intérieur. Elle se retourna instinctivement pour regarder le surveillant principal ; elle leva même la main, mais c'était trop tard, il était parti. Une odeur atroce de femmes confinées dans un espace clos lui agressa les narines. Voilà la vraie Russie ! comprit-elle en sentant l'odeur de pourriture qui imprégnait lentement ses vêtements.

La porte de la cellule claqua derrière elle. Une clé tourna. Sashenka se tenait là, les épaules voûtées, consciente de la promiscuité et de l'obscurité où grouillaient des ombres avides. Les pets, les grognements, les éternuements, les chants et les quintes de toux se superposaient aux murmures et au bruit des cartes que l'on abattait.

La jeune fille pivota lentement, respira l'haleine fétide d'une vingtaine de femmes. Une seule lampe à pétrole éclairait la pénombre. Alignées contre le mur, les prisonnières étaient allongées sur des matelas posés à même le sol glacial. Elles dormaient ou jouaient aux cartes. Certaines s'enlaçaient. Dans des attitudes simiesques, deux vieilles à demi nues s'épouillaient respectivement le pubis. Une cloison à mi-hauteur séparait les latrines, d'où provenaient grognements et explosions liquides.

« Grouille ! » hurla l'une des prisonnières dans la file d'attente.

Allongée, une femme potelée aux yeux bridés lisait *Les Confessions* de Tolstoï tandis qu'une autre, cadavérique, déclamait un pamphlet pornographique sur l'impératrice, Raspoutine et leur amie commune, Mme Vyroubova. « "Trois valent mieux qu'un, dit le moine. Anna Vyroubova, vos tétons sont d'une douceur exquise mais rien ne vaut un

con impérial aussi libertin que le vôtre, Majesté!" »
Les rires fusèrent. La lectrice s'interrompit.

« Qui va là ? La comtesse Vyroubova est venue
s'encanailler parmi nous ? » s'étonna-t-elle en
sautant sur ses pieds. Écrasant au passage un corps
endormi qui hurla de douleur, elle se rua sur
Sashenka pour l'attraper par les cheveux. « Petite
garce de riche ! Je t'interdis de me regarder comme
ça ! »

Pour la première fois depuis son arrestation,
Sashenka éprouva de la peur, une terreur qui lui
retournait le ventre et lui brûlait la gorge. Sans
même lui laisser le temps de réagir, l'autre lui
assena un violent coup de poing en pleine figure,
ce qui la terrassa. Elle tomba donc, avant d'être
immédiatement écrasée par la créature qui s'était
jetée sur elle. Sous son poids, Sashenka suffoquait.
Craignant de mourir, elle pensa à Lala, Grand-
maman, l'école, son poney à la campagne… Quand
elle n'y croyait plus, quelqu'un souleva son
attaquante pour la propulser sur le côté.

« Fais gaffe, espèce de garce. Arrête ! Elle est
des nôtres, je crois, lança l'admiratrice de Tolstoï
avant de s'adresser à la jeune fille. Sashenka ? Les
anciennes de la cellule te souhaitent la bienvenue.
Tu rencontreras le comité demain matin. Pour
l'instant, on va dormir. Si tu veux, tu peux partager
mon matelas. Je suis la camarade Natacha. Tu ne
me connais pas mais, moi, je sais parfaitement
qui tu es. »

6

Le capitaine de gendarmerie Sagan se laissa tomber dans son fauteuil préféré du yacht-club impérial situé rue Bolchaïa-Morskaïa. Il venait à peine de se frotter une prise de cocaïne contre les gencives quand son adjudant apparut dans l'encadrement de la porte.

« Votre Excellence, puis-je vous faire mon rapport ? »

Sagan vit le subalterne au teint brouillé embrasser du regard la vaste pièce désertée, ses fauteuils en cuir et ses journaux en anglais, en français et en russe. Derrière la table de billard étaient accrochés des portraits de présidents du club couverts de médailles et, à l'extrémité de la pièce, au-dessus d'une belle flambée de bois de pommier, celui du tsar Nicolas II aux yeux si bleus.

« Je vous écoute, Ivanov.

— Votre Excellence, nous avons arrêté les terroristes révolutionnaires et trouvé de la dynamite, des chargeurs, des pistolets Mauser et des tracts. Il y a une jeune fille parmi eux. Le général veut

52

que vous vous occupiez d'elle sur-le-champ, avant que son cher papa ne la fasse libérer. Un phaéton vous attend dehors. »

Le capitaine Sagan sauta sur ses pieds en soupirant. « Voulez-vous un verre, Ivanov, ou une pincée de ceci ? proposa-t-il en lui tendant sa boîte en argent. C'est le nouveau tonifiant du Dr Gemp contre la fatigue et les maux de tête.

— Le général a dit que vous deviez faire vite.

— Je suis las », annonça Sagan dont le cœur battait pourtant à tout rompre. Après trois hivers de guerre, son surmenage frôlait l'épuisement. Il ne se contentait pas d'être gendarme, il était également officier de l'Okhrana, la police secrète du tsar. « Entre les espions allemands, les bolcheviks et les socialistes-révolutionnaires, nous sommes entourés de traîtres. On ne saurait les pendre assez vite. Et je ne parle pas de Raspoutine. Asseyez-vous au moins un instant.

— D'accord. Un cognac, accepta Ivanov, d'assez mauvaise grâce.

— Un cognac ? Vos goûts deviennent extravagants ! » s'exclama Sagan en agitant une clochette en argent. Un serveur long comme un jour sans pain s'approcha en titubant. « Deux cognacs, et vite », lui ordonna le capitaine de gendarmerie. Lorsqu'ils furent servis, les deux hommes se levèrent, portèrent un toast au tsar, vidèrent leurs verres d'un trait et disparurent aussitôt.

Protégés par leurs capotes militaires et leurs chapkas, ils affrontèrent le froid polaire et les flocons de neige qui voltigeaient autour d'eux. Il

53

était déjà minuit, mais la pleine lune donnait à la poudreuse un éclat bleuté surnaturel. La cocaïne, décida Sagan, était le tonifiant idéal du policier en ce qu'elle intensifiait sa vigilance et aiguisait son regard. Son phaéton l'attendait. Les naseaux du cheval soufflaient des geysers tandis que le cocher ronflait emmitouflé dans ses vêtements. Ivanov le poussa d'un geste brutal, et le chauffeur sortit la tête. Il était ivre.

Le cœur encore battant, Sagan observa la rue. À gauche, comme un présage, le dôme d'or de la cathédrale Saint-Isaac surplombait les maisons qu'il semblait prêt à écraser. À droite, l'entrée de la propriété des Zeitlin. Sagan vérifia que ses espions étaient à leurs postes. Oui, une silhouette à moustache, vêtue d'un manteau vert et d'un chapeau melon, rôdait au coin de la rue ; c'était Batko, un ancien sous-officier cosaque, qui fumait une cigarette devant le bâtiment situé en face. Les cosaques et les anciens sous-officiers faisaient les meilleurs « agents externes », ceux qui s'occupaient de surveillance. Il y avait également un conducteur de drochky[1] apparemment endormi un peu plus loin dans la rue. Pourvu qu'il fasse semblant, songea Sagan.

Équipée de chaînes, une Rolls-Royce aux armes des Romanov passa sur les chapeaux de roues. Elle appartenait au grand-duc Sergueï, qui rentrait sûrement avec une danseuse, la maîtresse qu'il partageait avec le grand-duc Andreï.

---

1. Véhicule typique en Russie au début du XXᵉ siècle, le drochky est une petite voiture découverte très basse. (N.d.T.)

Du pont Bleu qui traversait la Moïka, on entendit l'écho de cris, le bruit sourd de coups et le craquement de bottes et de corps sur la neige tassée. Des marins de Kronstadt se battaient sans doute contre des soldats. Le bleu marine contre le kaki.

Soudain, au moment où Sagan montait sur le marchepied du phaéton, une Benz passa dans un vacarme assourdissant. Le chauffeur en livrée bondit pour ouvrir la porte capitonnée de cuir. Un vieil homme aux joues rouges et au manteau de fourrure sortit de la limousine. C'était Manassievitch-Manouilov, espion, profiteur de guerre, ami de Raspoutine, né juif mais converti à l'orthodoxie. Il poussa Sagan pour se précipiter à l'intérieur du yacht-club impérial. Dans la limousine, le capitaine aperçut du satin froissé écarlate et une gorge pâle encadrée de vison. Les effluves de transpiration et de fumée de cigare qui lui parvinrent lui donnèrent un haut-le-cœur. Il monta dans son véhicule.

« Voilà ce que l'empire est devenu, lança-t-il à Ivanov. Ces youpins ne sont que des espions et des trafiquants d'influence. À chaque jour son nouveau scandale !

— Ya ! » hurla le cocher, en faisant claquer son fouet un peu trop près du nez de son passager. Le phaéton se mit péniblement en branle.

Sagan s'adossa à son siège pour profiter du spectacle des lumières de Piter qui filait devant ses yeux. Le cognac se révélait être une grenade dégoupillée qui lui explosait les entrailles. C'était là sa vie. Il se trouvait dans la capitale du plus grand empire au monde, gouverné par les hommes les plus stupides du pays, au cœur de la guerre la plus meurtrière de l'Histoire. L'empereur avait bien de la chance que sa police secrète croie encore en lui et en sa légitimité. Heureusement qu'elle montait la garde. Heureusement que rien ne l'arrêterait s'il fallait sauver le tsar, ce bouffon, et son épouse hystérique qui s'entourait d'amis bien encombrants...

« Vous voulez que je vous dise, *barin* ? demanda le cocher dont le nez de phacochère était éclairé par la lanterne en mouvement. L'avoine va à nouveau augmenter. Encore une hausse des prix et on ne pourra plus nourrir nos chevaux. À une époque, je m'en souviens, l'avoine ne coûtait que... »

L'avoine, encore l'avoine, toujours l'avoine ! Les cochers n'avaient que ce mot à la bouche. Sagan inspira profondément, son sang chargé de cocaïne bouillonnait dans ses veines comme un torrent de montagne.

7

« Où vas-tu ce soir ? demanda Zeitlin à son épouse.

— Je ne sais pas », soupira Ariadna d'un air rêveur. Étendue sur le divan de son boudoir couleur chair, vêtue d'une paire de bas et d'un déshabillé, elle ferma les yeux, laissant sa femme de chambre la pomponner avec le fer à friser. « Tu veux m'accompagner ? s'inquiéta-t-elle d'une voix rauque, les mots mêlés sous l'effet de la boisson.

— C'est important, précisa Zeitlin en approchant une chaise du divan.

— Eh bien… sans doute chez la baronne Rozen pour prendre quelques cocktails, puis au Donan pour dîner, puis à l'Aquarium pour danser. J'adore cet endroit. Tu as vu les magnifiques poissons qui nagent sur les murs ? Ensuite, heu…, je ne suis pas sûre… Ah ! Nyana, voyons, j'ai envie de porter du brocart ce soir. »

Deux domestiques sortirent de son dressing ; Nyana portait une boîte à bijoux et l'autre jeune fille arrivait les bras chargés de robes.

« Un effort, Ariadna. J'ai besoin de savoir où tu vas ce soir ! » insista Zeitlin d'un ton cassant.

Ariadna s'assit d'un mouvement brusque. « Que se passe-t-il ? Tu as l'air contrarié. La Bourse s'est effondrée ? » Elle lui adressa un tendre sourire éclatant. « À moins que tu n'apprennes à te montrer jaloux ? Il n'est jamais trop tard, tu sais. Les femmes adorent qu'on les chérisse. »

Zeitlin tira une bouffée de son cigare. Même s'ils assistaient encore ensemble aux bals et aux soirées officielles, leur mariage se réduisait à ces brèves conversations échangées avant que chacun ne plonge, séparément, dans la vie nocturne de Saint-Pétersbourg. Il observa le lit défait ; son épouse passait ses journées à dormir. Il contempla également les robes de batiste, de mousseline et de soie, les flacons de potions et de parfums, les cigarettes à demi fumées, les sels et tout ce fatras luxueux. Il examina Ariadna et sa peau laiteuse, ses larges épaules et ses iris couleur de violette. Malgré ses yeux injectés de sang et ses tempes aux veines saillantes, elle était encore séduisante.

Elle lui tendit la main. Son parfum de tubéreuse se mêlait à celui de sa peau, mais Zeitlin était trop inquiet pour se laisser aller à leurs petits jeux habituels.

« Sashenka a été arrêtée par les gendarmes, lui expliqua-t-il. À la sortie de l'école. Elle passe la nuit à la prison Kresty. Tu imagines les cellules ? »

Ariadna tiqua. Un imperceptible froncement de sourcils froissa son visage si pâle. « Ce doit être une erreur. Elle est si studieuse, on l'imagine mal faire une bêtise, dit-elle en regardant fixement son époux. Tu peux sûrement la sortir de là, Samuil. Contacte le ministre de l'Intérieur. Ne te doit-il pas de l'argent ?

— Je viens d'appeler Protopopov mais, selon lui, c'est sérieux.

— Nyana ? appela Ariadna. Je crois que je vais porter la robe à volants en brocart mauve de chez Mme Chanceau, le tour de cou en perles et la broche en saphir… »

Zeitlin perdait patience. « Ça suffit, Ariadna ! l'interrompit-il d'un ton sec avant de continuer en yiddish afin que les domestiques ne comprennent pas leur conversation. Arrête de te comporter comme une danseuse de cabaret, nom de Dieu ! C'est de Sashenka qu'il s'agit ! » Après un regard noir sur la pièce si désordonnée, il reprit en russe. « Laissez-nous seuls, mesdemoiselles. » Les colères de leur maître étaient aussi rares que craintes, et les deux femmes de chambre abandonnèrent robes, bijoux et fer à friser pour se précipiter hors du boudoir.

« Était-ce bien nécessaire ? » demanda Ariadna, d'une voix tremblante, ses yeux maquillés embués de larmes.

Mais Zeitlin restait concentré. « Vois-tu Raspoutine ?

— Oui, je rends visite au *starets*[1] ce soir. Ne prends pas ce ton moqueur pour parler de lui, Samuil. Quand le lama mongol recommandé par le Dr Badaev m'a hypnotisée à la Maison des

---

1. Moine, figure spirituelle de l'Église orthodoxe russe. *(N.d.E.)*

esprits, il m'a révélé que j'avais grand besoin d'un guide et il avait raison. Le starets m'est précieux, il me nourrit spirituellement. Il pense que je suis comme un agneau innocent dans un monde cruel et que tu m'écrases. Tu me crois heureuse ici ?

— Nous sommes en train de discuter de Sashenka, protesta-t-il, mais Ariadna haussait déjà la voix.

— Tu te rappelles, Samuil, quand nous allions à l'opéra ? Toutes les jumelles étaient dirigées sur moi, pas sur la scène. "Que porte la baronne Zeitlin ? Regardez ses yeux, ses bijoux, ses divines épaules…" Les officiers qui me voyaient me comparaient à un pur-sang. Je valais bien quelques remords ! N'étais-tu pas fier de moi à l'époque, Samuil ? Alors que maintenant… Regarde-moi ! »

Furieux, Zeitlin se leva. « Il ne s'agit pas de toi, Ariadna. Essaie de comprendre que nous parlons de notre enfant !

— Désolée. Je t'écoute…

— Mendel est revenu d'exil. » Ariadna haussa les épaules d'un air indifférent. « Si je comprends bien, tu le savais ? Eh bien, il n'est sans doute pas étranger à l'arrestation de notre fille. »

Il s'agenouilla à côté du divan pour serrer les mains de sa femme dans les siennes. « Protopopov ne contrôle pas la situation. Même Stürmer, le Premier ministre, n'a aucun pouvoir – il va d'ailleurs bientôt être remplacé. Le salut de Sashenka est entre les mains de l'impératrice et de Raspoutine. Alors, pour une fois, c'est moi qui *veux* que tu ailles chez lui. Il faut absolument que tu t'y rendes ! Je suis ravi que tu fasses partie de ses proches et je me fiche complètement que tu te laisses tripoter par ce soi-disant saint homme. Dis-lui que c'est son jour de chance. Toi seule es en mesure de sauver notre fille. Contente-toi d'y aller et de tous les implorer, un par un : Raspoutine, les amis de l'impératrice, peu importe ! Il faut sortir Sashenka de là !

— Tu me confies une mission, en somme ? résuma Ariadna en s'ébrouant comme un chaton.

— Exactement.

— Tu m'envoies, moi, en mission politique ? Ça me plaît, cette idée. » Elle s'interrompit pour réfléchir. « Je vais te prouver que je suis une bonne mère », conclut-elle en se levant du divan pour tirer sur le cordon des domestiques. « Mesdemoiselles ? Revenez ! Ce soir, je dois être la plus belle. » Les femmes de chambre réapparurent, non sans jeter un regard prudent à Zeitlin. « Et toi, Samuil, que vas-tu faire ?

— Je vais prendre sur moi et aller chez le prince Andronikov. Ils y seront tous. »

Ariadna saisit le visage de son époux entre ses mains. Son haleine épicée et son parfum de tubéreuse firent monter les larmes aux yeux de Zeitlin.

« Toi et moi, en mission, Samuil ! »

Malgré son teint brouillé par l'abus d'alcool et d'opium, son visage était toujours magnifique aux yeux de Zeitlin ; ses lèvres meurtries, ses dents en avant et sa lèvre supérieure tellement sensuelle ; ses épaules et ses jambes étaient encore sublimes malgré la protubérance de son ventre. Quelles que soient ses failles, Ariadna ressemblait à une femme qui prenait son plaisir un peu trop facilement, comme une pêche mûre se gâte. Les yeux barbouillés de khôl et de larmes, elle implora son mari. « Samuil, je peux prendre la Russo-Balt ?

— Pas de problème », lui répondit-il avant de se lever pour l'embrasser.

Frissonnant de plaisir, Ariadna ouvrit le compartiment secret de son horloge d'or et de diamants pour en tirer une cigarette égyptienne. Son regard fixe paraissait d'une vacuité terrible.

Se sentant responsable de la déchéance de sa femme, il lui alluma sa cigarette avant de s'occuper de son cigare.

« Je vais m'en aller, annonça-t-il en la regardant inhaler et entrouvrir les lèvres pour laisser la fumée s'échapper en volutes bleues.

— Bonne chance, Samuil », lança-t-elle tandis qu'il s'éloignait.

Il ne voulait surtout pas arriver en retard chez le prince Andronikov car le sort de Sashenka en dépendait mais il se retourna tout de même avant de refermer la porte.

« Qu'en pensez-vous ? Et celle-ci ? Regardez, elle bouge quand je marche. Tu as vu, Luda ? » Ariadna riait tandis que les femmes de chambre s'affairaient autour d'elle. « Nyana, tu ne trouves pas qu'à côté des robes de M. Worth les autres ressemblent à des chiffons ? Vivement qu'ils la voient, à l'Aquarium… »

La mort dans l'âme, Zeitlin comprit qu'à l'instant où sa femme quitterait la maison elle oublierait instantanément Sashenka et sa mission.

8

Sashenka passa la nuit contre le flanc de Natacha.

Cette femme rondelette ronflait et, en se tournant, elle poussa au bas du matelas Sashenka qui, trop terrifiée pour bouger, resta immobile. Allongée sur le sol si froid, elle était tout de même reconnaissante à Natacha de se trouver en sécurité auprès d'elle. Sa bouche avait enflé, et ses mains tremblaient. Elle craignait encore que la créature ne la frappe. À moins qu'elle ne vienne la poignarder en pleine nuit, dans un accès de folie ? Ces femmes devaient toutes avoir des couteaux. Sashenka scruta l'enchevêtrement de corps. Enveloppée de l'odeur chaude de pourriture, la jeune fille priait pour qu'on vienne la sauver.

La lumière des lanternes vacilla hors de la cellule lorsqu'un surveillant ferma les portes à double tour. Une femme de ménage passa la serpillière dans les couloirs et l'odeur du désinfectant remplaça provisoirement celle des excréments. Pas pour longtemps, hélas. Chaque grognement, chaque craquement, chaque claquement redonnait espoir à Sashenka : on allait la délivrer. Pourtant personne ne vint. Interminable, la nuit s'étirait devant elle, glaciale, terrifiante, hostile.

« Le télégraphe de la cellule nous a prévenues que tu allais arriver, lui avait murmuré Natacha. Nous sommes presque de la même famille, toi et moi, car je suis mariée à ton oncle Mendel. Nous nous sommes rencontrés en exil. Je parie que tu ne savais pas qu'il avait épousé une Iakoute ! Eh oui, une vraie Sibérienne. Oh… Je vois… Tu ne savais même pas qu'il était marié. C'est Mendel tout craché. Un conspirateur-né. Avant aujourd'hui, je ne savais même pas qu'il avait une nièce. Bref, il a confiance en toi. Sois vigilante : il y a toujours une bonne occasion… »

À présent, Natacha geignait, haletait et parlait dans son sommeil. Sashenka se rappela que les Iakoutes croyaient aux chamans et aux esprits. Une femme hurla. « Je vais te trancher la gorge ! » Une autre gémit. « Perdue… perdue… perdue. » Une bagarre éclata dans la cellule voisine. Un homme fut blessé ; les surveillants le traînèrent vivement dans le couloir avant d'aller chercher de quoi nettoyer les dégâts. Des portes s'ouvraient et claquaient. Les prisonniers pétaient et toussaient par quintes ; les surveillants faisaient les cent pas ; l'estomac de Sashenka gargouillait. Quel cauchemar ! Elle allait se réveiller. Certes, elle était fière d'être là, mais la terreur, la puanteur et la nuit interminable la mettaient au désespoir. Son oncle Mendel lui avait affirmé que la prison était un rite de passage, mais… Que lui avait murmuré Natacha avant de s'endormir ? Oui, c'était ça : « Mendel a confiance en toi. »

Elle se trouvait enfermée à cause de lui, de leur rencontre. Sa famille passait tous les étés à Zembli-shino, une propriété au sud de la capitale. Les Juifs n'avaient pas le droit d'y vivre ni de posséder des biens immobiliers, mais les industriels du genre du baron Zeitlin bénéficiaient de passe-droits. Le père de Sashenka possédait non seulement leur hôtel particulier en ville mais également un manoir aux colonnades blanches à la campagne, ainsi que le parc et les bois attenants. Sashenka savait que son père n'était pas le seul magnat juif de Saint-Pétersbourg. Un autre baron juif, Poliakoff, le roi du rail, vivait dans l'ancien palais de brique rouge du prince Menchikov. C'était la première maison construite dans la ville de Pierre le Grand, sur le quai flambant neuf qui se trouvait presque en face du palais d'Hiver.

Chaque été, à la campagne, Sashenka et Lala occupaient leur temps comme bon leur semblait, et Zeitlin parvenait parfois à les convaincre de jouer au tennis ou d'aller se promener à bicyclette. Généralement terrassée par la migraine, une lubie ou un cœur brisé, Ariadna quittait rarement sa chambre, sauf pour se précipiter en ville. Lala passait ses journées à ramasser champignons et myrtilles ou à monter Almaz, le cheval alezan. Quant à Sashenka, elle restait seule pour lire et appréciait beaucoup la solitude.

Cet été-là, oncle Mendel avait séjourné avec eux. Ce petit homme au corps tordu par un pied bot et affublé d'un pince-nez aux verres épais passait ses journées dans la bibliothèque où il travaillait en fumant une cigarette après l'autre, des *malhorka* qu'il roulait lui-même, et en buvant du café turc brûlant dont l'arôme de noisette emplissait la maison. Il dormait au-dessus des écuries et ne se levait qu'après le déjeuner. Malgré les températures estivales, il portait constamment le même costume sombre dégoûtant et une chemise fripée au col noirci. Ses souliers étaient troués. À côté de Zeitlin, toujours impeccable, et d'Ariadna, si chic, il paraissait vraiment tombé d'une autre planète. S'il croisait le regard de Sashenka, il détournait les yeux d'un air renfrogné. Sa nièce lui trouvait l'air maladif à cause de sa peau marbrée et de sa respiration d'asthmatique qu'il devait à ses années de prison et d'exil en Sibérie.

La famille méprisait Mendel. Sa sœur elle-même ne l'appréciait pas, mais elle lui avait proposé de les accompagner. « Il est seul au monde, le pauvre. C'est pathétique », disait-elle avec dédain.

Une nuit, à trois heures du matin, Sashenka ne parvenait pas à s'endormir. La chaleur s'était accumulée dans sa chambre située sous les toits. Elle était descendue pour se désaltérer d'un jus de citron. L'entrée au sol à damier noir et blanc était d'une fraîcheur délicieuse. De la bibliothèque encore éclairée émanait une odeur de café et de cigarette qui s'épanouissait dans la chaleur de la nuit.

Lorsque Mendel ouvrit la porte, Sashenka fit un pas de côté pour se cacher dans le vestiaire, d'où elle observa son oncle claudiquer. Les yeux vifs, injectés de sang, il serrait amoureusement une liasse de documents.

Les miasmes d'une nuit entière passée à fumer s'échappèrent de ses poumons en quintes lugubres. Sashenka attendit son départ pour se faufiler dans la bibliothèque et feuilleter ces livres qui revêtaient une telle importance pour son oncle qu'il se réjouissait d'aller en prison à cause d'eux. Le bureau était vide.

« La curiosité est un bien vilain défaut, Sashenka », lança Mendel de la porte de sa voix profonde.

La jeune fille sursauta. « Je m'intéresse, voilà tout.

— À mes livres ?

— Oui.

— Je les cache quand j'ai terminé car je n'aime pas qu'on vienne fureter dans mes affaires ou dans mes pensées. » Après une hésitation, il ajouta : « Mais toi, tu es sérieuse. L'intellectuelle de la famille.

— Comment le sais-tu, mon oncle ? s'étonna Sashenka. Tu ne t'es jamais donné la peine de m'adresser la parole.

— Les autres ne sont que des capitalistes décadents, et le rabbin de notre famille semble sorti tout droit du Moyen Âge. Je te juge à tes lectures. Maïakovski, Nekrassov, Blok, Jack London.

— Tu m'espionnes ? »

Les verres du pince-nez de Mendel étaient si graisseux qu'il y voyait à peine. Il boita jusqu'à la section réservée à la littérature anglaise dont il tira un volume des œuvres complètes de Dickens relié en chevreau et marqué à l'or fin aux armes des Zeitlin. Là, il passa sa main derrière pour atteindre un vieil ouvrage lu et relu : *Que faire ?* de Tchernychevski.

— Lis-le. Quand tu l'auras terminé, tu trouveras le suivant derrière *David Copperfield*. Compris ? On va commencer par ça.

— Commencer quoi ? Par où ? »

Mais Mendel avait disparu ; Sashenka se trouvait à nouveau seule dans la bibliothèque.

C'est ainsi que tout avait débuté. Le lendemain soir, elle avait attendu impatiemment que la maison soit endormie pour descendre sur la pointe des pieds et s'approcher des œuvres de Dickens en respirant profondément les arômes du café et du tabac âcre des malhorka.

« Qu'as-tu pensé du livre ? lui avait demandé Mendel sans lever les yeux de son travail.

— Rakhmetov est le personnage le plus fascinant que je connaisse, avait-elle répondu en lui rendant le livre. Il est désintéressé, convaincu, si déterminé que rien ne l'arrête dans sa démarche. C'est un homme à part, touché par l'Histoire. Je voudrais lui ressembler.

— C'est notre objectif à tous. Je connais de nombreux Rakhmetov. C'est également le premier livre que j'ai lu. Tout comme Lénine.

— Parle-moi de Lénine. D'abord, qu'est-ce qu'un bolchevik ? Toi, es-tu bolchevique, menchevique, socialiste-révolutionnaire, anarchiste ? »

Les yeux ronds, Mendel l'avait observée comme une espèce zoologique rare. La malhorka mal roulée l'avait saisi à la gorge ; il s'était mis à tousser et à cracher.

« En quoi ça te regarde ? Que penses-tu de la Russie d'aujourd'hui, des ouvriers, des paysans, de la guerre ?

— Je ne sais pas. On dirait que… » Elle s'était interrompue, consciente que son oncle la regardait avec mépris.

« Allez ! Exprime-toi.

— C'est mal. C'est tellement injuste. Les ouvriers sont de vrais esclaves. On perd la guerre. Le monde est pourri. Est-ce que je suis révolutionnaire ? Bolchevique ? »

Lentement, Mendel s'était roulé une nouvelle cigarette et, d'un geste étrangement délicat, en avait léché le papier avant de l'allumer. Une flamme orange avait crépité avant de mourir.

« Tu n'es pas encore assez cultivée pour être quoi que ce soit, lui avait-il rétorqué. Nous devons prendre notre temps. Pour l'instant, contente-toi d'être l'unique étudiante de mon cours d'été. Voici le livre suivant », avait-il ajouté en lui tendant *Quatrevingt-treize*, le roman de Victor Hugo sur la Révolution française.

Le lendemain soir, elle était excitée comme une puce.

« Alors, ce texte ?

— "Personne n'avait vu Cimourdain pleurer, avait-elle répondu en citant Hugo. D'une vertu glaciale, il était l'effrayant homme juste. Pas de mesure pour un prêtre dans la révolution. Il fallait qu'il fût infâme ou qu'il fût sublime. Cimourdain était sublime ; mais sublime dans l'isolement, dans

69

l'escarpement, dans la lividité inhospitalière ; sublime dans un entourage de précipices."

— Bien. Si Cimourdain vivait de nos jours, il serait bolchevique. Tu as l'intuition, mais il te faut la science. Le marxisme est une science. Lis ça maintenant », avait-il ajouté en lui désignant un roman intitulé *Lady Cynthia de Fortescue et l'Amour du cruel colonel* dont la couverture représentait une dame aux lèvres écarlates et un officier terriblement séduisant avec sa petite moustache lissée et ses yeux polissons.

« Qu'est-ce que c'est ?

— Lis ce que je te donne sans poser de questions », lui avait-il répondu d'un air distrait, déjà occupé à griffonner derrière son bureau.

Une fois dans sa chambre, elle avait découvert le *Manifeste du Parti communiste* caché à l'intérieur du livre. Bientôt avaient suivi Plekhanov, Engels, Lassalle, d'autres textes de Marx et de Lénine.

Personne n'avait jamais parlé à Sashenka comme le faisait Mendel. Sa mère voulait faire d'elle une bécasse qui gaspillerait sa vie en bals mondains, en mariages désastreux et adultères minables. Quant à son père, elle l'adorait mais il remarquait à peine son « petit isatis » et ne la considérait au mieux que comme une jolie mascotte dont on caresse les cheveux. Sa chère Lala avait depuis bien longtemps accepté son destin et ne lisait que des romans du genre de *Lady Cynthia de Fortescue et l'Amour du cruel colonel*. Quant à oncle Gideon, c'était un libertin dégénéré qui avait déjà essayé de flirter avec elle. Une fois, il avait même eu le culot de lui caresser les fesses !

Cet été-là, elle avait à peine parlé lors des dîners et des soirées, tant elle était captivée par sa découverte du marxisme, tant elle était avide de poser davantage de questions à Mendel. En esprit, elle restait avec lui dans la bibliothèque, loin de ses parents. Lala, qui la trouvait parfois endormie la lampe allumée, un roman populaire à son côté, s'était inquiétée de la voir lire si tard. Mendel avait révélé à Sashenka les injustices flagrantes de la société capitaliste ainsi que l'oppression des ouvriers et des paysans. C'était également son oncle qui lui avait démontré que Zeitlin – oui, son propre père – opprimait la classe ouvrière.

Fort heureusement, il existait une solution : le mouvement prolétarien avancerait progressivement vers un paradis d'égalité et de respect pour tous les ouvriers. La théorie marxiste était universelle et utopique : toute existence humaine pouvait se reconnaître dans ce magnifique idéal alliant mouvement historique et justice. Sashenka ne comprenait pas pourquoi les ouvriers des manufactures, en particulier celles de Saint-Pétersbourg et de Moscou, les paysans de Russie et d'Ukraine, les domestiques employés dans les propriétés de son père, pourquoi tous ces gens ne se soulevaient pas pour tuer leurs oppresseurs sur-le-champ. Elle était tombée amoureuse des concepts de matérialisme dialectique et de dictature du prolétariat.

Mendel avait traité la jeune fille en adulte, sans se soucier de son âge ou de son sexe. Très vite, ils s'étaient rencontrés comme l'auraient fait des amants, au crépuscule, à l'aube, sous la nuit étoilée, dans les écuries, dans le bois de bouleaux et les buissons de cassis, lors de cueillettes aux champignons. Ils étaient allés jusqu'à se chuchoter des secrets à table, enfermés malgré eux entre les murs de soie jaune de la salle à manger parfumée d'œillets et de lilas.

Ainsi, songeait Sashenka dans sa cellule, c'est au cours de ces nuits d'été où les rossignols chantaient, dans la propriété de conte de fées de mon père, que je me suis mise en marche vers cette puante prison. La jeune fille représentait-elle un si grand danger pour le trône de l'empereur qu'on dût l'arrêter devant l'institut Smolny et la jeter dans cet enfer?

Derrière elle, une femme tituba vers la tinette, trébucha, tomba sur la jeune fille qu'elle se mit à insulter. Cette fois-ci, Sashenka saisit la femme à la gorge, prête à se battre, mais l'autre s'excusa. Tout cela n'avait décidément pas la moindre importance. Elle découvrait à présent la vraie misère de son pays. Ce rite de passage avait fait d'elle une femme, une adulte responsable et indépendante.

Elle essaya de trouver le sommeil. En vain.

Dans les bas-fonds de l'empire, elle se sentit vivre pour la première fois.

9

Pour son expédition nocturne dans les rues de Saint-Pétersbourg, Zeitlin enfila un nouveau plastron empesé et une redingote à laquelle il épingla son étoile de l'ordre de Saint-Vladimir, deuxième classe, un honneur que recevaient bien peu d'industriels juifs.

Arrivé au bas de l'escalier, il se dit qu'il ferait mieux d'informer ses beaux-parents du sort de Sashenka car sa femme ne s'en donnerait certainement pas la peine. Il traversa la salle de réception et la salle à manger aux murs tendus de soie jaune, puis ouvrit la porte capitonnée qui menait à ce qu'on appelait les Ténèbres, les sombres entrailles de la maison. L'odeur y était très différente, l'air lourd de beurre, de gras, de chou bouilli et de transpiration. On y retrouvait, songea Zeitlin, la trace d'une autre Russie, plus ancienne.

Au sous-sol vivaient la cuisinière et le chauffeur, mais ce n'était pas chez eux qu'il se rendait. Au lieu de descendre, Zeitlin monta dans les Ténèbres. À mi-parcours, épuisé, il fit une pause appuyé contre le montant d'une porte, pris de vertiges. La cause en était-elle son cœur, sa digestion, un soupçon de neurasthénie ? Allait-il succomber à une attaque cardiaque ? Gideon avait raison, il ferait mieux de rappeler le Dr Gemp.

Une main sur son épaule le fit sursauter. C'était sa vieille nounou, Shifra, un fantôme blême, la personne qui s'était occupée de Sashenka avant l'arrivée de Lala.

« Voulez-vous bien approuver le menu du jour ? » croassa-t-elle. On lui laissait croire qu'elle était toujours responsable de la maisonnée, alors que c'était à présent Delphine qui dirigeait les cuisines. De fait, Shifra avait été progressivement mise à la retraite, mais n'en avait pas été informée. « J'ai consulté les puissances, cher enfant, ajouta-t-elle affectueusement. Je me suis renseignée dans le Livre de la vie. Elle va s'en tirer. Tu veux un chocolat chaud ? Comme au bon vieux temps ? »

Zeitlin approuva le menu que Delphine lui avait déjà montré mais refusa le chocolat. La vieille femme s'éloigna aussi silencieusement qu'elle était apparue.

À nouveau seul, il fut surpris de découvrir qu'il pleurait : une nostalgie de l'enfant qu'il avait été le saisit aux tripes. La maison lui sembla soudain étrangère. Où se trouvait sa petite Sashenka chérie ? Pris de panique, il comprit soudain que c'était la seule personne qui comptait à ses yeux.

Il reprit toutefois confiance. Comment pouvait-il, lui, Zeitlin, ne pas trouver de solution ? Personne n'oserait toucher à un cheveu de sa fille ! Qui ignorait ses liens avec Leurs Majestés impériales ?

74

Flek, son avocat, était en route; le ministre de l'Intérieur appellerait le directeur de la police, qui appellerait à son tour le commandant du corps de gendarmerie qui appellerait quant à lui le chef de la sécurité de l'Okhrana. Zeitlin ne supportait pas l'idée que son bébé passe la nuit au quartier général de la police, *a fortiori* dans une cellule de prison. Qu'avait-elle bien pu faire ? Elle qui semblait si sage, si correcte, presque trop sérieuse pour son âge...

Femmes de chambre et valets vivaient un peu plus haut dans les Ténèbres, mais Samuil Zeitlin s'arrêta au deuxième étage pour ouvrir la porte métallique qui menait au-dessus du garage. Les odeurs devenaient plus étranges encore, tout en lui étant familières : du bouillon de volaille, de la carpe farcie, des pommes de terres sautées *babke* et du *vishniak*. Remarquant la *mezouza*[1] récemment punaisée sur l'encadrement de la porte, Zeitlin pénétra chez ceux qu'il appelait « le cirque itinérant ».

Au milieu d'une vaste pièce remplie de livres en piles instables et d'un bric-à-brac hétéroclite se tenait un grand vieillard chenu, tout de noir vêtu, coiffé de papillotes et d'une kippa. Il récitait la prière des dix-huit bénédictions, le regard tourné vers le sud, en direction de Jérusalem. Une baguette en argent terminée par un index tendu l'aidait dans sa lecture du Talmud. Parce que la

---

1. Rouleau de parchemin sur lequel sont inscrits deux passages du « Shema Israel » (« Écoute Israël »), l'un des textes les plus importants du rituel juif. *(N.d.T.)*

parole divine ne pouvait rester nue, le livre était drapé de soie. Cet homme, le rabbin Abram Barmakid, n'était pas le père de Zeitlin, mais un lien supplémentaire qui le rattachait au monde de son enfance. C'est de là que je viens, songea-t-il. Ancien sage de Turbin, le rabbin Barmakid était à présent entouré des tristes vestiges qu'étaient les objets de culte en argent qui avaient autrefois orné son lieu de prière et ses salles d'étude. On disait qu'il pouvait faire des miracles. Ses lèvres bougeaient rapidement, son visage illuminé était empreint de la joie et de la beauté de la parole divine. Dans le désordre et la décadence propres à l'époque, il venait de célébrer Yom Kippour et les dix jours de pénitence, et se révélait le plus heureux des habitants de cette maison d'impies, car il demeurait celui qui avait tout perdu hormis la foi.

En 1915, le grand-duc Nikolaï Nikolaïevitch, le commandant en chef du district militaire de Saint-Pétersbourg, avait déclaré que tous les Juifs étaient potentiellement des espions à la solde des Allemands et les avaient chassés de leurs villages en ne leur laissant que quelques heures pour charger des siècles de vie sur des charrettes. Zeitlin avait sauvé le rabbin et sa femme en les recueillant à Saint-Pétersbourg dans la plus parfaite illégalité, car ils ne bénéficiaient d'aucune autorisation. Même s'ils ne cessaient de critiquer leur fille impie, le rabbin et son épouse étaient ravis qu'elle ait épousé Zeitlin, heureux propriétaire de puits de pétrole à Bakou, de navires à Odessa, de forêts en Ukraine...

« C'est toi, Samuil ? » l'appela une voix rauque. Dans le placard qui leur servait de cuisine, il trouva Miriam, la femme du rabbin. Coiffée d'une perruque, elle remuait une soupe sur un antique réchaud entouré de deux tables afin de respecter, autant que faire se pouvait dans une cuisine à moitié propre, la séparation rituelle des laitages et de la viande.

« Sashenka a été arrêtée, annonça Samuil.

— Pauvre de moi ! s'écria Miriam. Avant même de voir la lumière, la nuit noire ! C'est notre punition, notre géhenne sur terre, pour les enfants qui se sont écartés de Dieu. Des apostats, tous. Nous sommes morts depuis bien longtemps et, Dieu merci, nous ne mourons qu'une fois. Mon fils Mendel est un anarchiste sans foi ni loi ; Ariadna est perdue : une fille qui, Dieu la protège, sort à demi nue tous les soirs ! Mon benjamin, Avigdor, n'existe plus pour moi, il nous a tout bonnement abandonnés il y a bien longtemps. Où est-il ? Toujours à Londres ? Et voilà que notre petite *Silberkind* chérie a des ennuis. » Enfant, Sashenka était si blonde que ses grands-parents l'avaient surnommée Silberkind, l'enfant d'argent. « Eh bien, il ne faut pas perdre de temps, ajouta la vieille dame en versant du miel sur une assiette vide.

— Que préparez-vous ?

— Des gâteaux au miel et de la soupe de poulet. Pour Sashenka. En prison. »

Ils étaient déjà au courant. Zeitlin en eut les larmes aux yeux : pendant qu'il appelait les ministres, la femme du rabbin confectionnait de la soupe et des gâteaux au miel pour sa petite-fille. Il avait peine à croire que ces gens puissent être les parents d'Ariadna. Comment une telle fleur tropicale avait-elle pu grandir dans leur arrière-cour ?

Il resta là, immobile, à regarder Miriam comme il avait autrefois contemplé sa propre mère dans leur cuisine, dans le village de huttes en bois où ils avaient vécu, au cœur des territoires nationaux réservés aux minorités.

« Je ne sais même pas de quoi on l'accuse », murmura Zeitlin.

Il était fier de ne s'être jamais converti à l'ortho-doxie. Ça n'avait pas été nécessaire. Bien que juif, en tant qu'industriel au service de l'armée, il avait le droit de vivre à Saint-Pétersbourg. Par ailleurs, peu de temps avant la guerre, il avait été élevé au rang de conseiller secret du tsar, l'équivalent d'un lieutenant général dans la table des rangs. Cela dit, malgré tous ces honneurs, il n'en demeurait pas moins juif, un Juif discret, certes, mais tout de même. Il se rappelait encore l'air du « Kol Nidre », le chant d'ouverture de Yom Kippour, et l'impatience avec laquelle il attendait de poser les quatre questions pour Pessah, la pâque juive.

« Tu es blanc comme un linge, Samuil, remarqua Miriam. Assieds-toi ! Tiens, bois ça », ajouta-t-elle en lui tendant un verre de vishniak qu'il avala d'un trait. Secouant imperceptiblement la tête, il tendit le verre à sa belle-mère puis, après avoir embrassé sans mot dire sa main veinée de bleu, il se précipita dans l'escalier qu'il dévala. À la porte, Pantameilion lui remit son manteau et sa toque de castor. Zeitlin était prêt.

10

Le canal gelé brillait au clair de lune lorsque le traîneau du capitaine Sagan s'arrêta devant le quartier général de la police, au 16 rue Fontanka.

Sagan prit l'ascenseur pour se rendre au dernier étage, passa deux postes de contrôle, chacun gardé par une paire de gendarmes de faction, avant de pénétrer au cœur de la police secrète du tsar, l'Okhrana, qui menait la guerre contre les terroristes et les traîtres. Même en pleine nuit, la crème des services de sécurité restait active ; de jeunes employés de bureau triaient des fichiers – bleus pour les bolcheviks, rouges pour les socialistes-révolutionnaires – et ajoutaient des noms aux diagrammes labyrinthiques des sectes et cellules révolutionnaires.

Sagan était l'une des étoiles montantes de l'organisation. Il aurait pu dessiner les yeux fermés l'organigramme des bolcheviks, avec Lénine à son sommet, sans oublier les noms et les liens les plus récents. Il hésita un instant devant le schéma pour savourer son succès, étalé devant lui : tous les membres du Comité central avaient été arrêtés, à l'exception de Lénine et de Zinoviev, ainsi que de six membres de la Douma ; et on les avait tous envoyés en exil en Sibérie. Des hommes trop brisés pour engendrer une révolution. *Idem* pour les mencheviks : le groupe était à terre. L'organisation socialiste-révolutionnaire : à genoux. Il ne restait plus que quelques cellules bolcheviques à réduire en bouillie.

Plus loin dans les bureaux de ce même couloir, les spécialistes chargés de déchiffrer les codes secrets étaient plongés dans des colonnes de hiéroglyphes ; des officiers provinciaux à l'ancienne se penchaient sur des cartes de Viborg, le quartier industriel situé à l'est de la ville, afin d'organiser une descente. Les services de sécurité avaient besoin de toutes sortes de gens, songea Sagan, en apercevant un ex-révolutionnaire qui avait retourné sa veste. À l'autre bout de la pièce, il remarqua l'ancien voleur reconverti en cambrioleur attitré de l'Okhrana, et salua l'aristocrate italien homosexuel, en fait le fils d'un laitier juif de Marioupol, spécialisé dans les interrogatoires délicats... Quant à moi, se dit Sagan, j'ai également ma spécialité : faire des révolutionnaires qui me sont confiés des agents doubles. Avec moi, le pape renierait Dieu !

Il ordonna à un employé de lui apporter les dossiers des rafles de la nuit et les rapports de ses agents *fileri* sur les faits et gestes du Juif Mendel Barmakid et de sa nièce la fille Zeitlin.

11

L'odeur d'eau de rose et de bougies parfumées était si puissante dans le salon du prince Andronikov que Zeitlin en avait des haut-le-cœur. Il accepta une coupe de champagne, qu'il avala d'un trait pour se donner du courage, et se mit à fouiller la foule du regard en prenant l'air dégagé, car il ne devait surtout pas se montrer empressé. Tout le monde connaissait-il la raison de sa présence ici? La nouvelle de l'arrestation de Sashenka s'était-elle propagée? Pourvu que non.

Pleine à craquer, la pièce regorgeait de personnes venues présenter leurs requêtes; des hommes d'affaires rougeauds couverts de médailles fumaient le cigare, surpassés en nombre par des dames aux épaules nues et des jeunes filles aux joues rebondies dont les lèvres roses s'entrouvraient sur des fume-cigarette où se consumaient des égyptiennes parfumées.

L'ancien ministre Khvostov l'entraîna à part. « Ce n'est qu'une question de temps, l'empereur va nommer un ministère représentatif. Ça ne peut pas continuer comme ça, n'est-ce pas, Samuil ?

— Et pourquoi pas ? Ça fait trois cents ans que ça dure. Ce n'est pas l'idéal, mais le système est plus solide qu'on ne le pense. » Au cours de sa vie, quelle que soit la donne, les cartes que Zeitlin avait eues en main ne lui avaient jamais été totalement défavorables. C'était son avenir, son destin réglé par le Livre de la vie. Tout se passerait bien, pour Sashenka et pour lui, se rassura-t-il.

« Tu as des nouvelles ? insista Khvostov en agrippant le bras de Zeitlin. Qui va-t-il convoquer ? Ça ne peut pas continuer comme ça, Samuil. Je sais que tu es d'accord avec moi. »

Zeitlin se libéra. « Où est Andronikov ?

— Au fond. Tu n'y arriveras pas ! Il y a trop de monde et puis… » Zeitlin disparut dans la foule. La chaleur et le mélange des parfums étaient insupportables. Les mains moites des hommes glissaient sur le dos pâle et soyeux des dames. La fumée de cigare était si dense qu'une brume âcre s'était formée, à la fois animale et exquise. Le gouverneur général, le vieux prince Obolensky, membre de l'ancienne noblesse, et deux Golitsyne étaient là. Dans la merde jusqu'au cou, songea Zeitlin. Sans se soucier le moins du monde des convives, une jolie fille entretenue de façon profitable à la fois par le délégué au ministre de l'Intérieur, le nouveau ministre de la Guerre et le grand-duc Sergueï, embrassait à pleine bouche Simanovitch, le secrétaire de Raspoutine. Zeitlin ne prenait aucun plaisir à ce spectacle ; qu'en penseraient le rabbin et Miriam ? Jamais ils ne croiraient que la cour de l'Empire russe puisse être descendue si bas.

Dans la foule, Zeitlin aperçut un minuscule œil exorbité ourlé de cils si denses qu'ils semblaient collés entre eux. Il appartenait forcément à Manassievitch-Manouilov, le dangereux colporteur, mouchard de la police et désormais, c'était d'ailleurs un scandale, chef d'état-major du Premier ministre Stürmer en personne.

Zeitlin se fraya un chemin mais la distance qui le séparait de Manassievitch-Manouilov ne se réduisait pas, et il ne parvint pas à le rejoindre. Au lieu de ça, il se trouva à l'entrée du saint des saints, celui du prince Andronikov, récemment redécoré à la façon d'un harem turc, tout en soies vaporeuses, avec une fontaine d'où l'eau jaillissait du pénis d'une statue en or du dieu Pan. Plus étrange encore, un énorme bouddha d'or prenait ses aises. Un chandelier de cristal supportait des centaines de bougies dont la cire dégoulinante ne faisait qu'accentuer la chaleur.

J'ai sans doute payé une partie de ces travaux, songea Zeitlin en entrant dans la minuscule pièce grouillant de quémandeurs qui jouaient des coudes pour approcher de leur but. Tirant sur un narguilé et embrassant le cou d'un garçon en habit de page, se tenait Andronikov en personne. Le ministre de l'Intérieur était perché à son côté. Grâce à sa fortune, Zeitlin n'avait jamais eu à s'abaisser devant personne. Ce n'était hélas pas le moment de se montrer orgueilleux.

« Eh ! Vous avez renversé mon verre ! En voilà des manières ! s'écria un quémandeur.

— Vous êtes pressé, baron Zeitlin ? » ricana un autre.

Ne songeant qu'à sa fille, le père de Sashenka les ignora et continua de pousser.

Il se retrouva accroupi près d'Andronikov et du ministre.

« Ah ! Zeitlin, mon ange, dit le prince trop maquillé. Un baiser, mon cœur ! »

Zeitlin ferma les yeux pour embrasser la bouche fardée. Je ferais n'importe quoi pour Sashenka, se rappela-t-il. « C'est une soirée très réussie, mon prince.

— Il fait beaucoup trop chaud, répondit l'autre d'un ton grave. Il fait trop chaud pour rester vêtu, non ? » ajouta-t-il à l'intention du jeune page qui gloussa. Sur les murs tendus de soie rouge s'entassaient des portraits autographiés de ministres, de généraux et de grands-ducs. Qui n'avait pas une dette envers Andronikov ? Entrepreneur puissant, journaliste populiste, amateur de ragots calomnieux, il participait à fixer les prix à la bourse du trafic d'influence et venait de faire tomber le ministre de la Guerre.

« Mon prince, c'est au sujet de ma fille... » commença Zeitlin rapidement interrompu par une rousse maigrichonne plus hardie que lui dont le fils avait besoin d'un emploi au ministère de la Justice alors qu'un train l'emmenait déjà sur le front en Galicie. Visualisant le prix d'une telle faveur, Protopopov, le ministre de l'Intérieur, se leva pour prendre la main de la dame. Zeitlin saisit sa chance et s'installa aussitôt sur le siège laissé vacant à côté d'Andronikov qui dodelinait de la tête et posa la main sur sa célèbre sacoche blanche, un tic qui signifiait que les négociations étaient ouvertes.

« Cher prince, ma fille Sashenka... »

D'un geste de sa main moite couverte de bijoux, Andronikov l'interrompit. « Je sais... votre fille arrêtée cet après-midi devant l'institut Smolny... Et coupable, en plus. Je ne sais pas quoi vous dire. Que proposez-vous ?

— Elle est retenue à la prison Kresty. Pouvons-nous l'en faire sortir dès ce soir ?

— Du calme, mon cœur. C'est un peu tard pour aujourd'hui, mais on n'aimerait pas qu'elle écope de trois ans à Ienisseïsk, dans l'Arctique, n'est-ce pas ? »

Rien qu'à y penser, Zeitlin en avait des palpitations : sa petite Sashenka chérie n'y survivrait pas ! Andronikov en profita pour embrasser à pleine bouche le jeune page assis à côté de lui. Quand il eut repris sa respiration, Zeitlin lui indiqua le plafond.

« Mon prince, j'aimerais acheter votre... lustre, suggéra-t-il. Il m'a toujours plu...

— J'y tiens beaucoup, baron. C'est un cadeau de l'impératrice elle-même.

— Vraiment ? Eh bien, laissez-moi vous faire une offre. Disons au moins... »

12

La comtesse Missy, une blonde enjouée née en Amérique mais mariée à un Russe, accompagnait Ariadna dans son périple nocturne qui la menait du salon de la baronne Rozen au Donan. Missy avait supplié son amie de la présenter à Raspoutine qui, disait-on, gouvernait pratiquement le pays.

Tenant Missy par la main, Ariadna descendit de la limousine Russo-Balt pour passer sous le porche du 64 rue Gorokhovaïa, traverser une cour goudronnée et monter l'escalier d'un immeuble de trois étages. La porte s'ouvrit comme par enchantement. Un portier – indubitablement un ancien militaire, sans doute un agent de l'Okhrana – s'inclina. «Deuxième étage.»

Les deux femmes montèrent vers une porte ouverte tapissée de soie écarlate. Un homme rougeaud – un policier, forcément – leur indiqua brusquement le chemin : « Par ici, mesdames ! »

Une paysanne trapue les débarrassa de leurs manteaux avant de les guider vers une pièce où un impressionnant samovar d'argent bouillonnait, libérant de la vapeur. À côté, brassant de pleines poignées de soie, de chinchilla, de zibeline, de diamants et d'aigrettes, se tenait le starets Grigori, le mystique errant plus connu sous le nom de Raspoutine. Il portait des bottes en chevreau et une chemise en soie lilas rentrée dans un pantalon à rayures que maintenait une ceinture à nœud écarlate. Son visage était marqué, ridé, couvert de grains de beauté, son nez vérolé, sa barbe rousse et une raie centrale séparait ses cheveux gras de part et d'autre de son front. Sans ciller, il fixa Ariadna de ses yeux vitreux.

« Ah ! Ma Petite Abeille ! Viens par ici ! » lança-t-il en offrant sa main aux deux amies. Ariadna tituba pour s'agenouiller et baiser les doigts tendus. « Je sais pourquoi tu es venue. Va dans ma salle de réception. Toutes mes petites colombes y sont, chère Petite Abeille. Et vous, vous êtes nouvelle, ajouta-t-il en serrant la taille de Missy pour la chatouiller, ce qui lui fit pousser un léger cri. Fais-lui visiter, ma Petite Abeille.

— Petite Abeille, c'est le surnom qu'il m'a donné, murmura Ariadna. Nous en avons toutes un.

— N'oublie pas de lui parler de Sashenka.

— Sashenka, Sashenka. Ça y est, je m'en souviens. »

Les deux amies pénétrèrent dans la pièce principale, où une dizaine d'invités, pour la plupart des femmes, étaient assis autour d'une table couverte de leurs offrandes : du caviar béluga, un demi-esturgeon en gelée, des montagnes de biscuits au gingembre et à la menthe, des œufs durs, un gâteau au chocolat et des bouteilles de cahors.

Posté juste derrière les deux amies, Raspoutine passa le bras autour de la taille d'Ariadna et la fit tourner sur elle-même pour l'asseoir à la table. Il salua ses admiratrices une par une. « Chère Colombe sauvage, je vous présente Petite Abeille, Joli Dandy et Douce… »

Parmi les convives se trouvait une blonde potelée, au visage rond. Vêtue d'une morne robe beige froissée plutôt mal taillée, elle portait au cou trois rangs des plus grosses perles qu'Ariadna eut jamais vues. Cette créature aux joues rebondies était Anna Vyroubova, et sa jolie voisine brune en tenue de matelot du dernier cri se nommait Julia, « Lili », von Dehn. Ces deux dames, Ariadna le savait, étaient les meilleures amies de l'impératrice. L'exaltation des invitées intensifiait l'atmosphère empreinte de spiritualité. Ariadna savait parfaitement que, puisque l'empereur était au front, l'impératrice gouvernait l'empire grâce aux personnes présentes dans la salle. Missy n'était pas encore acquise au starets, mais elle s'ennuyait avec son gentil mari, le barbant comte Loris, et adorait tout ce qui était à la mode et outrancier. Or cet endroit remplissait ces deux critères. Pour Ariadna, c'était différent. Déjà ivre et sous l'emprise de ses drogues, elle se sentait comme purifiée dans cette pièce. Peu importaient son identité, sa tristesse et son mal-être, ses aventures désespérées et l'aveuglement avec lequel elle cherchait un sens à sa vie. Ici, les choses prenaient pour elle une évidence inédite.

Après avoir fait le tour de la table afin que chaque invitée pût lui baiser la main, Raspoutine s'assit et prit de pleines poignées d'esturgeon qu'il se mit à avaler, non sans en faire tomber de belles quantités dans sa barbe. Les dames l'observaient en silence gober des poignées entières de gâteau, de poisson, de caviar, et mâcher bruyamment sans la moindre gêne. Quand il eut terminé, il les regarda toutes puis plaça ses mains sur celles d'Ariadna, qu'il serra.

« Toi ! Mon rayon de soleil ! Tu as besoin de moi ce soir et je suis là pour toi. »

Ariadna se sentit rougir jusqu'aux oreilles. Une forte émotion lui traversa le corps ; elle ressentait comme une timidité d'adolescente, une excitation mystique et sensuelle. De ses yeux exorbités, la Vyroubova lui jeta un regard noir de jalousie. Qu'est-ce que son ami trouvait à cette *zhyd*[1] venue de nulle part, cette salope, l'épouse d'un banquier juif, qui plus est ? Ariadna savait parfaitement ce que ressentait l'autre, qui avait pourtant, tout comme l'impératrice en personne, bénéficié de la générosité de Zeitlin.

Ariadna s'en moquait éperdument, mais son cou et ses épaules dénudées n'en étaient pas moins cramoisis. Ici, elle n'était plus ni une *Yiddeshe dochte* née Finkel Barmakid à la cour du célèbre rabbin de Turbin ni une neurasthénique dérangée incapable de contrôler ses pulsions. Ici, elle devenait digne d'être aimée et adorée, même par les amis du tsar. Raspoutine parlait de la même

---

1. Juif/juive, en ukrainien. (*N.d.T.*)

façon aux impératrices et aux catins. C'était d'ailleurs là son génie. Il transformait en colombes les lionnes farouches, et les victimes dépressives en sublimes championnes. Ce saint homme sauverait la Russie, les tsars et le monde, Ariadna en était persuadée. Aucun bruit ne perturbait le silence de la pièce, à l'exception du murmure du starets et du bouillonnement du samovar dans la pièce voisine.

« Petite Abeille ? » appela-t-il tranquillement, avec cet accent rustique qui le caractérisait. Il mena ensuite la baronne jusqu'au sofa placé contre le mur où il l'installa, rapprocha sa chaise et serra ses jambes entre les siennes. Un frisson parcourut Ariadna. « Il y a un vide en toi. Tu oscilles toujours entre le désespoir et la vacuité intérieure. Tu es juive ? Vous êtes un peuple difficile mais vous avez également beaucoup souffert. Je vais faire en sorte de t'éviter les ennuis. Il te suffit de suivre ma religion de l'amour. N'écoute ni les prêtres ni les rabbins, ajouta-t-il en la fixant droit dans les yeux, car ils n'ont pas la réponse au mystère. Le péché existe pour qu'on s'en repente et le repentir apporte de la joie à l'âme et de la force au corps. Tu comprends ?

— Oui, nous comprenons, rétorqua derrière lui Vyroubova d'une voix tonitruante.

— Comment l'homme qui souffre dans ses habits de bête pourra-t-il sortir de la fosse qu'est le péché et vivre une existence qui plaise à Dieu ? Oh… tu es ma chérie, ma petite abeille butineuse. » Son visage était si proche de celui d'Ariadna qu'elle sentait, sur son haleine et sa barbe, l'odeur mêlée de transpiration, d'esturgeon et de vin de Madère. « Pour commencer, il faut comprendre le péché. Sans péché, la vie n'existe pas car il n'y a pas possibilité de se repentir, et sans repentir il n'y a pas de joie. Comment me vois-tu, Petite Abeille ?

— Comme un saint, mon père, répondit-elle. J'ai péché. Sans amour, je serais morte. J'ai besoin d'être aimée à chaque instant.

— Tu as soif, lui dit-il avant de l'embrasser délicatement sur les lèvres. Viens avec moi, Petite Abeille. Allons prier. »

Abandonnant les autres dames, il lui prit la main et l'emmena derrière le rideau qui menait au sanctuaire.

13

En prison, l'aube que découvrit Sashenka se réduisait à une lumière aveuglante et aux émanations âcres des urines de toute une nuit. Son tablier blanc de pensionnaire était trempé et taché de sang. Chaque parcelle de son corps la faisait souffrir. Le bruit des bottes sur le sol de pierre, celui des clés qui grincent dans les serrures... La porte s'ouvrit brusquement.

Un homme se tenait dans l'encadrement. « Pouah ! Ça pue là-dedans ! marmonna-t-il avant de montrer Sashenka du doigt. C'est elle. Amenez-la. »

Natacha lui serra les doigts pendant que les deux surveillants se frayaient un chemin entre les corps enchevêtrés pour l'extraire de la cellule. Ils la poussèrent le long de couloirs gris avant de la laisser seule dans une salle d'interrogatoire aux murs écaillés par l'humidité et au mobilier composé seulement d'un bureau et d'une chaise en métal. Dans la pièce voisine, un homme pleurait.

Le lieutenant de gendarmerie au crâne rasé de près qui rejoignit Sashenka fit aussitôt claquer son poing sur le bureau.

« Tu vas nous dire leurs noms. Tous ! Tu ne vas pas nous emmerder. » Sashenka tressaillit lorsqu'il se hissa sur le rebord de la table pour la dévisager. « Tu as tous les avantages possibles dans la vie ! hurla-t-il. Tu n'es ni une vraie Russe ni une aristocrate, c'est vrai, tu es une zhyd. Ton juif de père salue sans doute le kaiser tous les soirs…

— Mon père est un vrai patriote. Le tsar lui a donné une médaille !

— Ne me réponds pas sur ce ton. Son fameux titre n'est pas russe du tout, car les Juifs ne sont pas autorisés à en recevoir. Tout le monde le sait. Il l'a acheté avec des roubles volés à quelque petit prince allemand…

— C'est le roi de Saxe qui l'a élevé au rang de baron. »

Malgré ses opinions très arrêtées sur la classe de Samuil Zeitlin et la guerre à mener contre le capitalisme, Sashenka n'en demeurait pas moins la fille de son père. « Il travaille dur pour son pays.

— Si tu ne veux pas que je te gifle, tu ferais mieux de te taire. Un zhyd reste un zhyd. Tous des profiteurs, des révolutionnaires, des camps volants. Vous, les *Evre,* les Hébreux, vous ne pensez qu'à ça, non ? Mais tu es une vraie beauté. Ouais, fraîche comme la rosée du matin !

— Comment osez-vous ? lança-t-elle. Je vous interdis de me parler de cette façon ! »

Sashenka n'avait rien mangé depuis la veille. Après avoir bravement réagi par le défi, sa force et son courage l'abandonnaient. Elle avait besoin de nourriture comme le fourneau d'une locomotive a besoin de charbon, et ne rêvait que d'un bain chaud. Et pourtant, ce tyran qui lui criait dessus commençait à perdre son pouvoir. Elle n'avait peur ni de ses petits yeux chafouins, ni de son uniforme bleu, ni de ses postillons grotesques.

Elle ferma les yeux un instant, pour se détacher de cette brute, de ce Derjimorda[1]. Elle imaginait à nouveau l'effet de son arrestation à la maison. Où se trouvait son cher papa ? Et Fanny Loris ? Et les filles de l'école ? Comme leurs bavardages insignifiants lui plairaient aujourd'hui ! Et sa chère Lala, si douce, si rêveuse, Mme Lewis et sa voix de berceuse ? Elle ne savait pas que la fillette qu'elle adorait n'existait plus…

Des cris à nouveau. La faim et l'épuisement faisaient tourner la tête de Sashenka pendant que son interrogateur remplissait prestement des formulaires de pattes de mouches à peine lisibles. Nom ? Âge ? Nationalité ? Scolarité ? Parents ? Taille ? Traits particuliers ? Lorsqu'il fallut prendre ses empreintes digitales, la jeune fille lui tendit la main droite. Il pressa alors chaque doigt sur un tampon encreur puis sur son formulaire.

« Tu es accusée, en vertu du paragraphe un, article 126, d'être membre du Parti ouvrier social-démocrate, lequel est illégal et, en vertu du paragraphe un, article 102, de faire partie d'une

_____

1. Sergent de ville dans *Le Revizor* de Nicolas Gogol. (*N.d.T.*)

organisation militaire. Eh oui, petite fille, tes amis sont des terroristes, des assassins, des fanatiques ! »

Sashenka savait que c'était à cause des tracts qu'elle avait distribués avec oncle Mendel. « Qui les a rédigés ? Où est cachée la presse typographique ? demanda et répéta encore et encore le policier. Tu t'es occupée des "nouilles" et des "bouledogues" ?

— Je ne vois pas de quoi vous parlez.

— Ne fais pas l'innocente avec moi, ça ne prend pas. Tu sais parfaitement que les "nouilles" sont des ceintures de munitions utilisées pour les mitrailleuses et les "bouledogues" des pistolets, des Mauser, éructa-t-il en l'aspergeant à nouveau de salive.

— Je ne me sens pas bien. Je crois que j'ai besoin de manger…, murmura-t-elle.

— C'est bon, princesse, rétorqua-t-il en se levant. Alors, comme ça, on a la tête qui tourne ? On a des vapeurs comme la comtesse dans *Onéguine* ? ajouta-t-il d'un ton moqueur en tirant bruyamment sa chaise avant de prendre la jeune fille par le bras d'un geste brusque. Le capitaine Sagan va s'occuper de toi. »

95

14

Au bout du couloir, un officier en tunique bleue à parements blancs accueillit Sashenka dans un minuscule bureau qui sentait la poussière et le cigare. « Mes salutations, mademoiselle la baronne. Je me présente : capitaine Sagan. Pierre Mikhaïlovitch de Sagan. Veuillez excuser le manque de manières – et l'haleine – de certains de mes subalternes. Asseyez-vous, je vous en prie. »

Il se leva pour étudier sa nouvelle prisonnière : une jeune fille mince à l'exubérante chevelure brune dans un uniforme de pensionnaire froissé et maculé de taches. Son visage était meurtri, ses lèvres légèrement enflées, ses bras fermement croisés sur sa poitrine, son regard tourné vers la porte.

Comme il l'aurait fait lors d'une réception, Sagan s'inclina devant elle, talons joints, et lui tendit la main. Il aimait serrer la main de ses prisonniers. C'était un moyen de « prendre leur température » et de montrer ce que le général appelait une main de fer dans un gant de velours.

Les doigts de la jeune fille tremblaient et elle puait de cette odeur typique de ceux qui ont séjourné en cellule. Était-ce du sang sur son tablier ? Une dingue l'avait probablement agressée. La prison Kresty, ce n'était pas le yacht-club ! Voilà à quoi devraient réfléchir les pensionnaires de la haute avant de comploter contre l'empereur !

Il tira un fauteuil sur lequel il l'invita à s'asseoir. À première vue, il la trouva ridiculement jeune. Mais Sagan aimait à se décrire comme un « professionnel de la police secrète, pas une nounou ». Ces gamines gâtées pouvaient se révéler bénéfiques à sa carrière et, si insignifiante pût-elle paraître, celle-ci devait savoir quelque chose. C'était la nièce de Mendel, après tout.

À la façon dont elle s'effondra dans le fauteuil, Sagan nota avec satisfaction son épuisement et calibra en conséquence son expression de pitié. Une petite fille démunie, voilà tout. Il pourrait tirer avantage de son état de fatigue avancé.

« Vous semblez affamée, mademoiselle. Voulez-vous que je vous commande un petit déjeuner ? Ivanov ? »

Un sous-officier de gendarmerie apparut à la porte.

Sashenka acquiesça, évitant de croiser le regard de Sagan.

« Que puis-je vous offrir, *maga-mozelle* ? demanda Ivanov, jouant au serveur français en agitant un stylo et un carnet imaginaires.

— Voyons voir ! répondit Sagan à la place de la jeune fille, en se rappelant les rapports contenus dans son dossier de surveillance. Je parierais qu'au petit déjeuner, vous prenez du chocolat chaud, du pain blanc légèrement grillé, du beurre et du caviar. »

Sashenka approuva d'un signe de tête silencieux. « Eh bien, nous ne sommes pas en mesure de vous servir du caviar, mais nous avons du chocolat, du pain et nous avons trouvé un peu de marmelade d'oranges Cooper chez Elisseïev, la boutique de la perspective Nevski. Ce menu vous conviendra-t-il ?

— Oui, c'est parfait.

— Vous avez saigné ?

— Oui.

— On vous a agressée ?

— Hier soir, rien de grave.

— Savez-vous pourquoi vous êtes ici ?

— On m'a lu le chef d'inculpation mais je suis innocente. »

Il lui adressa un sourire qui passa inaperçu car, les bras croisés, Sashenka continuait d'éviter son regard.

« Au contraire, vous êtes coupable. La question est de savoir à quel point. »

Elle secoua la tête.

Cet interrogatoire allait être d'un ennui ! songea Sagan. Un tablier noué à la va-vite autour de la taille, Ivanov arriva en poussant devant lui le plateau du petit déjeuner.

« Votre commande a été respectée, *maga-mozelle*.

— Merci, Ivanov. Vous parlez français à la perfection », commenta Sagan. Se tournant vers la jeune fille, il ajouta : « Ivanov vous rappelle-t-il les employés du Donan, le restaurant préféré de votre papa ? À moins que ce ne soit l'hôtel Pupp de Carlsbad ?

— Je n'y suis jamais allée, marmonna Sashenka en se passant un doigt sur les lèvres, un tic quand elle devenait songeuse, remarqua Sagan. Ma mère y descend mais elle nous loge, ma gouvernante et moi, dans une pension minable. Comme vous le savez déjà », ajouta-t-elle avant de se murer dans le silence.

Tous les mêmes, conclut Sagan. Ils se sentent malheureux à la maison, et se vengent par de mauvaises fréquentations. Elle devait mourir de faim, mais il attendrait qu'elle lui demande la permission d'entamer son repas.

Au lieu de l'implorer, elle leva soudain les yeux vers lui, comme si la vue de son petit déjeuner avait suffi à lui redonner des forces. Un regard gris, froid comme l'ardoise, le défiait. La clarté de ses iris pailletés d'or et leur curiosité moqueuse prirent Sagan de court.

« Vous allez rester là à me regarder déjeuner ? » demanda-t-elle en prenant un morceau de pain.

Un point pour elle, songea le capitaine. Le gentleman qu'il était, descendant de nombreuses générations de barons baltes et de généraux russes, eut envie de l'applaudir mais il se contenta de sourire.

La jeune fille saisit un couteau, étala beurre et marmelade sur son pain et mangea chaque morceau rapidement et proprement. Sagan remarqua les délicates taches de rousseur qui parsemaient son visage.

Ivanov desservit. Sagan tendit à la jeune fille un paquet de cigarettes sur lequel était dessiné un crocodile.

« Des Crocodile égyptiennes au filtre d'or ? s'étonna-t-elle.

— N'est-ce pas là votre unique luxe ? Je sais qu'à l'institut Smolny il est interdit de fumer mais, en prison, qui se soucie de ce genre de détail ? »

Elle tira une cigarette du paquet et il la lui alluma avant d'en prendre lui-même une qu'il fit tournoyer dans l'air pour la rattraper entre ses lèvres.

« Un tortionnaire doublé d'un singe savant, commenta Sashenka d'une voix légèrement rauque avant d'expirer des volutes bleues. Merci pour le petit déjeuner. Je peux rentrer chez moi maintenant ? »

Ah, elle a de l'esprit ! se réjouit Sagan. Un éclat de lumière se mit à danser dans les boucles brunes de Sashenka.

L'officier tendit la main vers une pile de rapports manuscrits.

« Vous lisez un journal intime ? demanda la jeune fille avec insolence.

— Mademoiselle, lui répondit Sagan avec mépris, la vie telle que vous l'avez vécue jusqu'à présent est terminée. Vous serez sans doute condamnée par la commission à un maximum de cinq ans d'exil à Ienisseïsk, près du cercle polaire. Oui, vous avez bien entendu, cinq ans. Vous n'en reviendrez peut-être jamais. Une peine aussi lourde est à la mesure de votre trahison en temps de guerre et, étant donné que vous êtes juive, il est fort probable que, la prochaine fois, elle sera plus lourde encore.

— Cinq ans ! s'écria-t-elle, en s'étranglant. C'est votre guerre, capitaine Sagan, pas la nôtre. C'est le massacre des ouvriers aux ordres des empereurs et des rois.

— Bien, je vous mets les cartes en main. Voici les rapports de surveillance de mes agents. Permettez-moi de vous lire ce qui est écrit dans mes dossiers à propos d'une certaine personne que nous appellerons Mme X. Je vous laisse deviner sa véritable identité. » Sagan prit une inspiration, plissa les yeux puis baissa la voix d'un air dramatique. « "Après avoir suivi la religion érotique décrite dans *Sanine*, le roman d'Artsybachev, et participé à des actes de débauche, elle devint adepte des enseignements orientaux d'une guérisseuse répondant au nom de Mme Aspasia del Balzo qui, par un processus de régression spirituelle, lui révéla que, dans des vies antérieures, elle avait été la femme de chambre de Marie Madeleine et la couturière de Jeanne d'Arc."

— C'est trop facile. Il s'agit de ma mère », rétorqua Sashenka, très agacée. Sagan remarqua que ses lèvres restaient entrouvertes. Il lut de nouveau son dossier.

« "Au cours d'une soirée où l'on faisait tourner les tables, Mme Aspasia présenta la baronne Zeitlin à Jules César qui lui recommanda de ne pas laisser sa fille Sashenka se moquer de ses séances de spiritisme."

— Vous fabulez, capitaine, l'interrompit Sashenka d'un ton sec.

101

— Dans cet asile d'aliénés qu'est Piter, il est inutile d'inventer quoi que ce soit. Votre nom revient assez souvent dans ce dossier, mademoiselle, ou devrais-je dire camarade Zeitlin ? Ah, nous y voilà ! "La baronne Zeitlin continue de s'essayer à tout ce qui pourrait l'amener au bonheur. Après avoir suivi les enseignements du Dr Philippe, un hiérophante français, puis ceux du guérisseur tibétain le Dr Badmaev, elle est maintenant une adepte de celui que l'on connaît mieux sous le nom du Débauché, à qui elle a demandé d'exorciser sa fille Sashenka qui, selon elle, la méprise et nuit à son équilibre spirituel."

— Je vous ai trouvé très drôle pendant l'interrogatoire, mais ne pensez pas m'avoir aussi facilement », la prévint la jeune fille d'un air digne.

Sagan lança le dossier sur son bureau, se cala sur sa chaise et joignit les mains. « Toutes mes excuses. Je ne veux pas vous sous-estimer. J'ai admiré votre article dans le *Rabochnii Put – Les Travailleurs en marche –*, un journal illégal d'ailleurs, expliqua-t-il en tirant un périodique souillé dont l'en-tête arborait une étoile rouge. Le titre : "La science du matérialisme dialectique, la guerre civile impérialiste cannibale et la trahison menchevique de l'avant-garde prolétarienne".

— Je n'en suis pas l'auteur, protesta-t-elle.

— Évidemment. Cela dit, ce texte est très complet, et un de nos agents de Zurich m'a laissé entendre que votre Lénine en avait été assez impressionné. Je n'imagine pas les autres pensionnaires de l'institut Smolny capables d'écrire une telle dissertation en citant Plekhanov, Engels,

Bebel, Jack London et Lénine, et je ne parle bien entendu que de la première page. Je ne voudrais pas me montrer condescendant.

— Je viens de vous dire que je n'ai pas écrit cet article.

— C'est signé *Tovaritch Pesets. Camarade Isatis.* Les personnes chargées de votre surveillance me signalent que vous portez toujours un manteau en fourrure d'isatis, cadeau d'un père qui vous gâte, peut-être ?

— C'est un *nom de révolution** bien frivole et ce n'est pas le mien.

— Je vous en prie, Sashenka – si vous me permettez de vous appeler par votre prénom. Aucun homme ne choisirait un tel pseudonyme. Nous avons le camarade Kamenev – Pierre – et le camarade Staline – Acier – que j'ai tous deux personnellement expédiés en Sibérie. Et le camarade Molotov – Marteau. Vous connaissez leurs véritables identités ?

— Non, je…

— Notre section spéciale sait tout de votre parti, lequel grouille d'informateurs. Mais revenons à la camarade Isatis. Peu de femmes du parti seraient capables d'écrire un tel article. Peut-être Alexandra Kollontaï, mais nous connaissons déjà son nom de code et, de toute façon, elle est en exil et vous êtes ici. Au fait, vous avez peut-être lu son autobiographie, *Les Amours des abeilles travailleuses* ?

— Évidemment, répondit Sashenka en se redressant. Qui ne l'a pas lue ?

— Mais j'imagine que tout cet amour libre correspond davantage à votre mère qu'à vous ?

103

— Ce que fait ma mère ne regarde qu'elle et pour ce qui est de ma vie privée, je n'en ai pas. Je n'en veux pas. Tout ça me dégoûte. Je méprise ce laisser-aller. »

Les yeux gris le dévisagèrent à nouveau. Il n'y a pas plus moralisateur qu'une adolescente idéaliste, surtout quand il s'agit de la fille adorée d'un riche banquier, se dit Sagan, impressionné par le petit jeu de sa prisonnière. Que faire d'elle : la relâcher ou continuer l'interrogatoire ? Elle pourrait se révéler l'appât idéal pour attraper de plus gros poissons…

« Vous savez, vos parents et votre oncle Gideon ont tous trois essayé de vous faire libérer hier soir.

— Maman ? Je suis étonnée qu'elle se soit donné la peine de…

— Sergent Ivanov ! Donnez-moi le rapport d'hier soir sur le domicile de Raspoutine ! » Quand il l'eut en main, Sagan en feuilleta les pages manuscrites. « Nous y voici. "Rapport de l'agent Petrovski. Le Débauché a discuté avec Ariadna Zeitlin, juive, épouse de l'industriel du même nom, qui a reconnu qu'elle tenait à aborder un sujet particulier. Après un entretien privé sur le péché et une scène épique à l'arrivée de Mme Lupkina, Mme Zeitlin, accompagnée d'une Américaine, la comtesse Loris, a quitté l'appartement du Débauché à 3 h 33 pour être conduite à la boîte de nuit L'Aquarium puis à l'hôtel Astoria, sur la place Marinski, dans la même Russo-Balt. Les deux femmes paraissaient ivres. Elles se sont rendues dans la suite du capitaine des gardes Dvinski, connu pour tricher aux cartes et s'adonner à la spéculation. Là… du champagne a été commandé… bla bla bla… Elles en sont parties à 5 h 30. Les bas de la Juive étaient filés et sa tenue négligée. Le chauffeur l'a déposée à la résidence Zeitlin sur la rue Bolchaïa-Morskaïa avant de ramener l'Américaine à l'appartement de son mari sur Millionaïa, l'allée des Millionnaires…"

— Mais… elle n'a pas parlé de moi ?

— Non, répondit Sagan en secouant la tête, mais son amie s'en est chargée. Votre père s'est montré plus efficace mais, ajouta-t-il en levant le doigt au moment où le visage de la jeune fille s'éclairait à l'idée de sortir enfin de cet enfer, vous restez ici. C'est un service que je vous rends car, si je vous libérais trop vite, vous perdriez toute crédibilité auprès de vos amis révolutionnaires.

— Vous plaisantez ?

— Si je vous laissais partir maintenant, ils pourraient penser que vous êtes devenue l'un de mes agents doubles. N'allez pas croire qu'ils se montreront plus doux à votre égard parce que vous allez encore à l'école. Ils ont un cœur de pierre et se diraient que vos riches parents se sont précipités chez Raspoutine ou chez Andronikov pour acheter votre libération et concluraient – selon moi, avec raison – que vous n'êtes qu'une dilettante frivole. Je vous rends donc un fier service en faisant en sorte que vous écopiez de ces cinq ans d'exil. »

Il regarda la rougeur monter le long du cou de la jeune fille, inonder ses joues et lui brûler les tempes. Elle a peur, en conclut-il, très fier de lui-même.

« Ce serait un honneur. "Je suis ferme, je n'ai peur ni du couteau ni du feu", rétorqua-t-elle, citant Zemfira dans *Les Bohémiens* de Pouchkine. Qui plus est, je m'évaderai. C'est ce que tout le monde fait.

— Pas de là-bas, non… Zemfira. Vous risquez plutôt d'y mourir. Vous serez enterrée par des inconnus dans une tombe anonyme de la taïga. Vous ne mènerez jamais aucune révolution, vous ne vous marierez pas, vous n'aurez pas d'enfants. Votre présence sur cette terre n'aura été qu'une perte de temps, d'argent et d'amour de la part de votre famille. »

La voyant frissonner, il laissa le silence s'installer.

« Que me voulez-vous ? finit-elle par lui demander d'une voix nerveuse.

— J'aimerais que nous discutions. C'est tout. Votre avis m'intéresse, camarade Isatis. Tout comme votre opinion sur notre régime. Vos lectures. La façon dont vous voyez l'avenir. Le monde change. Malgré nos divergences, vous et moi, nous sommes l'avenir.

— Nous n'avons rien en commun ! s'exclama-t-elle. Vous croyez au régime des tsars, des propriétaires et des oppresseurs. Vous êtes la poigne de fer de cet empire qui me dégoûte et que je sais voué à une fin certaine, sur le point de s'effondrer. Bientôt le peuple régnera !

— En fait, nous sommes sans doute d'accord sur bien des points, Sashenka. Moi aussi, je sais que les choses doivent changer.

— L'Histoire transformera le monde aussi sûrement que le soleil se lève chaque matin. Les classes disparaîtront. La justice vaincra. Les tsars, les princes, mes parents et le monde dépravé, la noblesse à laquelle vous appartenez... » Elle s'interrompit brusquement, craignant d'en avoir trop dit.

« La vie nous réserve bien des surprises, non ? Je ne devrais pas vous dire ça, mais nous souhaitons probablement tous la même chose, Sashenka. Il est même possible que nous lisions les mêmes livres. J'adore Gorki et Leonid Andreïev. Sans oublier Maïakovski.

— Moi aussi, j'adore Maïakovski !

— J'étais à la taverne du Chien errant le soir où il a déclamé ses poèmes et, croyez-moi si vous voulez, j'ai pleuré. Je n'étais pas en uniforme, vous vous en doutez... Oui, j'ai pleuré devant tant de courage et tant de beauté. Vous connaissez le Chien errant, bien sûr ?

— Non, je n'y suis jamais allée.

— Ah bon ? » Sagan feignit d'en être étonné et légèrement déçu. « J'imagine que Mendel n'a pas de temps à perdre avec la poésie.

— Lui et moi n'avons pas de temps à perdre dans des cabarets enfumés, rétorqua-t-elle d'un air sombre.

— Si seulement je pouvais vous y emmener... Ne m'avez-vous pas dit que vous adoriez Maïakovski ? Voici mon poème préféré :

Faunes de six étages, les maisons publiques, l'une derrière l'autre,

Se sont précipitées dans la danse...

Sashenka continua le poème avec enthousiasme :

Accessoiriste !
Prépare un catafalque !
Rajoute des veuves dans la foule,
Il y en a encore trop peu !
Personne ne demande plus
Que la victoire...

Et Sagan reprit à sa suite :

... soit dévolue à sa patrie.
Relief sans bras d'un déjeuner sanglant,
Que diable en a-t-il à faire[1] *?*

Sashenka marquait le rythme à deux mains,
poussée par la passion du texte. La vision d'une
jeune rebelle qui défie le monde, songea Sagan.

« Eh bien ! Moi qui pensais que vous n'étiez
qu'une petite sotte de pensionnat... » conclut-il
lentement.

On frappa à la porte. Ivanov entra d'un pas
décidé pour remettre une note à Sagan qui se leva
brusquement avant de jeter ses dossiers sur le
bureau. Le geste fit tourbillonner la poussière en
suspension dans l'air.

« Bien, dit Sagan. C'est fini. Au revoir. »

---

1. Vladimir Maïakovski, « La guerre et le monde », in
Poèmes 1913-1917. Traduction de Claude Frioux. *(N.d.T.)*

Sashenka semblait indignée. « Vous me renvoyez ? Mais vous ne m'avez posé aucune question !

— Quand votre oncle Mendel Barmakid vous a-t-il recrutée pour entrer au Parti ouvrier social-démocrate ? En mai 1916. Comment s'est-il enfui de son exil ? En traîneau tiré par des rennes, puis en bateau à vapeur et en train – billet de deuxième classe, rien de moins. Ne froncez pas vos jolis sourcils, camarade Isatis, nous savons tout. Je ne vais pas perdre davantage de temps à vous interroger. » Sagan feignait l'exaspération alors qu'il était très satisfait. Il avait obtenu tout ce qu'il espérait de cet entretien. « Cela dit, j'ai beaucoup apprécié notre conversation et je crois que nous devrions reparler de poésie très bientôt. »

15

Sashenka s'enveloppa dans son étole d'isatis et son châle d'Orenbourg tandis que le surveillant en chef l'aidait à enfiler son manteau. Le contact de la doublure en soie si douce et si douillette lui donnait l'impression de s'enfoncer dans un bain de lait chaud. Elle frissonna de plaisir, à peine consciente des gazouillis du sergent Volkov sur les « politiques », les « droit-commun », le chocolat suisse et l'eau de Cologne de chez Brocard dont il s'était généreusement aspergé pour cette occasion.

L'arrivée de Sashenka à la prison Kresty semblait dater d'une éternité, et quand le surveillant lui répéta : « Voyez-vous, je ne suis pas comme les autres surveillants », elle eut envie de le serrer dans ses bras. Elle quitta la maison d'arrêt sur un petit nuage. Les surveillants s'inclinaient sur son passage. Les portes s'ouvraient les unes après les autres, la lumière semblait de plus en plus proche. Les gendarmes brandissaient des clés géantes qui tintaient sur leurs porte-clés ; les serrures s'ouvraient en grinçant. Le gendarme derrière le comptoir alla jusqu'à porter son index à sa casquette. Tout le monde semblait lui souhaiter le meilleur, comme à une étudiante quittant l'université après de brillantes études.

Qui était venu la chercher ? Papa ? Flek, l'avocat de la famille ? Lala ? Avant qu'elle ait pu émettre une autre supposition, son oncle Gideon dansait vers elle, les bras grands ouverts. Il enveloppa sa nièce de sa fourrure, lui gratouilla le cou de sa barbe, la souleva presque de terre.

« Oh, mon cœur ! braille-t-il sans se soucier des gendarmes. La voici ! Allez, viens, tout le monde t'attend. » À cet instant précis, elle adora son odeur de cognac et de cigare qu'elle inspira avec avidité.

Elle fut vite dehors, dans le froid glacial. La Russo-Balt de son père, dont les roues étaient équipées de chaînes en raison de la neige, avança difficilement. Tout vêtu d'or et d'écarlate, Pantameilion courut ouvrir la porte à Sashenka qui s'écroula dans la cabine capitonnée de cuir. Les bras de Lala l'enveloppèrent et oncle Gideon monta à l'avant, avala une lampée de cognac de sa flasque puis saisit le tuyau acoustique.

« À la maison, Pantameilion, bourreau des cœurs ! Au diable Mendel ! Au diable la révolution et tous les abrutis ! » Lala leva les yeux au ciel et les deux femmes éclatèrent d'un rire simultané.

Sur le pont, Lala tendit à Sashenka la boîte de biscuits Huntley & Palmers et les gâteaux au miel yiddish de sa babouchka Miriam. La jeune fille dégusta chacune de ces douceurs. Elle n'avait jamais autant apprécié la flèche de l'Amirauté, la

111

gloire rococo du palais d'Hiver et le dôme doré de Saint-Isaac. Elle rentrait chez elle ! Libre !

Oncle Gideon ouvrit la porte de la maison à la volée et Sashenka se précipita à l'étage, passant en coup de vent devant Leonid, le vieux major-dome qui, les larmes aux yeux, s'inclina devant sa jeune maîtresse comme un moujik. Gideon jeta au vieil homme son épaisse fourrure qui l'ensevelit, et exigea que l'un des valets l'aide à ôter ses bottes.

Sashenka courut au bureau de Zeitlin. Pourvu qu'il soit là ! Que ferait-elle sinon ? Il était là. Ouf ! En guêtres et col cassé, il écoutait Flek.

« Eh bien, Samuil, le gouverneur de la prison a exigé quatre cents roubles, disait l'avocat de la famille qui ressemblait à un crapaud.

— C'est de la menue monnaie par rapport à ce qu'a réclamé Andronikov... »

Zeitlin aperçut sa fille. « Dieu merci, te voici ! Ma petite *Lisichka-sestrichka*. Mon petit Isatis chéri ! Mon renardeau ! » dit-il en reprenant l'un des surnoms d'enfance de sa fille. Il ouvrit les bras et elle s'y réfugia, se régalant du contact de la moustache taillée qui frôlait sa joue et du parfum d'eau de Cologne. « Retire donc ton manteau avant que nous ne discutions », lui proposa-t-il en s'écartant d'elle pour la guider vers le couloir. Leonid, qui l'avait précautionneusement suivie, l'aida à ôter sa fourrure, son étole et son châle. Là, elle remarqua que son père l'examinait d'un air dégoûté. Sashenka avait oublié qu'elle portait encore son tablier de pensionnaire taché. L'odeur

112

infectc de la prison qui l'enveloppait lui parut soudain atroce.

« Sashenka ? C'est du sang ? s'inquiéta son père.

— Oh, ma chérie, il faut absolument que tu te laves et que tu te changes, s'écria Lala de sa douce voix haut perchée. Luda, allez immédiatement faire couler un bain à mademoiselle. »

Dans le silence qui suivit, Lala prit Sashenka par la main et la mena au troisième étage, qui leur était réservé. Là-haut, chaque point d'usure des tapis, chaque lézarde des murs du palier, la tache d'humidité sur le papier peint rose, sa chambre décorée de jolis dessins de poneys et de lapins, l'émail jauni de la cuvette de sa table de toilette anglaise, tout ça rappelait à Sashenka son enfance avec Lala qui avait décoré la pièce pour en faire le sanctuaire d'amour d'une enfant unique.

Le palier sentait déjà l'essence de bain au pin de Pears et les sels d'Epsom. Lala emmena la jeune fille directement dans la salle d'eau, remplie des produits de toilette britanniques les plus luxueux, de magnifiques flacons ambre, bleus ou verts contenant lotions, huiles ou essences. Noire, craquelée, adorée, la savonnette Pears attendait sur le serviteur de baignoire en bois.

« Quel est le programme ? demanda Sashenka.

— Comme d'habitude », répondit sa gouvernante.

Même si elle se considérait désormais comme une adulte, la jeune fille se laissa déshabiller par Lala et tendit ses vêtements puants à Luda.

« Brûle-les, ma fille », insista Lala.

Sashenka adorait le contact du tapis moelleux sous ses pieds et les vapeurs d'essences qui montaient en volutes. Lorsque Lala l'aida à entrer dans la baignoire, elle croisa le reflet de sa nudité sur le miroir embué et grimaça à la vue de ce corps qu'elle préférait ignorer. L'eau était si chaude, la baignoire si profonde – anglaise, elle aussi, importée de Bond Street – qu'elle ferma immédiatement les yeux pour se détendre.

« Ma chérie, je sais que tu es épuisée, mais dis-moi, qu'est-il arrivé ? Tout va bien ? J'étais tellement inquiète… », murmura Lala avant de sangloter, et de laisser couler de grosses larmes sur ses joues.

Sashenka se redressa pour l'embrasser. « Ne t'en fais pas, Lala. On m'a bien traitée… » En replongeant dans les profondeurs de son bain, la jeune fille laissa son esprit divaguer vers une conversation qu'elle avait eue avec Mendel l'été précédent…

C'était *sumerki*, ce merveilleux mot qui désigne la tombée de la nuit en été. Hormis le loriot qui chantait dans la pinède, tout était silencieux dans la lumière lilas.

Dans le hamac derrière leur maison de Zemblishino, Sashenka se berçait en lisant la poésie de Maïakovski quand le balancement avait cessé. Mendel venait de poser la main sur le hamac.

« Tu es prête, lui avait-il annoncé en tirant une bouffée de sa cigarette. Quand nous rentrerons en ville, tu t'occuperas de quelques cercles de travailleurs afin de leur enseigner ce que tu sais. Ensuite tu adhéreras au Parti.

— Pas seulement parce que je suis ta nièce ?

— La famille et les sentiments ne signifient rien à mes yeux, avait-il répondu. Quel poids ont-ils au regard de l'Histoire en marche ?

— Et papa et maman ?

— Quoi donc ? Ton père est l'archétype de l'industriel qui opprime la classe ouvrière et ta mère – ma propre sœur – n'est qu'une bourgeoise dégénérée. Les ennemis de l'Histoire, en somme. Ils n'ont rien à voir avec nous. Si tu comprends ça, tu te libéreras de leur emprise à jamais. »

Il lui avait tendu un tract portant le même titre que le premier livre qu'il lui avait confié quelques semaines auparavant : *Que faire ? Les questions brûlantes sur notre mouvement*, par Lénine. « Lis ça et tu comprendras que les bolcheviks sont les chevaliers d'un ordre militaire et religieux, des chevaliers en quête du Graal. »

En effet, au cours des semaines suivantes, elle avait éprouvé la joie de faire partie de l'avant-garde secrète, austère et sans merci prônée par Lénine.

À son retour en ville, elle avait commencé à enseigner ce qu'elle savait à des groupes d'ouvriers. Elle avait rencontré des travailleurs ordinaires, des prolétaires employés par les gigantesques usines d'armement de Petrograd, des hommes, des femmes et même des enfants, dotés d'un courage pudique qu'elle découvrait pour la première fois. Ils trimaient dans des usines dangereuses et vivaient dans des dortoirs crasseux sans aération, sans lits, sans sanitaires, sans air ni lumière, comme des rats dans un enfer souterrain. Elle avait rencontré les ouvriers qui fabriquaient les fusils et les obusiers qui avaient fait de son père un homme riche. Elle travaillait avec les membres du Parti les plus enflammés et les plus dévoués à la cause, ceux qui risquaient leur vie pour la révolution. Le monde clandestin des comités, des codes, des complots et des camarades l'enivrait. Comment aurait-il pu en être autrement ? C'était le grand théâtre de l'Histoire !

Alors qu'on la croyait partie prendre une leçon de danse ou chez la comtesse Loris afin de jouer avec son amie Fanny, elle servait de messagère à Mendel, transportait des tracts puis des pièces détachées pour la presse d'imprimerie, puis des grenades – qu'on appelait des pommes –, des munitions – des nouilles – et des pistolets – des bouledogues. Tandis que Fanny Loris et ses camarades de classe rédigeaient des lettres parfumées d'une écriture ronde et enfantine à des lieutenants de la garde, les *billets doux** de Sashenka consistaient en messages codés du camarade Haut Fourneau, l'un des pseudonymes de Mendel, et ses polkas étaient des trajets en tramway ou dans le traîneau de son père pour livrer des objets secrets cachés dans sa lingerie ou sous sa cape.

« Tu es la messagère idéale, lui avait dit Mendel. Qui fouillerait une pensionnaire de l'institut Smolny enveloppée d'une étole en isatis dans un traîneau rouge sang ? »

Tandis que Lala lui frottait le dos, Sashenka repensa à l'interrogatoire de Sagan, aux murmures de Natacha, l'épouse de Mendel, à ses propres projets et à ses idéaux personnels. Elle se sentait plus de force et de maturité que la veille.

16

Cinq minutes plus tard, Sashenka se tenait dans l'encadrement de la porte du salon.

« Entre », lui lança son père qui se chauffait le dos contre la cheminée tout en fumant un cigare sous une toile de maître au cadre d'or.

La jeune fille fut surprise de trouver la pièce remplie de monde. Selon la tradition russe, un aristocrate se devait d'ouvrir ses portes chaque jour à l'heure du déjeuner. Certes, Zeitlin aimait à se prétendre noble mais Sashenka pensait que ses parents auraient annulé cette bêtise le jour de sa sortie de prison. En parcourant la pièce du regard, elle eut envie de fondre en larmes, et se rappela cette anecdote de son enfance : ses parents donnaient un dîner en l'honneur du ministre de la Guerre, d'un grand-duc et de divers autres grands personnages. Ce soir-là, elle aurait voulu que ses parents s'occupent d'elle, mais lorsqu'elle avait descendu l'escalier, son père était dans son bureau – « J'ai demandé à ne pas être dérangé. Pourriez-vous la faire sortir d'ici, s'il vous plaît ? » –, et sa mère, vêtue d'une robe de velours brodé de perles d'or, préparait le plan de table – « Vite, ramenez-la à l'étage! ». En partant, Sashenka avait dérobé un verre à vin en cristal et quand, du troisième étage, elle avait entendu l'agitation dû à l'arrivée du cousin de l'empereur, elle avait lâché son verre par-dessus la rampe et l'avait regardé se briser sur le sol du rez-de-chaussée. Dans le fracas qui s'était ensuivi, sa mère l'avait giflée malgré l'opposition de son père à toute forme de châtiment. Une fois encore, Lala avait été la seule à la réconforter.

La jeune fille reconnut l'inévitable Missy Loris – portant une robe de brocart ivoire bordée de zibeline – en grande conversation avec son mari, le simiesque mais adorable comte. Levant son verre pour obtenir un autre cognac, Gideon s'adressait à Flek, l'avocat au ventre proéminent comprimé contre la table ronde.

Il y avait également un banquier anglais, un ami d'Avigdor, le frère d'Ariadna qui avait émigré en 1903 à Londres pour y faire fortune, deux membres de la Douma impériale, quelques partenaires de poker de Zeitlin, et M. Poutilov, le fabricant d'armes. Sashenka lui décocha un sourire satisfait, car elle avait expliqué à ses ouvriers comment détruire l'entreprise de cet oppresseur.

« Que dirais-tu d'une coupe de champagne? lui proposa son père.

— Je préférerais une liqueur de citron. »

Leonid la lui apporta aussitôt.

« Quel est le menu du déjeuner? demanda-t-elle au majordome.

— Le préféré du baron, mademoiselle : en entrée, de la terrine et du pain grillé, du caviar et des blinis ; ensuite des côtes de veau Pojarsky à la crème accompagnées de pudding du Yorkshire et, en dessert, des airelles *kissyel* en gelée. Comme d'habitude. »

Pourtant... plus rien n'était pareil, songea Sashenka. Ne s'en apercevaient-ils pas ?

« Nous allons d'abord discuter rapidement dans mon bureau », l'avertit son père.

C'était l'heure du procès. Une fois condamnée, la jeune fille devrait aller discuter avec ces épouvantails à moineaux.

Ils s'isolèrent. Sashenka se rappelait comment, quand elle était petite et que sa mère sortait, son père la laissait se pelotonner sous son bureau pendant qu'il travaillait. Elle adorait se trouver à côté de lui.

« Je peux venir ? » s'enquit Gideon en se jetant sur le sofa. Sashenka en fut enchantée. Sa présence contrebalancerait celle de sa mère assise juste en face d'elle, dans le fauteuil paternel.

« Fermez la porte, Leonid. Merci, lança Zeitlin en s'appuyant contre sa chaise de trot. Assieds-toi, dit-il à sa fille. Nous sommes ravis que tu sois rentrée, ma chérie, mais tu nous as fait une de ces peurs ! Ça n'a pas été simple de te faire sortir de prison et c'est à Flek qu'en revient tout le mérite. C'est lui que tu dois remercier.

— Je n'y manquerai pas.

— Tu aurais très bien pu finir en Sibérie. La mauvaise nouvelle, c'est que tu ne retourneras pas à l'institut Smolny... »

119

Pas de quoi pleurer, se dit Sashenka, cet institut pour jeunes filles imbéciles !

« … mais on te trouvera un précepteur. Bon, tu nous as prouvé ton indépendance. Tu as bien lu Marx et Plekhanov. Tu t'en es tirée de justesse. Moi aussi, j'ai été jeune…

— Vraiment ? l'interrompit Ariadna d'un ton sec.

— Je n'en ai aucun souvenir, plaisanta Gideon.

— Eh bien, vous avez peut-être raison mais j'ai bel et bien participé à des réunions de *narodniki*[1] et de socialistes à Odessa… À l'époque, j'étais un très jeune homme. Trêve de plaisanterie, la situation est on ne peut plus sérieuse, Sashenka. Il ne faut plus perdre ton temps avec ces dangereux nihilistes, ajouta-t-il en venant l'embrasser sur le crâne. Je suis tellement content que tu sois rentrée.

— Moi aussi, papa. »

Elle lui tendit une main qu'il serra, mais la jeune fille savait que ces démonstrations d'amour allaient agacer sa mère. En effet, Ariadna s'éclaircit la gorge.

« Bon, tu as l'air de t'en être sortie indemne. Tu nous as suffisamment rebattu les oreilles avec tes opinions sur les ouvriers et les exploitants et tu viens de nous causer bien des ennuis. J'ai même dû en toucher un mot au saint homme. »

Sashenka fut submergée par la colère. Elle aurait aimé hurler la honte qu'elle éprouvait pour son pays dirigé par une créature telle que Raspoutine ; pour sa mère dont les aventures avec des

_____

1. Révolutionnaires russes des années 1860-1870. *(N.d.T.)*

120

tricheurs et les coups de tête avec des charlatans l'embarrassaient depuis si longtemps et d'autant plus maintenant qu'elle fréquentait le Débauché. Mais elle s'abstint, sans toutefois pouvoir s'empêcher de répondre avec l'insolence de son âge. Cherchant une cible, elle visa la robe qu'elle portait, choisie par sa mère.

« Maman, je déteste les ensembles de petit marin et c'est la dernière fois que je porte une tenue de ce genre.

— Bravo, s'écria Gideon. Quand on a une silhouette comme la tienne, on ne la cache…

— Ça suffit, Gideon. Laisse-nous, veux-tu ? lui demanda Ariadna, ce qu'il s'empressa de faire, non sans adresser un clin d'œil à sa nièce. Tu porteras ce que je te dirai de porter. Tu t'habilleras en petit marin tant que tu te conduiras en enfant irresponsable.

— Ça suffit, toutes les deux, intervint Zeitlin d'un ton posé. C'est en effet ta mère qui décidera de ce que tu dois porter.

— Merci, Samuil.

— Mais je te propose un marché, ma chérie. Si tu promets de ne plus jamais te mêler de nihilisme, d'anarchie ou de marxisme et de ne plus jamais parler de politique avec Mendel, ta mère t'emmènera acheter ta première robe d'adulte chez Chernyshev, à mes frais. Elle te conduira chez M. Troyes, son propre coiffeur, qui te coupera les cheveux. Tu pourras te faire imprimer tes propres cartes et ton papier à lettres chez Treumann, et ta mère et toi pourrez prendre Pantameilion pour

121

rendre des visites de courtoisie. Et tu ne seras plus jamais obligée de t'habiller en petit marin. »

Zeitlin écarta les mains, comme s'il venait d'interpréter l'oracle de Delphes. Sashenka n'avait aucune envie d'une robe de chez Chernyshev car elle n'en avait nul besoin là où elle allait. Son cher petit papa, ce bêta, souhaitait tant qu'elle dépose ses cartes et qu'elle écrive des lettres enflammées à des comtes ou des gardes à cervelle de moineau ! Mais elle avait déjà tout ce qu'elle souhaitait : un chemisier tout simple, une jupe pratique, des bas en laine et des chaussures de marche.

« C'est entendu, Ariadna ? »

En acquiesçant, cette dernière alluma une cigarette.

« Sashenka, insista son père, regarde-moi dans les yeux et jure-moi que tu vas m'obéir. »

La jeune fille observa le regard bleu de son père, puis se tourna vers sa mère.

« Merci, papa. Je te promets de ne plus jamais parler de politique avec Mendel et de ne plus perdre mon temps avec le nihilisme. »

Le baron tira sur le cordon de brocart.

« Oui, baron ? répondit Leonid en ouvrant la porte. Le déjeuner est servi. »

17

Couvert d'une peau de mouton et d'un bonnet en cuir qui lui protégeait les oreilles, un homme chétif affublé d'un pince-nez observait le tramway qui approchait avec fracas sur la perspective Nevski. Il faisait nuit et un blizzard cinglant fouettait son visage déjà rouge et irrité. L'impressionnant bâtiment de l'état-major se trouvait sur sa gauche.

Mendel Barmakid se retourna pour regarder derrière lui. Le *shpik* – l'employé de la police secrète chargé de le suivre – était toujours là : un moustachu à l'allure militaire vêtu d'un manteau vert. Il essayait de se réchauffer. Les shpiki travaillaient toujours par deux, mais Mendel n'avait pas repéré l'autre. Il se trouvait devant la vitrine illuminée de chez Chernyshev. Dans la devanture remplie de mannequins portant le velours et le tulle à la mode cette année-là, il se vit : un nain au pied bot, avec des lèvres épaisses et une courte barbe taillée en pointe. Ce n'était pas une vision plaisante, mais il n'avait pas le temps de se

123

morfondre sur son sort. La perspective Nevski était pratiquement déserte, la température baissait. Ce soir, il faisait vingt degrés au-dessous de zéro et les *shpiki* l'avaient retrouvé quand le comité de Petrograd s'était réuni à l'appartement qui servait de planque à Viborg. Il ne s'était évadé de Sibérie que dix jours auparavant et déjà ces sangsues de la police secrète se demandaient sans doute s'il valait mieux l'arrêter immédiatement ou le laisser les conduire à d'autres camarades.

Le tram s'arrêta tinta sa cloche, et une pluie d'étincelles jaillit sur les câbles. Une femme en descendit. Le shpik tapait dans ses mains et sa boucle d'oreille cosaque renvoyait la lumière du réverbère.

Le tram se remit en marche dans une effroyable cacophonie. Soudain, Mendel se mit à courir. Sa claudication lui donnait une démarche des plus étranges, car son corps se tordait à chaque pas, mais, pour un estropié, il se déplaçait très vite. Le tram avançait, courir dans la neige se révélait malaisé et, sans même jeter un regard par-dessus son épaule, il savait que le jeune policier l'avait pris en chasse. Mendel saisit la barre. « Pas mal, le vieux ! » lui hurla le conducteur en le hissant par le bras.

En sueur sous sa peau de mouton, Mendel regarda derrière lui : le shpik continuait à courir, mais il n'atteindrait pas son but. Le révolutionnaire le salua donc bien bas en touchant le bord de son bonnet du doigt.

Il resta dans le tram jusqu'au deuxième arrêt puis descendit au palais Stroganov où il vérifia qu'on ne le suivait pas. Personne. Certes, on le retrouvait toujours... Il passa devant les colonnades de la cathédrale Kazan où il rencontrait parfois des camarades qui avaient, eux aussi, fui leur exil.

Mendel entendit des claquements de sabots : deux gendarmes montés patrouillaient en parlant bruyamment d'une prostituée de Kalouga. Ils ne le remarquèrent pas mais, par précaution, l'oncle de Sashenka attendit devant une vitrine qu'ils disparaissent. Une Rolls-Royce passa à vive allure et, en sens inverse, une Delaunay. Peut-être était-ce Zeitlin ?

Mendel atteignit l'hôtel Europe, dont les portiers étaient vêtus d'écarlate et coiffés de hauts-de-forme. Le foyer et le restaurant rassemblaient sans doute davantage d'espions au mètre carré que tout le reste de l'Europe. C'était d'ailleurs pour cette raison qu'il s'y sentait en sécurité : personne n'imaginerait qu'un évadé de Sibérie viendrait traîner ici. Mais son manteau usé et rapiécé jurait parmi les tenues des autres clients qui paradaient en zibeline, en redingote, en uniforme de la garde. Le portier, sans doute un informateur de la police, le dévisageait déjà.

Mendel entendit le bruissement d'un traîneau. Il claudiqua jusqu'à une porte pour le regarder arriver, cherchant la présence des shpiki et des fileri, des agents externes. Mais le traîneau avait l'air casher, le vieux cocher voûté ne ressemblait pas à un espion.

Mendel le héla et se hissa aussitôt dedans.

« Où voulez-vous aller, monsieur ?

« — Au palais de Tauride.

— Un demi-rouble.

— Vingt kopecks.

— Le prix de l'avoine a encore augmenté. À ce tarif-là, j'ai à peine de quoi nourrir mon cheval... »

L'avoine, encore l'avoine, toujours l'avoine, songea Mendel. Les prix augmentaient, la guerre avait un effet désastreux sur les prix. Mais « pire c'est, mieux c'est », telle était sa devise. Ce cocher, un petit-bourgeois, ne jouerait aucun rôle dans l'avenir du pays. Il n'y avait d'ailleurs que très peu de véritables prolétaires selon le modèle marxiste. Neuf Russes sur dix n'étaient que des paysans, des moujiks obstinés, arriérés, avides et féroces. Lénine, avec qui Mendel avait partagé des saucisses et de la bière à Cracovie avant la guerre, prétendait que si les paysans n'acceptaient pas les progrès de l'Histoire il faudrait les mater. « Une cruauté bien nécessaire », avait marmonné Mendel.

Il souffrait à présent d'épuisement et de malnutrition. Difficile de dormir et de manger pour un fugitif, et pourtant cette vie lui convenait assez. Pas de famille – de toute façon, les enfants l'ennuyaient. Le mariage, oui, mais avec Natacha la Iakoute, une camarade dévouée à la cause qu'il ne voyait que rarement. Toujours sur les routes, il dormait aussi bien sur un banc que sur un divan. Lénine se trouvant en Suisse et à peu près tout le Comité central – Sverdlov, Staline, Kamenev – en Sibérie, il était donc presque le dernier vétéran de 1905 en liberté. Mais Lénine lui avait ordonné de revenir : « On a besoin de toi à Piter : évade-toi ! »

Il lui avait envoyé cent roubles pour s'acheter des « souliers », c'est-à-dire de faux papiers d'identité.

Pour l'heure, le traîneau approchait du palais de Tauride, où des andouilles de bourgeois, les membres du Parlement, la Douma impériale, tenaient à présent leurs absurdes débats. Mendel se pencha pour tapoter l'épaule du cocher.

« C'est ici ! » dit-il en pressant quelques kopecks dans la mitaine du conducteur avant de sauter sur le trottoir. Garées devant la Douma, des automobiles laissaient tourner leurs moteurs et Mendel ne s'approcha pas davantage. Il boita jusqu'au pavillon contigu à la caserne du régiment des gardes à cheval. Après un regard furtif derrière lui, il frappa à la porte.

Un concierge rougeaud lui ouvrit. Vêtu d'une blouse paysanne et d'un caleçon long jauni, il le fit entrer dans une petite pièce minable agrémentée d'un poêle et d'un samovar, le tout baignant dans une odeur de renfermé et de légumes bouillis.

« Toi ? s'étonna Igor Verezin. Je te croyais au Kamchatka.

— Non, j'étais dans la région d'Ienisseïsk. J'en suis revenu. Je meurs de faim, ajouta-t-il.

— Au menu, il y a de la soupe *shchi*[1], du pain de seigle, une saucisse. Et le samovar bout, camarade.

— Des messages pour moi ?

— Oui, quelqu'un a glissé le journal sous la porte.

_____

1. Soupe aux choux très populaire avant la révolution russe. *(N.d.T.)*

— Il se peut que j'aie de la visite ce soir. »

Verezin haussa les épaules.

« Où sont les nouvelles ? Fais-moi voir. Bien. » Mendel ôta son manteau avant de jeter un œil par les fenêtres qui donnaient sur la cour et sur la rue. « Je peux dormir ici ?

— Fais comme chez toi, camarade. Je te laisse le divan. Alors, comment t'es-tu évadé ? »

Mendel ne l'écoutait déjà plus. Toujours affublé de son bonnet, de ses bottes et de son pince-nez, il dormait déjà.

Ayant entendu frapper, le portier trouva sur le seuil une jeune fille en manteau de fourrure, sans doute de la zibeline, qui pénétra d'un pas hésitant dans la pièce. Elle était mince avec des yeux d'un gris presque transparent.

« C'est mon jour de chance, plaisanta Verezin. Excusez ma tenue ! »

Sashenka eut pour lui un regard chargé de mépris.

« Entrez, milady, plaisanta-t-il à nouveau en s'inclinant devant elle comme un laquais à la cour. Avec un manteau comme le vôtre, vous devriez passer par l'entrée principale avec les maréchaux et les princes. »

Mendel se leva tout en étouffant un bâillement. « Ah, c'est toi, dit-il, conscient que sa voix digne des trompettes de Jéricho était son atout le plus impressionnant. Tu pourrais aller faire un tour, Verezin ?

— Quoi ? Par ce temps ? Tu plaisantes… » Mais Mendel ne plaisantait jamais. Le petit homme regarda d'un air déterminé le poêle derrière lequel il avait caché son Mauser dans un chiffon et Verezin changea instantanément d'avis. « Je vais acheter du poisson salé », prévint-il en sortant d'un pas lourd.

Dès qu'il fut sorti, Sashenka s'assit à la table qui se trouvait près du feu.

« Tu n'as pas confiance en lui ? demanda-t-elle à son oncle en lui offrant une de ses cigarettes parfumées.

— Il est concierge, répondit Mendel, et la plupart sont des informateurs au service de l'Okhrana. Cela dit, lorsque les portiers sont des sympathisants de la cause, ils sont dignes de confiance. De fait, tant que Verezin ne nous trahit pas, personne ne cherchera un bolchevik au quartier général des gardes à cheval. Il a des opinions proches des nôtres et pourrait même adhérer au Parti. » Mendel exhala une bouffée de cigarette. « La maison de ton père est sous surveillance. Comment as-tu réussi à venir ?

— J'ai attendu que tout le monde dorme et, de toute façon, maman sort tous les soirs. Ensuite, je suis passée par les Ténèbres pour aller dans la cour et sortir par le garage. Des trams, des portes de service, des boutiques à deux entrées, des maisons avec des arrière-cours... Les shpiki ne s'attendent pas à ce qu'une jeune fille en zibeline les sème. Tu m'as bien préparée à ce genre d'exercice ! Je deviens forte à ce jeu-là. Et je suis aussi rapide qu'un cabri. »

Quelle étrange impression ! Mendel était ravi de la revoir, car elle débordait de vie mais il s'abstint pourtant de la serrer dans ses bras. Cette enfant était assez gâtée comme ça.

« Ne prends pas trop confiance en toi, camarade Isatis, répondit-il d'un ton bourru. As-tu passé le message comme convenu ?

— Oui.

— As-tu récupéré les tracts à la presse ?

— Oui.

— Où sont-ils ?

— Dans l'appartement du quartier de Petrograd-skaïa. Rue Shirokaïa.

— Demain, il faut qu'ils soient distribués aux camarades de l'usine Poutilov.

— Je m'en charge. Je fais comme d'habitude ?

— Oui, répondit Mendel en opinant d'un signe de tête. Tu fais du bon travail, camarade. »

Elle avait l'air si jeune quand elle souriait. Il devinait à ses réponses concises qu'elle souhaitait lui parler, mais décida de la faire patienter.

Face à l'intensité de l'engagement de Sashenka, il se sentit soudain vieux, conscient de ses rides, de ses mèches grises, des douleurs de l'arthrose. La prison et l'exil en étaient la cause.

« Cher camarade, enchaîna la jeune fille, je te suis infiniment reconnaissante de tes enseignements. Tout fait sens à présent. Je n'aurais jamais cru que les mots camarade et comité me feraient un tel effet. Et pourtant !

— Ne jacasse pas tant, lui répondit-il d'un air sévère. Et fais attention en présence des camarades. Ils savent d'où tu viens et sont à l'affût de ce qui est bourgeois en toi. Oublie la zibeline, achète-toi un *karakul*[1].

---

1. Manteau en laine d'agneau de la race karakul. *(N.d.T.)*

« — D'accord. J'ai vraiment l'impression d'être l'un des rouages de la grande machine de l'Histoire.

— Nous sommes tous des rouages, mais, à Piter, en ce moment, tu es plus importante que tu ne l'imagines. Les camarades sont si rares, lui expliqua Mendel en tirant une bouffée de sa cigarette, les yeux mi-clos. Continue à lire, ma fille. On ne lit jamais assez. Les bolcheviks ne jurent d'ailleurs que par le développement personnel.

— Les pénuries alimentaires s'aggravent. Tu as vu les files d'attente ? Tout le monde se plaint, des capitalistes qui viennent déjeuner chez papa aux camarades des usines. Il va forcément se passer quelque chose, non ?

— Un jour peut-être, mais pas tout de suite. Il manque encore un véritable prolétariat à la Russie et, sans prolétariat, la révolution est inconcevable. Je ne sais même pas si elle aura lieu de notre vivant. On ne peut pas sauter les différentes étapes du processus marxiste, Sashenka. C'est impossible.

— Évidemment, mais…

— Lénine lui-même n'est pas sûr que nous y assistions.

— Tu reçois ses lettres ?

— Oui. On lui a d'ailleurs parlé d'une pensionnaire qui se fait appeler Isatis. Comment va la famille ? »

Sashenka prit une grande respiration. Nous y voilà, comprit son oncle.

« Camarade Mendel, j'ai été arrêtée hier, et j'ai passé la nuit à la prison Kresty. »

Mendel claudiqua jusqu'au poêle et se pencha sur la soupe qu'il goûta à grand bruit sans se séparer de la cigarette coincée à la commissure de ses lèvres.

« C'était ma première arrestation, oncle Mendel ! »

Il se souvenait de la sienne, vingt ans auparavant, de la stupéfaction de son père et de la fierté qu'il avait ressentie en faisant ainsi ses premières preuves.

« Félicitations ! Tu deviens une vraie révolutionnaire. Les camarades du comité de cellule se sont occupées de toi ?

— Oui, la camarade Natacha. Je ne savais pas que tu étais marié. »

Sashenka redevenait parfois une vraie gamine ! « Je suis marié au Parti. De nombreux camarades sont arrêtés tous les jours et rares sont ceux qu'on libère le lendemain matin.

— Ce n'est pas tout.

— Je t'écoute », dit-il en se penchant vers le poêle, un truc de vieil exilé pour atténuer les douleurs hivernales. Il mâchonna un gros morceau de saucisse froide, la cigarette toujours coincée entre ses lèvres.

« J'ai été interrogée pendant plusieurs heures par le capitaine de gendarmerie Pierre Sagan.

— Tiens ! » Mendel savait que Sagan était l'officier de l'Okhrana chargé d'en finir avec le Parti. Il retourna à pas lourds à la petite table qui grinça lorsqu'il s'assit. Il se concentrait et étudiait le visage de sa nièce. « Il me semble avoir déjà entendu ce nom. Alors ?

— Il a essayé de m'avoir, oncle Mendel, lui expliqua-t-elle en venant s'attabler à côté de lui pour le prendre par le bras comme le ferait n'importe quelle écolière de l'institut Smolny. Il se flatte de faire preuve d'humanité. Un bourgeois libéral, en somme. Je sais que je ne suis qu'une néophyte mais je voulais t'informer – ainsi que le comité de Petrograd – qu'il s'est montré empressé. Je ne l'ai bien évidemment pas encouragé, mais, à la fin, il a dit qu'il aimerait me revoir pour poursuivre notre conversation…

— À quel sujet ?

— La poésie. Pourquoi souris-tu, mon oncle ?

— Tu as fait du bon travail, camarade », répondit-il en analysant ces informations.

Noble désargenté, Sagan était un policier intelligent et ambitieux connu pour transformer les femmes révolutionnaires en agents doubles. Cela dit, il était peut-être sympathisant de gauche, car la police secrète semblait la mieux placée pour connaître la décadence du régime actuel. Il s'agissait peut-être un signe, un piège, une trahison ou tout simplement un homme aux prétentions intellectuelles. Les impacts de cet incident pouvaient être multiples et Sashenka n'en comprenait pas les enjeux, dut admettre Mendel.

« Et s'il entre en contact avec moi ? demanda-t-elle.

— Qu'en penses-tu ?

— S'il m'aborde dans la rue, je lui dirai de ne plus jamais m'adresser la parole, et je le maudirai pour qu'il comprenne que je ne plaisante pas. C'est ce que tu veux que je fasse ? »

Le silence s'installa, à l'exception du grésillement de la lampe à pétrole. Mendel regardait sa nièce avec l'intensité du prêtre qui observe celui ou celle qu'il va exorciser. L'enfant qu'il connaissait depuis sa naissance était une créature en devenir, certes, mais époustouflante. Sagan voulait faire de Sashenka un agent double pour l'atteindre, lui, Mendel. Mais à ce petit jeu, le rebond compte, et il ne pouvait pas rater l'occasion de détruire le capitaine, quel qu'en soit le prix.

« Non, tu te trompes, articula-t-il.

— Si le comité me le demandait, je le tuerais. S'il te plaît, laisse-moi faire !

— On finira bien par les aligner tous contre un mur. Écoute-moi bien. Tu n'entendras peut-être plus jamais parler de Sagan, mais s'il réapparaît, discute avec lui, fais-le parler. Il pourrait nous être très précieux, au Parti et à moi.

— Et s'il tente de me recruter ?

— Il n'y manquera pas. Laisse-lui croire que c'est envisageable.

— Et si un camarade me voit en sa compagnie ? s'inquiéta-t-elle.

— Le bureau interne du comité sera informé de cette opération. Nous serons trois, une troïka, uniquement moi et deux autres. Tu as peur ? »

Sashenka secoua la tête, mais ses yeux brillaient dans la pénombre. Mendel la savait à la fois effrayée et ravie de se voir confier une telle mission. « Mais… est-ce que je pourrais être exécutée par mes propres camarades pour haute trahison ?

— Chaque minute qui passe est pour nous un nouveau danger. Dès l'instant où tu rejoins le mouvement bolchevique, ta vie normale prend fin. Tu marches sur des charbons ardents. C'est comme sauter d'un traîneau qui file au galop, si rapide que tu ne peux pas en descendre. Toi et moi, nous sommes en guerre. Le Parti contre l'Okhrana. Fais ce que je te dis, ni plus ni moins, et rapporte-moi tout ce que tu apprendras. Tu connais les codes et les planques ? Fais bien attention. La vigilance est une vertu toute bolchevique. Tu deviens un atout pour le Parti plus rapidement que je ne l'avais prévu. Compris ? »

Mendel prit soin de s'exprimer d'un ton posé pour se montrer convaincant. Ils échangèrent une poignée de main et celle de la jeune fille lui parut soyeuse, délicate comme un oisillon dont on aurait pu écraser les os sans difficulté. « Bonne nuit, camarade. »

Sashenka se leva pour enfiler son manteau, son étole, ses bottes et sa chapka. Une fois à la porte, elle se retourna vers son oncle, qu'elle regarda fixement d'un air sérieux.

« Je ne supporterais pas que tu me protèges parce que nous faisons partie de la même famille.

— Ce n'est pas mon genre, camarade. »

18

« Tu as vu la belle pouliche là-bas ? demanda le vieux cocher aux joues rouges comme de la viande crue.

— Encore elle. Elle soigne son cœur brisé ?

— Soit c'est une professionnelle, soit elle prévoit d'attaquer une banque.

— Elle a peut-être réservé une chambre à l'hôtel ?

— Ou alors elle s'encanaille pour un amant qui sait nettoyer le cul des chevaux ! Moi, par exemple !

— Eh ! Toi, la fille ! On te paie une vodka ! »

Au beau milieu de la place Saint-Isaac se trouvait une fragile hutte en bois peint en noir, à laquelle le toit bâché donnait l'apparence d'un fiacre à la capote relevée. Ici, au royaume du chou trop cuit et de la transpiration, les cochers de fiacre, les *izvoshtiki*, venaient boire et manger quand l'épuisement les gagnait.

Sashenka, assise toute seule, un grossier karakul et une casquette en cuir à côté d'elle, introduisit quelques kopecks dans un orgue de Barbarie fort bruyant qui se mit à jouer la comptine « Yankee Doodle » puis des valses de Vienne avant de reprendre « Yankee Doodle ». Allumant une cigarette, la jeune fille tenta de deviner ce qui se passait derrière les vitres des Rolls-Royce qui filaient devant l'hôtel Astoria. La neige tombait, les chevaux piaffaient sur le sol glacé.

Deux jours s'étaient écoulés depuis l'entretien de Sashenka avec Mendel. Ce soir-là, à onze heures, Lala était venue la voir dans sa chambre.

« Éteins la lumière, ma chérie, tu as l'air fatiguée, lui avait-elle dit en s'asseyant sur son lit pour l'embrasser sur le front comme à son habitude. Tu vas t'abîmer les yeux à tant lire. De quoi parle ton roman ?

— Oh, Lala... un jour, je te le dirai », avait répondu Sashenka en se pelotonnant dans son lit pour que sa gouvernante ne remarque pas que, sous les couvertures, elle était tout habillée, prête à sortir.

Une fois Lala endormie, elle s'était faufilée dehors, avait pris le tram puis un izvoshtik pour se rendre aux usines de Petrogradskaïa. Elle avait passé une heure au cercle des ouvriers des industries Poutilov puis, avec un autre jeune intellectuel, un garçon du lycée, et deux tourneurs, elle avait emporté les pièces détachées d'une presse d'imprimerie à une nouvelle planque de Viborg.

Ensuite, parce qu'elle avait une heure à tuer, elle s'était promenée sur les quais puis au bord de la Moïka, près du palais Ioussoupov dont les bâtiments ocre symbolisaient la richesse inique d'une infime minorité. Elle était venue ici, à la hutte des cochers, car c'était près de chez elle tout en étant ailleurs. Après avoir commandé une *ukha* – une soupe de poisson épicée –, du fromage de chèvre, du pain de seigle et du thé, elle s'était assise pour écouter les bavardages des hommes qui l'entouraient. Quand elle les avait entendus la qualifier de belle plante, elle n'avait pas compris leur allusion. En regardant son reflet dans la vitrine, elle n'y avait d'ailleurs rien vu de plaisant.

Son apparence ne l'intéressait pas le moins du monde, car, à l'instar de son oncle Mendel, elle ne vivait que pour la révolution.

Depuis l'enfance, elle était choquée par les injustices auxquelles elle assistait à Zemblishino, le vaste domaine que son père possédait au bord du Dniepr. Le luxe et la débauche inhérents à la lamentable union de ses parents lui semblaient le symbole éclatant de la décadence de la Russie en particulier et du monde capitaliste en général.

En la sauvant de tant de cruauté, Mendel avait changé sa vie. « Si tu aimes, aime avec fougue ; si tu menaces, fais-le avec passion », avait écrit le poète Tolstoï. C'était tout à fait elle : « Tout ou rien ! » Elle se délectait du sentiment délicieux d'appartenir à un vaste complot. Il y avait un aspect séduisant à sacrifier l'ancienne moralité des classes moyennes au profit de celle de la révolution. C'était comme être assise dans ce café : le côté si peu romantique de la situation la rendait justement terriblement romantique.

Elle consulta sa montre. Cinq heures moins le quart. L'heure de partir. Elle enfila son manteau et sa chapka avant de jeter quelques pièces sur la table. Les cochers ne la quittaient pas des yeux. Dans la rue, les livreurs apportaient des caisses de lait ; les boulangers se préparaient à transporter le pain à peine sorti du four ; les charretiers traînaient des sacs de charbon ; les gardiens nettoyaient les marches... Piter se réveillait.

L'air frais lui parut si vivifiant après l'atmosphère lourde de la petite hutte qu'elle l'inspira profondément jusqu'à ce qu'il lui brûle les poumons. Comme elle aimait Piter ! Derrière les bâtiments aux magnifiques façades bleues et ocre divinement impériales se cachaient les usines, les trams électriques, la fumée jaune et les dortoirs surpeuplés d'ouvriers. La beauté qui l'entourait n'était qu'un mensonge. La vérité était sans doute laide, mais elle avait également un certain panache. L'avenir frappait à la porte !

Sashenka traversa la place Saint-Isaac. Même en hiver, on discernait le lever du soleil, car le dôme doré de la cathédrale commençait à scintiller bien avant que les premières lueurs du jour ne se devinent à l'horizon. L'Astoria festoyait toujours. La jeune fille entendait l'orchestre, apercevait les diamants des dames, le bout orangé des cigares. Le yacht-club était encore ouvert ; troïkas et limousines attendaient à l'extérieur l'arrivée des courtiers et des financiers.

Sashenka se dirigea vers la rue Bolchaïa-Morskaïa. Au bruit d'une voiture, elle se cacha sous une porte cochère. La Delaunay s'arrêta devant chez elle et Pantameilion en ouvrit la portière. Sa mère descendit de la voiture. Apparut d'abord un pied magnifiquement chaussé d'une botte du chevreau le plus fin ; ensuite se découvrit furtivement un bas de soie, puis la robe de satin, étincelante de sequins.

Une main blanche ornée de nombreuses bagues s'agrippa à la portière. Sashenka en éprouva du dégoût. Elle rentrait après avoir servi la classe ouvrière et, au même moment, dans une symétrie parfaite, sa mère rentrait après avoir assouvi les désirs de quelque homme corrompu.

L'adolescente ignorait ce que les amants faisaient au juste, mais tout ça lui répugnait. Devant elle, sa mère s'extirpa de la voiture en titubant et Pantameilion se précipita pour lui prendre la main.

La jeune fille éprouvait une furieuse envie de griffer sa mère au visage et de la pousser dans le caniveau, où elle serait à sa place. Elle sortit de la pénombre pour trouver le chauffeur accroupi dans la neige, essayant de ramasser un tas de sequins tordu de douleur sur le trottoir. C'était sa mère qui tentait de se remettre sur ses pieds.

Sashenka accourut. À quatre pattes, les bas déchirés, les genoux en sang, Ariadna retomba en avant ; une main gantée empoignait la neige, l'autre tentait de chasser le cocher qui lui apportait son aide.

« Merci, Pantameilion, lui dit la jeune fille. Veuillez vérifier que les portes sont ouvertes. Et dites au veilleur de nuit qu'il peut retourner se coucher.

— Mais mademoiselle, la baronne…

— Je vous en prie Pantameilion, je vais m'occuper d'elle. »

Le visage de l'homme exprimait la double angoisse des employés de maison témoins de la décadence de leurs patrons : ils détestent que l'ordre soit chamboulé par une maîtresse humiliée tout autant qu'ils craignent l'insécurité qui résulte de la déchéance d'un maître. Il s'inclina donc, fila à la maison dont il ressortit aussitôt pour remonter au volant de la Delaunay qu'il fit rugir pour la rentrer au garage.

Mère et fille se trouvaient seules dans la rue, sous les lanternes de leur demeure.

Sashenka s'agenouilla auprès de sa mère en pleurs. Les larmes roulaient sur ses joues, creusant des ravines noires de maquillage. On aurait dit des empreintes boueuses dans la neige fraîche.

L'adolescente la redressa sur ses pieds, lui passa un bras sous l'épaule et la traîna jusqu'à sa chambre à l'étage. La lumière électrique serait trop crue, aussi décida-t-elle d'allumer les lampes à pétrole.

Ariadna sanglotait en silence. La jeune fille porta les mains de sa mère à ses lèvres et les couvrit de baisers ; sa colère avait totalement disparu.

« Maman ? Maman ? Tu es rentrée. C'est moi, Sashenka. Je vais te déshabiller et te mettre au lit. »

Ariadna se calma progressivement mais elle répétait des mots sans queue ni tête tout en se laissant dévêtir.

« Chante encore… solitude… tes lèvres sont comme des étoiles… Ce vin est médiocre, c'est une mauvaise année… Serre-moi encore dans tes bras… je me sens si mal… Payer, je vais payer, je peux me le permettre… L'amour est en Dieu… un autre verre, je vous prie… Embrasse-moi vraiment. »

Sashenka déchaussa sa mère, ôta sa zibeline et son chapeau à plumes d'autruche, dégrafa la robe de satin brodée de sequins et parfumée de tubéreuse, délaça le corsage, déroula les bas déchirés, retira les broches, les trois rangs de perles et les boucles en diamants. Tandis qu'elle ôtait la combinaison et la lingerie de sa mère, Sashenka fut assaillie par l'odeur animale des femmes de la rue, des effluves qui lui répugnaient. Elle se promit de ne jamais tomber si bas.

Surprise, elle se rendit compte qu'elle était devenue la mère et Ariadna l'enfant. Elle plia et pendit les vêtements, rangea les bijoux dans leur coffret de velours, jeta la lingerie dans la corbeille de linge sale puis aida sa mère à se mettre au lit et l'embrassa sur la joue. Elle lui caressa le front et s'assit à côté d'elle.

« Toi et moi, dit Ariadna dans un demi-sommeil agité.

— Endors-toi, maman. Tout va bien, c'est fini.

— Ma chérie, toi et moi… »

Quand sa mère céda enfin au sommeil, Sashenka se laissa aller et fondit en larmes. Je ne veux pas d'enfants, se dit-elle. Jamais.

19

Sashenka dormait encore dans le fauteuil du boudoir de sa mère quand elle l'entendit prononcer son nom. « Aujourd'hui, je t'emmène faire des courses, comme me l'a demandé ton père. Chez Chernyshev pour les robes de jour ! Tu pourrais même avoir la chance de trouver une robe chez Mme Brissac comme les filles du grand-duc !

— Mais il faut que j'étudie, protesta la jeune révolutionnaire qui s'étira en rejoignant la chambre maternelle.

— Ne sois pas bête, ma chérie, répondit Ariadna d'un ton enjoué, comme s'il ne s'était rien passé la nuit précédente. Regarde la façon dont tu es fagotée. On dirait une maîtresse d'école ! »

Elle prenait son petit déjeuner au lit et la pièce sentait le café, le pain grillé, le caviar et les œufs pochés. « Nous sommes devenues de vraies amies, n'est-ce pas *sladkaïa*, ma douce ? »

Quand il eut fini de servir, Leonid quitta la pièce et Ariadna lança un clin d'œil à sa fille étonnée de la voir si complètement remise de ses excès de la veille. Pour une telle vie de débauche, il fallait une santé de fer.

« Je ne suis pas sûre de pouvoir venir.

— Nous partons à onze heures. Lala te prépare un bain. »

La jeune fille décida donc de se laisser faire. De toute façon, ses journées lui semblaient interminables ; elle ne vivait que dans l'attente de la nuit.

Une heure plus tard, conduite par Pantameilion revêtu de ce que Sashenka appelait en son for intérieur son « accoutrement de chef d'orchestre », la Benz aux deux tons de caramel les déposait devant l'atelier de couture Chernyshev, à l'angle de Bolchaïa-Morskaïa et de Nevski.

Une volée de redingotes vertes leur ouvrit les portes de cet empire de la mode. À l'intérieur, en gants blancs et robe cintrée, plissée ou à crinoline, des femmes essayaient des portants entiers de tenues. L'air était lourd de parfum.

Ariadna réquisitionna l'intégralité de l'aile droite du magasin, au grand embarras de Sashenka. Chaque désir de sa mère était exaucé fiévreusement, avec un enthousiasme soumis et souriant. La jeune fille crut d'abord que le personnel reculait devant l'outrecuidance de sa mère avant de comprendre que l'atmosphère reflétait la jubilation qui déborde dans tout magasin de luxe lorsque arrive une cliente très riche avec une absence totale de goût et un budget illimité.

Une brindille en robe rouge parlant assez mal le français présidait ces réjouissances en hurlant ses ordres. Les vendeuses semblaient trop zélées : ne souriaient-elles pas d'un air narquois ? Les

144

mannequins trop maquillés allaient et venaient dans des robes sans intérêt. Sa mère lui indiquait celle-ci et celle-là, en brocart ou en dentelle, avec des volants ou des sequins. Elle alla jusqu'à lui en faire essayer deux. Lala, qui les accompagnait, l'aida à passer les différentes tenues.

Sashenka avait décidé que passer un moment avec sa mère serait un bon moyen d'éviter une dispute mais s'habiller et se déshabiller, être poussée dans un sens et tirée dans l'autre, regardée et touchée par la soi-disant Française qui enfilait des aiguilles dans le tissu à une vitesse extraordinaire commençait à l'irriter. Elle détestait son allure et s'énervait davantage de minute en minute.

« Je suis tellement laide, là-dedans, Lala. Je refuse de la porter. Si ça ne tenait qu'à moi, je la brûlerais. » Vêtue d'une robe de velours et d'un boléro à col de fourrure, sa mère représentait l'élégant cygne tandis qu'elle se voyait en vilain petit canard. Elle n'en pouvait plus de se regarder dans les miroirs.

« Mais, *mademoiselle** Zeitlin a la silhouette idéale pour la mode actuelle, disait la couturière. *Quelle gorge formidable* ! *

—Je me déteste dans ces horreurs ! Je veux rentrer à la maison.

— Pauvre Sashenka ! Tu es fatiguée, ma chérie ? répondit sa mère en lui faisant un nouveau clin d'œil complice. Tu n'es pas obligée de tout prendre mais certaines robes t'ont plu, n'est-ce pas, ma douce ? »

Penaude, Sashenka acquiesça d'un signe de tête.

Une vague de soulagement souleva le personnel. Des verres de tokay, le célèbre vin hongrois, furent apportés pour la baronne Zeitlin qui renversa la tête en arrière en riant trop fort avant de payer en gros billets verts. Les vendeuses satisfaites aidèrent donc ces dames à arranger leurs fourrures. Pantameilion les suivit, les bras chargés des sacs débordants de leurs achats qu'il rangea bien vite dans le coffre.

« Et voilà ! lança Ariadna en s'installant dans la voiture. Tu as enfin des robes d'adulte.

— Mais, maman, répondit la jeune fille, malade à l'idée de ce que ces robes avaient coûté et étonnée que de tels magasins soient encore ouverts en temps de guerre, je ne mène pas ce genre de vie. J'aurais préféré quelque chose de plus simple. Je n'ai besoin ni de robe de bal, ni de robe de jour, ni de robe d'intérieur.

— Mais si, rétorqua Lala.

— Moi, par exemple, je me change parfois six fois dans la journée. Je porte une robe de jour le matin, puis une robe d'intérieur. Aujourd'hui, je vais passer chez les Loris dans ma nouvelle robe de mousseline et de brocart et, ce soir… »

Sashenka n'avait nulle envie d'en savoir davantage.

« Nous les femmes, nous devons faire un effort pour trouver des maris, ajouta Ariadna.

— Où allons-nous, madame la baronne ? demanda Pantameilion dans le tube acoustique.

— À la boutique anglaise, la préférée de ma fille. »

Dans le magasin, derrière les vitrines qui exposaient les parfums et les huiles de bain Penhaligon, les savonnettes Pears, les condiments Fortnum's et les confitures Cooper's, les dames achetèrent un cake au gingembre et des biscuits tout en tâchant de convaincre Sashenka de la nécessité d'une nouvelle garde-robe.

« Sashenka ! C'est bien toi ? Oui, c'est elle ! » De jeunes étudiantes en uniforme qui s'attardaient devant Chernyshev se poussaient du coude en gloussant. « Vilaine ! On a entendu parler de tes déboires avec les gendarmes », crièrent-elles. Soudain Sashenka s'immobilisa.

« Mademoiselle, quel plaisir de vous revoir ! »

Le capitaine Sagan écarta vivement les étudiantes. En manteau de tweed, cravate de tartan et chapeau Derby, probablement achetés dans ce même magasin, il s'inclina en souriant légèrement, leva son chapeau et baisa la main de Sashenka.

« Je suis venu acheter des boutons de manchettes », expliqua-t-il.

Le cœur de Sashenka battait à tout rompre. Que lui avait donc recommandé Mendel ?

« Je me doute que vous auriez préféré ne plus jamais me revoir, mais nous devons discuter de Maïakovski et, rappelez-vous, nous n'avons pas eu le temps d'aborder Akhmatova. Je file mais... j'espère que je ne vous ai pas embarrassée.

— Vous ne manquez pas de culot », s'écria-t-elle.

Quand il souleva à nouveau son chapeau, elle remarqua ses cheveux longs, une coiffure très rare pour un policier.

Sagan héla un traîneau, lequel s'arrêta près de lui et l'emmena sur Nevski en faisant tinter ses grelots.

Ariadna et Lala rattrapèrent la jeune fille.

« Sashenka ! s'exclama sa mère. Qui était-ce ? Tu aurais pu te montrer un peu plus courtoise. »

Malgré le nombre incalculable de robes ridicules qu'on lui avait fait essayer, la jeune fille se sentait à présent invincible. Quel bonheur d'être une activiste bolchevique ! Elle allait devenir un réel atout pour le Parti. La maison était sous surveillance ; Sagan avait dû deviner qu'elles se rendraient à la boutique anglaise où il serait plus à sa place que chez Chernyshev. Il lui faisait savoir qu'il la tenait à l'œil. Vivement qu'elle puisse le dire à Mendel !

Sur le chemin du retour, Ariadna pinça la joue de sa fille.

« Sashenka et moi allons devenir des amies, de vraies amies, n'est-ce pas, ma chérie ? »

Assise sur la banquette entre sa mère et Lala, la jeune fille se souvenait que, par le passé, quand elle se précipitait pour réclamer un câlin, Ariadna la repoussait en s'écriant : « Madame Lewis ! Madame Lewis ! Je porte une nouvelle robe de chez Mme Brissac et cette enfant a la bouche sale… »

La nuit précédente, elle avait eu son câlin, mais il était trop tard.

Une fois arrivée à la maison, Ariadna prit la main de sa fille pour l'attirer à l'étage, dans son boudoir.

« Sors avec moi ce soir, porte une de tes nouvelles robes qui mettent ta silhouette en valeur ! lui murmura-t-elle d'une voix rauque. Quand je t'ai vue rentrer si tard hier, j'ai tout de suite compris que tu avais un amant. Je te trouvais trop sérieuse, Sashenka chérie, mais j'avais tort, n'est-ce pas. Tu te glisses dans ta chambre au petit jour, comme une chatte en chaleur. Qui est ton matou ? Le costume en tweed que nous venons de croiser ? Nous allons porter nos nouvelles robes et les gens nous prendront pour des sœurs. Toi et moi, nous sommes pareilles... »

Certainement pas ! Elle devait livrer un tampon encreur et le carnet des quittances de cotisations du Parti. Dans leur planque, elle retrouverait ses camarades et ferait bouillir la gélatine utilisée pour imprimer les tracts sur l'hectographe.

Mais avant tout, elle devait contacter Mendel et lui raconter sa rencontre avec Sagan.

Sashenka attendait les mystères de la nuit comme les baisers d'un amant.

20

La jeune fille quitta son domicile à une heure du matin. Apercevant les deux agents chargés de la surveiller, elle remonta la perspective Nevski pour entrer dans l'hôtel Europe où elle prit l'ascenseur de service, descendit au sous-sol, et traversa les cuisines où des livreurs en tablier sale apportaient des œufs, du chou ct des carcasses de porcs et d'agneaux. Là, elle ressortit dans la rue, héla une troïka et laissa un message codé à Mendel à la pharmacie géorgienne située avenue Alexandrovski.

Au café des cochers de la gare de Finlande, elle mangeait un *pirojok*[1] tiède tout en écoutant pour la troisième fois l'orgue de Barbarie jouer « Yankee Doodle » lorsqu'un jeune homme se glissa sur la banquette face à elle.

---

1. Petit chausson sucré ou salé farci aux fruits ou à la confiture, à la viande, au poisson, aux légumes et au fromage blanc. Le pluriel s'écrit *pirojki*. *(N.d.T.)*

« Ré-ré-récupère le bou-bou-bouledogue chez le camarade de la garde à cheval », bégaya l'étudiant aux yeux noisette cachés derrière des lunettes à verres épais. C'était le camarade Molotov, comprit Sashenka. Il avait vingt-six ans. Lui, le camarade Mendel et le camarade Chliapnikov étaient les derniers dirigeants bolcheviques en liberté dans tout l'empire. « Demande le ca-ca-camarade Palitsine. Tu as des informations ? »

Elle acquiesça de la tête.

« Bo-bo-bonne chance, camarade. » Sur ce, Molotov la quitta et Sashenka sentit un frisson lui parcourir la colonne vertébrale.

C'est Verezin qui lui ouvrit la porte.

« Et la zibeline ? Et ce pauvre isatis ? demanda-t-il.

— Ils attiraient trop les regards. On m'attend ? »

Ivan Palitsine, assis à la table, se leva.

« Bonjour, je suis le camarade Vania. Je te connais. Je t'ai entendue parler au cercle des ouvriers des usines Poutilov, dit-il en lui tendant une grosse main rouge.

— Je me souviens de toi. Tu as été le seul à poser une question et moi, j'étais très nerveuse.

— Pas étonnant ! Une fille, une intellectuelle en plus, parmi nous ! Tu as parlé avec passion et nous avons apprécié qu'une fille dans ton genre vienne nous aider. »

Sashenka savait pertinemment ce qu'il entendait par « une fille dans ton genre ». Il venait de toucher une corde sensible et s'en aperçut probablement, car il continua avec douceur.

151

Elle lui en était reconnaissante. Avec son mètre quatre-vingts, ses cheveux en bataille, ses pommettes hautes et ses yeux bridés hérités d'ancêtres tatars, Vania personnifiait à lui seul le Russe d'origine paysanne tout en muscles, la ferveur pratique et le franc-parler ouvriers. Sashenka savait que, contrairement à Mendel ou Molotov, Palitsine était un vrai prolétaire ; il travaillait dans les usines Poutilov depuis l'âge de huit ans et en parlait l'argot. C'était le héros pour qui Marx avait mis en forme sa vision et pour qui elle avait rejoint le mouvement.

« Camarade Isatis, j'ai quelque chose pour toi. Plusieurs choses, en fait. Tu sais quoi en faire ?

— Oui.

— Assieds-toi. Tu veux boire une vodka ou un cognac ? Le camarade Verezin et moi, on s'est fait un petit festin, n'est-ce pas, Igor ?

— Je me suis inscrit au Parti, expliqua Verezin.

— Félicitations, camarade. » Seuls les membres du Parti avaient droit à l'adresse respectueuse du terme « camarade ». Mendel avait recommandé à Sashenka de ne pas se lier, de ne pas bavarder. Les intellectuels sont bien plus paranoïaques que les ouvriers, songea-t-elle.

Vania Palitsine lui tendit le bouledogue et un petit paquet.

« Apporte ce colis à l'imprimeur de la taverne située rue Gogol. C'est un Géorgien, un vrai tombeur. Ne le laisse pas te séduire ! lui lança-t-il d'un air rieur. Quant au pistolet, il est pour toi. »

Un peu après trois heures du matin, elle passa devant le palais de Tauride et descendit l'avenue

Liteïny en tram. Le Mauser chargé se trouvait dans sa poche, ainsi qu'une boîte de munitions. Elle caressa le pistolet dont l'acier était glacé. Le Parti lui avait confié une arme. Peut-être n'était-ce que l'un des petits tests de Mendel ? Mais qu'était la révolution sans dynamite ? Le Parti souhaitait-il qu'elle liquide un *agent provocateur** ? Ces réflexions l'amenèrent à penser à Sagan. Il la retrouverait forcément.

Elle héla un traîneau qui l'emmena à la taverne du Caravansérail, rue Gogol, un sous-sol doté d'alcôves au style maure, fréquenté par les étudiants les plus pauvres, des soldats et quelques ouvriers. L'entrée était banale, mais, une fois à l'intérieur, Sashenka découvrit un passage souterrain qui empestait la cigarette, la saucisse, la vinasse. Une tablée d'étudiants sans le sou fit silence sur son passage.

Dans l'obscurité d'une alcôve, un homme l'attendait coiffé d'une superbe cagoule du Caucase bordée de fourrure et vêtu d'une capote militaire. Il leva son verre de vin rouge.

« Je t'attendais, camarade Isatis. Je suis Hercule Satinov, lui expliqua le Géorgien qui avait russifié son nom véritable, Satinadze. Suis-moi. »

Il l'emmena plus avant dans les caves dont l'air était humide et fétide. Il s'accroupit et souleva une plaque d'égout. Des marches métalliques menaient à la presse d'imprimerie dont on entendait le bourdonnement mécanique. Des hommes en blouse paysanne en tiraient des piles de journaux qu'ils liaient avec de la corde rouge. L'espace clos empestait l'huile et le papier brûlé.

Satinov retira sa capuche. « Je viens de rentrer à Piter. De Bakou », expliqua-t-il. Ses épais cheveux raides d'un noir de jais lui tombaient sur le front. Grand, mince, le corps musclé mais nerveux, il irradiait de sa personne une sorte de puissance virile. « Tu m'as apporté l'encre ? »

Sashenka lui tendit le colis.

« Enchanté, camarade Isatis, dit-il en lui baisant la main sans aucun sarcasme.

— Un vrai chevalier de Géorgie, répliqua-t-elle un peu sur la défensive. Et tu danses aussi la lezginka ? Tu chantes "Suliko[1]" ?

— Personne ne danse mieux que moi. Nous pourrions peut-être entonner quelques chansons et partager quelques verres de vin ce soir ?

— Non, camarade, je n'ai pas le temps pour de telles frivolités. Toi non plus d'ailleurs. »

Satinov ne parut pas prendre ombrage de ce refus, car il se contenta d'éclater d'un rire sonore et de lever les mains en signe de capitulation. « Excuse-moi, camarade, mais nous autres Géorgiens, nous n'avons pas le cœur de pierre des Russes ! Bonne chance ! » ajouta-t-il en l'entraînant vers une autre issue différente derrière la rue Gogol.

Au bout de l'étroite ruelle déserte, Sashenka vérifia qu'elle n'était pas suivie. Personne. Elle attendit. La rue était bel et bien vide. Soudain, elle se sentit prise d'un vertige jubilatoire : elle avait envie de rire, de danser en repensant au prestige

1. Chant révolutionnaire, repris ensuite par les chœurs de l'Armée rouge. (N.d.T.)

sinistre des conspirateurs : Palitsine chez les gardes à cheval et Satinov chez l'imprimeur, deux jeunes hommes venus de deux mondes différents mais unis par la même détermination. Elle ne doutait pas un seul instant qu'ils représentaient l'avenir, son avenir à elle. Cette certitude rendait lumineuse l'âpreté de son existence. Pas étonnant que des hommes tels que Mendel ne puissent plus s'en passer. La normalité ? Les responsabilités ? Famille, mariage, argent ? Elle repensa à la joie enfantine de son père lorsqu'il avait reçu son contrat le plus récent, une commande de deux cent mille fusils, et sa mère, si malheureuse, qui se berçait de tant d'illusions. C'était ça, la mort, songea-t-elle. Ses parents étaient des morts vivants, leur existence d'une médiocrité affligeante.

Elle passa sous une arche, pénétra dans une autre cour. C'était l'une des règles de Mendel : éviter d'entrer dans un bâtiment par la porte principale et toujours vérifier qu'il existait bien deux sorties. En Russie, les gardiens et les portiers ont tendance à s'attarder dans la rue et ne surveillent pas les arrière-cours.

Une fois à l'intérieur, la jeune fille se rua sur la porte de derrière, l'ouvrit et bondit dans l'escalier, profitant de la pénombre des réverbères pour monter jusqu'au dernier étage. Elle était déjà venue plus tôt, mais le camarade avait manqué le rendez-vous. Cette fois-ci, peut-être aurait-elle plus de chance.

Elle déverrouilla la porte et la referma derrière elle. L'appartement n'était pas éclairé mais, de toute façon, il restait sombre même en plein jour, véritable antre débordant de tapis d'Orient, de vieilles lampes à pétrole, d'édredons et de matelas. Elle inspira l'odeur rassurante des boules antimites, du poisson salé et des livres jaunissants : c'était le logement d'un intellectuel. Elle se rendit dans la cuisine et toucha le samovar comme le lui avait appris Mendel : il était froid. Les murs de la chambre étaient couverts de rayonnages ; le sol jonché de piles d'*Apollo* et autres revues érudites.

Pourtant, un détail clochait. Le souffle court, toute à sa vigilance bolchevique, elle se déplaçait sans bruit, les nerfs en pelote. Elle retourna dans le salon. Là, elle entendit gratter une allumette et une lampe à pétrole illumina aussitôt la pièce.

« Bienvenue ! J'ai cru que vous n'arriveriez jamais. » La voix était familière, alors… pourquoi un tel choc ?

« Inutile de jouer au plus fin avec moi, répondit-elle en déglutissant, rassurée par le contact du Mauser dans sa poche. Levez la lampe.

— Avez-vous acheté de jolies robes, Zemfira ? » lui demanda le capitaine Sagan en approchant la lampe de son visage. Assis dans un fauteuil, il portait un costume noir mal coupé et il avait jeté son manteau par terre.

« Que faites-vous ici ? lui demanda-t-elle, consciente que sa voix trahissait son malaise.

— Votre camarade ne viendra pas. Nous l'avons arrêté et, demain, la commission spéciale le condamnera à deux ans d'exil en Sibérie. Rien de bien grave. Du coup, plutôt que de vous faire perdre votre temps, je suis venu à sa place. »

Elle haussa les épaules, s'efforçant de garder son calme. « Et ? Cette planque n'en est plus une. Si vous ne m'arrêtez pas, je rentre chez moi pour aller dormir. Bonsoir. » Au moment où elle tournait les talons, l'ordre de Mendel lui revint en mémoire. Elle devait entrer dans les bonnes grâces de Sagan.

« À moins qu'il ne soit trop tard pour dormir ? suggéra-t-elle.

— C'est mon avis, répondit-il en écartant une mèche de ses cheveux, ce qui lui donna instantanément l'air plus jeune. Vous êtes un oiseau de nuit ?

— Je paresse le matin et je prends vie le soir ; le monde de la conspiration me convient donc parfaitement. Et vous, capitaine ? Pour filer la métaphore, si je suis un oiseau de nuit, vous êtes une véritable chauve-souris !

— Je vis sur le fil du rasoir. Comme vous et votre oncle. Je dors si peu que, quand je rentre me coucher, j'ai peine à fermer l'œil. Je me relève pour lire des poèmes. J'aime tant ce que je fais que je ne pense à rien d'autre. Vous et moi, Sashenka, nous sommes des vampires. Je me nourris du sang des travailleurs et vous de celui des capitalistes qui eux-mêmes vivent du sang des ouvriers. Plutôt darwinien, non ? »

Elle éclata de rire avant de s'asseoir au bord du lit métallique.

« Vous parlez de nous, les conspirateurs ? Nous n'avons rien en commun avec vous. Nous avons un programme scientifique et vous ne faites que réagir à nos actes. Nous finirons donc par gagner

157

et vous serez anéantis. Vous creusez la tombe des capitalistes à notre place. »

Sagan se mit à glousser. « Pourtant, je ne vois rien de tel. En ce moment même, le Parti que vous vantez tant se compose uniquement de quelques fous : Mendel Barmakid, l'intellectuel, un ouvrier du nom de Chliapnikov, un bourgeois – nom de code : Molotov –, un ou deux cercles d'ouvriers, quelques fauteurs de troubles sur le front. Lénine est à l'étranger, les autres en Sibérie. Il ne reste donc que vous, Sashenka. Il ne peut y avoir plus d'un millier de bolcheviks aguerris dans toute la Russie mais... vous vous amusez beaucoup, non ? À jouer à la révolutionnaire ?

—Vous vous trompez, rétorqua-t-elle avec passion. Les files d'attente s'allongent, la colère gronde, les gens ont de plus en plus faim. Ils veulent la paix et vous leur demandez de mourir pour Nicolas le Dernier, Nicolas le Sanguinaire, Alexandra la traîtresse allemande et Raspoutine le pervers...

—Dont vous savez tout, grâce à votre mère. Laissez-moi vous dire deux ou trois vérités. Vos parents sont l'exemple parfait de la corruption qui touche notre pays.

—Je suis d'accord.

—Le système actuel ne laisse aucune place aux désirs et aux droits des ouvriers et des paysans.

—Vrai.

—Or les paysans ont besoin de nourriture, mais également de droits et de représentation, ainsi que d'être protégés des capitalistes. Il leur faut des terres et ils n'attendent que la paix. Votre père rêve d'un groupe progressiste qui prendrait le pouvoir, mais c'est trop peu, trop tard. Il nous faut un vrai changement.

— Puisque nous sommes d'accord sur tous les points, comment se fait-il que vous ne soyez pas bolchevique ?

— Parce que je crois qu'une révolution peut arriver à tout instant.

— Moi aussi.

— Non, pas du tout. En tant que marxiste, vous savez parfaitement qu'une révolution socialiste n'est pas possible à l'heure actuelle. Selon vous, la révolution bolchevique n'aura pas lieu.

— Nous avons des vues si proches, soupira-t-elle. C'est dommage de ne pas être d'accord sur ce point. »

Ils gardèrent le silence un long moment avant que Sagan ne change de sujet. « Vous avez entendu le dernier poème de Maïakovski ?

— Vous le connaissez par cœur ?

— Je vais essayer de vous le réciter :

À vous toutes
Qui avez plu ou plaisez
Icônes conservées dans la grotte de l'âme,
Comme une coupe de vin pour un toast,
Je lève mon crâne rempli de rimes.

— *Toujours plus souvent*, enchaîna Sashenka,
je me demande
S'il ne vaudrait pas mieux mettre
Le point d'une balle à ma propre fin.

Aujourd'hui,
À tout hasard,
Je donne mon concert d'adieu[1].

— Très bien déclamé, mademoiselle Zeitlin. Je vous tire mon chapeau.

— Dans notre pays, la poésie est plus importante que les obusiers.

— Vous avez tout à fait raison. Nous devrions nous servir davantage de la poésie et moins de la potence. »

Sashenka le dévisagea, parfaitement consciente qu'ils risquaient leurs vies tous les deux.

Elle avait la main sur la crosse glacée du Mauser. Quand le Parti lui ordonnerait de tuer Sagan, elle le ferait.

« Que cachez-vous dans votre poche ? »

Le contact de l'arme accélérait les battements de son cœur. Elle s'entendit parler mais sa voix semblait distendue, étrange, plus profonde et, surtout, d'un calme absolu. « Arrêtez-moi si vous voulez. Vous demanderez à l'une de vos affreuses policières de me fouiller.

— C'est là ce qui nous distingue, Sashenka. Pour moi, la vie est sacrée alors que vous croyez en la terreur. Pourquoi vos camarades se sentent-ils obligés de tuer ? Ce ne serait pas un moyen de satisfaire leurs instincts les plus vils ? Sont-ils criminels ou fous ?

---

1. Maïakovski, « La flûte des vertèbres », in *Poèmes 1913-1917*. Traduction de Claude Frioux. *(N.d.T.)*

« — Vous n'avez donc pas de famille à retrouver, capitaine ? Êtes-vous marié ?

— Oui.

— Des enfants ?

— Pas encore.

— Heureux ? insista-t-elle en se frottant les yeux, soudain accablée de fatigue.

— Connaissez-vous des mariages heureux ?

— Vous me faites pitié. Je ne me marierai jamais. Bonsoir.

— Une dernière chose, Zemfira. Croyez-vous sincèrement que je préférerais être ailleurs qu'en votre compagnie ?

— Je ne prends pas cette remarque pour un compliment, car je soupçonne les hommes de ne jamais vouloir rentrer chez eux. Surtout les vampires de notre genre. Adieu. » Nous sommes tous deux armés, songea-t-elle avec un plaisir évident. Nous pourrions tous deux mourir ce soir.

Une fois dehors, elle erra dans les rues. La neige fondue lui caressait le visage. Décidément, Sagan l'étonnait beaucoup. Elle jouait avec lui, tentait de le faire sortir de sa coquille. Il était plus âgé qu'elle et il avait recruté de nombreux agents doubles, mais son autosatisfaction serait son talon d'Achille. Elle réussirait à le détruire pour l'offrir au Parti sur un plateau, comme la tête de saint Jean Baptiste.

Dans le lointain, un train filait. On l'entendait siffler dans la nuit. La fumée noire des usines encerclait la lune d'argent. L'aube approchait : le ciel se teintait de rose ; la neige s'empourprait.

161

Sashenka entendit soudain le trot étouffé d'un traîneau qu'elle héla.

Le Mauser était si froid dans sa poche qu'il lui brûlait les doigts.

« Le prix de l'avoine monte encore », lui déclara le cocher qui la ramenait chez elle.

21

Après avoir frappé à la porte de la chambre d'Ariadna, Zeitlin entra sans attendre de réponse. À midi, sa femme était encore couchée ; une chemise de nuit de soie ornée de rubans bleus révélait les hématomes de ses épaules blanches. La pièce sentait le café et la tubéreuse. Leonid avait déjà apporté le petit déjeuner et le plateau en bois peint où reposait la vaisselle sale se trouvait à présent sur un guéridon à côté du lit. Luda sortait les robes de sa maîtresse ; une pour le déjeuner, une pour les visites aux amis, une pour le cocktail, une pour le dîner. Quatre tenues, résuma Zeitlin. Étaient-elles indispensables ?

« Celle-ci vous conviendra-t-elle pour le thé, baronne ? demanda Luda, revenant du boudoir avec une robe en crêpe de Chine. Oh, bonjour, monsieur le baron, ajouta-t-elle en s'inclinant.

— Laissez-nous, Luda.

— Oui, baron.

— Assieds-toi, Samuil, lui proposa Ariadna en s'étirant avec une voluptueuse impudeur. Que se passe-t-il ? La Bourse s'effondre ? C'est tout ce qui t'intéresse, n'est-ce pas ?

— Je vais rester debout, répondit-il en serrant son cigare entre ses dents.

— Que se passe-t-il ? répéta-t-elle en se raidissant. Tu t'assieds toujours d'habitude. Tu veux que je te fasse monter du café ? insista-t-elle en tournant les yeux vers le cordon de service qu'elle ne tira pas, car son regard s'arrêta sur la douceur de son bras qu'elle caressa du bout des lèvres.

— Non merci.

— À ta guise. Je me suis tellement amusée hier soir. J'ai encore vu le starets. Il m'a dit des choses tellement fascinantes, Samuil. Tout le monde parlait du nouveau Premier ministre. Samuil ?

— Je demande le divorce, Ariadna. »

Voilà, il l'avait dit.

Un long silence s'installa pendant que son épouse cherchait à comprendre ce qu'il venait d'annoncer. Elle secoua la tête puis leva la main, comme pour parler.

« Mais pourquoi ? Nous vivons ainsi depuis des années. Tu n'es pas jaloux. Tu as trop... trop confiance en toi pour ça. Tu plaisantes, n'est-ce pas, Samuil ? Nous sommes mariés depuis dix-huit ans. Pourquoi maintenant ? »

Zeitlin tira une bouffée de son cigare, pour faire croire qu'il était serein et que sa décision avait été mûrement réfléchie.

« Simplement par... lassitude.

— Par lassitude ? Tu demandes le divorce à cause de ta lassitude ?

— Je te verserai une pension généreuse. Rien ne changera, à part ton domicile. Tu ne t'y attendais vraiment pas ?

— Tu n'as pas le droit ! »

Il se dirigeait vers la porte lorsqu'elle bondit de son lit pour se jeter à ses pieds. Elle l'agrippa si violemment qu'il en perdit l'équilibre et tomba à côté d'elle. En larmes, elle roulait des yeux dont on ne voyait plus que le blanc. Zeitlin tenta de se libérer mais déchira par mégarde la chemise de nuit de sa femme. Elle ne le lâcha pas pour autant et le tenait si fort que les diamants de ses boutons de manchettes cédèrent et tombèrent sur le sol.

Allongés côte à côte, ils peinaient à reprendre leur souffle. Zeitlin baissa les yeux sur le rideau de cheveux d'Ariadna. On aurait dit une bohémienne, une danseuse.

Les années passant, ils en étaient venus à s'ignorer le jour mais à s'aimer passionnément la nuit. En plein jour, soit elle l'inquiétait, soit elle le dégoûtait, mais elle venait malgré tout le retrouver au petit matin, l'haleine chargée de champagne et de cognac, le corps maquillé des parfums de la veille et de l'odeur du cigare. Elle lui faisait le récit en argot et en yiddish d'aventures d'une incroyable perversité.

Les histoires qu'elle lui racontait ! Les visions délicieuses ! Des désirs et des exploits presque inimaginables pour une dame digne de ce nom ! Une nuit, un amant l'avait emmenée dans les jardins du palais d'Été, un endroit où se retrouvaient les prostituées et leurs clients… Elle ne lui avait épargné aucun détail. Excité au plus haut point, Zeitlin s'adonnait alors à des prouesses érotiques que n'aurait pas reniées Casanova. Lui, le plus modéré des hommes, que la passion, ce danger, effrayait… Mais il s'éveillait plein de remords et se sentait souillé, comme s'il avait passé la nuit avec une prostituée dans une chambre minable.

« Ne suis-je pas toujours belle ? minauda Ariadna, parfumée de tubéreuse et d'amande douce. Comment peux-tu abandonner *ça* ? Tu peux me faire l'amour. Allez, vas-y, renverse-moi. Tu en meurs d'envie et tu le sais. Tu es tellement froid. Pas étonnant que je sois si malheureuse. Tu plaisantes quand tu parles de divorce, n'est-ce pas ? Samuil ? » Elle éclata d'un rire rauque en rejetant la tête en arrière. Il sentait la chaleur du corps de sa femme irradier comme des charbons ardents. Excitée, elle lui prit la main pour la plonger entre ses cuisses puis lui indiqua le miroir. « Regarde-nous ! Regarde-nous, Samuïlo ! Que nous sommes beaux, tous les deux ! Comme quand nous étions jeunes. Tu t'en souviens ? Tu me disais que tu n'avais jamais rencontré une fille comme moi. Quelle était ton expression ? Tu m'appelais ta tigresse. »

Déjà à l'époque, Samuil se demandait si Ariadna n'était pas trop imprévisible pour qu'il l'épouse.

Il se leva, non sans difficulté, puis se rajusta. « Nous sommes ridicules. »

Les domestiques n'avaient pas tenu leur langue. Pantameilion avait parlé à Leonid qui, après bien des tergiversations, avait révélé à son patron que Sashenka avait trouvé sa mère ivre dans la rue. Le majordome avait envoyé Shifra, l'ancienne gouvernante, annoncer cette désagréable nouvelle à Zeitlin qui s'était contenté de la remercier poliment. En rallumant son Montecristo, il réfléchit à l'arrestation de sa fille, à la remarque de Mme Lewis persuadée qu'il ne connaissait pas son propre enfant et à l'arrivée importune dans sa vie de Raspoutine, pire encore que les amants d'Ariadna. Alors que son frère Gideon recherchait le plaisir avec la plus grande insouciance parce qu'il « pouvait crever à tout instant pour aller directement brûler en enfer », Zeitlin avait cru qu'une discipline stricte lui assurerait une longue vie.

Mais, la nuit précédente, les pires cauchemars s'étaient succédé. Mort subite, train qui déraille, coup de feu, accident d'automobile, maison en flammes, traîneau retourné, révolution, neige ensanglantée, rien ne lui avait été épargné. Il s'était même vu sur son lit de mort. Sashenka le pleurait à son chevet, et, aux portes du paradis, il se retrouvait sans bagage aucun. Il avait investi sa fortune dans la finance. Il avait donc gâché sa vie et se retrouvait nu comme un ver.

Au petit jour, il était allé trouver Shifra à l'office, mais la vieille sorcière connaissait déjà ses démons. « Il te faut aussi de l'amour, lui avait-elle dit. Ne vis pas toujours pour demain, qui n'arrivera peut-être jamais. Qui sait ce que te réserve le Livre de la vie ? »

Zeitlin détestait les changements et craignait de faire trembler les fondations de son univers mais, en dépit de son instinct, dans une transe qu'il imaginait dictée par le destin, il s'était rendu dans la chambre d'Ariadna.

Il regardait à présent son épouse, toujours allongée par terre.

« Il y a une autre femme ? lui demanda-t-elle. Tu es amoureux d'une ballerine du théâtre Marinski ? Une de ces garces qu'on trouve à l'Ours ? Si c'est ça, je m'en moque. Tu vois, je m'en fiche complètement. Je vais devenir une vraie nonne. Le starets me montre la voie de la rédemption. Nous avons un autre rendez-vous la semaine prochaine, le 16 décembre. En tête à tête. "Je vais t'indiquer le chemin, m'a-t-il promis. Tu as trop péché ? Les ténèbres de Satan sont en toi. Je vais t'apprendre l'amour et la rédemption." C'est ce qu'il m'a dit. Il est gentil avec moi, lui. Il m'écoute pendant des heures, même quand son antichambre est remplie de solliciteurs, de généraux, de comtesses… »

Zeitlin remit ses boutons de manchettes et rajusta sa cravate.

« Je veux simplement vivre une vie normale, expliqua-t-il d'une voix posée. Je ne suis plus tout jeune et je peux mourir à tout instant. Ça te surprend ? Flek s'occupera de tout. »

Puis, rongé par le remords et l'appréhension, il quitta la pièce.

22

Cet après-midi-là, Sashenka s'était installée devant le grand écran du cinéma Piccadilly, sur la perspective Nevski. Arrivée en retard, elle avait manqué le début du film mais, une cigarette aux lèvres, elle comprit rapidement que le personnage principal – un soi-disant séduisant dandy qui ressemblait davantage à un pantin – se promenait sur une plage en queue-de-pie tandis que la dame en robe de bal écarlate regardait fixement la mer et ses vagues bleutées.

Sur la scène, un quatuor d'étudiants du conservatoire jouait une musique rappelant la brise marine.

Dans la pénombre du Piccadilly à moitié vide, l'air était électrique et la fumée des cigarettes montait en volutes vers le faisceau lumineux qui projetait les images. Un paysan assis avec sa petite amie faisait des commentaires à voix haute. « Elle est dans l'eau. Elle avance dans la mer. » Au fond, un couple sans doute illégitime s'embrassait à perdre haleine ; ils n'avaient sans doute pas les moyens de s'offrir une chambre d'hôtel. Un ivrogne ronflait. Cela dit, la plupart des autres spectateurs regardaient l'écran d'un air captivé. Sashenka venait de passer un message de Mendel à Satinov, et elle avait une heure à tuer avant de retrouver le camarade Vania à Viborg. Ensuite, elle rentrerait dîner chez elle, comme d'habitude. Le mot *Fin* s'étala en lettres immenses sur le fond noir.

Sashenka soupira bruyamment.

« Vous trouvez ça stupide ? demanda quelqu'un assis non loin d'elle. Que faites-vous de la romance ?

— Quelle romance ? Vous êtes d'un cynisme ! répondit la jeune fille à Sagan, car c'était bien lui. Vous vous rendez compte que nous vaincrons la Russie grâce au grand écran ? Nous créerons un monde aux couleurs de la révolution ! Je croyais que vous dormiez le jour ? »

Depuis l'arrestation de la jeune fille, ils s'étaient croisés tous les deux ou trois jours, parfois la nuit et elle répétait tout à Mendel. « Sois patiente, lui avait-il recommandé. Continue ton petit manège. Un jour, il te proposera quelque chose.

— Il croit me flatter en me traitant comme son égale intellectuelle.

— Tant mieux. Même les membres de l'Okhrana sont humains et…, comme l'erreur est humaine, il nous suffit d'attendre. Fais-toi apprécier. »

Elle ne savait jamais à l'avance quand elle rencontrerait le capitaine. Entre leurs discussions sur la poésie, les romans et l'idéologie, il lui avait posé des questions sur le Parti. Mendel était-il toujours en ville ? Qui était ce nouveau camarade venu du Caucase ? Où vivait Molotov ? Questions auxquelles elle avait répondu, comme Mendel le lui avait ordonné, en l'interrogeant à son tour. Quelles descentes de police étaient prévues ? Quelles arrestations ? Y avait-il un agent double au sein du comité ?

Sur l'écran, le deuxième film avait commencé. Le quatuor à cordes jouait une mélodie entraînante.

« Je ne suis pas venu pour le film, annonça Sagan d'un air soudain sérieux. Une troïka m'attend à l'extérieur. Il faut absolument que vous m'accompagniez.

— Pourquoi ? Vous m'arrêtez à nouveau ?

— Non. Votre mère a des ennuis. Je vous rends, à vous et à votre famille, un fier service. Venez, je vous expliquerai en chemin. »

Ils montèrent dans la troïka, s'emmitouflèrent dans la peau d'ours et le traîneau fila sur la glace au milieu des étudiants qui hurlaient et des luges de Finlande décorées de rubans et de grelots. Les pénuries alimentaires s'aggravaient, les prix s'envolaient et Sashenka aperçut une longue file d'ouvrières qui patientaient devant une boulangerie. « Pire c'est, mieux c'est », jubila-t-elle. Les sirènes des usines de Viborg retentirent.

« Vous me ramenez chez moi ?

— Non, répondit Sagan en secouant la tête. Chez Raspoutine. Il a disparu. Sans doute mort.

— Et alors ? C'est dommage, car il nous a amené plus de recrues que le *Manifeste du Parti communiste*.

— Nos vues divergent sur ce point, Zemfira. Pour nous, c'est un cadeau des dieux. Son cadavre est quelque part, sous la glace. Nous allons le retrouver. L'impératrice s'affole. Il n'est jamais rentré d'une fête donnée au palais Ioussoupov. Le jeune prince Félix Ioussoupov, ce travesti, y est mêlé jusqu'au cou mais il est marié à une grande-duchesse.

— Et ma mère ?

— Elle attendait Raspoutine chez lui. Après ce qui s'est passé l'autre nuit, j'ai pensé que vous vous occuperiez d'elle... »

Des policiers en uniforme montaient la garde devant le 64 rue Gorokhovaïa. De jeunes gens armés de carnets et de lourds appareils photo tentaient en vain de se frayer un chemin derrière les barrières mais on laissa passer Sashenka et le capitaine Sagan.

Dans la cour, des gendarmes se protégeaient du froid. Bien que Sagan fût en civil, les autres s'inclinèrent.

En haut des marches, les costumes bien coupés et les élégants souliers bicolores différenciaient les officiers de l'Okhrana des policiers chargés de l'enquête qu'on reconnaissait à leurs barbes trop fournies, leurs nez rouges et leurs chaussures boueuses. Les membres de l'Okhrana saluèrent Sagan et le mirent au courant des dernières découvertes dans un jargon codé qui rappela les bolcheviks à Sashenka. Toutes les organisations secrètes fonctionnent à l'identique, songea-t-elle.

172

« Elle est venue chercher sa mère, annonça Sagan en prenant par le poignet la jeune fille qui se laissa faire.

— Montez, mais dépêchez-vous, lui recommanda son collègue de l'Okhrana. Le directeur est en route. Le ministre est parti prévenir Sa Majesté l'impératrice à Tsarskoïe Selo, il sera bientôt de retour. »

Plus ils approchaient des appartements de Raspoutine, plus les hurlements s'intensifiaient. Les cris rauques et désinhibés des paysans endeuillés. Sashenka entra dans un couloir, puis poursuivit son chemin dans la cuisine embuée par la vapeur d'un samovar ; une table couverte de soies et de fourrures. Elle se retrouva ensuite dans le salon principal, au milieu duquel se trouvait une table avec le verre de madère que le starets n'avait pas terminé. Cet endroit sentait aussi mauvais qu'une *isba*, une hutte de paysans mais, mêlé aux odeurs de soupe aux choux, on devinait un soupçon de parfum parisien. Étrange, songea la jeune fille.

Soudain, un remue-ménage se fit entendre derrière eux et un officier de gendarmerie pénétra dans la pièce, escorté par sa suite.

Sagan se précipita pour le saluer et s'entretenir avec lui. « Ils ont retrouvé le corps, déclara-t-il à Sashenka en revenant vers elle. Dans la Neva. Aucun doute, c'est bien lui, ajouta-t-il en se signant. Bien. Nous devons à présent la ramener chez elle. Elle est ici depuis hier soir. »

De plus en plus stridents, les hurlements s'intensifiaient. Sagan ouvrit les portes à double battant

173

qui menaient à une petite pièce sombre ornée de tapis écarlates, de coussins et d'un large divan.

Les cris étaient si sauvages, les formes qui se détachaient dans la pièce si difficiles à identifier que Sashenka commença par reculer, mais Sagan la rattrapa par la taille et lui reprit la main. Elle lui en fut reconnaissante, mais le choc n'en demeurait pas moins grand.

« Elle est à l'intérieur, lui dit-il gentiment. Une voiture vous attend devant la maison, mais il faut absolument partir avant l'arrivée de la presse. Allez, n'ayez pas peur. Ce n'est que du bruit, rien de plus. »

La jeune fille entra dans la pièce.

C'était difficile, à première vue, de comprendre comment s'enchevêtraient les corps. Serrées les unes contre les autres, des femmes accroupies se balançaient d'avant en arrière, sanglotaient, se tordaient de douleur et hululaient. Parmi elles, Sashenka reconnut sa mère dont la tête tremblait de manière convulsive. Sa bouche béante vomissait des hurlements.

« Où suis-je ? hurlait-elle, d'une voix rauque d'avoir tant gémi. Qui êtes-vous ? »

L'air était irrespirable : un relent infâme de sueur et de parfums hors de prix. La jeune fille s'agenouilla pour prendre Ariadna dans ses bras, mais sa mère l'esquiva en roulant sur le côté.

« Non ! Non ! Où est Grigori ? Il va venir, je le sais. »

À genoux, Sashenka tenta à nouveau de serrer sa mère contre elle, mais Ariadna s'échappa à nouveau en éclatant d'un rire dément. Une grosse

174

femme à quatre pattes se mit à mugir. Sashenka n'avait qu'une envie : se lever et s'enfuir, mais elle ne pouvait pas laisser sa mère ici. Ariadna était malade, à la limite de la démence. Robuste comme un bœuf, une jeune paysanne brune dont les sourcils se rejoignaient, saisit Sashenka, se mit à l'insulter et, lorsque celle-ci se défendit, elle lui planta les dents dans le bras. La jeune fille hurla de douleur tout en repoussant la paysanne. Sagan lui apprendrait plus tard qu'il s'agissait de la fille de Raspoutine. Il n'y avait plus d'hésitation à avoir, elle saisit sa mère par un bras puis par une jambe et l'extirpa de la mêlée. Les autres femmes essayèrent de l'en empêcher, mais, avec l'aide des policiers, Sagan les repoussa.

Aux pieds de Sashenka, la créature qui était sa mère sanglotait et frissonnait sous l'œil indifférent du capitaine et des policiers qui discutaient de l'autopsie du cadavre de Raspoutine et de l'identité de son assassin. Malgré une vive douleur au bras, là où la paysanne avait laissé l'empreinte de ses dents, la jeune fille remarqua que sa mère portait une simple robe à fleurs, très différente des tenues qu'elle affectionnait d'ordinaire. Ariadna avait sans doute souhaité venir s'entretenir avec le saint homme en tant que pauvre suppliante.

La jeune fille tomba à genoux, mains jointes, prise d'une furieuse envie de pleurer, mais Sagan lui toucha l'épaule.

« Reprenez-vous, mademoiselle Zeitlin. Il faut l'emmener sur-le-champ, lui ordonna-t-il. Je vais vous aider. »

Ils prirent Ariadna sous les bras et la traînèrent vers la porte.

Sur le palier, leur charge se remit à hurler. « Grigori ; Grigori, où es-tu ? Nous avons besoin de toi pour calmer nos âmes et nous laver de nos péchés ! Grigori ! Il faut que je l'attende. Il va revenir me chercher… » Elle se débattit pour se libérer de leur emprise, à coups de griffe et de pied, elle parvint à filer dans l'appartement mais, rapide comme l'éclair, Sagan la rattrapa.

« Messieurs, un peu d'aide ne serait pas de refus ! » lança-t-il aux deux gendarmes de faction devant la porte. Il resta à droite, le premier gendarme remplaça Sashenka à gauche et le second, après avoir enfoncé sa casquette sur ses yeux, saisit les pieds d'Ariadna. Les trois hommes descendirent l'escalier, portant à bout de bras leur fardeau dont la robe remontait pour laisser apparaître des jambes à moitié nues, des bas en lambeaux.

Les devançant, Sashenka détourna le regard, horrifiée, impuissante, mais aussi reconnaissante de leur aide. Elle traversa la cour sous les yeux des policiers, espérant malgré elle qu'ils ne devineraient pas que cette loque était sa mère.

Une automobile entra dans la cour en marche arrière.

« Mettez-la à l'intérieur », ordonna Sagan à bout de souffle. Un gendarme ouvrit la portière et installa tant bien que mal Ariadna à l'arrière du véhicule. « Ramenez-la chez vous, Sashenka, et bonne chance, ajouta-t-il avant de claquer la portière et de se tourner vers le chauffeur. Merci, sergent. Conduisez-les rue Bolchaïa-Morskaïa. Vite ! » Sur ce, il tapa un coup sur le toit de l'automobile qui démarra en trombe.

Seule avec sa mère, l'adolescente repensa à une époque lointaine, juste après la révolution de 1905. Elle se souvenait des cosaques à cheval, des foules misérables et révoltées, de Zeitlin qui les avait envoyées hors de Russie. Elles avaient toutes les deux traversé l'Europe en train, dans un compartiment privé. Buvant déjà beaucoup à cette époque, Ariadna portait du brocart rouge sang et tenait salon à l'hôtel Pupp de Carlsbad, au Carlton de Nice ou au Claridge de Londres, toujours accompagnée de quelque nouvel « oncle ». Il y avait eu l'Anglais aux joues roses, l'officier de la garde, le diplomate espagnol et le baron Mandro – que Sashenka appelait « le Lézard » –, un Juif de Galicie vieillissant avec un bandeau sur l'œil et des mains velues, qui lui avait une fois flatté les reins. Quand elle l'avait mordu – elle se souvenait encore du goût cuivré de son sang dans la bouche –, Ariadna l'avait giflée. « Qu'on la fasse sortir immédiatement ! Cette enfant est la méchanceté incarnée ! » Sashenka avait tenté de résister, mais elle avait été emmenée de force. Dix ans plus tard, c'était Ariadna qu'on emmenait et qui résistait à coups de pied, de cris et d'imprécations.

La jeune fille regarda par la vitre. Elle aurait préféré être dans les rues, les usines et les planques avec ses camarades, loin de ce drame familial. Les restaurants et les clubs de nuit débordaient de clients. Les prostituées passaient en bandes devant la cathédrale Saint-Isaac pour se rendre à l'Astoria vêtues de tant d'écarlate, d'or et de cuir verni qu'elles ressemblaient, aux yeux de Sashenka, à un régiment de la garde à cheval. Saint-Pétersbourg semblait fébrile. Jamais les paris au poker n'étaient montés si haut, les fêtards si nombreux, les limousines si abondantes devant l'Astoria… Dansait-on la dernière mazurka ?

Lorsque la tête d'Ariadna s'effondra sur l'épaule de sa fille, l'adolescente comprit qu'elle était marxiste, bolchevique avant tout. Ses parents ne comptaient plus.

23

« Votre invitée est déjà arrivée, *monsieur le baron**. »

Zeitlin avait demandé à une dame de le retrouver au Donan, 24 rue Moïka. En soirée, ministres, nababs, courtisanes, profiteurs et espions grouillaient dans ce restaurant, mais en journée, ces gens-là fréquentaient le foyer et le café de l'hôtel Europe si bien que l'après-midi le Donan était désert, ce qui expliquait pourquoi Zeitlin y réservait souvent un salon privé pour y tenir de discrets rendez-vous. C'était d'ailleurs ici, dans ce qu'on appelait le *kabinet* du baron, qu'il avait rencontré le ministre de la Guerre en août 1914 pour conclure l'affaire qui l'avait amené à fournir l'armée en crosses de fusil.

Ce matin, il avait appelé Jean-Antoine, le maître d'hôtel. Originaire de Marseille, ce dernier était connu et apprécié pour sa discrétion, son tact en toutes circonstances et sa capacité à mémoriser visages et noms.

« *Bien entendu, monsieur le baron**, avait-il répondu à Zeitlin. Votre kabinet est prêt. Du champagne sur glace ? Votre langouste préférée ? Ou tout simplement du thé, des cakes et du whisky ?

— Le thé sera parfait.

— J'envoie immédiatement quelqu'un à la boutique anglaise. »

En général, Zeitlin prenait l'automobile mais cet après-midi, il était sorti sans sonner de domestique. Vêtu d'une chapka et d'un manteau noir à col de castor, il avait pris la précaution de recouvrir ses chaussures en cuir, importées de chez Lobb à Londres, de galoches en feutre. Sa main tenait une canne ornée d'une tête de loup en argent.

Zeitlin adorait circuler dans les rues sombres dans l'anonymat le plus complet. Il ne neigeait plus mais la glace recouvrait le sol. On entendait presque les craquements de la Neva dont la surface gelée se fissurait. Dans les rues, on allumait les réverbères, les trams avançaient dans le plus grand fracas. Derrière lui, des rires fusaient, des cloches tintaient. Un traîneau filait.

Était-il plus heureux maintenant qu'il était riche ? Avec sa folle d'épouse ? Et sa petite Sashenka chérie, qui restait pour lui une énigme… Il l'adorait et ne souhaitait que la protéger, mais elle ne semblait plus s'intéresser à sa propre famille. Presque devenue une étrangère, elle semblait le mépriser.

Si seulement il pouvait se laisser aller à pleurer comme un enfant !

180

Il était allé chez Egorov, les luxueux bains publics. Accompagné d'un page en tunique blanche, une fois dévêtu, il s'était immergé dans le bain glacé avant de prendre un bain de vapeur tout en réfléchissant.

J'implorerais Dieu si je pensais qu'Il existe, songeait-il, mais s'Il existe, nous ne sommes pour Lui que des vermisseaux dans la poussière. Ma religion, c'est la réussite. Mon destin ne dépend que de moi.

Pourtant, au plus profond de lui, Zeitlin croyait qu'il existait bel et bien quelque chose de plus grand que l'humanité. Malgré les apparences, il croyait encore en Dieu. Il avait étudié dans une école juive, appris le *Choulhan Aroukh*[1] – les règles de vie –, ainsi que le Pentateuque – les cinq premiers livres de la Bible qui composent la Torah –, et la sage poésie archaïque et pédante du Talmud et du Midrash.

Au bout d'une heure, rhabillé et aspergé d'eau de Cologne, il était parti sur la perspective Nevski où les vitrines de la boutique Fabergé miroitaient dans l'obscurité.

« Bonsoir, barin. Montez, je vous emmène ! » lui avait crié un conducteur de traîneau, ralentissant ses poneys dont les grelots tintaient joyeusement.

Zeitlin avait refusé d'un geste de la main et poursuivi son chemin d'un pas alerte. Depuis des années, il était en sécurité tout en étant prisonnier. Il retournait à la vie après une longue période

1. Également appelé la Table dressée : compilation de toutes les lois énoncées par le Talmud. *(N.d.T.)*

d'hibernation. Il allait retrouver sa fille, lui prouver son amour, s'intéresser à ses études et à son avenir. Il n'est jamais trop tard, n'est-ce pas ?

Au Donan, Jean-Antoine l'avait accueilli et débarrassé de son pardessus, de sa chapka et de ses galoches. Zeitlin attendait avec impatience l'arrivée de son invitée.

Dans le cocon rouge sang du kabinet privé, Lala l'attendait vêtue d'une robe d'après-midi très convenable constellée de petites fleurs mauves. Elle se leva d'un air surpris à son arrivée.

« Baron ! Qu'y a-t-il de si urgent ?

— Taisez-vous, répondit-il en lui prenant les mains. Asseyons-nous.

— Pourquoi cet endroit ?

— Je vais tout vous expliquer. »

On frappa à la porte. Les serveurs apportèrent le thé, le cake aux fruits confits, les muffins à la confiture de fraises, la crème épaisse et deux minuscules verres d'un liquide ambré. Lala se leva pour servir mais il l'interrompit d'un geste de la main. Les employés versèrent le thé et quittèrent la pièce.

« Du brandy, indiqua-t-il. Pour vous et moi.

— Vous m'inquiétez. Ce comportement ne vous ressemble pas. Pourquoi ce cognac en milieu d'après-midi ?

— C'est le meilleur. Du Courvoisier. Goûtez-le. »

Ils échangèrent un regard inquiet. Zeitlin se savait vieilli, son visage était ridé et ses tempes argentées. Les réunions à répétition l'avaient épuisé et les colonnes de chiffres, desséché. Tout le monde

182

attendait tant de lui que ses obligations n'en finissaient jamais.

Lala semblait également usée. Ses joues étaient plus rondes, plus ternes, couperosées, sa peau marquée par les rudes hivers, ses yeux cernés de pattes-d'oie. La peur de l'avenir et de la solitude, les désillusions secrètes l'avaient flétrie.

Honteux de ses pensées, il hésita devant le petit feu de bois qui faisait rougeoyer leurs visages. Lala sirotait son cognac. Les flammes les réchauffaient peu à peu.

« Je n'aime pas le cognac, finit-elle par déclarer en se levant. Il me brûle la gorge. Je ferais mieux de m'en aller. Je n'aime pas l'atmosphère de cet endroit ; ce n'est pas respectable...

— C'est le Donan !

— Justement ! J'en ai beaucoup entendu parler... »

Mauvais départ. Il ne put se retenir plus longtemps, se jeta à ses pieds pour enfouir son visage dans ses jupons et libérer ses larmes qui inondèrent la robe de la gouvernante.

« Que se passe-t-il ? Pour l'amour de Dieu, qu'y a-t-il ? »

Il lui saisit les mains. Elle essaya de le repousser mais sa bonté l'emporta sur sa prudence. Elle lui caressa les cheveux d'un geste tendre.

Il se leva aussitôt pour la prendre dans ses bras.

Était-il devenu fou ? Que lui arrivait-il ? Mon Dieu, son corps agissait malgré lui. Il l'embrassa.

La magie opéra. Lala répondit à ses baisers, les yeux clos. Il parcourut son corps de caresses. La simplicité même de la robe et des bas de la gouvernante, le parfum ordinaire de son eau de rose, tout enchantait Zeitlin. Quand il remonta un peu plus haut sa main, il n'imaginait pas y trouver une cuisse aussi soyeuse. L'odeur du savon, de la flambée et des vapeurs du thé d'Inde les mit en transe.

Tu es en train de faire une bêtise, ça ne te ressemble pas, se morigénait-il. Toi qui contrôles chacun de tes faits et gestes. Arrête, espèce d'idiot ! N'agis pas comme ton imbécile de frère ! Tu vas être la risée de la ville ! Pour une sottise, ton univers va voler en éclats.

Mais cet univers n'existait déjà plus et Zeitlin s'en fichait. Éperdument.

24

À quatorze ans, Audrey Lewis avait quitté l'école de Pegsdon, son village du Hertfordshire, pour entrer au service de lord Stisted à Londres en tant que bonne d'enfants.

Son histoire, elle le reconnaissait, avait été aussi prévisible que celles des romans sentimentaux dont elle raffolait. Séduite et engrossée par le fils de la famille, un bon à rien friand de domestiques, elle avait été mariée de force à M. Lewis, le chauffeur quinquagénaire, afin d'éviter le scandale. Douloureux et humiliant, son avortement – suivi de l'inévitable hémorragie – avait failli la tuer. Son union avait tourné au désastre et elle avait préféré quitter son emploi en échange de références élogieuses. Ses parents l'avaient affectueusement pressée de venir travailler avec eux dans leur pub mais une petite annonce de la revue *Lady* avait attiré son attention. Le mot « Russie » qu'elle contenait l'avait séduite !

Par une belle journée d'été, la voiture du baron Zeitlin était venue chercher la jeune Anglaise qui débarquait d'un paquebot britannique dans le port de Saint-Pétersbourg. Samuil portait un costume blanc, des guêtres et un canotier. D'un air optimiste et généreux, il avait immédiatement inclus Audrey dans son bonheur familial. Alors mince et jeune il avait les cheveux châtains et une moustache en guidon de vélo. À l'époque, les Zeitlin n'habitaient pas encore dans leur hôtel particulier de la rue Bolchaïa-Morskaïa mais dans un vaste appartement de Gorokhovaïa. Ils étaient déjà riches mais toujours provinciaux : avec ses yeux violets, ses cheveux de jais et son décolleté avenant, Ariadna était encore la jeune femme qui avait fait tourner les têtes et chavirer les cœurs dans les villes du Sud où son mari faisait ses affaires. Elle se mesurait encore aux petites snobs de province, aux épouses des vice-rois, des officiers russes et des magnats du pétrole de Bakou ou de Tiflis.

Les Zeitlin étaient juifs. Lala n'en avait jamais rencontré auparavant, car aucun ne vivait dans son village et lord Stisted n'en fréquentait pas. Elle avait toutefois entendu lady Stisted parler avec dédain de ces millionnaires juifs sans scrupules qui avaient fait fortune dans les mines de diamants en Afrique du Sud et de ces milliers d'assassins crasseux, ces Juifs de Russie qui avaient fait de l'East End de Londres un quartier de taudis mal famés. On avait prévenu Audrey : il valait mieux ne pas travailler pour ces gens mais, dans sa situation, elle ne pouvait guère se montrer trop exigeante. Quant à ses nouveaux employeurs, ils avaient été ravis d'engager une jeune fille qui avait fait ses gammes dans la noblesse londonienne.

Tout le monde était satisfait, et les Zeitlin se révélèrent parfaitement civilisés.

Dès l'arrivée de la jeune femme, avant même que ses bagages fussent montés dans sa chambre, Ariadna, sublime dans une robe de crêpe de Chine turquoise, l'avait menée à la nursery afin de lui présenter l'enfant dont elle aurait la charge.

« La voici. *Voilà ma fille** ! avait annoncé Ariadna dans un mélange prétentieux de français et d'anglais. J'ai failli mourir en la mettant au monde. Plus jamais ça. J'ai prévenu Samuil, d'ailleurs, à partir de maintenant, je mérite de m'amuser ! C'est une enfant imprévisible, ingrate et turbulente. Voyez si vous parvenez à l'apprivoiser un peu, madame Linton…

— Lewis. Audrey Lewis, Madame.

— Oui, oui… Dorénavant, elle est à vous. »

Lors de cette première entrevue, Audrey était tombée sous le charme de Sashenka. À peine sortie de l'adolescence, elle s'occupait d'une fillette qui aurait pu être sa jeune sœur.

L'enfant et la gouvernante avaient besoin l'une de l'autre si bien que Lala était devenue la mère de Sashenka, sa vraie mère. Comme elles s'amusaient ensemble ! Elles patinaient sur la glace, se promenaient en traîneau l'hiver, ramassaient des champignons et des mûres à Zemblishino en été… Elles ne se quittaient jamais et semblaient toujours d'humeur joyeuse.

À l'époque, les Zeitlin voyageaient sans cesse : Odessa, Bakou, Tiflis. Ils se déplaçaient en train, réservant un compartiment privé. Lala étudiait le russe lors de ces longs trajets.

À Bakou, ils vivaient dans un palais que le père de Zeitlin avait fait copier sur un château français et se promenaient sur le bord de mer, entourés d'une phalange de gardes du corps. À Odessa, ils séjournaient à l'hôtel Londonskaïa, juste au-dessus du fameux escalier qui mène à la statue du duc de Richelieu : Lala passait son temps libre assise dans des cafés, à manger des brochettes d'esturgeon sur Deribaskaïa. Mais son cœur demeurait à Tiflis, la capitale du Caucase.

Le printemps était une merveille à Tiflis, qui se trouvait à mi-chemin entre les puits de pétrole que Zeitlin possédait à Bakou, sur la mer Caspienne, et ses pétroliers de Batoumi, sur la mer Noire.

Là-bas, la famille louait la demeure d'un prince géorgien désargenté, nichée sur les à-pics de la Montagne sacrée. Colonels russes et millionnaires arméniens venaient leur rendre visite. Ariadna les saluait en riant de son balcon où serpentait la vigne. Ses petites dents blanches miroitaient comme ses yeux d'améthyste. Elle n'entrait jamais dans la nursery.

« Lewis et l'enfant font partie des bagages », aimait-elle à répéter, alors que Zeitlin, accablé de travail, trouvait quand même le temps de rendre visite à sa fille. Il semblait préférer sa compagnie aux réceptions qu'Ariadna organisait pour les officiers et les bureaucrates. Dans la société huppée, il était de bon ton d'admirer brièvement les enfants avant de les renvoyer dans leurs quartiers, mais Zeitlin adorait sa petite Sashenka qu'il dévorait de baisers.

« Il faut que je retourne travailler, disait-il, mais tu es tellement mignonne, ma chérie. Ta peau est douce comme du satin. Tu es à croquer ! »

Un soir, l'un des rares où elle ne travaillait pas, Lala, sur son trente et un, avait pris son parasol pour aller se promener sur la grande avenue, en passant devant le palais du vice-roi – où, lui avait-on dit, Ariadna avait choqué les épouses des officiers en exhibant ses épaules nues et en dansant comme une folle. Les rues de Tiflis embaumaient le lilas et le muguet. En chemin vers la place Erevan, longeant théâtres, opéras et magnifiques demeures, elle avait rapidement compris pourquoi on lui avait recommandé de se méfier de cet endroit. Les ruelles bruyantes et crasseuses grouillaient de Turcs, de Perses, de Géorgiens et de membres des tribus montagnardes vêtus de leurs costumes si chamarrés, brandissant dagues et tromblons. Des gamins des rues – les *kintos* – galopaient dans la foule. Vendeurs et porteurs d'eau poussaient des brouettes. Les officiers paradaient, une dame à leur bras, mais aucune femme ne se déplaçait seule. À peine Lala avait-elle mis un pied sur la place qu'elle avait été entourée d'une nuée de galopins et de vendeurs, qui lui offraient en hurlant, chacun dans sa langue, leurs marchandises : tapis, pastèques, graines de citrouille et *lobios*, les fameux haricots rouges de Géorgie. Une bagarre avait éclaté entre un marchand d'eau perse et un gamin géorgien. Un Tchétchène avait brandi un poignard. Malgré la nuit tombante, la chaleur était accablante. Bousculée, harcelée, trempée de sueur, Lala avait pris peur. Au moment où elle commençait à paniquer, la foule s'était écartée et on l'avait tirée à l'intérieur d'un phaéton.

« Madame Lewis ! s'était exclamé Zeitlin, vous avez du cran, mais il faut être un peu sotte pour s'aventurer ici sans escorte. Aimeriez-vous visiter le bazar arménien ? C'est risqué pour une femme seule, mais on ne peut plus exotique. Accepteriez-vous de m'accompagner ?

— Je vous remercie, mais je ferais mieux de retourner auprès de Sashenka, avait-elle répondu en remarquant sa canne ornée d'une tête de loup.

— C'est un bonheur pour moi que vous chérissiez autant ma fille unique, mais je vous assure qu'il ne lui arrivera rien si elle passe une heure de plus avec Shifra, avait insisté son employeur. Vous vous sentez bien ? Oui ? Dans ce cas, faisons quelques pas. Vous serez en sécurité avec moi. »

Zeitlin l'avait aidée à descendre du phaéton et ils avaient plongé dans la foule. Des gosses leur proposaient des friandises géorgiennes. Des Perses coiffés de fez versaient l'eau contenue dans leurs outres en peau. Des officiers russes vêtus de jodhpurs et de tuniques à boutons dorés se promenaient. Armés de sabres, des Circassiens descendaient de leurs chevaux nerveux. Quelle ivresse on ressentait en entendant les vendeurs hurler : « Eau fraîche, par ici ! » en humant l'odeur du pain tout chaud, des légumes et des pyramides d'épices…

Zeitlin lui avait fait découvrir les ruelles en pente raide et les recoins sombres du bazar, là où les boulangers préparaient les petits pains plats, les *lavashi*, là où les Arméniens sortaient leurs dagues *kindjal* et leurs selles en argent repoussé, là où les Tatars vendaient des sorbets préparés dans leurs arrière-boutiques par leurs épouses voilées, s'arrêtant parfois pour s'agenouiller sur des tapis persans et prier Allah. Un géant juif jouait de l'orgue de Barbarie. Pendant leur promenade, Lala avait pris tout naturellement le bras de Zeitlin. Dans un petit café, derrière un étal d'épices, il lui avait offert un sorbet et un verre de vin blanc frais en provenance de Géorgie, fruité et légèrement pétillant.

La nuit tombait. Les rues toujours envahies par la foule embaumaient de l'odeur du gâteau géorgien au fromage encore chaud, le *katchapouri*, des brochettes d'agneau *chachlyk* arméniennes tandis que les rires des femmes à leurs balcons faisaient écho au cliquetis des sabots des chevaux sur les pavés. Des hommes la frôlaient dans l'ombre. Le vin lui faisait un peu tourner la tête.

Elle s'était tamponné le front de son mouchoir. « Nous devrions peut-être rentrer, à présent.

— Mais je ne vous ai même pas montré le vieux Tiflis ! » avait répondu Zeitlin en lui faisant descendre des rues escarpées bordées de maisons en ruine aux balcons couverts de lierre. Personne d'autre ne flânait dans ces rues. Venaient-ils de quitter la vraie vie ?

Son employeur avait ouvert un vieux portail à l'aide d'une grosse clé. Un gardien chenu était apparu pour leur tendre une lanterne. Ils se trouvaient dans un jardin abandonné, envahi de vigne et de chèvrefeuille au parfum entêtant.

191

« Cette maison ne vous rappelle pas les romans gothiques ?

— Si, si, c'est vrai, avait-elle répondu en riant. Elle me fait penser à ces héroïnes fantomatiques vêtues de robes blanches… Comment s'intitulait ce roman de Wilkie Collins ?

— Venez dans la bibliothèque. Vous aimez les livres, Audrey ?

— Oh oui, monsieur Zeitlin.

— Appelez-moi Samuil. »

Ils avaient traversé une cour pavée aux murs couverts de plantes grimpantes. Zeitlin avait déverrouillé la porte qui menait à l'intérieur. Ils s'étaient retrouvés dans une pièce haute de plafond, aux murs tapissés de bois sombre et aux rideaux de dentelle. Il avait allumé les lampes en bronze l'une après l'autre. Soudain, à la lumière, la bibliothèque avait pris vie : des rayonnages en pin de Carélie débordaient de livres. D'autres volumes s'entassaient au milieu de la pièce en piles instables. Les autres murs étaient couverts des curiosités les plus étranges : têtes de loup et d'ours, vieilles mappemondes, portraits de rois et de généraux, sabres tchétchènes, tromblons médiévaux, cartes postales pornographiques, tracts socialistes, icônes orthodoxes. Des objets sans valeur en côtoyaient d'autres, inestimables. Un monde perdu, en somme, mais c'étaient les livres, écrits dans tant de langues différentes, qui la ravissaient le plus.

« Prenez ceux que vous voulez, lui avait proposé Zeitlin. Vous pourrez lire ce qui vous plaira. »

Leurs regards s'étaient brièvement croisés avant de s'éviter puis de se retrouver dans la pénombre de ce jardin dont l'air était si riche des senteurs de la vigne et des *tkemali*, ces fleurs de prunier au parfum de pomme et d'amande, que la jeune femme avait du mal à respirer. Elle sentait également l'eau de Cologne citronnée de son patron, la fumée âcre de son cigare et son haleine fruitée de vin frais.

À ce moment précis, dans le jardin de cette vieille maison de Tiflis, elle aurait fait n'importe quoi, s'il le lui avait demandé. Mais à l'instant où elle pensait qu'il allait l'embrasser, il avait soudain reculé et quitté le jardin. Ils avaient hélé un phaéton sur l'avenue Golovinski.

Le lendemain matin, quand elle avait amené Sashenka à son père au petit déjeuner – Madame dormait, bien entendu –, Lala lui avait été reconnaissante de ne pas mentionner leur excursion de la veille. Après l'avoir froidement saluée d'un : « Bonjour, madame Lewis », il avait embrassé sa fille et s'en était retourné à la lecture des frais de transport dans *La Gazette de la mer Noire*. Ni l'un ni l'autre n'avait jamais reparlé de cette parenthèse.

Depuis lors, les journées de Lala étaient si remplies qu'elle n'avait eu ni la moindre envie d'avoir un bon ami ni du temps à lui consacrer mais, récemment, Sashenka avait grandi beaucoup trop vite. La petite Silberkind avait minci ; elle était devenue taciturne. « Toi et moi, on ne se mariera jamais, n'est-ce pas, Lala ? avait-elle demandé un jour.

— Bien sûr que non.

— Tu me le promets ?

— Je te le jure. »

Lala n'entendait rien à la politique mais, depuis peu, elle avait compris que Karl Marx l'avait remplacée dans le cœur de la jeune fille. Elle y voyait un danger, ce qui la chagrinait beaucoup, et en rejetait la faute sur Mendel, le boiteux à la voix de stentor.

Souvent, une fois éteinte la lampe à pétrole de sa petite chambre sous les combles, son sommeil se peuplait de rêves magnifiques dans lesquels elle revivait ce moment privilégié passé avec son employeur dans le jardin de Tiflis… Parfois, elle se réveillait parcourue de frissons délicieux.

Soudain, sans crier gare, Zeitlin l'avait invitée au Donan.

« Je veux vraiment récupérer ma fille et vous la connaissez mieux que quiconque, avait-il dit. Il est trop tard pour l'inscrire au lycée de la rue Gagarine. Je pensais peut-être à l'académie du Pr Raev sur Gorokhovaïa… »

Mais, au restaurant, il n'avait même pas mentionné Sashenka. Lala se serait crue dans un de ses rêves si troublants, et pourtant ce n'était pas convenable, ce qui l'alarma. Elle avait besoin de stabilité. Si son employeur devenait imprévisible et irresponsable, qu'adviendrait-il de toute la famille ?

La gouvernante craignait les changements. Le début de la guerre avait été excitant : elle s'était tenue sur la place du Palais parmi des centaines de milliers de paysans, d'ouvriers, de domestiques et de comtesses. Elle avait vu le tsar, la tsarine et leurs cinq enfants sur le balcon du palais d'Hiver où ils avaient béni la foule. Les années ayant presque fait d'elle une Russe, Lala avait chanté l'hymne national et s'était réjouie de voir les jeunes recrues défiler sur la perspective Nevski.

Elle sentait à présent qu'un drame terrible allait accabler son pays d'adoption, mais il était trop tard pour retourner en Angleterre. Elle était trop mondaine à présent, avec son russe parfait et ses séjours à Biarritz et à Bakou ; trop habituée à cette famille pour repartir de zéro dans un nouveau foyer ; trop attachée à Sashenka pour élever un autre enfant. Par ailleurs, elle avait économisé beaucoup d'argent, mais pas assez pour vivre de ses rentes.

Elle vit des femmes attendre en vain de pouvoir acheter du pain et d'autres, plus légères, patienter devant les casinos et les boîtes de nuit de Saint-Pétersbourg. Elle avait lu dans le journal que l'armée battait en retraite, que les Allemands avaient conquis la Pologne, et nombre de forêts appartenant à Zeitlin. Elle devait se montrer courtoise envers les parents d'Ariadna qui campaient dans la maison, parlaient un yiddish guttural et psalmodiaient en hébreu. Le tsar était au front. Lala continuait toutefois de croire que, malgré ces ennuis, Samuil les sortirait tous de là.

Au cours de ces longues années, Lala ne s'était guère mêlée aux autres. Elle connaissait ses responsabilités, vivait comme une vieille fille destinée à un déclin solitaire, le fantôme dans le grenier d'une grande famille. À l'instar de Shifra, en fait. Et pourtant, caché sous une apparente fadeur docile, son sang frémissait comme un ruisseau bouillonnant d'écume dévale un flanc de montagne sous une épaisse couche de glace. Ce soir-là, en se préparant pour aller se coucher, elle repensa à sa rencontre avec le baron dans le salon particulier du Donan. Sans la moindre pudeur, ils s'étaient donnés l'un à l'autre.

« Je divorce, lui avait-il annoncé ensuite. Épouse-moi. »

Son corps n'avait reçu aucune caresse depuis si longtemps que le moindre frôlement y avait laissé une marque, pareille à une minuscule piqûre de guêpe qui aurait éraflé sa peau.

À présent, elle se regardait dans le petit miroir de sa chambre bien rangée, et ressentait délicieusement chaque millimètre conquis par Zeitlin. Sa peau scintillait. Des muscles inconnus et ignorés dans des replis tendres palpitaient comme des papillons emprisonnés. Elle avait les jambes en coton. En attendant le retour de Sashenka, elle tenta de lire, mais ne parvint pas à se concentrer.

Son corps entier tremblait, parcouru de délicieux frissons.

Soudain, la sonnette de sa chambre retentit, ce qui n'arrivait jamais. En sortant, elle entendit une femme vociférer et descendit l'escalier en courant. Blême, Sashenka se tenait dans l'entrée, la porte grande ouverte, et une Ariadna débraillée marmonnait assise sur une chaise, la tête entre les mains.

« Oh, Lala ! Dieu merci, tu es là. Aide-nous à la monter dans sa chambre et… laisse-moi réfléchir… appelle ses femmes de chambre et le Dr Gemp. » Sashenka s'interrompit avant d'observer sa gouvernante avec attention.

« Où est mon père ? »

25

L'air las, le capitaine Sagan alluma un cigare à la fenêtre de la planque de la rue Gogol. Les défaites russes s'accumulaient. Il tira une pincée de cocaïne de sa tabatière et s'en frotta les gencives. Le sang se remit aussitôt à affluer dans ses veines et sa fatigue se transforma soudain en un optimisme délirant.

Aux premières heures de cette nuit de janvier 1917, des lanternes scintillaient de l'autre côté de la Neva, sur les remparts de la forteresse Pierre-et-Paul. À gauche, le long du quai, le palais d'Hiver était également éclairé bien que les tsars l'aient quitté en 1905. L'impératrice vivait à présent à Tsarskoïe Selo, aux abords de la ville, et l'empereur dans son quartier général près du front. Malgré leur absence, la forteresse n'en représentait pas moins le pouvoir de l'autocratie : dans sa cathédrale reposaient Pierre le Grand, Catherine et tous leurs successeurs jusqu'au père de l'empereur actuel. Mais c'était également une geôle : dans les cellules glaciales du bastion Troubetskoï, on emprisonnait les anarchistes, les nihilistes et les socialistes que Sagan en personne avait piégés.

Il entendit la poignée de porte tourner. Des pas derrière lui. C'était peut-être elle ? Ou l'un de leurs assassins ? Un jour, ces bruits seraient les derniers qu'il percevrait avant qu'un coup de feu ne lui fasse exploser la cervelle. Ce serait peut-être même cette étourdie qui appuierait sur la détente. Mais c'était un risque à courir pour la croisade qu'il menait, au service de la mère patrie. Il croyait en Dieu et savait qu'il irait au paradis. Sans Dieu et son fils Jésus-Christ, le monde se réduirait au chaos et au péché. S'il mourait maintenant, il ne reverrait plus sa femme et, pourtant, c'étaient des rencontres de ce genre qui rendaient sa vie digne d'être vécue.

Il ne se retourna pas. Exalté à la vue du palais Menchikov, de la forteresse, de la Neva gelée, il patientait, certain que c'était elle qui entrait et s'asseyait sur le divan. Il le sentait.

Vêtue simplement d'une jupe sans grâce et d'un chemisier blanc, Sashenka regardait un livre. Sagan s'étonnait qu'elle ait tant changé depuis son arrestation. Ses cheveux maintenus en arrière en un chignon serré et son visage dépourvu de tout maquillage ne faisaient qu'accentuer la clarté de ses yeux gris et les exquises taches de son qui parsemaient ses joues. Moins elle jouait la carte de la séduction, plus elle tentait de cacher sa silhouette, plus elle lui semblait attirante… oui, attirante. Voire désirable.

« Alors, camarade Petro – c'était ainsi qu'elle l'appelait à présent ? Avez-vous quelque chose pour nous ? Le samovar bout-il ? Puis-je avoir du thé ? »

Sagan prépara le *chaï*. Au fil de leurs nombreuses rencontres, la réserve avait disparu entre eux, mais l'officier ne savait toujours pas si elle le retrouvait parce qu'elle l'appréciait ou si le Parti le lui avait ordonné. Que nous sommes bêtes, nous, les hommes, songea-t-il en espérant qu'elle l'estimait tout de même un peu. C'était agréable de se sentir attiré, mais il n'avait pas besoin qu'on lui rappelle qu'en s'attachant, ne serait-ce que par amitié, il mettait en péril non seulement sa carrière mais également la mission sacrée qui lui avait été confiée. Il connaissait les règles du jeu. Si Mendel en tirait les ficelles, l'estropié bolchevique voulait qu'il désire Sashenka. Il ne faudrait donc jamais céder à la tentation. Jamais. Sagan devait rester maître de lui-même et de la situation.

« Bonne année, Zemfira, lui lança-t-il en l'embrassant sur les deux joues. Comment s'est passée l'arrivée de 1917 chez vous ?

— Dans la joie. Notre maison ressemble chaque jour davantage à un sanatorium.

— Comment va votre mère ?

— Demandez à vos espions, si ça vous intéresse tant. »

Habituée à l'atmosphère de complot, elle semblait plus sûre d'elle que jamais, mais Sagan aurait juré que, depuis le décès de Raspoutine, elle lui faisait davantage confiance. Lorsqu'ils s'étaient retrouvés la nuit suivant la mort du Débauché, elle l'avait remercié. L'espace d'un instant, il avait même cru qu'elle allait le serrer dans ses bras d'un geste un peu guindé de camarade.

« L'opium que prend la baronne est-il efficace ?
A-t-elle essayé l'hypnose ? J'ai cru comprendre que
ça soulageait.

— Peu importe. Ma mère va mieux, je crois.
C'est une âme damnée. Elle ne porte d'attention
qu'à son propre plaisir ! Cela dit, je suis rarement
à la maison, ajouta-t-elle. Vous avez remarqué ?
Le Parti se développe. Vous avez vu les files
d'attente devant les boulangeries ? »

Sagan soupira, pris d'une furieuse envie de
cocaïne. Il dut se refréner de lui parler de lui, de
ce qu'il savait. Une étonnante vague de désespoir
le submergea. Le tsar, l'empire et l'orthodoxie
étaient-ils déjà perdus ?

« Vous connaissez la vérité grâce à vos rapports,
continua-t-elle en se penchant vers lui, et je sais
que vous êtes un sympathisant. Allez, Petro !
Montrez-moi qui vous êtes vraiment. Sinon, je vais
céder à l'ennui et vous ne me reverrez plus jamais.
Dites-moi quelque chose que j'ignore. Parlez-moi
des rapports que vous recevez. »

La jeune fille le regardait de ses impitoyables
yeux gris, mais il garda le silence.

Elle haussa les sourcils puis, d'un bond, se leva,
saisit son karakul et sa chapka avant de se diriger
vers la porte qu'elle ouvrit.

« Attendez ! » l'implora Sagan d'une voix blanche.
Il ne voulait pas qu'elle parte. « J'ai mal à la tête.
Laissez-moi prendre mon tonifiant.

— Je vous en prie. » Elle le regarda ouvrir la
petite boîte en argent sertie de diamants, aux armes
de sa famille, un héritage. Humidifiant son doigt,
il prit une bonne dose de poudre blanche qu'il frotta

contre ses gencives. Ses artères se détendirent, le sang bouillonna à nouveau dans ses veines.

« Nos rapports, expliqua-t-il, préviennent le tsar de la révolution. Je viens à peine d'en écrire un qui dit ceci : "Si la nourriture n'est pas vendue en plus grandes quantités, il sera difficile de faire appliquer la loi dans les rues de Petrograd. La garnison est loyale mais..." Pourquoi nous donnons-nous tant de mal ? Le nouveau gouvernement est la risée du pays. Stürmer, Trepov et maintenant ce vieillard de prince Golitsyne ne sont que des nains et des escrocs. Le meurtre de Raspoutine n'a rien résolu. Nous avons besoin d'un nouveau départ. Je ne suis pas d'accord avec tout ce en quoi vous croyez mais certaines choses font sens...

— Intéressant. » Elle se tenait devant lui, si près qu'il lui semblait sentir son odeur. Était-ce le parfum du savon Pears à la lavande ? Elle se caressait les lèvres du bout des doigts. Finalement, elle avait grandi plus vite qu'il ne l'avait cru. « Nous avons beaucoup évolué, vous et moi, n'est-ce pas, camarade Petro ? Mais nous devenons impatients ! Nous pourrions presque être amis... Certains de mes camarades pensent que je devrais cesser de vous voir, que je perds mon temps avec vous. Si vous êtes vraiment si proche de nos idées, il faut le montrer en nous donnant du grain à moudre. Or, vous refuseriez de nous donner de la glace en hiver ! Quoi qu'il en soit, vous le savez, votre travail ne sert à rien. Votre univers est sur le point de disparaître et il nous faut impérativement une raison valable de vous épargner.

—Vous êtes trop optimiste, Sashenka. Vous vous voilez la face. Je ne pense pas grand bien de vos journaux mais, entre nous, ils disent la vérité sur la situation dans les usines et sur le front. Tout ça me tourmente mais j'ai peut-être quelque chose pour vous.

—Vraiment ? » s'étonna Sashenka en lui décochant un sourire qui à lui seul justifiait tous les dangers. La jeune fille ôta son manteau et s'assit à nouveau, toujours coiffée de sa chapka.

Qui menait le jeu ? se demanda Sagan pour la énième fois. Sashenka venait de lui apprendre qu'elle racontait à Mendel tout ce qui se passait pendant leurs entrevues. Il était déçu car il aurait aimé qu'elle vienne le voir parce qu'elle l'appréciait. Malgré lui, le policier ressentit un pincement au cœur. Ils avaient discuté de leurs familles, de poésie, de leur santé même…

Répétait-elle vraiment tout à Mendel ? Pourvu qu'elle lui cache leur intimité car son mode opératoire en dépendait : si elle commençait à faire des cachotteries, elle finirait par lui taire des choses plus importantes avant de lui mentir carrément. C'est de cette façon que le capitaine recrutait ses agents doubles. Il souhaitait plus que tout détruire Mendel, et Sashenka était l'outil idéal pour parvenir à ses fins. Son métier reposait sur la duplicité, mais, pour une fois, il dut se rendre à l'évidence, Sashenka était pour lui bien plus qu'un outil de travail.

« Écoutez-moi attentivement, finit-il par articuler. Ils prévoient une descente demain soir dans votre imprimerie clandestine. Vous devez absolument la déménager. Inutile de me dire où. »

Elle tenta en vain de masquer son excitation, et la façon dont elle fronça les sourcils pour se donner l'air sévère donna envie au policier d'éclater de rire.

« C'est vous qui organisez cette opération ?

— Non, c'est la gendarmerie. Pour qu'on me révèle des renseignements aussi précis, j'ai dû promettre d'obtenir des informations en retour.

— C'était présomptueux de votre part, camarade Petro.

— Les services de renseignements fonctionnent sur le principe de l'offre et de la demande, Sashenka, rétorqua-t-il d'un ton impatient. Cette histoire m'a tenu éveillé toute la nuit. Je n'en dors plus. Je survis grâce à la poudre magique du Dr Gemp. Vous savez ce que je risque en vous dévoilant les secrets de la police ? »

Sashenka se leva pour partir. « Si vous mentez, tout est fini entre nous et votre tête sera mise à prix. Si vos agents me suivent, nous ne nous reverrons jamais. C'est compris ?

— Et si je vous ai dit la vérité ? cria-t-il tandis qu'elle s'éloignait déjà.

— Alors, à très bientôt. »

26

Une douce lumière filtrait derrière les nuages, se reflétait sur la neige et éclatait en couleurs vives à travers les rideaux : l'opium filait dans les veines d'Ariadna – le Dr Gemp était passé lui faire une piqûre. La tête de la baronne retomba sur l'oreiller et elle se laissa aller à rêver. Elle se trouvait au paradis avec Raspoutine ; il l'embrassait sur le front et, en uniforme gris d'infirmière, l'impératrice les examinait. Le starets lui tenait la main et, pour la première fois de sa vie, elle se sentait vraiment heureuse et en sécurité.

Dans sa chambre, elle entendait parler en yiddish. Ses parents étaient assis à ses côtés. « Pauvre enfant, murmurait sa mère. Est-elle possédée par le Dibbouk ?

— Tout dépend de la volonté divine, même ça, répondit son père. Nous ne pouvons qu'implorer la clémence de Dieu… » Ariadna entendit crisser la bande de cuir lorsque le rabbin noua son phylactère à son bras et se remit à parler en hébreu. Il récitait les dix-huit bénédictions, psalmodiant d'une façon si familière qu'Ariadna en fut apaisée.

À un moment, elle s'assit brusquement. Elle avait froid et ne rêvait plus. Elle crut voir le starets. Oui, c'était sa barbe et ses yeux vifs qu'elle apercevait au pied de son lit. « C'est toi Grigori ? » demanda-t-elle à voix haute avant de comprendre qu'il s'agissait d'une illusion d'optique et que le grand homme mince et barbu n'était qu'une cantonnière de rideau et une robe posée sur un guéridon. Elle était seule, et soudain lucide.

Raspoutine, celui qui lui avait montré la voie du bonheur, était mort. Samuil, dont l'amour et la richesse étaient les piliers de son palais de verre, demandait le divorce. Sashenka la détestait et pouvait-elle lui en vouloir ? Ses parents *hassidim* lui faisaient honte et elle s'en voulait terriblement. De quelque angle qu'on la prenne, sa vie n'était qu'un échec. Son bonheur qui ne tenait qu'à un fil venait de tomber dans le vide.

Sa mère avait peut-être raison : avait-elle été maudite à la naissance ? Elle narguait le destin parce qu'elle avait tout. Mais le mauvais œil était-il posé sur elle ?

Ariadna se renfonça dans son oreiller, seule, et se laissa dériver comme un navire sans équipage sur une mer déchaînée.

27

Après avoir laissé un message urgent à l'attention de Mendel chez Lordkipadze, la pharmacie géorgienne de l'avenue Alexandrovski, Sashenka descendit la perspective Nevski. Les nuages bas ondulaient au-dessus de la ville. La glace emprisonnait les canalisations et les toits. Le thermomètre plongeait à moins vingt. Dans les quartiers ouvriers, les sirènes et les sifflets retentissaient. Les grèves commençaient à se répandre d'usine en usine.

Sur Nevski, dans le centre-ville, les employés, les ouvriers et même les bourgeoises faisaient la queue devant les boulangeries dans l'espoir d'obtenir du pain. Deux femmes se disputaient la dernière miche jusqu'à rouler par terre. Une ouvrière en frappait une autre avec une telle violence que le nez de sa victime fut fracturé.

À l'épicerie Elisseïev, la boutique où les Zeitlin s'approvisionnaient, des ouvriers firent irruption pour s'emparer des gâteaux et des fruits. Le vendeur fut matraqué.

Cette nuit-là, la jeune fille ne parvint pas à s'endormir. Sa tête bourdonnait. Elle revoyait la colère de la rue. Dehors, les sirènes de Viborg se répondaient en écho par-dessus la Neva.

Au petit jour, elle partit retrouver le camarade Molotov au café des cochers devant la gare de Finlande.

« Le camarade Mendel est débordé. C'est pour ça qu'il m'envoie. » D'allure sévère, dénué de tout humour, Molotov était méticuleux et il écouta attentivement ce que Sashenka avait à lui dire.

« Ta sou-sou-source est fiable ? bégaya-t-il.

— Je crois.

— Merci, ca-ca-camarade. Je m'en occupe. »

Les camarades Vania et Satinov démontèrent la presse d'imprimerie. Sashenka et d'autres rangèrent les pièces dans des barriques de bière, des bidons de lait et des sacs de charbon. Et la volumineuse presse fut placée dans un cercueil qu'emporta un corbillard volé, suivi par une famille – bolchevique – éplorée, toute de noir vêtue, jusqu'au nouveau site de Viborg.

Le lendemain, à la tombée du jour, Mendel et Sashenka montèrent l'escalier d'un immeuble situé en face de leur ancienne imprimerie clandestine. Chaque pas demandait un effort considérable à Mendel à cause de son pied bot.

Sur le toit, l'adolescente offrit à son oncle une cigarette Crocodile, dont le filtre doré tranchait sur sa casquette d'ouvrier et son manteau de cuir brut. Ensemble, ils regardèrent les trois véhicules de police et les deux voitures de gendarmerie s'arrêter devant la taverne dont ils enfoncèrent la porte.

« Félicitations, camarade Isatis ! la complimenta Mendel. Tu avais raison. »

Elle rougit de fierté. Elle était devenue véritablement utile au Parti, elle n'était plus l'enfant gâtée de la classe dégénérée.

« Dois-je continuer à voir Sagan ? »

Mendel tourna vers sa nièce ses yeux agrandis par l'épaisseur de ses verres. « Il est amoureux de toi, j'imagine. »

Elle éclata de rire tout en secouant la tête. « De moi ? Tu plaisantes ? Sagan me parle surtout de poésie, il s'y connaît. Il s'est montré très obligeant avec maman mais reste très correct. Et je suis bolchevique, camarade. Je ne flirte pas, moi.

— Ah ! La poésie ! Ne sois pas si naïve, petite, il a envie de toi !

— Non ! Sûrement pas ! répondit-elle, rougissant tant elle était gênée. Mais il est de notre côté. C'est pour ça qu'il nous a donné ce tuyau.

— Ils disent tous ça ! Parfois, c'est même vrai, mais ne crois rien de ce qu'il pourra te raconter.

— Si tu dis vrai, camarade, je crois qu'il vaut mieux que je cesse de le voir. Il m'a envoyé un message ce matin pour m'inviter à faire une promenade en traîneau avec lui. J'ai refusé, bien entendu, mais après ce que tu viens de me dire, il n'est pas question que je le revoie.

— Arrête de faire ta mijaurée, ta *schlamazel*, répondit Mendel avec le fort accent juif polonais qu'avait perdu Ariadna. Tu ne sais pas ce qui est préférable, petite. Méfie-toi des valeurs bourgeoises. Nous déciderons de ce qui est immoral et de ce qui ne l'est pas. Si le Parti te demande de te couvrir de merde, fais-le. Si Sagan a envie de toi, tant mieux ! »

Sashenka devint écarlate. « Tu veux dire...

— Accompagne-le dans sa promenade en traîneau, rugit-il, exaspéré. Rencontre cette ordure aussi souvent que nécessaire.

— Mais c'est donnant, donnant...

— Nous lui donnerons un os à ronger, et en échange, nous voulons une pépite, une vraie. Pour commencer, ramène-moi le nom du traître qui leur a dit où se trouvait l'imprimerie clandestine. Sans son nom, cette opération est un échec. Le Parti sera déçu. Sois vigilante. *Tak !* C'est tout. » Le visage de Mendel était livide. « Descendons avant de geler sur place. Comment ta mère vit-elle le divorce ?

— Je ne la vois jamais. Le Dr Gemp dit qu'elle est hystérique *et* mélancolique. Elle prend du chloral, du brome et de l'opium. Papa voudrait qu'elle essaie l'hypnose.

— Va-t-il épouser Mme Lewis ? demanda Mendel en descendant l'escalier.

— Quoi ? »

Ce fut comme un coup de poing dans le ventre de la jeune fille. Son père et Lala ? Mendel ne savait plus ce qu'il disait...

Les sifflets des usines retentirent à travers Saint-Pétersbourg et pourtant les ardoises des toits ne révélaient rien des tempêtes furieuses qui s'abattaient sur la ville.

Le monde devenait fou, songea Sashenka.

28

Le lendemain, il faisait plus doux. Le soleil et la lune se regardaient avec suspicion à travers un ciel laiteux. Les ouvriers étaient en grève.

Lorsqu'elle prit le tram pour se rendre à la gare de Finlande, Sashenka vit des hordes de grévistes traverser les ponts. Ils manifestaient depuis trois jours pour obtenir du pain. Tout avait commencé le jeudi précédent, Journée internationale de la femme, et depuis, la situation n'avait fait qu'empirer.

« Debout, les affamés ! Réveillez-vous ! psalmodiait la foule en agitant des drapeaux rouges. À bas l'autocratie ! On veut du pain et la paix ! »

Les cosaques tentèrent de leur faire rebrousser chemin sur le pont Alexandre-Nevski, mais les dizaines de milliers de manifestants continuèrent à avancer. Sashenka vit des paysannes emmitouflées dans des châles briser les vitres de la boutique anglaise et la piller. « Nos hommes meurent au front ! Donnez-nous du pain ! Nos enfants meurent de faim ! » Des gamins des rues les avaient rejointes, des créatures aux corps d'enfants mais aux ventres gonflés et aux visages de vieux singes. Assis au coin d'une rue, l'un d'eux jouait de l'accordéon.

Me voici abandonné, orphelin, personne n'est là pour me garder.
D'ici bientôt je mourrai, à ma tombe, personne ne viendra me pleurer.
Dans l'arbre, à proximité, seul le rossignol chantera. Parfois.

Sashenka lui donna un peu d'argent et un tract communiste. « Après la révolution, lui expliqua-t-elle, vous aurez du pain ; vous serez les maîtres ! Lis Marx et tu comprendras. Commence par *Le Capital* et… » L'enfant avait déjà filé.

La jeune fille n'avait reçu aucun ordre particulier du Parti. Aux premières lueurs, elle était allée retrouver Chliapnikov à la planque de Shirokaïa. « Ces manifestations ne sont qu'une perte de temps, avait-il commenté. Ne gâche pas nos brochures. Comme toutes les émeutes, celles-ci ne nous mèneront nulle part. » Le vendredi, un officier de police avait été tué par les ouvriers et une foule était entrée par effraction chez Philipov, la pâtisserie où Delphine, la cuisinière, achetait les mille-feuilles du baron.

Les représailles des autorités avaient commencé. La ville grouillait de cosaques et de soldats ; on se serait cru dans un camp militaire. Toutes les ruelles, tous les ponts étaient surveillés par des groupes armés dotés de mitrailleuses et de voitures blindées. Des escadrons de cavaliers s'amassaient sur les places et le crottin faisait fondre la neige.

Les salles de spectacle demeuraient ouvertes et Ariadna allait tellement mieux qu'elle passait la soirée au théâtre Alexandrinski en compagnie de Zeitlin où ils assistaient à la représentation du *Bal masqué* de Lermontov, une production des plus avant-gardistes. Le Donan et le Contant ne désemplissaient toujours pas et les orchestres jouaient valses et tangos à l'Europe et à l'Astoria.

Sashenka avait rendez-vous avec Sagan. Elle se précipita d'abord à la planque du 153 Nevski mais Mendel, qui se trouvait avec Chliapnikov et Molotov, lui ordonna de se calmer. « Il suffira de quelques tirs au-dessus de leurs têtes et d'une ou deux miches de pain, et les ouvriers retourneront au travail. » Les autres en convinrent mais la jeune fille en doutait.

À la gare de Finlande, elle vérifia qu'on ne la suivait pas. Si. Elle sema bien vite l'espion avant de monter dans le train, en troisième classe.

Elle avait prévu de retrouver Sagan à Beloostrov, petite ville proche de la frontière finnoise. Sagan l'attendait dans une troïka, emmitouflé dans des fourrures, un cigare aux lèvres. Elle s'installa à côté de lui. Après avoir craché des glaires verdâtres, le cocher fit claquer son fouet. En route ! Sashenka se remémora des promenades de ce genre en compagnie de Lala, dans le traîneau familial orné d'ivoire et équipé de couvertures en zibeline. Ce fragile traîneau-ci traversait les champs avec un bruit d'enfer. Le cocher ivre penchait d'un côté et donnait des coups de fouet sur les croupes galeuses de ses chevaux faméliques. De temps à autre, il s'adressait à ses bêtes ou à ses passagers, mais on ne l'entendait guère à cause du bruissement du traîneau sur la neige et du cliquetis des sabots.

« Hue !… L'avoine… Les prix montent… L'avoine…

— Ne devriez-vous pas être à Piter pour lutter contre les affreux pharaons ? demanda Sagan à la jeune fille.

— Les ouvriers ont faim, voilà tout. Ce ne sont pas des rebelles. La situation ne vous inquiète pas ?

— Non, répondit-il en secouant la tête. Il y aura quelques émeutes, rien de plus.

— Le Parti est de votre avis », admit-elle en observant le visage de son compagnon. Il semblait épuisé, préoccupé. La pression de sa double vie et de son mariage malheureux, de ses migraines et de ses insomnies, l'agitation croissante de la ville, tous ces ennuis semblaient l'avoir rattrapé. Elle refusait de croire les accusations de Mendel. Comment pouvait-il savoir ce que pensait Sagan sans l'avoir jamais rencontré ni les avoir jamais vus ensemble ? Non, Sagan était devenu comme un ami ; lui seul comprenait combien il était pénible d'avoir une mère telle qu'Ariadna. Elle sentait bien qu'il l'appréciait également, pour elle-même, mais pas comme Mendel l'entendait… Sûrement pas ! Sagan n'était d'ailleurs pas fait pour la police. Avec ses cheveux d'un blond soyeux qu'il portait bien trop longs – mais ça lui allait tellement bien ! –, il ressemblait davantage à un poète qu'à un policier. Par bien des aspects, ils étaient ennemis, certes, mais leur entente reposait fondée sur le respect mutuel, des idées partagées et des goûts communs. On avait confié à Sashenka une mission importante et, quand elle l'aurait menée à bien, ils ne se reverraient peut-être jamais, mais elle n'en était pas moins ravie que Mendel lui ait ordonné de rencontrer à nouveau Sagan. Enchantée, même. Elle avait des nouvelles de sa famille à lui communiquer. À qui d'autre pouvait-elle se confier ?

« Il s'est passé quelque chose à la maison », commença-t-elle. Après tout, il n'y avait aucun mal à raconter ces petits potins. « Mme Lewis ! Ma Lala !... Mendel a un espion au Donan, c'est comme ça que je l'ai appris. Quand j'ai interrogé papa, il a rougi, nié en bloc et évité mon regard avant de finir par m'avouer qu'il avait envisagé de l'épouser pour moi, pour recréer un foyer plus heureux. Comme si ça allait changer quoi que ce soit à ma vie ! Mais maintenant, il prétend qu'il ne va pas demander le divorce. Maman est trop fragile. J'en ai parlé à Lala qui m'a serrée dans ses bras avant de me dire qu'elle avait immédiatement refusé la demande de mon père. Ce sont de grands enfants, camarade Petro. Leur monde est sur le point de disparaître, l'Histoire en mouvement est sur le point de les écraser mais ils continuent de jouer, comme l'orchestre du *Titanic*.

— Ça vous blesse ?

— Bien sûr que non, répondit-elle d'une voix rauque, mais je n'avais jamais envisagé que Lala puisse agir de cette manière !

« — Il arrive souvent ce genre de choses aux gouvernantes. J'ai moi-même vécu ma première histoire d'amour avec celle de ma sœur.

— Vraiment ? s'étonna-t-elle, déçue. Et comment va votre épouse ? »

Il secoua la tête d'un air las. « Je suis spirituellement absent de chez moi. Je vais et je viens comme une âme en peine. Je doute de tout ce en quoi je croyais autrefois.

— Lala était ma confidente. Et vous, à qui vous livrez-vous ?

— À personne. Pas à ma femme, en tout cas. Parfois, je me dis... eh bien... vous êtes la seule personne avec qui je puisse être moi-même, parce que nous sommes amis sans nous connaître pour autant. Vous comprenez ?

— Les deux font la paire ! » rétorqua Sashenka en souriant les yeux clos. Le vent frais lui caressait délicatement le visage sur lequel fondaient les flocons de neige.

« C'est ici ! s'écria Sagan, indiquant une auberge.

— Bien, maître », hurla le cocher avant de fouetter ses chevaux.

Une petite chaumière en bois se tenait isolée au milieu des champs enneigés. Quelques bouleaux lui servaient de gardes du corps. Cet endroit semblait tout droit sorti du conte de *La Reine des neiges*.

Le traîneau ralentit puis s'arrêta. Des naseaux des chevaux sortaient des nuages de vapeur à chaque respiration. La porte en bois s'ouvrit et un paysan gras à la barbe noire en sortit pour aider la jeune fille à descendre.

À l'intérieur, l'auberge ressemblait davantage à une isba. Le restaurant était une simple pièce dotée d'un poêle traditionnel dans lequel du gibier grésillait sur une broche. Le paysan les mena à une table sans prétention avant de leur verser à chacun une généreuse rasade de *cha-cha*.

« Aux deux qui font la paire ! » trinqua Sagan. C'était la première fois que Sashenka déjeunait avec un homme. Le cha-cha lui brûlait l'estomac et l'atmosphère si étrange l'empêchait de se concentrer. Ils semblaient seuls au monde dans cette région septentrionale. La jeune fille se reprit. Tout en plaisantant avec Sagan qu'il semblait connaître, le paysan leur servit de l'oie rôtie dans une cocotte bouillante. La viande était si bien cuite que la chair se détachait de l'os et que la graisse parfumait un bouillon de betteraves, d'ail et de pommes de terre. Ils se régalèrent tant qu'ils en oublièrent la révolution et se contentèrent de bavarder. Ils partirent repus, sans prendre de dessert mais après un deuxième cha-cha.

« Votre information était juste, Petro, lui avoua-t-elle tandis que le traîneau filait à travers les champs blancs de neige.

— Ça n'a pas été facile à obtenir.

— Mais ça ne suffit pas. Nous voulons le nom de celui qui nous a trahis.

— Je pourrais peut-être vous le donner, mais si nous devons continuer à nous voir, je dois rapporter du concret à mes supérieurs... »

Elle laissa le silence s'installer pendant qu'elle se préparait, excitée par le danger inhérent à ce petit jeu.

« D'accord, finit-elle par dire. Voici ce que je peux vous dire. Gurstein s'est évadé de son lieu d'exil.

— Nous le savons déjà.

— Il est à Piter.

— Nous l'avions deviné.

— Bien. Vous voulez le retrouver ? »

Il approuva d'un signe de tête.

« Essayez la pension Kiev, chambre douze. » C'était la réponse que Mendel lui avait dit de faire à Sagan. Apparemment, Gurstein n'était pas indispensable.

Sagan ne parut pas impressionné. « C'est un menchevik, Sashenka. Moi, c'est un bolchevik que je veux.

— Gurstein s'est évadé de Bakou avec Senka Shashian.

— Le bandit fou qui a attaqué des banques pour Staline ?

— Il est dans la chambre treize. Maintenant, c'est vous qui m'êtes redevable, camarade Petro. Si ça venait à se savoir, le Parti me ferait fusiller avant le lever du jour. À présent, c'est à vous de me dire le nom du traître qui vous a parlé de l'imprimerie clandestine. »

On n'entendait que le bruit du traîneau sur la glace. Sagan semblait peser le pour et le contre d'une telle révélation. Qu'est-ce qui était plus important : une vie humaine ou un agent ?

« Verezin, finit-il par lâcher.

— Le concierge de la caserne des gardes à cheval ?

— Étonnée ?

217

— Rien ne m'étonne plus », rétorqua-t-elle avec exaltation.

Le ciel strié de rouge semblait ensanglanté. Des lapins bondissaient devant les chevaux en chassés-croisés jubilatoires. Quel bonheur ! Sagan donna des ordres au cocher qui fouetta ses chevaux.

Les yeux clos, Sashenka s'enfonça dans son siège. Elle avait négocié le nom qu'elle était venue chercher. Mission accomplie. Le Parti serait satisfait. Elle avait obtenu ce que Mendel lui avait demandé. Pas mal pour une pensionnaire de Smolny ! Finalement, Sagan et elle s'étaient montrés à la hauteur. Ils avaient partagé cette décharge d'adrénaline que ressentent tous les agents quand ils gagnent. Elle l'avait coincé et, peu importe la raison, il lui avait donné sa pépite.

Une chaumière apparut dans le lointain, située sans doute aux abords d'une propriété. La température baissait, et la glace durcissait à nouveau. Les pins semblaient faits d'argent.

« Regardez ! Là-bas ! lui indiqua Sagan en prenant sa main gantée dans la sienne. N'est-ce pas magnifique ? Loin de la ville et de ses luttes. Je voulais vous montrer un petit endroit sublime que j'adore.

— Vous y êtes, barin, annonça le cocher avant de cracher dans la neige. Comme vous me l'aviez demandé.

— Je pourrais y passer ma vie, s'enthousiasma Sagan avant d'ôter sa chapka et de libérer ses boucles blondes. Un jour, il se pourrait que je vienne m'installer ici. J'y serais heureux, vous ne croyez pas ? »

Au loin, une cheminée laissait échapper des volutes de fumée. Sagan ôta le gant de la main gauche de Sashenka. Leurs mains jointes se réchauffaient mutuellement. Ensuite, il glissa la main de la jeune fille dans son propre gant, et ses doigts s'unirent aux siens, coincés dans le cuir de chevreau et la fourrure de lapin. Un tel geste était osé, c'est vrai, et affreusement intime, mais quel délice! L'adolescente retenait son souffle, le cœur battant. La peau tendre de sa paume semblait si sensible que c'en était insupportable. Chaude comme la braise, elle picotait contre la peau rêche de Sagan. Sentant le rouge lui monter aux joues, la jeune fille ôta brusquement sa main du gant de son compagnon. Elle devinait son regard posé sur elle mais détourna les yeux. Il venait de dépasser les bornes.

« Plus vite! *Bistro!* » aboya Sagan à l'adresse du cocher. Les trois chevaux bondirent en avant et, soudain, le conducteur perdit le contrôle. Le traîneau dérapa à droite puis à gauche; le cocher hurla des ordres aux chevaux, mais le traîneau bascula sur le côté dans une tempête de poudreuse. Sashenka fut projetée en l'air.

Elle atterrit à plat ventre dans une congère moelleuse et resta un moment immobile. Près d'elle, Sagan ne bougeait pas. Était-il encore vivant? Mort? La jeune fille se redressa. Les chevaux galopaient toujours; le cocher tentait de les rattraper. Toujours figé, Sagan avait le visage couvert de neige.

« Petro! » appela-t-elle en rampant vers lui pour toucher sa fossette.

Il se releva aussitôt en riant, avant d'essuyer la neige qui masquait ses traits.

« Vous m'avez fait peur !

— J'ai bien cru que nous étions morts, répondit-il à la jeune fille, qui éclata de rire à son tour.

— Regardez-nous ! Nous sommes trempés…

— Et transis, ajouta-t-il en cherchant le traîneau du regard. Et abandonnés, j'en ai peur ! »

Elle remarqua ses pupilles dilatées par l'excitation de leur chute et lui remit sa chapka sur la tête. Tels des enfants, ils partagèrent un fou rire. Assis au milieu des champs enneigés, bien loin de la chaumière et du traîneau, il posa sa tête sur l'épaule de Sashenka au moment précis où elle voulait faire la même chose.

Sans attendre, Sagan l'embrassa sur les lèvres. Personne n'avait jamais embrassé Sashenka auparavant. Songeant au Parti, savourant son succès et se souvenant qu'après tout Mendel avait peut-être raison, que Sagan l'appréciait peut-être beaucoup, elle autorisa le policier à presser sa bouche sur la sienne, à lui caresser les lèvres pour les entrouvrir avant d'embrasser sa bouche, ses dents, sa langue. Les lèvres de la jeune fille picotaient, elle avait envie de se laisser aller. L'espace d'un instant, pas davantage, elle ferma les yeux et laissa sa tête reposer sur celle de Sagan. Elle en profita pour faire ce dont elle rêvait depuis longtemps : lui caresser les cheveux. Ils avaient partagé des confidences personnelles, mais rien d'aussi important que les renseignements qu'ils venaient d'échanger, le point culminant d'une lente polka voluptueuse dansée sur la plus fine des glaces. Sashenka frémissait, elle avait le tournis, des frissons lui parcouraient le corps, traversé par une vague de chaleur sensuelle.

« Nous voici, barin ! » s'écria le cocher dont la barbe avait gelé. Il avait redressé la troïka et ramené ses chevaux écumants.

« Mes excuses pour le cahot mais bon, heureusement, vous n'avez rien de cassé, à ce que je vois. En pleine santé ! » ajouta-t-il avant de continuer à caqueter. La peau tiède de Sagan piquait les joues et le menton de la jeune fille la brûlait. Elle s'écarta. « Ouf ! » lança le cocher. Le traîneau s'arrêta à côté d'eux, faisant craquer la glace dans un déluge de flocons de neige qui leur éclaboussa le visage.

Après avoir aidé sa compagne à se relever et à ôter la neige qui couvrait ses vêtements, Sagan l'aida à remonter dans la troïka. Elle tremblait, désorientée.

Peu de temps après, ils arrivèrent à la chaumière. Des stalactites pendaient de l'avant-toit et des fleurs de givre dessinaient des formes somptueuses sur les vitres. La porte en bois s'ouvrit et une jeune paysanne aux joues roses sortit les accueillir en souriant. Elle portait un plateau sur lequel reposaient deux ramequins de *gogol-mogol*[1]. Le ciel rougeoyant se reflétait sur la neige, lui conférant une teinte profonde, violacée.

Sagan et Sashenka se quittèrent à la gare.

Elle avait des rougeurs sur le menton qu'elle frôla du bout des doigts, se remémorant les lèvres de Sagan sur les siennes. Quel frisson !

_____

1. Dessert à base de jaunes d'œufs, de sucre, de zestes de citron et, éventuellement, d'une cuillerée d'alcool. *(N.d.T.)*

29

Le capitaine Sagan regarda le train de Sashenka s'éloigner et prendre de la vitesse dans un impressionnant nuage de vapeur.

Il montra son laissez-passer au chef de gare, qui exulta presque lorsque Sagan réquisitionna son petit bureau douillet. Se réchauffant devant le poêle avec une rasade de cognac, il rédigea son rapport à l'attention de son supérieur, le général Globachev.

Les tempes de Sagan commençaient à pulser, signe annonciateur d'une migraine carabinée. Il se frotta aussitôt les gencives de poudre médicinale avant d'en inspirer deux prises. Les choses allaient mal. Le général et lui étaient plus angoissés par la situation à Saint-Pétersbourg qu'il ne l'avait laissé entendre à Sashenka mais les deux hommes s'accordaient à penser que des mesures de répression s'imposaient ainsi que la dissolution de la Douma. Il était temps pour le cosaque, se disait-il, de brandir son fouet *nagaïka*. Le tonifiant à base de cocaïne remplaçait son anxiété par un sentiment de toute-puissance qui faisait battre son cœur plus vite.

Depuis l'époque où il appartenait au corps des pages, Sagan faisait partie de l'élite ; il avait obtenu les prix d'excellence lors de ses deux années de formation à l'école de police ; appris les tables anthropométriques du système Bertillon pour décrire physiquement les personnes sous surveillance ; gagné le prix du meilleur tireur du cours de pratique des armes à feu du capitaine Glasfedt et maîtrisé les « instructions sur les tâches organisationnelles des agents internes » qu'il avait scrupuleusement appliquées à Sashenka. Il avait mémorisé les ordres courtois du colonel Zoubatov, le génie de l'Okhrana, qui avait écrit : « Il faut considérer son informatrice comme une femme aimée avec qui on entretient une relation illicite. »

Il était en effet impossible de transformer les révolutionnaires en jupons en agents doubles sans se montrer galant d'une façon ou d'une autre, sans laisser croire à des adolescentes un peu bêtes qu'elles étaient de véritables intellectuelles qui refusaient tout flirt et *a fortiori* toute avance sexuelle. Sagan avait suivi les recommandations de Zoubatov avec deux de ses agents doubles, une socialiste-révolutionnaire et une bolchevik. Aucune n'était divinement belle mais, au lit, l'excitation de l'espionnage compensait plus que largement la gymnastique parfois ennuyeuse qui s'ensuivait.

Sagan se préparait toujours soigneusement pour ses rendez-vous avec Sashenka. Il écoutait le dernier tango, apprenait des pages et des pages des vers de mirliton de Maïakovski qui avait tourné la tête de la jeune fille. Sa dévotion au bolchevisme rendait la mission de Sagan d'une simplicité enfantine. Les plus sincères étaient les plus faciles à séduire. Comme bon nombre de révolutionnaires, la fille Zeitlin était une zhyd, une youpine, de cette race de renégats qui soutiennent soit le marxisme impie, soit le kaiser allemand. Sagan sourit de son affectation libérale, lui qui croyait si passionnément au tsar, à l'orthodoxie, à la mère patrie.

À présent, à l'aide de l'encre et du stylo du chef de gare, il se mit à rédiger son rapport au général :

Votre Excellence,
Je suis particulièrement satisfait de l'agent 23X (Isatis) qui se révèle enfin utile. Comme le sait Votre Excellence, j'ai déjà rencontré clandestinement ce membre du Parti des ouvriers socialistes russes (faction bolchevique) à onze reprises, à commencer lors de son interrogatoire. Les heures de travail se révèlent payantes et nous seront très profitables dans l'avenir. Grâce à nos équipes de surveillance chargées de suivre Isatis, nous avons pu arrêter trois nihilistes de moyen rang et découvrir l'emplacement de la nouvelle presse à imprimer.
Le prix à payer pour le recrutement de cet agent a été :
1. philosophique – elle est convaincue de ma sympathie pour sa cause et sa personne (le secours porté à sa mère dans l'appartement du starets, en particulier, l'a amenée à m'accorder sa confiance) ;
2. tactique – je lui ai donné le nom du portier (nouveau membre du Parti connu sous le nom de code Cavalier-garde), ce qui n'a rien coûté à nos

services puisque nous avions tenté de le recruter vainement malgré l'offre habituelle d'une récompense financière (100 roubles par mois) ainsi que le préconisent les « Instructions sur les tâches organisationnelles des agents internes ».

En ce qui concerne notre rencontre du jour, l'agent m'a confié le nom de deux révolutionnaires, un membre de la faction menchevique et un terroriste bolchevique que les services de sécurité de Bakou, Moscou et Petrograd recherchent depuis longtemps. Je vais mettre en place leur surveillance, selon les « Instructions de surveillance externe » officielles, et je procéderai aussitôt à leur arrestation. Je vous demande la permission de continuer à m'occuper moi-même de l'agent Isatis, car je suis persuadé que l'efficacité de ses services dépend de mon habileté à la mettre en confiance. Il est possible que ses commanditaires lui aient ordonné de donner ces noms, mais je crois que la crainte d'être dénoncée à ses propres camarades nous la rendra facilement docile.

Notre objectif premier reste l'arrestation de Mendel Barmakid, son oncle (nom de code Pied-bot, alias camarade Baramian, camarade Haut Fourneau, etc.), et du comité de Petrograd de la faction bolchevique, mais je ne doute pas un instant que cette organisation soit à présent brisée, sans espoir de se reformer et ne présente aucune menace pour nous à court ou à moyen terme...

Pauvre petite, songea-t-il d'un air suffisant, alors qu'au fond de son cœur il savait pertinemment qu'elle était l'étoile la plus brillante de son firmament.

Il n'était guère pressé de revoir son épouse ou le général Globachev. S'il avait eu le choix, il aurait préféré retrouver Sashenka tous les soirs.

Sa timidité, ses doutes typiques d'adolescente, sa gaucherie, la sévérité de sa tenue, ses jupes en serge grise, ses bas en laine terne, ses chemisiers boutonnés jusqu'au cou, ses épais cheveux relevés en un chignon virginal et bolchevique, l'absence de maquillage ou de parfum, tous ces détails lui avaient initialement déplu, mais depuis quelques semaines, il commençait à les apprécier et attendait maintenant avec impatience de retrouver Sashenka, l'odeur de sa peau fraîche, ses somptueux cheveux, son regard de Colombine qui le fixait si intensément, la façon dont elle se caressait la lèvre supérieure quand elle parlait de sa mère, la manière qu'elle avait de cacher et de mépriser son corps mince qui devenait celui d'une femme. Rien n'était plus adorable que sa volonté de réprimer son sens de l'humour et sa joie de vivre, en fronçant les sourcils pour jouer à la révolutionnaire endurcie. Il riait de bon cœur aux farces du Tout-Puissant car, en dépit de ses airs austères, Dieu avait donné à la jeune fille un physique qui réduisait à néant ses efforts pour passer inaperçue et la rendait plus délicieuse encore.

Lorsqu'il avait goûté ses lèvres, il s'était bel et bien mis à trembler. La réticence de Sashenka à lui rendre son baiser rendait son évident plaisir plus poignant et plus charmant encore. À moins qu'il n'ait tout imaginé. Tout homme approchant de la quarantaine perdrait l'esprit face à cette peau satinée, ces lèvres pulpeuses et cette voix rauque qu'il avait appris à si bien connaître. Il se souvenait de l'odeur au creux de son cou…

Cela dit, elle était son agent. La cause, le tsar et la mère patrie primaient toujours. Il s'agissait d'une lutte désespérée entre le bien et le mal, et elle se trouvait du mauvais côté. S'il y était contraint… Espérons qu'on n'en arriverait jamais là. L'Okhrana prévalait. Le combat pour défendre l'empire était une guerre sans merci. Sagan s'humecta le doigt pour le tremper dans la poudre du Dr Gemp et appliqua la cocaïne dans ses narines et sur ses gencives. La situation lui parut si drôle qu'il se mit à glousser.

La porte s'ouvrit. Une bedaine en uniforme sur un museau blême et des favoris roux fit son apparition.

« Vous m'avez appelé, Votre Excellence ? lui demanda le chef de gare. Je peux vous rendre service ? Un mot de votre part à mes supérieurs me serait bien utile. Je vous en serais éternellement reconnaissant.

— Pourquoi pas ?

— Nous espérons que vous réduirez à néant nos ennemis, les agents allemands et les nihilistes zhyd !

— Tout à fait ! Quand part le prochain train à destination de la gare de Finlande ? J'ai un rapport à rendre.

— Dans cinq minutes, Votre Excellence. Que Dieu protège le tsar ! »

30

La Benz aux armes du grand-duc était déjà garée parmi les véhicules qui se trouvaient devant le palais des Radziwill rue Fontanka. Samuil et Ariadna attendaient leur tour pendant que la Renault de l'ambassade de France déposait le diplomate Maurice Paléologue et son épouse.

Les gardes Ismaïlovski en tunique verte, les gendarmes et les cosaques faisaient claquer leurs fouets et bivouaquaient autour de feux de camp sur les places pour surveiller tous les coins de rue. L'air sentait le crottin et la fumée des feux de bois ; les pavés résonnaient du pas d'un millier de chevaux, du grondement des véhicules militaires, du crépitement métallique des fusils, des harnais et des sabres.

La mélodie des valses et les éclats de rire flottaient au-dessus de l'escalier de marbre du palais. En haut des marches, les Zeitlin saluèrent l'ambassadeur et son épouse. Tous quatre venaient de reconnaître que la ville était bien calme lorsqu'un coup de feu retentit par-dessus les toits. Les chiens se mirent à aboyer, les sirènes à hurler et quelque part, vers Viborg, la ville donna l'impression de gronder.

« Comment allez-vous, cher baron ? Vous portez-vous mieux, baronne ? demanda dans un russe parfait l'ambassadeur français en s'inclinant devant Ariadna.

— Beaucoup mieux, merci. Vous avez entendu ? Un feu d'artifice !

— Je crains que ce ne soit plutôt un coup de feu, baronne. Ça recommence. Les ouvriers des usines de métallurgie manifestent par centaines de milliers depuis Petrograd, Viborg et Narva.

— Je suis transie, articula Ariadna pour toute réponse.

— Rentrons », proposa la femme de l'ambassadeur en lui prenant la main.

Toutes deux protégées par leurs longs manteaux de fourrure, l'un en hermine, l'autre en phoque, les dames pénétrèrent dans le palais et tendirent leur vestiaire aux domestiques. Tel un ange, Ariadna émergea, scintillante, dans une robe de brocart mauve brodé de diamants dont le col montant contrastait avec le dos décolleté. Elle embrassa le couple le plus riche de la Pologne lituanienne, le prince et la princesse Radziwill.

« C'est adorable de votre part d'être venues un tel soir, mesdames. Nous avions envisagé d'annuler mais ce cher grand-duc Basile nous l'a formellement interdit. Il a dit que c'était notre devoir. Parfaitement, notre devoir. Nous en avons parlé au général Kabalov et il s'est montré très rassurant... »

De nouveaux coups de feu. Zeitlin et l'ambassadeur restaient sur les marches extérieures pour scruter la nuit. Des limousines pétaradantes et des traîneaux chuintants déposaient leurs passagers. Diamants et émeraudes pendaient telles des gouttes de rosée aux oreilles des dames que les fourrures rendaient animales. Les parfums et le froid mordant rivalisaient pour s'approprier l'air. Zeitlin alluma un cigare et en proposa un à l'ambassadeur.

Tous deux gardaient le silence. Conscient de la flambée des prix et des avertissements de la police secrète concernant l'agitation imminente, l'ambassadeur s'étonnait de trouver ministres et grands-ducs en représentation un tel soir.

L'industriel s'abîmait dans ses pensées. Il avait traversé les émeutes, les manifestations, les pogroms, deux guerres et la révolution de 1905, et il en était systématiquement sorti plus riche et plus puissant. À la maison, la situation s'était apaisée. Son accès de folie et de doute était passé.

Les injections d'opium du Dr Gemp avaient remis Ariadna sur pied ; on ne parlait plus de divorce ; Sashenka était inscrite à l'académie du Pr Raev, et Lala paraissait calme et docile. Seul Gideon inquiétait Zeitlin. Que leur préparait ce vaurien, ce *momzer* ?

31

Avec deux cents roubles en poche, Gideon Zeitlin rentrait chez lui dans la spacieuse Russo-Balt, conduite par Leonid, le majordome. Les cosaques et les gardes avaient établi des postes de contrôle autour du cordon de sécurité officiel qui entourait l'État-major, le ministère de la Guerre et le palais d'Hiver. Pourtant, lorsque Gideon traversa la Neva, quelques ouvriers lancèrent des pierres sur l'automobile.

« Sale spéculateur, vociférèrent-ils. On va t'apprendre à voler le peuple. »

Les pierres tambourinaient sur le toit de la Russo-Balt, ce qui n'impressionnait guère Gideon, un peu ivre. « Moi ? Vous plaisantez ! C'est mon frère que vous voulez, pas moi, bande d'abrutis ! marmonna-t-il en se tapant la cuisse. Avancez, Leonid. Ce n'est pas notre véhicule qu'ils caillassent. Ah, ah, ah ! » Jamais très à l'aise au volant, le majordome n'en menait pas large.

Ils s'arrêtèrent devant le 10 de la rue Rojdestvenskaïa, une voie étroite où de nouveaux immeubles venaient d'être construits. Gideon bondit sur le trottoir tout en resserrant son manteau au col de castor.

« Bon. Je m'en vais, annonça Leonid.

— Heu… » Gideon avait promis à son épouse, à ses filles et à son frère Samuil de passer un peu de temps à la maison mais il avait du mal à tenir ses promesses très longtemps. « J'aimerais que vous m'attendiez.

— Désolé, *gospodin* Zeitlin. Je n'aime pas laisser trop longtemps la voiture dehors, répondit le domestique. Le baron m'a dit "Déposez-le et rentrez", et moi, je travaille pour le baron. En plus, les ouvriers pourraient jeter des pierres sur la voiture et c'est une belle machine, gospodin Zeitlin, bien plus belle que la Delaunay ou…

— Entendu. Bonsoir, Leonid. Bonne chance ! »

Après avoir salué gaiement le majordome – tout en le traitant intérieurement d'ordure à la solde de l'Okhrana –, Gideon flâna dans le hall en marbre avant de monter au cinquième étage en ascenseur, une merveille Art déco tout en moulures noires et cuivre poli couleur d'ambre. Le cognac et le champagne qu'il avait bus chez Samuil faisaient la fête dans son estomac. Son cœur brûlait, son ventre se tordait et sa tête tournait. Vera, sa femme, la mère de ses deux filles, était à nouveau enceinte et il venait de dépenser l'intégralité de ses maigres revenus pour un dîner au Contant et quelques parties à des jeux de hasard. Quelle tragédie, gloussa-t-il, d'être né riche et de devenir pauvre !

Une fois encore, son frère lui avait sauvé la mise en lui ouvrant son superbe coffre en teck dont il avait tiré le mazuma, c'est-à-dire deux billets flambant neufs à l'effigie de l'empereur. Mais cette fois-ci, le baron l'avait prévenu : il n'ouvrirait plus son coffre de sitôt.

« Ah, enfin ! s'écria Vera, installée en blouse et en pantoufles près du fourneau.

— En voilà un accueil pour le retour du père prodigue ! Me dire ça ! À moi ! » répondit Gideon en embrassant la joue cireuse de son épouse. Malgré son comportement, Gideon s'étonnait toujours de la façon dont les gens le traitaient. Il plaça son énorme main velue sur le ventre de sa femme. « Comment vous sentez-vous, généralissime ? »

Que son ventre est ferme, tendu et plein de vie ! songea-t-il. C'est le fruit de ma semence. Mais qui suis-je pour amener un autre enfant dans cette pantomime ? Le monde s'emballe...

La voix agacée de Vera s'adoucit. « Ravie de te revoir, chéri.

— Pareillement, pareillement. »

Le visage fatigué de Vera se durcit à nouveau. « Tu manges avec nous ? Combien de temps allons-nous avoir l'honneur de ta compagnie, Gideon ?

— Je suis revenu pour les enfants et pour toi », rétorqua son mari d'un ton si joyeux que quiconque ne le connaissant pas l'aurait pris pour le meilleur des maris. Ici, personne ne l'aidait à ôter son manteau et ses galoches. L'appartement en désordre sentait le chou gras, comme chez les moujiks. Pareil à bien des hommes qui ne rangent jamais rien, Gideon détestait le désordre. Il inspecta donc la vaisselle sale, les lits défaits aux draps jaunis, les tas de chaussures et de bottes, les traces de pas sur les tapis et les miettes sur la table de la cuisine d'un air réprobateur. Ils vivaient dans un élégant appartement peint très simplement en blanc et garni de meubles scandinaves en bouleau, mais les tableaux n'étaient toujours pas accrochés. « Cet endroit est une porcherie, Vera. Une porcherie !

— Gideon ! Nous n'avons pas un kopeck. Nous devons vingt roubles au boucher qui menace de ne plus nous faire crédit. Nous en devons huit au portier et…

— Peu importe. Ça suffit ! Quel est le menu ?

— De la *kacha* et du fromage. Nous n'avons rien trouvé d'autre. Il n'y a plus rien à manger dans toute la ville. Viktoria ! Sophia ! Votre père est là ! »

Des pas lourds et réticents se firent entendre. Dans l'encadrement de la porte, une de ses filles l'observait d'un air boudeur, comme s'il venait d'une autre planète.

« Bonjour, papa, articula Viktoria.

— Vika, ma chérie ! Comment vas-tu ? Et l'école ? Et ton admirateur ? Il t'écrit toujours des poèmes ? demanda-t-il en tendant les bras à sa fille de quinze ans qui ne s'approcha pas de lui et ne changea pas d'expression.

— Maman est épuisée. Elle pleure. Tu n'es pas venu depuis très longtemps et nous avons besoin d'argent. »

Grande, avec des cheveux raides et le teint olivâtre, affublée de lunettes en écaille et d'une robe de chambre, Vika faisait penser à un rat de

bibliothèque. Gideon ne se sentait pas proche
d'elle.

« Où étais-tu passé ? insista-t-elle. Tu as bu ? Tu
as fréquenté des femmes de mauvaise vie ?

— Mais de quoi m'accuses-tu ? Moi ? Ton père ? »
Il baissa toutefois les yeux. Sa grande bouche, ses
yeux noirs pétillants et son air échevelé étaient
faits pour l'excès, la munificence et les éclats de
rire, mais il se sentit soudain vidé et honteux. Qui
lui avait appris cette expression « femme de
mauvaise vie » ? Sa mère, sans doute.

« J'ai des devoirs à faire », conclut-elle en s'éloignant d'un pas traînant.

Gideon haussa les épaules. Vera tournait donc
les enfants contre lui. Heureusement, il entendit
une cascade de pas légers. Sophia, une jeune fille
au teint mat, aux boucles noires comme ses yeux,
se jeta dans ses bras. Il la fit tournoyer encore et
encore dans sa chemise de nuit élimée.

« *Mouche** ! beugla-t-il. Ma petite Mouche
chérie ! » C'était le surnom de Sophia – quand elle
était bébé, elle ressemblait à un insecte tourbillon-
nant. Elle avait grandi mais avec sa mâchoire
carrée, ses cheveux et ses yeux sombres, elle
irradiait d'une énergie identique à celle de son
père.

« Où étais-tu passé ? C'est la révolution ? On a
vu une bagarre à la boulangerie ! Je veux y aller,
papa. Emmène-moi avec toi ! Comment vont tes
amis révolutionnaires ? Tu as vu des choses intéres-
santes ? Moi, je soutiens les ouvriers ! Comment
vas-tu, papa ? Tu écris ? Tu m'as manqué, tu sais.
Tu n'as pas fait de bêtises, j'espère ? Nous sommes

très pointilleuses sur ce point, ici ! dit-elle en cajolant son père. Qu'est-ce que tu écris en ce moment, mon petit papa momzer ? »

Gideon adorait le surnom yiddish que lui donnait sa fille en lui chatouillant la barbe. « Et si on écrivait un article, Mouche ? Je leur en dois un petit.

— Oh oui ! » Mouche prit son père par la main pour l'entraîner vers son bureau. Dans cette pièce, il était difficile de ne pas renverser les piles de documents et de livres mais l'agile Mouche y parvint sans problème. Elle tira le fauteuil de cuir vert de son père, plaça adroitement une feuille dans la machine à écrire.

— *Pravilno !* Bien ! dit-il.

— Alors ? Pour qui écrivons-nous aujourd'hui ? Les cadets ? Les mencheviks ?

— Exactement ! Les mencheviks !

— Cette semaine, tu es donc social-démocrate ? taquina-t-elle son père.

— Uniquement cette semaine ! répondit celui-ci en riant.

— Combien de mots ?

— Cinq cents. Pas davantage. Y a-t-il de quoi boire ? »

Mouche fila lui chercher un verre de vodka qu'il avala d'un trait avant de s'asseoir à son bureau.

La jeune fille s'installa sur les genoux de son père et s'écria : « Tape, papa. Au travail ! Que dis-tu de ça ? "Les folies réactionnaires du régime ont fait leur temps." Ou "Dans les rues, j'ai vu une femme affamée, un véritable fantôme, agiter son bébé sous les yeux d'un riche profiteur de guerre". Ou…

—Tu me ressembles tellement ! » dit-il en l'embrassant sur le front.

Gideon était de ces journalistes capables de rédiger en quelques minutes et sans le moindre effort un article documenté aux accents vibrants. Puisqu'il ne parvenait pas à décider s'il faisait partie des cadets – les membres du Parti constitutionnel démocrate – ou des sociaux-démocrates modérés, les mencheviks, il écrivait sous différents pseudonymes pour les journaux des deux partis ainsi que pour d'autres publications. Il avait beaucoup voyagé et ses textes faisaient référence à des villes étrangères et des guerres oubliées, ce qui impressionnait toujours ses lecteurs. Ses expressions, construites avec tant de nonchalance, touchaient toujours au but. Les gens les répétaient ; les rédacteurs en chef les réclamaient. Il n'avait jamais regretté d'avoir vendu à Samuil les parts de l'entreprise familiale qui auraient fait de lui un homme riche. D'une part, il ne regrettait jamais rien ; d'autre part, l'argent lui brûlait les doigts.

Ce soir, il avait promis au rédacteur en chef menchevique un article excitant sur l'atmosphère qui animait les rues de la ville. À présent, Mouche s'agrippait à ses bras musculeux pendant qu'il tapait vivement, que ses doigts faisaient cliqueter les touches et qu'il criait : « À la ligne ! » chaque fois qu'il souhaitait que sa fille actionne la manette de la machine à écrire. Mouche obéissait en chantonnant et en s'agitant avec une énergie nerveuse.

« Et voilà ! s'écria-t-il. C'est fini. Ton papa vient de gagner quelques roubles pour cet article.

— Dont nous ne verrons jamais la couleur ! rugit Vera dans l'encadrement de la porte.

— Va savoir ! Tu pourrais être surprise ! » Gideon se sentait d'humeur vertueuse. Il avait assez de liquide pour rembourser ses dettes, satisfaire Vera, acheter de nouveaux livres et de nouvelles robes à ses filles et quelques bons repas. Il attendait avec impatience de leur donner son mazuma. Vera lui sourirait ; Mouche danserait ; Vika l'aimerait à nouveau.

Lorsque Vera leur servit la kacha, une bouillie de flocons de sarrasin parsemés de fromage de chèvre, elle réclama à nouveau l'argent, sans mentionner la révolution qui grondait. À l'extérieur, les sirènes de l'usine se mirent à retentir et à gémir. Un coup de feu éclata, puis un autre. Des voitures volées filaient et dérapaient dans les rues en faisant gronder leurs boîtes de vitesses : certains paysans profitaient ainsi de leurs premières leçons de conduite.

« Sashenka est-elle vraiment bolchevique, papa ? Comment va tante Ariadna ? C'est vrai que le médecin lui a prescrit de l'opium ? » Mouche le mitraillait de questions et chantonnait à mi-voix en écoutant les réponses. Vika regardait son père d'un œil noir chaque fois que sa mère pinçait les lèvres, soupirait ou haussait les épaules d'un air moralisateur.

Gideon ne laissait jamais personne lui gâcher un repas, qu'il s'agisse de kacha dans cet appartement minable ou d'un pavé d'esturgeon au

Contant. Il avait un sacré coup de fourchette et rapportait les nouvelles de la famille, ce qui ne l'empêchait pas de faire claquer sa langue, de renifler sa pâtée comme un chien radieux et de souiller sa barbe sans la moindre gêne.

« Tu ne manges pas comme tu nous l'as appris, lui reprocha Vika. Tu te tiens très mal à table, n'est-ce pas, maman ?

— "Faites ce que je dis ; ne faites pas ce que je fais", voilà ma devise ! rétorqua Gideon.

— Comment peux-tu dire une chose pareille ? s'exclama Vera.

— C'est de l'hypocrisie, ajouta Vika.

— À vous deux, vous formez un véritable syndicat des mal aimables. Soyez plus gaies ! insista Gideon en posant ses pieds sur une chaise déjà crottée par ses bottes.

— Fini la plaisanterie ! » l'interrompit Vera avant d'envoyer les filles faire leurs devoirs.

Dès qu'ils se retrouvèrent seuls, tout changea. Les traits marqués de sa femme, faite pour les jérémiades, l'irritèrent. Elle ne cessait de se moucher dans un chiffon sale. Ses airs tatillons le rendaient fou. Il adorait ses filles – enfin, il adorait Mouche – mais qu'était-il arrivé à Vera ? Née dans une famille bourgeoise de province, fille d'un enseignant de Marioupol, elle avait reçu une éducation qui avait fait d'elle une intellectuelle, une collaboratrice à la revue littéraire *Apollo*, pleine d'entrain et d'enthousiasme. À présent, ses yeux bleus avaient pâli pour devenir mornes et ses cheveux dorés grisonnaient. Comment avait-il pu être assez bête pour l'engrosser à nouveau ?

Lors de l'anniversaire de Mouche, il avait été pris d'un genre de nostalgie érotique pour ce que sa femme avait été, et en avait oublié ce qu'elle était devenue. Le fait qu'il soit partiellement responsable de la déchéance de Vera et qu'il s'en sente coupable ne faisait que décupler l'irritation qu'il éprouvait à son encontre.

Seule Mouche le ravissait, aussi décida-t-il que, lorsqu'elle serait un peu plus âgée, il l'inviterait à venir vivre avec lui. Pour l'instant, il pouvait difficilement supporter de passer une minute de plus dans cet endroit. De grandes choses prenaient forme dans les rues ; des fêtes battaient leur plein dans les hôtels ; un écrivain se devait d'accompagner l'Histoire en marche et lui était pris au piège avec cette harpie collet monté.

Vera continuait à marmonner ses lamentations monocordes : les nausées étaient passées mais elle avait mal au dos et ne parvenait pas à trouver le sommeil ; le portier faisait des remarques sur les manières de Gideon ; Vika avait dit à ses amis que son père était un révolutionnaire doublé d'un ivrogne ; Mouche se montrait insolente et grossière, ses professeurs s'en plaignaient et elle devenait trop grande pour ses bottes et ses robes ; elles manquaient d'argent, il était difficile de trouver de la viande et impossible d'acheter du pain ; un habitant de l'immeuble avait raconté aux voisins qu'il avait vu Gideon soûl à l'hôtel Europe au petit matin...

D'après lui, qu'est-ce que Vera pouvait bien ressentir en apprenant ce genre de chose ?

Quand il avait le ventre plein, le journaliste n'avait jamais envie de dormir. Au contraire, ça réveillait sa libido. Sans savoir pourquoi, il repensa à la semaine précédente chez son frère. Les Loris étaient connus pour leur mariage heureux mais l'ennuyeux comte ne participait pas à ce déjeuner, si bien que Gideon avait expliqué à Missy ce qu'il appelait son manifeste et qu'il résumait par cette maxime : « Profitons du moment présent, car la vie est trop courte et nous pourrions mourir demain. » Bien que d'une évidence digne de La Palice, ce manifeste surprenait toujours par son efficacité et alors que le journaliste prenait congé de Missy, elle avait planté ses yeux pétillants dans les siens avant de lui presser la main sans la moindre équivoque.

« Ce serait fantastique de poursuivre cette conversation sur Meyerhold et le nouveau théâtre. J'imagine que vous ne serez pas chez la baronne Rozen à l'Astoria le... » avait-elle susurré avant de mentionner une date.

C'était ce soir. Gideon avait négligé de donner suite mais, maintenant qu'il était repu, son sexe se rappelait à son bon souvenir. Il fallait absolument partir sur-le-champ à cette soirée.

Missy ne lui avait jamais accordé la moindre attention. Elle était assez ouverte – il fallait l'être pour fréquenter Ariadna – mais elle n'avait jamais flirté avec qui que ce soit et surtout pas avec lui. Peut-être que la guerre, la valse des ministres et les émeutes populaires ébranlaient les certitudes et que certains préféraient désormais profiter du moment présent. Il songea au corps de Missy, maigrichon, plat comme une limande, mais Gideon eut soudain l'envie irrésistible du plaisir pur que l'on ressent à goûter une nouvelle peau, de nouvelles lèvres, le satin d'une cuisse. Il sourit : le géant, l'ours qu'il était se révélait capable de prouesses érotiques que personne – à l'exception des femmes elles-mêmes – n'aurait crues possibles. Il proposait les actes amoureux les plus extravagants en employant des expressions françaises si délicates qu'elles désinhibaient tout autant les comtesses que les danseuses. Pourtant, il n'était jamais blasé de ses succès amoureux. Pourquoi ces jolies *bubelehs*, ces mignonnes, le choisissaient-elles ? Pourquoi moi, s'étonna-t-il. Je suis laid comme un pou ! Bah ! Pas grave, je ne m'en plains pas !

Impossible de lutter contre ses envies, voilà tout. Il lui fallait immédiatement retrouver Missy. Or, s'il donnait les deux cents roubles à Vera, il n'aurait plus de quoi offrir à boire aux dames. Que faire ? Il émit un grognement. Bah, il ferait comme d'habitude.

Quelques minutes plus tard, pendant que Vera faisait la vaisselle, Gideon s'enfuit après avoir laissé cinquante roubles sur la console de l'entrée. Mouche l'aida à enfiler ses bottes et lui tendit « notre article menchevique ! » tandis que Vika serrait les dents et secouait la tête d'un air dégoûté.

« Tu pars déjà, papa ? Je le savais ! J'en étais sûre !

— Nous allons changer les serrures, parasite ! » cria Vera.

Il était déjà loin.

242

Une fois dans la rue, Gideon ne trouva pas de traîneau. Quant à sa femme, cette geignarde s'en sortirait. Vera et Vika, quel duo de grincheuses ! Je suis un lâche, un incorrigible hédoniste et j'en ai honte mais… je suis tellement heureux ! La tête me tourne par avance ! Quel mal y a-t-il à être heureux ? Nous faisons de nos vies ce qu'elles sont. Que sont les humains ? Des animaux, ni plus ni moins. Je mourrai jeune. Je ne ferai pas de vieux os, du coup je fais ce pour quoi ma race est faite. En plus, il fallait que je file. J'ai un article à porter au journal.

Il inspirait l'air glacial. Des bruits étranges résonnaient au loin. Là-bas, des coups de feu retentissaient, les sifflets des usines se faisaient entendre, les moteurs grondaient et des voix scandaient des slogans, mais ici tout semblait bizarrement calme. En se rendant d'un pas alerte vers l'hôtel Astoria, son esprit s'affolant à imaginer par avance les épaules dénudées de Missy, la douceur de son ventre, ses parfums féminins, il arriva dans les artères plus larges. Tout commença par un murmure qui prit de l'ampleur jusqu'à se transformer en rugissement. Les boulevards se remplissaient de masses de gens tellement emmitouflés qu'ils ressemblaient à des paquets bien rembourrés. On aurait dit des automates avançant tous dans la même direction.

Gideon zigzaguait dans la foule. Tantôt il se laissait porter par le flot humain, tantôt il s'en extirpait pour l'observer. Quel spectacle ! Il assistait à un événement extraordinaire. Mais où étaient donc l'armée, les cosaques ?

Il pénétra dans l'hôtel, en sécurité parmi les parquets cirés, les ors rutilants, les ascenseurs noirs et le bar en chêne massif.

« Comme d'habitude, *monsieur** Zeitlin ? » lui demanda Roustam, le serveur. Dans le cocon de l'Astoria, une atmosphère folle de vacances insouciantes avait remplacé la raideur convenue habituelle de l'endroit. Après avoir lancé son manteau et son chapeau à l'employée du vestiaire, sans même prendre la peine d'ôter ses bottes, le journaliste se faufila discrètement jusqu'au salon privé où la baronne Rozen recevait. En chemin, vêtue d'une robe dos nu orange, d'un boa en plumes et chaussée d'escarpins jaunes, une jeune femme – du genre que Vera appelait « femmes de mauvaise vie » mais que Gideon nommait affectueusement bubelehs – le héla comme un vieil ami et lui offrit une gorgée du verre qu'elle tenait à la main. Les réceptionnistes se moquèrent d'elle. Étaient-ils ivres, eux aussi ? Sur un des canapés du foyer, au vu et au su de tous, un officier et une dame, apparemment respectable, s'embrassaient à pleine bouche, comme ils l'auraient fait dans un kabinet privé. Écarlate, un employé ouvrit les portes qui menaient à la fête, mais ne s'inclina pas devant le journaliste. Il se contenta d'un sourire en coin, comme s'il devinait ce qui se tramait dans la tête de ce client.

Gideon se fraya un chemin parmi les uniformes et les épaulettes, les redingotes et les robes de soirée qui discutaient de la situation dans les rues. Soudain, il aperçut un casque de cheveux blonds et des épaules pâles. Une main gantée jusqu'au coude tenait une cigarette à bout doré dont la fumée s'élevait en volutes ondulantes.

« Vous êtes venu, finalement, remarqua Missy Loris avec un accent américain très prononcé.

— J'étais censé venir ? »

Missy lui répondit d'un sourire qui accentua ses adorables fossettes. « Gideon, que se passe-t-il, dehors ? »

Il frôla de ses lèvres son oreille délicate. « Nous pouvons parfaitement mourir ce soir, bubeleh ! Que feriez-vous de vos derniers instants ? » Cette réplique, on la retrouvait en bonne place dans le manifeste de Gideon et il allait en récolter les fruits d'une minute à l'autre.

32

Lorsque Sashenka arriva en ville, il n'y avait plus aucun taxi à la gare de Finlande. Le train était pratiquement vide à l'exception de deux vieilles passagères. Sans doute des enseignantes à la retraite, qui discutaient avec le plus grand sérieux des *Trente-Trois Abominations*, un roman lesbien écrit avant la guerre par Lydia Zinovieva-Annibal : s'agissait-il d'une exposition classique de la sensualité féminine ou d'une œuvre alimentaire impie des plus répugnantes ?

La conversation avait démarré assez posément, mais, quand le train entra en gare, les deux dames criaient et s'injuriaient. « Pauvre béotienne que tu es, Olesia Mikhaïlovna ! C'est de la pornographie pure et simple !

— Tu n'es qu'une bête à sang froid, Marfa Constantinovna ! Tu n'as rien vécu, rien ressenti, jamais aimé.

— Moi au moins, je crains Dieu !

— Ce que tu me dis me contrarie tellement que j'en ai une crise. Il me faut mes cachets.

« — Je ne te les donnerai que lorsque tu auras admis que tu déraisonnes complètement… »

Sashenka ne put s'empêcher de sourire devant ce spectacle, véritable contrepoint à la gravité de la situation – on entendait les échos des balles qui s'abattaient sur la ville.

La gare était étrangement vide sans ses gamins et ses vagabonds. Dehors, la nuit était tombée mais les rues grouillaient de gens qui couraient, certains armés. Il neigeait à nouveau, en gros flocons cotonneux, et la demi-lune renvoyait une lumière crue. Sashenka trouvait les gens bizarrement enflés mais c'était dû, comprit-elle, aux deux manteaux ou au rembourrage que beaucoup portaient pour se protéger des coups des cosaques. Un ouvrier métallurgiste lui apprit qu'il y avait une manifestation sur le pont Alexandre-Nevski, mais avant qu'elle ait pu lui en demander davantage, des coups de feu éclatèrent et tout le monde détala. Une ouvrière des usines Poutilov lui expliqua que des échauffourées avaient eu lieu sur le pont Alexandre-Nevski et la place Znamenskaïa, que certains cosaques, les gardes Volinsky, avaient changé de camp et chargeaient la police. Un vieil ivrogne se prétendit socialiste et tenta de la peloter, elle le gifla avant de s'enfuir. Sur le pont Alexandre-Nevski, elle crut apercevoir des cadavres de policiers. Aucun tram ne circulait.

Lentement, elle se dirigea vers son domicile, en passant par les avenues célèbres, lesquelles bouillonnaient de silhouettes sombres. Des feux de joie éclairaient les rues. Des gamins dansaient autour des flammes, pareils à des gnomes démoniaques.

Un arsenal avait été pris d'assaut ; les ouvriers étaient armés à présent. Sashenka avançait difficilement, mais en dépit de son extrême fatigue, elle ressentait crainte et excitation. Quoi qu'en dise oncle Mendel, le peuple n'avait pas baissé les bras au premier signe de répression. D'autres coups de feu retentirent. Deux garçons, de jeunes ouvriers, l'embrassèrent sur les joues avant de poursuivre leur course.

Sashenka tomba nez à nez avec un groupe de soldats sur la perspective Nevski. « Mes frères, mes sœurs, je vous propose de ne pas tirer sur nos camarades ! » hurla un ancien sous-officier sous les hourras. « À bas l'autocratie ! » scanda la foule. Sashenka tenta de retrouver ses compagnons, mais ils ne se trouvaient dans aucun des cafés de cochers ni dans les planques de la perspective Nevski.

Frénétique, la jeune fille jubilait. Était-ce donc cela ? Une révolution sans personne à sa tête ? Où avait-on positionné les mitrailleuses ? Où se cachaient les cosaques et les pharaons ? Sashenka entendit un moteur rugir. La foule qui avait envahi les rues s'immobilisa. Quel était ce bruit ? Une Austin blindée grise, surmontée d'un obusier, avançait à l'aveugle en faisant gronder sa boîte de vitesses. Accélérant par à-coups, la voiture tourna brusquement pour redescendre la perspective. La foule se dispersa lorsque le véhicule monta sur le trottoir pour se diriger droit sur le feu de camp qui se trouvait devant l'épicerie Elisseïev et s'arrêter près d'un groupe de soldats.

« Quelqu'un sait manier cet engin ? cria le conducteur.

« — Moi ! répondit en bondissant un jeune homme à la tignasse noire et aux yeux vifs. J'ai appris à l'armée. » C'était Vania Palitsine. Sashenka se précipita vers lui pour lui demander des instructions, mais il avait déjà grimpé dans le blindé qui rugit avant de filer vers le bas de l'avenue.

« Vous êtes pour la révolution ? » l'interrogea un gamin à l'accent ukrainien. C'était la première fois que quelqu'un utilisait ce terme.

« Je suis bolchevique ! » répondit fièrement la jeune fille, et ils s'étreignirent d'un élan spontané. Bientôt, elle posait elle-même la question. Des inconnus l'entouraient : un sergent-major grisonnant, une femme en tablier sous sa peau de mouton, un métallurgiste en tenue de travail et même une dame à la mode emmitouflée dans une pelisse de phoque. Près de chez elle, des automobiles remplies de soldats agitant des drapeaux et des fusils descendaient la perspective Nevski et la rue Bolchaïa-Morskaïa sur les chapeaux de roues.

Étourdie par le chaos vertigineux de cette nuit, elle ne parvenait pas à oublier Sagan. Elle était pressée de faire son rapport à Mendel. Puisqu'elle avait obtenu le nom du traître et établi que Sagan était un espion bolchevique infiltré dans l'Okhrana, la jeune fille pouvait céder la gestion de cet agent double à un autre camarade. Sa mission accomplie, elle était soulagée de s'éloigner de Sagan et de l'effet qu'il lui faisait. Le Parti serait satisfait.

Au 134 de la perspective Nevski, la porte était ouverte. Elle se précipita à l'étage, les sens en éveil. Elle entendait la voix tonitruante de Mendel :

« Bon ! Que faisons-nous ? cria-t-il.

— Je n'en ai pas la moindre idée, répondit Chliapnikov, emmitouflé dans une capote militaire rembourrée. Je ne suis pas certain…

— Et si on allait à l'appa-pa-partement de Gorki ? suggéra Molotov. Il saura for-for-forcément quelque chose… »

Chliapnikov approuva d'un signe de tête et se dirigea vers la sortie.

« Nous y sommes, dit Sashenka d'une voix étranglée. C'est la révolution.

— Fais pas la leçon au comité, camarade, rétorqua Chliapnikov en dévalant l'escalier en compagnie de Molotov. T'es qu'une gamine. »

Mendel s'attarda quelques instants.

« Qui commande ? lui demanda Sashenka. Où est le camarade Lénine ? Qui commande ? répéta-t-elle.

— Nous ! répondit Mendel dont le visage s'éclaira soudain. Lénine est à Genève et nous dirigeons le Parti.

— J'ai rencontré Sagan, murmura-t-elle. Le traître, c'est Verezin, le concierge. Mais je suppose que ça n'a plus guère d'importance, à présent…

— Ca-ca-camarade ! appela Molotov du bas de l'escalier.

— Il faut que j'y aille, Sashenka. Passe dans les autres appartements. Il y a un rassemblement au palais de Tauride. Si tu rencontres des camarades, dis-leur de nous retrouver là-bas plus tard. »

Sur ces mots, Mendel descendit en claudiquant et abandonna sa nièce.

La jeune fille retourna sur Nevski et prit la direction de sa maison. Elle s'arrêta en chemin pour avaler une épaisse soupe *solianka* aux champignons et un morceau de pain de seigle au café des cochers, rempli d'ouvriers et de conducteurs qui racontaient tous des histoires de grabuge, d'orgies, de massacres, de famine et de trahisons d'une voix alcoolisée, sans écouter les affabulations des autres je-sais-tout : les prix du charbon et de l'avoine avaient quadruplé, un bol de soupe dans ce café coûtait sept fois plus cher qu'avant, la ville regorgeait d'agents à la solde de l'Allemagne, de traîtres juifs et d'escrocs...

Tandis que Sashenka insérait quelques pièces dans l'orgue de Barbarie qui se mit à jouer « Que Dieu protège le tsar » à la grande joie des cochers, les rues s'assombrirent encore. On entendait au loin ce qui s'apparentait à des rugissements. Le bruit se rapprocha pour devenir un vacarme assourdissant et la hutte se mit à trembler. Ce ne fut pas immédiat, mais Sashenka finit par se rendre compte que, pendant qu'elle mangeait, le café avait été encerclé puis envahi par une marée humaine qui bloquait les rues. Au loin, on entendait des coups de feu et on voyait de la fumée rose s'élever dans le ciel obscurci : la prison Kresty était en flammes.

En descendant Bolchaïa-Morskaïa, Sashenka aperçut un soldat et une fille enlacés contre un mur. Elle ne distinguait pas leurs visages mais l'homme tripotait la fille sous sa jupe, bien plus haut que ses bas, tandis qu'elle lui ouvrait la braguette et dégageait une jambe sur le côté. La fille miaulait et se tortillait. Repensant à Sagan et à leur promenade en traîneau dans les champs enneigés, l'adolescente pressa le pas.

Devant l'Astoria, des soldats assommèrent un chauffeur en livrée pour lui voler sa Rolls-Royce. Le portier, un officier et un gendarme se précipitèrent en hurlant, mais les soldats abattirent de sang-froid l'officier et le gendarme avant de filer au volant de la voiture en klaxonnant à tout-va.

Un barbu titubait de bon cœur devant elle en tenant par le bras une blonde en manteau de fourrure et en chantant à tue-tête. Sashenka reconnut aussitôt Gideon et la comtesse Loris. Rassurée de retrouver des connaissances, elle était sur le point de les héler lorsque son oncle entraîna Missy dans l'embrasure d'une porte où ils s'embrassèrent passionnément.

Une salve de coups de feu détourna l'attention de la jeune fille. Des silhouettes escaladaient la façade du palais Mariinski pour en arracher l'aigle bicéphale, symbole des Romanov.

Les cadavres du gendarme et de l'officier étaient toujours là, abandonnés. Épuisée, Sashenka les enjamba pour descendre Nevski en courant… et rejoindre le palais de Tauride.

33

« Que faites-vous tous ici ? » s'exclama Ariadna du haut de l'escalier. Les visages de Leonid le majordome, des deux chauffeurs et des femmes de chambre étaient levés vers elle lorsqu'elle descendit les marches dans une robe à volant en soie.

« Vous n'êtes pas au courant, baronne ? lui demanda Pantameilion, toujours prompt à l'insolence et à l'impertinence.

— De quoi ? Parlez !

— Ils viennent de créer un soviet des ouvriers au palais de Tauride, expliqua-t-il avec entrain. Et nous avons appris que…

— Tout ça n'est pas nouveau, l'interrompit Ariadna. Remettez-vous au travail, je vous prie.

— Mais la foule dit que… que le tsar a abdiqué !

— N'importe quoi. Arrêtez donc de répandre de telles rumeurs, Pantameilion. Si c'était le cas, le baron le saurait : il y est, au palais de Tauride ! »

À cet instant précis, la porte d'entrée s'ouvrit et Zeitlin apparut. Ariadna et les domestiques le dévisagèrent en silence, comme si lui seul pouvait répondre à la grande question du moment.

D'un geste enjoué, Zeitlin jeta sa chapka sur le guéridon. Il paraissait bien plus jeune et respirait la confiance en soi. Et voilà ! songea Ariadna. Le tsar a repris les rênes du pouvoir. Les bêtises que ces gens disent ! Des imbéciles ! Des paysans !

Appuyé sur sa canne, Zeitlin leva les yeux vers son épouse comme un ténor sur le point de chanter une aria italienne.

« J'ai des nouvelles ! », annonça-t-il d'une voix qui trahissait son excitation.

Les cosaques vidaient les rues ; les Allemands battaient en retraite ; tout rentrait dans l'ordre comme toujours, décida Ariadna. Vive l'empereur !

C'est à ce moment que Lala descendit l'escalier, que Shifra arriva des Ténèbres et Delphine – la goutte au nez comme toujours – de sa cuisine.

« L'empereur a abdiqué, annonça Zeitlin. D'abord en faveur du tsarévitch puis du grand-duc Michel. Le prince Lvov a formé un gouvernement. Tous les partis politiques sont à présent autorisés. Et voilà ! Nous venons d'entrer dans une ère nouvelle.

— Le tsar est parti ! s'exclama Leonid en se signant avant de fondre en larmes. Il… a abdiqué ! »

Quant à Pantameilion, il souriait avec impertinence, se frisant la moustache. Les deux femmes de chambre, elles, avaient pâli.

« Pauvre de moi ! murmura Shifra. Les trônes s'effondrent comme dans le Livre des révélations !

« — Que va-t-il se passer ? Et George V ? s'écria Lala. Que vais-je devenir ici ? »

Delphine se mit à pleurer en reniflant. La domesticité attendait cet événement historique depuis vingt ans mais, maintenant qu'il avait eu lieu, personne ne réagissait comme prévu.

« Allez, Leonid, dit Zeitlin en lui tendant son mouchoir en soie, ce qu'il n'aurait jamais fait une semaine plus tôt. Reprenez-vous. Rien ne change dans cette maison. À quelle heure déjeune-t-on, Delphine ? Je meurs de faim. »

Ariadna s'agrippa à la rampe en marbre et observa les domestiques qui aidaient leur employeur à ôter ses bottes. L'empereur... Elle avait grandi avec Nicolas II et se sentait soudain orpheline.

Zeitlin monta les marches deux par deux, comme un jeune homme. Suivant son épouse dans sa chambre, il l'embrassa si fougueusement qu'elle en eut le vertige. Il lui parla ensuite de la nouvelle Russie. Les foules étaient encore insoumises, le quartier général de la police brûlait ; policiers et informateurs se faisaient assassiner ; soldats et bandits arpentaient les rues en véhicules blindés et tiraient des coups de feu en l'air. L'empereur qui venait de démissionner était à présent aux arrêts et rejoindrait bientôt sa femme et ses enfants à Tsarskoïe Selo. On ne leur ferait aucun mal. Le grand-duc Michel allait refuser le trône.

Zeitlin expliqua à Ariadna qu'il exultait, car la plupart de ses amis des cadets et des octobristes servaient dans le gouvernement du prince Lvov. La guerre continuerait. Le nouveau ministre de la Guerre lui avait d'ailleurs déjà commandé d'autres fusils et d'autres obusiers. Apparemment Sashenka était toujours bolchevique, car il l'avait aperçue au palais de Tauride avec ses camarades, un tas de fanatiques bariolés. Il faut bien que jeunesse se passe...

« Tu vois, Ariadna ? La Russie est une république à présent ! s'exclama Zeitlin.

— Que va devenir le tsar ? s'inquiétait son épouse confuse. Et nous ? Qu'allons-nous devenir ?

— Comment ça ? s'étonna Zeitlin. Il va y avoir des changements, bien entendu. Les Polonais et les Finnois veulent l'indépendance, mais nous allons nous en tirer. Il y a des avantages à tirer de la situation. D'ailleurs, quand j'étais au palais de Tauride, j'ai bavardé avec... »

Ariadna s'aperçut à peine que son mari, tout à ses nouveaux ministres et ses contrats juteux, consultait sa montre de gousset et se rendait à son bureau pour passer quelques appels téléphoniques. Presque en transe, elle le suivit sur le palier et le regarda descendre l'escalier. Elle entendit la chaise de trot se mettre en marche.

Leonid se précipita à la porte d'entrée. Pâle et exaltée, Sashenka était apparue, vêtue comme une institutrice de province. Qui plus est, elle empestait la cigarette, la soupe et le peuple. Même les bolcheviks devraient s'appliquer de la poudre et du rouge à lèvres ! s'insurgeait intérieurement sa mère. Et pourquoi refusait-elle de porter ses nouvelles tenues de chez Chernyshev ? Une robe correcte lui donnerait bien meilleure allure.

Quoi qu'il en soit, la jeune fille semblait triomphante, rayonnante même. « Bonjour, maman ! » lança-t-elle en filant répondre aux questions de

Lala et des autres domestiques. Elle leur annonça avec animation la création du soviet des ouvriers et des soldats ; oncle Mendel faisait partie du comité exécutif ; oncle Gideon se trouvait également là-bas – il écrivait un article – et ses amis mencheviques étaient majoritaires dans le soviet.

Ariadna se fichait royalement de la politique, mais elle pensait que Sashenka avait besoin de sommeil : elle avait les yeux rougis et l'euphorie la faisait trembler. Pourtant, en observant son visage lumineux, Ariadna découvrit que sa fille avait grandi, qu'elle était devenue forte et belle. Elle étincelait de vie à présent, alors qu'Ariadna se sentait vide et sans énergie.

Retenant ses sanglots, elle se retira dans sa chambre.

Dans un calme proche de la torpeur, Ariadna avala une mesure du tonifiant opiacé du Dr Gemp. Cette fois-ci, hélas, il fut sans effet. Les membres lourds, elle avait l'impression d'avancer dans de la poix. La terre semblait avoir ralenti, ne plus tourner sur son axe. Le temps qui passait devenait insoutenable.

Elle s'allongea sur son divan, incapable de se réjouir des nouvelles qui semblaient rajeunir son mari et embellir sa fille. Elle se sentait vieille. Le sol se dérobait sous ses pas. Plus de tsar ; Raspoutine mort ; Zeitlin qui envisageait le divorce ; et, le plus douloureux, Sashenka qui resplendissait. Elle s'intéressait comme une adulte à la politique et se moquait de ses parents. Elle avait une mission dans la vie alors qu'Ariadna... Qu'avait-elle ? Pourquoi Sashenka était-elle heureuse ? Et aussi sûre d'elle ? Les minutes s'égrenaient de plus en plus lentement sur l'horloge. Ariadna attendait chaque nouvelle seconde et, quand elle arrivait enfin, on aurait cru entendre le glas retentir dans le lointain.

Enfant, Ariadna savait que les tsars n'étaient pas les amis des Juifs, mais sans eux, ce serait encore pire. Le tsar vivait très loin et il avait fait grand mal aux Juifs et aux Russes bien que ses intentions ne fussent pas si méchantes. Il avait protégé les Juifs des cosaques, des propriétaires terriens, des antisémites et des pogromistes. Maintenant qu'il n'était plus là, qui les protégerait ? Qui s'occuperait d'elle ? Ariadna ressentit soudain le besoin impérieux d'être cajolée dans les bras de sa mère, qui l'avait tant ignorée. Ses parents vivaient sous le même toit qu'elle, mais ils auraient tout aussi bien pu vivre dans un autre univers tant la distance qui les séparait s'avérait désormais infranchissable.

Les sons de la maison semblaient étouffés. Elle n'avait rien à faire ; le temps paraissait suspendu. Le monde se déchirait, comme Raspoutine l'avait prédit. L'anarchie régnait dans les rues de Piter. Dehors, elle entendait des pas lourds, des Klaxons, des acclamations, des coups de feu. Ces bruits n'avaient aucun sens. Tout était devenu insipide. Son parfum sentait la poussière. Tout, y compris ses robes écarlates et ses saphirs, semblait terni.

Elle se leva en soupirant et se dirigea mollement vers la chambre de Sashenka où elle n'était pas entrée depuis des années.

34

Dans son bureau, le baron Zeitlin s'activait sur sa chaise de trot, un cigare coincé entre les dents. Il était certain de s'adapter au nouveau monde qui s'annonçait, car il vibrait d'idées novatrices. Soudain, il entendit la voix de sa fille dans l'entrée et se souvint qu'il n'avait jamais vraiment pris la peine de l'écouter. Il devait faire plus d'efforts, sans quoi il la perdrait.

« Sashenka, ma chérie ! s'écria-t-il lorsqu'elle entra, essoufflée, dans la pièce. Je n'arrive pas à croire ce qui s'est passé ces derniers jours. Mais la vie continue. Quand commencent tes cours ?

— Quels cours ? Nous sommes bien trop occupés pour penser aux études. Je t'ai menti au sujet de mon engagement politique, papa, mais c'était indispensable. Nous, les bolcheviks, nous avons nos propres principes. J'ai fait ce qui s'imposait, répondit-elle d'un ton déterminé.

— Pas de problème, Sashenka. Je comprends. » En fait, Zeitlin ne comprenait rien et se reprochait d'avoir fait de sa fille cette vengeresse impie. Elle avait menti et rejeté sa famille, mais c'était lui qui lui avait appris à manquer de respect envers Dieu. Voilà le résultat. Ce n'était pourtant pas le moment de se lancer dans une nouvelle dispute. « Ta mère pensait que tu avais un petit ami.

— C'est ridicule ! Elle me connaît à peine. Je travaille au journal la *Pravda* en tant que correspondante auprès du comité de Petrograd et du soviet.

— Mais tu dois reprendre tes études, Sashenka. La révolution est pratiquement terminée. Le gouvernement...

— Papa, la révolution vient à peine de commencer. Il y a les oppresseurs et les opprimés. Pas d'entre-deux. Le gouvernement actuel n'est qu'une étape bourgeoise nécessaire à l'avancée du socialisme. Les paysans doivent obtenir leurs terres et les travailleurs leur égalité. Les soldats reçoivent désormais leurs ordres des soviets qui représentent les ouvriers et les militaires. »

Rouge de colère, la jeune fille criait presque, agrippant le bras de son père. « Il va y avoir une dernière étape fondée sur la corruption capitaliste, et toute cette pourriture, toutes les sangsues – oui, même toi, papa – seront enfin balayées. Le sang coulera dans les rues. Je t'aime, papa, mais nous autres, bolcheviks, nous n'avons pas de famille. Mon amour pour toi ne représente rien face à l'Histoire en marche. »

Zeitlin avait cessé de trotter sur son appareil. Il considérait sa fille, ses charmantes taches de rousseur et ses jolis yeux gris, d'un air hébété.

Silence. D'une autre pièce de la maison leur parvint un bruit sec à peine audible.

« Tu as entendu ? demanda Zeitlin en retirant le cigare qu'il avait à la bouche. Qu'est-ce que c'était ?

— Ça vient peut-être de l'étage. »

Le père et la fille sortirent dans le couloir et, spontanément, se mirent à courir. Leonid était en haut de l'escalier et Lala sur le palier. Ils regardaient la porte de la chambre d'Ariadna. Le cœur de Zeitlin se mit instinctivement à battre plus fort. Il monta les marches quatre à quatre.

« Ariadna ! » hurla-t-il. Devant la porte, les domestiques semblaient hypnotisés par ce qu'ils voyaient à l'intérieur.

La baronne reposait sur le divan, nue. Le Mauser fumait encore sur son ventre. Le sang rouge vif se répandait sur sa poitrine laiteuse avant de couler sur le sol – la flaque s'étendait chaque seconde davantage.

35

À la fenêtre de la planque de la rue Gogol, à proximité du ministère de la Guerre, Sashenka fumait une cigarette en observant la forteresse Pierre-et-Paul sur l'autre rive de la Neva. Il faisait sombre et pourtant le ciel irradiait d'une lumière pourpre surnaturelle, comme une scène de théâtre sur laquelle on aurait braqué un projecteur.

Les ouvriers avaient pris le contrôle de la citadelle. La veille, tous les prisonniers avaient été libérés. La soirée commençait à peine et les rues grouillaient toujours de groupes joyeux qui arrachaient toutes les aigles des Romanov encore en place. Le quartier général de l'Okhrana était en flammes.

Les rêves de Sashenka devenaient réalité, mais elle se sentait engourdie. Elle avait traversé les rues sans saisir la portée des moments exceptionnels dont elle était témoin. Sa mère avait réussi l'impossible : souffler la vedette à la Révolution russe. Des gens avaient bousculé la jeune fille, d'autres l'avaient serrée dans leurs bras. Vania

Palitsine l'avait appelée du haut d'une automobile aux armes des Romanov remplie de gardes rouges.

Il faisait trop chaud dans cette pièce ; Sashenka transpirait parce qu'elle n'avait ôté ni son manteau ni sa chapka. Pourquoi diable était-elle venue ici ? Dans cet endroit où elle avait juré ne jamais remettre les pieds ? Elle avait tenté de refouler de ses pensées Sagan, dont les jours étaient sans doute comptés et qui avait dû gagner Stockholm ou le Sud. Pourtant, elle était là à attendre son confident pour lui parler de sa mère.

Un bruit la fit sursauter. Toujours vêtu de son uniforme mais l'œil hagard, le capitaine Sagan pointait sur elle un pistolet Walther. Il paraissait beaucoup plus vieux.

Ils gardèrent le silence un certain temps puis il rangea son arme dans son étui et, sans un mot, s'approcha de la jeune fille qu'il serra dans ses bras. Elle lui fut reconnaissante d'être là.

« J'ai du cognac, dit-il, et le samovar vient de bouillir.

— Depuis combien de temps êtes-vous ici ?

— Je suis arrivé hier soir. Je n'avais nulle part ailleurs où aller. Des ouvriers se sont rendus chez moi et ma femme a disparu. Les trains ne roulent pas. Ne sachant où me rendre, je suis venu ici. Sashenka, ce que je vais vous dire va vous surprendre. Mon univers, tout ce que j'ai chéri, s'est envolé en une nuit.

— Ce n'est pas ce que vous aviez prévu.

— Ma vie est entre vos mains. Vous pouvez me livrer. Je croyais en l'empire et, pourtant, je vous ai parlé de moi avec sincérité. »

Après avoir rempli deux verres à liqueur d'eau-de-vie arménienne, du cha-cha bas de gamme, il en tendit un à Sashenka et avala le sien d'un trait. La jeune fille ôta son manteau et sa chapka.

« Pourquoi êtes-vous ici ? s'étonna-t-il. Vous devriez être en train de fêter votre victoire.

— C'est ce que je faisais mais une tragédie a eu lieu. J'allais vers le palais de Tauride quand je suis passée devant le corps de garde de la caserne, j'ai frappé à la porte et elle était ouverte. Le portier – vous vous souvenez de Verezin ? – était étendu par terre, une balle dans la tête. Ensuite, je suis allée retrouver mes camarades du soviet.

— Vous leur avez dit que Verezin était un traître ?

— Oui, admit-elle.

— Et vous vous étonnez de le trouver mort ?

— Non, je n'étais pas surprise mais un peu choquée, je crois. Ce sont les aléas de la révolution, n'est-ce pas ? On ne fait pas d'omelette sans casser des œufs.

— Mais vous me parliez d'une tragédie...

— Ma mère a tenté de se suicider par balle. »

Sagan était stupéfait. « Je suis désolé, Sashenka. Comment va-t-elle ?

— Sa vie ne tient qu'à un fil. Elle s'est blessée à la poitrine. Il paraît que les belles femmes visent rarement le visage. Elle a trouvé mon Mauser sous mon matelas. Comment a-t-elle su qu'il se trouvait là ? Comment l'a-t-elle déniché ? Les médecins sont à son chevet. » Sashenka s'interrompit pour tenter de reprendre son souffle. « J'aurais dû aller au journal, mais je suis venue ici. Parce que... c'est ici… avec vous que… nous avons tant parlé d'elle. Je la détestais… Je ne lui ai jamais dit à quel point… »

Elle fondit en larmes et Sagan la prit dans ses bras. Les cheveux du capitaine sentaient la cigarette, son cou avait l'odeur du cognac et pourtant, lui parler de sa mère suffisait à l'apaiser avait un effet apaisant. L'étreinte de Sagan lui redonnait de l'énergie et la force de s'écarter de lui.

« Sashenka, dit-il en lui serrant les épaules. J'ai quelque chose à vous dire. Je faisais mon métier et je n'ai jamais eu l'occasion de vous dire à quel point… je m'étais attaché à vous. Je n'ai personne d'autre. Je… »

Elle se raidit.

« Vous êtes beaucoup plus jeune que moi, mais je crois que je vous aime. »

Sashenka fit un pas en arrière. Certes, elle avait eu besoin de lui, du confident, mais pas de l'homme qui l'avait embrassée dans le champ enneigé. À présent, le besoin désespéré que Sagan avait d'elle la rebutait, et ce spectre de l'ancien régime lui faisait peur. Elle n'aspirait qu'à une chose : s'éloigner.

« Vous ne pouvez pas me quitter comme ça, s'écria-t-il, après ce que je viens de vous dire.

— Je ne vous ai rien demandé. Jamais.

— Vous ne pouvez pas partir…

— Je dois m'en aller », insista-t-elle puis, sentant qu'il s'énervait, elle se précipita vers la porte mais il l'attrapa par la taille et la poussa sur le divan où elle avait passé tant de nuits à bavarder avec lui.

Elle lui donna un coup de poing dans la mâchoire. « Laissez-moi partir, hurla-t-elle. Qu'est-ce que vous faites ? »

D'une main, il lui saisit les poignets et la força à s'allonger. Son visage était affreusement près ; il suait à grosses gouttes ; il luttait pour parvenir à ses fins. Il fourra son autre main sous sa jupe, déchira ses bas pour remonter entre ses cuisses. Là, il se tourna vers sa poitrine, arracha les boutons de son chemisier et ses sous-vêtements avant de lui empoigner un sein.

Elle se débattit vigoureusement, libéra ses mains et le gifla de toutes ses forces. Sagan se mit à saigner du nez ; son sang coulait sur Sashenka qu'il continuait à écraser de tout son poids. Là, elle tira le Walther de son étui et lui en assena un coup violent en pleine figure.

Sagan roula sur le côté. Elle se leva d'un bond et fila vers la porte. En l'ouvrant, elle vit du coin de l'œil l'officier, recroquevillé, pleurer à gros sanglots.

Sashenka ne s'arrêta de courir que lorsqu'elle eut dévalé l'escalier et pénétré en trombe dans une taverne remplie de soldats ivres qui furent si choqués de cette apparition qu'ils saisirent leurs baïonnettes et lui proposèrent de tuer toute personne qui aurait touché ne serait-ce qu'à un de ses cheveux. Dans les toilettes, elle nettoya le sang qui lui maculait le visage. Elle tenta de se débarrasser du goût métallique du sang de Sagan qui lui restait dans la bouche, mais l'odeur la prit à la gorge et elle se mit à vomir. En sortant, elle accepta une vodka que lui tendait l'un des soldats et l'avala d'un trait. Ainsi purifiée, elle retrouva peu à peu son calme.

À l'extérieur, le soulèvement battait son plein. Sashenka entendit des coups de feu sur Nevski. On lynchait des voleurs à la tire ; des groupes de déserteurs ivres et de bandits circulaient en liberté. Elle se cacha dans un encadrement de porte et surveilla la sortie de l'immeuble. Le sang lui palpitait aux tempes et elle vomit à nouveau. Elle tremblait de tout son corps. Tout ça, c'était pour le Parti. Maintenant, c'était terminé. Elle aurait dû se réjouir car l'ennemi était à terre. Sagan et ses maîtres étaient réduits à néant ; l'agression dont elle venait d'être victime n'en était qu'une preuve supplémentaire. Elle éprouvait malgré tout une fureur animale et une honte destructrice. Elle envisagea de retourner dans l'appartement, armée de son pistolet et de descendre Sagan comme le vulgaire espion qu'il était, mais elle se contenta d'allumer une Crocodile à tâtons.

Environ une demi-heure plus tard, Sagan sortit de l'immeuble et, dans la lumière violacée, elle aperçut son visage tuméfié et sanguinolent, sa démarche chaloupée. Vaincu, il n'était plus qu'une silhouette informe et voûtée. Les rues fourmillaient d'hommes armés de Berdana et de Mauser qui titubaient dans leurs manteaux rembourrés. Sagan se dirigea vers la rue Gogol, en passant par les venelles qui coupaient la perspective Nevski. Elle le suivit et vit les ouvriers l'encercler devant la cathédrale Kazan. Ils allaient peut-être lui donner une bonne raclée et le punir pour ce qu'il lui avait fait subir. Mais non, ils le laissèrent passer jusqu'au moment où il trébucha sur un pavé et laissa entrevoir son uniforme.

« Un gendarme ! Un pharaon ! Arrêtons-le ! Salaud ! Ordure ! Menons-le au soviet ! Jetons-le au bastion ! Tiens, prends ça dans la gueule, sale fouine ! » Au moment où le cercle se refermait sur lui, il sortit son arme. À nouveau le bruit sec. Ensuite, la foule tapa, cogna et se défoula sur la silhouette informe qui se trouvait à terre, qu'ils raillaient en hurlant, baïonnettes et fusils levés au ciel. Le souffle court, Sashenka observa la scène qui se déroula trop vite pour qu'elle puisse comprendre ce qu'elle voyait.

Dans la cacophonie des coups et des cris, elle entendit la voix de Sagan puis les hurlements d'un animal tordu de douleur. Les bruits des crosses de fusil achevèrent de lui raconter la scène. Parmi les bottes des ouvriers et les pans de leurs capotes, elle vit le sang luire sur l'uniforme sombre.

Quand le massacre fut terminé et la frénésie retombée, le silence s'installa. Les gens s'éclaircirent la gorge, remirent de l'ordre dans leur tenue et s'éloignèrent à pas traînants. Sashenka n'attendit pas davantage. Elle venait de voir le peuple en action, le jugement de l'histoire.

Elle ne se sentait pourtant pas mieux. Une vague de tristesse et un sentiment de culpabilité la submergèrent, comme si elle était la cause de cette violence inouïe. D'abord le cadavre de Verezin et maintenant Sagan. Elle aurait dû être ravie : la révolution était une noble maîtresse. Nombreux seraient ceux qui périraient dans la lutte, mais la destruction d'un homme n'en demeurait pas moins atroce.

Appuyée contre une statue devant la cathédrale Kazan, elle se mit à pleurer. Les larmes lui dégoulinaient sur le visage. C'était la fin, mais pas celle qu'elle avait envisagée. Elle aurait préféré n'avoir jamais connu Sagan. Elle aurait aimé qu'il ait pu descendre cette rue tranquillement vers un lointain exil. En sécurité.

36

Une voix rauque et traînante envahit le silence morbide de la chambre de la malade.

« Que dit le journal ? » demanda Ariadna.

La voix familière effraya Sashenka. Sa mère n'avait pas prononcé un mot depuis des jours. Elle n'avait fait que dormir et respirer à grand-peine, car l'infection se développait si vite qu'on pensait qu'elle ne se réveillerait plus. Sashenka était en train de lire la *Pravda*, le journal du Parti, quand sa mère avait ouvert les yeux pour s'exprimer d'une voix si claire que la jeune fille en avait sursauté et que les feuilles de papier s'étaient éparpillées par terre.

« Maman, tu m'as fait une de ces peurs !

— Je ne suis pas encore morte, ma chérie… Si ? Ça empeste ici, je peux à peine respirer. Alors, ces nouvelles ?

— Oncle Mendel fait partie du Comité central, et Lénine va rentrer d'un jour à l'autre », expliqua Sashenka après avoir ramassé son journal. Elle leva les yeux pour croiser le regard de sa mère qui la fixait avec une chaleur qui la surprit autant qu'elle la gêna.

« Quand je suis finalement allée dans ta chambre…, commença Ariadna.

— Tu as bien meilleure mine, maman », mentit-elle.

La vérité est-elle indispensable aux mourants ? Sashenka souhaitait apaiser sa mère. « Tu vas de mieux en mieux, maman. Comment te sens-tu ?

— Je me sens… » Ariadna serra la main de sa fille dans la sienne et son regard se fit à nouveau plus lointain.

« Je voulais te poser une question, maman. Pourquoi… ? »

À cet instant précis, le Dr Gemp, un petit bonhomme chauve qui arborait l'air théâtral des médecins mondains, pénétra dans la pièce.

« Alors ? Votre mère s'est-elle réveillée ? Qu'a-t-elle dit ? Souffrez-vous, Ariadna ? »

Sashenka l'observa se pencher sur la blessée, lui passer une compresse fraîche sur le front et dans le cou. Il défit le bandage, l'inspecta, puis nettoya et pansa la plaie ensanglantée.

Son père apparut à son côté et se pencha au-dessus du lit. Il avait très mauvaise mine, son col était dégoûtant et il arborait une barbe grisonnante de trois jours. Il ne ressemblait plus à un magnat du pétrole mais à un vieux Juif des territoires réservés aux minorités.

« Elle reprend ses esprits ? Ariadna ? Parle-moi ! Je t'aime, Ariadna ! » Son épouse ouvrit les yeux. « Ariadna ! Pourquoi t'es-tu blessée ? Pourquoi ? »

Derrière lui se tenaient les parents de sa femme.

« Ma petite Silberkind chérie », s'écria Miriam avec un accent yiddish très prononcé en prenant Sashenka par la main pour lui embrasser tendrement l'épaule. La jeune fille sentait combien le vieux couple n'était pas à sa place dans la chambre d'Ariadna. Ils y étaient déjà venus, mais ils se sentaient miséreux devant les perles, les jeux de tarot et les potions. À leurs yeux, cet endroit représentait l'échec des rêves qu'ils avaient nourris en tant que parents.

Spécialiste des tragédies secrètes – avortements, suicides et addictions diverses – chez les grands-ducs et les comtes, le Dr Gemp les dévisageait comme s'il avait affaire à des lépreux mais parvint toutefois à terminer son pansement.

Ariadna montra ses parents du doigt. « Vous venez de Turbin ? leur demanda-t-elle. Je suis née là-bas. Samuil, il faudrait que tu te rases... »

Les heures, les nuits, les jours passèrent. Assise au bord du lit, Sashenka perdit la notion du temps. La respiration d'Ariadna se fit de plus en plus rauque, de plus en plus difficile ; son visage se creusa, prit un teint cireux. Sa mâchoire pendait ; sa poitrine se soulevait par à-coups et des glaires obstruaient ses poumons, ce qui rendait sa respiration sifflante et chuintante. Beauté et vivacité l'avaient désertée ; ne restait que cet animal frissonnant, tremblotant qui avait autrefois été une femme pleine de vitalité, une mère, celle de Sashenka.

Il arrivait qu'elle peine tant à respirer qu'elle était prise de panique. Elle se mettait alors à suer à grosses gouttes, trempait les draps et s'y accrochait comme à une bouée de sauvetage. Sashenka se levait pour lui tenir la main. Elle avait soudain tant de choses à lui dire. Elle voulait l'aimer, en être aimée. Était-ce trop tard ?

« Je suis là, maman. C'est moi, Sashenka ! Je t'aime, maman ! » L'aimait-elle ? Rien n'était moins sûr mais les mots s'échappaient de ses lèvres malgré elle.

Lorsque le Dr Gemp revint, il prit Zeitlin et Sashenka à part.

« N'ayez pas trop d'espoir, Samuil.

— Mais elle ouvre parfois les yeux ! Elle parle...

— L'infection s'est propagée...

— Elle pourrait se remettre, elle pourrait..., insista Sashenka.

— C'est possible, mademoiselle, répondit le médecin d'une voix posée, tandis qu'une domestique lui tendait sa cape noire et son chapeau de feutre. Mais uniquement au pays des merveilles. »

37

Le lendemain matin, Ariadna entendit sa fille s'adresser à elle. « Aimerais-tu que je te lise quelque chose ?

— Inutile, car je peux parfaitement me lever et lire moi-même. » Une Ariadna différente de celle allongée sur le lit se glissa derrière l'épaule de Sashenka. Elle se regarda dans le miroir et reconnut à peine la créature de cire au sein pansé qui respirait comme un chien malade. Elle remarqua ses cheveux sales et aplatis, mais n'exigea pas que Luda apporte le fer à friser, preuve incontestable qu'elle était sur le point de mourir. Avait-elle toujours été marquée par le mauvais œil, possédée par le Dibbouk, ou était-elle responsable de ce qui lui était arrivé ?

Elle ouvrit les yeux. Sashenka dormait sur le divan. Il faisait nuit et la pièce était agréablement éclairée par une petite lampe. Samuil et deux vieux Juifs bavardaient tranquillement.

« Je me suis perdu, rabbin, expliquait Samuil en yiddish. Je ne sais plus qui je suis. Je ne suis ni juif ni russe. Il y a bien longtemps que j'ai cessé d'être un bon mari et un bon père. Que devrais-je faire ? Porter des phylactères et prier en bon croyant ? Me faire socialiste ? Je croyais ma vie parfaitement en ordre mais à présent...

— Tu n'es qu'un homme, Samuil », répondit le sage à la longue barbe.

Ariadna reconnut cette voix : c'était celle de son père. Quelle voix splendide ! Tellement profonde et tellement bonne. Allait-il maudire Samuil et le traiter d'impie ?

« Tu as fait le bien et le mal. Comme nous tous, ajouta-t-il.

— Que me conseillez-vous de faire ?

— Le bien. Ne fais rien de mal.

— Ça paraît si simple quand vous le dites.

— C'est au contraire très difficile, mais c'est ce qui est merveilleux. Ne fais pas de mal à autrui. Aime ta famille. Demande la miséricorde de Dieu.

— Mais je ne suis même pas certain de croire en lui.

— Mais si. Sinon tu ne me poserais pas toutes ces questions. Nous sommes tous de pauvres pécheurs. Notre corps est fait pour pécher sur cette terre. Si nous n'avions pas le choix entre le bien et le mal, la bonté n'aurait aucun sens. Notre esprit est le pont qui relie notre monde et l'au-delà. Mais l'essentiel nous vient de Dieu. Même pour toi, même pour notre pauvre Finkel chérie. Dieu, dans sa grande miséricorde, nous attend. C'est tout ce que tu as besoin de comprendre. »

Mais qui est donc cette Finkel ? se demandait Ariadna. Son père et sa mère, affublée de sa perruque, lui semblaient tantôt risibles et pitoyables, tantôt aussi sacrés que les prêtres du temple de Salomon.

« Et Ariadna ? demanda Samuil.

— Un suicide », répondit son père en secouant la tête. Sa mère se mit à pleurer.

« Je m'en veux, dit Samuil.

— Tu as fait davantage pour elle que nous tous réunis. Nous l'avons déçue comme elle nous a déçus mais nous l'aimons. Dieu l'aime aussi. »

Ariadna était émue. Elle ressentait de la tendresse pour ses parents mais pas d'amour. Elle n'aimait plus personne. Ces gens n'étaient plus que des personnages de son existence. Des visages et des voix familiers, certes, mais elle ne les aimait pas.

Elle se sentait légère comme une plume. La brise la poussait ici et là tandis que son corps agonisait en renâclant. Le Dr Gemp entra dans la pièce et se débarrassa de sa cape comme un torero espagnol. Elle sentit qu'on lui essuyait le front, on lui changeait son pansement, on lui injectait de la morphine, on lui faisait boire du thé chaud et sucré. Elle avait mal au ventre. Ses entrailles grondaient. Sa blessure pulsait autour de l'unique balle qu'elle avait placée là elle-même. Cette chose sur le lit, ce corps qu'elle reconnaissait comme étant le sien, n'avait pas plus d'importance qu'une paire de bas filés, de beaux bas certes, en soie de Paris, mais on aurait pu les jeter sans y réfléchir à deux fois.

Son père priait à voix haute. Il récitait les psaumes d'une voix profonde qui remplit Ariadna d'une joie paisible. C'était le chant d'un rossignol dans le jardin. Quand elle observa son visage, il était jeune, sa barbe était rousse, ses yeux vifs et brillants. Sa mère était là, elle aussi, pleine de vie, encore plus jeune. Elle ne portait pas de perruque, mais arborait une robe de jeune fille, ses longs cheveux blonds tressés. Et ses grands-parents assistaient également à la scène, tous bien plus jeunes qu'elle. Il y avait évidemment son mari, un adolescent. Sashenka était petite fille. Ils pouvaient tous devenir frères et sœurs.

Soudain, Ariadna se rendit compte qu'elle avait quitté sa chambre. Sashenka n'était plus sa fille ; Miriam n'était plus sa mère et elle n'était plus Ariadna Finkel Barmakid, baronne Zeitlin. Elle était devenue autre chose, ce qui la remplissait de joie.

Sashenka fut la première à le remarquer. « Papa, regarde ! Maman sourit. »

38

« Elle est partie, dit Miriam en prenant la main de sa fille.

— Malheureux celui qui survit à ses propres enfants », ajouta le rabbin d'une voix posée avant de se remettre à prier. Sashenka se sentait en paix, mais Zeitlin, qui somnolait sur le divan, se réveilla en sursaut et se jeta sur le cadavre de son épouse en sanglotant.

Oncle Gideon était venu. Il écrivait désormais pour le journal de Gorki, *Nouvelle vie*, mais continuait à flirter avec les bolcheviks et les mencheviks. Il attendait dans le couloir, les parfums des dames et les cigares des messieurs lui collant à la peau, mais il se précipita dans la chambre pour emmener Zeitlin qu'il porta à bout de bras et installa de force sur une chaise du couloir.

Le médecin les fit tous sortir. Quand il eut fermé la bouche et les yeux d'Ariadna, il les rappela : « Vous pouvez venir la voir, à présent.

— Elle est à nouveau... belle, murmura Sashenka. Et pourtant, elle est absente. » Ariadna était en effet redevenue la beauté qu'elle avait été jeune fille. L'air serein, la peau blanche, son joli nez retroussé et les lèvres gourmandes légèrement entrouvertes, elle semblait attendre le baiser d'un jeune et fringant officier.

C'est ainsi que je me souviendrai d'elle, se promit Sashenka. Quelle beauté ! Pourtant, un sentiment de frustration la rongeait : elle n'avait jamais vraiment connu sa mère qui demeurerait une étrangère à tout jamais.

Son père, que les guerres, les révolutions, les grèves, les abdications, l'arrestation de sa fille, les inconséquences de son frère, les aventures de sa femme avaient laissé de marbre, lui qui avait défié les ouvriers de Petrograd, les assassins de Bakou et l'aristocratie antisémite, s'était décomposé face à ce suicide. Il avait délaissé ses affaires, négligé ses contrats et perdu tout intérêt pour l'argent. Depuis quelques semaines, ses entreprises de Bakou, Odessa et Tiflis partaient à vau-l'eau parce que les Azéris, les Ukrainiens et les Géorgiens déclaraient leur indépendance. Négligé, accablé de douleur et de doutes, Zeitlin ne cessait de marmotter et de sangloter.

Sashenka avait parfois l'impression d'avoir perdu ses deux parents le même jour.

Elle ne pleurait plus ; elle avait versé assez de larmes au cours des nuits précédentes mais n'en souhaitait pas moins comprendre pourquoi sa mère avait utilisé son arme. Ariadna avait-elle voulu la punir ?

L'adolescente la veilla longuement tandis que les visiteurs venaient présenter leurs derniers

279

hommages. Gideon tituba dans la pièce pour embrasser sa sœur sur le front. Il ordonna au médecin de prescrire des sédatifs à Zeitlin. Les parents priaient pour l'âme de leur fille.

Ariadna garda son sourire mais, progressivement, ses traits s'affaissèrent. Le grand-père de Sashenka couvrit le corps d'un linceul blanc et alluma deux cierges dans des bougeoirs placés à la tête du lit. Miriam recouvrit les miroirs de tissu et ouvrit les fenêtres. Puisque Zeitlin semblait paralysé, le rabbin prit les décisions que son gendre était incapable de prendre. À présent autorisés par la Révolution à entrer dans Saint-Pétersbourg, des Juifs orthodoxes apparurent comme par enchantement dans la plus laïque des demeures. Des tabourets bas furent apportés aux femmes pour la chiva[1].

Les rabbins hésitèrent longuement. Que devaient-ils faire du corps ? Le suicide aurait dû empêcher l'enterrement religieux d'Ariadna – une deuxième tragédie pour son père. Heureusement, deux autres rabbins avaient demandé la cause du décès. Une infection, avait répondu le Dr Gemp. Par ce procédé de miséricorde pragmatique, le rabbin de Turbin pouvait enterrer dans le cimetière juif sa fille Finkel, plus connue sous le nom d'Ariadna.

---

1. La chiva est la première période du deuil juif. Entre autres rituels, on allume des bougies commémoratives, on recouvre les miroirs et on s'assoit le plus près possible du sol. *(N.d.T.)*

Surpris par cette foule de Juifs en papillotes et chapeaux noirs, les domestiques avaient à leur tour défilé près du lit.

Sashenka devait retourner travailler au journal, elle le savait. Soudain, une porte s'ouvrit pour laisser entrer Mendel de son pas claudicant. Entouré de deux camarades, le robuste Vania Palitsine tout de cuir vêtu et Satinov, le viril Géorgien. Ils apportaient un vent de renouveau dans cette veillée mortuaire.

Mendel s'approcha du lit, observa sa sœur d'un air indifférent, secoua la tête puis regarda ses parents effondrés.

« Papa, maman ! dit-il d'une voix rauque. Je suis désolé.

— C'est tout ce que tu trouves à nous dire, Mendel ? rétorqua sa mère malgré ses larmes.

— Tu as assez perdu de temps ici, camarade Zeitlin, enchaîna Mendel à l'intention de Sashenka. Lénine est arrivé hier soir à la gare de Finlande. J'ai du travail pour toi. Prends tes affaires, on s'en va.

— Un instant, camarade Mendel. Elle vient de perdre sa mère, l'interrompit Vania Palitsine. Laisse-lui le temps de se remettre.

— Nous avons du pain sur la planche et les bolcheviks ne peuvent pas et ne doivent pas avoir de famille. Cela dit si tu penses que…, ajouta-t-il en regardant ses parents. Après tout, j'ai perdu ma sœur.

— Je t'amène la camarade Isatis, proposa Vania. Pars devant, nous te rejoindrons. »

Satinov embrassa trois fois Sashenka et la serra dans ses bras avec une ferveur toute géorgienne. « Prends le temps de faire ton deuil », lui recommanda-t-il avant de filer à la suite de Mendel.

Impressionnant par sa carrure, sa tenue de cuir et son étui à pistolet, Vania Palitsine ne semblait pas à sa place dans l'exquis boudoir d'Ariadna, mais Sashenka lui était reconnaissante de sa présence et de son soutien. Elle le vit observer la pièce. Que pensait l'ouvrier de tous ces signes de richesse capitaliste : de ces innombrables robes ; de ces monceaux de bijoux ; de Zeitlin, l'industriel prostré ; du médecin mondain ; de Gideon le *bon vivant** à moitié ivre ; des domestiques éplorés ; du rabbin ? Vania ne parvenait pas à détacher les yeux de ces Juifs polonais dont les lamentations devaient lui sembler hallucinantes…

Ce détail rendit le sourire à Sashenka.

« J'avais déjà lu des scènes de ce genre dans les pièces de Tchekhov, expliqua-t-elle calmement au jeune homme, mais je ne m'étais jamais rendu compte qu'elles étaient si théâtrales et que chacun avait un rôle bien précis à y jouer. »

Vania se contenta d'acquiescer avant de lui tapoter l'épaule. « Inutile de te presser, camarade, murmura-t-il. Nous t'attendrons. Pleure tout ton soûl, prends le temps de te rafraîchir, Isatis. » Sa tendresse était d'autant plus touchante que sa carrure d'athlète ne laissait pas présager une telle réaction. « Tu reviendras pour les funérailles mais, à présent, je dois t'emmener. Je t'attends en bas ; la voiture est prête. »

En guise d'adieu, Sashenka parcourut une dernière fois la pièce du regard. Elle s'approcha du lit et embrassa sa mère sur le front. Les larmes lui coulaient à nouveau sur les joues.

« Vania ! Attends-moi. J'arrive tout de suite », l'implora-t-elle d'une voix brisée en quittant la pièce à reculons.

39

Le lendemain à midi, Sashenka était assise face
à une machine à écrire Underwood, au premier
étage du Kchessinskaïa, cette splendeur Art déco
où la danseuse étoile Mathilde recevait autrefois
les deux Romanov, ses amants. Sashenka n'était
pas seule dans la pièce. Trois autres jeunes filles
travaillaient à leurs bureaux.

L'hôtel particulier était sous la protection des
gardes rouges en armes, des ouvriers vêtus d'uniformes dépareillés et commandés par Vania lui-
même. Ce dernier avait emmené Sashenka dîner
rapidement au restaurant la veille au soir avant
de la raccompagner chez elle. Ce matin, elle s'était
rendue pour la première fois de sa vie à la
synagogue de la rue Lermontovskaïa – que son
père avait financée – avant d'assister à l'enterrement de sa mère au cimetière juif où la famille
avait paru noyée dans un océan de Juifs endeuillés,
tous vêtus de noir à l'exception des franges
blanches de leurs châles de prière.

Vania avait imploré la jeune fille de prendre un jour de congé supplémentaire, mais sa mère lui avait déjà fait perdre trop de temps. Elle s'était donc hâtée de retourner à son bureau afin de rencontrer son nouveau patron. Comment pouvait-on souhaiter être ailleurs que dans l'hôtel particulier de la danseuse étoile, le foyer de la révolution, le point de mire de l'Histoire ?

De sa place, Sashenka entendit le bruissement d'excitation en provenance du rez-de-chaussée. La réunion qui avait lieu dans la salle de bal et à laquelle assistait l'ensemble du Comité central était sur le point de s'achever. Les portes s'ouvrirent ; des éclats de rire, des voix et des pas se rapprochaient.

Sashenka et ses trois compagnes se calèrent sur leurs chaises, arrangèrent leur tenue, déplacèrent pour la centième fois leurs encriers et leurs buvards.

Les portes en verre fumé s'ouvrirent brusquement.

« Bien, Vladimir Ilitch, voici ton nouveau bureau. Toutes tes assistantes t'attendent, prêtes à se mettre au travail », lança Mendel sur le seuil. Il était suivi du camarade Zinoviev, un Juif débraillé aux cheveux crépus, et de Staline, un petit moustachu maigrichon venu de Géorgie.

Les trois hommes s'arrêtèrent devant le bureau de Sashenka. Staline la regarda dans les yeux d'un air amusé. Les Géorgiens avaient une bien charmante façon d'admirer les femmes…

Ces militants semblaient guidés par leur énergie et leur enthousiasme. Zinoviev sentait le cognac,

Staline empestait le tabac. Il tenait une pipe éteinte à la main et une cigarette se consumait au coin de ses lèvres. Ils se tournèrent lorsqu'un petit bonhomme trapu entra en trombe dans la pièce. Chauve, il avait un front proéminent et une barbe rousse bien taillée. Il portait ce jour-là un costume trois pièces des plus bourgeois, une cravate et une montre de gousset. D'une main, il tenait un chapeau melon et de l'autre, une liasse de journaux. Il parlait d'un ton implacable, d'une voix rauque qui trahissait sa bonne éducation.

« Félicitations, camarade Mendel ! s'écria Lénine en observant les jeunes filles. Tout ça me paraît parfait. Où se trouve mon bureau ? Ah oui, par ici. » La table de travail était déjà équipée de papier, d'un encrier et d'un téléphone. « Laquelle est ta nièce, Mendel ?

— C'est moi, camarade, répondit Sashenka en se levant et manquant faire la révérence. Camarade Zeitlin.

— Alors, comme ça, tu arrives tout droit de Smolny, hein ? Tu devais vraiment t'incliner devant l'impératrice le matin ? Bien, bien, nous représentons le prolétariat, les ouvriers de tous les pays mais… nous n'avons rien contre une éducation digne de ce nom, n'est-ce pas, camarades ? »

Sur ces mots, Lénine éclata d'un rire joyeux avant de se diriger vers son nouveau bureau. Soudain, il fit volte-face, son expression à nouveau sérieuse. « Bien, mesdemoiselles, vous travaillez désormais pour moi. Nous n'attendrons pas que le pouvoir se donne de lui-même. Nous allons le prendre à bras-le-corps et réduire nos ennemis en

286

bouillie. Vous devrez être disponibles vingt-quatre heures sur vingt-quatre. Il faudra souvent dormir sur place. Prenez donc vos dispositions. Ah, j'oubliais : interdiction de fumer au bureau ! »

Il pointa Sashenka du doigt. « Bien. Camarade Zeitlin, je vais commencer par toi. J'ai un article à te dicter. Allons-y ! »

DEUXIÈME PARTIE

Moscou, 1939

1

Un tourbillon de poussière s'éleva autour de la limousine. Sashenka vit son mari en bondir comme un acteur de théâtre surgissant d'un nuage de fumée. Un rayon de soleil miroita dans l'éclat des bottes cirées, dans les reflets d'un pistolet à crosse d'ivoire et dans les ganses rouge sang qui bordaient sa tunique bleue si bien repassée.

« C'est moi ! » annonça Vania Palitsine. D'un signe, il ordonna au chauffeur d'ouvrir le coffre. « Sashenka ! Viens avec les enfants. Dis-leur que leur père est rentré. Je leur ai apporté des cadeaux. À toi aussi, chérie ! »

Allongée sur un divan qui se trouvait sur le porche de leur maison de campagne, Sashenka essayait de se concentrer sur les épreuves de son magazine. La villa aux colonnades blanches avait été construite aux abords de Moscou par un magnat du pétrole au tout début du siècle. Mêlés au vent chaud, les parfums du verger lui chatouillaient les narines. Les pommiers et les pêchers en fleurs semblaient une masse mousseuse

291

de pétales légers ; la véranda embaumait le jasmin, la jacinthe et le chèvrefeuille. Derrière la barrière qui les séparait de la datcha voisine, sur un phonographe crépitant, le ténor Kozlovski chantait l'aria de Lenski dans *Eugène Onéguine*. Une voix masculine l'accompagnait de bon cœur.

Parce qu'elle était là depuis un certain temps, Sashenka chantonnait elle aussi. Pelotonné sur ses genoux, Carlo, son fils âgé de trois ans et demi, l'empêchait de lire quoi que ce soit tant il se montrait espiègle et exigeait l'attention de sa mère. Il s'appelait en fait Karlmarx mais, au moment de la guerre civile d'Espagne, il était encore bébé et on avait donné à son prénom une touche plus exotique. « Carlo, il faut absolument que je lise ces pages. Va jouer avec Snowy ! Ou va demander à Carolina de te faire à manger !

— Non ! » répondit-il d'une voix aiguë. Ce joli garçon au visage poupin parsemé de taches de rousseur constellait le visage de sa mère de baisers. Bâti comme un ourson, il n'en prétendait pas moins être un petit lapin. « Je veux rester avec toi, maman. Regarde, mamochka, je te fais des caresses. » Baissant le regard vers son fils, Sashenka admira ses magnifiques yeux bruns et le couvrit de baisers.

« Tu briseras bien des cœurs, mon petit ourson.

— Je ne suis pas un ourson, je suis un petit lapin.

— Entendu, tovaritch Zaïka. Tu es mon camarade Petit Lapin préféré au m...

— Au monde entier ! Et toi, tu es ma copine. »

C'est à cet instant que Sashenka entendit la voiture cahoter dans l'allée.

« Papa est de retour, annonça-t-elle en se redressant.

— Ouvre, hurla le chauffeur.

— J'arrive », répondit le vieux cosaque chargé des chevaux.

Le portail s'ouvrit et la jeune femme aperçut au bout du chemin le corps de garde et les silhouettes en uniforme qui l'entouraient. Ces hommes ne gardaient pas vraiment leur maison – même si Vania était un membre important du Parti à présent – mais Molotov et Jdanov, tous deux membres du Politburo, ou encore le maréchal Budyonny et l'oncle Mendel vivaient dans la même allée.

Conçue sur le modèle des Lincoln américaines profilées, la ZiS verte passa le portail dans un grincement de suspension, soulevant la poussière en se frayant un chemin parmi les poules, les canards et les chiens qui aboyaient à tue-tête. Attaché au portail, le poney des enfants observait la scène d'un air impassible.

« Regarde, camarade Petit Lapin ! C'est papa !

— Je ne veux faire des bisous qu'à ma maman », insista Carlo avant de filer embrasser son père.

Sashenka le suivit au bas des marches. « Vania ! Quelle bonne surprise ! Tu dois mourir de chaud dans ces bottes ! » Là n'était pas la question. Garder ses bottes au bureau en plein été – et la chaleur semblait infernale dans la plaine de Moscou en ce mois de mai – relevait du machisme militaire typiquement bolchevique. Pour tout dire, le camarade Staline ne quittait pas les siennes.

Carlo se jeta dans les bras de son père qui le fit longuement tourner en l'air, au grand plaisir du petit garçon.

« Comment s'est passé le défilé ? demanda Sashenka en admirant le père et le fils, si semblables.

— Tu nous as manqué. Les nouveaux avions sont sublimes. J'ai rencontré Mendel, ainsi que mon nouveau patron et ses Géorgiens. Satinov a dit qu'il passerait plus tard...

— L'année prochaine, je tâcherai d'organiser un peu mieux les choses », promit-elle. Elle avait donné sa matinée à Carolina qui souhaitait assister au défilé, mais la gouvernante était déjà de retour. Au début, Sashenka avait regretté de ne pas pouvoir se rendre sur la place Rouge pour assister au spectacle de la puissance soviétique, avec ses ouvriers de choc, ses soldats et ses athlètes aux uniformes splendides, ses avions et ses tanks. Elle ne ressentait que de la fierté pour l'armée et l'ensemble de ce qui avait été accompli dans le pays depuis 1917. Elle adorait également saluer les hommes du Politburo et du Comité central, mais cette année-là, elle avait préféré rester à la datcha avec ses enfants.

« Est-ce que l'oncle Hercule vient à la fête ? demanda Carlo. J'ai envie de jouer avec lui.

— Papochka dit que oui, mais tu dormiras sans doute déjà, mon petit lapin. »

Vania pressa la taille fine de Sashenka, puis il prit son visage entre ses mains pour l'embrasser.

« Tu es adorable, chérie. Comment vas-tu ? »

Elle se dégagea de son étreinte. « Je suis fatiguée, Vania. Le comité des femmes et les projets pour l'école et l'orphelinat sont épuisants. Il y a eu un problème à l'imprimerie, une stupide erreur de typographie…

— Rien de grave ? »

Percevant l'inquiétude dans le regard de son mari, Sashenka s'empressa de le rassurer. La Grande Terreur avait pris fin mais les coquilles typographiques pouvaient se révéler dangereuses. Personne n'avait oublié le sort du compositeur qui avait écrit « Soline » – l'Homme de sel – au lieu de « Staline » – l'Homme d'acier.

« Non, non, rien de dramatique. Ensuite, Carolina a fait brûler les pirojki, Carlo a fondu en larmes… Qu'est-ce que c'est que tout ça ? s'étonna-t-elle en désignant les paquets restés dans la voiture.

— Un cadeau pour moi ? s'empressa d'ajouter Carlo.

— Patience », répondit Vania en riant. Il commença par dégrafer la sangle de cuir qui lui barrait la poitrine et maintenait en place sa ceinture et l'étui de son arme. Il tendit le tout à son chauffeur, Razum, et retira ensuite sa tunique pour se retrouver en chemise. Ses bretelles retenaient un pantalon bleu à rayures blanches rentré dans ses bottes. Une fois à l'aise, il rejoignit Razum à la voiture pour l'aider à porter trois paquets volumineux enveloppés de papier bleu.

Razum était un ancien boxeur dont le nez avait été cassé au cours d'un combat. Une cicatrice lui barrait la joue droite. Il prétendait la devoir au général Skuro en personne lors de la guerre civile, mais Vania disait en plaisantant qu'il avait traversé une vitre un soir d'ébriété.

Après avoir posé les deux plus petits colis à côté de la ZiS, Vania et Razum portèrent précautionneusement le troisième vers la maison.

« Papochka ! » Snowy, une fillette de cinq ans, sortit de la maison en courant pour venir embrasser son père, qui la souleva pour déposer un baiser sur son front.

« Regarde-moi. Regarde, papa », insista-t-elle en agitant son coussin préféré en l'air. La petite fille avait une foule d'« amis » coussins.

« Nous ne te quittons pas des yeux, ma chérie, répondit Sashenka. Montre ta danse du coussin à papa. »

Grande et fine pour son âge, Snowy avait les yeux bleus, les lèvres roses et le teint très pâle, ce qui lui avait valu son surnom[1]. Sashenka n'arrivait pas à croire qu'elle et Vania aient pu donner naissance à une si jolie créature mais il fallait pourtant admettre que la petite fille ressemblait un peu à son grand-père maternel, Samuil Zeitlin, ex-baron, ex-profiteur dont on avait perdu la trace. Prise d'un accès de tristesse, Sashenka ne put s'empêcher de se demander où son père se trouvait. Personne ne savait s'il vivait encore et un bolchevik ne posait pas ce genre de question.

---

1. Snowy est dérivé de Snow (la neige) et signifie Neigeux, Enneigé. (*N.d.T.*)

Snowy se mit à cabrioler en secouant son coussin. «Regarde, papochka. Elle te plaît, ma nouvelle danse du coussin?» Comme toujours, elle termina ses bonds joyeux par «Hue dada, hue! Allez, hue dada, hue!» Vania éclata de rire et Sashenka applaudit sa fille qui représentait, à ses yeux, la perfection même.

«Regardez!» lança l'enfant. Elle s'élança à la poursuite d'un papillon rouge en faisant semblant de voleter, battant des bras comme s'il s'agissait d'ailes.

«Tu pourrais faire partie du Bolchoï! la félicita Vania. Une véritable artiste du peuple!» Snowy se précipita vers son père et se mit à sauter sur place avec tant d'insistance et d'exubérance qu'il la prit à nouveau dans ses bras.

«Alors, qu'as-tu fait aujourd'hui, Snowy?

— Je ne m'appelle pas Snowy. Tu nous montres les cadeaux, papochka?

— D'accord, Snowy, heu... Volia.»

Le prénom Volia signifiait à la fois Liberté et Volonté, un hommage à la Volonté du peuple, un des premiers groupes révolutionnaires.

Sashenka reconnaissait sa chance: Vania était un père tellement aimant! En cette rude période de lutte, la tendresse n'était guère à la mode chez les dirigeants du Parti, même si, d'après Satinov, Staline en personne aidait tous les soirs sa fille Svetlana à faire ses devoirs. Sashenka et Vania formaient une équipe typiquement soviétique: ils partageaient les tâches autant que possible, travaillaient tous deux sans relâche et, fait rare, se montraient l'un et l'autre très attachés à leurs enfants. Cela dit, comme l'avait fait remarquer le camarade Kaganovitch, l'homme de confiance de Staline, « élever des enfants dans la tradition soviétique est aussi important que liquider des espions ou lutter contre le fascisme. Une bonne épouse soviétique doit s'occuper de son mari et de sa famille ».

Carolina, la gouvernante, apparut. C'était une Allemande de la Volga au visage anguleux et au chignon grisonnant qui faisait également office de cuisinière.

« Tu dois mettre un chapeau, Snowy, la gronda-t-elle, sinon, tu vas attraper un coup de soleil, comme ton frère. »

Vania reposa sa fille par terre. « Bien. Il est temps d'ouvrir les cadeaux, lança-t-il. Commençons par le plus gros, pour votre adorable mère. » Aidé de Razum, il hissa le volumineux paquet sur la véranda. « Et voilà ! Tu peux l'ouvrir, Sashenka.

— Je peux le faire à sa place ? demanda Snowy en sautillant sur place.

— Non, moi ! s'écria Carlo en se débattant pour quitter les bras de sa mère.

— Demandez la permission à votre mère, répondit Vania en souriant à sa femme. C'est son cadeau du 1er Mai.

— Bien sûr, vous pouvez l'ouvrir tous les deux.

— Dans ce cas, venez, camarades Coussin et Petit Lapin », leur proposa leur père. Les deux enfants déchirèrent frénétiquement l'emballage et, soudain, sous un soleil brûlant, apparut un somptueux réfrigérateur couleur crème, doté de poignées en acier inoxydable et des mots *General Electric* inscrits en lettres chromées sur la porte.

« Alors ? Heureuse ? »

Sashenka était enchantée. Ce réfrigérateur allait apporter un réel changement dans leur vie à la datcha, surtout par cette chaleur. Elle serra Vania dans ses bras, dont elle évita le baiser en tournant légèrement le visage pour lui offrir sa joue. « Merci, Vania. Mais où diable l'as-tu trouvé ?

— Eh bien, c'est un cadeau du commissaire du peuple à l'Intérieur, en récompense de nos bons et loyaux services. Il m'a dit que Staline en personne avait approuvé la liste des bénéficiaires. »

Derrière eux, les employés de maison admiraient eux aussi le réfrigérateur américain.

Pendant ce temps, Snowy et Carlo déballaient déjà les autres boîtes pour découvrir un cadre en métal, des roues, un guidon…

« Un vélo ! s'exclama Snowy.

— Quelle chance, Snowy ! C'est exactement ce que tu voulais recevoir pour le 1er Mai, dit Sashenka en croisant le regard de Vania. Tu es un père merveilleux, lui avoua-t-elle. Merci pour ces somptueux cadeaux ! » Sur ce, elle prit sa fille par la main. « Remercie ton si gentil papochka, Snowy.

— Je ne m'appelle pas Snowy ; je m'appelle Coussinette ! s'écria la fillette. Merci, papochka, ajouta-t-elle en trottinant pour aller l'embrasser.

— Il faut également remercier le Parti et le camarade Staline, expliqua Sashenka, mais les enfants tentaient déjà de trouver leur équilibre sur leurs nouvelles bicyclettes.

— Merci, camarade St… » En milieu de phrase, la fillette fila poursuivre un nouveau papillon. Son frère s'essaya au vélo et tomba, ce qui engendra des larmes, des câlins et des coupes de glace, idéales pour consoler les enfants.

En milieu d'après-midi, il faisait si chaud à l'extérieur que seul un loriot chantait. La forêt de pins qui les entourait bourdonnait de bruissements estivaux ; des voix chuchotaient, des verres tintaient, des chevaux hennissaient.

Allongée dans son hamac, Sashenka regardait son époux qui, torse nu, fabriquait des roulettes pour la bicyclette de Carlo à partir de pièces d'un vieux landau. Quelle ingéniosité ! Vania travaillait depuis l'enfance, ils s'étaient d'ailleurs rencontrés aux usines Poutilov de Leningrad où il était tourneur. À l'époque, elle avait seize ans et lui quelques années de plus. Il n'y avait eu entre eux ni cour sentimentale, ni déclaration niaise, ni philistinisme bourgeois, ni libéralisme pourri ; ils étaient trop occupés à faire la révolution. Ils avaient simplement décidé de s'unir et ne s'étaient rendus au bureau des mariages qu'après le déménagement du gouvernement à Moscou. La guerre civile avait suivi. Sashenka avait travaillé pour le Parti et pris des cours du soir. Ils étaient partis ensemble à la campagne pour convaincre les paysans récalcitrants de collectiviser leurs petites fermes. Ils avaient partagé un garni dans la maison du soviet où ils vivaient avec d'autres couples et ne possédaient absolument rien. Elle ne parvenait pas à croire qu'elle approchait déjà de la quarantaine. L'institut Smolny pour les jeunes imbéciles lui paraissait dater du Moyen Âge.

Dans le jardin d'à côté, le voisin changea de disque et se mit à entonner une chanson entraînante de Dunaevsky, tirée du film de jazz *Les Joyeux Garçons*.

« Dunaevsky passera peut-être prendre quelques *zakouski* plus tard, annonça Sashenka à son mari. Avec Utesov et quelques nouveaux écrivains. C'est oncle Gideon qui les amènera. Il pourrait même persuader Benia Golden de venir.

— Qui ça ? demanda Vania, le front plissé sous l'effort requis pour serrer les boulons qui reliaient les roulettes au vélo.

— L'auteur dont j'ai récemment découvert les nouvelles sur la guerre d'Espagne. »

Vania haussa les épaules. Sashenka aurait aimé que son mari s'intéressât davantage aux chanteurs, aux écrivains et aux acteurs de cinéma. Elle adorait les artistes – et pourquoi pas, d'ailleurs ? – tandis que son mari les considérait comme une « bande d'irresponsables tapageurs… et ton oncle Gideon est le pire du lot ». Il préférait les cadres du Parti et les militaires, elle le savait, mais ils se montraient parfois si rigides et si barbants… Et c'était pire depuis la Grande Terreur. D'ailleurs, en tant qu'éditrice d'un magazine lu par les épouses de tous les cadres, ainsi que les appelaient les dirigeants du Parti, elle se devait de connaître des vedettes étincelantes.

« De toute façon, ajouta-t-elle, oncle Mendel et Satinov viennent aussi. Tu pourras parler de politique.

— Combien de personnes as-tu invitées ? demanda-t-il en vérifiant la stabilité de la bicyclette.

— Je ne sais pas exactement, répondit-elle d'un ton rêveur. C'est une grande maison... »

Ils bénéficiaient de la datcha depuis peu et, malgré elle, Sashenka y retrouvait les bruits et les parfums de Zemblishino, le domaine familial où Mendel l'avait convertie au marxisme.

On leur avait assigné la datcha l'année précédente, en même temps que l'appartement sur Granovski et le chauffeur. La purge du Parti avait été un processus brutal et sanglant. Beaucoup avaient raté le coche et s'étaient retrouvés condamnés à mort, « le châtiment suprême » selon la terminologie officielle. De nombreux amis de Sashenka qui se prétendaient communistes s'étaient révélés être des traîtres, des espions, des saboteurs, des trotskistes ou des fascistes. Ces camarades une fois disparus dans ce qu'on appelait le « hachoir à viande », Sashenka, comme les autres, avait supprimé leurs photographies de ses albums, en grattant leurs visages. Vania et elle avaient d'ailleurs été inquiétés, alors que leur engagement en faveur de la révolution ne faisait aucun doute. Leur mariage était typiquement communiste : ils partageaient la même foi dans le Parti et ne vivaient que pour lui. Tant de choses les unissaient. Même si, se surprit-elle à songer, le temps passant, leurs goûts divergeaient toujours davantage.

Fort heureusement, la Grande Terreur était finie. Ils pouvaient à nouveau respirer. Le pays réunifié se tenait prêt pour la guerre qui s'annonçait contre le fascisme hitlérien.

Vania se leva pour appeler Snowy, qui arriva en trottinant tandis que le petit Carlo la suivait, essayant de ne pas se faire distancer.

« Vos bicyclettes sont prêtes. » Il installa sa fille sur la selle. « Doucement, camarade Coussinette, lentement… pas trop vite. Les pieds sur les pédales, appuie dessus…

— Je veux faire comme elle ! s'écria le garçonnet.

— Un instant, mon grand. Carlo… Oh ! Ne t'inquiète pas, mon ourson, je te tiens.

— Je ne suis pas un ourson, je suis un petit lapin, papochka ! » hurla l'enfant, hors de lui. Ses parents éclatèrent de rire. « Arrête de rire, maman, tu es bête ! »

Sashenka se contenta de sourire ; son cœur débordait d'amour pour son fils. Peu importait qu'il soit grossier à son égard tant qu'il se montrait correct envers son père, car ce dernier s'emportait très facilement.

« Attention, mon petit lapin ! » le prévint-elle. Mais c'était trop tard. Voulant à tout prix rattraper sa sœur, il était parti trop vite, avait fait une embardée pour éviter une poule et s'était retrouvé par terre à côté du vélo.

« Je veux ma maman », hurla-t-il entre deux sanglots.

Sashenka le prit dans ses bras, ce qui stoppa instantanément ses larmes, mais il insista pour retourner sur son engin.

« Regardez-moi ! Regardez-moi, papochka et mamochka ! » Il était reparti.

« Mais nous ne te quittons jamais des yeux », murmura sa mère avec tendresse. En se retournant, elle vit que Snowy maîtrisait déjà sa bicyclette. D'un air triomphant, la fillette en descendit d'un bond et se mit à danser en agitant son coussin.

« Bien, il fait trop chaud et je meurs de faim, annonça Vania. Le soleil brûle. Je veux que vous rentriez tous immédiatement vous mettre à l'ombre. »

2

Une heure plus tard, Sashenka était assise par terre, jambes croisées. Elle jouait avec ses enfants dans la nursery, près de laquelle étaient affichés les portraits de Lénine et de Staline. Dans la cuisine, Vania et Razum se disputaient au sujet du match de football qui opposait le Dynamo de Moscou au Spartak. Le Dynamo avait affreuse- ment mal joué et le Spartak avait commis une faute contre le buteur adverse qu'on avait dû évacuer du terrain. L'arbitre n'avait pourtant pas expulsé le joueur incriminé.

« C'est peut-être un saboteur ! plaisanta Razum.

— À moins que, tout simplement, il n'ait besoin de lunettes. »

Personne n'aurait osé faire de l'humour sur un saboteur six mois auparavant. Certaines personnes avaient été arrêtées et fusillées pour moins que ça. Le directeur du zoo de Moscou avait fini en garde à vue pour avoir empoisonné une girafe soviétique ; un élève de l'école 118 avait été arrêté pour avoir lancé une fléchette qui avait atterri par

305

mégarde sur une affiche représentant Staline. Dès qu'un de leurs amis était arrêté, Vania fermait la porte de la cuisine pour que les enfants n'entendent pas et murmurait son nom. S'il s'agissait d'une célébrité telle que Boukharine, il haussait les épaules : « Nos ennemis sont partout. » En revanche, s'il s'agissait d'un ami avec qui ils avaient passé leurs vacances à Sotchi par exemple, Sashenka était stupéfaite et troublée. « Les organes du pouvoir doivent savoir quelque chose mais...

— Il y a toujours une raison, répondait son mari. C'est indispensable.

— Les masques que portent les gens ! La malhonnêteté de nos ennemis est difficile à imaginer. Snowy devait aller jouer avec leurs enfants...

— Annule sa visite, rétorquait Vania d'un ton péremptoire, et n'appelle surtout pas Elena. Fais attention ! » Il lui baisait ensuite le front et le sujet était clos.

« On ne peut pas faire la révolution en portant des gants de soie », avait dit le camarade Staline, et Sashenka se le répétait quotidiennement. Mais à présent, il avait annoncé au XVIIIe congrès que les ennemis du peuple étaient tous tombés. Iejov, le fou à la tête de la police secrète, avait été limogé et arrêté pour ses excès tandis que le nouveau commissaire du peuple à l'Intérieur, Lavrenti Beria, avait ramené la justice et la mesure.

Les bières associées à la chaleur rendaient les échanges verbaux de Vania et de Razum de plus en plus difficiles à comprendre. Les deux hommes s'esclaffaient en repensant à un but que Vania avait marqué pour leur équipe d'amateurs. Sashenka ne comprenait pas leur engouement pour le football. Elle et son mari n'avaient décidément rien en commun : il était ouvrier d'origine paysanne tandis qu'elle avait reçu une éducation bourgeoise. Cela dit, les contraires s'attirent, ce qui est parfait pour un mariage. Elle avait la chance d'avoir un époux gentil et reconnu de tous, ainsi que deux magnifiques enfants, des chauffeurs, des voitures, cette datcha idyllique et, à présent, un réfrigérateur américain.

En fin d'après-midi, Carolina commença à mettre la table sur la véranda pour le dîner. Habituée à organiser une fête tous les ans pour le 1er Mai, Sashenka avait planifié la soirée à l'avance. Oncle Gideon amènerait ses amis de la canaille et ferait certainement des propositions malhonnêtes à la mauvaise personne. Des gloussements se firent entendre. Carlo venait d'empoigner le coussin tant aimé de Snowy qui le poursuivait sans relâche de la nursery au salon et du salon à la nursery. Ils riaient tous deux à perdre haleine.

Sashenka se dirigea vers la véranda en chantonnant.

Soudain, elle s'arrêta, prise d'un accès de bonheur si intense qu'il en devenait presque effrayant. Elle se trouvait du bon côté de l'Histoire : riche de ses énormes aciéries et de ses milliers d'avions et de tanks, l'Union soviétique était puissante ; on aimait et on admirait le camarade Staline. Le Parti avait réussi tant de choses ! Quelle époque enchantée ! Qu'aurait pensé son grand-père le rabbin de Turbin en exil à New

York de son bonheur vertigineux ? « Ne tente pas le destin. » Voilà ce qu'il lui aurait conseillé. Tout ce délire sur le mauvais œil, le Dibbouk et les golems ! Tout ça n'était pourtant que superstitions moyenâgeuses ! Il y avait tant de choses à célébrer.

« Avons-nous de la vodka ? lança-t-elle à Vania.

— Oui. Et j'ai rapporté une caisse de vin de Géorgie. Il est dans le coffre de la voiture.

— Eh bien, dans ce cas, sers-m'en un verre ! Et mets donc le jazz-tango d'Utesov sur le Gramophone. »

Ses enfants et son mari la rejoignirent sur la véranda. Vania souleva Snowy pour la faire danser et Sashenka serra son fils contre elle en chantonnant au son du Gramophone. Au même instant, le père et la mère renversèrent leurs enfants tête en bas avant de se remettre à danser comme si de rien n'était. Les petits riaient, s'en donnaient à cœur joie. Combien de camarades dansent avec leurs enfants comme nous le faisons ? s'interrogea Sashenka. La plupart d'entre eux sont d'un ennui...

3

Le soleil se couchait, baignant le jardin d'une
lumière mauve qui rappelait aux Moscovites tous
les étés passés dans leurs datchas. La fête démarra
à dix-neuf heures et, comme l'avait prédit
Sashenka, son oncle Gideon arriva le premier,
accompagné de quelques amis, les célèbres
chanteurs de jazz Utesov et Tseferman, ainsi que
sa dernière conquête, Macha, une jeune actrice à
la moue boudeuse qui travaillait au théâtre Maly.

Bien qu'il ait vieilli, Gideon était aussi costaud
et aussi exubérant qu'autrefois. Ce soir-là, il portait
une blouse et un béret bleu de Paris, un cadeau
que lui aurait offert son ami Picasso, à moins que
ce ne fût Hemingway. Gideon prétendait connaître
tout le monde – les danseuses, les pilotes, les
acteurs, les écrivains – et Sashenka lui faisait
confiance pour amener chez elle tous ces fabuleux
artistes en ce soir de 1er Mai.

Oncle Mendel, toujours habillé trop chaude-
ment pour la saison, arriva à l'heure, avec sa
femme Natacha, et leur fille Lena, une jolie

étudiante qui avait hérité des yeux bridés et de la peau d'ambre de sa mère.

Mendel engagea aussitôt la conversation avec Vania. « Les Japonais cherchent la bagarre, dit-il.

— Je vous en prie, ne parlez pas de politique ce soir, les implora Lena en tapant du pied.

— Dans ce cas, je ne vois pas de quoi je pourrais parler, ma douce, protesta son père de sa voix de stentor.

— C'est bien le problème ! » s'écria la jeune femme.

L'allée fut bientôt envahie de ZiS, de Buick et de Lincoln que leurs chauffeurs tentaient de garer sur le bas-côté. Sashenka supplia Razum de mettre de l'ordre dans tout ça, mais ce dernier était déjà ivre. Il se mit donc à crier, à montrer plusieurs directions à la fois, à taper sur le toit des véhicules et finit par servir de la vodka aux autres chauffeurs, qui entamèrent la fête de leur côté. L'embouteillage empira et les chauffeurs entonnèrent des chansons lestes, au grand amusement de Sashenka. L'ébriété de Razum faisait partie de ses soirées.

À l'intérieur, la maîtresse de maison convia ses invités à se servir au buffet. Ils remplirent leurs assiettes des zakouski qu'on leur présentait : des pirojki, des blinis, du hareng et de l'esturgeon fumés, des côtelettes de veau. Ils burent de la vodka, du cognac, du vin et du champagne de Crimée. Sashenka ne savait plus où donner de la tête mais elle était ravie de sa soirée, en particulier de rencontrer les nouveaux amis de Gideon.

« Alors, c'est ta nièce, Gideon ? demanda Len Utesov, le chanteur de jazz d'Odessa qui ne lui lâchait plus la main. Quelle beauté ! Je suis sous le charme. Accepteriez-vous de quitter votre mari et de m'accompagner en Extrême-Orient pour ma tournée ? Non ? Elle ne veut pas, Gideon ! Que puis-je faire ?

— Nous adorons vos chansons, répondit Sashenka, enchantée d'être le centre de l'attention et d'avoir choisi une si jolie robe d'été. Vania, mets donc le disque de Len sur le Gramophone.

— Pourquoi écouter le disque, s'écria Gideon, quand vous pouvez écouter l'artiste ?

— Calme-toi, mon oncle, ou je te réserve la plonge, le taquina Sashenka en rejetant en arrière sa crinière brune aux reflets d'or.

— Avec Carolina ? rugit-il, pourquoi pas ? Je ne suis pas difficile ! »

Vania demanda le silence pour lever son verre au 1er Mai et à « notre cher camarade Staline ».

Tandis que le jour baissait, Utesov se mit à jouer quelques accords au piano puis Tseferman se joignit à lui. Ils chantaient bientôt des chants de prisonniers d'Odessa. Oncle Gideon les accompagnait à l'accordéon. Le pianiste du théâtre d'Art de Moscou joua à son tour. L'écrivain Isaac Babel au regard si espiègle derrière ses petites lunettes rondes s'appuya sur le piano pour le contempler. « C'est toujours la fête quand Babel est là ! » expliqua Gideon.

Sashenka avait adoré les nouvelles de son recueil *La Cavalerie rouge* et admiré sa façon de voir les choses. « Babel est notre Maupassant », avait-elle dit à Vania quand elle le lui avait présenté, mais son mari s'était contenté de hausser les épaules et de retourner dans son bureau. Elle resta avec les musiciens, cajolant dans ses bras Carlo qui ne voulait pas aller se coucher. Quant à Snowy, elle dansait et virevoltait dans une superbe robe de soirée rose, agitant toujours son inévitable compagnon.

Au son des chants de la mer Noire, les invités de Sashenka bavardaient, chantaient à tue-tête, fumaient ou flirtaient. Pour les écrivains en ample costume crème, les hommes du Parti en tuniques blanches assorties, un pilote en uniforme – l'un des aigles de Staline – et les actrices en robe de soie décolletée *à la** Schiaparelli, embaumant un parfum Coty, ce 1er Mai avait commencé avec le défilé sur la place Rouge et s'achevait dans une bacchanale typiquement soviétique. Où qu'il soit, le camarade Staline festoyait également et levait son verre à la révolution. Vania avait dit à Sashenka qu'après le défilé les dirigeants étaient allés boire un verre et manger des zakouski derrière le mausolée de la place Rouge, avant d'aller déjeuner tout l'après-midi chez le maréchal Vorochilov et de faire ribote dans une datcha des faubourgs jusqu'au petit jour.

Légèrement ivre de champagne et encore tendue sous l'effet de l'allégresse ambiante, Sashenka fit quelques pas dans le jardin pour s'allonger dans son hamac tendu entre deux pommiers noueux. Le monde semblait tournoyer autour d'elle.

« Sashenka ? » C'était Carolina. Sous des dehors froids et austères, la gouvernante se montrait très aimante et attentionnée avec les enfants. Sashenka l'avait d'ailleurs choisie avec soin. « Ne devrait-on pas coucher les enfants ? Carlo est épuisé. Il est encore si jeune. »

Sagement assis sur une chaise, l'enfant contemplait les musiciens les yeux lourds de sommeil. Oncle Gideon jouait de l'accordéon pour Snowy, en criant : « Bravo, petit coussin ! Hourra !

— Mon coussin, mon petit coussin, mon joli coussin danse avec oncle Gideon, chantonnait la fillette dans son monde à elle. Hue dada ! Hue ! Allez, hue dada ! Hue !

— Merci, Carolina, répondit Sashenka. Nous les mettrons au lit dans une minute. Ils s'amusent tellement. » L'heure du coucher était passée depuis longtemps mais quand ils seraient plus grands, ils pourraient se vanter d'avoir vu Utesov et Tseferman chanter ensemble des chants de la mer Noire : « Parfaitement ! En 1939, au cours de la deuxième année du plan quinquennal, à cette époque joyeuse qui a suivi la collectivisation et les années de lutte. Dans notre datcha… ! »

Sashenka se félicita du succès de sa *soirée**. Pourquoi étaient-ils tous venus chez elle ? Parce qu'elle était rédactrice en chef ? Parce qu'elle était une Soviétique cultivée connue pour son *partii-nost*, son engagement absolu pour le Parti ? Parce que les hommes la trouvaient séduisante ? On n'avait jamais autant fait attention à elle, songea-t-elle, enchantée de porter la robe de lin blanc qui mettait en valeur ses épaules bronzées. Sans oublier l'attrait que représentait la position de pouvoir de son mari. Cela fascinait tous les écrivains !

Soudain, son hamac fut secoué. « Alors, voici la rédactrice en chef du célèbre magazine *La Femme soviétique et l'Économie domestique prolétarienne*, susurra une voix moqueuse.

— Vous m'avez fait une de ces peurs ! Quelle idée de surgir de cette façon ! dit-elle en riant, essayant dans le même temps de se retourner pour découvrir qui l'avait ainsi surprise. Vous devriez traiter une rédactrice en chef avec tout le respect soviétique qui lui revient ! D'ailleurs, qui êtes-vous ? demanda-t-elle en retrouvant l'équilibre, agréablement prise de vertiges.

— Vous ne m'avez pas invité, mais je suis venu quand même car j'ai entendu dire le plus grand bien de vos soirées. Tout le monde y vient. Ou presque.

— Vous voulez dire que j'ai oublié de vous inviter.

— Exactement. Cela dit, je suis rarement libre.

— Vous n'avez l'air ni particulièrement débordé ni d'avoir la langue dans votre poche, rétorqua-t-elle. Dans ce cas, pourquoi venir ?

— Je vous laisse trois chances de deviner qui je suis.

— Vous êtes un ingénieur des mines de Youzovka ?

— Non.

— Un pilote, un héros, l'un des aigles de Staline ?

— Non. Il ne vous reste plus qu'une proposition à faire.

— Vous êtes un apparatchik important de Tomsk ?

— Vous me faites de la peine, murmura-t-il.

— Bien. Dans ce cas, vous êtes Benia Golden, l'écrivain. Mon terrible oncle Gideon m'a dit qu'il vous ferait venir et j'adore vos nouvelles sur l'Espagne.

— Waouh ! Ça alors ! s'écria-t-il en anglais mâtiné d'un fort accent américain. J'ai toujours rêvé d'écrire pour *La Femme soviétique et l'Économie domestique prolétarienne*. Ce serait le couronnement de ma vie.

— Vous vous moquez de moi, soupira-t-elle en rougissant. Cela dit, nous avons en effet besoin d'un texte pour cet automne. Par exemple "Comment préparer les gâteaux au chocolat Enfance heureuse et les bonbons Union soviétique : des délices goûteux et nutritifs idéaux pour la famille soviétique". Si ce sujet ne vous inspire pas, que diriez-vous de rédiger mille mots sur le nouveau parfum Place Rouge, une création de la camarade Polina Molotov ? Ne riez pas, je suis on ne peut plus sérieuse.

— Loin de moi cette idée. De nos jours, on ne rit plus sans avoir pesé le pour et le contre. Surtout lorsqu'il s'agit de l'eau de toilette de la camarade Polina qui, comme toute Soviétique le sait, est à lui seul une révolution dans la parfumerie.

— Mais vous traitez des guerres, d'ordinaire, souligna Sashenka. Vous pensez-vous capable, pour une fois, d'aborder un sujet *vraiment* sérieux ?

315

— Ceux que vous me proposez sont de véritables défis, camarade rédactrice en chef, et je sais que vous ne railleriez pas un pauvre écrivaillon.

— Certes. Vos textes se vendent très bien. »

Un long silence suivit que Benia Golden n'interrompit que pour changer de sujet. « Dois-je rester debout face à vous ou m'autorisez-vous à m'asseoir à votre côté ?

— Je vous en prie. » La jeune femme fit une petite place dans le hamac à son invité qui la fixait intensément de ses yeux bleus piquetés d'or. Ses cheveux blonds se raréfiaient et, dans les lueurs roses du couchant, ses cils paraissaient plus longs encore. C'était un Juif de Galicie, Sashenka le savait et se rappelait les paroles de sa mère : « Les Galiciens ne sont que des fripons et des gredins. Pires que les Lituaniens. » Et Ariadna savait sans doute de quoi elle parlait. Sashenka se sentit soudain mal à l'aise en sa présence. L'écrivain avait quelque chose d'impudent.

Gênée, elle se déplaça sur le hamac. Ce qui avait commencé comme un échange léger l'irritait à présent.

« J'ai une idée d'article, suggéra Benia. Que diriez-vous de "Le parfum pour dames Place Rouge et les bas Confection moscovite : de leur effet troublant sur les ouvriers et les stakhanovistes des aciéries de Magnitogorsk qui vivent dans la plus grande promiscuité" ? Ça, ça devrait faire parler », ajouta-t-il en éclatant de rire.

Il devait être complètement soûl pour tenir des propos aussi déplacés.

« Votre idée ne me tente guère, répondit Sashenka d'un ton froid, avant de se lever du hamac.

— Tiens ! Vous vous conduisez à présent en vraie mère de famille soviétique, se moqua-t-il en allumant une cigarette.

— Je me conduis comme bon me semble chez moi. Votre plaisanterie était non seulement grossière mais également antisoviétique. Je crois donc qu'il est temps pour vous de partir. »

Sur ces mots, elle fila vers la datcha, prise d'une colère qui la faisait trembler de rage. L'espace de quelques instants, impressionnée par la présence d'une telle célébrité chez elle, elle avait baissé la garde, mais la rigueur de son engagement politique venait de la dégriser. Cet homme vulgaire et méprisant se trouvait-il chez elle par hasard ou avait-il été envoyé pour la provoquer avec une plaisanterie qui pouvait mener toute sa famille à sa perte ? Pourquoi son arrogance alcoolisée et ses avances insistantes l'énervaient-elles tant ? Ne craignait-il pas le pouvoir de Vania ? Sashenka se sentit d'autant plus inquiète et perturbée que son bonheur lui paraissait soudain bien fragile.

Quittant la pénombre du jardin pour approcher de la maison illuminée, elle aperçut Carlo endormi dans le grand fauteuil placé près du piano. Avec son petit nez retroussé et ses yeux clos, il était adorable. Quant à Snowy, assise sur les genoux d'oncle Gideon, elle tentait de lui fourrer l'extrémité de son coussin rose dans la bouche pour l'empêcher de discuter avec Utesov d'*Alexandre Nevski*, le dernier film d'Eisenstein. La très jeune actrice qu'avait amenée Gideon, et qui se tenait à côté d'eux, absorbait bouche bée les remarques de son cavalier sur les auteurs célèbres, les belles femmes et les villes lointaines.

« Oncle Gideon ?

— J'ai fait une bêtise ? demanda-t-il en feignant d'être terrorisé.

— Je n'apprécie guère ton ami Golden. Je veux qu'il s'en aille », déclara Sashenka en prenant Carlo dans ses bras. Elle ne put s'empêcher de l'embrasser avec délicatesse pour ne pas le réveiller.

« Allez, Snowy, c'est l'heure d'aller au lit, s'écria Carolina en sortant soudain de nulle part.

— Je ne veux pas dormir ! Je n'ai pas sommeil, se mit à hurler la fillette. Je joue avec Gideon. »

Son grand-oncle intervint aussitôt. « Même moi, à ton âge, je devais aller me coucher ! »

Sashenka se sentit soudain lasse.

« Ne fais pas l'enfant gâtée, Snowy, dit-elle. Aujourd'hui, tu as reçu un très beau cadeau, nous t'avons laissée veiller tard et maintenant tu es fatiguée.

— Tu es très bête, maman ! Je ne suis pas fatiguée et je veux un câlin d'oncle Hercule ! » hurla Snowy en tapant du pied, ce qui déclencha l'hilarité de sa mère.

Sashenka fit un détour par le bureau de Vania pour qu'il embrasse ses enfants. Assis derrière un bureau doté de trois téléphones en Bakélite, dont l'un était la toute nouvelle *vertouchka* orange, la ligne directe avec le Kremlin, son mari se disputait avec Mendel, l'un des rares anciens bolcheviks élus au Comité central lors du Congrès des vainqueurs de 1934 à avoir été réélu au XVIIIᵉ congrès. Les autres, pour la plupart, avaient été happés dans le hachoir à viande. Les deux hommes parlaient de musique et débattaient des mérites du jazz soviétique et du jazz américain. L'un appréciait Utesov et Tseferman tandis que l'autre préférait Glenn Miller.

« Enfin, Vania ! trompeta Mendel. Le jazz soviétique est le reflet de la lutte du prolétariat russe.

— Et le jazz américain celui de la lutte des Noirs contre les capitalistes blancs des...

— Je n'irai pas me coucher ! hurla Snowy en se roulant par terre.

— Au lit ! Sinon c'est une gifle ! lança son père d'un ton autoritaire. Allez, obéis, insista-t-il en la poussant dehors.

— Oui, camarade papa, obtempéra la fillette soudain assagie. Bonne nuit, papochka ; bonne nuit, oncle Mendel », dit-elle avant de filer.

Carlo dans les bras, Sashenka emboîta le pas à Snowy, non sans avoir remercié son mari d'être intervenu.

Une portière de voiture claqua ; un pas alerte résonna sur la véranda. Très élégant en tunique blanche et bottes crème, l'ami de la famille Hercule Satinov, passa la tête par la porte.

« Où est ma petite Snowy ? Ne dites surtout pas à Coussin que je suis arrivé !

— Oncle Hercule ! » s'écria la fillette en réapparaissant aussitôt dans la pièce, bras grands ouverts, prête à le couvrir de baisers.

Sashenka embrassa son ami trois fois, ce qui gêna beaucoup sa fille. « Bienvenue, Hercule. Snowy mourait d'envie de te revoir. Mais maintenant que c'est fait, mademoiselle va aller au lit ! Dis bonne nuit au camarade Satinov.

— Mais maman, Coussin et moi, on veut jouer avec Hercule, l'implora la petite.

— Au lit ! Tout de suite ! » cria Vania, et Snowy détala dans sa chambre.

Le moins qu'on puisse dire, songea Sashenka, c'est qu'Hercule Satinov avait embelli avec les années. Ses cheveux d'un noir de jais grisonnaient à peine. Se souvenant de la sollicitude dont Vania et lui avaient fait preuve à la mort d'Ariadna, elle le regarda serrer son époux dans ses bras avant de remarquer qu'il se contentait de serrer froidement la main de Mendel.

« Joyeux 1er Mai, camarades ! lança-t-il avec un accent géorgien très prononcé. Désolé de mon retard, je devais finir quelques articles place Staraïa. » Après avoir aidé à diriger le Caucase, Satinov travaillait à présent au secrétariat du Parti dans le quartier général de granit gris situé place Staraïa, en haut de la colline qui surplombait le Kremlin.

« Quelle soirée, Sashenka ! Les deux chanteurs de jazz ensemble ? Même aux réceptions en l'honneur de nos dirigeants, je n'ai jamais vu ça. J'espère que tu ne m'en voudras pas, Vania, mais quelques amis géorgiens se sont invités. Ils devraient arriver d'ici peu. »

4

« Tu n'es pas censé être parti ? demanda Gideon en surgissant devant Benia Golden qui fumait sur la véranda. Espèce d'abruti !

— Chut, Gideon ! Tu as entendu ce qu'a dit Satinov ? Des Géorgiens vont venir ! Qui ? Des gens importants ?

— Comment veux-tu que je le sache, *schmendrik* ! Sans doute des chanteurs, des cuisiniers ou des danseurs ! »

Gideon tira Benia par la manche pour l'emmener dans les profondeurs du verger. Nerveux, l'écrivain lançait des regards furtifs autour de lui.

« Ici, personne ne peut nous entendre, le rassura Gideon en vérifiant que Razum et les autres chauffeurs continuaient de chanter des chansons lestes au portail.

— S'il ne s'agit que de cuisiniers et de chanteurs, pourquoi m'as-tu traîné jusqu'ici et pourquoi chuchotes-tu ? »

Dans le ciel rougeoyant, une chouette se mit à hululer. Le doux parfum des arbres en fleurs s'échappait du verger. Gideon appréciait beaucoup Benia Golden dont il admirait les écrits. Ils aimaient tous deux les femmes mais Gideon le reconnaissait : « Je suis un animal tandis que Benia est un romantique. » Il passa le bras autour des épaules de son ami.

« Si ces Géorgiens sont des dirigeants, dit-il, moins des gars comme eux en savent sur des gars comme nous, mieux c'est. » Il pensa à son frère Samuil, le père de Sashenka, qu'il imaginait mort depuis bien longtemps, et son cœur se serra si fort que les larmes lui montèrent aux yeux. « Bon, il est temps de partir. Si je chuchote, espèce de schmendrik, c'est parce que tu as offensé ma nièce. Qu'as-tu à dire pour ta défense ?

— J'ai fait une gaffe, c'est vrai. Elle n'a rien d'une *dushenka*, d'une écervelée. Je ne pouvais pas savoir qu'elle était si extraordinaire. Est-elle heureuse en ménage ?

— Abruti ! D'abord, c'est la femme de Vania Palitsine, mon cher Benia. Ensuite, elle n'a jamais posé les yeux sur aucun autre homme ! C'est son premier amour et ils ne se sont pas quittés depuis. Qu'est-ce que tu as fait pour la froisser à ce point ? Tu lui as pincé les fesses ? Tu as suggéré que le maréchal Vorochilov était un imbécile ? »

Benia garda le silence un certain temps. « Les deux, finit-il par admettre.

— Tu es un vrai *schlemiel*, espèce de crétin !

— Gideon, vas-tu m'expliquer la différence entre un schlemiel et un *schlimazel* ?

322

— Le schlemiel finit toujours par renverser son verre sur le schlimazel.

— Et moi, dans tout ça ?

— Tu es les deux à la fois ! s'esclaffa Gideon, ce qui déclencha l'hilarité de son compagnon.

— Le problème, reprit Benia, c'est que je n'ai pas de travail. Ça fait une éternité que je n'ai pas écrit une ligne. Tout le monde le sait, bien entendu. J'ai vraiment besoin que sa revue me commande un article.

— Tu plaisantes ? "Comment organiser un bal masqué pour les ouvriers fêtant les objectifs de production" ? Et ta fierté ?

— Mais qu'est-ce qui m'a pris de me moquer d'elle ? Pourquoi je n'arrive jamais à me taire ? Tu as réussi à me faire peur, Gideon. Elle ne me dénoncera pas, n'est-ce pas ?

— Je n'en ai pas la moindre idée. Ici, nous sommes encerclés par les organes du pouvoir. Il faut se méfier et se comporter en conséquence dans ce genre de maison. La douceur n'y est qu'apparente.

— C'est pour cette raison qu'il fallait que je vienne. Je cherche à comprendre le fonctionnement de ces hommes qui ne vivent que pour le pouvoir et la violence. Or cette Vénus aux yeux gris si mystérieux et si méprisants est au cœur du système.

— Ah, je vois… Tu veux saisir l'essence de notre époque et écrire la *Comédie humaine* ou le *Guerre et Paix* de notre révolution, avec pour héroïne notre princesse Sashenka de la rue Bolchaïa-Morskaïa ? Nous autres, les écrivains, nous sommes tous pareils. La vie de ma nièce est un spectacle en soi, c'est ça ?

— Eh bien… Son parcours est atypique, tu dois le reconnaître. Je les connais tous, les maréchaux, les membres du Politburo et de la police secrète. Certains des tueurs sont aussi délicats qu'une branche de mimosa ; certains de ceux qu'on a écrasés semblaient durs comme l'acier. Chez Gorki, j'ai rencontré le sinistre Iagoda, tu sais ; et au bord de la mer, j'ai joué de la guitare avec Iejov, le tueur fou. » Benia ne souriait plus. Il regardait Gideon d'un air angoissé. « Mais le hachoir à viande, c'est terminé, n'est-ce pas ?

— Selon Staline, la Grande Terreur est passée. Qui suis-je pour ne pas le croire ? répondit Gideon à voix basse. Tu penses vraiment que j'ai survécu si longtemps en posant des questions aussi stupides ? Moi ? Avec mes origines familiales ? Je fais ce que j'ai à faire – je suis le franc-tireur officiel du régime, après tout – et je me console en communiant avec l'alcool et la chair. Depuis trois ans, j'attends qu'ils frappent à ma porte, mais jusqu'à présent, ils m'ont fichu la paix.

— Qui ça, "ils" ? Staline ne pouvait pas savoir ce qui se passait, c'est impossible. Iejov et les tchékistes agissaient de façon autonome, non ? Maintenant que Iejov est parti, le bon Beria a rangé le hachoir à viande et, Dieu merci, Staline a repris les rênes du pouvoir. »

Gideon sentit ses entrailles se tordre : il avait peur. Certes, il se considérait comme un simple journaliste mais, comme tous les écrivains célèbres

324

– Benia, Cholokhov, Pasternak, Babel et même Mandelstam avant sa disparition –, il avait vanté les mérites de Staline et voté en faveur du châtiment suprême pour les ennemis du peuple. Lors des réunions de l'Union des écrivains, il avait levé la main et voté la mort de Zinoviev, de Boukharine et du maréchal Toukhatchevski. « Fusillez-les comme des chiens », avait-il éructé comme les autres. À présent, il comprenait son imprudence à discuter de tels sujets avec Benia qui s'emballait si facilement.

« Iejov n'agissait pas seul ! murmura-t-il. Les ordres venaient de plus haut...

— Comment ça ? Qu'est-ce que tu veux dire ?

— Abstiens-toi d'écrire ce livre sur les organes du pouvoir et ne taquine plus ma nièce au sujet des "cheminées" des ouvrières des aciéries ! Il faut absolument que tu écrives, Benia, n'importe quoi pourvu que ça plaise. On part pour Peredelkino. Fadeïev y organise une fête et c'est lui qui distribue les articles. Tu as intérêt à te montrer poli cette fois-ci. Et ne traîne plus dans les parages si tu veux dégoter du travail un jour.

— Tu as raison. Tu crois que je devrais prendre congé de Sashenka ?

— Tu veux recevoir un coup de genou dans les parties ? Je vais chercher la voiture. Toi, tu retrouves la fille qui est venue avec nous et tu dis à cette jolie poupée qu'on s'en va. »

Quand leur voiture démarra, elle croisa deux Buick noires dans l'allée.

« Ce sont les Géorgiens ? » siffla Benia à l'arrière du véhicule. Macha, quant à elle, se contenta d'allumer une cigarette.

« Ne te retourne pas, tonna Gideon, si tu ne veux pas que nous nous transformions en statues de sel. » Sur ces mots, il appuya sur l'accélérateur et la voiture s'éloigna sur les chapeaux de roues.

5

La fête avait pris fin. La demi-lune répandait une lumière laiteuse sur l'obscurité alourdie de chaleur du jardin. Secoué par des quintes de toux caverneuses, Mendel fumait cigarette sur cigarette. Avec Satinov, son collègue de la place Staraïa, il discutait politique.

Hormis la muflerie de Benia Golden, la soirée avait été une réussite. Dans la pénombre, une silhouette apparut. « Mamochka, je n'arrive pas à dormir », gémit Snowy en agitant son coussin avec tant de charme que Satinov l'applaudit.

Un élan d'amour envahit Sashenka. Elle ne pouvait s'empêcher de céder à tous les caprices de sa fille ; sans doute en réaction à la froideur de sa propre mère. « Viens me faire un petit câlin avant de retourner te coucher ! Ne l'excitez pas trop, vous deux. Surtout toi, Hercule ! »

La fillette se précipita dans les bras de sa mère.

« Cette demoiselle ne dort donc jamais ? gronda Vania.

— Maman, il faut que je te parle.

—Je t'écoute, ma chérie.

—Coussin m'a réveillée pour que je vienne porter un message à Hercule.

—Dis-le-moi à l'oreille et retourne vite dans ton lit avant que papa ne se fâche.

—Je vais me mettre en colère, promit Vania en les prenant toutes les deux dans ses bras pour embrasser sa femme qui caressait la joue soyeuse de la petite.

—Mamochka, qu'est-ce que ces fantômes font ici ? » s'étonna Snowy en montrant le jardin du doigt.

Sashenka se retourna pour regarder par la fenêtre.

Les « fantômes », quatre jeunes gens en costume blanc, montaient les marches de la véranda.

« Nos salutations communistes, camarade Palitsine », lança le premier. Au même moment, la ligne directe du Kremlin retentit dans le bureau de Vania. Sa tonalité était facilement reconnaissable tant elle était aiguë.

Quelques minutes plus tard, Vania revint, l'air stupéfait. « Hercule ? C'était ton ami le camarade Egnatachvili. » Il s'agissait des responsables de la police secrète chargés des provisions et des datchas du Politburo. « Il nous prévient qu'il arrive avec des gens et qu'il nous faudrait peut-être de la nourriture géorgienne…

—Il m'avait dit qu'il viendrait peut-être. Qui amène-t-il ?

—Il ne l'a pas précisé.

—De la nourriture géorgienne ? répéta Sashenka en reprenant ses esprits. Il n'est que minuit. Razum ! » appela-t-elle. Le chauffeur apparut sur-le-champ en titubant. « Es-tu en état de conduire ?

— Parfaitement, camarade ! répondit-il avant de roter bruyamment.

— J'appelle l'Aragvi à Moscou, proposa Satinov en se dirigeant vers le bureau.

— Razum, dépêche-toi d'aller à ce restaurant et ramène-nous notre commande. Allez, ouste ! »

Le chauffeur fit demi-tour, perdit l'équilibre, faillit s'étaler de tout son long, réussit à reprendre contenance et parvint à la voiture.

« Un instant, cria Satinov. C'est Egnatachvili qui va nous rapporter quelque chose. Il a les meilleurs fournisseurs de toute la ville. » Un silence s'ensuivit. Vania et son compagnon observèrent les quatre jeunes gens qui gardaient le portail dans leurs tenues si blanches qu'elles paraissaient phosphorescentes dans la pénombre.

« Qui va venir, mamochka ? demanda Snowy.

— Silence, Volia ! Au lit ! » lui intima son père en lui lançant un regard noir. Il ne l'appelait par son vrai nom que lorsqu'il ne plaisantait pas. « Sashenka, il faut inculquer davantage de discipline à cette petite.

— Qui vient, d'après toi ? lui demanda son épouse avec une pointe d'inquiétude.

— Peut-être Lavrenti Pavlovitch…

— Je vais y aller, je crois. J'ai passé une excellente soirée », déclara Mendel dont la femme et la fille étaient parties depuis des heures. Sashenka remarqua que son oncle était l'un des derniers dirigeants du Parti à porter une cravate et un

329

costume bourgeois mal taillé ; il n'avait jamais cédé à la mode de la tunique lancée par Staline. Mendel sortit une boîte à pilules de sa poche et plaça un cachet de nitroglycérine[1] sous sa langue. « Je vais appeler mon chauffeur, marmotta-t-il. Je ne supporte pas ces grandes gueules de Géorgiens. Mince ! Trop tard ! »

Un convoi de voitures arrivait. La lumière de leurs phares éclairait le jardin luxuriant. Les « fantômes » en costume blanc ouvrirent le portail et laissèrent entrer plusieurs Lincoln et une ZiS flambant neuve.

Dans une datcha voisine, quelqu'un jouait du piano ; des rires fusaient ; Sashenka vit sortir du véhicule de tête un blond athlétique vêtu d'un uniforme bleu rayé de rouge.

Satinov lança en géorgien : « *Gagimajos !* avant d'ajouter en russe : C'est Egnatachvili ; il a apporté de quoi manger ! » Le nouveau venu portait en effet une caisse de vin. Aux grilles du domaine, des gardes en uniforme apparurent de nulle part.

« Entrez, camarades, proposa Sashenka. Satinov nous avait prévenus que vous nous feriez peut-être l'honneur de vous joindre à nous. »

Les yeux du camarade Egnatachvili pétillèrent lorsqu'elle s'avança, main tendue, pour saluer le nouvel invité. Soudain, elle s'immobilisa.

---

1. En médecine, la nitroglycérine (appelée dans ce cas trinitrine) peut être utilisée à faibles doses dans certaines affections cardiaques. (*N.d.T.*)

6

Le teint mat, le visage rond, vêtu d'un ample pantalon blanc et d'une blouse brodée typiquement géorgienne, Lavrenti Beria portait une caisse pleine de plats. C'était lui le nouveau commissaire du peuple à l'Intérieur, le chef de la police secrète, le NKVD[1].

« Bienvenue, Lavrenti Pavlovitch ! lança Vania en descendant les marches de la véranda. Laisse-moi t'aider…

— Ça va aller, je me débrouille », répondit Beria en jetant un regard par-dessus son épaule.

Soudain, Vania se raidit ; la nuit redevint silencieuse et, chez les voisins, les chants et les toasts s'estompèrent.

Immobile, quelqu'un se tenait au beau milieu du jardin.

Le camarade Staline. Souriant, en tunique estivale blanche, pantalon ample et bottes marron

---

1. Le NKVD est le commissariat du peuple aux Affaires intérieures, la police politique de l'URSS de 1934 à 1946. *(N.d.T.)*

brodées de fil rouge, il chantonnait une chanson géorgienne. La lune semblait lui renvoyer sa propre lumière.

« Nous avons entendu dire que Satinov allait à une fête donnée par le camarade Palitsine », déclara Staline avec un accent géorgien très prononcé. Il gloussait comme un satyre malicieux. « Ensuite, nous avons été informé qu'il avait invité le camarade Egnatachvili. Là, le camarade Beria nous a annoncé que lui aussi était convié, ce qui signifiait que seul Staline restait à l'écart et le camarade Staline souhaitait bavarder avec Satinov. J'ai donc supplié mes camarades, admis que je ne connaissais pas assez le camarade Palitsine pour m'inviter à sa fête. J'ai proposé un vote, dont le résultat m'a été favorable. Mes camarades m'ont donc invité, mais je viens à mes risques et périls. Je ne t'en voudrais pas, cher hôte, si tu me renvoyais chez moi. À ma décharge, nous apportons du vin et des spécialités géorgiennes. Où se trouve la table, camarade ? »

Satinov avança d'un pas.

« Camarade Staline, tu connais déjà un peu le camarade Palitsine. Voici son épouse, dont tu te souviens peut-être…

— Entrez, je vous en prie. C'est un honneur pour nous », articula Sashenka quand elle eut recouvré ses esprits. Elle faillit même le saluer d'une révérence, un réflexe qui aurait été contraire aux règles bolcheviques. Elle parvint à descendre les marches qui menaient au jardin et à rejoindre Staline, plus petit, plus vieux et plus las que dans son souvenir. Son bras gauche semblait raide. Il avait un peu d'embonpoint et les poches de sa tunique avaient été reprisées à la va-vite. Les grands de ce monde n'accordaient sans doute pas d'importance à de tels détails, en conclut Sashenka.

Staline se régalait de l'effet qu'il produisait. Il baisa la main de la jeune femme, comme on le faisait en Géorgie, et la dévisagea de ses yeux pailletés d'or et de miel.

« Camarade Isatis, votre tenue vous va à ravir. »

Il se souvenait du nom qu'elle portait à Saint-Pétersbourg ! Quelle mémoire ! Que c'était gênant ! Et flatteur !

« Nous avons beaucoup de chance que vous et votre revue appreniez aux femmes soviétiques l'art de la mode. Votre robe est très seyante », continua-t-il en montant les marches.

Sashenka le remercia de son compliment, mais s'abstint de préciser que sa robe venait de l'étranger.

« Pour une fois, chers camarades, le Parti a nommé la bonne personne au bon poste ! s'exclama-t-il en s'esclaffant, ce qui déclencha l'hilarité générale. Venez donc, camarades Satinov et Palitsine. Toi aussi, Mendel. » Staline ne semblait guère apprécier ce dernier.

Beria donna un coup affectueux dans le ventre de Vania en passant devant lui. « Ça me fait plaisir de te revoir. Pas de problème ? Tout va bien ?

— Oui. Bienvenue chez moi, Lavrenti Pavlovitch !

— Qu'as-tu pensé du match de football ? Il faut absolument donner une bonne leçon au Spartak, et si nos buteurs ne jouent pas mieux lors de la prochaine rencontre, je le leur ferai regretter! lança Beria en tapant joyeusement dans ses mains. Tu veux faire une partie de basket-ball dans mon équipe demain? Nous jouons contre les gardes des Vorochilov.

— Avec grand plaisir, Lavrenti Pavlovitch. J'y serai. »

Sashenka savait que son mari admirait Beria, lequel travaillait comme un damné. Il était jeune et son visage plein n'était pas encore marqué par les rides.

« Puis-je m'asseoir ici, demanda modestement Staline à son hôtesse en montrant la table du doigt.

— Bien sûr. Asseyez-vous où bon vous semble. »

Egnatachvili disposa les plats sur la table et Sashenka se pencha pour prendre la bouteille de vin rouge.

« Permettez-moi de l'ouvrir », dit Staline avant de remplir les verres de tous les convives. Ensuite, il mit des haricots lobio et du bouillon gras de Géorgie dans un saladier, y ajouta des tranches de pain et posa une assiette dessus pour laisser le pain s'imprégner. Il se servit en agneau chachlik et en poulet épicé à la géorgienne, le *satsivi*, puis retourna s'asseoir à sa place. Egnatachvili se servit des mêmes mets, qu'il dégusta quelques instants avant Staline. Il était donc bien son goûteur attitré.

« Viens près de moi, camarade Satinov, proposa Staline en lui faisant signe de s'asseoir. Lavrenti Pavlovitch, qui sera le *tamada*?

— Le camarade Satinov. C'est lui qui portera le toast. »

Satinov se leva, un verre de vin à la main. « Au camarade Staline qui, malgré les difficultés, nous a menés au triomphe !

— Tu dois pouvoir faire mieux que ça, plus original en tout cas, plaisanta Staline, mais tout le monde s'était déjà redressé.

— Au camarade Staline !

— Encore lui ? protesta l'intéressé. Laissez-moi lever mon verre en l'honneur de Lénine. »

Les hommes trinquèrent à l'Armée rouge, à leurs hôtes, aux femmes soviétiques. Sashenka observait la scène, remplissait les verres et retournait s'asseoir. Elle voulait garder cette soirée en mémoire. Staline et Satinov plaisantèrent en géorgien, mais on sentait que le dirigeant l'étudiait, l'évaluait. Il appréciait les jeunes gens simples, capables d'un courage sans faille tout en restant faciles à vivre et enjoués. Satinov travaillait dur, il était compétent, mais il fredonnait toujours des airs d'opéra.

Mendel fut pris d'une quinte de toux.

« Comment vont tes poumons ? lui demanda Staline sans écouter la réponse un peu trop riche en détails médicaux. Mendel et moi, nous avons partagé une cellule à la prison de Bakou en 1908, expliqua-t-il à l'assemblée.

— Exact.

— Il avait la gentillesse de partager avec moi les colis alimentaires envoyés par sa famille complaisante.

— Exact. Je les partageais avec tous mes camarades de la cellule », précisa Mendel. Que ce soit clair, il n'y avait eu aucun favoritisme !

335

« C'est du Mendel tout craché ! s'exclama Staline. L'auteur incorruptible de *La Moralité bolchevique* ! Tu n'as pas changé, le taquina-t-il. Tu étais déjà vieux à l'époque et tu l'es toujours, ajouta-t-il en riant, ce qui déclencha l'hilarité générale. Mais nous avons tous pris un coup de vieux…

— Pas tous, le rassurèrent en chœur Egnatachvili, Vania et Beria. Tu as l'air en grande forme, camarade Staline.

— Ça suffit ! Un jour, Mendel m'a tapé sur les doigts pour avoir trop bu à une réunion. Je vois qu'il continue dans la même veine ! »

Depuis la mort de Lénine, Mendel avait soutenu Staline dans les commissions de contrôle. Il n'avait jamais flanché, ni pendant la famine de 1932 ni lorsqu'il avait fallu réduire les traîtres en miettes en 1937.

« En fait, insista-t-il, je dois souvent le retenir, sans quoi il écume, il frôle constamment l'attaque cardiaque. » Tout le monde éclata de rire aux dépens de Mendel dont le fanatisme pédant, légendaire, l'avait maintenu en vie jusqu'ici.

En sirotant son vin les yeux mi-clos, Staline passait les convives en revue.

« Un peu de musique, camarade ? » suggéra Satinov.

Quand Staline, ravi, entonna « Suliko », tous les Géorgiens se joignirent à lui. Ils poursuivirent avec d'autres chants. Staline menait de sa voix de ténor, appuyé par le baryton d'Egnatachvili tandis que Beria et Satinov se chargeaient des harmonies polyphoniques. Sashenka était aux anges.

Ils enchaînèrent avec des hymnes, des chants de voleurs d'Odessa, « Murka » et « De la prison d'Odessa ». Ils fredonnèrent l'air préféré de leur chef… Sashenka se demandait s'il choisissait les chansons pour mettre tout le monde à l'aise : des hymnes orthodoxes pour les Russes, des harmonies pour les Géorgiens, des morceaux d'Odessa pour les Juifs. Oui, c'était bien Mendel qui reprenait « De la prison d'Odessa » !

« Ce qu'il nous faudrait, c'est des femmes ! s'écria Beria. Mais j'ai trop bu, je ne suis même pas sûr…

— Beria ! Un peu de respect pour les dames, l'interrompit Staline d'un ton faussement grave. Et si on écoutait de la musique ? Si on dansait ? Vous avez des disques ? »

Sashenka s'empressa de sortir leur collection. Fort heureusement, Satinov leur offrait toujours un enregistrement de musique géorgienne pour le 1er Mai et le 8 Novembre, si bien que Staline trouva exactement ce qu'il cherchait. Il se posta près du Gramophone et s'occupa des disques. Parfois, il battait la mesure, esquissait quelques pas de danse, mais il se contenta surtout de diriger les festivités.

Les Géorgiens repoussèrent le canapé. Sashenka roula le tapis et, en se relevant, elle trouva Satinov et Egnatachvili en train de danser pour elle la lezginka. Elle préférait le tango, le fox-trot et la rumba, mais elle se lança dans les pas délicats de cette danse du Caucase, d'abord avec Satinov, puis Beria, puis Egnatachvili.

« Camarade Hercule, tu es un danseur hors pair, le félicita Staline d'un air approbateur. Je n'ai vu personne danser aussi bien depuis mon enfance... D'où vient ta famille ?

— De Borzhomi.

— Pas très loin de chez moi », nota Staline.

Les deux hommes bavardaient à bâtons rompus, mais Sashenka ne pouvait qu'être de l'avis de Staline : Satinov dansait comme un dieu ; ses yeux sombres brillaient, son pas était léger et agile, ses mains élégantes et expressives, et il tenait fermement sa partenaire. Au contraire, Beria la serrait trop et collait son visage au sien. Épuisée, Sashenka s'éloigna de la piste pour profiter du spectacle et s'approcha du Gramophone dont s'occupait Staline.

Elle était heureuse, à l'aise, presque trop décontractée. D'abord terrifiée en découvrant la présence du dirigeant dans son jardin, elle s'était détendue et devait à présent lutter contre son envie de flirter et de bavarder. Elle était surexcitée, sans doute ivre de ce vin capiteux de Géorgie. Elle faillit plusieurs fois lâcher des bêtises, des folies. Attention, Sashenka, se gourmanda-t-elle, c'est Staline. Souviens-toi des dernières années, du hachoir à viande ! Ne baisse pas la garde !

La dévotion la submergeait par vagues. Ce dur à cuire d'origine modeste était tellement bon ! Ce qui ne l'empêchait pas de se montrer implacable envers ses ennemis. Sashenka eut l'intuition que sa ferveur dégoulinante irriterait le grand homme, le mettrait mal à l'aise. Elle avait envie de l'inviter à danser. Ça lui ferait peut-être plaisir ? À moins qu'il ne trouve sa proposition déplacée ? Elle hésitait et il dut s'en apercevoir.

« Je ne danse pas, Sashenka, car mon bras ne me permet pas de tenir correctement ma partenaire », expliqua-t-il. Son bras gauche était un peu plus court que l'autre, un peu raide. Staline et son hôtesse restèrent donc près du piano.

« J'adore la musique.

— Elle adoucit les mœurs de la pire des brutes, reconnut le dirigeant en parcourant la pièce du regard. Vous êtes contents de cette datcha ?

— Oh oui ! Ravis.

— Tant mieux. Je peux visiter ? »

Beria et les autres les observèrent sans les suivre. Sashenka n'était pas peu fière de discuter en tête-à-tête avec Staline.

« Nous sommes tellement reconnaissants. Et, aujourd'hui, nous avons reçu le réfrigérateur. Merci de la confiance que le Parti nous accorde.

— C'est notre devoir de récompenser les ouvriers responsables du Parti. Il fait assez chaud ici, l'hiver ? demanda-t-il en entrant dans le bureau de Vania. Cette pièce me plaît, elle est très spacieuse. Vous avez assez de chambres ? La cuisine vous convient ? »

Oh oui ! Sashenka appréciait la datcha dans son intégralité. Elle luttait contre son ivresse, sa joie et son sentiment de liberté, car une idée venait de lui traverser l'esprit. Elle pensait à son père, Samuil Zeitlin. Oserait-elle interroger le camarade Staline à son sujet ? Un lien semblait les unir ; comment pourrait-il lui refuser quoi que ce soit ? Elle représentait à ses yeux LA femme soviétique, il l'admirait, ça sautait aux yeux.

« Camarade Staline… », commença-t-elle.

Après le suicide d'Ariadna et la révolution d'Octobre, son père avait perdu la tête et sa fortune. Il était resté à Saint-Pétersbourg pour mettre ses connaissances en matière de finances au service des bolcheviks. Dans les années vingt, il avait travaillé dans les commissariats du peuple des Finances et du Commerce extérieur, puis à la banque d'État. Pendant les purges des années trente il fut considéré comme un « saboteur à tendance trotskiste ». On l'avait laissé prendre sa retraite en Géorgie où Beria l'avait arrêté en 1937. Aucune nouvelle depuis. On avait bien entendu eu raison de neutraliser cet ennemi du peuple, reconnaissait Sashenka en son for intérieur. Sur le papier, Zeitlin faisait partie des pires oppresseurs du prolétariat, mais il avait baissé les armes et servi le pouvoir soviétique avec une grande sincérité. Staline ne voyait tout de même plus en lui un danger pour le pays ?

Le dirigeant sourit aimablement à la jeune femme. Il ressemblait à un vieux tigre sympathique. Elle hésita un instant. Le miel des yeux de son interlocuteur devint plus vif ; une ombre de gêne traversa son visage. Il avait dû comprendre que Sashenka allait lui présenter une requête. Lui, qui devinait tout, devinait qu'elle allait lui parler de l'arrestation ou de l'exécution d'un parent. Or il ne détestait rien tant que ce type de question.

« Camarade Staline, puis-je vous demander… ? » Les mots se bousculaient dans sa bouche ; elle ne parvenait pas à les retenir. Elle avait banni son père de sa mémoire en 1937 mais, à présent, en ce moment si mal choisi, si dangereux et pourtant si opportun, elle mourait d'envie de prononcer son nom. Que lui arrivait-il ? Les bolcheviks n'avaient pas besoin de famille, le Parti leur suffisait, certes, mais elle aimait son père, elle l'adorait ! Elle voulait savoir… Est-ce qu'il abattait des arbres Dieu sait où ? Ses os se trouvaient-ils en Sibérie, dans quelque fosse commune de la taïga ? Avait-il subi depuis des années le châtiment suprême ? Je vous en prie, camarade Staline, l'implora-t-elle en pensée, dites-moi qu'il est vivant ! Libérez-le ! « Camarade Staline… », commença-t-elle. Ils se tournèrent soudain vers la porte. « Mes coussins ! Maman, je n'arrive pas à dormir ! pleurnicha Snowy. Vous faites trop de bruit. Vous m'avez réveillée. Je veux un câlin ! »

Vêtue d'une chemise de nuit brodée de papillons, ses longs cheveux blonds tombant en cascade sur ses épaules, l'enfant souriait, révélant ses dents de lait. D'un bond, elle s'élança vers sa mère.

7

« Snowy ! » Sashenka sentait le danger se profiler à l'horizon. Elle avait appris à ses enfants à ne rien dire, ne rien répéter, ne rien entendre mais Snowy était capable de tout ! Or Staline se trouvait là… Un seul mot maladroit pouvait au mieux les ridiculiser, elle et son mari, au pire, les envoyer directement devant le peloton d'exécution. Qu'allait-il dire ? Qu'allait lui répondre Snowy ?

« Qui est-ce ? demanda tranquillement le dirigeant.

— Camarade Staline, répondit Sashenka, je vous présente ma fille Volia. »

Il lança un sourire radieux à la fillette. Les Géorgiens n'adoraient-ils pas tous les enfants ? se rappela Sashenka lorsqu'il se pencha pour chatouiller le nez de Snowy. « Bonjour, Volia. En voilà un joli nom communiste.

— Le bruit m'a réveillée », grommela-t-elle.

Staline lui pinça la joue.

« Arrêtez ! Vous me faites mal !

— Oui, comme ça, tu te souviendras de moi. Je plaide coupable, camarade Volia. C'est moi qui jouais de la musique, pas ta maman. C'est donc contre moi que tu dois être en colère.

— Elle n'est pas fâchée du tout. Excusez-la, camarade Staline, s'empressa de dire Sashenka. Allez Snowy, au lit. File !

— Je déteste dormir.

— Moi aussi… Snowy, ajouta Staline avec espièglerie.

— Tenez ! C'est mon coussin », expliqua la petite en lançant son objet préféré en direction du dirigeant. Fort heureusement, Sashenka le rattrapa au vol.

« Tiens, tiens ! Qu'est-ce que c'est ?

— C'est mon meilleur ami, Coussin, expliqua Snowy. Il s'occupe de la production des coussins dans le cadre du plan quinquennal et il veut faire partie des jeunes coussins communistes pour porter le foulard rouge.

— Ça suffit, l'interrompit sa mère. Le camarade Staline n'a que faire d'entendre de pareilles inepties. Au lit ! »

À l'autre bout de la pièce, Vania avait blanchi.

« C'est ça, au lit ! répéta-t-il un peu trop fort.

— Du calme, camarade Palitsine, lui conseilla Staline en ébouriffant les cheveux de la fillette. Elle ne pourrait pas veiller un peu ? Exceptionnellement ?

— Eh bien… oui, certainement, camarade Staline. »

Snowy s'empressa de montrer sa danse du coussin et d'envoyer des baisers à son père avant de reprendre son sérieux.

« Je vous connais, vous », dit-elle en montrant du doigt Staline qui l'observait en silence.

Sashenka tressaillit à nouveau.

« Vous êtes sur l'affiche encadrée près de la nursery. L'affiche est venue dîner chez nous ! » Cette remarque déclencha l'hilarité générale. Sashenka et Vania respiraient mieux, soulagés de la tournure que prenaient les événements.

Staline s'assit à table et ouvrit grand ses bras. Effrayée que sa fillette rejette le dirigeant, Sashenka vint l'installer elle-même sur ses genoux, mais Snowy semblait plus occupée à agiter son coussin au rythme de la musique. Les convives entonnèrent encore quelques chansons. Après la première, Staline posa Snowy par terre et l'embrassa sur le front. L'enfant fila vers sa mère.

« Dis bonne nuit et merci au camarade Staline, demanda Sashenka en serrant la petite de toutes ses forces.

— Bonne nuit, camarade Coussin, s'écria l'enfant en secouant son objet préféré.

— Désolée, camarade Staline…, s'excusa sa mère.

— Non, non, ce n'est pas grave. C'est une première, admit le dirigeant dans un éclat de rire. Dors bien, camarade Coussin.

— Camarade Staline, vous êtes si bon avec les enfants, lui dit Sashenka. Elle se souviendra toute sa vie de ce moment. Je ne vous remercierai jamais assez de votre gentillesse et de votre tolérance à

344

son égard. » Sur ces mots, elle emmena sa fille dans sa chambre, la coucha et la borda. Quelques instants plus tard, Snowy dormait à poings fermés.

De retour au salon, Sashenka tenait quelque chose à la main. Staline s'en aperçut immédiatement.

« Camarade, je voudrais vous remercier non seulement de nous avoir fait l'honneur de votre présence mais aussi de vous être montré si patient avec la petite. Me permettrez-vous de vous offrir ce chandail pour votre fille ? demanda-t-elle en lui tendant un pull en cachemire qui siérait parfaitement à Svetlana Staline, âgée de treize ans.

— D'où vient-il ? » fut l'unique réponse de Staline.

Sashenka déglutit. Le chandail venait de Paris. Devait-elle mentir ?

« Il vient de l'étranger, camarade Staline. Je suis très fière de nos produits soviétiques qui valent dix fois les biens étrangers mais il ne s'agit que d'un simple vêtement.

— Je le refuserais s'il m'était destiné, répondit Staline en tirant une bouffée de sa cigarette, mais pour Svetlana, qui dirige le pays en secret, je l'accepte bien volontiers. » Tout le monde éclata de rire à cette remarque. « Bien ! Qui veut voir un film ? Je meurs d'envie de revoir *Volga, Volga*. »

Hormis Sashenka qui devait garder les enfants et Mendel qui se prétendit trop fatigué et trop malade, tout le monde se déclara partant. Ils s'entassèrent dans les voitures pour se rendre au cinéma du Kremlin. Staline baisa la main de son hôtesse et la complimenta à nouveau sur sa robe avant d'inspecter les fleurs et les buissons du jardin.

« Vous faites pousser des roses et du jasmin. J'adore les roses », avoua-t-il avant de s'éloigner d'un pas lourd vers le véhicule dont Egnatachvili lui ouvrait la portière.

Quant à Vania, il jubilait d'être pour la première fois dans l'entourage proche du dirigeant. Une fois installé, il fit signe à sa femme. « Je rentre bientôt, chérie. »

Beria l'embrassa sur la bouche. « Il t'apprécie, annonça-t-il avec un fort accent. Félicitations. Il a bon goût, le chef. À moi aussi, tu me plais beaucoup. »

Satinov fut le dernier à prendre congé, après avoir vérifié que tous les autres étaient bien en voiture. Les portières claquaient, les pneus crissaient sur le gravier, les nuages de fumée sortaient des pots d'échappement et la poussière s'élevait dans le verger baigné de lune. Les Buick et les ZiS prirent de la vitesse et s'éloignèrent.

« Ouf ! dit Satinov. Vive les coussins ! Embrasse ma filleule de ma part. Quelle enjôleuse ! » Sur ces mots, il sauta dans son véhicule et démarra.

Les jeunes gens en costume blanc, les fantômes, avaient disparu.

Seule sur la véranda, Sashenka leva les yeux vers le ciel. Le jour pointait. Avait-elle rêvé la nuit qui s'achevait ? La jeune femme rentra et se rendit dans les chambres des enfants.

Carlo dormait comme un sonneur, mais il s'était débarrassé de son pyjama et reposait en boule, un lapin en peluche coincé dans ses bras. Pleine d'amour maternel, Sashenka déposa un baiser sur son front si doux.

Quant à Snowy, elle dormait comme un ange dans sa chambre rose, les bras grands ouverts sur son oreiller, de chaque côté de son visage. Son satané coussin était posé sur sa poitrine. Sashenka ne put s'empêcher de sourire. Le camarade Staline était tombé sous le charme de sa fille. Quelle soirée !

soirée !

8

Staline se trouvait à l'arrière de sa nouvelle
limousine ZiS avec Egnatachvili et Beria tandis
que Blasik, son garde du corps, était assis à l'avant,
à côté du conducteur.

« Au Kremlin, s'il te plaît, camarade Salkov. »
Connaissant sur le bout des doigts les noms et les
histoires de tous ses gardes du corps et de tous ses
chauffeurs, Staline les traitait toujours avec
gentillesse. En retour, ils lui étaient entièrement
dévoués. « Prends la rue Arbat, ajouta-t-il en
allumant sa pipe.

— Bien, camarade Staline. »

La voiture filait sur les routes bordées de
bouleaux et d'épicéas qui se réverbéraient dans la
lumière des phares.

« Cette Sashenka est une très bonne Soviétique,
nota Staline après un long silence. Tu ne crois pas,
Beria ? Et Vania Palitsine est un excellent ouvrier.

— C'est vrai », reconnut son interlocuteur.

Le convoi traversa le pont Borodinski, connu pour ses taureaux de pierre, ses colonnades et ses obélisques, afin de traverser la place Smolenskaïa.

« Cette Sashenka est une danseuse hors pair, ajouta Egnatachvili qui se souciait fort peu de politique à laquelle il préférait les sports, la gastronomie, les chevaux et les femmes.

— Et elle écrit bien, plaisanta Staline. Certes, on ne peut pas accuser son magazine d'être trop intellectuel, mais ce genre de bêtises sur l'économie ménagère est indispensable. Les femmes de notre pays doivent connaître ces choses. » La voiture continuait de filer dans les rues de Moscou. « Mais quelle famille ! On devine ses origines étrangères et bourgeoises. Vous saviez qu'elle avait étudié à Smolny ? Cela dit, ça lui évite de nous soûler avec ses sermons comme la femme de Molotov. Elle s'occupe de sa maison, elle prépare des gâteaux, elle élève ses enfants, elle œuvre pour le Parti. Elle s'est réformée pour devenir une bonne Soviétique.

— C'est vrai, camarade Staline, acquiesça Beria.

— J'ai déjà vu *Volga, Volga* au moins dix fois, reprit le chef en changeant de sujet, mais c'est toujours une fête ! Je crois même que je le connais par cœur !

— Moi aussi ! » commenta Beria.

Ils approchaient du Kremlin. Les larges avenues étaient désertes à l'exception de la limousine entourée de voitures de sécurité. Les tours rouge sang de la forteresse médiévale se rapprochaient ; le portail s'ouvrit lentement, prêt à les engloutir. Les gardes saluèrent. « Ivan le Terrible est passé par ici », remarqua tranquillement Staline qui vivait là depuis vingt ans. Il y avait donc passé plus de temps que chez sa mère ou au séminaire.

Staline observa Beria qui gardait les yeux clos.

« Dis-moi, Lavrenti, demanda-t-il d'une voix qui fit sursauter son compagnon. Où se trouve Zeitlin, le père de Sashenka ? Je me souviens qu'on l'avait arrêté. Est-il toujours emprisonné ou a-t-il été exécuté ? Y a-t-il moyen de le savoir ? »

9

Deux jours plus tard, assise à son bureau,
Sashenka étudiait les épreuves de son magazine.
« J'apprécie beaucoup l'article intitulé "Comment
danser le fox-trot". Qu'en pensez-vous, camarades ? »

Elle était au siège de *L'Épouse soviétique et l'Économie domestique prolétaire* qui se trouvait sur
Petrovka. Aux murs étaient accrochés des portraits
de Staline, Pouchkine et Maxime Gorki ; sur son
bureau des photographies de Vania en uniforme
accompagné des enfants lors du défilé du 1er Mai.
Un téléphone en Bakélite et un minuscule coffre-
fort gris se trouvaient sur une table dans l'angle.
La taille du coffre, le nombre de téléphones et la
qualité des portraits de Staline représentaient des
signes extérieurs de pouvoir. Ce bureau n'en possédait donc guère.

« Certes, nous devons divertir nos lectrices,
remarqua Klavdia Klimov, l'assistante de rédaction aux yeux exorbités, qui ne portait que des
chiffons affreux en provenance directe de la

Confection moscovite. Mais ne devrait-on pas également considérer les implications idéologiques de cette danse ? »

Sashenka excellait à ce jeu : elle croyait elle-même profondément à l'importance de ce genre de détail et prenait la mission du magazine très au sérieux. La tête lui tournait peut-être encore un peu à la suite de festivités du 1er Mai, mais elle connaissait les règles : ne jamais parler des chefs et surtout pas du maître. Elle n'en espérait pas moins que les détails de sa soirée s'ébruiteraient. Elle voulait que Klavdia et les trois autres rédactrices avec qui elle partageait son bureau sachent qui avait rendu visite aux Palitsine le soir du 1er Mai ! Après tout, le camarade Staline avait salué sa publication et son travail. Ne devrait-elle pas partager ces félicitations avec ses camarades ? Elle faillit lâcher l'information à plusieurs reprises, mais regimbait à se faire valoir... Mieux valait en rester au fox-trot et à la danse jazz.

« Êtes-vous d'accord avec notre camarade ? Souhaitez-vous mettre cette décision au vote ? » Toutes cinq levèrent la main. « Décidons-nous de commander un nouvel article sur la danse jazz en tant qu'expression de l'oppression des Noirs par le capitalisme américain ? Klavdia, tu souhaites l'écrire toi-même ou tu préfères confier ce travail à un écrivain en particulier ? Et pour les photos ? On organise une séance avec des danseurs professionnels ou on envoie quelqu'un au Metropol un soir de cette semaine ? »

Les rédactrices s'accordèrent pour organiser elles-mêmes une séance car, parfois, le Metropol engageait des étrangers. Une fois toutes ces questions réglées, la réunion prit fin. Sashenka alluma une cigarette, et en proposa à ses collègues qui acceptèrent son offre.

« Vous savez, Utesov et Tseferman ont joué chez nous pour le 1ᵉʳ Mai », annonça-t-elle, incapable de se retenir plus longtemps.

Un silence embarrassé suivit et Sashenka regretta aussitôt son audace. « Accepteraient-ils d'accorder un entretien au magazine ? demanda Klavdia.

— Eh bien, je ne pouvais pas le leur demander à ce moment-là, mais je vais y réfléchir. »

La secrétaire de Sashenka frappa à la porte.

« Un écrivain souhaite te rencontrer.

— A-t-il rendez-vous ?

— Non, mais il se montre très arrogant. Il prétend que tu le reconnaîtras et qu'il vient te présenter ses excuses. »

Le cœur de Sashenka bondit dans sa poitrine. « Ce doit être Benia Golden, dit-elle avec dédain. Quelle impudence ! Il est d'une incorrection. Dis-lui que je n'ai pas de temps à perdre, Galia.

— Benia Golden ! » s'exclama Micha Kalman, le seul homme de la rédaction. Il venait de se lever pour prendre congé mais, au seul nom de Benia Golden, il reposa sa mallette. « Va-t-il écrire pour nous ?

— Tu le connais, camarade Sashenka ? s'empressa de demander Klavdia d'un air presque accusateur.

— Je ne le connais pas, il est venu le week-end dernier à notre datcha.

— Ce devait être une sacrée fête, ajouta l'assistante de rédaction aux yeux exorbités. Utesov, Tseferman... et maintenant Benia Golden ! »

Sashenka n'aurait pas dû se vanter. Elle se tourna vers la secrétaire.

« Je ne souhaite pas le recevoir. Qu'il prenne rendez-vous. Par ailleurs, j'ai entendu dire qu'il était hors circuit. Il n'a rien écrit depuis deux ans. Dis-lui de s'en aller, Galia.

— Bien, camarade.

— Non ! Un instant, l'interrompit Kalman. J'adore ce qu'il écrit. Le magazine a tellement rarement l'occasion de travailler avec des plumes de sa trempe. *Carpe diem !* »

Les yeux ronds de Klavdia passaient de l'un à l'autre. « Tu n'es pas en train de laisser l'individualisme pénaliser le collectif, n'est-ce pas ? »

Sashenka sentit le risque qu'elle courait à surjouer son dégoût. Et puis, peut-être avait-elle réagi avec trop de fougue lors de la fête. Benia était-il vraiment allé trop loin ?

« Un instant, Galia », finit-elle par articuler. Hilare, sa secrétaire s'arrêta sur le seuil.

« Camarades, nous devons déterminer si nous souhaitons qu'il écrive pour nous. »

Klavdia rappela que Golden avait fait partie de la délégation au congrès des écrivains de Paris en 1936 avec, entre autres, Ehrenbourg et Babel. Il avait par ailleurs participé en 1937 au centenaire de la mort de Pouchkine.

« Ses textes sont inoubliables », ajouta Kalman avant de glorifier ses écrits sur la guerre civile espagnole. Sashenka rappela que certains des généraux que Benia fréquentait avaient été considérés comme ennemis du peuple et exécutés en 1937 et 1938. Son protecteur, Gorki, était mort à présent et bon nombre d'écrivains avaient été liquidés.

« Mais pourquoi n'a-t-il rien écrit récemment ? insista-t-elle. Est-ce une façon de s'opposer au Parti ? Est-ce sur le conseil de la section culturelle de la place Staraïa ?

— Je vais appeler Fadeïev de l'Union des écrivains, proposa Klavdia, ainsi que Jdanov du commissariat à la Culture. On verra ce qu'on me dit.

— Bien vu. Que souhaiterais-tu qu'il écrive, Klavdia ?

— Il pourrait parler de la Biscuiterie bolchevique et expliquer que, pour l'anniversaire du maréchal Vorochilov, elle a confectionné le plus gros moelleux au chocolat du monde, en forme de tank. Golden pourrait interroger les ouvriers et mettre en valeur l'ingéniosité bolchevique dont ils ont su faire preuve pour fabriquer le canon du tank en gaufrette et en biscuit… »

Pour le magazine, la Biscuiterie bolchevique était un thème de premier plan, mais Sashenka fronça les sourcils en imaginant la réaction de Benia lorsqu'il découvrirait son sujet.

« Sinon, que diriez-vous de l'article sur la danse ? suggéra Klavdia. Je le superviserais attentivement.

— Camarade, tu me donnes une idée géniale. Souvenez-vous des travaux du comité des femmes. Tu proposais un article sur l'orphelinat réservé aux enfants des ennemis du peuple !

— C'est une histoire pleine d'optimisme, avec rédemption sociale et renaissance, expliqua Klavdia.

— C'est l'article idéal pour un écrivain confirmé, non ? Nous le mettrons en couverture, avec cinq mille mots à la clé. J'ai entendu dire que cet endroit était extraordinaire et que de nombreux enfants étaient adoptés par des familles soviétiques très unies. Qu'en dites-vous, camarades ? Je lui passe commande d'un papier sur l'orphelinat Félix-Dzerjinski pour les enfants des traîtres à la patrie ? »

Sashenka se sentit soudain fatiguée. Sept heures du soir venaient de sonner et Carlo s'était réveillé à six heures du matin pour sauter dans le lit de sa mère. « Merci, camarades, conclut-elle. C'est décidé. » Ses collègues sortirent un à un de la pièce. « Galia ? Fais-le entrer, veux-tu ? Ensuite, tu pourras partir. »

Quelques instants plus tard, Benia Golden se tenait dans son bureau.

« Impossible de bavarder dans cette morgue ! s'exclama-t-il d'une voix rocailleuse. Dehors, la brise est si douce qu'elle vous donnera envie de chanter. Suivez-moi ! »

Plus tard, bien longtemps après, lorsqu'elle eut amplement le temps d'y repenser, Sashenka sut que c'était à ce moment-là que tout avait commencé. Les oreilles bourdonnantes, elle se dirigea vers les ascenseurs puis s'arrêta net.

« J'ai oublié quelque chose sur mon bureau, Benia. Je retourne le chercher. J'en ai pour une minute. »

Elle l'abandonna dans le hall pour se précipiter dans son bureau. Là, elle prit le temps de contempler les photographies de Vania et des enfants, son téléphone, les épreuves du magazine. Tout ce qui lui était cher. Sa rencontre avec cet homme semblait de mauvais augure. Impoli, arrogant et fourbe, il paraissait manquer de conviction dans son engagement au Parti, auquel il n'avait d'ailleurs pas adhéré. Il aurait dû se montrer plus inquiet de la vie. Sashenka ne devrait pas aller se promener avec lui, ce n'était pas raisonnable.

Cela dit, consciente de ce qu'elle allait faire mais incapable de se l'interdire, elle fit demi-tour et rejoignit Benia Golden.

10

« Nous vivons l'un de ces rares instants où personne ne sait où nous sommes », déclara Benia, tandis qu'ils déambulaient dans les jardins Alexandre à proximité des tours du Kremlin qui semblaient percer le ciel.

« Vous savez, parfois vous me paraissez bien naïf pour un écrivain, répondit Sashenka en songeant aux propos déplacés qu'il avait tenus à la datcha. Nous sommes tous deux connus et nous nous promenons dans le parc le plus célèbre de la ville.

— Certes, mais personne ne nous regarde.

— Qu'en savez-vous ?

— Eh bien… Disons… Je n'ai prévenu personne que je venais vous voir au bureau et vous n'avez averti personne que vous alliez faire un tour. J'étais sur le point de partir retrouver mon épouse et vous de rentrer chez vous. Il n'y a donc aucune raison pour que l'on nous ait suivis. Vos camarades croient sans doute que nous discutons on ne peut plus sérieusement de notre collaboration à venir.

« — Sauf que ce n'est pas le cas.

— Exactement, Sashenka, si vous permettez que je vous appelle par votre prénom. Regardez autour de vous. Tout Moscou musarde ce soir. Vous n'avez jamais envie d'échapper à vos responsabilités ? Ne serait-ce qu'une heure ? »

Sashenka poussa un profond soupir. « Ne serait-ce qu'une heure ? » La brise légère lui caressait le visage et s'engouffrait sous sa robe blanche, dont elle soulevait le coton vaporeux. La jeune femme se sentait d'humeur légère. Golden avançait à pas rapides, s'exprimait vivement et, pour ne pas se laisser distancer, elle devait presque courir.

Elle réfléchit à ses responsabilités. D'abord, il y avait son mari conformiste, travailleur et dont la réussite était indéniable. Ensuite, il y avait leurs deux chérubins malicieux, éclatants de santé et de bonheur. Le couple bénéficiait de deux résidences, de la nouvelle datcha et du vaste appartement situé dans l'immeuble Granovski rose dans la petite rue à côté du Kremlin. Ils employaient des domestiques. Par ailleurs, ses beaux-parents vivaient avec eux et demandaient à eux seuls une attention de tous les instants, en particulier sa belle-mère qui passait ses journées à cancaner bruyamment dans la cour de l'immeuble. Sashenka songea au poste prestigieux mais éprouvant de Vania, à ses propres responsabilités au comité des femmes et au comité du Parti. Mari et femme menaient une vie trépidante. La guerre était imminente ; il fallait construire le monde socialiste alors que l'on sortait à peine d'une période tragique et malheureuse ; nombre de gens avaient disparu pendant la révolution. Ce soir-là, comme tous les autres, Vania travaillerait jusqu'au petit jour. Tout le monde se calquait sur les horaires nocturnes du maître.

Quelque chose d'important se tramait. Après Munich, Staline modifiait sa politique étrangère, et remplaçait ses ministres ! C'était essentiel pour l'avenir de l'Europe, mais ça signifiait que Vania passait son temps à préparer les changements futurs au commissariat du peuple aux Affaires étrangères.

Comme toujours lorsqu'il avait des secrets à partager avec son épouse, Vania avait attiré Sashenka dans le jardin de la datcha. « C'est fini pour Litvinov et c'est Molotov qui le remplace. Je vais être débordé pendant quelques jours », l'avait-il prévenue.

Son mari ne rentrerait donc pas dormir et, dans ces cas-là, les parents de Vania s'occupaient des enfants à la maison.

Le cœur léger, Sashenka s'arrêta et tourna sur elle-même comme une enfant. « Une heure, pas davantage. Je peux disparaître pendant une heure. Quelle idée géniale ! »

Sans qu'elle sache pourquoi, ses mots lui paraissaient extravagants, empreints d'une folie joyeuse. Ça lui ressemblait si peu qu'elle les regretta aussitôt.

« Vous avez adhéré au Parti avant la révolution, n'est-ce pas, camarade Isatis ? lui demanda Benia. Vous deviez exceller lorsqu'il s'agissait de semer les agents de l'Okhrana. Alors ? Sommes-nous suivis ? »

Elle secoua la tête. « Non. En ce qui concerne la surveillance, les organes soviétiques n'ont jamais ne serait-ce qu'égalé la police secrète du tsar.

— Attention, camarade ! Vous tenez des propos bien imprudents, la taquina-t-il.

— Et pourtant, j'ai l'impression de pouvoir vous accorder ma confiance.

— C'est le cas, je vous le promets. N'est-ce pas merveilleux de pouvoir s'échapper quelques instants, d'oublier ses obligations et de ne penser qu'à soi ?

— Pour nous autres, communistes, c'est chose impossible, objecta-t-elle. Si, en plus, on est mère…

— Bon sang ! Taisez-vous donc et profitez de l'instant. Le temps passe si vite. »

Abasourdie, Sashenka garda le silence. La tête lui tournait.

Ils firent le tour du Kremlin. Dans la lumière du soir, le grand palais irradiait de verre et d'or. Ils passèrent devant le labyrinthe moderniste du gouvernement sur les quais, où Satinov, Mendel et d'autres chefs vivaient, où tant de gens avaient été arrêtés à l'époque de la Grande Terreur, où les ascenseurs avaient fonctionné nuit et jour tandis que les hommes du NKVD emmenaient leurs prisonniers Dieu sait où. Pour l'heure, la rue était déserte à l'exception de deux charrettes et d'une vieille vendeuse de pirojki dans son kiosque.

Autrefois, résuma Sashenka, on appelait Moscou la ville aux mille coupoles mais à présent elle était bien triste. Le camarade Staline l'embellirait et ferait d'elle la digne capitale des ouvriers du monde entier mais, pour l'instant, elle n'était

361

qu'une accumulation de palais, de villages et de chantiers de construction. La jeune femme ressentit un élan de nostalgie en repensant à sa ville natale : Saint-Pétersbourg – ou Leningrad comme elle se nommait désormais –, le berceau de la révolution.

Je t'aime, Piter, songea-t-elle en citant Pouchkine.

« Saint-Pétersbourg vous manque, n'est-ce pas, articula Benia avec douceur.

— Comment le savez-vous ?

— Je lis en vous à livre ouvert. Vous ne l'aviez pas compris ? »

Si, et justement ça la mettait mal à l'aise.

S'arrêtant sur un pont, ils contemplèrent le Kremlin et la Moskova dans laquelle se reflétait la ville dans ses moindres détails.

« Accepteriez-vous de danser avec moi ? demanda-t-il en lui prenant la main.

— Ici ? s'étonna-t-elle, parcourue d'un délicieux frisson.

— Pourquoi pas ?

— Vous êtes fou ! » Prise de nouveaux vertiges, elle se sentit jeune et pleine d'insouciance. Lorsque Benia l'entoura de ses bras, la peau de Sashenka se mit à picoter. Il la fit tourner et tourner ; ils dansèrent le fox-trot tout en chantonnant un air de Glenn Miller.

Lorsqu'ils eurent terminé de danser, le corps de Benia semblait avoir laissé une empreinte sur le ventre de Sashenka, là où il l'avait maintenue contre lui. Sur le pont se promenait un autre couple qui ne leur accorda pas la moindre attention. Lui portait un uniforme rouge et elle une robe fendue sur le côté. Il s'agissait probablement d'un soldat et d'une vendeuse de la rue Gorki. Les yeux clos, ils s'embrassaient à pleine bouche.

Malgré son dégoût, Sashenka ne parvenait pas à détacher son regard de ce couple. Soudain, son corps fut parcouru d'un désir libertin et d'une fébrilité qui la surprirent par leur intensité. Elle n'avait jamais ressenti de telles pulsions...

Benia l'entraîna vers les quais d'un air insouciant. La conversation avait cessé, mais il chantonnait de vieilles chansons d'amour et des airs gitans :

Ah, ces beaux yeux noirs m'ont envoûté,
Ils sont impossibles à oublier.
Regard ardent, sublime, passionné,
Que j'ai croisé dans l'adversité,
Comme je vous aime, et comme je vous crains...

Quand il eut fini de chanter, Sashenka laissa sa main dans la sienne, d'abord par mégarde, puis délibérément.

Il flirtait d'une façon dangereuse et audacieuse, se dit-elle. Ne savait-il pas qui elle était ? Ne connaissait-il pas les fonctions de son époux ? Je suis communiste, j'ai la foi, je suis mariée et j'ai deux enfants. En dépit de tout cela, dans cette chaude nuit moscovite, après vingt ans de discipline stricte, après trois années de Grande Terreur, une tragédie qui avait coûté la vie à des milliers d'ennemis du peuple, Sashenka éprouva brusquement un élan de folie pour ce frêle Juif de Galicie.

Ses pas de danse frivoles, ses yeux bleus et ses chansons canailles l'avaient séduite malgré elle.

Benia l'aida à descendre les quelques marches qui menaient directement à la rivière. « Ici, personne ne peut nous voir », lui répéta-t-il. Ils s'assirent sur l'escalier, les pieds au bord de l'eau qui aurait dû être boueuse, pleine d'écume mais, ce soir, la Moskova était couverte de diamants qui reflétaient la lumière sur leurs visages. Tous deux se sentaient rajeunis. Sashenka rougit : elle n'avait jamais rien éprouvé de tel.

« Avez-vous déjà agi de la sorte ? Quand vous étiez adolescente ?

— Jamais. J'étais une enfant sage et une bolchevik intransigeante...

— Ne vous êtes-vous jamais demandé de quoi parlaient les chansons populaires ?

— Pour moi, ce sont des absurdités.

— Dans ce cas, vous méritez de passer une heure dans leur royaume.

— Comment ça ? » s'inquiéta-t-elle en remarquant soudain ses lèvres, son cou bruni par le soleil, son regard ardent. Il lui offrit sa dernière cigarette qu'il alluma avant de lui proposer une gorgée de sa flasque. Alors qu'elle s'attendait à boire de la vodka, une douceur incroyable la surprit.

« Mais qu'est-ce que c'est ?

— Un nouveau cocktail américain. Ça s'appelle un Manhattan. »

L'alcool lui monta directement à la tête, mais, curieusement, elle se sentait plus sobre que jamais.

Chargée d'une montagne de charbon ou d'un autre minerai, une vieille péniche rouillée passa devant eux. À bord, des marins buvaient et fumaient. L'un jouait de la guitare, l'autre de l'accordéon. Lorsqu'ils aperçurent Sashenka, sa silhouette, son chapeau blanc à large bord, sa robe près du corps brodée de perles, ses bas et son reflet sur les eaux iridescentes, ils se mirent aussitôt à la héler et à la montrer du doigt.

« Eh ! Regardez par là-bas ! Quelle vision ! »

Sashenka leur fit signe de la main.

« Baise-la, mon gars ! Embrasse-la de notre part. Fais-lui sa fête, camarade. Mon salaud ! »

Benia se leva d'un bond et ôta son chapeau en exécutant un pas de danse. « Qui ça ? Moi ?

— Embrasse-la ! »

L'écrivain haussa les épaules en signe d'impuissance. « Je n'ai pas le droit de décevoir mon public », s'excusa-t-il. Avant que Sashenka ait pu l'en empêcher, il l'embrassa. La jeune femme lutta une seconde puis, à son propre étonnement, capitula.

« Bravo ! Embrasse-la pour nous ! » applaudirent les marins. Sashenka ne put s'empêcher de rire. La langue de Benia força ses lèvres pour s'enfoncer dans les profondeurs de sa bouche. Elle grogna, les yeux clos. Personne au monde n'embrassait ainsi, ce n'était pas possible !

À l'époque de la guerre civile, elle était jeune, mais elle fréquentait déjà Vania, qui n'était pas du genre à embrasser avec une telle fougue. De toute façon, elle n'avait jamais désiré échanger ce genre de baiser : ils avaient commencé par être camarades ; il s'était occupé d'elle à la mort de sa mère ; ils avaient travaillé ensemble pendant la révolution d'octobre 1917. Ensuite, elle avait sillonné la Russie dans les trains de l'agit-prop tandis qu'il faisait fonction de commissaire du peuple dans l'Armée rouge. Ils s'étaient finalement retrouvés à Moscou. En ce temps-là, ils ne se souciaient pas de romance. Ils avaient emménagé avec d'autres jeunes couples et travaillé jour et nuit. Sashenka restait la bolchevik collet monté qu'elle aimait être par opposition à sa mère si portée sur la chose. Pourtant, cet insolent Galicien, ce Benia Golden, ne semblait pas bridé par de telles inhibitions. Il lui caressait les lèvres de sa langue, se blottissait contre elle, inhalait le parfum de sa peau comme s'il s'agissait de myrrhe. Quel stupéfiant plaisir elle y prenait !

Elle ouvrit les yeux après ce qui lui sembla une éternité. La péniche avait disparu, mais Benia continuait de l'embrasser. Son corps tout entier répondait à ses cajoleries. Gênée, elle changea de position mais, à chaque mouvement, ses entrailles se liquéfiaient. Elle se sentait lourde. À presque quarante ans, elle était perdue.

« Vous savez, je ne fais pas ce genre de chose, finit-elle par articuler, à bout de souffle.

— Ah non ? Et pourquoi pas ? Vous y excellez ! »

Sans doute prise d'un accès de folie, elle se pencha pour lui prendre la tête entre ses mains et l'embrasser à son tour, avec une fougue qui lui était inconnue.

« Benia, il faut que vous sachiez que j'adore ce que vous écrivez. Quand je lis vos textes, j'en ai les larmes aux yeux...

— Moi, ce que j'adore, ce sont les taches de rousseur qui constellent votre visage... Et vos lèvres. Mon Dieu, elles ne se ferment jamais complètement, comme si vous aviez faim d'on ne sait quoi, répliqua Benia en l'embrassant à nouveau.

— Pourquoi avez-vous cessé d'écrire ?

— Mon encre s'est tarie.

— Ne dites pas de bêtises, l'interrompit-elle en repoussant son visage pour le prendre à deux mains. Je refuse de croire que vous n'écrivez plus. Je reste persuadée que vous continuez en secret. »

Benia regarda fixement la rivière. Sur l'autre rive, les lumières de l'ambassade de Grande-Bretagne se reflétaient dans l'eau.

« Je suis écrivain. Un écrivain qui n'écrit pas est un écrivain mort. Si je n'écris pas, je me flétris, je me dessèche. Si bien que je traduis des articles pour des journaux socialistes et je travaille sur des scénarios de films. Mais ce genre d'emploi se raréfie également. Je suis presque ruiné à présent même si j'ai encore mon appartement dans l'immeuble réservé aux écrivains.

— Pourquoi n'êtes-vous pas resté à Paris ?

— Je suis russe. Sans la mère patrie, je ne suis rien.

— Bon. Sur quoi travaillez-vous en ce moment ?

— Sur vous.

— Vous préparez un texte sur la police secrète et la direction du Parti, n'est-ce pas ? Vous rédigez la nuit et vous cachez vos pages sous votre matelas. À moins que ce ne soit chez une fille des faubourgs ? Ne suis-je pour vous que du matériau pour votre recherche secrète ? Vous vous servez de moi pour pénétrer dans notre monde ? »

Benia poussa un profond soupir avant de se gratter la tête. « Nous autres, écrivains, nous conservons tous un secret qui nous maintient en vie et nous permet de garder espoir, même si nous savons parfaitement que nous ne le publierons jamais. Isaac Babel refuse de révéler le sujet sur lequel il planche ; Micha Boulgakov écrit un roman sur le diable dont l'intrigue se situe à Moscou. Personne ne les lira jamais. Pas plus qu'on ne lira ce que j'écris.

— Si. Moi. Vous me montrerez vos textes ? »

Il refusa d'un signe de tête.

« Vous ne me faites pas confiance ?

— J'aimerais en être capable, Sashenka. Je rêve de pouvoir vous montrer mon roman parce que personne ne sait que je l'écris, pas même mon épouse. Si je vous le dévoilais, j'aurais au moins une lectrice, une sublime lectrice qui plus est. Je me sentirais à nouveau artiste, et non un scribouillard fatigué qui tente de survivre dans cette époque où nous cherchons tous à écraser les autres. »

Benia fuyait le regard de la jeune femme qui devina ses larmes sans les voir.

« Signons un pacte, proposa-t-elle en lui prenant les mains. Vous pouvez avoir une confiance absolue en moi, même en ce qui concerne votre roman. Je le lirai. En contrepartie, si vous me jurez de ne jamais me blesser, de ne jamais trahir ma confiance, je vous autorise à m'embrasser à nouveau, à la nuit tombée, au bord de la Moskova. »

Il acquiesça. Tous deux restèrent là, mains jointes, radieux dans la nuit d'été. Soudain, derrière elle, Sashenka entendit le piaillement et les battements d'ailes de deux cygnes qui se posèrent sur la rivière en faisant bruire l'eau.

De sa vie, elle ne s'était jamais sentie aussi heureuse.

11

Benia aida Sashenka à remonter sur le quai pour se rendre à l'hôtel Metropol. Sur le seuil, face au portier en haut-de-forme, la jeune femme hésita un instant, mais son envie de danser était trop grande.

Benia adorait l'atmosphère du Metropol. Même pendant la Grande Terreur, l'orchestre de jazz avait continué de jouer et il y avait dansé des nuits entières pour oublier ses ennuis au son des trompettes et des saxophones. Avant 1937, l'hôtel grouillait d'étrangers accompagnés de jeunes Russes somptueuses en robes de couturiers français mais, à présent, les hommes d'affaires, les diplomates, les journalistes et les délégations étrangères restaient à distance les uns des autres. Avant les exécutions, Gideon l'avait parfois amené dîner ici en compagnie d'auteurs célèbres venus d'autres pays. Benia avait ainsi rencontré H. G. Wells et Feuchtwanger. Il avait écouté le discours adressé par son bienfaiteur, Gorki, aux écrivains du Parti et aux bureaucrates du monde du théâtre. L'un après l'autre, ces gens avaient disparu. Liquidés ! Mais lui avait survécu. Tout comme Sashenka avait survécu à la terreur par on ne sait quel miracle. Benia ressentait soudain une envie irrépressible de fêter la vie.

Lorsqu'ils passèrent les portes de l'hôtel, ils se sentaient si proches… mais une fois dans le hall, la jeune femme prit ses distances, craignant sans doute d'être reconnue. Cela dit, elle recevait parfois ici des auteurs qui travaillaient pour le magazine et… n'allait-il pas écrire pour elle ?

« Détendez-vous », lui murmura-t-il.

Les serveurs tout de noir vêtus les accompagnèrent à une table de style Art déco. Que la salle semblait différente ce soir ! Les miroirs étincelaient ; les volutes de fumée s'élevaient vers les moulures des plafonds comme la brume en montagne. Les lumières sur la scène, les profils des hommes coiffés *en brosse**, le visage barré d'une fine moustache, l'éclat des bottes cirées, la courbe des jodhpurs des officiers de l'Armée rouge, les chevelures permanentées des filles… Ce soir, tout semblait incroyablcment plus luxueux.

Une fille portant un présentoir rempli de cigarettes et de chocolats se posta devant eux. Sans quitter Sashenka des yeux, Benia acheta un paquet de cigarettes et lui en offrit une, qu'il alluma en silence. Lorsque leurs yeux se croisèrent, le regard de la jeune femme lui fit l'effet d'un phare dans la nuit. Pour l'écrivain, l'atmosphère tout entière de l'hôtel tournait autour de Sashenka.

Elle semblait avoir retrouvé son calme, mais ses lèvres furent prises d'un léger tremblement

371

lorsqu'elle tira une bouffée de sa cigarette. Ses yeux se fermèrent un instant, si bien que l'ombre de ses jolis cils vint caresser sa peau délicate et ses taches de rousseur si séduisantes. Les lumières jouaient avec les reflets de ses épais cheveux bruns. Sous son apparente sérénité, elle avait le souffle court. Benia ressentait la même chose. Ce soir, le monde semblait tourner un peu plus vite qu'à l'accoutumée.

Le spectacle allait commencer. Les projecteurs pivotèrent pour éclairer la fontaine qui se trouvait au centre de la salle. Roulements de tambour. Ce soir, l'orchestre d'Utesov n'était pas au programme. Il s'agissait d'un groupe de jazz comprenant trois trompettistes, un saxophoniste et deux contrebassistes, tous en costume noir et chemise blanche. La Nouvelle-Orléans et Odessa se rencontraient dans ces rythmes fiévreusement *louches**.

Benia commanda du vin, de la vodka et des zakouski : du caviar, du hareng *pelmeni*, avant de se souvenir qu'il avait à peine un kopeck en poche. « Moi, je commande et vous, vous payez, lança-t-il. Je suis fauché comme les blés ! »

Il la regarda se régaler du vin de Géorgie et soupirer d'aise lorsque sa soif fut étanchée. Même ce geste si ordinaire lui sembla précieux. Il l'attira enfin à lui pour l'emmener danser.

« Une seule », dit-elle.

Benia dansait le fox-trot et le tango à merveille, si bien qu'ils continuèrent à tourner sur la piste après le premier morceau. Mince et svelte, il guidait parfaitement sa partenaire qu'il faisait habilement virevolter. Soudain, la vie lui parut

372

trop courte. Les circonstances qui rendaient cette délicieuse soirée possible pouvaient parfaitement ne jamais se représenter, aussi lui fallait-il pousser les choses aussi loin que possible. Il la serra donc contre lui, conscient à la respiration de la jeune femme de l'euphorie qu'elle ressentait également.

Elle se détacha brusquement de lui pour retourner s'asseoir.

« Il faut que je m'en aille maintenant, expliqua-t-elle lorsqu'il vint la rejoindre.

— Cette nuit est une nuit à part, murmura-t-il. Ce qui se passera ce soir sera une parenthèse sans la moindre incidence sur nos vies. Et si nous prenions une chambre ?

— Jamais de la vie ! Vous êtes fou !

— Imaginez comme ce serait bon.

— Et comment la réserverions-nous ? Bonsoir, Benia, ajouta-t-elle en attrapant son sac à la volée.

— Un instant », l'implora-t-il en lui saisissant la main sous la table. Pris de panique à l'idée qu'elle puisse s'enfuir, il décida de jouer à quitte ou double, et posa la main de Sashenka sur sa braguette.

« Mais pour qui vous prenez-vous ? lui demanda-t-elle d'un ton cassant tout en lui arrachant ses doigts.

— Vous voyez le pouvoir que vous avez sur moi. Vous me faites souffrir.

— Je m'en vais », dit-elle sans bouger, les yeux exorbités.

Elle était ivre, mais le vin n'était pas responsable de son ivresse.

« Vous êtes certaine de ne pas avoir de chambre ici, Sashenka ? Pour votre magazine ? »

Elle rougit violemment. « La chambre 403 appartient au Litfond, le fonds littéraire, mais les rédacteurs de *L'Épouse soviétique* peuvent en effet y loger les écrivains de passage. Ce serait complètement insensé...

— Quelqu'un l'utilise en ce moment ? »

Prise d'une colère froide, la jeune femme se leva d'un bond. « Vous me prenez sans doute pour une... *bummekeh* ! » Elle s'interrompit aussitôt, stupéfaite d'avoir utilisé le terme yiddish signifiant « femme de mauvaise vie », un souvenir de son enfance.

« Non, pas une bummekeh, répondit-il du tac au tac. Je vous prends pour la bubeleh la plus séduisante de Moscou. »

Cette réponse la fit éclater de rire. Personne ne l'avait jamais appelée « bubeleh » auparavant. Benia et elle partageaient un passé étrangement rassurant dans l'ancien monde juif des territoires nationaux réservés aux minorités.

« Chambre 403, murmura-t-il.

— *Bonsoir**, Benia. Grâce à vous, je me suis étonnée moi-même, mais maintenant ça suffit. N'oubliez pas de me remettre votre article lundi prochain au plus tard. » Sur ces mots, elle tourna les talons, quitta la salle à manger par les portes battantes qui continuèrent à danser derrière elle.

12

Sashenka éclata de rire ! Quelle bêtise ! Elle venait de se tromper de porte mais, après une telle sortie, elle ne pouvait guère retourner dans la salle à manger. Elle s'assit donc sur les marches qui menaient aux ascenseurs de service et alluma une cigarette. Sa présence dans cet endroit caché au cœur de l'hôtel paraissait des plus appropriées. Personne ne la savait là.

Sans y réfléchir à deux fois, elle prit l'ascenseur et monta au quatrième étage. Telle une somnambule, elle se faufila discrètement dans les couloirs humides. Même l'un des endroits les plus chics de Moscou empestait le renfermé, le chlore, le chou et le moisi. Où était-elle ? Il lui fallait rentrer chez elle mais elle craignait de croiser la préposée de l'étage, qui serait immanquablement un agent du NKVD. Cela dit, en entrant par l'arrière, elle avait sans doute évité la vieille bique.

Lorsque Sashenka arriva devant la chambre 403, elle entendit un pas derrière elle. C'était Benia. Elle ouvrit la porte et ils se jetèrent à l'intérieur.

La pièce sentait l'antimite et le désinfectant. Il y faisait sombre, car elle n'était éclairée que par les étoiles électriques qui surplombaient les huit flèches du Kremlin de l'autre côté de la vitre. Ils reculèrent jusqu'au lit dont le matelas s'affaissait en son centre et dont les draps exhalaient une odeur rance, un mélange de sperme et d'alcool, remugle typique des hôtels soviétiques. La jeune femme envisagea de se débattre, de gronder, de se plaindre, mais Benia lui saisit le visage à deux mains et l'embrassa avec une telle passion qu'elle sentit son corps s'embraser.

Il lui ôta sa robe et enfouit son visage dans son cou, dans ses cheveux. Il lui écarta les cuisses, défit son soutien-gorge, caressa ses seins en laissant échapper un soupir de plaisir. « Ces veines bleutées sont sublimes », murmura-t-il, faisant instantanément disparaître le complexe que Sashenka avait depuis toujours. Fou de désir, il titilla ensuite ses mamelons à petits coups de langue avant de disparaître sous sa jupe.

Elle tenta de l'en déloger par deux fois, mais il y retournait malgré tout. Elle alla jusqu'à le gifler. En vain.

« Non, non. Pas là. Non. Merci, non, non, vraiment... », insista-t-elle. Son corps entier semblait pris d'un pudique mouvement de recul.

« Tu es magnifique », lui chuchota Benia.

Était-ce possible ?

Il continua de dévorer son corps de baisers. Personne ne s'était jamais conduit de la sorte avec elle... Parcourue de délicieux frissons, elle avait du mal à se contrôler.

« Tu es délicieuse ! »

Elle se sentait si gênée qu'elle se cacha carrément le visage dans ses mains. « Non, je t'en prie, arrête.

— Voyons si tu parviens à rester insensible ! » suggéra-t-il en enfonçant son visage sous sa jupe.

Quand, enfin, elle trouva la force d'affronter son regard, il éclata de rire. J'ai un amant, s'étonnat-elle, ensorcelée par le désir passionné de Benia. Ça lui rappelait la première fois avec son mari... sauf que ça n'avait rien à voir. En fait, comprit-elle, c'est comme si je venais de perdre ma virginité avec cet adorable et insupportable clown, si différent des machos bolcheviques qui m'entourent.

Il est fou, se dit-elle, tandis qu'ils faisaient à nouveau l'amour. Mon Dieu ! Après avoir été pendant vingt ans la plus raisonnable des bolcheviks de Moscou, me voici envoûtée !

« Regarde ! » murmura-t-il. Et elle lui obéit. Elle ne se reconnaissait plus. Il était à nouveau en elle ; il lui caressait l'arrière des genoux, le haut des cuisses, les oreilles, le creux du dos. Ses baisers étaient un régal.

Elle avait perdu toute notion du temps, de l'espace et des bonnes manières. Benia lui faisait oublier qu'elle était communiste, qu'elle était elle-même, pour la première fois depuis vingt ans. Elle vivait enfin pour le moment présent et c'était... délicieux.

13

Le silence régnait. Allongée sur les draps froissés, Sashenka ouvrit les yeux. Les étoiles du Kremlin étaient-elles toujours derrière la vitre ou avaient-elles été balayées par leurs étreintes passionnées ? Progressivement, la jeune femme revint à la réalité.

« Mon Dieu ? Qu'est-ce qui m'a pris ?

— Ça t'a plu, n'est-ce pas ? »

Pour toute réponse, elle se contenta de secouer la tête et de refermer les yeux.

« Regarde-moi, insista Benia. Dis-moi que tu as aimé. Sinon, je ne t'embrasserai plus jamais.

— Je ne peux pas.

— Dans ce cas, contente-toi d'un signe de tête. »

Elle ne put qu'acquiescer. Difficile d'admettre l'ivresse dont son corps vibrait encore dans cette petite chambre sombre au dernier étage du Metropol en cette nuit de mai 1939.

Sa robe et ses sous-vêtements avaient été jetés par terre ; elle portait un bas mais l'autre recouvrait l'abat-jour qui éclairait leurs corps d'une lumière sépia ; sa bouche avait un goût salé ; l'odeur âcre du plaisir et de la transpiration lui montait délicieusement à la tête.

Benia embrassa encore sa bouche puis ses cuisses, devenues si sensibles qu'elle tressaillit. Il lui déposa un baiser sur les lèvres avant de redescendre entre ses jambes. Sashenka frissonna ; sur son ventre, la sueur semblait pareille à la rosée. Là, elle tira Benia à elle pour l'allonger à son tour et le chevaucher. Lorsqu'il était en elle, ils semblaient faits l'un pour l'autre, tant leurs corps s'imbriquaient parfaitement. Pourquoi se sentait-elle si bien dans ses bras ? Pourquoi leur relation lui paraissait-elle si naturelle ?

L'énormité de la situation la frappa soudain. Comme une gifle en pleine figure. Elle venait de trahir Vania, son alter ego, son confident, le père de ses enfants. Elle l'aimait encore, bien sûr, mais la fièvre qui l'emportait n'avait rien à voir avec le sentiment confortable et routinier qu'elle éprouvait pour son mari. Les femmes ne sont pas censées aimer deux hommes à la fois si bien qu'un terrible sentiment de culpabilité l'étreignit.

« C'est la première fois, murmura-t-elle. Je parie qu'elles te disent toutes ça…

— Tiens, c'est amusant que tu m'en parles car, selon le *Manuel du parfait adultère prolétaire et soviétique*, c'est en effet la remarque traditionnelle des femmes à cet instant précis de la relation.

— Et selon ce… manuel, quelle est la réplique adéquate que doit prononcer l'homme ?

— Je devrais répondre : "Oh, je m'en doute", et faire comme si je te croyais.

379

« — Ce qui n'est pas le cas.

— Pour être honnête, si.

— Qui a écrit ce livre plein de sagesse ?

— Un certain B. Golden.

— Que conseille-t-il pour la suite des événements ? »

Benia garda le silence un instant ; une ombre traversa son visage.

« Tu as peur, Sashenka ?

— Un peu, admit-elle en frissonnant.

— Rien ne nous oblige à nous revoir, tu sais.

— Tu n'es pas sérieux, n'est-ce pas ? » s'exclama-t-elle, atterrée.

Heureusement, il secoua la tête et garda son visage collé au sien. « C'est, je crois, la plus belle chose qui me soit jamais arrivée, Sashenka. J'ai connu beaucoup de filles, j'ai couché avec nombre d'entre elles…

— Ne te vante pas !

— C'est peut-être l'époque qui veut ça. On a tendance à vivre intensément chaque seconde qui passe. Mais nous méritons bien un peu de plaisir, tu ne crois pas ? » Soudain, il lui prit le visage dans ces mains. La jeune femme fut stupéfaite du sérieux dont il faisait soudain preuve. « Qu'est-ce que tu ressens pour moi, Sashenka ? »

Après l'avoir repoussé, elle trébucha jusqu'à la fenêtre. La transpiration séchait sur sa peau et elle sentait toujours les battements de son cœur jusqu'au tréfonds de son corps. Sous les toits du vieil hôtel, elle observa la ville éclairée par la lune. La Moskova, les ponts, les dômes de la cathédrale Saint-Basile et, dans le Kremlin, des hectares de palais ocre, de toits émeraude, de remparts rouge sang, de coupoles dorées et de cours pavées. Elle vit l'endroit où Staline travaillait, le bâtiment triangulaire du Sovnarkom, le Conseil des ministres, surmonté d'un dôme vert. Elle vit même que la lumière était allumée dans son bureau. S'y trouvait-il en cet instant ? Il était sans doute à sa datcha de Kountsevo. Joseph Vissarionovitch était l'ami de Sashenka… enfin, pas vraiment. Personne n'était l'ami de Staline, mais le Petit Père des peuples – oui, une nouvelle relation, un invité, qui avait promu son mari et admiré sa revue – était le plus grand homme d'État de l'histoire de la classe ouvrière. Elle n'en doutait pas un instant et demeurait bolchevique jusqu'au bout des ongles. Ce qui venait de se passer ne changeait rien à son engagement politique.

Mais le reste ? Allongé sur le lit, Benia allumait une cigarette en observant sa maîtresse du coin de l'œil. L'orchestre jouait peut-être encore au rez-de-chaussée mais la chambre était plongée dans un profond silence. La jeune femme avait tout pour être heureuse. Tout sauf ça. La mère de famille communiste venait de se donner à l'écrivain incapable d'écrire, dont les opinions politiques n'étaient pas orthodoxes. Il considérait Staline et son régime d'un œil indifférent, voire méprisant. Et pourtant, ce Galicien imbu de lui-même, insolent et vantard venait de la combler. Elle adorait sa fossette au menton, ses sourcils bas, ses yeux bleus pétillants, sa mèche de cheveux blonds sur son crâne dégarni et, elle osait se l'avouer, son sexe…

Benia vint se poster derrière elle. « Qu'y a-t-il ?
demanda-t-il en la prenant dans ses bras.

— J'ai fait bien pire que tromper mon mari. Je
n'aurais jamais cru ça possible. Je suis devenue
comme ma mère.

— Tu n'imagines pas à quel point tu es
excitante », lui chuchota-t-il en lui caressant les
cuisses. Ils éprouvaient un tel désir l'un pour
l'autre... Leurs nouveaux ébats les laissèrent pante-
lants, heureux et, cette fois, repus.

Plus tard, alors qu'elle était accoudée à la fenêtre
d'où elle observait le Kremlin, Benia embrassa si
délicatement Sashenka, si tendrement, si amoureusement, si passionnément, qu'elle ne reconnut pas
les réactions de son propre corps. « Quelle
gourmande ! » la taquina-t-il d'un ton si gai que
l'univers monochrome de Sashenka prit instantanément toutes les couleurs de l'arc-en-ciel.

C'était donc ça, songea-t-elle. Je comprends
enfin pourquoi on en fait toute une histoire...

14

Tous ses sens encore en émoi, Sashenka rentra chez elle. Que lui arrivait-il ? Ce qui les avait unis dans cette chambre d'hôtel n'était-il qu'un songe ? Elle laissa l'ancienne université sur sa droite avant de tourner dans la petite rue Granovski. La meringue rose du début du siècle qui lui servait de domicile se trouvait à gauche. Les gardes la saluèrent d'un signe de tête tandis que le concierge arrosait la pelouse.

Dans l'appartement du rez-de-chaussée qu'elle partageait avec ses beaux-parents, elle n'alluma pas les lampes, car les sols en laque reflétaient la lumière. Sashenka adorait l'odeur d'encaustique, les plafonds hauts et leurs superbes moulures, le parfum des meubles en pin de Carélie fournis par le gouvernement. Une fois assise sur son lit, elle retint son souffle. Était-elle en train de tromper tous ceux qu'elle aimait ? Pouvait-elle tout perdre ? Malgré les risques, elle ne parvenait pas à regretter quoi que ce soit.

Elle alla vérifier que tout se passait bien dans les chambres de ses enfants. Elle ne les avait pas trahis, se répéta-t-elle d'un ton convaincu. Elle venait simplement de découvrir une nouvelle facette de sa personnalité.

Elle observa ses deux amours. Son fils serrait dans ses bras l'un de ses nombreux lapins en peluche. Une envie soudaine de les réveiller pour les cajoler la traversa. Je suis devenue une femme, se dit-elle, mais je n'en demeure pas moins leur mère.

Elle s'approcha de Snowy. À cet instant précis, l'enfant se dressa dans son petit lit. « Maman, c'est toi ?

— Oui, ma chérie. Je viens de rentrer. C'est Babouchka qui t'a couchée ?

— Tu as été danser ?

— Comment l'as-tu deviné ?

— Tu fredonnes, maman. Quelle est cette chanson ? Une romance ? »

Sashenka ferma les yeux et se rappela la chanson de Benia.

Ah, ces beaux yeux noirs m'ont envoûté,
Ils sont impossibles à oublier.
Regard ardent, sublime, passionné,
Que j'ai croisé dans l'adversité,
Comme je vous aime, et comme je vous crains…

Snowy attrapa la main de sa mère qu'elle plaça, avec son coussin, sous sa tête pour se rendormir paisiblement.

Assise sur le lit, la main coincée sur la joue de sa fille, Sashenka sentit son malaise se dissiper. Elle ne ressemblait nullement à Ariadna. Ariadna ne l'avait jamais embrassée pour lui souhaiter une bonne nuit. Sa mère était une coureuse, une folle. Et pourtant... si seulement elles avaient pris le temps de bavarder ensemble. Pourquoi Ariadna s'était-elle suicidée avec le Mauser ? Sashenka n'oublierait jamais les jours passés à veiller sa mère, avant sa mort.

Et son père ? Comme elle avait été fière qu'il ne fuie pas à l'étranger, qu'il renonce au capitalisme pour être utile au nouveau régime. Pourtant, elle ne l'avait pas revu depuis 1930, lorsqu'il était parti en exil à Tiflis où il vivait dans un garni. Pendant la Grande Terreur, Sashenka aurait pu avoir des ennuis en tant que « fille de capitaliste » mais elle était une bolchevik de la vieille garde, une intouchable. Les origines prolétaires et la réussite de Vania la protégeaient, mais elle avait dû accepter de ne pas demander la grâce de son père, de ne pas lui venir en aide et de ne pas lui envoyer de colis.

« Oublie-le, lui avait recommandé Vania. C'est mieux pour nous et pour lui. » Elle avait failli en parler à Staline, mais l'irruption de Snowy lui avait évité de prendre ce risque.

La dernière fois qu'elle avait entendu la voix de son père, dont les accents mondains lui rappelaient leur vie d'avant la révolution, c'était au téléphone, en 1937, juste avant son arrestation. Snowy et Carlo ne le connaissaient pas ; ils croyaient leurs grands-parents maternels morts depuis bien longtemps. Sashenka ne critiquait jamais la façon dont le Parti avait traité son père, même en son for intérieur, ce qui ne l'empêchait pas de s'interroger. Avait-il été condamné aux travaux forcés ? Avait-il reçu le châtiment suprême ?

Après s'être douchée, Sashenka prit son fils dans ses bras avant de se coucher avec lui dans son lit. Dans un demi-sommeil, Carlo l'embrassa avant de s'endormir profondément contre elle.

Le lendemain matin, elle venait à peine de s'asseoir à son bureau quand le téléphone se mit à sonner.

Lorsqu'elle décrocha, une voix rauque teintée d'un accent galicien lui donna le frisson. Son corps se souvint des ébats de la veille. « Bonjour, c'est ton nouvel écrivain, camarade rédactrice en chef. Je me posais cette question : tu m'as commandé un article ou pas ? »

15

Dix jours plus tard, Benia Golden déjeunait
comme à son habitude au club des écrivains en
compagnie d'oncle Gideon. Ensuite, les deux
hommes se rendirent aux bains Sandounovski puis
Benia passa chez Stas, le barbier arménien situé
juste à côté. Sur un mur, à côté d'un portrait de
Staline, tout un assortiment de tondeuses et de
rasoirs avait été déployé sur une bande aimantée
et une plante en plastique décorait la fenêtre. La
radio était toujours en marche et rapportait les
affrontements qui opposaient les Russes aux
Japonais en Mongolie. La guerre n'allait pas tarder
à éclater. Assis dans un fauteuil moelleux, Benia
laissa Stas lui recouvrir le visage de mousse et
d'eau tiède.

« Tu as l'air assez heureux, lança Stas. On t'a
commandé un article ? Tu es amoureux ?

— Les deux, Stas. Ma vie a complètement
changé depuis ma dernière visite. »

Tandis qu'il se prélassait, le visage et le cou
couverts de serviettes chaudes, le moral de Benia

grimpa en flèche. Au diable son article! Il ne parvenait pas à penser à autre chose qu'à Sashenka. Sa voix rauque et sensuelle, sa façon de se mordre la lèvre quand elle réfléchissait; leur manière de danser, de faire l'amour, de chanter, de bavarder, de se comprendre à demi-mot...

Pas une heure, pas une minute ne passait sans qu'il meure d'envie de la revoir, de lui parler, de la toucher. Il voulait se repaître de sa beauté; engranger les souvenirs à deux afin d'être avec elle, même séparés.

Mais l'amour, comme d'habitude, était toujours plus ou moins lié à la douleur: Sashenka était mariée. Benia aussi, d'ailleurs. Ils se rencontraient au mauvais moment. Autrefois, il aimait son épouse mais la routine avait eu raison de leur passion. Ils étaient à présent comme frère et sœur, ou pire, colocataires de l'appartement qu'ils partageaient avec leur petite fille. Quant à Sashenka, Benia ne trouvait plus les mots... Elle était tout simplement la femme la plus adorable qu'il ait rencontrée. La vie n'avait jamais été plus belle, plus radieuse. Tout cela durerait-il? Dans le doute, il valait mieux profiter de chaque instant.

« Quelle heure est-il? Je suis en retard. Dépêche-toi, Stas! Je suis amoureux! »

De l'autre côté de la ville, à Kitaï Gorod, le quartier chinois de la ville, Sashenka montait le petit escalier qui menait à l'atelier de M. Abram Lerner, le dernier des couturiers à l'ancienne de Moscou. Il travaillait pour le NKVD; c'est lui qui avait dessiné les nouveaux uniformes des maréchaux quand Staline avait rétabli les rangs traditionnels de l'armée. On disait qu'il confectionnait lui-même les tuniques de Staline mais, étant donné que le maître détestait les vêtements neufs, ce n'était probablement qu'une rumeur.

Lerner avait embauché Cléopâtre Fishman pour s'occuper des épouses des dirigeants. Sashenka savait que Polina Molotov et les autres venaient ici – certaines insistaient d'ailleurs pour payer quand d'autres s'en abstenaient. Ce jour-là, après une longue journée de travail, elle était venue chercher une nouvelle tenue. Elle attendait impatiemment à l'accueil, où s'empilaient des exemplaires de *Bazaar* et de *Vogue* qui venaient directement des États-Unis. Si une cliente souhaitait un style particulier, elle le montrait dans le magazine où elle l'avait vu et Cléo se chargeait avec son équipe de couturières de le réaliser. Lerner et Cléopâtre travaillaient ensemble depuis des décennies, dans une ambiance de courtoisie digne de l'ancien monde. Leur atelier était sans doute la seule institution de toute l'Union soviétique à n'avoir subi ni dénonciation ni exécution au cours des dix dernières années.

Cléopâtre Fishman, une petite femme rondelette aux boucles grisonnantes, escorta Sashenka dans la cabine d'essayage où elle lui apporta la robe de soie bleue à volants qu'elle avait commandée.

« Voulez-vous l'essayer ou l'emporter tout de suite ? »

Sashenka consulta sa montre.

389

« Je vais la passer », répondit-elle avant de se débarrasser prestement de ses vêtements, ce qu'elle n'aurait jamais osé faire auparavant. Elle les rangea ensuite dans son sac et enfila sa nouvelle tenue. Le contact de la soie sur sa peau la fit frissonner.

« Vous êtes allée chez le coiffeur.

— Oui, c'est une permanente. Qu'en pensez-vous ? »

La couturière la regarda des pieds à la tête. « Vous rayonnez, camarade Sashenka. Vous êtes enceinte ? Vous n'avez rien à avouer à la vieille Cléopâtre ? »

Un quart d'heure plus tard, à sept heures pile, au quatrième étage du Metropol, Sashenka embrassait avidement Benia Golden. Pour l'occasion, elle était allée chez le coiffeur et portait sa nouvelle robe, de la lingerie et des bas de soie tout neufs. Quant à Benia, son costume blanc était de plus en plus sale et de plus en plus élimé, il s'était toutefois lavé et rasé de frais.

Après avoir fait l'amour, ils bavardèrent en riant. Soudain, Sashenka tira de son sac un paquet qu'elle jeta sur le lit.

Benia s'en empara aussitôt pour le soupeser.

« C'est un petit cadeau pour toi.

— Du papier ! » s'exclama-t-il. La boutique du Litfond refusait de lui en vendre si bien que Sashenka lui en avait commandé. « Offrir du papier à un écrivain, c'est le meilleur moyen de gagner son cœur. »

Ils s'étaient retrouvés quotidiennement au Metropol depuis dix jours et leur relation ne se bornait plus uniquement à un désir sexuel primaire. Sashenka lui avait raconté l'histoire de sa famille et lui son enfance à Lemberg, ses tribulations pendant la guerre civile ainsi que ses nombreuses aventures amoureuses. Après vingt ans du bolchevisme le plus austère, la jeune femme était éblouie par l'exubérance de Benia, par la richesse de sa vie. Il faisait de chaque anecdote une farce dans laquelle il jouait à merveille le bouffon. Chez tout autre, le récit de ses démêlés avec la bureaucratie aurait été soit affreusement triste, soit d'un ennui à pleurer, mais il le transformait en sketchs hilarants peuplés de héros grotesques. Ses opinions sur les réalistes socialistes, les écrivains et les cinéastes étaient d'un scabreux à hurler de rire et pourtant il parlait de poésie avec des trémolos dans la voix. Il lui prêtait des livres et l'emmenait au cinéma en plein après-midi ; ils profitaient de Moscou en fleurs – c'était la saison du lilas et du magnolia – et il lui offrit même des guirlandes de mimosa et des bouquets de violettes qui, selon le fleuriste, venaient tout droit de Crimée.

« Grâce à toi, je revis, Sashenka.

— Qu'est-ce que je fais en ta compagnie ? J'ai l'impression délicieuse de tomber en chute libre. Après tant d'années d'une discipline si stricte, je pourrais en perdre la raison.

— Tu m'aimes donc un peu ?

— Tu cherches sans cesse les compliments, mon amour », lui répondit-elle en scrutant ses yeux bleus pailletés d'or, admirant la fossette de son menton et sa moue rieuse. Certes, Sashenka

391

s'amusait beaucoup avec ses enfants, mais depuis son enfance avec Lala, rire lui manquait. Mendel et Vania ne plaisantaient que rarement et, finalement, le monde paraissait globalement triste – surtout chez les bolcheviks, d'ailleurs. Avec Benia, lorsqu'ils ne faisaient pas l'amour, ils s'esclaffaient à gorge déployée, les yeux brillants.

« Il te faut toujours des preuves d'amour, n'est-ce pas ? On voit que ta mère te chérissait quand tu étais enfant.

— C'est vrai, elle m'adorait. Ça se voit tant que ça ? Elle m'a affreusement gâté.

— Eh bien, pour la peine, je ne te dirai pas ce que je pense de toi ! Tu as déjà la grosse tête, inutile d'en rajouter ! De toute façon, ma présence ici n'est-elle pas éloquente ?

— Si. Et j'en redemande…

— J'ai tout le temps envie de toi, Benia », soupira Sashenka. Uniquement vêtue de ses bas, elle se tenait à la fenêtre où la brise séchait la transpiration qui lui collait au corps. Quant à son amant, nu sur le lit, bras et jambes écartés, il fumait une Belomor. Elle alla s'asseoir sur lui à califourchon et s'accouda afin de tirer une bouffée de la cigarette qu'il lui tendait.

« J'ai écrit ton article, lui annonça-t-il.

— Sur l'orphelinat Félix-Dzerjinski…

— … chargé de rééduquer les enfants des traîtres à la patrie.

— Alors ? Cet endroit doit être particulièrement inspirant, non ? L'avant-garde dans la création du nouvel enfant soviétique.

—Je ne peux pas écrire un article dans cette veine, Sashenka. Même si je devenais le pire des salauds, indifférent, pleutre et assassin. Impossible…

—Comment ça? C'est une histoire de rédemption! rétorqua-t-elle, stupéfaite de la véhémence de Benia.

—De rédemption? De damnation, tu veux dire! C'est l'Enfer de Dante, là-bas! hurla-t-il avec tant de colère qu'elle lui posa un doigt sur les lèvres pour le ramener au calme. Je ne sais pas par où commencer. De l'extérieur, cet orphelinat paraissait assez mignon: un manoir dans les bois sans doute digne du Zemblishino de ton enfance; des enfants qui défilent dans leurs uniformes blancs et discutent de *L'Histoire du Parti bolchevique*. Le problème, c'est que lorsque j'ai demandé à visiter les locaux le directeur, une vraie brute, en a fait tout un drame. Il a fini par céder lorsque j'ai mentionné le nom du mari de l'éditrice en chef. À l'intérieur, loin des regards, les orphelins meurent de faim. Ils sont sales, mal élevés. Un garçon de six ans est mort hier. Son corps était couvert de coupures et de brûlures. Les médecins m'ont avoué que le directeur le battait sans relâche. Les maîtres sont de dangereux psychopathes qui abusent des enfants et les traitent en esclaves. Les plus jeunes sont terrorisés par les plus âgés, eux-mêmes complètement traumatisés. C'est l'un des endroits les plus effrayants que j'aie vus.

—Mais… c'est le NKVD qui le dirige… pour le Parti. Leur souci est de sauver ces enfants, je t'assure. Staline a même dit…

« — Mais tu ne comprends pas ? » cria-t-il à nouveau. Sashenka n'avait jamais vu Benia hors de lui. Cet accès de colère lui faisait un peu peur. Benia la repoussa pour aller chercher dans la poche de son veston un morceau de papier qu'il se mit à lire à haute voix.

L'orphelinat Félix-Dzerjinski chargé de rééduquer les enfants des traîtres à la patrie est l'un des meilleurs exemples de rédemption dans notre paradis soviétique. Ici, dans une charmante clairière, on donne à ces enfants innocents, que le destin a punis en les faisant naître dans des familles de traîtres, de terroristes, d'espions, de rats et d'assassins, un échantillon de la générosité d'une véritable éducation soviétique. Pas étonnant, dans de telles conditions, qu'ils se réunissent tous les matins à six heures pour entonner L'Internationale *et remercier le camarade Staline de leur offrir une enfance aussi heureuse avant de s'adonner à l'étude de* L'Histoire du Parti bolchevique. *Au même moment, dans un coin, un groupe d'adolescents crasseux qu'on a affamés et brutalisés commence à torturer une fillette de quatre ans à l'aide d'une lame de couteau et d'un briquet sous le regard indifférent du directeur dépravé, M. Khanchuk. Elle sera sans doute bientôt à nouveau violée par ces sauvages dépourvus de la bonté et de l'innocence inhérentes à l'enfance. Pas étonnant, puisque, ce matin-là, deux enfants ont été arrêtés au lieu de fêter leur douzième anniversaire. Accusés d'être des trotskistes et des espions à la solde des Japonais, ils ont été emmenés pour être*

condamnés soit à la peine de mort, soit aux travaux
forcés dans un camp...

Sashenka manquait d'air. « On ne peut pas
publier ça ! Si je donnais cet article à Klavdia, mon
assistante, elle t'emmènerait aussitôt devant le
comité du Parti qui te dénoncerait sans délai aux
organes du pouvoir ! »

Benia garda le silence.

« Je n'ai pas envie de mourir, si c'est ce que tu
veux savoir, mais je n'ai pas non plus envie d'être
un lèche-bottes. Je n'ai presque pas dormi de la
nuit. J'ai imaginé ma fille dans cet enfer et je me
suis réveillé en larmes. Il faut absolument que tu
parles de cet endroit à ton mari. » Suivant les
conseils avisés du livre imaginaire de Benia, le
Manuel du parfait adultère prolétaire et soviétique,
les deux amants ne mentionnaient jamais ni Vania
ni Katia, l'épouse de Benia.

« Je ne suis pas certaine que ce soit judicieux
de lui parler de toi.

— De toute façon, je doute que ça l'intéresse
beaucoup. Surtout s'il travaille toujours avec autant
d'entrain sur ces diplomates... » Le ton de sa voix
ne plaisait guère à Sashenka.

« Avec entrain ? Il travaille trop.

— On sait tous ce que ça veut dire... »

La jeune femme le dévisagea longuement. Son
estomac venait de se retourner en entendant ces
mots qu'elle ne voulait pas comprendre. Après
leurs ébats passionnés, il faisait chaud sous les
toits du Metropol. L'article de Benia l'affolait et

ravivait dans sa mémoire le souvenir d'une chanson de sa jeunesse :

Me voici abandonné, orphelin, personne n'est là pour me garder.
D'ici bientôt je mourrai, à ma tombe, personne ne viendra me pleurer.

Benia s'allongea à côté de Sashenka pour lui caresser le dos et explorer l'intérieur de ses cuisses. Mais elle le repoussa, alluma le briquet et mit le feu à l'article qui se consuma entre ses doigts avant de tomber par terre.

« Tu me méprises ? demanda-t-elle d'une voix brisée.

— Le *Manuel du parfait adultère* nous signale que c'est la question la plus fréquemment posée par les femmes, mais... non, au contraire, je pense le plus grand bien de toi... »

Folle de désir, elle l'attira. Son rêve le plus cher ? Passer la nuit avec lui, chanter un air qu'il accompagnerait au piano, se réveiller à côté de lui.

16

Lavrenti Beria savait que son uniforme rouge et bleu ne lui allait guère. Il avait les jambes trop courtes pour le pantalon à plis, les épaules trop larges, le cou trop épais. Il était toutefois obligé de porter cette tenue ridicule de temps à autre. Dans sa Buick noire aux vitres fumées, il entra dans le Kremlin, tourna place de la Trinité et s'arrêta en faisant crisser les pneus devant le Sovnarkom. La sécurité déployée autour du bureau de Staline était impressionnante. Les gardes ne prenaient leurs ordres que du maître, si bien que même le commissaire du peuple aux Affaires intérieures devait montrer son passe et laisser son arme avant d'entrer.

Beria ne se trouvait à Moscou que depuis dix mois ; malgré son enthousiasme de débutant, il comprenait qu'il devrait lutter pour conserver son poste. Il se savait capable de supporter les responsabilités, quelles qu'elles soient, car il se montrait infatigable. Il dormait peu et travaillait sans relâche.

Sa besace de cuir à la main, il passa la première barrière de sécurité pour entrer dans le bureau d'Alexandre Poskrebitchev. Le chef de cabinet de Staline nota son arrivée dans l'agenda de son patron, le salua avec respect – après tout, Staline l'appréciait – et prit le Mauser qu'on lui tendait.

« Entrez ! Le maître vous attend… Il est songeur aujourd'hui. » Poskrebitchev offrait systématiquement aux visiteurs importants un avant-goût de l'humeur de Staline.

Beria le savait, le dirigeant réfléchissait beaucoup à la situation en Europe. Madrid venait de tomber, ce qui écartait tout obstacle au dialogue avec l'Allemagne. La Grande-Bretagne et la France avaient cédé à Hitler à Munich, et Staline prévoyait de grands changements.

Beria attendit à la porte d'un vaste bureau rectangulaire éclairé de nombreuses fenêtres. Une longue table couverte d'un tapis de jeu trônait au centre de la pièce. Les portraits de Lénine et de Marx ornaient un mur tandis que ceux des maréchaux Koutouzov et Souvorov – en prévision de la guerre à venir ? – décoraient l'autre. Le masque mortuaire de Lénine était éclairé par un abat-jour vert pour rappeler au visiteur qu'il était entré dans le saint des saints.

À l'extrémité de la pièce, derrière un vaste bureau, une petite porte cachée dans les boiseries s'ouvrit et le dirigeant entra, un verre de thé fumant à la main. Beria restait impressionné par le mélange de grâce féline, de rustrerie et d'intelligence de Staline. Il fallait les trois pour faire un grand homme d'État.

« Lavrenti, *gamajoba* ! » s'écria Staline en géorgien. Lorsqu'ils se trouvaient seuls, les deux hommes parlaient leur langue maternelle, mais en présence de Russes, Staline s'exprimait toujours en russe car il était le chef incontesté de la Russie et la Géorgie n'était qu'une petite province parmi d'autres.

« Ah ! Le nouvel uniforme ! Pas mal, pas mal du tout, même, dit-il en lui lançant un sourire carnassier. Assieds-toi. Comment va Nina ?

— Très bien, merci, camarade. Elle t'envoie son bon souvenir. » Beria savait parfaitement que Staline appréciait beaucoup sa blonde épouse...

« Et ton fils, le petit Sergo ?

— Il s'habitue à l'école. Il se rappelle encore parfaitement la fois où tu l'as bordé dans son lit. Il était encore tout jeune, mais il s'en souvient.

— Et je lui avais lu une histoire. Svetlana est ravie qu'il soit enfin à Moscou. Est-ce que Nina apprécie la maison que j'ai choisie pour vous ? A-t-elle reçu les confitures de Géorgie que je lui ai fait envoyer ? Tu es un de ceux en qui j'ai le plus confiance, tu as besoin d'espace et de bonnes conditions de travail.

— Nous te remercions beaucoup, toi et le Comité central, pour ta confiance, la maison et la datcha. Nina est enchantée !

— Qu'elle n'hésite pas à venir me le dire en personne ! plaisanta Staline.

— Crois-moi, Joseph Vissarionovitch, répondit Beria, elle est en train de t'écrire une lettre.

— Inutile. Assieds-toi. »

Beria s'installa à la grande table et ouvrit sa mallette pour en tirer ses documents. Quant à Staline, il pressa une tranche de citron dans son thé et remua le mélange.

« Bien, qu'as-tu pour moi ?

— Bon des choses, camarade. Le dossier du commissariat aux Affaires étrangères avance correctement et nous avons démasqué des espions allemands, polonais, français et japonais parmi les anciens diplomates.

— Qui s'en occupe ?

— Kobilov et Palitsine.

— Parfait. Kobilov est un éléphant dans un magasin de porcelaine mais il fait du bon travail. Et Palitsine ?

— Il est très efficace, répondit Beria alors qu'on lui avait adjoint Vania sans lui demander son avis. Voici quelques-unes des confessions déjà signées par les prisonniers. Tu m'as demandé des renseignements sur l'ex-baron Zeitlin, le beau-père de Palitsine.

— Sashenka Zeitlin-Palitsine est un modèle de rigueur pour les femmes soviétiques. »

Beria nota qu'aujourd'hui Staline n'était pas d'humeur pour les blagues salaces, qu'il affectionnait, lui, pourtant beaucoup. Ce jour-là, le maître ne songeait qu'aux problèmes survenus aux frontières de la Mitteleuropa. Il sirota son thé et tira de sa vieille tunique défraîchie une cigarette qu'il alluma tout en jouant avec les crayons posés sur son bureau.

« Est-ce qu'elle ou Palitsine l'ont contacté ?

— Jamais.

— Ils ont privilégié le Parti, en conclut Staline en lançant un regard perçant à Beria. Tu vois, c'est une Soviétique, une vraie. Elle s'est réinventée, malgré ses origines sociales et son entourage. Je me souviens de l'avoir vue taper à la machine dans le bureau de Lénine. N'oublie pas que Lénine en personne venait d'une famille noble et qu'il a grandi en hobereau, passant son temps à manger des fraises et à se rouler dans la paille avec de jolies paysannes. »

Beria connaissait cette ruse : seul Staline avait le droit de critiquer Lénine. Seul un dieu peut en critiquer un autre. Beria lança donc le regard profondément choqué que son supérieur attendait, l'œil brillant, satisfait d'avoir remplacé Lénine dans le cœur des Russes.

Beria étala ses documents sur la table. « Tu m'as donc demandé ce qu'était devenu Zeitlin. Ça m'a pris un certain temps pour le découvrir. Il a été arrêté sur mes ordres le 25 mars 1937 à Tiflis où on l'avait exilé en 1930. Il y vivait tranquillement avec son épouse anglaise. On lui a fait subir un interrogatoire…

— Musclé ou pas ? l'interrompit Staline qui griffonnait une tête de loup sur son papier à en-tête.

— Plutôt musclé. Ce n'était pas une colonie de vacances ! Cela dit, il n'a rien avoué.

— Quoi ? Ce vieillard a survécu à Kobilov ?

— Si je ne m'en étais pas mêlé, Kobilov l'aurait réduit en bouillie. Il lui arrive d'aller trop loin.

— La révolution nous y oblige parfois.

— Zeitlin a été condamné selon l'article 58 au châtiment suprême pour avoir été un "traître trotskiste et avoir conspiré pour assassiner les camarades Staline, Vorochilov, Molotov et moi-même".

— Toi ! Quelle modestie ! s'écria Staline avec un sourire en coin. On peut se tromper, ajouta-t-il en secouant la tête d'un air triste. Trop de gens obéissent les yeux fermés dans notre pays. »

Beria était habitué aux questions de Staline dont l'excellente mémoire ne lui permettait toutefois pas de se rappeler tous les noms qui figuraient sur les listes des disparus. Après tout, il avait signé lui-même l'arrêt de mort de trente-huit mille ennemis du peuple. Environ un million avaient été exécutés depuis 1937 et plus encore n'avaient pas survécu au Goulag. Beria se demandait pourquoi Staline s'intéressait à ce Zeitlin que tout le monde avait oublié… À moins qu'il ne soit attiré par Sashenka. Le dirigeant restait discret sur sa vie privée, mais Beria savait qu'il avait eu de nombreuses aventures. Ou bien Staline connaissait peut-être Zeitlin personnellement, lui qui avait eu des intérêts à Bakou et Tiflis ?

Peu importait. Il arrivait parfois que le maître regrette certaines exécutions. « Zeitlin est donc mort ? demanda-t-il en coloriant l'intérieur de la tête de loup.

— Non. Il faisait partie d'une liste de sept cent quarante-trois noms que le Narkom avait rédigée pour toi et le Politburo le 15 avril 1937. Tu as confirmé toutes les peines à l'exception de la sienne puisque tu as mis un tiret devant son nom.

« — Un tiret ? » murmura Staline.

Un signe de ponctuation, si infime soit-il, pouvait changer un destin, Beria le savait.

« En effet. Zeitlin n'a pas été exécuté. Il a été envoyé au camp de Vorkouta où on lui a confié un emploi de comptable. En ce moment précis, il est à l'hôpital du camp où on le soigne pour une pneumonie, une angine de poitrine et la dysenterie.

— Je vois que les bourgeois survivent toujours.

— Il est sans arrêt malade.

— Il nous enterrera tous.

— Pour être honnête, il n'en a sans doute plus pour très longtemps. »

Staline se contenta de hausser les épaules et d'expirer la fumée de sa cigarette.

« Lavrenti Pavlovitch, penses-tu que ce Zeitlin présente encore un danger pour notre régime ? Viens dîner à Kountsevo ce soir. Il y aura des cinéastes et des acteurs. Je sais que tu es débordé mais si tu as un moment… »

Sur ces mots, Staline repoussa le dossier. C'était le signe qu'il était temps pour Beria de partir. La réunion était terminée.

17

Une fois son repas terminé – bortsch, hareng salé et côtelettes de veau –, Gideon Zeitlin mit son chapeau et quitta le club des écrivains de Moscou pour rejoindre les rues parfumées. Il venait de déjeuner avec ses amis : le « comte rouge » Harry Kessler, le mondain Alexeï Tolstoï – l'un des auteurs préférés de Staline –, Fadeïev le secrétaire de l'Union des écrivains soviétiques – ivre, comme toujours –, Ilya Ehrenbourg le romancier canaille et Mouche, la jolie fille de Gideon, qui était devenue actrice et commençait à obtenir des rôles importants au cinéma. Tous appréciaient leurs privilèges, les bons repas, le vin, les datchas à Peredelkino et les vacances à Sotchi parce qu'ils avaient survécu aux terribles années de 1937 et 1938.

Gideon musarda ensuite dans les rues de la ville en compagnie de Mouche. C'était le début de l'été, les jeunes filles se promenaient.

« Mouche, tu as remarqué que, jusqu'à récemment, tout le monde s'habillait en nonne ? Heureusement que c'est fini ! Les jupes raccourcissent et j'adore les beaux jours !

— Arrête de regarder les femmes, papa momzer ! Tu es trop vieux pour ça.

— Tu as raison. Je suis trop vieux… mais je suis un peu soûl et rien ne m'empêche d'admirer ce qui est beau.

— Quelle honte ! s'écria Mouche en riant.

— Tu m'aimes quand même, non ? » insista Gideon en prenant sa fille par la main.

Âgée d'une trentaine d'années, Mouche était mariée et mère de famille. Avec ses yeux noirs, ses épais cheveux sombres et ses pommettes hautes, elle était toujours d'une beauté à couper le souffle. La gloire lui revenait de droit ! Gideon était maintenant grand-père mais au diable les conventions ! Les filles se dévoilaient et l'homme mûr appréciait en connaisseur les jambes, les épaules dénudées, les permanentes… Il en rêvait ! Il décida donc d'appeler sa maîtresse du moment. Macha était de ces filles qui sont d'un ennui terrible mais dont l'appétit sexuel compense largement les défauts. Il imaginait déjà leurs retrouvailles lorsque Mouche le tira par le bras.

« Papa ! Papa ! »

Une Emka blanche venait de s'arrêter près d'eux. Le conducteur faisait signe à Gideon tandis que le passager, un jeune homme vêtu d'un informe costume marron, bondit hors de la voiture pour ouvrir la portière arrière.

« Gideon Moïseïevitch, vous avez un moment à nous accorder ? Ça ne prendra pas longtemps. »

Mouche blêmit. Oubliant instantanément les jolies passantes, Gideon posa une main sur son cœur.

« Si vous ne vous sentez pas bien, nous pouvons remettre cette conversation à plus tard, ajouta le jeune homme.

— Ça va aller, papa ? »

Bombant le torse, Gideon acquiesça d'un signe de tête. « Ce n'est sans doute qu'un rapide entretien, ma chérie. On se voit plus tard. »

C'était la routine, se dit-il pour se rassurer. Pas de quoi s'inquiéter. Il retrouverait Mouche d'ici une heure ou deux.

En voyant son père monter dans la voiture, Mouche eut un terrible pressentiment : elle ne le reverrait peut-être jamais. Son oncle Samuil ? Envolé. La moitié des amis de son père ? Disparus. D'abord on raillait leurs écrits, ensuite on fouillait leurs appartements et on les mettait sous scellés. Quand elle les croisait, elle pouvait à peine saluer les pestiférés qu'ils étaient devenus. Lorsqu'on les arrêtait, ils disparaissaient pour toujours. Mais Gideon était un battant, il avait survécu à la Grande Terreur. Il faisait le nécessaire pour ne pas mourir. Il devait sans doute la vie à Staline qui, disait-on, aimait beaucoup son travail et ses liens avec l'intelligentsia européenne.

Pour l'heure, Mouche regardait la voiture partir en trombe vers la Loubianka, le quartier général des services de renseignements soviétiques, au sommet de la colline. Son père se retourna pour lui envoyer un baiser.

Mouche se précipita alors dans une cabine téléphonique pour appeler sa cousine.

« Allô, Sashenka ? Papa est subitement tombé malade, expliqua-t-elle en utilisant le code convenu.

— À quel hôpital l'a-t-on emmené ?

— Celui qui est au sommet de la colline. »

18

Sashenka jouait avec ses enfants dans la salle de jeux de son appartement de l'immeuble Granovski. Après leur avoir préparé des tartines de pain grillé à la confiture de pêches, Carolina, la gouvernante, faisait à présent frire du foie de veau pour le dîner. Vania aurait dû rentrer vers sept heures, mais il était en retard alors que Satinov était déjà arrivé avec son épouse Tamara, enceinte de plusieurs mois.

« Que se passe-t-il ? avait demandé Hercule en voyant le visage inquiet de son hôtesse.

— Je peux te montrer notre nouvelle voiture ? Suis-moi au garage. »

Satinov comprenait parfaitement ce code. Abandonnant la jolie Tamara et les enfants, ils prirent l'ascenseur pour descendre dans la cour où les limousines les plus éblouissantes étaient garées sous la surveillance du gardien et d'un homme du NKVD. Le Granovski comptait à présent tant de gens importants qu'une guérite avait été construite pour abriter les gardes.

Dans l'obscurité, un groupe de personnes âgées s'était réuni en demi-cercle sur des chaises pliantes. Coiffés de chapeaux mous, les hommes au visage marbré portaient des caleçons et des tricots de peau qui dévoilaient leurs bedaines et leurs poitrines chenues. Quant aux femmes ventripotentes, avec des hanches larges et une peau brûlée par le soleil, elles portaient des sandales bon marché, des robes légères et de larges chapeaux. Les uns lisaient le journal ou jouaient aux échecs tandis que les autres jacassaient en riant.

Au centre se trouvait Marfa, la poissarde qui servait de mère à Vania.

« Tiens, voilà ma belle-fille ! brailla-t-elle. Sashenka, je raconte la fête du 1er Mai et je viens de leur dire qui est venu. Ils n'en croient pas leurs oreilles. »

Nikolaï Palitsine, un vieux paysan, désigna fièrement sa belle-fille du doigt. « Elle, elle lui a parlé ! À lui ! En personne ! ajouta-t-il en levant les yeux au ciel.

— Mais il a dit à quel point il admirait Vania », insista Marfa.

Sashenka tenta de leur sourire, mais les parents de Vania les mettaient dans une situation délicate. Certes, la cour de l'immeuble ne présentait pas grand danger car seuls s'y retrouvaient les parents des dirigeants mais les commérages pouvaient leur attirer les pires ennuis.

« Bonjour, camarade Satinov », lancèrent les deux Palitsine.

Toujours impeccablement élégant, Hercule leur répondit d'un signe de la main.

« Je lui montre la nouvelle voiture, expliqua Sashenka avant de se tourner vers son ami. Ils sont incroyables, murmura-t-elle. Comment les faire taire ?

— Ne t'inquiète pas, Vania les rappellera à l'ordre. Bon, que s'est-il passé ?

— Mouche m'a téléphoné. Gideon a été arrêté. Je croyais que c'était globalement fini, les purges, que...

— C'est presque terminé, mais les arrestations font désormais partie de notre mode de fonctionnement. C'est notre façon d'assurer la sécurité de l'URSS. Nous vivons une telle époque... Ce n'est sans doute pas grave, Sashenka. Gideon s'en est toujours sorti. Après un verre de trop, il a dû raconter une histoire pas drôle ou tâter les fesses de la grincheuse de Molotov. Surtout n'oublie pas : ne fais rien et tais-toi. »

Une Buick se gara.

« C'est Vania. »

Sashenka n'était guère étonnée de voir son mari épuisé, mal rasé, le teint brouillé. Pas surprenant avec ses horaires de travail et ses responsabilités !

« Que se passe-t-il ? demanda Vania avant même d'embrasser son épouse ou de saluer son invité.

— Je remonte jouer avec les enfants, annonça Satinov.

— Tu es au courant pour Gideon ? » s'étonna Sashenka tandis que son mari faisait semblant d'admirer la voiture pour leurrer les anciens et les gardes. Il lui prit aussitôt les mains. « Calme-toi. Ils sont très satisfaits de moi en ce moment. Je ne connais pas les détails, mais on m'a parlé de cette histoire et je me suis borné à dire : "Laissons nos camarades faire les vérifications d'usage." Tu comprends ? Je te jure que ça ne nous concerne absolument pas. »

Sashenka scruta le visage si rassurant de son mari, ses tempes grisonnantes et son uniforme froissé. Grâce à lui, elle se sentait en sécurité. Gideon était un cas particulier, se dit-elle, un écrivain qui côtoyait des étrangers, fréquentait les bordels parisiens et donnait des interviews à des journaux anglais. Cette pensée laissa place dans son esprit au sarcasme de Benia sur l'« entrain » que Vania mettait à l'ouvrage... Au seul souvenir de son amant, Sashenka sentit fondre son corps : ses baisers, ses caresses... Un frisson lui parcourut brusquement le dos.

À l'étage, Snowy et Carlo poursuivaient Satinov d'un bout à l'autre de l'appartement. Lorsque Sashenka parut, ils venaient de lui sauter dessus et avaient commencé à le chatouiller.

« Dis-moi, oncle Hercule, demanda Snowy assise à califourchon sur son parrain, où vivent les coussins ?

— Au Coussinistan, bien sûr ! répliqua du tac au tac Satinov qui aidait depuis toujours Snowy à développer son imaginaire.

— Hercule, tu es adorable ! Tu feras un père merveilleux.

— J'adore ces gosses », expliqua-t-il en les laissant lui retirer ses chaussures.

Carolina vint alors annoncer que le dîner était servi.

19

La voiture traversa la place Rouge et la place de la Révolution, pour rejoindre la Loubianka. Tétanisé, Gideon n'en essayait pas moins de comprendre la situation. Rongé par le remords, il songeait à son frère qu'il n'avait pas vu depuis plus de dix ans. Il l'avait eu au téléphone pour la dernière fois en 1935. Où se trouvait-il à présent ?

L'époque de l'hôtel particulier sur la rue Bolchaïa-Morskaïa paraissait bien lointaine…

Inconsciemment, Gideon inclina la tête pour réciter le kaddish, en mémoire de son frère. Malgré les années, il s'en souvenait ! Face à la mort, on repense à son enfance, sa famille… et Gideon comprit soudain qu'il aimait sa fille Mouche plus que tout au monde. Le comprendrait-elle, se souviendrait-elle de lui lorsqu'il aurait reçu le châtiment suprême ? La douleur qui lui oppressait la poitrine semblait si insoutenable qu'il en avait les larmes aux yeux.

« Nous y voici ! » annonça le jeune homme à Gideon, ce qu'il n'aurait pas fait pour un prisonnier ordinaire. Un tchékiste en uniforme ouvrit la portière pour l'aider à sortir de la voiture. Ah, ah ! se dit-il en reprenant courage, finalement, je suis une célébrité ! Les égards qu'on lui réservait lui remontaient le moral.

Dans la cour, de nombreuses Buick et autant de ZiS étaient garées. Ce n'était donc pas l'entrée habituelle des prisonniers.

Une fois à l'intérieur du bâtiment, on conduisit Gideon dans une salle tout en marbre, puis dans un couloir au sol recouvert d'un tapis bleu. Des officiers en uniforme et des secrétaires s'activaient sans s'occuper de lui. On se serait cru dans un bureau ordinaire. Certes, Gideon était rassuré de ne pas avoir été emmené à la prison politique, mais il aurait aimé comprendre pourquoi on l'avait convoqué. Qu'avait-il écrit récemment ? Qu'avait-il dit ? Que se passait-il en Europe ? Y était-il mêlé ? On venait de limoger Litvinov, le commissaire aux Affaires étrangères, juif lui aussi. Les Juifs allaient-ils avoir à nouveau des ennuis ? L'URSS se rapprochait-elle de Hitler ?

« Voici mon bureau, lui expliqua le jeune homme. Je me présente : je suis l'enquêteur Mogilchuk, du service de la sécurité d'État pour les cas sérieux. Tout va bien ? Tenez, ajouta-t-il en tendant une boîte à pilules à Gideon. C'est de la nitroglycérine. Vous voyez, j'attendais votre visite. »

Gideon avala deux cachets et la douleur qui l'oppressait se dissipa.

Dans l'antichambre, une jolie rousse tapait à la machine. Gideon se délecta de ses taches de rousseur, de sa poitrine voluptueuse et de sa jupe

413

fendue sur le côté. Même dans de telles circonstances, il ne pouvait s'empêcher d'imaginer ce qui se cachait sous le vêtement…

« Entrez dans mon bureau, Gideon Moïseïevitch », proposa le jeune enquêteur. La beauté leur apporta du thé, puis tira la porte derrière elle.

« Merci d'être venu », commença Mogilchuk en sortant un bloc et un stylo. La pièce sentait la noix de coco, car le jeune enquêteur s'était badigeonné les cheveux de pommade. « Je vais prendre des notes, si ça ne vous dérange pas. Au fait, avez-vous vu le nouveau film de Romm, *Lénine en 1918* ? En tant qu'admirateur de vos écrits, je me demandais ce que vous en pensiez. »

Gideon faillit en recracher son thé. Ces abrutis lui avaient-ils fait la peur de sa vie uniquement pour parler de cinéma ? Non, sans doute pas. Déjà dans les années vingt, la Tcheka avait engagé des pseudo-intellectuels pour s'occuper des vrais. Ce gamin n'était que le dernier d'une longue série.

« *Lénine en 1918* est un film fabuleux, dans lequel Staline y est magnifiquement décrit au détriment de ce meurtrier, de ce terroriste de Boukharine, répondit-il.

— Vous connaissez Romm, j'imagine. Et que dites-vous d'*Alexandre Nevski* d'Eisenstein ?

— Eisenstein est un merveilleux artiste, et c'est également un ami. Son film nous montre que le bolchevisme est indissociable de la nation russe, qu'il se dresse contre les ennemis de notre pays.

— Intéressant. Je dois vous avouer que je suis moi-même écrivain. Vous avez peut-être lu un recueil de nouvelles policières publié sous le pseudonyme de M. Sluzhba ? L'une d'entre elles sera d'ailleurs bientôt adaptée pour la scène et jouée au théâtre d'Art.

— Ah oui ! » Gideon se rappelait vaguement avoir lu une critique peu élogieuse de ce recueil de clichés. « J'ai d'ailleurs trouvé que vos nouvelles avaient un je-ne-sais quoi d'authentique. »

Mogilchuk lui adressa un sourire ravi. « C'est vrai ? Vous me flattez ! Mille mercis, Gideon Moïseïevitch. De votre part, je le prends comme un compliment. J'apprécierais d'ailleurs beaucoup vos commentaires et vos remarques. » Sans changer de ton, il posa la main sur le dossier posé devant lui. « Bien, commençons. Laissez-moi vous montrer ceci, dit-il en poussant une liasse de documents vers son interlocuteur.

— Qu'est-ce que c'est ? s'étonna Gideon soudain moins optimiste.

— Quelques-unes des confessions rédigées par certains de vos proches au cours des deux dernières années. »

Gideon survola les pages dactylographiées et contresignées sur du papier à en-tête du NKVD.

« Vous êtes célèbre, dites-moi. Votre nom revient donc régulièrement dans ces confessions, expliqua le jeune enquêteur d'un ton admiratif. Toutes parlent de vous. Regardez-les. »

Le journaliste étudia un premier dossier. Se pouvait-il que la vieille folle posant sur cette photo soit la délicieuse Larissa ? Il se souvenait avec émotion de cette divine fille de joie, de son rire de gorge, de son décolleté pigeonnant. Il l'avait rencontrée quatre ans plus tôt, dans un sanatorium de Crimée. L'avait-elle vraiment accusé d'avoir voulu tuer Staline ? Cela dit, un détail lui revint soudain en mémoire. Lors de réunions de l'Union des écrivains, il avait lui-même dénoncé Larissa – et d'autres ! –, la qualifiant de traîtresse et d'espionne méritant d'être exécutée en même temps que Zinoviev, Kamenev et Boukharine… Et personne ne l'avait torturé pour qu'il prononce de pareilles horreurs.

Gideon tremblait si fort de peur qu'il peinait à respirer. Des taches rouges dansaient devant ses yeux.

Derrière la porte de ce bureau lumineux, loin de cet enquêteur mielleux, se trouvaient des dizaines de couloirs et de bureaux où des apprentis tortionnaires faisaient leurs gammes. Quelque part, au cœur de ce nid de frelons, se cachait la prison politique. C'était dans ces sous-sols que les amis de Gideon avaient péri… C'était peut-être là que lui aussi périrait. Que le monde était mal fait.

« C'est totalement faux, affirma-t-il. Je nie tout en bloc. »

Mogilchuk lui sourit poliment. « Là n'est pas le sujet. Nous voulons simplement bavarder avec vous. Parler de votre parent Mendel Barmakid.

— Mendel ! Pourquoi ? C'est un homme influent.

— Vous le connaissez bien ?

— C'est le frère de feu l'épouse de mon frère. Je le connais depuis leur mariage.

— Vous l'admirez ?

— Nous ne sommes pas amis et nous ne l'avons jamais été. D'après moi, c'est un abruti ! » Gideon regretta immédiatement ses paroles. Certes, il

416

n'avait jamais apprécié Mendel qui avait interdit deux de ses pièces au théâtre Maly, mais il ne lui souhaitait aucun mal. Cela dit, il était ravi que les autorités s'intéressent à Mendel et non à lui !

« Quand avez-vous vu le camarade Mendel pour la dernière fois ?

— Chez les Palitsine, lors de la fête du 1er Mai.

— Lui avez-vous parlé ?

— Non.

— Avec qui s'est-il entretenu ?

— Je ne m'en souviens pas. Je ne me suis pas occupé de lui. Il ne m'aime pas. Ce n'est pas nouveau. »

Gideon nota que l'enquêteur appelait toujours Mendel « camarade », ce qui signifiait qu'il avait encore confiance en lui. Ces bourreaux cherchaient toujours à harponner de gros poissons pour les ajouter à leurs listes de complots inventés de toutes pièces. C'était d'ailleurs pour cette raison que les amis de Gideon l'avaient dénoncé : le NKVD tenait simplement à lui faire savoir qu'il marchait sur des œufs.

« Tout comme vous, le camarade Mendel apparaît dans bon nombre de confessions. Parle-t-il parfois de sa jeunesse révolutionnaire dans la clandestinité ? De son rôle dans la révolution de 1905 ? De son exil ? De Bakou ? De Saint-Pétersbourg ? De 1917 ? Se vante-t-il de ses exploits ?

— Il n'arrête pas, répondit Gideon en éclatant d'un rire si tonitruant et si communicatif que l'enquêteur émit lui aussi un petit rire grinçant. Je les connais par cœur, ses histoires. Il les rabâche.

« —Voulez-vous une autre tasse de thé ? Des biscuits ? Un fruit ? Nous apprécions tout particulièrement ces petites discussions entre amis. Alors, racontez-nous les histoires que Mendel rabâche tant. »

Gideon sentit le courage lui revenir.

« J'adore raconter des anecdotes, mais si vous cherchez un informateur, vous n'avez pas frappé à la bonne porte.

—Je comprends », répondit Mogilchuk en rangeant ses dossiers. Ce faisant, une photo s'en échappa qu'il s'empressa de ranger. Gideon eut un coup au cœur. C'était Mouche, sa petite fille chérie, bras dessus bras dessous avec Rovinski, le metteur en scène disparu en 1937. C'était donc à cause de Mouche qu'on l'interrogeait tant sur le cinéma.

« Vous voulez que je vous raconte toutes les histoires de Mendel ? Ça va nous mener jusqu'au matin !

—Nous avons tout le temps. Vous songez à Macha, votre jolie maîtresse ? Elle est beaucoup trop jeune pour vous et bien trop gourmande. Elle vous causera une crise cardiaque… Non, vraiment, il vaut mieux penser à votre fille et nous dire ce que vous savez sur Mendel. »

20

Deux jours plus tard, le jour tombait sur les étangs du Patriarche. Dans la pénombre étouffante, on devinait les silhouettes des couples qui se promenaient main dans la main sous les arbres. On entendait leurs pas crisser sur le gravier et leurs rires retentir au son d'un accordéon. Immobiles, deux vieillards fixaient un jeu d'échecs.

Vêtue de la sublime robe blanche brodée de perles qui mettait tant son corps en valeur, Sashenka acheta deux glaces avant d'en tendre une à Benia Golden. Ils marchaient côte à côte sans se toucher, mais un observateur attentif aurait compris qu'ils étaient amants : c'était flagrant.

« Tu es occupé ? demanda-t-elle.

— Non, je n'ai quasiment rien à faire, et ça tombe bien, car je n'ai pas d'argent pour faire quoi que ce soit mais, ajouta-t-il en baissant la voix, je passe mes journées à écrire des merveilles sur le fabuleux papier que tu m'as offert. Je pourrais en avoir une autre ramette ? Je suis tellement heureux de te revoir enfin. Je meurs d'envie de t'embrasser, de te croquer... »

Pour toute réponse, la jeune femme frémit, les yeux clos.

« Je poursuis, Sashenka ?

— Je n'arrive pas à croire que j'ai envie d'écouter tes sottises, et pourtant...

— Tu ne vas pas me croire. Je rêve de m'enfuir avec toi au bord de la mer Noire. Nous déambulerions sur la plage de Batoumi. Sur la promenade, un orgue de Barbarie jouerait nos chansons d'amour préférées. Je l'accompagnerais. À la tombée du jour, nous nous reposerions à la terrasse d'un café. Nous nous embrasserions. Personne ne nous en empêcherait. À minuit, des Tatars de ma connaissance nous accueilleraient à bord de leur bateau et... nous voguerions vers la Turquie.

— Et mes enfants ? Je ne pourrais jamais les abandonner.

— Je sais, je sais. C'est d'ailleurs l'une des choses qui me plaisent en toi.

— Quelle perversité ! Mais qu'est-ce que je fiche avec toi ?

— Tu es une mère fantastique. Je ne suis pas d'une droiture exemplaire mais toi, si. Tu es à la fois une femme, un membre actif du Parti, une rédactrice en chef et une mère. Dis-moi, comment ça se passe au magazine ?

— Nous sommes débordées ! Le comité des femmes organise un gala pour le soixantième anniversaire de Staline en décembre et nous préparons un numéro spécial sur les jours fériés qui correspondent aux dates clés de la révolution. J'ai réussi à inscrire Snowy à son premier camp de pionniers à Artek et elle ne rêve que de porter le fameux foulard rouge. Mais la bonne nouvelle, c'est que Gideon est rentré chez lui.

— Ce qui ne signifie pas qu'il est sauvé, tu sais. Ils se servent peut-être de lui.

— Non, d'après Vania, ça devrait aller. Au congrès, Staline a dit...

— Ne parlons plus du Parti, suggéra Benia. Nous ne passons pas assez de temps ensemble pour le perdre à ces fadaises. Profitons de l'instant présent, comme si nous étions seuls au monde. »

Une fois éloignés de l'étang, ils se retrouvèrent seuls. Sashenka lui prit la main. « Je te manque quand nous ne sommes pas ensemble ?

— Tout le temps.

— Dans ce cas, pourquoi parais-tu si content de toi ? Pourquoi m'as-tu attirée ici ? »

Ils s'approchaient en effet d'un porche. Vérifiant que personne ne les suivait, Golden poussa Sashenka dans une cour, puis dans un jardin où se trouvait un abri vétuste pareil à ceux que les retraités utilisent pour ranger leurs graines de géranium. Là, Benia sortit une clé de sa poche. « Bienvenue dans ta nouvelle datcha.

— Une cabane de jardin ?

— Venant d'une communiste, ta réaction est plutôt bourgeoise, répondit-il en se moquant gentiment d'elle.

— J'ai des convictions politiques, Benia, mais quand il s'agit de galipettes, je suis on ne peut plus aristocrate !

— Dis-toi que c'est le pavillon secret du prince Ioussoupov ou du comte Cheremetiev! Regarde! ajouta-t-il en ouvrant la porte en bois.

— Comment peux-tu croire un seul instant que je... »

L'époque où Sashenka habitait une minuscule chambre meublée de deux lits jumeaux très inconfortables était révolue depuis bien longtemps. Elle était bolchevique, mais avait tout de même droit à un certain standing. « Cet endroit empeste le fumier.

— Pas du tout. C'est le dernier parfum de Mlle Chanel.

— Et cette fourche?

— Madame la baronne, je vous assure que cette fourche sertie de diamants a été fabriquée par les meilleurs joailliers de Dresde pour l'impératrice en personne.

— Et cet immonde chiffon?

— Cette couverture en soie et chinchilla est destinée à assurer le confort de madame la baronne.

— Impossible, je n'entre pas là-dedans. »

Dépité, Benia n'en continua pas moins à tenter de convaincre sa maîtresse. « Et si je te disais, le plus sérieusement du monde, que cette porte nous mène dans un univers secret rien qu'à nous où nous pourrons nous aimer sans réserve? Ce n'est pas un palace, je le sais. Ce n'est qu'un pauvre abri de jardin, mais c'est l'endroit où je veux t'aimer et te chérir sans plus attendre. La vie est courte et nous pouvons mourir à tout instant. Tu vas me trouver bête mais je t'ai rencontrée au bon moment. Je ne suis pas vieux mais je ne rajeunis pas non plus et je me connais. Tu es la femme de ma vie, celle à laquelle je penserai sur mon lit de mort. »

Soudain très sérieux, il lui tendit un livre qu'il tenait caché dans son veston, un volume de Pouchkine. « J'ai préparé ceci pour rendre ce moment inoubliable. »

À la page de son poème préféré, « Le talisman », Sashenka trouva une orchidée séchée.

Benia se mit à réciter :

Conserve mon talisman,
Il t'est offert, je le confesse,
Dans un amoureux élan.

« Tu ne cesses pas de me surprendre », murmura-t-elle, émue. N'aspirant plus qu'à l'embrasser, elle franchit le seuil de l'abri dont elle ferma la porte d'un coup de pied. Oubliés les outils et les semences, la cabane lui semblait finalement faite pour l'amour.

Benia la prit dans ses bras. Dans son regard, dans son étreinte, elle comprit qu'il était sincère, qu'il l'aimait et que ce moment privilégié serait de ces bonheurs qui ne surviennent au plus qu'une ou deux fois dans une vie. Incapable de réfléchir davantage, Sashenka s'approcha de son amant et l'embrassa à en perdre la raison. Ils s'aimèrent longuement, jusqu'à l'heure de se quitter. Lorsqu'ils se séparèrent, la jeune femme se répétait :

Conserve mon talisman,
Il t'est offert, je le confesse,
Dans un amoureux élan.

Quelle chance ! L'homme qu'elle aimait lui avait déclaré sa flamme avec les plus beaux vers du monde.

21

« Quoi encore ? Je me plaindrai au comité du logement ! Arrêtez ce cirque tout de suite ! » hurla Mendel Barmakid, membre du Comité central, vice-président de la commission de contrôle et délégué du Soviet suprême. Réveillée elle aussi par les coups tambourinés à la porte, sa fille Lena resta un instant allongée, souriant de la fureur inutile de son père, l'imaginant dans sa vieille robe de chambre élimée et tachée. Elle l'entendit ouvrir la porte d'entrée de l'appartement familial situé dans la Maison-Blanche, sur les quais.

« Que se passe-t-il, Mendel ? » cria Natacha.

Lena visualisait parfaitement sa mère, une Iakoute rondouillarde aux traits esquimaux, dans son ample caftan bleu. Ses parents parlaient à quelqu'un. À qui ?

Sautant de son lit, Lena enfila son kimono rouge, chaussa ses lunettes et quitta sa chambre pour s'approcher de l'entrée.

Son père se frottait les yeux et regardait fixement un inconnu gigantesque. Avec ses bottes cirées, son impeccable uniforme rouge et bleu du NKVD, sa cravache et son Mauser serti de pierres précieuses, Bogdan Kobilov regardait les trois Barmakid de haut. Il n'était pas seul.

« Qui sont ces gens ? Que veulent-ils, papa ? »

Sans même laisser à Mendel le temps de répondre, Kobilov entra d'un pas assuré dans l'appartement qui s'emplit du parfum entêtant de son affreuse eau de Cologne bon marché. « Bonsoir, Mendel. Sur ordre du Comité central, tu nous suis, lança-t-il avec un accent géorgien à couper au couteau. Nous allons fouiller les lieux et mettre ton bureau sous scellés.

— Non, vous ne l'emmènerez pas, les avertit Lena en leur barrant le passage.

— C'est ça ! Dégage, lui rétorqua Kobilov d'une voix douce. Si vous me faites perdre mon temps, vous trois, je vous réduirai en bouillie, à commencer par la jeune pouliche. Laissez-moi faire mon travail, ça vaudra mieux. Vous vous imaginez bien que j'ai mieux à faire à cette heure de la nuit », ajouta-t-il en faisant craquer les articulations de ses doigts.

Lena ne semblait pas décidée à céder, mais son père lui posa la main sur l'épaule pour la convaincre de s'éloigner.

« Merci, Vladlena », ricana l'intrus en lui adressant un sourire ravi. Il venait en effet d'utiliser le nom de code de Lena, Vlad-Lena, le diminutif de Vladimir Lénine.

« Bien, camarades, l'interrompit Mendel, je suis bolchevique depuis 1904 et j'obéis toujours aux convocations du Comité central.

— Bravo », le félicita Kobilov d'un ton moqueur.

Lena comprit d'instinct que ce policier analphabète à peine débarqué de sa Géorgie profonde haïssait plus que tout la vieille garde bolchevique qui formait une aristocratie soviétique avec ses bibliothèques, ses grands airs et ses prétentions intellectuelles.

« M'autorises-tu à aller m'habiller, camarade Kobilov ? demanda Mendel.

— Tes femmes vont t'aider. Où sont tes armes ? ajouta-t-il, car Staline détestait les suicides.

— Je range mon Nagan dans ma table de chevet et un Walther dans mon bureau, répondit Mendel en claudiquant jusqu'à sa chambre.

— Je dois m'asseoir, murmura Natacha avant de se laisser choir sur le canapé du salon.

— Maman ! s'écria Lena.

— Ça va, Natacha ? s'enquit Mendel.

— Oui, oui. Lena, va aider ton père à se préparer, s'il te plaît », insista-t-elle avant de s'allonger. Sa respiration restait oppressée.

Après avoir apporté un verre d'eau à sa mère, Lena observa les tchékistes ouvrir les tiroirs et empiler les dossiers dans le bureau. En 1937 et 1938, les descentes de police et les arrestations s'étaient succédé dans leur immeuble. Toutes les nuits, les ascenseurs se mettaient en marche et les voitures noires du NKVD attendaient devant le bâtiment. Au petit matin, Lena découvrait les portes scellées. « La Tcheka défend la révolution, lui répétait son père. Ne dis rien. » Mais cette époque était révolue. Les arrestations avaient cessé un an auparavant. Il devait s'agir d'une erreur.

« Mendel, demanda Kobilov, tu as reçu du courrier du Comité central ? Tu en as envoyé ? De vieux documents ? » Il voulait parler des lettres de Staline. « Des mémoires ?

— Dans le coffre. Il est ouvert », répondit Mendel de sa chambre. À la grande surprise de Lena, il y avait là quelques cartes postales d'exil écrites par Staline, quelques notes des années vingt, des mémoires dactylographiés sur du papier jauni, annotés de la main de Mendel.

« Lena ! »

La jeune fille rejoignit son père dans sa chambre. Elle ouvrit sa penderie pour en tirer un costume trois pièces noir, un vieux chapeau, des chaussures de ville, une cravate et la médaille de l'ordre de Lénine. Tâchant de ne montrer aucune émotion afin de ne pas ajouter à ses ennuis, Lena l'aida à s'habiller, comme sa mère le faisait si souvent.

« Merci, Lenochka, dit-il quand elle eut terminé.

— Que se passe-t-il, papa ? Qu'est-ce qu'ils te veulent ? lui demanda-t-elle avant de regretter aussitôt cet excès de curiosité.

— Rien d'important, sans doute », répondit-il pour la rassurer.

Une fois revenu dans le salon, il déposa un baiser sur le front de son épouse. « Je t'aime, Natacha, déclara-t-il d'une voix tendue. Vive le Parti ! » Sur ces mots, il se tourna vers sa fille pour cacher son émotion.

« Je t'accompagne en bas », insista-t-elle en l'aidant à enjamber les photos de famille, les documents, les lettres et les épreuves d'imprimerie qui encombraient l'entrée. Toute leur vie se trouvait là, éparpillée.

Dehors, la nuit était douce. Le grand palais du Kremlin rougeoyait avec majesté. Malgré l'heure tardive, deux amoureux se tenaient sur le pont de Pierre et un air de tango s'échappait d'une fenêtre ouverte. Aucun véhicule ne circulait à l'exception d'une Packard et de la camionnette d'un livreur de fruits et légumes.

« Ton carrosse t'attend, Mendel », ricana Kobilov en désignant la camionnette noire.

Lena regarda son père claudiquer dans son costume démodé jusqu'à la fourgonnette dont la porte s'ouvrit, puis faillit s'étrangler lorsqu'il marqua un temps d'arrêt pour admirer l'immeuble ultramoderne dont il était si fier. Un tic nerveux fit tressaillir sa joue. Certes, Mendel n'était guère démonstratif, mais Lena savait qu'il l'aimait, elle, sa fille unique, par-dessus tout. Elle lui prit donc la main et la serra. Il détourna pudiquement le regard, mais sa respiration se fit difficile. Il paraissait soudain vieilli.

Pour désamorcer son trouble, il regarda sa fille dans les yeux. L'étudiante fut submergée d'émotion lorsqu'il s'inclina devant elle avant de l'embrasser trois fois, à l'ancienne mode russe. « Continue d'être une bonne communiste. Au revoir, Lena Mendelovna.

— Au revoir, papa. »

Elle mourait d'envie de respirer son odeur de café, de cigarette et de savon, sa présence et son amour. Elle dut se retenir de ne pas s'agripper à lui, de ne pas tomber par terre pour s'accrocher à ses jambes afin de les empêcher de l'emmener. Mais c'était déjà trop tard.

Le marchepied de la camionnette étant trop haut, deux tchékistes durent soulever Mendel dans le véhicule avant de l'enfermer dans une des cages métalliques disposées à l'intérieur. Au moment où la portière claqua, elle aperçut le regard de son père et de bien d'autres hommes.

Kobilov donna une tape sur le toit de sa limousine avant de se glisser sur le siège du passager. Quant à Lena, restée sur le trottoir, elle regarda les deux véhicules filer sur le pont et disparaître.

Sur le pas de la porte, le gardien, d'ordinaire si sympathique, détourna les yeux en silence. Lena remonta chez elle pour s'occuper de sa mère.

Celle-ci sanglotait tant qu'elle ne parvenait plus à prononcer un mot. Que faire ? Lena se rappela alors que Natacha avait pris soin de Sashenka lorsqu'elle avait passé une nuit en prison en 1916.

Au petit jour, elle appela donc la jeune femme d'une cabine téléphonique. En fond sonore, elle entendait le bruit des couverts qui s'entrechoquaient et Snowy qui chantonnait. Sashenka servait le petit déjeuner à ses enfants.

« C'est Lenochka.

— Lenochka ? Que se passe-t-il ?

— Papa est tombé subitement malade. On l'a... hospitalisé », répondit l'étudiante que les larmes aveuglaient.

Sur ces mots, elle raccrocha, oppressée par un terrible pressentiment.

« Qui était-ce ? demanda Snowy. Tante Lenochka ? Qu'est-ce qui se passe, maman ?

— Mon Dieu », soupira Sashenka en s'affalant sur une chaise, la tête entre les mains. Qu'est-ce que tout ça signifiait ? D'abord Gideon, ensuite Mendel. Elle en avait la nausée.

« Mamochka, s'inquiéta Carlo d'une voix flûtée en escaladant ses genoux comme un ourson apprivoisé. Tu es malade ? Je vais te faire un câlin, de gentilles caresses et de bons baisers. Comme ça ! Je t'aime, mamochka ! Tu es ma copine ! » Et pour prouver sa sincérité, Carlo embrassa sa mère sur le nez avec tant de douceur qu'un frisson parcourut la jeune femme. Elle aimait tant ses enfants.

22

Le samedi suivant, Sashenka attendait le retour de Vania à la maison. Le calme régnait dans la chaleur étouffante de la datcha et Carolina préparait un gâteau avec les enfants.

Le temps semblait suspendu. Assise sur la véranda, Sashenka faisait semblant de lire la presse et les épreuves du magazine. Rien dans les journaux à propos des procès et des arrestations massives de l'année précédente. On libérait les gens, on révisait les jugements... Peut-être devenait-elle paranoïaque ? Elle avait appelé Benia pour lui expliquer la situation en langage codé. « Les géraniums sont en fleur », avait-il répondu d'un ton calme. Elle avait immédiatement tout oublié pour songer à leur abri de jardin et à leur talisman.

Elle pensait à son amant jour et nuit. Ils se reverraient la semaine suivante ; il l'apaiserait ; il la ferait rire. Comment avait-elle pu survivre si longtemps sans lui ? Elle avait une terrible envie de lui téléphoner – la raison lui interdisait de le contacter de la datcha. Il y avait bien une cabine au bout de l'allée, mais elle n'était pas sûre. Benia ne cessait de la taquiner pour lui faire avouer son amour. « Tu ne ressens donc rien pour moi ? » lui demandait-il. Oh si ! Elle était d'ailleurs complètement folle de s'être entichée d'un écrivain désœuvré !

Les indices étaient déroutants. Gideon n'avait pas été arrêté et Mouche avait appelé pour signaler qu'« ils » avaient uniquement voulu parler cinéma avec lui, cinéma et « histoire de l'Antiquité ». S'agissait-il d'un code ? Gideon les avertissait-il de l'arrestation imminente de Mendel ? « L'Antiquité » ?

C'était Mendel, bien sûr, il vivait pour la révolution depuis ses débuts et n'était plus tout jeune. Son arrestation devait avoir été justifiée par un détail de son passé lointain. Cela dit, il avait toujours soutenu Staline et refusé de rallier l'opposition. On le considérait même comme la conscience du Parti. Pourquoi l'arrêter ? Pourquoi maintenant, après la fin de la Grande Terreur ? On aurait pu le faire tous les jours depuis 1936... Tout ça n'avait aucun sens.

À moins que Gideon n'ait voulu dire « histoire de la famille » ? Certes, mais tout le monde connaissait le destin des Zeitlin. Tout le monde savait que Sashenka avait commencé comme secrétaire de Lénine, elle, la fille bolchevique du millionnaire, la camarade Isatis ! Les organes du pouvoir s'intéressaient-ils à elle et à sa famille ? Malgré ses origines bourgeoises, son mariage avec Vania Palitsine la mettait à l'abri, car c'était un vrai prolétaire au service du Parti.

À moins que le problème ne vienne de son mari, justement ? Existait-il une rivalité qu'elle ne soupçonnait pas à l'intérieur même de l'appareil de l'État... Les Géorgiens de Beria contre les Moscovites de Iejov ? Ce serait étonnant, car Vania n'avait jamais été à la botte de son ancien patron et Beria s'était débarrassé depuis des mois des canards boiteux. Ces cinglés avaient disparu. Bon vent.

Les arrestations des membres de sa famille n'avaient pas forcément de rapport, songea Sashenka. Les beaux-parents de Staline avaient été interrogés. Les frères de Sergo, l'ami de Staline, avaient été exécutés. Le propre père de Sashenka avait disparu. Staline disait que les fils n'étaient pas responsables des méfaits de leurs pères mais, lors d'un dîner secret au Kremlin auquel Vania avait assisté, il avait également menacé de détruire les ennemis du peuple « et tous les leurs. Jusqu'au dernier ».

Difficile de comprendre le fonctionnement de Staline, de l'Histoire et du Parti. Nous autres communistes, se rappela-t-elle, nous sommes les dévots d'un ordre religieux et militaire à une époque marquée par le durcissement de la lutte des classes et l'imminence de la guerre. Comme le dit Staline, plus nous serons puissants, plus nos ennemis chercheront à nous abattre. Mendel est un politicien et, dans notre système progressiste certes, mais imparfait, son arrestation fait partie du jeu politique. Tout se passera bien, se répéta la jeune femme. Mendel va bientôt rentrer, comme Gideon avant lui. La Grande Terreur était finie, après tout.

Quelques colombes s'envolèrent lorsqu'un véhicule apparut dans l'allée. Sashenka descendit pieds nus pour aider le chauffeur à ouvrir les grilles.

Lorsque Vania sortit de sa voiture, l'air las, son épouse fut instantanément rassurée par sa présence. Cet homme, adjoint du commissaire du peuple à l'Intérieur et, depuis le congrès du mois de mars, candidat à l'élection au Comité central, venait de rentrer. Mort de fatigue comme d'habitude, certes, mais ses fonctions l'épuisaient. Tout se passera bien.

Sashenka n'aurait pas dû s'inquiéter. Snowy et Carlo se précipitèrent dehors et leur père les serra contre lui avec tendresse. Il les écouta raconter leur matinée avant de les renvoyer à l'intérieur. Là, il dévisagea froidement Sashenka. Il allait dire quelque chose lorsque Carolina annonça que le déjeuner était servi sur la véranda.

Il s'éloigna donc, l'ignorant complètement.

23

Le repas parut interminable. Le parfum du lilas embaumait, mais lorsque Snowy lança un morceau de pain à son frère, Vania la réprimanda aussitôt d'un ton sec et la fit sortir de table.

Choquée, la fillette éclata en sanglots. Quant à Carlo, terrifié, il fondit également en larmes. « Je n'ai rien fait », cria-t-il avant de se réfugier dans les bras de sa mère qui s'abstint sagement de prendre parti mais ne quitta pas son mari des yeux.

Quant à Vania, incapable de manger, il évitait son regard. Au lieu d'éprouver de la culpabilité, comme elle aurait sans doute dû, elle lui en voulait. Elle aurait préféré se trouver en compagnie de Benia qui, lui au moins, savait s'amuser et prendre du plaisir.

« Tu devrais aller te coucher, tu es épuisé, finit-elle par articuler.

— Vraiment ? Qu'est-ce que ça changera ? »

Pour couper court à cette conversation stérile, Sashenka se leva. « Cet après-midi, j'emmène les enfants se baigner dans la rivière. »

Pour toute réponse, Vania alla s'enfermer dans son bureau.

Pieds nus, serviettes de bain sous le bras, Sashenka et les petits descendirent le chemin de terre qui serpentait entre les bouleaux pour aller sur les rives de la Moskova. Lorsqu'il travaillait de nuit, Vania revenait toujours de mauvaise humeur, raisonna la jeune femme. Quelle chance elle avait eue de rencontrer Benia. Cet homme avait changé sa vie !

Le soleil semblait lécher ses jambes nues et caresser son visage. Même le contact des gravillons entre ses orteils lui paraissait sensuel. La Sashenka des années vingt n'aurait jamais remarqué des détails aussi insignifiants. Quant à celle des années trente, elle était trop sérieuse, trop absorbée par les campagnes et les slogans du Parti. À l'époque, elle s'habillait volontairement le plus sobrement possible, car son apparence ne lui importait guère. Mais à présent, ses sens en éveil la surprenaient à chaque instant : sa robe de coton lui faisait l'effet d'une caresse sur la peau. Vivement qu'elle puisse raconter cette délicieuse odeur de résine de pin à Benia, qu'elle lui parle de ce qu'elle faisait, de ce qu'elle ressentait. Une brise légère souleva délicatement sa robe, dévoilant ses jambes.

Un sourire coquin lui échappa : elle imaginait Benia parcourir son corps de baisers, danser, rire aux éclats. Ensemble, ils discutaient de littérature, de cinéma, d'art et de théâtre… Qu'est-ce qu'ils s'amusaient ! Qu'est-ce qu'ils riaient !

Une fois sur la rive bordée de cerisiers en fleurs, Sashenka reconnut d'autres familles du Parti dont les enfants nageaient. Elle les salua, leur envoya des baisers. « Tu me regardes, maman ? » demandait Carlo à chaque plongeon. Ce à quoi elle répondait invariablement : « Quand est-ce que nous ne vous regardons pas, tous les deux ? » Dès que les petits commencèrent à frissonner, elle les sécha et les rhabilla.

Ils rentrèrent par les bois où pullulaient les campanules. Snowy et Carlo s'arrêtèrent pour imaginer mille jeux et Sashenka s'assit sur un banc pour les surveiller. Inconsciemment, elle avait choisi ce chemin, car la cabine téléphonique n'était pas très loin… Alors ? Céderait-elle ? Non, il ne fallait surtout pas appeler Benia.

« Mes chéris, il est temps de rentrer à présent.
— Non ! s'écria Snowy. On joue ! »

Sashenka devait contacter son amant, impossible de s'en empêcher. Elle ferma les yeux. Il serait à la datcha délabrée de Peredelkino, le village réservé aux écrivains. Elle en connaissait le numéro et mourait d'envie de convenir d'un prochain rendez-vous. Dans un abri de jardin, par exemple… Parmi les fourches et les géraniums ! Cela dit, il valait mieux attendre que cette histoire concernant Mendel soit réglée.

Peu importe, elle l'appellerait. Si son épouse répondait, elle se présenterait comme la rédactrice en chef du magazine. Après tout, elle lui avait commandé un article : « Comment organiser un bal masqué dignement soviétique ? Comment préparer vos robes, vos masques et votre festin ! »

Laissant ses enfants s'amuser sur le chemin, elle composa le numéro de Benia. Aucune réponse.

Quelle naïveté ! Comme s'il passait ses journées assis près du téléphone à attendre son appel !

Tu ne perds rien pour attendre, Benia Golden, songea-t-elle. J'étais sur le point de t'avouer mon amour.

24

À quatre heures, Sashenka était de retour à la
datcha dont les colonnades blanches, la longue
table en bois et les hamacs lui rappelaient les étés
passés à Zemblishino avant la révolution. Les
enfants somnolaient si bien que Carolina les
emmena dans leurs chambres.

Vania était assis dans le jardin, vêtu de la blouse
paysanne, du pantalon ample et des bottes qu'il
ne quittait jamais.

« Tout va bien, Vania ? Tu as reçu des nouvelles
de Mendel ? »

Sans répondre, il se leva lentement et regarda
sa femme dans les yeux en silence. Soudain, il la
frappa si violemment au visage qu'elle en perdit
l'équilibre. Elle n'avait pas senti la force du coup
mais, effarée, elle resta à terre tandis que le sang
affluait dans sa bouche.

À côté d'elle, Vania se tordait les mains, le visage
contracté par un tic nerveux. Elle se releva pour
l'injurier, mais il l'attrapa par les poignets pour la
jeter sauvagement dans l'herbe.

« Où étais-tu, sale garce ? » murmura-t-il, le regard noir. Même en pleine dispute, il fallait se méfier des voisins, du personnel, des gardes : tout le monde surveillait tout le monde, prêt à faire un rapport. Vania venait de frapper sa femme, mais il ne criait pas, il lui chuchotait des horreurs.

« Nous sommes allés nous baigner dans le fleuve.

— Téléphoner, tu veux dire ?

— Je suis passée devant la cabine, c'est vrai...

— Et tu l'as appelé, non ?

— Ne me parle pas sur ce ton ; je ne suis pas un de tes prisonniers. Et si j'avais passé un coup de fil ? Je n'en ai pas le droit ?

— Qui as-tu contacté ? »

Il le savait déjà, et c'est ce qui terrifiait Sashenka.

« Tu as téléphoné à ce sale écrivain juif, n'est-ce pas ? Réponds ! Tu crois que je n'ai jamais eu l'occasion de te tromper ? Est-ce que je l'ai fait ?

— Je ne sais pas.

— Eh bien, laisse-moi te dire que je n'ai jamais touché une autre femme depuis notre rencontre, Sashenka. Je t'idolâtrais. J'ai tout donné pour toi, tout, ajouta-t-il avant de devenir mauvais. Tu l'as rencontré chez nous, salope. Tu as emmené mes enfants sur ce chemin uniquement pour appeler ce con. »

Que savait exactement Vania ? s'interrogeait la jeune femme dont l'esprit s'embrumait. Elle avait téléphoné à Benia, et alors ? Elle lui avait commandé un article, qu'est-ce que ça prouvait ? En revanche, s'il était au courant pour l'hôtel, elle était perdue.

Vania ne la quittait pas des yeux. Son regard exprimait une telle haine qu'elle crut qu'il allait la frapper une nouvelle fois au visage ou la rouer de coups de pied. Il se contenta de lui poser une question.

« Tu as couché avec lui ?

— Vania !

— Aucune importance, Alexandra Samuilovna. Tout ça n'a plus la moindre importance à présent. Tu ne lui parleras plus tout simplement parce qu'il n'est plus chez lui. »

Elle massait sa lèvre tuméfiée lorsqu'elle comprit soudain le sens des paroles de son mari.

« Comment ça ? »

Vania regarda sa femme dans les yeux. « Il n'est plus là-bas, Sashenka ! Il est parti. C'est tout ce qu'il a gagné ! »

Sashenka blêmit, prise d'une colère froide. « C'est comme ça que tu te venges ? C'est le seul moyen que les tchékistes ont trouvé pour que leurs femmes leur restent fidèles ? Tu devrais avoir honte ! Je croyais que tu servais le Parti. Qu'est-ce que tu vas lui faire ? Le passer à tabac, le matraquer ? C'est à ça que tu passes tes journées, Vania ?

— Tu ne comprends rien », conclut-il en se laissant tomber sur une chaise. Là, il se passa la main sur le visage et garda les yeux clos quelques instants avant de se lever d'un bond pour rentrer dans la maison.

Tremblante, Sashenka se leva à son tour. Elle n'arrivait pas à le croire. On avait arrêté Benia ! Où était-il ? Qu'allait-on lui faire subir ? Elle préférait ne pas imaginer ses souffrances à venir.

25

« Mamochka ! pleurnichait Carlo toujours de mauvaise humeur au réveil.

— Pourquoi papa et toi vous vous disputez ? s'inquiéta Snowy en exécutant quelques pas de danse dans le jardin. Pourquoi ta lèvre saigne ?

— Oh ! Ce n'est rien, répondit Sashenka d'un ton contrit. Je me suis cognée dans une porte.

— Je vais te guérir, ma petite maman. Je peux mettre un pansement sur ta coupure ? » demanda Carlo qui lui caressait la lèvre et lui baisait les mains tandis que Snowy trottait dans le jardin comme un cheval fougueux. Du coin de l'œil, Sashenka regarda dans la direction du bureau de son mari. Par ricochet, les conséquences de ses actes devenaient chaque seconde plus graves. Heureusement que Vania l'avait frappée, elle, sans s'en prendre aux enfants. Si elle avait pu prendre les coups et épargner Benia, elle l'aurait fait de bon cœur. Mais... Et si Benia n'était pas celui qu'il prétendait être ? Et s'il avait été arrêté pour autre chose que leur liaison ? Et s'il espionnait pour le compte de Trotski ? Et si Vania avait inventé cette arrestation de toutes pièces pour la faire souffrir ? Et si Mendel avait de gros ennuis et l'y avait mêlée d'une manière ou d'une autre ? Les scénarios les plus fous se succédèrent dans sa tête et la peur lui serra le ventre jusqu'à ce que ses enfants l'appellent.

« Mamochka, tu me regardes ? » s'écrièrent tour à tour Snowy et Carlo. Dans cet interminable après-midi d'été, Sashenka joua son rôle de mère comme un automate.

Qu'ai-je fait ? se répétait-elle. Qu'est-ce qui m'a pris ?

Huit heures sonnèrent enfin, c'était l'heure du coucher.

« Tu me feras des caresses pendant que je m'endors, maman ? demanda Carlo en plongeant ses jolis yeux bruns dans ceux de sa mère.

— Bien sûr, mon ange.

— Tu es adorable, maman. »

En général, Sashenka fondait pour son fils, mais ce soir, elle avait l'esprit ailleurs. Où était-elle ? Dans les sous-sols de la Loubianka avec Benia ? Dans les cachots de l'enfer avec Mendel ? Qu'allait-il advenir de sa famille ? Elle n'attendait qu'une chose : connaître les terribles réponses à ses questions.

« Tu sais quoi, mamochka ?

— Non, Carlo.

— Je t'aime du fond du cœur. » Cette déclaration, toute nouvelle dans la bouche de Carlo, serra le cœur de la jeune femme qui étreignit son fils.

« Que tu cs gentil, mon ange. Maman t'aime aussi du fond du cœur, tu sais », répondit-elle en l'embrassant tendrement. Par bonheur, Snowy s'était endormie sans faire d'histoire.

Par cette chaude nuit d'été, les mouches voletaient et le ventilateur du plafond vrombissait. Carolina se reposait dans sa chambre.

Personne n'avait téléphoné.

Confortablement installé dans le fauteuil à bascule de la véranda, Vania fumait, un verre à la main. Les Juifs ne fument pas en temps de crise, songea Sashenka. Ils ont des boutons et des palpitations, comme mon père. Lorsque le fauteuil de Vania grinçait, elle repensait à la chaise de trot que son père utilisait autrefois.

C'était le moment. Nerveuse, Sashenka s'approcha de son mari.

« Vania ? » Il fallait qu'elle découvre comment il avait appris ses rapports avec Benia et ce qu'il savait exactement. Surtout ne rien avouer avant.

« Vania, je n'ai rien à me reprocher, mentit-elle. J'ai flirté et je le regrette… » Elle s'attendait à une réaction sévère de la part de son époux, mais lorsqu'il se tourna vers elle, son visage était baigné de larmes. Or Vania ne pleurait jamais.

« Tais-toi.

— Tu me détestes ? »

Pour toute réponse, il se contenta de secouer la tête.

« Je t'en prie, dis-moi ce qu'on t'a raconté. »

Vania tenta de s'exprimer, mais il en fut incapable et se mit à sangloter en silence.

445

« Je sais, j'ai commis une terrible erreur, Vania, et je le regrette amèrement.

— Je sais tout.

— Tout ? De quoi tu parles ?

— Inutile de faire semblant, Sashenka. La situation nous dépasse à un point que tu n'imagines pas. Ce n'est plus uniquement une banale histoire d'adultère.

— Tu me fais peur, Vania. »

Là, dans le soleil couchant, les larmes inondèrent à nouveau le visage de son mari.

26

Postée à côté du fauteuil à bascule, Sashenka respirait l'odeur du jasmin. Elle songeait à Mendel, à Benia et à ses enfants endormis dans leurs chambres.

Vania se leva. À son regard, son épouse comprit qu'il était soûl. Il l'attira contre lui brutalement. Pour la première fois depuis bien longtemps, elle lui en était reconnaissante.

« Je peux partir, si tu veux. Sans donner d'explication. Laisse-moi m'en aller et tu seras débarrassé. Demande le divorce ! » Quelques heures auparavant, une telle idée aurait relevé du fantasme, mais à présent la jeune femme cherchait une solution à un problème qui n'en avait pas. « Je n'aurais pas dû ; je suis désolée, je m'en veux tellement...

— Tais-toi, murmura Vania en la serrant davantage. Je t'en veux, bien sûr, mais les sentiments ne sont plus de mise.

— Bon sang, mais qu'est-ce que tu veux dire ? Qui est au courant ?

— *Ils* savent tous. Et c'est ma faute.

— Je t'en prie. Explique-moi ce qui s'est passé ! »

Vania la couvrit de baisers avant de la serrer plus fort encore dans ses bras. « Je ne travaille plus pour le commissariat aux Affaires étrangères. On m'envoie m'occuper des camarades de Stalinabad au Turkestan.

— Eh bien, je t'accompagne. Nous irons vivre là-bas avec les enfants.

— Ne dis pas n'importe quoi, Sashenka. Ils peuvent m'arrêter à la gare. Ou venir cette nuit.

— Mais pour quelle raison ? C'est moi la coupable… Je te demande pardon, mais je ne vois pas pourquoi on en fait une affaire politique.

— D'abord Gideon, puis Mendel, et maintenant Benia Golden… Il se passe quelque chose mais je ne sais pas quoi. Ils ont peut-être trouvé des renseignements sur ton écrivain. C'est peut-être un salaud d'espion. Cela dit, ils nous tiennent aussi, toi et moi. Je ne sais pas ce qu'ils ont découvert, mais nous pouvons tomber à tout instant. » Dans la pénombre, son visage fiévreux blêmissait. « Le temps nous manque. Que va-t-on faire ? »

L'aspect tragique de la situation heurta Sashenka de plein fouet. Deux semaines plus tôt, Staline était venu chez elle avec Beria, le Narkom du NKVD ; des stars du cinéma et du théâtre avaient chanté à sa soirée, Vania avait été promu, on lui avait fait confiance ; Staline l'avait complimentée sur son magazine, l'avait admirée et avait tapoté la joue de Snowy. Comment tout avait-il pu basculer ainsi ? Non, Vania devait se tromper. C'étaient des mensonges.

Le cœur battant, l'estomac serré, elle manqua s'évanouir.

« Vania, je meurs de peur. »

Assis à la table de la véranda, ils se touchaient presque, plus proches ce soir-là qu'à l'époque de leur lune de miel, au début de leur idylle. Ils étaient maintenant liés plus que tout autre couple.

C'est Vania qui se reprit le premier.

« Moi aussi, j'ai peur. Il faut s'organiser.

— On ne pourrait pas demander à quelqu'un ? Tu as contacté Lavrenti Pavlovitch ? Il t'apprécie. Il est satisfait de ton travail. Tu as même joué dans son équipe de basket. Et Hercule ? Il sait tout. Staline l'adore. Lui, il nous aidera.

— Je les ai appelés, l'un et l'autre. Le camarade Beria n'est pas disponible et Hercule ne m'a pas retéléphoné.

— Mais ça ne veut rien dire. Beria doit courir la gueuse et Hercule va bientôt nous recontacter.

— Il faut se décider ce soir. Je peux être arrêté à tout moment. À moins que ce ne soit toi. Ou nous deux. Qui sait les renseignements qu'on extorque à Mendel en ce moment même ? À lui ou à ton connard d'écrivain !

— Certes, mais on ne peut tout de même pas les forcer à dire ce qu'ils ne savent pas ?

— Tu plaisantes, n'est-ce pas ? ricana Vania. On a un proverbe : "Si tu me confies un homme ce soir, demain matin, il aura avoué qu'il est le roi d'Angleterre" ! Tu as cru toutes les confessions que tu as entendues aux procès ? Zinoviev, Kamenev, Boukharine, les terroristes, les assassins, les espions, les criminels ?

— Bien sûr. Tu m'as dit que ces confessions étaient véridiques. Pas forcément à prendre au pied de la lettre, mais dans l'esprit, au moins.

— Oh, c'est sûr. Ces gars-là étaient de vrais salauds. De vrais ennemis, dans l'esprit au moins. Ils avaient perdu la foi et sans la foi… » Vania secoua la tête d'un air dépité.

« Toi aussi, tu tortures des gens ? Tu leur fais avouer des crimes qu'ils n'ont pas commis ?

— Pour le Parti, je ferais n'importe quoi. D'ailleurs, j'ai fait n'importe quoi. Oui, je sais ce que c'est de détruire un homme. Certains cèdent au premier coup, d'autres préfèrent mourir plutôt que de trahir. Cela dit, il vaut mieux exécuter cent innocents, voire mille, plutôt que de laisser un traître nous échapper.

— Mon Dieu… » Sashenka se souvint des paroles de Benia et de son regard… Il savait ce que Vania faisait la nuit pendant qu'elle… elle…

« Que croyais-tu que je faisais ? Certes, c'était top secret mais ça t'arrangeait bien de ne pas savoir.

— Mais… le Parti a raison de nous débarrasser des espions. Je savais que nous avions commis des erreurs, mais on disait qu'elles en valaient la peine. Et si je devenais l'une de ces nombreuses erreurs ? Je crois en mon parti et je crois en Staline. C'est l'œuvre de toute ma vie. Et toi, Vania ? Tu y crois encore ?

— Après tout ce que j'ai fait, je dois continuer à y croire. Si on me liquidait ce soir, je mourrais en communiste. Et toi ?

« — Mourir ? Je ne veux pas mourir. Je ne veux pas disparaître. Je veux vivre. J'adore la vie. Je ferais n'importe quoi pour rester en vie.

— Pas si fort, camarade Isatis. » Le ton décidé de son mari la ramena à Petrograd en 1916, quand il était un jeune activiste bolchevique. C'était d'ailleurs ce qui l'avait attirée en lui. « Calme-toi. Nous n'allons pas mourir, mais il faut prendre nos dispositions. Si on nous arrête, n'avoue rien. C'est la seule solution. Sans confession de ta part, on ne peut rien contre toi. Quoi qu'on te fasse subir, tais-toi.

— Je ne suis pas certaine d'en être capable. La douleur…, ajouta-t-elle d'une voix tremblante. Tu as ton revolver, n'est-ce pas ? »

Vania souleva la casquette posée sur la table. Dessous était caché un Nagan. En en caressant la crosse, Sashenka se rappela les « bouledogues » que le Parti lui confiait autrefois. Quelle fierté de porter ces pistolets au nom de la révolution ! Comme elle admirait son époux ! Mon Dieu ! Qu'était-il devenu ! Et elle ?

« Nous pourrions nous donner la mort ce soir, Vania. Je pourrais me suicider et tu serais définitivement débarrassé de moi. Tu en sortirais blanchi. Si c'est ce que tu veux, je le ferai…

— C'est notre première alternative. Nous avons l'arme et l'occasion de le faire. Mais imaginons qu'ils n'aient rien contre toi. Ils te battront et t'humilieront mais, si tu n'avoues rien, ils se diront : "A-t-elle signé quoi que ce soit ? Non. Dans ce cas, peut-être n'était-elle pas vendue, après tout." Ils

451

finiront bien par te libérer. Pour nous, pour les enfants. »

À l'évocation de ses petits, Sashenka se rua à l'intérieur de la maison. Vania sur ses talons, elle se précipita dans la chambre.

Le souffle court, la gorge sèche, elle pénétra dans la pièce sombre parfumée de cette odeur fraîche typique des enfants l'été, un mélange de foin coupé et de vanille. La jeune femme sentit son estomac se nouer. Ils étaient sur le point de tout perdre.

« Snowy, Carlo, mes chéris ! » murmura-t-elle d'une voix étranglée avant de fondre en larmes dans les bras de Vania qui peinait lui aussi à contenir ses sanglots.

« Attention à ne pas les réveiller, murmura son mari.

— Tu as raison », articula-t-elle avant de prendre Carlo dans ses bras et de le couvrir de baisers. Quant à Vania, il souleva Snowy et cacha son visage baigné de larmes dans les boucles d'or de la fillette. Somnolents, les deux enfants s'accrochaient à leurs parents, sans deviner l'orage qui menaçait. Ils demeurèrent tous les quatre l'un contre l'autre dans l'obscurité rassurante. Les adultes ravalaient leurs larmes tandis que, dans un demi-sommeil, les petits s'installaient confortablement dans les bras aimants de leurs parents.

Ce fut Vania qui rappela Sashenka à l'ordre. « Recouchons-les », insista-t-il. Une fois Carlo et Snowy rendormis, leurs parents sortirent sur la pointe des pieds pour s'asseoir dans le canapé du salon. Soudain, une portière de voiture claqua.

« Ils sont déjà là ? » hurla la jeune femme en se jetant dans les bras de son époux, qui la rassura d'une caresse apaisante dans les cheveux.

« Non, pas encore, chuchota-t-il. Mais il faut qu'on réfléchisse. Arrête de pleurer. Reprends-toi, ne serait-ce que pour les enfants.

— Tu as raison, Vania. Le suicide n'est pas une option à cause...

— Staline dit que celui qui se suicide crache à la gueule du Parti. Si on décidait de mourir, on s'épargnerait des souffrances mais nos enfants en paieraient les conséquences.

— Je comprends. Dans ce cas, on pourrait organiser un suicide collectif et disparaître tous les quatre. Ce soir, Vania. En décidant de mourir ensemble, on resterait unis pour l'éternité ! » expliqua-t-elle en s'emparant du Nagan posé sur la table. Elle saurait encore s'en servir.

« Tu es sérieuse ? Pour moi, c'est une excellente idée. Nous nous retrouverions au paradis. Tu as raison. Si on vient nous chercher, on tue les petits d'abord et on se suicide juste après.

— C'est décidé », articula Sashenka en se dirigeant vers les chambres des enfants. Vania la rattrapa et lui reprit le pistolet qu'il glissa aussitôt dans son étui.

« Non. Pour être honnête, j'en serais incapable, chuchota-t-il en la serrant à nouveau contre lui. Vraiment, ce serait au-dessus de mes forces. Et toi ?

— Nous n'avons pas le temps de nous morfondre. Il est trop tard pour hésiter, Vania.

— Ils savent quelque chose... mais quoi ?

453

— D'abord, Gideon a mentionné "l'histoire de l'Antiquité". Ensuite, Mendel a été arrêté. Cela dit, Benia Golden ne connaît rien de nos vies.

— Mais s'il était un *agent provocateur** ? Un espion ? Un flic ?

— C'est envisageable... » Sashenka ressentait une telle angoisse à présent qu'elle doutait de son propre amant. Benia avait-il détruit sa famille ? Une avalanche de possibilités la submergea. « Pourrait-il s'agir d'une intrigue des tchékistes ? Il existe forcément une explication rationnelle à toute cette affaire, non ? »

Vania écarta les mains en signe d'ignorance.

Au même instant, le portail du jardin grinça.

« Ce sont eux, Vania. Je t'aime. Toi et les enfants. Si l'un de nous deux en réchappe... Oh, Vania... Et si on en finissait tout de suite ? Où as-tu mis le bouledogue ? »

Pétrifiés, ils attendaient. Soudain, un sifflement vint trouer le silence et une silhouette sortit de l'obscurité du verger.

Le Nagan à la main, Vania descendit les marches de la véranda.

« Qui va là ? Je n'hésiterai pas à tirer. Je vous tuerai un par un, bande de salauds. »

27

« Je ne peux rester que quelques minutes, annonça le visiteur en ôtant le capuchon qui lui masquait le visage.

— Oh, Hercule ! Dieu soit loué, tu es venu ! s'exclama Sashenka en le couvrant de baisers. Tout va bien se passer, n'est-ce pas ? Tu vas nous expliquer comment résoudre nos problèmes. À qui doit-on s'adresser ? Dis-nous tout. »

Ils éteignirent rapidement les lumières et Satinov s'installa avec eux à la table de la véranda. La jeune femme s'empressa de servir trois verres de cognac arménien.

« On va s'en sortir, n'est-ce pas ? On se fait des idées, non ? Vite Hercule, explique-nous ce qui se trame.

— Tais-toi Sashenka, l'interrompit Vania. Laisse-le s'exprimer. »

Les yeux étincelants dans la pénombre, Satinov prit la parole.

« Écoutez-moi attentivement, commença-t-il. Je ne sais pas tout, mais la situation a évolué. Ils

455

s'intéressent à Mendel et ils ont découvert quelque chose sur toi.

— Sur moi ? s'écria la jeune femme. Divorce, Vania ! Sinon, je me suiciderai.

— Tais-toi ! Écoute ce qu'Hercule a à nous dire.

— Il est trop tard pour ce que tu proposes, la coupa Hercule. Moi, je pensais plutôt… à vos enfants. »

Sous le choc, Sashenka blêmit.

« Tu crois que je devrais aller voir Beria ? Je ferais tout ce qu'il veut. Tout. Je pourrais essayer de convaincre Lavrenti Pavlovitch… »

Au regard de Satinov, la jeune femme se tut. Leur sort avait été décidé au plus haut.

« Désormais, la priorité, ce sont les enfants, insista-t-il.

— Mon Dieu, murmura Sashenka démunie. Ils vont les envoyer dans un de ces horribles orphelinats. Ils vont les torturer, les abattre, les violer. Les enfants de Trotski sont morts. Ceux de Kamenev aussi. Ceux de Zinoviev. Je sais ce qui se passe dans ce genre d'endroit…

— Calme-toi, Sashenka. Qu'est-ce qu'on peut faire, Hercule ?

— Pouvez-vous les confier à ta famille ? » demanda Satinov à son amie.

Sashenka secoua la tête. Impossible… Gideon et Mouche se trouvaient également au bord du gouffre. Quant à Viktoria, l'autre fille de Gideon, cette fanatique du Parti refuserait sans doute d'aider des enfants de traîtres. Mendel se trouvait déjà dans les griffes de la Loubianka. Et les parents de Vania seraient probablement arrêtés d'ici peu.

« Dans ce cas, il faut éloigner Carlo et Snowy. Dès demain matin. Les envoyer dans le Sud. J'ai longtemps travaillé là-bas et j'y ai gardé des amis qui me doivent des services.

— Qui sont ces gens ? Que va-t-il arriver à Snowy et Carlo ? » glapit Sashenka d'un ton hystérique. Le souffle lui manquait. Son univers s'écroulait.

« Tu dois me faire confiance. Je suis le parrain de la petite, ne l'oublie pas. »

D'un signe de tête, la jeune femme acquiesça : Satinov représentait la seule échappatoire pour leurs enfants.

« Bien. Ils doivent se rendre dans le Sud dans le plus grand secret. Moi-même, je pars ce soir pour le Caucase, mais je ne peux pas les emmener. Quelqu'un d'entièrement dévoué doit les accompagner "en vacances". Afin de ne pas éveiller les soupçons. Cette personne les confiera ensuite à la personne à laquelle j'ai pensé.

— Et les parents de Vania ?

— Oui, ma mère adore les enfants, s'empressa de répondre Vania.

— Non, rétorqua Satinov. Ils sont au Granovski. On les surveille nuit et jour. Ce ne serait pas judicieux. D'autant plus que, je suis désolé d'avoir à le dire, Vania, mais leur attachement au Parti est tel que ce serait dangereux.

— Tu connais… quelqu'un qui pourrait s'occuper d'eux dans le Sud, quelqu'un de vraiment attentionné pour de tels… petits anges ? » s'inquiéta Sashenka.

Satinov lui serra la main affectueusement.

« Ne t'inquiète pas. Tu adorerais la personne à laquelle je pense. Mais même elle ne saura pas dans quelles familles on les placera.

— On ne les séparera pas, n'est-ce pas ? Ils s'adorent, ils ont besoin l'un de l'autre et sans nous…

— S'ils passent par un orphelinat du NKVD, on ne les laissera pas ensemble et on leur donnera une nouvelle identité. Par ailleurs, si on lançait une recherche dans tout le pays pour un frère et une sœur, ils seraient plus faciles à retrouver. Ils seront donc plus en sécurité séparés. Les enfants perdus se comptent par milliers en ce moment. Par millions, même. Les gares en sont pleines.

— Mais ça voudrait dire qu'ils perdraient non seulement leurs parents, mais aussi l'une son frère ou l'autre sa sœur. Je ne peux pas laisser faire une chose pareille, Vania. Je refuse.

— Tu n'as pas le choix.

— Ils seront placés dans des familles différentes, continua Satinov. J'ai déjà pensé à deux familles, des gens très bien, des couples sans enfants et sans attaches politiques. Si vous vous en sortez, si vous êtes simplement condamnés à l'exil, vous ne pourrez pas revenir à Moscou tout de suite, mais les enfants vous rejoindront où que vous soyez, je vous en donne ma parole. En revanche, si le pire advenait…

— Dis-moi qui sont ces gens, je t'en supplie, l'implora Sashenka, d'une voix fêlée.

— Non. Il vaut mieux que je sois le seul à connaître cette information. Aider les enfants de traîtres à la patrie nous coûterait la vie à tous. Mais je m'occupe de tes petits, Sashenka. La paperasse se perdra ; Carlo et Snowy disparaîtront sans problème. Vous n'êtes pas les seuls dans cette situation. Bien des gens ont envoyé leur progéniture à la campagne en 1937. C'est ma proposition. Si vous l'acceptez, je vous promets de veiller sur vos enfants jusqu'à ma mort. Ce sera la mission de ma vie. Mais il faut vous décider maintenant.

— Oh, Hercule... » articula Sashenka avant d'acquiescer d'un signe de tête.

Elle voulut le prendre dans ses bras mais il recula, ce qu'elle comprit parfaitement. Vania et elle étaient devenus dangereux pour leurs proches. En 1937, lorsque ses amis attendaient d'être arrêtés, elle les évitait comme la peste parce que leurs liens auraient pu lui coûter la vie. C'était elle la lépreuse à présent, celle qu'on fuyait. Mais Hercule, cet ami véritable, prenait malgré tout le risque de leur venir en aide.

« Merci, ajouta-t-elle avec tendresse. Merci de ton amitié et de ta droiture. Tu es un communiste digne de ce nom. C'est précieux.

— Bien, enchaîna-t-il. Pour commencer, je dois envoyer des télégrammes. Préparez les enfants ce soir. Ils peuvent être amenés à partir dès demain matin, ou vous pouvez aussi décider d'attendre d'en savoir plus ou que l'un d'entre vous soit arrêté. Tu pars demain pour Stalinabad, Vania, non ? Si on t'arrête en route, tu auras un moyen d'avertir Sashenka ? Moi, je pars à Tiflis ce soir même dans un train spécialement affrété pour le Comité central. J'arriverai là-bas demain. Je dirige une nouvelle mission si bien que je resterai environ un mois dans le Sud. C'est une chance incroyable, ça me permettra de vous aider. Je vais vous donner mes coordonnées pour me contacter par télégramme. Et surtout, si on vous arrête, j'aurai besoin de temps pour placer les enfants avant que le Parti ne s'en mêle… Tu vois ce que je veux dire, Vania. Ne pensez plus à vous donner la mort. Laissez-moi le temps de m'organiser, quoi qu'il vous en coûte. Je mettrai ce temps à profit. Compris ? Bien, commençons par le commencement. Carolina accepterait-elle d'accompagner les enfants pour la première étape du voyage ? »

Sashenka hésita l'espace d'un instant. La gouvernante les trahirait-elle ? De toute façon, ils n'avaient pas le choix. « Oui, je crois qu'elle donnerait sa vie pour eux.

— Va la chercher », lui ordonna Vania.

Lorsque Carolina ouvrit la porte de sa chambre, Sashenka devina à son visage qu'elle avait compris que quelque chose de grave se tramait. Elle lui expliqua la situation en quelques mots et, ravalant ses larmes, lui demanda de la suivre sur la véranda.

« Bien, annonça Satinov à leur retour. Vous comprenez que, quoi qu'il arrive, je n'ai jamais mis les pieds ici. Nous nous sommes rencontrés pour la dernière fois lorsque je suis venu dîner au Granovski avec ma femme. Nous n'avons pas parlé de politique. Je ne sais rien de vos problèmes. Vous devez dès à présent réserver les billets et les laissez-passer pour Carolina. Appelez la gare, vérifiez les horaires. Maintenant. » Sur ces mots, il plaça deux cartes d'identité sur la table. « Voici les papiers de deux enfants de l'orphelinat Dzerjinski. Carolina devra voyager sous sa véritable identité, mais

Snowy et Carlo utiliseront ces pseudonymes. De nos jours, il y a sans arrêt des contrôles dans les gares et les trains. Sashenka, tu détruiras les papiers des enfants. Ne les oublie surtout pas à la datcha !

— Et où ira Carolina ? Elle pourrait emmener les petits dans son village, non ?

— Ils la retrouveraient trop facilement, rétorqua Satinov, car il y a eu de nombreuses arrestations dans sa région. Carolina, vous prendrez le Moscou-Bakou-Tiflis à la gare Saratovski. Quand vous descendrez à Rostov, un message vous attendra au bureau du chef de gare à votre nom. Vous vous appelez bien Carolina Gunther, n'est-ce pas ? Ensuite, vous pourrez retourner dans votre village. Compris ? »

Lorsqu'il prit congé, Satinov évita de croiser le regard de ses vieux amis, mais serra malgré tout Vania dans ses bras avant de baiser la main de Sashenka, ainsi qu'il l'avait fait lors de leur première rencontre plus de vingt ans auparavant.

« Allez, nous avons beaucoup à faire, lança Carolina d'un ton décidé. Commençons par le dîner. Nous aurons les idées plus claires lorsque notre estomac sera rempli », ajouta-t-elle en apportant un plateau de fromage de chèvre, de tomates et de pain de seigle.

Sans allumer la lumière de la véranda, ils se jetèrent sur la nourriture comme s'ils mouraient de faim, conscients qu'il s'agissait peut-être de leur dernier repas en commun. Le temps s'écoula lentement. Maintenant qu'elle avait une mission à remplir, Sashenka se sentait mieux. Elle devait

461

faire confiance à Hercule Satinov qui lui avait promis de confier ses enfants à des gens « bien ». Son cœur se brisait en repensant à la naissance de ses deux petits, à Snowy qui adorait les coussins et les papillons mais détestait les œufs ; à Carlo qui haïssait le yaourt et les miettes de pain, ne s'endormait que sous les caresses et réclamait des câlins s'il se réveillait en pleine nuit. Quand il avait envie de sucré entre les repas, il réclamait ses biscuits préférés, ceux que l'on vendait dans des boîtes imprimées d'images du Kremlin. Il ne supportait pas les bruits forts, en particulier les coups de tonnerre, adorait prendre le métro et découvrir les nouvelles stations aux couloirs de marbre et aux coupoles de verre...

Si seulement Sashenka pouvait mettre par écrit tous ces détails pour les gens « bien » qui allaient s'occuper d'eux ! Qui, à part une mère, devinerait de telles choses ?

« Reprends-toi ! Nous devons garder notre sang-froid ! » la réprimanda Vania d'un ton cassant.

Sashenka ne pouvait rien noter et les enfants ne pourraient pas emporter beaucoup de choses et surtout rien qui les lierait à leur famille. Il ne restait aucune place pour les sentiments, les larmes ou les regrets. Sashenka n'était plus qu'une mère, une louve qui protégeait ses petits du danger et devait à tout prix leur éviter les orphelinats décrits par Benia. Quand ils auraient préparé leur fuite, s'il restait du temps, elle pourrait savourer la présence de ses anges, bavarder avec ses trésors. Elle aurait tout le temps de pleurer lorsqu'ils seraient séparés.

Le repas lui parut insipide et le jardin un décor en carton-pâte; le jasmin et le chèvrefeuille empestaient. Elle aurait tout donné pour épargner ses enfants, pour avoir le droit de les voir grandir…

Me voici abandonné, orphelin, personne n'est là pour me garder. D'ici bientôt je mourrai, à ma tombe, personne ne viendra me pleurer. Dans l'arbre, à proximité, seul le rossignol chantera. Parfois…

Jamais cette chanson ne lui avait semblé aussi pertinente et aussi insupportable.

« Vania, il faut qu'on parle sérieusement. C'est peut-être notre dernière nuit ensemble. Que va-t-on dire aux enfants ? demanda-t-elle d'une voix étranglée.

— Moins on leur en dira, mieux ce sera. Ils doivent oublier jusqu'à notre existence. Snowy se souviendra de plus de choses que Carlo, qui n'a que trois ans, car… » Vania ne put achever sa phrase tant l'émotion lui serrait la gorge.

« Allons préparer les bagages, proposa Sashenka en prenant la gouvernante par la main. Nous devons absolument leur trouver des vêtements chauds pour éviter qu'ils ne tombent malades. »

Je les ai mis au monde, se dit-elle, mais ils ne m'appartiennent pas. Ils doivent à présent continuer leur vie comme si, moi, je n'avais jamais existé.

28

Suintant par tous les pores de sa peau l'alcool ingurgité la veille, Razum arriva à l'aube pour emmener Vania à la gare de Moscou. Lorsqu'il klaxonna à la grille, Sashenka sortit vêtue en chemise de nuit. En cette fraîche matinée de mai, la rosée étincelait comme une rivière de diamants sur l'herbe et les boutons de rose. Réveillés depuis longtemps, les enfants sautaient sur leurs lits.

Après une nuit passée à boire, Vania alla embrasser ses enfants dans la salle de jeux. Sashenka imaginait sans peine qu'il avait mille choses à leur dire : des conseils, des avertissements, tout ce qu'un père peut dire à ses petits avant un long voyage. Mais Snowy et Carlo étaient si excités qu'ils refusaient de s'asseoir sur ses genoux.

« Moi, je n'ai pas envie d'embrasser papochka. Et toi, Snowy ? hurla Carlo en désignant du doigt son père en tenue officielle.

— C'est vrai, on ne fait des bises qu'à maman et à Carolina. Papa n'est qu'un affreux monstre. Il va nous avaler tout crus ! » cria sa sœur en se débattant pour échapper à son père autour de qui ils bondissaient en le taquinant joyeusement.

« Arrête, papa ! Tu piques ! s'exclama Carlo.

— Moi non plus, je ne veux pas de tes bises ! acquiesça Snowy. Embrasse plutôt mon joli coussin. Emporte-le avec toi, si tu veux.

— Tu es sûre ? Tu me donnes ton préféré ? s'étonna Vania d'une voix émue.

— Oui, pour que tu te souviennes de moi. Mais tu dois promettre de me le renvoyer, papochka. »

Les lèvres tremblantes, Vania s'empara du petit coussin rose qu'il empocha avant de serrer sa fille contre son cœur. « Lâche-moi, papa ! Tu sens mauvais », ajouta la petite avant de filer en bondissant par-dessus les deux valises qui attendaient près de la porte.

Lorsque Vania quitta la maison, les larmes ruisselaient sur ses joues.

Carlo se précipita à sa suite. « Papa ! Je t'aime du fond du cœur. Laisse-moi te faire un câlin pour que tu ne sois plus triste. » Vania le prit dans ses bras et l'enfant essuya ses pleurs avec son lapin en peluche.

« Pourquoi tu pleures, papa ? s'étonna Snowy.

— Je n'ai pas envie de vous quitter. Je reviens bientôt mais si, en mon absence, vous vous demandez où je suis, regardez les étoiles dans le ciel comme je vous l'ai appris. Quand vous repérerez la Grande Ourse, vous saurez que c'est là que je me trouve. »

Sashenka accompagna son mari jusqu'à la porte. Là, il la serra si fort contre lui qu'il la souleva de terre.

« T'épouser, articula-t-il, a sans doute été ce qui m'est arrivé de mieux… de toute ma vie. Ne t'inquiète pas, l'orage va passer. Et si ce n'est pas le cas, tout est prévu. » Sur ces mots, il se tourna vers la gouvernante et s'inclina devant elle.

« Merci, Carolina ! » murmura-t-il avant de la serrer à son tour dans ses bras.

Razum avait manœuvré la voiture et, dès que Vania fut installé à l'intérieur, il démarra. Sashenka regarda les deux hommes s'éloigner avant de courir se jeter sur son lit. Bon sang ! Comment cette affaire se finirait-elle ?

Où se trouvait Benia ? Et Mendel ? Impossible de le savoir. Depuis la veille, la jeune femme s'était endurcie : plus rien n'avait d'importance que son mari et ses enfants. Les autres ne comptaient plus. Elle aurait dû éprouver de la pitié pour Mendel et pour Benia mais il n'en était rien. Qu'ils meurent si cela lui permettait de rester en vie auprès de ses enfants.

Soudain, elle sentit une présence sur le lit.

« Que se passe-t-il, mamochka ? Tu es triste parce que papa est parti ? lui demanda Snowy.

— Maman, maman ! s'écria Carlo. Tu veux que je te dise un secret ? Je vais t'embrasser et te faire des câlins pour te consoler.

— Vous savez, mes chéris…

— Quoi ?

— Il se peut que vous partiez bientôt pour un long voyage, pour une aventure extraordinaire.

— Avec papa et toi ?

— Non, je ne crois pas, Snowy. Mais tu adores Carolina, n'est-ce pas ? Vous partirez sans doute avec elle et vous ne devrez en aucun cas parler de votre famille ni de ce que vous avez entendu à la maison.

— Tout ça, on le sait déjà. Papa n'arrête pas de nous dire : "Pas de bavardages !"

— Mais… et papa et toi ? s'enquit Carlo d'un air inquiet.

— Eh bien… on viendra peut-être vous rejoindre un peu plus tard. Quand ce sera possible. Si c'est possible un jour. Mais papa et moi, nous serons toujours là pour vous. Toujours…

— Évidemment ! Tu dis vraiment des bêtises, maman. Nous ne nous quitterons jamais. Nous resterons toujours ensemble, tous les quatre. »

29

Le dimanche après-midi, Sashenka emmena les enfants en ville et c'est là que tout commença.

Les gardiens du Granovski se montrèrent aussi sympathiques qu'à l'accoutumée, mais il y en avait un nouveau. Ses yeux semblaient vouloir dire quelque chose, mais quoi ? Savait-il que Vania se trouvait à Stalinabad ? En connaissait-il la raison ? Marfa et Nikolaï ainsi que les autres anciens se reposaient dans leurs fauteuils installés dans la cour. Pourquoi son beau-père ne lâchait-il pas son journal pour la saluer ? s'interrogeait Sashenka. Que signifiait le regard narquois du père d'Andreïev ? Son fils, un membre du Politburo, lui avait-il révélé quelque chose ? Lui avait-il recommandé de se méfier des Palitsine, de ne pas laisser jouer ses enfants avec les leurs ? Le concierge la salua d'un signe, mais pourquoi ne venait-il pas lui dire bonjour et l'aider à porter ses bagages, comme il le faisait d'habitude ? Était-il au courant de quelque chose ?

Dans la rue, un jeune homme vêtu d'une gabardine et coiffé d'un feutre observa leur entrée. Un tchékiste ? Dans leur guérite, les gardes prirent des notes : ils la surveillaient. Ils savaient ce qui se passait. La bonne du maréchal Budyonny s'attardait devant leur appartement, s'évertuant à épousseter la rampe d'escalier. Une informatrice. Quelle situation insupportable. Absurde. Sashenka passait tour à tour de la confiance aveugle au désespoir le plus extrême.

Cette nuit-là, dans son lit, elle se rongeait d'angoisse, possédée par la terreur de perdre ses enfants et de mourir. Elle ne craignait rien pour elle. Les jeunes gens qui deviennent révolutionnaires risquent la corde à tout instant. Lorsqu'elle voyageait à bord des trains de l'agit-prop pendant la guerre civile, elle aurait affronté la mort en face si les Blancs l'avaient capturée. C'était le lot de tout bon bolchevik. Mais depuis la naissance de Snowy et Carlo, elle appréhendait la mort. Elle s'inquiétait sans cesse. Je vous en prie, je vous en supplie, implorait-elle le destin, laissez-moi le temps de les aimer et de les chérir. Accordez-moi la chance de les voir grandir, de les voir heureux, d'assister à leurs mariages et de tenir mes petits-enfants dans mes bras.

À l'époque de la Grande Terreur, elle avait vu d'autres parents disparaître et leur progéniture faire de même à leur suite. Du jour au lendemain, ils ne jouaient plus dehors. Mais… ces parents-là avaient dévié de la ligne du Parti. Sous leurs airs de bons communistes, ils avaient trahi. Le Parti primait et ils l'avaient bafoué. Sashenka s'était toujours promis de ne jamais faire ce genre d'erreur et pourtant… c'était bel et bien ce qui lui était arrivé.

La nuit tombait. La jeune femme essayait de s'endormir mais des images d'horreurs, de tortures, d'arrestations, d'enfants en larmes l'assaillaient. Tremblante, le cœur battant, elle n'en pouvait plus. Allait-elle succomber à une crise cardiaque ? Vania ne l'avait pas appelée. Elle tomba dans un sommeil agité, peuplé de cauchemars atroces. Elle vit sa mère morte, son père exécuté d'une balle dans la nuque devant ses petits-enfants.

« Qui est ce monsieur ? demandait Snowy.

— Tu ne reconnais pas dedouchka, ton grand-père ?

— Que deviendra-t-il après sa mort ? s'interrogeait Carlo. Il se transformera en fantôme ? »

Réveillée en sursaut par des sueurs froides, Sashenka se rendit dans la chambre de son fils pour s'allonger à côté de lui. Comment un si adorable garçon pouvait-il vivre dans un monde si affreux ? songea-t-elle en se lovant contre lui. C'est en caressant sa peau soyeuse de bébé qu'elle sombra à nouveau dans un sommeil lourd.

Ce furent les tendres câlins et l'haleine sucrée du petit garçon qui parsemait son visage de baisers qui la réveillèrent. Elle soupira d'aise.

« Tu veux que je te dise un secret, mamochka ? Il y a quelqu'un qui frappe à la porte. »

Sashenka se redressa d'un bond, prise de vertiges et de nausées. La situation lui revenait tout à coup. On frappait en effet à la porte, à coups bruyants et furieux.

470

La jeune femme embrassa ses enfants avant de se diriger vers l'entrée.

« Ouvrez !

— Qui est-ce, demanda Snowy.

— C'est moi, Razum, répondit le chauffeur. Télégramme ! »

Sashenka hésita malgré tout, mais après une profonde inspiration, elle finit par entrebâiller la porte.

« Bonjour, camarade. Quelle belle journée, n'est-ce pas ? Un message du patron vient d'arriver. »

À STALINABAD.
JE VAIS BIEN.
EMBRASSE LES ENFANTS.
JE RENTRE MERCREDI. VP

Sashenka jubilait, soudain persuadée que rien ne pouvait leur arriver. Son imagination lui avait joué des tours. Pourquoi un commissaire délégué tel que Vania ne pourrait pas partir en mission à Stalinabad ? Ce ne serait pas la première fois. Tous ceux qu'on envoyait en déplacement dans les régions ne finissaient pas en prison. D'ailleurs, Satinov avait passé quelques semaines en Géorgie et personne n'avait suggéré qu'il était en disgrâce.

Sashenka se prépara pour aller travailler au magazine et songea froidement aux traîtres qu'on n'avait jamais revus. Ses relations professionnelles avec Benia se révéleraient-elles dangereuses ? Klavdia avait contacté Andreï Jdanov place Staraïa ainsi que Fadeïev à l'Union des écrivains. Tous deux avaient avalisé sa décision. Elle avait rencontré Benia pour parler de leur contrat, mais aucun lien personnel ne les unissait. Brusquement, elle éprouva un profond dégoût pour elle-même : elle aimait ses enfants, son mari mais les autres ne comptaient plus du tout.

Satinov s'était peut-être trompé ? Mendel et Benia n'avaient peut-être qu'un point commun : leur célébrité les mettait en danger. Avant de partir, Vania lui avait dit que d'autres artistes avaient récemment été arrêtés : Babel par exemple, ou encore le journaliste Koltsov, le metteur en scène de théâtre Meyerhold. Vania lui avait murmuré qu'un troisième procès dans ce genre était prévu avec Iejov, le plus inflexible des commissaires, et qu'on envisageait d'y ajouter quelques diplomates et quelques intellectuels. Il ne s'agissait sans doute de rien d'autre.

Après avoir embrassé ses enfants et serré Carolina contre elle, Sashenka enfila son tailleur crème préféré et déposa derrière le lobe de ses oreilles une goutte de son parfum favori. En route pour le bureau, elle salua le gardien du Granovski, l'immeuble qu'elle appréciait tant, dans une rue si élégante. Au bout de l'artère se trouvait la Kremlevka où les meilleurs obstétriciens s'étaient occupés de ses deux grossesses.

Une brise fraîche soufflait lorsqu'elle passa devant le Kremlin le sourire aux lèvres. Derrière l'hôtel National, elle aperçut un splendide bâtiment triangulaire surmonté d'un dôme, le Sovnarkom éclairé jour et nuit, là où Staline vivait et travaillait. Merci, camarade Staline, vous savez toujours quoi faire, lui télégraphia-t-elle en son for intérieur.

Vous avez rencontré Snowy, vous comprenez tout. Longue vie à vous, Joseph Vissarionovitch !

D'un pas alerte, elle tourna à l'angle gauche de la rue Gorki. Sur le côté droit se trouvait l'immeuble dans lequel l'oncle Gideon habitait un appartement spacieux. Les camions avançaient à grands bruits pour apporter du ciment sur le chantier de l'hôtel Moskva en construction, lequel s'élevait de terre comme un temple fabuleux. Les Lincoln et les ZiS filaient en direction du Kremlin tandis qu'une charrette tirée par un cheval patientait devant la mairie, un ancien palais. Moscou n'était encore qu'une ville en devenir, un groupe de villages réunis ensemble, mais Sashenka s'y sentait chez elle. Jusqu'en haut de la colline, les gens travaillaient sur les nouveaux chantiers, des miliciens de garde une matraque à la main, des enfants en route pour l'école, de jeunes pionniers portant autour du cou le fameux foulard rouge. Avant qu'elle n'atteigne la gare de Biélorussie, la jeune femme observa la sublime statue de Pouchkine, puis s'aventura dans Petrovka sur les étals miteux de laquelle des pirojki frits étaient proposés aux passants.

Une fois au bureau, elle invita les rédacteurs à s'asseoir à sa table. « Entrez, camarades. Asseyez-vous, je vous en prie. J'écoute vos suggestions pour le numéro de décembre consacré à l'anniversaire du camarade Staline. »

Un peu de légèreté dans un monde de brutes. Le retour à la normale.

30

« Papa est de retour ! s'écria Snowy.

— Vous ne devriez pas être au lit, vous deux ? les gronda Sashenka. Retournez vous coucher, il est presque minuit.

— Razum est à la porte avec papa !

— Papa est revenu ? hurla Carlo, émergeant de sa chambre, les cheveux ébouriffés.

— Il arrive ! expliqua Snowy en sautant sur place. On peut rester debout, maman ? Allez, dis oui !

— Bien sûr ! accepta Sashenka en allant ouvrir la porte d'entrée. Bonsoir, Razum, vous êtes allé le chercher. Il est en retard, comme d'habitude…

— Reculez. Pas de blague ! » répliqua le chauffeur d'une voix alcoolisée. Debout, pieds écartés, arme à la main, il se tenait sur le seuil dans son vieil uniforme du NKVD. « Venez les gars. C'est ici. Regardez comment ils vivaient, ce que le Parti lui a donné, au patron, et pensez à la façon dont il l'a remercié ! »

Razum n'était pas venu seul. Quatre tchékistes étaient postés derrière lui. Le concierge qui les suivait triturait son volumineux trousseau de clés d'un air gêné. Les policiers entrèrent dans l'appartement sans en demander l'autorisation.

Mon Dieu, nous y voilà, se dit Sashenka. Les jambes flageolantes, elle dut s'appuyer contre le mur pour reprendre ses esprits.

Un officier, dans un uniforme trop grand pour lui, s'arrêta devant elle. « Nous avons un mandat pour fouiller cet appartement, sur ordre de L. P. Beria, Narkom du NKVD. »

Ravi de prendre part à ces opérations, Razum donna à l'officier maigrichon un coup de coude. « Nous avons arrêté Palitsine à la gare Saratovski à l'aube. Il a d'ailleurs donné un coup de poing à l'un de nos gars. C'est comme je vous le dis.

— Ça suffit, camarade, rétorqua l'officier d'un ton sec.

— Où est-il ? » l'interrompit brusquement Sashenka, incapable de se taire. Le train de Vania était donc arrivé à l'heure. Craignant qu'il n'avertisse son patron, le NKVD n'avait sans doute pas mis Razum dans la confidence et l'avait laissé aller chercher Vania à la gare, où on l'avait aussitôt arrêté. Le chauffeur se donnait ainsi en spectacle pour prouver sa loyauté et sauver sa peau. Quant à Vania, on avait dû l'emmener directement à la Loubianka.

« Pas un mot de plus, camarade Razum ! le tança de nouveau l'officier. C'est notre affaire.

— J'ai toujours eu des doutes sur ces barins, insista Razum. J'ai été témoin de bien des choses.

Allez, on va fouiller la maison et découvrir les documents que ce salaud a cachés. Par ici, les gars. »

Les tchékistes se trouvaient déjà dans le bureau. Figée dans l'encadrement de la porte, Carolina observait la scène. Ces hommes sont-ils venus m'arrêter ? se demandait Sashenka en se posant mille questions plus égoïstes les unes que les autres. Peut-être était-elle en sécurité ? Ils n'en voulaient probablement qu'à Vania ? Qu'ils le gardent ! Qu'ils la laissent ici avec les enfants !

Les deux femmes échangèrent un regard en silence. Avaient-elles trop tardé ? Les enfants seraient-ils torturés dans un horrible orphelinat ? Que faire ? Vania ne leur avait fait parvenir aucun message. Carolina devrait-elle partir immédiatement ? Ce soir ? Serait-ce une erreur ?

« Que se passe-t-il, maman ? » demanda Snowy en se pelotonnant contre sa mère. Quant à Carlo, le bruit des bottes, les ordres criés, la façon qu'avaient les tchékistes d'ouvrir les tiroirs, de claquer les portes et d'éparpiller les documents et les photos le firent réagir sur-le-champ. Son visage se fit d'abord grave, ensuite les larmes envahirent ses yeux et il finit par devenir écarlate dès que ses sanglots retentirent dans la maison.

« Restez dans vos chambres, leur recommanda la jeune femme en les protégeant de son corps. Allez retrouver Carolina. »

La gouvernante leur ouvrit les bras, mais les petits s'agrippèrent à Sashenka avec plus de force encore, comme si elle seule pouvait les sauver.

Soudain, la mère de Vania, vêtue d'une chemise de nuit mauve, entra dans la pièce, son mari sur ses talons.

« Que se passe-t-il, hurla-t-elle en se précipitant vers le bureau de Vania d'où elle tenta de déloger un tchékiste. Un problème ? Mon fils est un héros ! Vous faites une grave erreur. Pourquoi l'avez-vous arrêté ?

— Article 58, rétorqua l'officier. Maintenant, dégagez. On emporte le coffre. »

La police secrète posa des scellés sur la porte de la pièce. Quatre hommes peinaient à déplacer le coffre jusqu'à l'ascenseur, mais le concierge s'empressa de leur prêter un diable sur lequel ils l'emportèrent.

« Bonne nuit, camarade Zeitlin-Palitsine, conclut le gradé. N'essayez pas d'ôter les scellés, car nous reviendrons demain pour reprendre la fouille.

— Un instant. Vania a-t-il besoin de vêtements de rechange ?

— Il avait une valise, ricana Razum, les poings sur les hanches. J'arrive, les gars, ajouta-t-il à l'attention des policiers qui déposaient des documents dans l'ascenseur.

— Pourquoi nous détestes-tu tant, Razum ?

— Il va parler ! Il finira par tout avouer, le chien ! lui cracha-t-il au visage. Vous autres, vous vivez comme les nobles d'autrefois. Vous croyez que vous valez mieux que nous ? Vous avez bien profité du système mais c'est le moment de payer.

— Silence, camarade Razum. Sinon, tu vas avoir des ennuis toi aussi », siffla l'officier en charge. Le vieux chauffeur se retourna pour rejoindre les autres et, ce faisant, laissa tomber quelque chose de sa poche. Hurlant des insultes alcoolisées, il s'engouffra dans la cabine dont la porte se referma derrière lui.

Après le départ de la police, Sashenka se laissa tomber par terre, entraînant ses enfants dans sa chute. Les mains tremblantes, les yeux rougis, l'estomac noué, elle tentait de retrouver un semblant de sang-froid afin de réfléchir à la situation. Tout reposait sur elle désormais.

« Coussin ! s'exclama Snowy en ramassant un petit coussin rose orné d'un ruban. Ce bêta de Razum l'a laissé tomber ! »

Sashenka le lui arracha des mains, l'examina, le renifla, le tourna et le retourna dans tous les sens.

« Attends une minute, Snowy, lui répondit sa mère sèchement lorsque la fillette tenta de le récupérer.

— Je veux mon joli coussin, pleurnicha la petite.

— Carolina ! »

La gouvernante était déjà là et les parents de Vania observaient la scène.

« Où est Vania ? glapit Marfa en désignant Sashenka du doigt. Je lui ai toujours dit que tu étais une ennemie de la classe ouvrière. C'est de ta faute, hein ?

— Fermez-la, pour une fois, répliqua Sashenka. Je vous expliquerai plus tard. Demain vous partirez soit à la datcha, soit dans votre village, mais, pour le moment, retournez vous coucher et fichez-moi la paix. »

Furieux de l'impolitesse de leur belle-fille, les deux vieillards tournèrent néanmoins les talons en marmonnant.

« Quel salaud, ce Razum ! décréta la gouvernante.

— Désormais, nous ne sommes plus entourées que de salauds. Nous avons franchi une frontière, annonça Sashenka. Dites-moi, Carolina, ajouta-t-elle, ce coussin se trouvait-il à la datcha ?

— Oui.

— Nous ne l'avons pas rapporté avec nous, n'est-ce pas ?

— Non. D'ordinaire, il ne quitte pas la salle de jeux. »

La jeune femme se tourna vers Snowy.

« D'où vient-il, dans ce cas, ma chérie ?

— C'est Razum qui l'a laissé tomber. Ce vieux bêta ! Qu'est-ce qu'il sent mauvais, d'ailleurs !

— Mais qui l'a sorti de la datcha ? Tu as vu quelqu'un le prendre ?

— Mais oui ! Tu es vraiment bête, maman. Je l'ai donné à papa avant son départ.

— Ah ! Ça veut dire que ton papochka pense à nous, murmura Sashenka. Cher Vania ! » Quel message pouvait être plus éloquent que le coussin de Snowy ? « Ce bon vieux Razum ! ajouta-t-elle, un sourire aux lèvres.

— Tu me le rends, mamochka ?

— Oui, mon cœur. Tiens, il est à toi. »

Sur ces mots, Sashenka et Carolina échangèrent un long regard d'une gravité poignante, partageant à cet instant un tel amour maternel pour les deux enfants qu'elles en furent émues aux larmes.

Sashenka tenta également de profiter de ces derniers instants précieux avec ses petits, de se rappeler la douceur de leurs joues, leur parfum, leurs voix. Mais ses sensations lui échappèrent bien vite pour s'envoler dans la brise légère.

31

Le lendemain matin, pour ne pas attirer les soupçons, Sashenka se rendit au bureau quand d'autres seraient restées couchées en prétextant une maladie quelconque. Un mari arrêté ne signifiait pas forcément que son épouse le serait également. Il valait donc mieux aller travailler au journal comme d'habitude et aviser selon les événements.

Au moment de quitter la maison, elle embrassa ses enfants, respira leur peau et leurs cheveux et les regarda l'un après l'autre dans les yeux.

« Je vous aime. Je vous aimerai toujours. Ne l'oubliez jamais. Jamais, leur répéta-t-elle en se forçant à rester maîtresse d'elle-même.

— Maman, tu veux que je te dise un secret ? Tu es bête. Bête comme tes pieds ! » lança Carlo en éclatant de rire à sa propre farce.

Snowy s'esclaffa également avant de prendre parti pour sa mère. « Non, ce n'est pas vrai. Maman est un petit coussin joli. » Quel compliment dans la bouche de la fillette !

Derrière eux se tenait Carolina. Les parents de Vania enfilaient leurs manteaux. Après un instant d'hésitation, Sashenka les salua d'un signe de tête auquel ils répondirent aussitôt. L'heure n'était pas aux règlements de comptes.

Sashenka se secoua. Elle aurait tant voulu embrasser encore et encore ses enfants, leur user la peau à force de baisers mais, prise d'un frisson, elle s'empara de son manteau et ouvrit la porte.

« Maman, je t'aime du fond du cœur, lui cria Carlo avant de chiper le coussin de sa sœur.

— Rends-moi ça tout de suite, affreux jojo ! » hurla Snowy en courant à sa poursuite.

Sashenka enregistra ces derniers instants puis s'éloigna, avec un sac en toile et son sac à main. Rien de plus. Les enfants ne s'aperçurent de rien. Un instant, elle était avec ses petits, le suivant, elle était partie. Une seconde suffit parfois à changer le destin.

Les yeux embués de larmes, la jeune femme descendit l'élégant escalier en bois mais, une fois dans l'entrée de l'immeuble, elle retrouva son sang-froid. Sur son passage, les gardes se turent, le concierge s'abîma dans le nettoyage du parking. Elle croisa Andreïev, le secrétaire du Parti, et son épouse, Dora Kazan, sur le point de monter dans leur ZiS. Ils la regardèrent comme si elle était transparente. Ils partaient sans doute retrouver Staline, Molotov et Vorochilov, chez les vivants. Sashenka ne les reverrait probablement jamais.

Elle salua gaiement les gardes. L'un d'entre eux lui répondit, mais l'autre s'empressa de le rabrouer.

Soudain, une folle envie de rebrousser chemin, d'aller embrasser à nouveau ses enfants la saisit avec une telle force qu'elle éprouva les plus grandes difficultés à se raisonner. Il fallait absolument respecter le plan à la lettre. Toute bêtise, toute sensiblerie déplacée risquait de réduire leurs efforts à néant.

Son cœur battait la chamade, elle avait l'impression de voir, de sentir et d'entendre avec davantage d'acuité. Elle remarqua que les concierges l'observaient en nettoyant leurs cours, que les miliciens échangeaient quelques mots sur son passage.

Au coin du Granovski, elle s'arrêta pour se retourner. Comme convenu, ses beaux-parents arrivaient dans la rue. À temps. La mère de Vania portait son sac de toile habituel, mais, cette fois-ci, aucun des paysans avides de ragots du quartier ne la salua. Quant à Nikolaï, il regarda dans la direction de Sashenka, mais ne sembla pas la voir.

Handicapée par ses jambes lourdes et gonflées, Marfa s'appuyait sur le bras de son mari. Une cigarette à la main, elle partit dans la direction opposée à celle de Sashenka, laquelle tourna au coin de la rue, passa devant le Kremlin et l'hôtel National avant de remonter la rue Gorki. Elle savait que, pendant ce temps, Carolina était arrivée en bas de leur immeuble pour emmener les enfants en promenade.

Les gardes du Granovski les regarderaient d'un œil indifférent. Le NKVD s'intéressait aux parents, pas aux enfants, et ils n'avaient reçu aucun ordre en ce sens. Pas encore, en tout cas.

Sashenka s'attarda devant le National, espérant que la gouvernante et les petits avaient déjà rattrapé leur babouchka et leur dedouchka Palitsine qui leur remettraient un petit bagage en toile appartenant à Snowy. L'objectif était de sortir de la maison les valises des enfants sans attirer l'attention des gardes.

Laissant quelques minutes Snowy et Carlo avec leurs grands-parents, Carolina rejoignit Sashenka dans la rue Gorki.

« Vous avez le temps de boire un café, camarade ?

— Bien sûr. » Une fois dans l'hôtel, la jeune femme fit des efforts surhumains pour garder son calme, mais elle avait le souffle court et le ventre douloureux. Comme le jour de son entrée au pensionnat, lorsqu'il avait fallu se séparer de Lala pour la première fois. En proie à la panique, elle avait échappé à la surveillance de son enseignante pour filer dans les couloirs de l'institut Smolny, bousculer les autres écolières, passer les grilles et se jeter dans les bras de Lala pour lui réclamer un dernier câlin. Mais Carolina n'était pas Lala. Impassible, elle avala son café, embrassa rapidement sa patronne et s'éloigna avec le petit bagage de Carlo qui contenait des vêtements chauds, des sous-vêtements, du savon, une brosse à dents et trois lapins en peluche. Pourvu que Sashenka n'ait rien oublié ! Et les biscuits ?

À la porte du café, Carolina se retourna une ultime fois pour échanger avec elle un dernier regard bref mais empreint d'amour, de gratitude et de chagrin. L'instant d'après, elle était partie.

La machine était en marche. Par l'intermédiaire du coussin « oublié » par Razum, Vania avait fait comprendre à son épouse qu'il était temps d'agir et de suivre les directives de Satinov.

Sashenka regardait la gouvernante s'éloigner d'un air jaloux. Assise dans le café, elle se vit partir à leur recherche. Soudain, elle était sur ses pieds et poursuivait ses enfants. Elle jeta quelques pièces sur la table, prit son élan, et se mit à courir. Elle volait presque, le cœur frisant l'attaque, les larmes dégoulinant sur ses joues. Dans la rue, elle scruta à gauche et à droite mais Carolina avait disparu. Non ! Il lui fallait absolument revoir ses enfants. Pour la première fois de sa vie, ses sanglots se transformèrent en hurlements. Elle partit au pas de course dans une ruelle.

Là, elle les aperçut. Un tram s'était arrêté au loin. Sur la première marche, Snowy agitait son coussin en riant aux éclats. Sashenka mémorisa une dernière fois le visage gracieux de sa fille pendant que la gouvernante aidait Carlo à monter, en tenant les deux sacs d'une main. Le petit garçon faisait joyeusement l'imbécile en chantant une chanson.

« Tu veux que je te dise un secret ? » devait-il lui demander en la tirant par la manche. Deux soldats montèrent à leur suite sur le marchepied, une cigarette aux lèvres.

« Arrêtez ! Carolina ! Carlo ! Snowy ! » hurla Sashenka.

La gouvernante paya le conducteur. La jeune femme ne devinait plus que les cheveux bruns ébouriffés de Carlo et les boucles blondes de

Snowy. En courant, elle les mettait en danger. Le NKVD allait la repérer et deviner qu'elle les faisait disparaître. Ils l'arrêteraient et l'accuseraient d'être une espionne. Ils enverraient les enfants à l'orphelinat Dzerjinski où ils seraient abattus. Mais Sashenka ne se contrôlait plus, elle courait à perdre haleine. Tant et si bien qu'elle percuta de plein fouet une vieille dame dont le cabas se déchira sur le trottoir dans un déluge de pommes de terre. Elle poursuivit pourtant sa course effrénée, secouée de sanglots. Dans un éclat d'étincelles, le tram se mit en route. Les portes se fermèrent. Il prit de la vitesse. Se rapprochant progressivement, Sashenka entraperçut Carolina qui aidait les petits à s'asseoir près d'une fenêtre. Elle devina des yeux bleus, un front soyeux… Ils étaient partis.

Un homme la bouscula et elle s'affaissa devant une porte. Elle s'entendait hurler à la mort, comme sa mère lorsque Raspoutine avait été assassiné. Dégoûtés par un tel spectacle, les passants l'évitaient. Grâce à un effort surhumain, elle reprit peu à peu le contrôle d'elle-même.

Les grands-parents retourneraient à l'appartement et préviendraient qu'ils partaient passer l'été à la datcha. Personne n'en serait étonné puisque Vania venait d'être arrêté. Les gardes se contenteraient donc de hausser les épaules : aucune importance.

Lentement, Sashenka se leva et rajusta sa tenue. Tout le monde était en sécurité. Priant qu'aucun membre du NKVD n'ait été témoin de son accès d'hystérie, elle traversa la rue Gorki en jetant un dernier regard sur le Kremlin et l'appartement de l'oncle Gideon. Elle avait une folle envie de l'appeler mais ça ne servirait à rien. D'une part, elle était peut-être sur écoute et, d'autre part, il apprendrait bien assez tôt la nouvelle. Elle lui envoya tout son amour par télépathie et repensa à son propre père. Où se trouvait-il ? Allait-elle le rejoindre dans une quelconque fosse commune ? Elle ne parvenait pas à imaginer qu'elle pouvait fort bien disparaître très bientôt de la surface de la terre.

Elle décida de ne pas emprunter le même chemin que d'habitude pour se rendre à Petrovka et évita la place Pouchkine. Elle regarda tout : les petits bars de la rue Stolechnikov, le restaurant géorgien Aragvi, le cireur de chaussures, le kiosque à journaux, Zviad le barbier… mais ne parvint pas à enregistrer quoi que ce soit dans sa mémoire.

Où se trouvaient Carlo et Snowy à présent ? Ne consulte surtout pas ta montre, s'admonesta-t-elle. Imagine qu'on te surveille, ça éveillerait les soupçons. Le train qui emmènerait les enfants vers le Sud partait à dix heures et il était neuf heures quarante-trois. Tout allait bien se passer.

32

Lorsque Sashenka arriva au bureau, le portier se redressa, Galia, la secrétaire, rougit en la voyant et Klavdia ne leva même pas les yeux sur son passage. Tout le monde savait donc que la jeune femme ne faisait plus partie de ce monde, que son mari, un ennemi du peuple, était enfermé dans les sous-sols de la Loubianka, tout comme Benia Golden, l'écrivain qu'elle avait rencontré à la soirée donnée à l'occasion du 1er Mai, qu'elle avait immédiatement engagé, avec qui elle avait quitté le bureau, avec qui elle s'était promenée...

Sashenka s'installa à son bureau, mais personne ne vint la déranger. Elle y passa toute la journée et se rendit tout de même à la cantine où elle déjeuna seule. Elle s'évertua à lire les épreuves du magazine sans parvenir à se concentrer. Elle connaissait bien des gens qui, dans une telle situation, avaient continué comme si de rien n'était et avaient survécu. Si tu restes calme, tu réussiras peut-être à garder tes enfants...

Le soir venu, elle rentra chez elle.

Les hauts plafonds, les parquets cirés, les moulures, les meubles en pin de Carélie, les abat-jour verts posés sur des pieds en bronze sculptés... Sans les enfants, elle détestait cet appartement qui résonnait du vide de leur absence. Elle se retint d'aller dans leur chambre. Ça la détruirait, ça la rendrait folle. Ou rien qu'un regard alors ?

Abandonnant son sac à main, elle se précipita dans le couloir et se jeta sur les lits pour respirer leurs oreillers. D'abord celui de Snowy, puis celui de Carlo. Là, enfin, elle put laisser libre cours à ses larmes. Après les avoir admirées une dernière fois, elle brûla toutes leurs photos ainsi que leurs passeports. Snowy avait laissé la plupart de ses coussins et Carlo toute une armée de lapins. Sashenka les emporta dans son lit pour lui tenir compagnie dans la nuit blanche qui s'annonçait.

Elle prépara une valise qu'elle remplit d'une brosse à dents, de vêtements chauds et de sa lingerie la plus fine. Et pourquoi pas ?

Le lendemain, elle retourna travailler avec son bagage. Le surlendemain également. Et le jour suivant. Et celui d'après. L'angoisse la rendait malade. Elle avait mal à la gorge, les traits tirés, aucun appétit. La nuit, elle rêvait de Vania et des enfants. Où se trouvaient-ils ? Après trois jours de voyage, étaient-ils enfin installés dans une famille ? À moins qu'ils ne soient abandonnés, affamés, perdus dans une gare ? Elle leur parlait sans arrêt à voix haute, comme une aliénée.

Benia la hantait. Elle se réveillait en sursaut, pleine de regrets, de remords et de dégoût d'elle-même mais affreusement excitée. Elle le détestait.

Elle aurait aimé le tuer à mains nues, lui arracher les yeux. C'est à cause de lui, de sa défiance, de son arrogance, de son refus d'écrire, de sa curiosité à propos de l'appareil du Parti, de ses fameux amis de Paris et de Madrid, oui, de ses relations, que Sashenka allait mourir et perdre ses enfants. Certes, elle l'avait adoré et, oui, il l'avait rendue follement heureuse mais ça ne tenait pas face à l'amour qu'elle éprouvait pour ses petits !

Le troisième jour, en rentrant chez elle, elle remarqua un changement dans le regard des gardes. Le concierge répondit à son salut en levant les yeux vers son étage. Il se passait quelque chose. Elle fit une pause dans l'escalier, presque soulagée que cette attente prît fin.

Lorsqu'elle pénétra dans son appartement, les scellés du bureau avaient été ôtés. Une curieuse odeur de clous de girofle la mena au salon où elle découvrit des assiettes sales sur la table. Un lourdaud en uniforme du NKVD était allongé sur le canapé. Il n'avait pas retiré ses chaussures. En se levant, il adressa un sourire étincelant à la jeune femme et fit grincer ses souliers. La peau mate, les cheveux frisés, des bagues à tous les doigts, il portait une eau de Cologne au clou de girofle si forte que Sashenka en eut la nausée. Il n'était pas seul. Deux autres tchékistes titubaient. Sans doute un peu éméchés, ils ricanaient.

Sashenka portait une robe légère en coton rose. Elle était récemment allée chez le coiffeur et son visage était maquillé. Elle se redressa avec fierté.

« Excusez-moi de vous avoir fait attendre, camarades. Vous ne patientez pas depuis trop longtemps, j'espère ? Je m'appelle Sashenka Zeitlin-Palitsine et Lénine me surnommait camarade Isatis.

— Eh bien ! Quel accueil ! répondit le commissaire du peuple délégué chargé de la sécurité intérieure, Bogdan Kobilov. Beria vous admire beaucoup, vous savez ? »

Sashenka prit une profonde inspiration et regarda fixement son interlocuteur.

« J'avais prévu votre visite. Je suis presque contente…

— Maintenant, je comprends pourquoi Beria dit tant de bien de vous. »

Sashenka le méprisa aussitôt. Elle songea à ses enfants, hors de danger, sans doute. D'ici quelques minutes, la jeune femme quitterait le monde des vivants, mais elle n'oubliait pas son plan. Elle sortit une cigarette de son paquet et prit un air détaché. De ses petits doigts boudinés, Kobilov la lui alluma. Il sentait la graisse et les épices, une odeur insupportable.

Sashenka le remercia, inhala, ferma les yeux et expira la fumée bleue. Dans un appartement voisin, on jouait du piano et un enfant chantait. Une famille normale, dans un monde normal.

« Que me voulez-vous ?

— Quand il s'agit d'une jolie femme, expliqua Kobilov, je préfère venir la chercher moi-même. »

33

À mille kilomètres au sud de Moscou, dans la petite ville de Tiflis, une femme aux cheveux grisonnants préparait ses bagages. Elle vivait seule dans une chambre de bonne du centre, au bout d'une allée sombre envahie par les mauvaises herbes juste au-dessus des bains sulfureux et de l'église orthodoxe surmontée d'une tour ronde de style géorgien.

Meublé d'un lit, d'une lampe, d'une penderie et de vieilles photos représentant une riche famille d'une autre époque, son minuscule logis se trouvait dans un très bel hôtel particulier, autrefois propriété d'une dynastie de princes géorgiens dont le dernier était un excentrique collectionneur de livres anciens, antiquaire et propriétaire des bains. Il avait émigré en 1905 pour devenir chauffeur à Paris après avoir vendu sa demeure à un riche Juif, magnat du pétrole, installé à Saint-Pétersbourg. La maison désormais divisée en petits appartements, la bibliothèque princière au rez-de-chaussée avait été transformée en café, un endroit incroyable que l'on ne retrouverait nulle part ailleurs en Russie. Mais en Géorgie, malgré les récents assassinats qui avaient décimé l'intelligentsia, cet étrange établissement, connu pour ses vieux livres humides, ses bougies dégoulinantes de cire, ses murs extérieurs couverts de lierre et ses vitres embuées continuait de prospérer en servant du café turc et des spécialités du pays.

La dame aux cheveux grisonnants y officiait comme serveuse. Elle ne gagnait guère d'argent mais, en ces temps difficiles, c'était un emploi correct et elle possédait les papiers nécessaires pour travailler légalement. Elle gardait ses distances, ne bavardait ni avec les clients ni avec les autres employées, lesquelles ne prenaient même plus la peine de chercher des commérages la concernant. Il ne faisait aucun doute qu'elle venait de la bourgeoisie et qu'elle n'était pas de la région, mais à cette époque, les villes de province attiraient tous les laissés-pour-compte et la Géorgie se montrait plus tolérante que d'autres endroits. On disait d'ailleurs que le communisme n'avait guère de partisans hors de la capitale. Cette dame vivait autrefois avec un homme plus âgé, mais il n'était plus là et elle ne montrait nulle envie de parler de sa vie privée.

Elle parlait parfaitement russe et très bien géorgien, les deux teintés d'accent. Polie avec tout le monde, elle réservait toutefois ses attentions à la bibliothèque. Dans la cuisine et le bar construits à la va-vite au fond de la pièce obscure, l'humidité générée par les bouilloires et les chaudrons avait fait pourrir les boiseries ; les livres tombaient en poussière, les vieux portraits moisissaient, mais elle ne relâchait pas ses efforts, époussetait les volumes et tentait parfois de les faire sécher dans sa chambre située à l'étage.

La veille, elle avait demandé une semaine de congés. Dans la mesure où c'était la première fois, Tengiz, le gérant, lui en avait offert deux.

Ce jour-là, levée de bonne heure, elle traversa la place Beria pour se rendre au marché arménien et acheter des provisions. De retour dans sa chambre, elle remplit ses bagages de vêtements et également de miches de pain lavashi, de viande séchée et de sucreries. Après avoir décroché du mur la photo d'une pensionnaire en uniforme, elle ôta les billets de banque qu'elle conservait au dos, et cacha deux cents roubles dans ses jupons avant d'embrasser le portrait de la personne tant aimée et de le remettre en place.

Dans le miroir, elle observa d'un air désapprobateur ses joues et son visage patinés par les ans, ses poches sous les yeux et sa tenue digne mais élimée. Elle paraissait plus âgée qu'elle ne l'était vraiment. Comment diable avait-elle fini dans cet endroit ? songea-t-elle en souriant.

Quelques heures plus tard, elle prit le tram pour se rendre à la gare et acheter un billet pour Bakou où elle attendit sa correspondance dans un hall grouillant de musulmans, de Turcs, de Tatars en uniforme soviétique qui transportaient poulets, agneaux et enfants. Une famille lui offrit même une part de son *plov* turc, un ragoût de mouton délicieux pour lequel elle la remercia. Lorsque son train à destination de Rostov-sur-le-Don fut annoncé, la foule se précipita sur le quai comme un seul homme, mais ses amis turcs l'aidèrent et la hissèrent à l'intérieur du wagon. Elle voyagea avec eux, ravie et reconnaissante de leur protection. Elle tenta en vain de se reposer, car elle ne cessait de réfléchir aux étranges événements de la semaine précédente.

Quatre jours plus tôt, un officiel puant la transpiration était arrivé au café pour vérifier le lieu d'habitation et les permis de travail des employés qui avaient tous dû se rendre au quartier général du Parti, l'ancien palais du vice-roi situé boulevard Beria. Tengiz lui avait annoncé qu'elle devait y aller la première. C'était bizarre mais, dans ces cas-là, on ne posait pas de questions : les vérifications, les purges et l'épuration faisaient partie du quotidien. Son mari exilé, sans doute liquidé, elle s'attendait à ce qu'on vienne la chercher à son tour. Elle serait sûrement arrêtée pour disparaître, elle aussi. Quelle importance ?

Elle avait monté à pied la colline qui menait au palais du vice-roi d'où le premier secrétaire régnait sur la Géorgie. Une fois arrivée, l'attente s'était révélée angoissante ; elle aurait aimé interroger les officiels, mais elle se trouvait démunie devant les rouages de l'administration. Poser des questions pouvait amener à s'en voir poser à son tour et il valait mieux faire profil bas. Elle avait donc patienté parmi tous ces gens qui toussaient, se grattaient, grognaient. Dans cette salle d'attente dégoûtante, jeunes et vieux paraissaient déprimés, sans espoir.

Lorsque son tour était arrivé, elle avait passé ses papiers au guichet. On l'avait ensuite envoyée dans une pièce sale aux murs nus où elle s'était préparée à se faire rudoyer par un quelconque bureaucrate, mais l'officiel qui s'y trouvait n'était pas du tout le genre de personne qu'elle s'attendait à rencontrer. Ce mince jeune homme élégant, forcément un gros bonnet du Parti, s'était levé, lui avait tiré une chaise avant de prendre place au bureau. Dans une tunique des plus seyantes, il irradiait de ce dynamisme typique de la nouvelle génération et semblait trop sophistiqué pour un endroit si sordide. Ce potentat venait sans doute de Moscou et pourtant son regard restait inquisiteur.

« Audrey Lewis ? »

La dame acquiesça nerveusement.

« Détendez-vous. Je sais depuis bien longtemps que vous résidez à Tiflis. Vous ne vous souvenez pas de moi ? Nous nous sommes rencontrés il y a bien longtemps à Saint-Pétersbourg, rue Bolchaïa-Morskaïa. Le jour où la mère de Sashenka est morte, trois camarades sont venus la chercher. Son oncle Mendel, Vania et moi. Maintenant, Lala, je voudrais que vous fassiez quelque chose… »

34

Pendant la traversée de Moscou, une odeur entêtante de transpiration et d'eau de Cologne au clou de girofle émanait de la carcasse du commissaire Kobilov, ravi de la proximité de Sashenka, coincée à côté de lui.

La voiture les mena jusqu'à la Loubianka, avant de tourner dans une rue adjacente et de pénétrer dans une cour. Kobilov empestait mais la jeune femme n'en avait cure. Comme tous les prisonniers, elle essayait de rester calme, et concentrée sur ce qui l'attendait.

Invisibles de l'extérieur, des lumières éclairaient une scène digne d'un hall de gare où les gens arrivaient pour ne jamais repartir. À l'abri des regards, le bâtiment de neuf étages devait sans doute être la fameuse prison politique dont elle avait tant entendu parler. De nombreux véhicules officiels s'ouvraient sur des cages grillagées d'où l'on déchargeait des hommes aux lèvres tuméfiées et aveuglés par la lumière, des femmes dont le maquillage avait coulé et qui hurlaient dans leurs robes de cocktail, des piles de papiers mal reliés et des valises hors d'usage. Chaque personne qui débarquait semblait avoir connu des jours meilleurs et sombré de la prospérité dans les tréfonds de la peur.

Un officier ouvrit la portière à Kobilov qui posa le pied par terre, respirant avec peine. Il eut tant de mal à s'extirper de la voiture que l'officier dut l'aider.

On ouvrit la portière de Sashenka qu'un tchékiste attrapa par le bras pour la conduire dans un vaste sous-sol vétuste empestant la soupe aux choux, l'urine et le désespoir. De nombreux prisonniers patientaient mais, la jeune femme étant un cas un peu particulier, on la mena directement devant un policier mort d'ennui.

« Je suis soviétique et membre du Parti », lui déclara-t-elle. Après tout, elle avait participé à la création du système et restait convaincue de la nécessité de la bureaucratie et de la répression pour mettre sur pied un nouveau monde en accord avec les théories marxiste, léniniste et stalinienne. Elle voulait donc faire savoir aux tchékistes que, même si elle risquait sa vie, elle y croyait encore. Mais l'employé se contenta de secouer la tête avant de lui demander d'un air indifférent de vider rapidement ses poches, son sac à main et sa valise pendant qu'il remplissait un formulaire. Nom ? Prénom ? Année de naissance ? Couleur des cheveux ? Des yeux ? Signes particuliers ? Il lui pressa ensuite les doigts sur un tampon encreur pour prendre ses empreintes et lui confia un numéro de prisonnière.

« Une montre ? Des bagues ? De l'argent ? »
insista-t-il en notant la liste de ses effets qu'il lui
donna à signer avant de lui remettre un reçu.
D'autres corps se bousculaient derrière elle. « Les
femmes, par ici ! » indiqua le tchékiste. La scène
rappelait à Sashenka sa première arrestation. À
l'époque, on lui avait posé les mêmes questions,
mais à présent elle se sentait bien plus en danger.
L'empire du tsar présentait relativement peu de
risques pour elle, alors qu'elle avait participé elle-
même à la construction de cette URSS qui avançait
en écrasant tout sur son passage.

Elle pénétra dans une petite pièce. Assise sur
un bureau, une femme en blouse blanche fumait
une cigarette dont l'odeur âcre envahissait l'air.

« À poil ! » aboya-t-elle.

Sashenka s'exécuta, ne gardant que ses sous-
vêtements de soie.

Les yeux ronds, la femme en blouse blanche
l'observait.

« J'ai dit à poil. Ne me fais pas perdre mon temps
et décoince-toi vite », la rabroua-t-elle avant de
planter sa cigarette à la commissure de ses lèvres
et de remonter ses manches, dévoilant des avant-
bras de camionneur.

Une fois son soutien-gorge ôté, Sashenka croisa
les mains pour cacher sa poitrine.

« Le reste aussi ! »

Elle se débarrassa donc de sa culotte et resta
debout, une main sur le pubis afin de préserver sa
pudeur autant que possible.

« Tout le monde se fout de voir ton cul. Dépêche-
toi ! Ouvre ! lui ordonna-t-elle en lui fourrant une

main dans la bouche. Mains sur le bureau. Jambes écartées. »

D'un geste, elle força Sashenka à baisser la tête et lui introduisit brutalement un doigt dans le vagin avant de l'enfoncer dans son rectum. Sous le choc, Sashenka suffoqua.

« Remets-toi, princesse. La torture, c'est autre chose ! Rhabille-toi. Retire tes lacets, ajouta-t-elle, donne-moi ta ceinture et laisse-moi tes stylos. » Sur ces mots, elle la mesura et prit des notes. « Assise ! »

Soulagée d'être à nouveau vêtue, Sashenka se laissa tomber sur une chaise.

« Vlad ! » appela l'autre.

Un vieux photographe aux cheveux lissés en arrière apparut. Alcoolique sans l'ombre d'un doute, il tremblait tant qu'il tenait difficilement son lourd appareil sur lequel s'épanouissait un énorme flash.

« Regardez-moi. »

Sashenka le fixa d'abord d'un air las avant de redresser le menton et de passer ses doigts dans les cheveux, pour un semblant de coiffure. Et si un jour ses enfants retrouvaient ces photos ? Elle scruta l'objectif pour tenter de leur passer un message. Snowy et Carlo, je vous aime, je vous adore ! C'est votre mère. Ne m'oubliez pas ! Pensez à moi !

« Ne bougez pas ! C'est bon. » Un bruit sec retentit et le flash émit une lumière aveuglante. Sashenka vit des étoiles se mêler sur un fond noir.

On la tira par le bras avant de verrouiller une porte derrière elle. Sans lacets, elle perdait ses chaussures et, sans ceinture, sa robe pendait lamentablement. Entourée de trois gardiens, elle passa devant des cages métalliques, grimpa un escalier en fer avant d'en descendre un autre en pierre, attendit dans un hall bétonné, défila devant des rangées de cellules aux portes d'acier trouées d'œilletons. Elle entendit le vacarme habituel de la prison : les quintes de toux, les jurons, le grincement des serrures, les claquements de grille, les bruits de pas, le cliquetis des trousseaux de clés… Quant aux parquets usés par les allées et venues, ils luisaient de détergent chaulé.

Les odeurs pestilentielles – l'urine, la transpiration, le désinfectant, la soupe aux choux, la graisse – lui rappelaient le Piter de 1916, mais cette fois son père ne viendrait pas la libérer… Savoir Vania, Benia et l'oncle Mendel à proximité la rassurait un peu. Dans un couloir, elle croisa une jolie femme, plus jeune qu'elle, avec un œil au beurre noir.

« Baisse les yeux, prisonnière 778 », aboya le gardien qui avait jusqu'à présent gardé le silence. Il poussa Sashenka dans un genre de cercueil en métal posé contre un mur. Il ouvrit la porte et poussa Sashenka à l'intérieur avant de refermer à clé. La porte du cercueil lui ravageait le dos. Elle manquait d'air. S'agissait-il d'une forme de torture ? D'autres gardiens passaient accompagnés d'autres prisonniers et, lorsqu'ils se furent éloignés, on ouvrit le cercueil et on poussa Sashenka jusqu'à une rangée de cellules où un autre gardien attendait. Devant une porte ouverte, on avait gribouillé 778 sur un panneau crasseux.

La petite pièce humide et aveugle aux murs de brique ne contenait que deux lits superposés et une tinette posée dans un coin. La porte se referma, les serrures grincèrent et Sashenka se retrouva seule. L'œilleton s'ouvrit, on l'observa, puis le judas se referma bruyamment. Les yeux clos, la jeune femme écouta les bruits qui l'entouraient. Certains prisonniers chantaient, d'autres crachaient, d'autres encore toussaient, bafouillaient, tapaient sur les murs en utilisant le code des prisons qui était le même qu'à l'époque du tsar. Le cœur de ce labyrinthe battait comme une ville dans la ville. Des tuyaux gargouillaient sous les secousses. Quelqu'un traîna un seau par terre avant de passer la serpillière. Un chariot circulait à grand bruit. Des voix murmuraient. Des tasses et des cuillères tintaient les unes contre les autres. Le judas s'ouvrit avant de se refermer et la porte fut à nouveau déverrouillée.

« C'est l'heure du dîner ! » Deux prisonniers, un vieux barbu squelettique et un autre à cheveux blancs qui devait pourtant avoir l'âge de Sashenka, servaient la soupe préparée dans une gamelle posée sur le chariot. Le vieillard lui tendit une écuelle en étain que l'autre remplit d'une louche d'eau chaude. La main sur leurs armes, deux gardiens surveillaient la scène.

« Merci.

— Interdiction de parler ! hurla un des gardiens. Pas question de regarder les autres prisonniers. »

En lui donnant un morceau de sucre et une tranche de pain noir, le plus jeune serveur la dévisagea un instant d'un air étrangement espiègle.

Avant de rencontrer Benia, elle n'aurait jamais compris la signification de ce regard. Mon Dieu, c'était du désir ! Sashenka en éprouva un peu de réconfort : si les gens enfermés ici ressentaient encore du désir, il y avait donc encore de l'espoir. Quand la porte claqua, elle avala son gruau infâme, passa à la tinette et s'allongea.

« Vania, murmura-t-elle, où que tu sois, je sais quoi faire. » Tout n'était pas perdu : les enfants étaient partis et il n'y avait peut-être aucune charge contre elle. Vania le savait parfaitement. Elle pourrait rentrer chez elle. D'ailleurs, elle allait rentrer chez elle. Que pouvait-on lui reprocher, à elle, la plus loyale des communistes ?

Même si le plafonnier était allumé, Sashenka tenta de s'endormir. Elle parlait à voix haute aux enfants tout en sachant qu'ils appartenaient déjà à un autre univers. En songeant à leur chaleur, leur douceur, au parfum sucré de leurs peaux, à leurs voix, elle fondit en larmes, se cachant le visage du coude.

Le judas s'ouvrit.

« Silence, prisonnière ! Tes mains et ton visage doivent être visibles à tout instant. »

La jeune femme finit pourtant par trouver le sommeil. Un sommeil peuplé de rêves dans lesquels elle redevenait enfant et passait ses vacances au domaine de Zemblishino. Vêtu d'un costume blanc, son père tenait un poney par la bride et Lala, cette chère Lala, l'aidait à monter en selle...

35

Ce fut le bruit des chariots, des serpillières et des serrures qui réveilla Sashenka. Le judas s'ouvrit pour se refermer aussitôt et la porte grinça.

« La tinette ! C'est l'heure ! » glapit un gardien en la poussant vers les sanitaires dont l'odeur de chlore lui fit monter les larmes aux yeux. Après avoir vidé son seau, elle se débarbouilla et on la reconduisit aussitôt dans sa cellule.

« Petit déjeuner ! » Le prisonnier qui l'avait admirée la veille portait un petit plateau. L'autre, un vieux barbu couvert de tatouages – sans doute un vrai criminel, celui-là –, lui versa du thé et lui servit une petite tranche de pain, un morceau de sucre ainsi que huit cigarettes et une bande de soufre pour les allumer. Une fois de plus, le prisonnier la détailla de la tête aux pieds d'un air concupiscent et la porte se referma brutalement. Le thé et le pain lui semblèrent délicieux. Vania l'avait prévenue que certains prisonniers pouvaient attendre des semaines avant d'être interrogés. Il fallait donc se préparer à devoir patienter avant de découvrir ce qu'on lui reprochait et d'obtenir le droit de se défendre en bonne communiste qu'elle était.

Elle se recoucha donc. Où se trouvaient ses enfants ? Elle se répétait à voix haute le même mot, son talisman. « Coussin ! » Le code qui lui permettait de transmettre son amour à ses enfants par-delà les vastes steppes et les fleuves impétueux.

La porte s'ouvrit une nouvelle fois avec fracas.

« Prisonnière 778 ?

— Oui.

— Par ici ! » Trois gardiens l'escortèrent dans de longs couloirs. Ils montèrent des escaliers, en descendirent d'autres, traversèrent des ponts de bois suspendus, passèrent deux portes de sécurité et pénétrèrent dans un passage menant non plus à des cellules mais à des bureaux. Pour se donner du courage, Sashenka fredonnait. Sans l'avoir voulu, elle chantonnait la romance que Benia aimait tant :

Ah, ces beaux yeux noirs m'ont envoûté,
Ils sont impossibles à oublier.
Regard ardent, sublime, passionné,
Que j'ai croisé dans l'adversité,
Comme je vous aime, et comme je vous crains...

Quelle adversité, en effet... Mais la jeune femme ne voulait pas désespérer. Le plan de Vania aurait été vain. Elle prouverait que les accusations des tchékistes étaient infondées et on la libérerait. Elle attendrait ensuite quelque temps et ferait revenir les enfants. Tout simplement !

505

« Entrez ! » Le gardien la poussa dans un minuscule bureau d'une propreté impeccable. Le sol couvert de linoléum, il contenait un bureau vide, un téléphone gris et une lampe dirigée vers elle dont l'ampoule l'aveugla un instant. La pièce sentait la noix de coco.

Debout derrière la table, un jeune homme en uniforme du NKVD, lunettes rondes et moustache rousse, ouvrit un dossier, humidifiant son index à chaque page. Il prit son temps et, une fois qu'il l'eut entièrement consulté, il se rassit et caressa le document qui se trouvait devant lui.

« Je suis l'enquêteur Mogilchuk. Êtes-vous prête à coopérer ? » demanda-t-il d'une voix affable. À son accent, Sashenka devina qu'il venait du Sud, de la région de la mer Noire, sans doute de Marioupol. Ses parents devaient faire partie de l'intelligentsia de province. Après ses études de droit, on l'avait probablement appelé à Moscou pour remplacer la vieille garde.

« Oui, bien entendu, mais je voudrais vous éviter de perdre votre temps. Je suis membre du Parti depuis 1916. J'ai travaillé pour Lénine et j'aimerais sav…

— Silence ! Ici, c'est moi qui pose les questions. En tant que bras armé du Parti, nous autres, tchékistes, décidons de votre sort. C'est notre mission. Bien. Acceptez-vous de nous aider ?

— Évidemment. Il faut éclaircir tout ça.

— Tout quoi ? s'étonna Mogilchuk en s'étirant.

— Eh bien, ce dont on m'accuse.

— Vous savez de quoi il s'agit, n'est-ce pas ?

— Je n'en ai pas la moindre idée.

« — Arrêtez un peu ! D'après vous, pourquoi vous trouvez-vous ici ?

— Je ne sais pas. Je suis innocente. Je vous le jure. »

Mogilchuk fronça les sourcils d'un air agacé. « Vous ne nous aidez guère. Je me demande si vous souhaitez vraiment servir le Parti. Si vous étiez sincère, vous sauriez pourquoi vous avez été arrêtée.

— Je suis une communiste des plus loyales et je n'ai rien fait de mal. Absolument rien ! Je n'ai pas rejoint l'opposition. Jamais ! J'ai soutenu toutes les décisions de Lénine puis de Staline. Je ne me suis jamais engagée dans des conversations antisoviétiques. Je n'ai même jamais eu de pensées de ce genre. J'ai voué ma vie au Parti...

— Silence ! hurla l'enquêteur en frappant du poing sur la table, un geste si peu contrôlé que Sashenka eut du mal à masquer son mépris. Ne nous faites pas perdre notre temps, ajouta-t-il d'un ton sec. Vous croyez qu'on vous a fait venir ici pour le plaisir ? Des dossiers, j'en ai plus qu'il n'en faut et vous allez tout de suite avouer ce que vous avez fait. On sait comment mater les gens comme vous.

— Qui sont les gens comme moi ?

— Les petites princesses gâtées pourries du Parti, persuadées que l'État leur doit leurs vêtements de luxe, leurs voitures et leurs datchas. Notre travail, c'est de vous remettre à votre place. Je répète donc : cherchez dans votre vie, dans votre conscience de soi-disant communiste, votre passé !

Pourquoi êtes-vous ici ? Une confession de votre part nous facilitera grandement les choses.

— Mais, c'est impossible… je suis innocente !

— Dans ce cas, comment expliquez-vous qu'on vous ait arrêtée ? Avouez ! N'attendez pas qu'on vous y oblige ! »

Déconcertée, Sashenka se demandait ce qu'on attendait d'elle. Si elle avouait un détail sans importance, la laisserait-on en paix ? Les conseils de Vania lui revinrent en mémoire : « N'avoue rien ! C'est la seule solution. Sans confession de ta part, on ne peut rien contre toi. Quoi qu'on te fasse subir, tais-toi. Je sais de quoi je parle et c'est sans doute le retour du bâton. N'invente aucune infraction, même mineure, car ça ne changera rien. S'ils ont un dossier, ils finiront par te le dire. S'ils veulent que tu avoues un point particulier, ils te forceront à le leur confesser. »

Mogilchuk se pencha en avant. L'odeur de sa pommade à la noix de coco était entêtante. « Vous venez d'une famille bourgeoise. De vrais oppresseurs de la classe ouvrière. Votre engagement auprès du Parti est-il sincère ? Ne restez-vous pas plutôt un membre à part entière de votre classe dirigeante de merde ? N'êtes-vous pas une ennemie du peuple ?

— J'ai travaillé aux côtés de Lénine.

— Vous croyez que ça m'intéresse ? Si vous l'avez roulé, vous serez doublement punie.

— Il me surnommait camarade Isatis. Venant lui-même de la noblesse, il connaissait mes origines et considérait qu'elles n'avaient aucune

importance au regard de mes convictions bolcheviques.

— Comment osez-vous parler ainsi du camarade
Lénine ? Vous oubliez où nous sommes ? Qui vous
êtes ? Vous n'êtes plus rien. Vous êtes devant le
tribunal révolutionnaire, la Tcheka. Contentez-
vous de répondre à mes questions, éructa-t-il en
consultant à nouveau son dossier. Depuis quand
connaissez-vous Mendel Barmakid ?

— Depuis ma naissance ; c'est mon oncle.

— Selon vous, est-il un bon communiste ?

— Je n'en ai jamais douté.

— En êtes-vous certaine ?

— Je sais qu'on l'a arrêté.

— Vous savez aussi qu'on n'arrête pas les gens
pour rien.

— Camarade Mogilchuk, je suis convaincue de
la nécessité d'un bras armé au sein du Parti. Je
considère que vous autres, tchékistes, vous êtes
les chevaliers au service de la révolution. Mon
propre mari...

— L'accusé Palitsine. Vous croyez que c'est le
meilleur exemple à donner ? Creusez-vous la tête,
passez en revue vos souvenirs, vos conversations.
Était-il vraiment un honnête tchékiste ?

— Bien sûr ! » répliqua Sashenka avant de songer
que Vania pourrait être un espion à la solde des
fascistes.

« Et Mendel ? Il n'a jamais été un communiste
à part entière, n'est-ce pas... camarade Isatis... ?
Vous permettez que je vous appelle ainsi, non ?
ajouta-t-il en ricanant.

— Mon oncle est un bolchevik convaincu. Condamné cinq fois à l'exil, emprisonné dans le bastion Troubetskoï, il s'est ruiné la santé aux travaux forcés et ses convictions n'ont jamais dévié… »

Mogilchuk ôta ses lunettes, sans lesquelles il ne voyait plus guère. Il se passa les mains sur le visage et dans les cheveux. Sashenka comprit qu'il ne souhaitait qu'une chose : offrir sa confession à son supérieur hiérarchique. Sans doute pour impressionner Beria. Ou pour se faire connaître de Staline. Il remit ses lunettes en place.

« Démasquez Mendel, dévoilez le chacal qui est en lui. Rendez-le inoffensif.

— Je ne sais rien. Mendel ? Je cherche mais…

— Réfléchissez vite, insista Mogilchuk en saisissant son stylo. Vous dictez, et moi, j'écris. Mendel a-t-il déjà mentionné le diplomate japonais dont il a fait la connaissance à Paris ?

— Non.

— Le lord anglais qui s'est rendu à notre ambassade de Londres ?

— Non.

— Quels étrangers connaissait-il ? Vous a-t-il déjà demandé de les rencontrer ? Réfléchissez, creusez-vous la cervelle. »

C'était donc son oncle qu'ils cherchaient à atteindre, pas elle ! Ils avaient d'abord amené Gideon à la Loubianka pour lui parler de Mendel. Ensuite, Vania. Et maintenant, elle. Quant à Benia, son cas devait être différent, sans doute une affaire contre des intellectuels. D'autant plus que Mogilchuk n'avait pas prononcé son nom une seule fois. Ils attendaient donc qu'elle dénonce Mendel.

C'était donc lui le coupable, celui qui la conduisait à sa perte, qui lui avait enlevé Carlo et Snowy. La mère qu'elle était n'hésiterait pas à sacrifier son oncle, car elle aurait fait n'importe quoi pour revoir ses enfants. Mais si elle avouait que Mendel était un espion à la solde des Japonais, serait-elle pour autant déclarée innocente ?

Les recommandations de Vania lui revinrent en mémoire. « S'ils cherchent à faire tomber Mendel, ils voudront recueillir ton témoignage, mais souviens-toi que c'est ton oncle qui nous a convertis, toi et moi, au marxisme, qui nous a fait entrer au Parti et qui nous a présentés l'un à l'autre. Si tu avoues quoi que ce soit le concernant, tu nous détruis tous les trois. Attends de savoir ce qu'ils ont contre nous. »

L'enquêteur s'impatientait. « Eh bien ?

— Non. Mendel est un camarade honnête et droit.

— Et vous n'avez rien à me dire sur vous ? »

Sashenka secoua la tête, prise soudain d'une profonde fatigue et d'une grande faiblesse. Tout n'était pas perdu, se répétait-elle pour se rassurer. Vania n'avouerait rien et même si son mari bien-aimé finissait broyé par le système, le NKVD n'avait rien contre elle. En bon père, Vania se sacrifierait sans regret pour sa femme et ses enfants. Sois forte, s'admonesta-t-elle. N'avoue rien et tu reverras bientôt tes petits. Après tout, cet entretien s'était déroulé de manière assez cordiale. Ils devaient tâter le terrain au cas où…

« Bien, vous voulez jouer à ce petit jeu avec nous ? insista Mogilchuk avec bonhomie. Vous devez comprendre, camarade Isatis, que je suis un intellectuel, comme vous et comme votre oncle Mendel. Vous avez peut-être entendu parler des nouvelles que j'ai publiées sous le nom de M. Sluzhba ? Eh bien, en fait, j'adore bavarder avec les gens. C'est ma passion. Je vous ai laissé votre chance mais vous risquez de tomber de haut si vous ne vous mettez pas à table. » Sur ces mots, il composa un numéro de téléphone. « C'est Mogilchuk... Non. Elle refuse... D'accord. » Il raccrocha. « Suivez-moi. »

36

Accompagné d'un gardien, l'enquêteur Mogilchuk mena Sashenka dans un nouveau passage.
Ils montèrent quelques marches, traversèrent un
pont couvert, descendirent un escalier pour arriver
dans un vaste couloir. Au sol, du parquet recouvert d'un tapis bleu en son centre ; aux murs des
panneaux de pin de Carélie, des portraits et des
bustes des héros de la Tcheka et des bannières de
soie. Les gardes en tenue d'apparat se tenaient de
part et d'autre d'un drapeau soviétique et d'une
statue grandeur nature de Dzerjinski. Le couloir
se terminait par une impressionnante porte en
chêne à double battant qu'un garde s'empressa
d'ouvrir.

Ils pénétrèrent dans une antichambre dans
laquelle patientaient deux officiers du NKVD, sans
doute originaires des provinces. Mogilchuk
continua son chemin vers d'autres portes
monumentales qu'un garde ouvrait sur son
passage. Là, Sashenka reconnut instantanément
l'atmosphère animée qu'elle avait connue dans le

bureau de Lénine : de nombreuses secrétaires, de jeunes loups en tunique du Parti, des dizaines de téléphones en Bakélite, des piles de dossiers et des palmiers en pots. Un officier juvénile se leva d'un bond et les mena à une troisième porte à laquelle il frappa avant de l'ouvrir.

« Enquêteur Mogilchuk », annonça-t-il.

Ils pénétrèrent dans un bureau lumineux aux proportions monumentales, auquel le parquet ciré et les murs en pin de Carélie donnaient un parfum frais de forêt polonaise. À gauche, des canapés et des fauteuils moelleux reposaient sur des tapis persans. Un gigantesque portrait de Staline peint par Gerasimov surplombait la cheminée. Dans le coin se trouvait un impressionnant coffre-fort. Des bustes de Lénine et de Dzerjinski trônaient de part et d'autre de la pièce et, à l'autre bout, si loin que Sashenka le distinguait à peine, un autre Gerasimov, de Dzerjinski cette fois, le fondateur de la Tcheka au regard fou et à la barbichette espagnole.

Au milieu de la pièce, une table de travail en chêne ciré était reliée à une table de conférence pour former ce T que l'on trouvait dans tous les bureaux de l'URSS. Le bureau était impeccable, avec son encrier en argent et une ou deux feuilles posées sur le sous-main. Derrière se trouvaient huit téléphones, y compris la ligne directe avec le Kremlin, la vertouchka.

Assis dans un fauteuil en velours bordeaux, le camarade Lavrenti Pavlovitch Beria, le Narkom du commissariat du peuple aux Affaires étrangères, présidait.

Occupé à manger ce qui ressemblait à des épinards frais ou de la salade, il fit entrer Sashenka dans la pièce d'un geste de la main, sans cesser de mastiquer.

Mogilchuk s'empressa de s'incliner devant lui avant de quitter la salle.

« Oh ! Lavrenti Pavlovitch ! s'écria Sashenka. Je suis tellement contente de te voir. Nous allons pouvoir tirer cette histoire au clair. »

Une fois sa bouchée avalée, Beria se leva pour venir lui baiser la main. « Bienvenue, Alexandra Samuilovna, dit-il d'un ton courtois sans lui lâcher la main ; tu te demandes sans doute ce que je mange.

— Oui, répondit-elle alors qu'elle s'en fichait royalement.

— Eh bien, je ne mange pas de viande, vois-tu. Je déteste qu'on tue les animaux. Ces pauvres veaux et ces pauvres agneaux ! Non, vraiment, je ne le supporte pas. En plus, Nina répète que je ne dois pas prendre de poids. Je suis végétarien et je ne mange donc que ça. Même chez Joseph Vissarionovitch. L'"herbe de Beria", comme dit le camarade Staline. "Regardez, Lavrenti Pavlovitch mange encore de l'herbe !" Bien. Laisse-moi te regarder. » Sans lui lâcher la main, il la contempla. « Ah, tu es un peu pâle. Mais tellement belle. Ta silhouette suffirait à rendre fou un homme comme moi. On risquerait sa vie pour une de tes caresses. Tu es divine. Quel dommage de nous revoir dans de telles circonstances, n'est-ce pas ? »

Il détaillait Sashenka de la tête aux pieds d'un air si concupiscent qu'elle en tressaillit. Le commissaire du peuple, trapu et chauve, affublé d'un pince-nez, lui tournait autour comme un chat autour d'une souris. Il ne portait pas son uniforme, mais un pantalon jaune informe et une tunique brodée sans col, comme un Géorgien en vacances au bord de la mer. La jeune femme se rappela que son époux jouait autrefois dans l'équipe de basket-ball de Beria à sa datcha de Sosnovka. Lorsqu'elle assistait à ces parties, elle avait remarqué son incroyable agilité.

« Je suis tellement contente de te voir », répéta-t-elle avec sincérité. Beria était sans pitié mais compétent. Vania admirait son zèle, son application et son sens de la justice après les excès alcoolisés de Iejov. « Tu vas trouver une solution, Lavrenti Pavlovitch. Dieu merci !

— Je pourrais passer des journées entières à admirer tes courbes, ma jolie, mais tu es épuisée, je vois. Je t'offre quelque chose à manger ? » Il décrocha aussitôt un téléphone. « Apportez-moi un en-cas. »

Sur l'invitation de Beria qui s'installa à son bureau, Sashenka s'assit à la table de conférence. La lourde porte à double battant s'ouvrit et une domestique en tablier blanc entra en poussant une table roulante. Plaçant une serviette blanche sur son avant-bras, comme l'aurait fait une serveuse de l'hôtel Metropol, elle versa le thé, présenta des biscuits et des zakouski de poisson avant de prendre congé.

« Bien, maintenant, mange. Nous allons bavarder et tu auras besoin de toute ton énergie. »

Sashenka hésita. Et si accepter cette délicieuse collation l'obligeait à trahir son mari et Mendel ? Que deviendraient ses enfants ? Elle décida de saisir sa chance.

« Avec tout le respect que je te dois, camarade Beria, je ne sais pas du tout de quoi on m'accuse, mais je suis innocente. Tu le sais, d'ailleurs. Tu n'imagines pas à quel point je suis ravie de te voir.

— Pareillement. Mais… mange, ma jolie. Rien n'est empoisonné, je te le promets. Je ne te cache pas que tu es exactement mon type de femme, Sashenka. »

Quelle horreur ! Quelle conduite déplacée pour un bolchevik ! Beria avait tout pouvoir sur elle et le lui rappelait par cette remarque. Il avait tous les droits.

« Tu me gênes, Lavrenti Pavlovitch, murmura-t-elle. Je ne suis pas habituée à ce genre de…

— Tiens donc. C'est vrai que j'en ai été étonné car tu paraissais si respectable… Toi, la parfaite Soviétique qui expliquais à nos femmes au foyer comment préparer les gâteaux et comment repriser les chemises des jeunes pionniers. Mais nous savons tous les deux que tu es une sacrée coquine. Tu hurles de plaisir, non ? Tu es chaude comme la braise. Ta mère l'était aussi, si je ne m'abuse ? »

Pétrifiée, Sashenka s'immobilisa. Benia Golden avait dû raconter leurs ébats et leurs petits secrets. C'est ce qui avait mis la puce à l'oreille de Vania.

Beria lui adressa un sourire radieux.

« Nous savons tout, ma jolie, ajouta-t-il avec lascivité. Si tu as couché avec ce youpin, tu peux coucher avec moi. Mais ne rêve pas trop car tu n'as encore rien avoué à mon sous-fifre Mogilchuk. Tu as lu ses nouvelles ? C'est de la merde, c'est vrai mais qu'importe. Malheureusement, le devoir passe avant le plaisir et ton cas est sérieux. J'adorerais t'avoir dans mon lit mais on suit l'affaire en haut lieu.

— Le camarade Staline sait que je suis innocente.

— Du calme, voyons. Ne prononce pas ce nom en ma présence. Sache que ton seul espoir est de tout avouer. Maintenant. Baisse la garde, admets tes activités antisoviétiques. Tu veux vraiment qu'on t'y contraigne ? » Sur ces mots, il fit le tour du bureau pour venir lui caresser les cheveux avant de se rasseoir et de reprendre une attitude toute professionnelle. « Réfléchis bien. Je sais tout de toi, de ton passé, de ta famille, de ton travail. Penses-y, ajouta-t-il en pianotant sur son sous-main. Vas-tu nous aider ? Debout. Obéis. Si tu ne cèdes pas, nous te détruirons, nous te tirerons comme un lapin. Dans une minute, tu retourneras dans ta cellule et moi à mes dossiers. Un instant ! Attends ! Ne te retourne pas ! Ferme les yeux. »

Elle l'entendit ouvrir un tiroir. La porte qui se trouvait à l'extrémité de la salle grinça. Des hommes s'approchèrent d'elle puis s'éloignèrent.

« Pas sur mon tapis persan, il vaut cher, roulez-le sur le côté. C'est ça, » disait Beria.

Un bruit sourd. Comme un paquet jeté par terre.

Que se passait-il ? À quoi jouaient-ils ? Sashenka tremblait de peur.

« Merci, camarade Kobilov. Parfait. Maintenant, ramène la camarade Isatis dans sa cellule et… un, deux, trois ! »

Sashenka reçut au visage un coup si violent qu'elle décrivit un demi-tour avant de s'écraser près du canapé. Un épais brouillard envahit son champ de vision. Affalée sur le parquet, elle aperçut Beria assis derrière son bureau. Une matraque à la main, il lui souriait.

Vérifiant à tâtons l'état de sa joue, les yeux mi-clos, la jeune femme devina un tas de vêtements couvert de boue séchée. Soudain, elle comprit que cet amas infâme était vivant, frissonnant, tremblo-tant. Elle ne pouvait détacher les yeux des nombreux hématomes, des mains sanguinolentes aux ongles arrachés, aux yeux si enflés que les paupières peinaient à s'ouvrir.

« Qu'est-ce qui te prend de m'amener ça ici, demanda Beria. Tu ne savais pas que Sashenka me tenait compagnie ? Tu aurais pu frapper. Ce que tu es mal élevé !

— Désolé, Lavrenti Pavlovitch. Je ne savais pas que tu étais occupé, s'excusa Kobilov. Nous devons finir ce que nous avons commencé avec ce sac à merde, un autre cas difficile mais nous ne voulons surtout pas qu'elle voie quoi que ce soit qui puisse l'effrayer, n'est-ce pas ?

— Certes, non ! répondit Beria. Aide-la à se relever et ramène-la dans sa cellule.

— Quel joli bleu, dis donc, camarade Isatis, s'exclama Kobilov d'un air dégoûté. Tu t'es cognée ? » Sashenka gardait le regard fixé sur le corps abandonné au sol. « Allez, viens, nous devons

519

t'épargner ce terrible spectacle. Cela dit, il est difficile d'arrêter le camarade Rodos quand il s'énerve.

— Qui est-ce ? » murmura Sashenka.

De l'autre côté de la pièce, l'immonde brute trapue qui caressait une matraque se contenta de hausser les épaules. Défiant Sashenka du regard, il se remit à frapper le blessé qui gémissait de douleur à chaque coup.

« Ça ne se fait pas de regarder, mais on n'arrive pas à s'en empêcher, n'est-ce pas ? » lui lança Beria tandis qu'elle quittait le bureau.

« Nous nous reverrons bientôt, j'espère », déclara Kobilov en la ramenant dans le couloir où Mogilchuk l'attendait.

Sashenka tremblait comme une feuille. Incapable de se contrôler, elle fut prise de spasmes et se mit à vomir tout ce qu'elle avait avalé. Le bruit des coups assenés à ce pauvre homme résonnait dans sa tête. De qui s'agissait-il ? Ne le savait-elle pas… ? À moins qu'elle n'ait trop d'imagination… Beria traitait-il de la même façon tous les anciens bolcheviks ? Était-ce cela ce que Vania faisait si tard dans la nuit pendant qu'elle l'attendait patiemment à la datcha ? Était-ce de cette façon que les propriétaires précédents de leur datcha et de leur appartement avaient disparu ?

La jeune femme se répétait les instructions de son époux. « N'avoue rien ! C'est la seule solution. Sans confession de ta part, on ne peut rien contre toi. Attends que leur dossier soit bien rempli… Moi, je ne sortirai jamais mais toi, Sashenka, tu reverras les enfants. Ne les oublie jamais. Quoi qu'on te fasse subir, ne signe rien. » Elle doutait encore qu'ils aient quoi que ce soit contre elle et il semblait évident que les autres n'avaient rien révélé. Elle pouvait encore sortir d'ici à condition de garder la tête froide.

Mais où se trouvait Vania ? Et Benia ? Elle se souvenait des moments magiques passés au Metropol et dans l'abri de jardin, à s'embrasser dans la rue comme des adolescents, à chanter au bord de la rivière, à échanger des fleurs séchées… Ces quelques jours volés faisaient partie des plus beaux de sa vie. Elle aimait autant Vania que Benia à présent, mais différemment. Ils faisaient tous deux partie d'elle.

On la ramena à la prison aux vapeurs pestilentielles. Là, elle dut s'appuyer contre un mur pour éviter de s'évanouir. Sa joue enflée saignait encore.

Snowy ! Carlo ! Coussin ! Petit Lapin ! Snowy ! Carlo ! Coussin ! Petit Lapin ! récita-t-elle pour se donner du courage.

Partis depuis six jours, les enfants étaient-ils en sécurité ?

« Nous sommes arrivés. Vous êtes ici chez vous, plaisanta Mogilchuk en la poussant dans sa cellule. Reposez-vous car, demain matin, nous aurons une petite conversation. »

Épuisée, Sashenka se laissa tomber sur son lit, et c'est alors que l'enquêteur lui assena le coup de grâce :

« Au fait, vous avez reconnu votre oncle Mendel ? C'était bien lui… enfin, ce qu'il en reste. »

37

Cette nuit-là, on emmena Sashenka dans une nouvelle cellule violemment éclairée. Les tuyaux qui couraient le long des murs gargouillaient et chauffaient malgré la saison estivale. L'air était irrespirable.

Sashenka tambourina à la porte.

« Asseyez-vous, exigèrent les gardiens avant d'ouvrir le battant.

— Je souhaite me plaindre au Narkom Beria, au Comité central, car le chauffage fonctionne en plein été. Je vous remercierais également de bien vouloir baisser la lumière : elle est aveuglante et m'empêche de dormir. »

Les deux hommes échangèrent un regard. « Nous allons transmettre vos remarques à notre hiérarchie », récitèrent-ils avant de claquer la porte. La chaleur faisait transpirer la jeune femme qui suffoquait, la bouche sèche, déshydratée. Elle ôta sa robe pour s'allonger sur son lit, mais l'éclairage puissant dégageait une telle chaleur qu'elle ne parvint pas à s'endormir malgré tous ses efforts.

Si elle se cachait le visage dans son matelas, on venait la secouer.

Quand elle parvint enfin à fermer l'œil, le judas s'ouvrit. « Réveillez-vous.

— Il fait nuit, je dors, répliqua-t-elle en sombrant à nouveau dans un sommeil sans rêve.

— Réveillez-vous. Vos mains doivent être visibles. »

Quand ces rappels à l'ordre ne suffisaient pas à la sortir de sa torpeur, ils la faisaient tomber par terre, lui donnaient des coups de pied, la giflaient.

Elle comprenait enfin. Voilà donc à quoi son Parti en était réduit. Triste sort. La deuxième nuit se passa dans les mêmes conditions, et elle se vit sur le point de craquer. Prise de nausées, elle transpirait à grosses gouttes, sans savoir si elle souffrait de maladie ou d'épuisement. Elle dormait debout. Les gardes la découvraient assoupie sur la tinette mais, même là, ils la réveillaient. Le pire, c'étaient ses doutes récurrents, insistants, inquiétants : et si Vania avait trahi la cause ? Et s'il mentait depuis le début ?

Les heures s'égrenaient, les jours s'écoulaient. Sans bouger. Sans se laver. Malgré trois repas par jour, elle souffrait constamment de faim et de soif. Seule dans sa cellule, réveillée toutes les dix minutes, elle entendait les voix de ses enfants. Il ne fallait surtout pas craquer. Pour eux. À moins qu'ils ne soient déjà perdus ? Le plan de Satinov ne marcherait jamais : ils devaient avoir été placés dans un de ces affreux orphelinats où on les violerait, les tortureraient, les battrait pour finir par les exécuter quand ils seraient trop grands. Elle devrait accepter de signer n'importe quoi plutôt que de laisser faire une chose pareille. Ne serait-ce que pour se reposer dans une cellule fraîche. Carlo et Snowy étaient sans doute déjà morts. Ils ne lui appartenaient plus, de toute façon. Perdus à tout jamais.

Puisque Sashenka ne faisait plus partie des vivants.

38

Une femme vêtue d'une robe légère et la tête couverte d'un foulard à fleurs frappa à la porte du bureau du chef de gare de Rostov-sur-le-Don. Elle traînait derrière elle trois valises et deux enfants, une fillette blonde et un petit garçon brun qui s'accrochaient à elle, apeurés.

Situé juste à côté du guichet devant lequel des centaines de gens patientaient en vain, le bureau du chef de gare semblait, par comparaison, un véritable havre de paix. Les fauteuils et les portraits de Lénine et de Staline le rendaient accueillant. Bien qu'elle soit venue quatre matins de suite sans trouver ni le télégramme, ni le message, ni l'ami qu'elle attendait, Carolina – car c'était bien elle – n'avait pas renoncé. Le chef de gare et son adjoint levaient les yeux au ciel – la gouvernante était l'une des multiples désespérées qui arrivaient chaque matin chercher un signe du destin. Un télégramme d'un parent inexistant, un bagage perdu qu'on ne retrouverait jamais, un ticket pour un train qui ne partirait pas…

« Bonjour, camarade Stepanian, le salua-t-elle poliment. Je me demandais si vous aviez reçu des nouvelles… »

D'un air las, le chef de gare se mit à consulter un par un les pneumatiques entassés dans son tiroir.

Le premier jour, il avait vérifié l'identité de cette femme et des deux enfants bien mis qu'elle accompagnait dans un orphelinat des environs de Tiflis. Chaque jour, il la trouvait plus affamée, plus sale et plus distante. L'épuisement la rendait hagarde.

« J'aimerais pouvoir vous aider. Les petits vont bien ? s'enquit le chef de gare en souriant aux enfants. Ça va, vous deux ? Qu'est-ce que tu as là, petite ?

— Un coussin.

— Tu dors avec ?

— On ne peut pas dormir ici. On est installés près du buffet, mais on veut rentrer chez nous. Ce coussin, c'est mon ami.

— On veut maman », ajouta le garçon, avec un regard vide, celui des enfants des gares.

Craignant que les petits n'en disent trop, la gouvernante s'empressa de rassembler ses bagages.

« Merci, camarade, le remercia-t-elle. Je repasserai.

— Désolé de ne pas pouvoir vous aider, répéta celui-ci en lui tenant la porte. Revenez demain.

— Elle affabule, tu crois ? lui demanda son adjoint quand la gouvernante eut tourné les talons. Elle n'attend peut-être aucun télégramme.

— Va savoir ! répondit Stepanian en haussant les épaules d'un air indifférent, avant de retourner derrière son bureau. Allez, au travail ! »

À l'extérieur, le triste trio était retourné sur le quai où une famille azérie leur gardait une place près du buffet. La gare résonnait du tonnerre des aiguillages et des sifflets des locomotives. Bien que le grand chambardement de la collectivisation et de la terreur soit terminé, les gares de province restaient de véritables cirques grouillant d'une humanité galeuse. Riches ou pauvres, de la ville ou de la campagne, les familles campaient autour de leurs valises. Les trains, pour lesquels on vendait plus de billets qu'il n'existait de places, ne partaient jamais à l'heure ; les tickets se faisaient rares et la milice vérifiait encore et encore les laissez-passer et les passeports des voyageurs, et arrêtaient ceux qui ne possédaient pas les papiers adéquats ou l'énergie nécessaire à fuir ses descentes intempestives.

Heureusement qu'il faisait beau, car les quais n'étaient qu'un campement envahi de soldats, d'ouvriers, de paysans et d'enfants. Des gosses en haillons, affamés, d'autres bien nourris mais abandonnés ; des bambins assis sur d'élégantes valises en cuir, des gamins des rues prématurément vieillis ; des fillettes aux lèvres peintes et aux jupes trop courtes qui fumaient des cigarettes en attendant le client.

Le buffet de la gare proposait des en-cas à ceux qui pouvaient se les offrir. Un vieux Tatar tenait un kiosque à journaux et à friandises et derrière le quai réservé aux trains à destination de Moscou se trouvait un robinet rouillé devant lequel les habitants de la gare faisaient la queue jour et nuit pour prélever de l'eau. Au bas de quelques marches, les toilettes débordaient dans une odeur pestilentielle. Les enfants en larmes se faisaient pipi dessus et les adultes en venaient aux mains pour passer devant les autres.

Carolina s'inquiétait chaque minute davantage. Ignorant ce qui avait pu arriver à Sashenka, elle redoutait le pire. Certes, elle ne se départait pas de son bon sens, mais avoir sous sa responsabilité deux enfants dans une telle situation la rendait folle. Son hygiène faisait généralement sa fierté mais, après trois jours passés dans cette gare, ils étaient crasseux et les vêtements des enfants tachés de nourriture, de gras et d'urine. Ils ne manquaient pas d'argent pour acheter de quoi se nourrir, mais Snowy et Carlo étaient difficiles. Habitués à des plats raffinés, ils détestaient la soupe de légumes claire, le pain noir et les boulettes à la sauce tomate vendus au buffet. Ils ne mangeaient donc pas assez. La journée, ils jouaient avec d'autres enfants mais la gouvernante se méfiait car certains gamins étaient des vauriens capables du pire. Elle surveillait donc les petits sans quitter leurs bagages des yeux. La nuit, ils dormaient serrés les uns contre les autres sous une couverture et leurs manteaux. Snowy et Carlo n'arrêtaient pas de pleurer et de réclamer leurs parents. Quand les reverraient-ils ?

Quitter Moscou n'avait posé aucun problème. Les parents de Vania avaient réservé les places et le train était parti à l'heure. Leur voyage avait duré un jour de plus que prévu, mais un soldat de l'Armée rouge et sa jeune épouse, en route vers une garnison de la frontière turque, avaient eu pitié d'eux et leur avaient apporté des glaces et de quoi manger à chaque arrêt du train. Les enfants se doutaient pourtant que quelque chose de grave se tramait. Ils réclamaient leur mère. Carolina aurait aimé les réconforter, mais elle ne voulait pas leur mentir ni les encourager à dire des choses qui pouvaient attirer l'attention sur eux. S'éloignant chaque instant davantage de leur ancienne vie, de leurs parents et de Moscou, Carlo et Snowy s'accrochaient à leur gouvernante.

« Tu restes avec nous, dis, Carolina ? Tu ne t'en vas pas, n'est-ce pas ? Maman me manque, tu sais. »

Après leur visite au chef de gare, ils se rendirent au buffet et s'assirent autour d'une table crasseuse. Incapable de réprimer ses tremblements, épuisée, déprimée, Carolina faisait de son mieux pour ne pas céder à la panique. Les Palitsine avaient disparu. Et si Satinov avait oublié les enfants ? S'il avait été arrêté lui aussi ? La gouvernante comptait et recomptait son pécule en pensée : vingt-cinq roubles à portée de main et la somme importante de quatre cents roubles cachée dans la doublure de sa robe. Pour servir en cas de coup dur. Si aucun message ne leur parvenait rapidement, elle devrait prendre une décision difficile. Elle avait déjà résolu de ne pas abandonner Snowy et Carlo dans un orphelinat du NKVD, mais elle n'avait guère de contacts officiels, et les rares personnes influentes qu'elle connaissait fréquentaient ses employeurs. Elle avait donc décidé en dernier recours d'emmener les enfants chez elle, dans son village des environs de Rostov. Un problème subsistait : elle était trop âgée pour faire croire qu'elle était leur mère et le NKVD ne manquerait pas de venir l'arrêter, elle, la gouvernante des Palitsine. Et où viendrait-on la chercher en priorité ? Dans son village natal.

Cette nuit-là, incapable de trouver le sommeil, Carolina écouta le vrombissement des locomotives, le sifflement des machines à vapeur, l'incessant brouhaha de la gare. Elle observa les visages si pâles des enfants et, pour la première fois depuis qu'elle avait quitté Moscou, elle fondit en larmes.

39

« Asseyez-vous, 778. Alors ? Bien dormi ? »

Échevelée, livide, déshydratée et très affaiblie, Sashenka eut à peine la force de secouer la tête.

« Votre cellule est confortable ? L'air est assez frais ? Avec cette canicule… »

La jeune femme s'abstint de répondre.

Après s'être passé la main dans les cheveux, Mogilchuk tapota la liasse de documents placée devant lui, ainsi qu'il l'avait fait la veille et l'avant-veille. Sashenka venait de passer trois jours en enfer : soixante-douze heures sans dormir dans une cellule surchauffée avaient fait craquer des prisonniers plus aguerris qu'elle. Après le petit déjeuner et la corvée de tinette, on l'avait amenée dans ce bureau pour l'interroger.

« En voilà un vilain hématome sur votre joue. Vous êtes toute bleue. »

Du bout des doigts, Sashenka tâta son visage qui la faisait atrocement souffrir. Et si c'était une fracture ?

531

« Bien, reprenons depuis le début. Souvenez-vous de ce qui est arrivé à votre oncle Mendel. N'attendez pas qu'on vous oblige à tout nous dire. Avouez maintenant et nous vous laisserons dormir. Nous réparerons même le chauffage dans votre cellule. Ça vous dirait, une bonne nuit de sommeil ?

— Je n'ai rien à avouer car je suis innocente.

— Dans ce cas, comment expliquez-vous votre arrestation ? Vous me prenez pour un idiot ? Vous croyez que le camarade Beria n'a que ça à faire de ses journées ?

— Je n'ai aucune explication à ce malentendu. Il s'agit d'une erreur et je ne comprends pas pourquoi je suis ici.

— Le Parti ne commet pas d'erreur. Vous avez fait la connaissance de Rodos dans le bureau du camarade Beria ? C'est une légende, vous savez. Une vraie bête, un monstre dangereux. On passe notre temps à l'empêcher de tuer les détenus. D'ailleurs, cette semaine, il a abîmé quelques-uns de vos proches. Il dit qu'il voit rouge, il ne sait plus ce qu'il fait. Il déteste les gens dans votre genre, il hait les intellectuels ! Si vous ne cédez pas, il y a fort à parier que vous le reverrez bientôt. Heureusement, c'est votre jour de chance ; je vais vous laisser une dernière occasion de nous montrer votre bonne volonté. Je vais vous présenter quelqu'un qui va peut-être vous rafraîchir la mémoire. »

Sur ces mots, Mogilchuk décrocha le combiné du téléphone. « J'attends ta livraison », annonça-t-il d'un ton posé avant de raccrocher en souriant à Sashenka. Il patienta en nettoyant ses lunettes.

« Pourrais-je avoir un verre d'eau ? » demanda Sashenka, se rappelant les consignes de son mari.

Mogilchuk la servait lorsque la porte s'ouvrit brusquement. Kobilov fit semblant d'entrer sur la pointe des pieds.

« Fais comme si je n'étais pas là, camarade. Je vais me faire tout petit, dans un coin. Un peu comme un directeur d'école s'assiérait au fond de la classe pour observer les élèves », lança-t-il en allant s'appuyer contre un mur.

On frappa à nouveau à la porte.

« Prête ? murmura Kobilov à la jeune femme qui tourna la tête. Fatiguée ? insista-t-il.

— Entre, cria Mogilchuk. Que la confrontation commence. » La porte s'ouvrit. « Bienvenue, camarade Rodos », ajouta-t-il au bourreau qui venait d'apparaître.

Sashenka sentit son ventre se nouer. Rodos salua ses comparses puis regarda la jeune femme droit dans les yeux. Après avoir tourné autour d'elle comme un fauve sur le point de bondir, il s'assit à côté de Mogilchuk et caressa la verrue poilue qu'il avait sur le menton.

Voilà l'équipe chargée de son cas, songea-t-elle : Kobilov dans le rôle du chef, Mogilchuk dans celui du gentil, et Rodos dans celui du méchant. Un tel dispositif pour la faire craquer ? Non, ils devaient travailler sur un dossier bien plus important, se dit-elle, sur celui de ce pauvre Mendel, par exemple. Optimiste, elle tenta de se convaincre qu'elle sortirait vivante de cet enfer. Apparemment, personne n'avait encore cédé.

Qui allait-on lui amener qui était censé tant la surprendre ? Serait-ce quelqu'un dans un état pire que celui de l'oncle Mendel, dont la vue lui avait brisé le cœur ?

S'il s'agissait de Vania, s'il avait menti à son sujet, elle comprendrait que, abandonné aux « bons soins » de Rodos, il soit passé de l'autre côté du miroir, et elle ne l'en aimerait pas moins. Elle n'avouerait rien et survivrait.

Si c'était Benia, son amant adoré, elle ne lui reprochait plus rien. Elle l'avait appelé pour lui déclarer sa flamme et elle le savait aussi innocent qu'elle. Si elle ne sortait jamais de la Loubianka, elle lui resterait toutefois éternellement reconnaissante de lui avoir fait connaître une telle passion.

Et quoi qu'aient pu dire les autres, elle ne céderait pas, car elle était innocente. Et si elle n'avouait rien, on finirait forcément par la relâcher. Là, elle pourrait récupérer ses enfants. Elle ne luttait plus que pour eux, à présent.

La porte s'ouvrit.

Sashenka regarda fixement ses mains, prise d'un terrible pressentiment. C'était l'instant fatidique.

Elle devina plus qu'elle ne vit une silhouette tassée qui hésitait sur le seuil.

« Assis, hurla Rodos en montrant la chaise qui faisait face à celle de Sashenka. Là. »

Le vieillard émacié, vêtu du bleu de travail des prisonniers, ne se résolvait pas à entrer. « Oui, toi ! Assis ! Vite ! »

Une vague d'espoir la submergea. Était-ce son père ? Avait-il témoigné contre elle ? Aucune importance ! S'il était vivant, le reste importait peu.

Papa. Quoi qu'on ait pu lui faire, quoi qu'il ait pu dire à son sujet, elle ne rêvait que de le serrer dans ses bras. Les laisserait-on s'embrasser ?

« Accusée Zeitlin-Palitsine, aboya Rodos, regarde le prisonnier en face. »

40

*Très estimé Joseph Vissarionovitch, bien cher
Koba,*

*C'est un vieux camarade qui t'écrit. Nous nous
connaissons depuis plus de vingt-cinq ans, au cours
desquels j'ai servi le Parti – et toi, qui le personni-
fies si bien – sans dévier une seule fois de la ligne
que nous nous étions fixée. Je crois d'ailleurs que
je dois ma carrière si brillante au sein de notre Parti
à la confiance que tu m'as accordée et à la gentillesse
que tu m'as témoignée. J'obéirai aux ordres du
Comité central, quels qu'ils soient, ainsi que je l'ai
toujours fait, mais je souhaite toutefois protester
quant aux méthodes utilisées à mon égard lors de
l'enquête menée par les organes du pouvoir. Ma santé
est fragile – j'ai une tache sur le poumon droit, une
angine de poitrine, une défaillance cardiaque, une
faiblesse générale due à la polio contractée pendant
mon enfance ainsi qu'une arthrose sévère héritée
des travaux forcés et d'un exil prolongé en Sibérie
à l'époque du tsar – et je suis maintenant âgé de
soixante et un ans. En tant que membre du Comité*

central, je souhaite te rapporter à toi, secrétaire général et membre du Politburo, qu'à mon arrivée à la prison politique de la Loubianka on m'a demandé d'avouer que je servais des intérêts étrangers. Devant mon refus, on m'a jeté à terre et trois hommes m'ont assené de terribles coups de matraque en caoutchouc sur les jambes et les pieds. Je ne pouvais plus marcher et mes membres inférieurs se sont marqués de rouge et de bleu à cause des hémorragies internes. On m'a battu tous les jours, aux mêmes endroits, avec des ceinturons en cuir et des matraques en caoutchouc.

La douleur était aussi pénible que si on m'avait ébouillanté ou jeté de l'acide à la figure. J'ai perdu de nombreuses fois connaissance, j'ai pleuré, j'ai hurlé, j'ai supplié qu'on t'avertisse de ce que j'endurais. Mais lorsque j'ai prononcé ton nom, on m'a donné des coups de poing en pleine figure, on m'a cassé le nez, les pommettes et les lunettes, sans lesquelles je ne vois rien, et on s'est attaqué à ma colonne vertébrale. Le respect de soi typiquement bolchevique m'empêche presque de t'en dire davantage, cher camarade Staline, et j'ai bien de la peine en t'avouant ceci : lorsque je n'étais plus qu'un tas sanguinolent sur un tapis, j'ai refusé de mentir au Parti, et les interrogateurs se sont soulagés sur mon visage et dans mes yeux. Même dans les camps de Katorga, même lors des travaux forcés, je n'ai jamais enduré une telle terreur et une telle souffrance. Je suis à présent dans ma cellule. À peine capable de tenir ce stylo, je tremble de tous mes muscles. J'ai si peur que, moi, révolutionnaire depuis plus de trente ans, qui n'ai jamais craint quoi que ce soit, j'éprouve l'instinct terrifiant de te mentir, à toi, Joseph Vissarionovitch, de m'accuser de crimes inventés et d'incriminer les autres, y compris d'honnêtes ouvriers, ce qui serait pourtant un crime contre le Parti.

Je comprends parfaitement que notre belle nation ait besoin des armes de la terreur pour survivre et pour triompher. Je soutiens nos héroïques organes dans leur quête des ennemis du peuple et des espions. Je ne suis pas important. Seuls le Parti et notre noble cause sont essentiels, mais je reste persuadé que tu n'es pas au courant de ces pratiques et je te recommande vivement, très estimé camarade, de mener ton enquête et d'alléger les souffrances d'un serviteur du Parti aussi sincère et dévoué que toi-même.

Mendel Barmakid, membre du Parti depuis 1904

41

Un vieillard au teint cadavérique et au cuir chevelu marqué par la pelade se tenait en face d'elle. Il émettait des bruits de succion, lançait de tous côtés des regards effrayés et se grattait comme un fou furieux quand il ne retombait pas dans un immobilisme hébété.

Cette épave ne pouvait qu'être un *zek*, un vétéran du Goulag. Il avait dû passer des années à Vorkuta ou à Kolyma, à casser des cailloux ou à abattre des arbres. Il ne montrait même plus cet instinct de survie dont la jeune femme faisait preuve en ce moment précis. On aurait dit une enveloppe vide de tout espoir et de toute énergie. Sashenka comprenait enfin l'expression préférée de Beria que son cher Vania avait faite sienne : « Réduit en poussière des camps. »

Elle finit par oser lever les yeux. Cet homme était-il le baron Samuil Zeitlin, arrêté en 1917 ? Impossible. Il ne lui ressemblait absolument pas.

Kobilov claqua de la langue avec un plaisir et une impatience non dissimulés.

« Vous vous reconnaissez ? demanda Mogilchuk.

— On vous écoute ! insista Rodos d'un ton étonnamment gentil. Vous la remettez ? »

Sashenka se creusait la tête. Qui était cet octogénaire ?

Le vieillard déglutit bruyamment avant d'ouvrir sa bouche édentée aux gencives ulcéreuses. Des hématomes lui marquaient le cou.

« C'est elle. C'est bien elle, annonça-t-il d'une voix posée et délicate qui trahissait ses origines bourgeoises. Bien sûr que je la reconnais.

— Quel est son nom ? demanda vivement Rodos.

— Elle n'a pas changé… Ou plutôt si. Elle a embelli.

— Réponds à ma question !

— Vous croyez que j'ai oublié ? répondit le prisonnier d'un ton narquois.

— Tu veux qu'on te rafraîchisse la mémoire ? le menaça Rodos sans cesser de tripoter sa verrue.

— Qu'est-ce que vous me ferez subir, après ça ? Vous mettrez fin à mes souffrances ?

— Si tu ne veux pas qu'on reprenne là où on s'est arrêté… », répondit Rodos en se passant la main sur le crâne. Soudain, il se leva d'un bond. « Maintenant, ça suffit, hurla-t-il avec une violence inouïe. Comment s'appelle-t-elle ? »

Pris de court, le prisonnier se raidit et Sashenka sursauta.

« Vous allez à nouveau me rouer de coups ? Inutile. C'est la baronne Alexandra Zeitlin. Sa… ssssshen… kka ! Celle que j'ai tant aimée autrefois. »

Rodos se dirigea aussitôt vers la sortie. « J'ai un autre engagement, expliqua-t-il à Kobilov.

540

— Amuse-toi bien, Mogilchuk.

— Et toi, accusée Zeitlin-Palitsine, enchaîna l'enquêteur, reconnais-tu le prisonnier ? »

Fascinée et terrorisée à la fois, Sashenka secoua la tête.

« Décline ton identité.

— Pierre Ivanovitch Pavlov, répondit le fantôme tout droit sorti d'une autre époque, d'une autre ville, d'une autre vie.

— Ce n'est pas ton vrai nom, n'est-ce pas, insista doucement Mogilchuk. C'est le pseudonyme sous lequel, pendant plus de dix ans, tu as prétendu être enseignant à Irkoutsk alors que tu étais en fait un espion à la solde de la Garde blanche. Maintenant, regarde l'accusée dans les yeux et révèle-lui ta véritable identité. »

42

Dans une salle d'interrogatoire voisine, Benia Golden était assis face à l'enquêteur Boris Rodos.

« Tu as été arrêté pour des activités antisoviétiques. Tu reconnais ta traîtrise ?

— Non.

— Bien. Pourquoi as-tu été arrêté d'après toi ?

— Un malheureux concours de circonstances auquel s'est ajouté le syndrome de la page blanche. »

Après avoir émis un grognement, Rodos jeta un œil à son dossier et prit un air méprisant. « Alors, comme ça, tu es écrivain ? Pas étonnant que Mogilchuk ait voulu t'interroger lui-même. Moi qui te prenais pour un vulgaire traître, un tas de merde ! Monsieur est auteur, hein ? »

Benia ne put cacher sa surprise. « Il y a deux ans, j'ai écrit un recueil, *Nouvelles espagnoles*, qui a connu un certain succès et…

— Qu'est-ce que j'en ai à foutre, franchement ? aboya Rodos. Moi, quand je te regarde, je ne vois qu'un youpin imbu de lui-même. Je pourrais te briser d'un coup sec, te réduire en bouillie. »

Benia n'en doutait pas : l'enquêteur, avec son crâne chauve, ses épaules trop larges et ses jambes courtes, lui rappelait une hyène. Benia mourait de peur à l'idée de perdre ceux qu'il aimait tant. Plus rien n'importait, à présent.

« Je répète : d'après toi, pourquoi as-tu été arrêté ?

—Je n'en ai sincèrement pas la moindre idée. Je vivais à Paris, je fréquentais des écrivains français et américains, je connaissais certains des généraux accusés d'être trotskistes…

—Et ? Ne m'oblige pas à ouvrir le tiroir de mon bureau dans lequel je range mes matraques. Ne m'oblige pas à t'écraser le nez. Méfie-toi car j'adore la violence. Avoue tes activités criminelles et amorales et tout se passera bien. Parle-moi de tes activités sexuelles dans la chambre 403 de l'hôtel Metropol.

—C'est *ça* que vous voulez entendre ? » Il aurait été arrêté à cause de sa liaison avec Sashenka ? Gideon l'avait mis en garde contre les dangers à fréquenter l'épouse d'un membre de la police secrète mais, même en cette époque quasi puritaine, ça n'avait tout de même pas tant d'importance, si ? Il serait peut-être exilé loin de Moscou mais, au moins, il resterait en vie. Il devait absolument protéger Sashenka.

« Oui, *ça*, comme tu dis, rétorqua Rodos en agitant un épais dossier. Nous sommes au courant des moindres détails de votre sordide liaison.

543

— Je comprends mieux. C'est son mari qui est derrière mon arrestation ! Elle est innocente, je vous le jure. Elle n'a rien fait de mal. C'est la plus loyale des communistes.

— Qui a dit qu'elle n'était pas loyale ?

— Elle n'a pas d'ennuis ?

— C'est une information confidentielle. Contente-toi de me raconter comment tout a commencé... »

Pourvu que Sashenka ne sache rien de son sort ! Peut-être redeviendrait-elle la bonne épouse qu'elle avait toujours été. Elle croirait qu'il avait été arrêté pour ses opinions politiques, elle le mépriserait, l'oublierait et reprendrait sa vie, partagée entre luxe et dévouement au Parti. Il l'aimait tant qu'il se sentait prêt à tout endurer, pour lui épargner la souffrance.

Lorsqu'on était venu l'arrêter, il n'avait pas été étonné. Il avait ressenti tant de bonheur au cours des deux semaines passées à aimer Sashenka qu'il se doutait que ça ne durerait pas. Une telle passion ne survient qu'une fois dans l'existence. Et encore.

Dans le véhicule qui le conduisait à la prison, il avait regardé défiler les rues. Ses larmes brouillaient les lumières de la ville. Le jour se levait, la ville se régénérait : des camions ramassaient les poubelles ; des concierges lavaient le pavé ; de vieilles dames balayaient les trottoirs ; un homme en bleu de travail portait un seau de lait frais ; mais les étoiles rouges du Kremlin qui avaient illuminé la chambre 403 du Metropol n'appartenaient qu'à eux. Cela dit, on allait bientôt le torturer, le réduire à néant... À cette pensée, il avait blêmi.

Sashenka, sa bien-aimée, reprendrait le cours normal de sa vie. Personne ne saurait ce qui se trouvait au fond de leurs cœurs. On pouvait le battre à mort, il ne dirait rien.

Comment protéger la femme qu'il aimait ? Était-il trop tard ? Prêt à affronter la mort, il ne pouvait s'empêcher, en bon écrivain, d'analyser les derniers rebondissements de sa propre déchéance. Quels conseils lui prodiguerait le fameux *Manuel du parfait adultère prolétaire et soviétique* ? se demanda-t-il en repensant aux fous rires que ce livre avait provoqués.

« Il est temps d'avouer. De te confesser ! » éructa Rodos. Soudain, il se mit brusquement à frapper Benia au visage avec une matraque qu'il avait sortie d'un tiroir de son bureau.

Déséquilibré, l'écrivain heurta le ciment, ce qui n'empêcha pas Rodos de s'acharner sur lui. Il lui cassa le nez à coups de pied et le battit sans relâche à coups de matraque sur le visage, dans le dos et dans le bas-ventre. Le sang coulait à flots. Recroquevillé de douleur, Benia se mit à vomir de la bile, du sang et ses propres dents.

« Sashenka », gémit-il faiblement. Chaque coup lui disait qu'elle avait été arrêtée, qu'elle était tout près, qu'elle souffrait… De telles pensées lui faisaient perdre courage. « Je t'aime. Où es-tu ? »

43

« Pierre Sagan, capitaine de gendarmerie, annonça le zek d'un ton parfaitement policé. Voyez, ça lui a donné un de ces chocs ! »

Sashenka en eut en effet le souffle coupé. N'était-il pas mort dans les rues de Petrograd ? Le cœur battant, la jeune femme sentait ses forces l'abandonner.

« Quelle est la nature de votre relation ? demanda Mogilchuk.

— Je l'ai aimée.

— As-tu eu des relations sexuelles avec elle ?

— Oui.

— C'est faux, s'écria Sashenka.

— Silence ! Ou je vous fais sortir, la menaça Mogilchuk. Vous vous exprimerez quand je vous le dirai. Elle était vierge ?

— Oui, répondit Sagan, mais je l'ai initiée à toutes les perversions. Je lui ai également fait prendre de la cocaïne, en prétendant qu'il s'agissait d'un médicament.

— Jamais de la vie ! hurla Sashenka. Cet homme n'est pas Pierre Sagan. C'est un imposteur !

— Fais comme si elle n'était pas là, continue. Vos relations étaient professionnelles aussi ?

— Je me suis servi d'elle… Je détestais les révolutionnaires que je considérais comme la lie de l'humanité mais j'ai fini par tomber amoureux.

— Ton béguin ne nous intéresse pas. Parle-nous plutôt de vos relations professionnelles.

— Elle était mon agent double.

— Quand l'as-tu recrutée au service de l'Okhrana ?

— À l'hiver 1916. Nous l'avons arrêtée pour ses idées bolcheviques et je l'ai rencontrée à la prison de Kresty. Par la suite, je la retrouvais dans des planques et des chambres d'hôtel où elle trahissait sa cause et ses camarades.

— Ce n'est pas vrai. Vous le savez parfaitement. Qui que vous soyez, vous mentez ! » Sur ces mots, Sashenka se leva mais Kobilov l'empoigna par l'épaule et la força aussitôt à se rasseoir. Prise de sueurs froides, elle se mit à trembler.

« A-t-elle recruté d'autres agents pour toi, des membres du Parti plus influents, peut-être ?

— Oui.

— Qui ?

— Pour commencer, Mendel Barmakid. »

Sashenka n'en croyait pas ses oreilles. Elle eut l'impression de manquer d'air, d'être sur le point de se noyer, sans espoir d'être secourue.

« Mendel t'a-t-il été utile ?

— Très. Tous les autres dirigeants du Parti se trouvaient en prison, en Sibérie ou à l'étranger

547

alors que lui, un membre du Comité central qui plus est, restait en contact régulier avec Lénine.

—Combien de temps t'a-t-il servi d'agent double ?

—Il n'a jamais cessé de l'être.

—Vous mentez ! Salaud ! l'interrompit à nouveau Sashenka qui voyait diminuer de seconde en seconde ses chances d'en réchapper. Vous brûlerez en enfer ! Si vous saviez ce que vous êtes en train de faire ! Si seulement vous en aviez conscience… » Incapable de poursuivre, elle fondit en larmes.

« Reprenez-vous, l'avertit Mogilchuk. Sinon, Rodos vous brisera d'un geste. » Après un long silence, il reprit son interrogatoire. « Après la révolution, Sagan, qu'est-il advenu des agents de l'Okhrana ?

—Ils sont entrés dans la clandestinité. Tout comme moi.

—Sous quelle autorité ?

—D'abord sous celle de la Garde blanche puis nous sommes passés au service de… d'une ignoble alliance… une vile association de chiens et de rats. » Là, Sagan les scruta à nouveau d'un air narquois. Sashenka devinait un mélange de honte et de moquerie. Derrière ses yeux bleus si mobiles, il semblait pleurer, la supplier de lui pardonner. L'avait-on drogué ?

« Qui commandait, Sagan ?

—C'était en fait les services de renseignements japonais et britanniques qui nous manipulaient, mais nous recevions nos ordres de l'Opposition unie de Trotski et de Boukharine.

— Au cours de toutes ces années, tu es resté en contact avec l'accusée ?

— Parfaitement. Je faisais le lien entre elle et les ennemis du peuple.

— Tu la rencontrais souvent ?

— Oh oui !

— C'est lamentable, hurla Sashenka. Sagan est mort sur la perspective Nevski en 1917. Cet homme est un acteur !

— Quels autres agents a-t-elle recrutés ? poursuivit Mogilchuk sans se départir de son calme.

— Son mari, Vania Palitsine. Et plus récemment, Benia Golden, l'écrivain, qu'elle a d'ailleurs séduit grâce aux techniques perverses que je lui ai apprises lorsqu'elle était jeune fille.

— Pour résumer, les services de renseignements japonais et britanniques, associés à Trotski et Boukharine, ont utilisé pendant des années Mendel du Comité central, Palitsine du NKVD, et Golden l'écrivain.

— Exactement.

— Salaud ! » Sashenka se jeta par-dessus la table pour attraper son accusateur par le col mais lorsque ses doigts se refermèrent sur lui, elle eut l'impression de saisir du vent. Le vieillard était si fragile qu'il tomba de sa chaise, se cogna la tête contre le coin de la table et s'étala par terre.

Kobilov força la jeune femme à se rasseoir. Elle se laissa faire comme une poupée de chiffon.

« Attention, ma belle ! On a encore besoin de lui, n'est-ce pas, les gars ? » ajouta-t-il en aidant Sagan à se relever. Les membres parcourus de spasmes, le prisonnier trouvait à peine la force de se tenir sur sa chaise.

Pour Sashenka, tout semblait perdu. Cet épouvantail venait de sonner le glas de ses espoirs. L'inconcevable venait d'avoir lieu. La situation se révélait bien différente de ce qu'elle avait imaginé. La jeune femme songea instantanément à ses enfants.

Dans cette affaire, elle ne tenait pas, comme elle l'avait cru, un rôle secondaire, elle en était le pivot. Elle ne sortirait donc jamais de cet endroit et ne reverrait jamais Carlo et Snowy. « Et surtout, si on vous arrête, j'aurai besoin de temps pour placer les enfants », avait dit Satinov. Pourvu qu'il ait réussi ! Était-ce le moment de mettre en pratique le plan de Vania ? « N'avoue que lorsque tu n'as plus d'alternative », lui avait-il recommandé. Avait-il tenu aussi longtemps qu'elle ?

Kobilov se mit à applaudir. « Bravo, les gars ! » s'écria-t-il avant de quitter la pièce en refermant la porte d'un coup de pied.

Mogilchuk ouvrit un dossier intitulé *Protocole des interrogatoires*.

« Voici ta confession. Tu l'as contresignée au bas de chaque page et à la fin, je ne me trompe pas ? »

Sagan approuva sans cesser ni de trembler ni de se gratter.

Le tchékiste jeta alors le document à Sashenka. « Tenez ! Lisez ! Comment avez-vous pu oublier tout ça ? »

44

« Bonjour, camarade Stepanian. Vous avez reçu
un télégramme pour moi ? »

Le lendemain matin, Carolina entra d'un pas
chancelant dans le bureau du chef de gare dont
l'atmosphère étouffante était accentuée par la foule
qu'il contenait ce jour-là. Un vieux paysan à la
barbe blanche observait la scène de ses petits yeux
chafouins ; tickets et passeport à la main, un jeune
membre du Parti patientait ; les pieds posés sur le
radiateur, un officier du NKVD feuilletait un
magazine de sport.

Le camarade Stepanian posa la main sur le tas
de télégrammes en attente.

« Non, non. Toujours pas… »

Désespérée, Carolina en venait à croire que
Satinov les avait abandonnés. Tous ces efforts pour
rien. « Je pars aujourd'hui, annonça-t-elle, au bord
des larmes. Je ne peux plus me permettre d'attendre davantage. »

Sur ces mots, elle se dirigea lentement vers la
porte, les enfants à sa suite. Alors qu'elle la poussait

551

de toutes ses forces pour l'ouvrir, Stepanian sembla soudain sortir de sa torpeur.

« Attendez ! Il n'y a pas de télégramme pour vous, mais quelqu'un vous attend au buffet, près du samovar. Une dame. Elle est arrivée depuis un certain temps.

— Merci, camarade ! Merci beaucoup ! Si j'osais, je t'embrasserais ! » Et elle se précipita dehors.

« C'est maman ? demanda Carlo en courant vers le café.

— Maman est partie, répondit Snowy le plus sérieusement du monde. Carolina te l'a déjà dit. Nous vivons une grande aventure.

— Dépêchez-vous, leur recommanda Carolina. Courez ! Vite ! Oh, mon Dieu ! Faites qu'elle ne soit pas déjà partie. »

À quelques pas de la file d'attente qui menait au samovar et aux plateaux crasseux remplis de beignets, de pirojki et de *pelmeni*, une dame d'un certain âge, très digne, attendait. Coiffée d'un chapeau cloche démodé, Lala – car c'était elle – sirotait une tasse de thé en parcourant la foule d'un regard impatient. Dès qu'elle aperçut la gouvernante débraillée et les deux enfants, elle se leva et, d'un sourire, leur fit signe de s'approcher.

« Bonjour », dit-elle en tendant la main à Carolina, trop épuisée pour avoir le même geste de politesse. Après s'être dévisagées un instant, les deux femmes s'embrassèrent comme de vieilles amies.

« Je suis désolée d'avoir tant tardé mais le train a eu du retard et je ne suis pas habituée à tout ça.

Venez, asseyons-nous à cette table, ajouta-t-elle sans quitter des yeux les enfants de sa petite Sashenka chérie. J'ai réservé une chambre à l'hôtel Révolution où nous pourrons aller nous laver et nous reposer. On peut également y manger. J'ai des papiers tamponnés pour les petits et on m'a donné de l'argent. »

Chancelante, Carolina s'assit puis se cacha le visage dans ses mains. Lala savait combien ce moment devait être difficile pour la gouvernante. Carlo se précipita vers elle pour l'embrasser. « Tu es ma meilleure copine ! » lui dit-il en lui caressant la joue.

Lala posa la main sur l'épaule de Carolina. « Nous traversons une époque difficile et vous pouvez vous féliciter d'être arrivée jusqu'ici. Je vous en prie, ne pleurez pas ! Je n'ai pas demandé à être ici et, comme vous, je prends de grands risques. Je suis, moi aussi, complètement dépassée par la situation.

— Mais... vous avez un plan ? Vous savez quoi faire ?

— Oui, on m'a donné des instructions et je vous promets de faire tout ce qui sera en mon pouvoir pour que les petits surmontent cette épreuve. » Sur ces mots, elle observa à nouveau les enfants qui la regardaient fixement.

« Qui est-ce ? demanda Snowy.

— Sois polie, lui intima Carolina, redevenue maîtresse d'elle-même. Cette dame va vous aider.

— Où est maman ? insista Carlo sur le point de fondre à nouveau en larmes.

553

— Tu dois être Carlo ? lui demanda gentiment Lala. Je t'ai apporté quelque chose », ajouta-t-elle en plongeant la main dans son sac de toile pour en tirer une boîte à biscuits en métal illustrée d'une image du Kremlin.

Lala l'ouvrit. Pétrifié, Carlo resta bouche bée devant les biscuits fourrés à la crème et à la confiture.

« Mon petit doigt m'a dit que tu aimais beaucoup ces gâteaux, annonça Lala en devinant le sourire de Carolina.

— Tu as vu ça, Carlo ? s'étonna Snowy. Elle sait que ce sont tes préférés. » La fillette en prit un et le donna à son frère qui l'avala d'une bouchée, avant de prendre sa sœur par la main.

« Bonjour, Snowy, c'est ton ami Coussin ? demanda Lala.

— Tu as entendu parler de lui ?

— Bien sûr ! Il est très célèbre ! Tes cheveux sont plus blonds que ceux de ta maman, Snowy, et tes yeux plus bleus mais tu as la même bouche. Et toi, Carlo, tu es le portrait craché de ton père.

— Tu connais maman ? insista Snowy.

— Tu connais papa ? ajouta son frère.

— Oh oui ! Très bien, même », leur répondit Lala en se rappelant sa première rencontre avec Sashenka, qu'elle avait instantanément aimée comme sa propre fille et qui se trouvait désormais aux mains du Parti qu'elle avait servi avec tant de passion. « Je connais ta maman mieux que quiconque, mais nous ne devons pas penser à elle pour le moment. Il faut plutôt réfléchir à l'avenir, à votre prochaine aventure. Oh! Et surtout, il faut absolument que vous m'appeliez Lala.

— C'est toi, Lala? s'écria Snowy, sidérée. Maman m'a parlé de toi. Je t'aime bien. Tu plais aussi beaucoup à Coussin. »

Très émues, les deux gouvernantes échangèrent un bref sourire avant de détourner le regard.

Tenant chacune un enfant par la main, elles quittèrent la gare pour se diriger vers le centre de Rostov-sur-le-Don.

Carlo battait des bras et des jambes. « Faites-moi voler! » lança-t-il d'une voix flûtée. Pour la première fois depuis bien longtemps, il semblait heureux. Et pourtant, leurs vies venaient de basculer. Plus rien ne serait comme avant.

Le prenant chacune par un bras, les deux gouvernantes le soulevèrent joyeusement de terre.

45

Sashenka rampa jusqu'à la porte de sa cellule. « Je veux voir Kobilov ! »

Le judas s'ouvrit sur un regard morne puis se referma aussitôt. Allongée sur sa paillasse, Sashenka ne parvenait pas à rester endormie bien longtemps. La chaleur étouffante de la pièce l'empêchait de trouver le sommeil. Depuis combien de temps n'avait-elle pas fermé l'œil plus de dix minutes à la suite ? Les lumières aveuglantes allumées jour et nuit lui avaient fait perdre toute notion du temps et de l'espace.

La confrontation avec Sagan avait tout changé. Elle l'avait ressassée encore et encore, entre deux accès de délire. Elle rêvait tout éveillée de ses enfants, de Vania, de Benia, et se posait des questions absurdes. Une femme pouvait-elle aimer deux hommes à la fois, son mari et son amant ? Oh oui, aucun doute. Ses réflexions ne l'emmenaient jamais bien loin, car elle sombrait régulièrement dans un sommeil sans rêve, elle s'enfonçait dans les eaux sombres du désespoir.

Soudain, on la réveilla brutalement. « Interdiction de dormir ! »

Sashenka ne savait même pas si Vania était toujours en vie. Il était des leurs, il connaissait tous leurs petits secrets, il n'avait aucune chance. Si seulement elle avait pu le voir.

Elle envisagea de demander à le rencontrer pour obtenir confirmation qu'il était temps de passer à l'étape suivante de leur plan, mais elle craignit d'éveiller la curiosité des enquêteurs à propos de leurs enfants.

Que sentaient ses petits ? Le foin et la vanille. Quelle était l'expression préférée de Snowy ? « En route pour la danse du coussin ! » Sashenka se concentrait pour répéter correctement les intonations de sa fille, pour se remémorer leurs visages mais il arrivait parfois que la forme de leur nez ou la courbe de leur front lui échappe, que ses enfants se retrouvent engloutis eux aussi dans les eaux profondes de l'oubli. Et si la nature faisait de son mieux pour lui faciliter les choses, pour lui permettre de ne pas trop souffrir ?

Son cerveau peinait. Elle était à peine consciente de la prison qui s'agitait autour d'elle. Elle se contentait de survivre. Mais si elle devenait folle, elle ne serait d'aucun secours pour ses enfants. Il était donc temps de passer à l'étape suivante.

Il faisait nuit noire lorsqu'ils vinrent la chercher. Le gouvernement soviétique fonctionnait essentiellement le soir, à commencer par son dirigeant suprême. Que Sashenka était naïve ! Elle ne s'était jamais doutée de rien. Pourtant, lorsque Vania rentrait au petit jour, il sentait le fauve, comme s'il avait passé la nuit à se battre dans des bouges. La discrétion de son époux l'arrangeait bien, finalement, car elle n'avait jamais eu à lui poser de questions sur ses activités nocturnes. C'était seulement maintenant qu'elle comprenait à quoi ils devaient leur situation privilégiée.

Les salles réservées aux interrogatoires restaient irréelles dans l'esprit de la jeune femme, alors qu'elles se trouvaient bel et bien à égale distance des bureaux de la Loubianka et des cachots de la prison politique.

Dès qu'elle eut pénétré dans la pièce, on lui assena dans le dos un coup de gourdin si brutal qu'elle tomba à terre. On la roua de coups avec une telle violence qu'elle se recroquevilla sur elle-même en gémissant de douleur. Deux hommes se relayèrent pour la battre et lui matraquer le dos, les seins, le ventre, les jambes et les bras. Les coups pleuvaient. Elle hurla, le visage baigné du sang qui lui coulait dans les yeux. Elle fit des efforts pour se convaincre que ce n'était qu'un mauvais moment à passer, une épreuve pénible mais indispensable. En vain.

Les odeurs de vodka, de sueur, d'eau de Cologne et de saucisse qui suintaient de ses bourreaux, la souffrance éprouvée, les grognements bestiaux des désaxés qui se déchaînaient sur elle, tous ces détails confortaient Sashenka dans la conviction que ces brutes prenaient un grand plaisir à la cogner. En exigeant de rencontrer Kobilov, elle avait peut-être interrompu un banquet du NKVD, voire une orgie.

Les deux hommes s'interrompirent brièvement pour reprendre leur souffle. Tremblante, le souffle court, Sashenka en profita pour s'essuyer les yeux. Là, elle reconnut Kobilov et Rodos vêtus de jodhpurs et de chemises blanches. Malgré leurs physiques si différents, ils semblaient identiques : leurs yeux injectés de sang, leurs regards fous comme ceux de deux loups pris dans les phares d'une voiture.

« Je veux avouer, annonça-t-elle d'une voix aussi intelligible que possible. Tout. Je vous en supplie. Arrêtez. »

46

« Hourra ! Hourra ! s'écria Kobilov en bondissant de joie. Dieu existe ! » Sur ces mots, il s'essuya le front avec un mouchoir de soie jaune. « Ça suffit maintenant ! Rodos, fais en sorte qu'elle soit un peu plus présentable et qu'elle dorme, baisse la température de sa cellule et propose-lui du café quand elle se réveillera. Donne-lui aussi du papier et un stylo, et envoie-lui ce grand charmeur de Mogilchuk. Je retourne au Parti où tant de jeunes juments fougueuses m'attendent ! Heureusement qu'elle a craqué avant qu'on ne l'abîme trop. Pour un homme à femmes, ce n'est pas évident de te torturer, tu sais, Sashenka, pas évident du tout, même. » D'un coup de pied il poussa la porte et quitta la pièce.

Le lendemain, Sashenka passa la journée à dormir dans l'obscurité de sa cellule. Cela dit, une douleur lancinante l'oppressait. Une côte cassée peut-être ? Dans la nuit, un médecin, un vieux spécialiste en blouse blanche, était venu l'ausculter dans ce royaume des morts vivants. Somnolente, elle imagina qu'il s'agissait du Pr Israel Paltrovitch qui avait mis Snowy au monde à l'hôpital du Kremlin. Un je-ne-sais-quoi dans sa réaction de surprise lorsqu'il la vit, dans ses manières nobles et douces, lui rappela son médecin. Elle mourait d'envie de lui parler de Snowy.

« Professeur, est-ce bien vous… ? »

Posant sa main sur la sienne, il lui serra les doigts avec une grande douceur.

« Reposez-vous, répondit-il. Dormez », ajouta-t-il calmement avant de lui faire une piqûre et de masser ses muscles d'un baume cicatrisant.

À son réveil, elle se sentait incapable du moindre mouvement. Son corps était couvert d'hématomes et son urine ensanglantée. Elle mangea un peu avant de sombrer à nouveau dans le sommeil comateux. Ensuite, on la laissa se laver et faire quelques pas dans la cour de la prison. L'air vif lui fit le plus grand bien. Elle eut l'impression de renaître.

En un sens, elle avait eu de la chance. Quelle joie d'avoir été aimée et élevée par Lala, de s'être mariée avec Vania et de lui avoir donné ces si beaux enfants, d'avoir frissonné sous les divines caresses de Benia Golden et d'avoir vécu une liaison torride au cours d'une vie si rangée. Elle avait même rencontré Lénine et Staline en personne, les titans de l'Histoire. Étant donné que cette aventure était sur le point de s'achever, elle pouvait regarder derrière elle et remercier Dieu de lui avoir tant offert. Quels moments incroyables !

Elle révélerait tout ce qu'on voudrait. Peut-être même davantage. Les mots qu'elle prononcerait, les aveux qu'elle énoncerait de façon suicidaire étaient devenus une véritable drogue pour le seul lecteur qui comptait : le camarade Staline, qui trouverait forcément dans les révélations fébriles de la jeune femme de quoi alimenter ses craintes et ses haines. De son côté, son époux ferait de même. Le pire restait toutefois qu'elle avait entraîné dans sa chute tous ceux qu'elle aimait. À cause de Sagan.

Ils pourraient la laisser mijoter pendant des mois mais, lorsqu'ils la condamneraient – ce qu'elle ne parvenait toujours pas à imaginer –, ses enfants seraient placés, ils auraient de nouveaux noms, de nouvelles destinées. Ils seraient sains et saufs, dans le monde des vivants. Sashenka rayonnait : elle les aimait tant ! Elle éprouvait tant de reconnaissance pour Satinov ! Elle était une communiste convaincue depuis l'âge de seize ans. Le Parti avait été sa religion, elle avait connu le ravissement de l'absolutisme mais elle comprenait à présent que ce qui restait à venir, ce suicide par l'aveu de crimes imaginaires, s'annonçait comme sa dernière mission.

Dans la cour de la prison, Sashenka observa les nuages et leur trouva des formes étranges : un train, un lion et le profil barbu d'un rabbin. Où se trouvait son grand-père le rabbin de Turbin ? Et là, était-ce un lapin et un petit coussin que les rayons du soleil éclairaient... Après tout, les mystiques avaient peut-être raison, la vie n'était qu'une chimère, un mirage, une illusion.

À l'heure du châtiment suprême, se promit-elle, j'accepterai l'exécution et j'exprimerai mon amour pour Carlo et Snowy en arrivant devant les portes du paradis. L'heure du dernier acte avait sonné.

47

« Tiens, ta récompense, lança Kobilov en accueillant Sashenka dans la salle des interrogatoires qui sentit aussitôt l'arôme puissant des grains de café.

— Vous devez impérativement avouer vos perfides activités criminelles », ajouta Mogilchuk en lui servant une tasse.

Kobilov, installé sur le rebord de fenêtre, adorait ce moment, quand un dossier arrivait à sa conclusion, l'atmosphère de départ en vacances qui en résultait et, surtout, il n'avait plus besoin de rouer Sashenka de coups. En général, il adorait la violence mais pas dans ce cas précis. Il sentit les yeux de sa prisonnière se poser sur lui. Son regard à nouveau vif et assuré le défiait.

Kobilov y répondit par un clin d'œil et plissa le nez avant de sortir de sa poche un paquet de cigarettes marqué d'un crocodile. « Tes préférées. Des égyptiennes, lui annonça-t-il en les lui lançant.

— Quand je me suis engagée en politique, je ne m'imaginais pas finir ici.

— Quand tu as choisi la révolution, tu as accepté de mettre ta vie en jeu ; ta priorité est devenue la quête du Graal, a répondu Kobilov en allumant leurs deux cigarettes. C'est le camarade Staline en personne qui me l'a dit.

— J'ai changé », se justifia la jeune femme en exhalant des ronds de fumée.

À ces mots, son interlocuteur leva les yeux au ciel. « La situation est pourtant irréversible.

— Comme une promenade dans un traîneau dont vous ne pouvez pas descendre…

— Allez, au travail ! » conclut Kobilov.

Mogilchuk saisit aussitôt son stylo et lissa sa feuille blanche. « Je vous écoute. »

Sashenka écarta une mèche rebelle qui lui barrait le front. Une de ses joues était entaillée et l'autre gonflée et marquée d'un arc-en-ciel de bleu, de jaune et de rouge.

Kobilov se sentait comme le chasseur qui accule le noble cerf et qui, au moment même de l'abattre, ne peut s'empêcher d'admirer son courage et son sang-froid.

Après s'être passé les doigts sur les lèvres, Sashenka affronta le regard de son tortionnaire. « Je veux raconter ma première arrestation. À l'hiver 1916, l'Okhrana est venue me chercher devant l'institut Smolny de Saint-Pétersbourg. C'est à cette occasion que j'ai été recrutée par la police secrète du tsar, puis par Trotski, le merce-naire des services de renseignements britanniques, allemands et japonais. »

48

Carolina entendit la porte de sa chambre d'hôtel se refermer doucement. Du sol au plafond, la pièce grouillait d'insectes dont les minuscules corps luisants semblaient tapisser les murs, ce qui avait fasciné les enfants. Dans l'un des lits jumeaux, la gouvernante avait dormi avec Carlo lové contre elle. La veille, après ces jours passés dans la gare, cette chambre leur avait paru d'un luxe inouï mais, réveillée en sursaut, Carolina savait que ce bruit dans la serrure ne pouvait signifier qu'une chose.

D'un bond, elle courut à la fenêtre et, les yeux agrandis par l'effroi, les mains à plat sur la vitre, elle scruta la rue. Parmi les charrettes tirées par des chevaux, les camionnettes et les automobiles, elle vit des femmes en robe à fleurs et foulard rouge. Soudain, elle repéra les enfants. Tenant la main de Mme Lewis, ils se dirigeaient vers la gare.

Certes, au loin, leurs silhouettes minuscules se devinaient à peine, mais la gouvernante reconnut la façon qu'avait Carlo de marteler le sol et le pas gracieux de Snowy. L'espace d'un instant, elle fut prise d'une terrible envie de les rattraper et de les serrer contre elle encore et encore... mais il valait mieux éviter les adieux.

Le train allait bientôt les emmener vers leur nouvelle vie.

Carolina pleura longuement dans sa chambre, sans chercher à retenir ses sanglots.

Elle maudit Lala qui avait pris les enfants, qui les garderait peut-être ! Cela dit, c'était impossible, à cause des rapports que l'Anglaise avait entretenus avec la famille de Sashenka. Le camarade Satinov l'avait répété : il fallait éviter ce genre de lien. Lala emmenait donc Carlo et Snowy ailleurs. Elle avait mentionné un orphelinat de Tiflis mais ce n'était sans doute que pour leur procurer de nouveaux papiers d'identité. Là-bas, on officialiserait les adoptions.

La veille, bien qu'épuisés et ravis de dormir dans un vrai lit, les petits avaient eu du mal à trouver le sommeil. Ils avaient réclamé leurs parents. Les deux gouvernantes les avaient cajolés, serrés dans leurs bras et gavés de leurs biscuits préférés jusqu'à ce qu'ils s'endorment enfin.

Ensuite, les deux femmes s'étaient retrouvées dans la salle de bains et Carolina avait longuement transmis à Lala tout ce qu'elle savait de Carlo et Snowy : les aliments, les jeux, les livres qu'ils aimaient et ceux qu'ils détestaient. Pour finir, réprimant ses sanglots, Carolina avait conclu : « Parlez de Coussin et de Petit Lapin aux nouveaux parents. C'est tout ce qui reste de leur ancienne vie. »

Lala avait compris. « Je devine à quel point ils sont sensibles, Carolina. Je me suis occupée si longtemps de Sashenka…

— Comment était-elle ? Ressemblait-elle à… ? » Inutile de poursuivre. Ce serait trop difficile à supporter.

Les deux femmes s'étreignirent donc, puis allèrent s'allonger, chacune avec un enfant. Elles parvinrent à s'endormir dans leur chambre qui donnait sur le Don, le fleuve sur lequel Pierre le Grand avait autrefois navigué.

Lorsqu'elle prépara ses bagages puis dans le bus qui la ramenait dans son village natal, Carolina repensa aux trois silhouettes en route vers la gare. Les petits semblaient rire car Carlo avait la tête renversée en arrière et Snowy bondissait. La gouvernante ne les reverrait plus. Ils changeraient bientôt d'identité et rejoindraient de nouvelles familles.

« Au revoir, mes chéris. Que Dieu vous garde. Vous resterez toujours dans mon cœur », dit-elle à voix haute, sans se soucier de son propre destin.

Dans la Russie soviétique, à une époque où les braves gens devenaient cruels ou détournaient les yeux pour ne pas s'attirer d'ennuis, il existait des femmes aussi bonnes que Carolina. Certes, de tels spécimens étaient rares mais ils permettaient de garder espoir.

49

L'été, Tiflis se transforme en une fournaise parfumée, remplie de terrasses et de flâneurs. Au café Biblioteka, Lala Lewis servait un verre de vin rouge à l'un des habitués lorsque les portes s'ouvrirent.

Vêtu d'un costume poussiéreux et rapiécé, un vieillard moustachu au teint cireux entra, une petite valise en cuir à la main. D'un pas hésitant, il se dirigea vers le comptoir. Tengiz, le gérant, doutait : venait-il de reconnaître cette épave, ce fantôme ? Se trompait-il complètement ? Cet homme revenait-il d'entre les morts ?

Pétrifiée, Lala regarda avancer péniblement le nouveau venu. Elle n'en croyait pas ses yeux.

Soudain, elle se mit à frétiller comme une gamine de quinze ans et traversa la pièce en courant pour se jeter dans les bras de son mari. Car c'était bien lui : Samuil Zeitlin, arrêté en 1937, condamné à mort, sauvé par un tiret de la main de Staline, puis envoyé au goulag de Kolyma, dans le nord-est de la Sibérie où il avait passé tant d'années. Quelques mois plus tôt, contre toute attente, il avait bénéficié d'un nouveau sursis.

« Mon Dieu ! s'exclama Lala en anglais. Samuil ! Tu es vivant ! Vivant ! » Elle s'empressa de lui servir un verre de cognac qu'il avala d'un trait avant de pousser un profond soupir.

« Dieu merci, tu travailles toujours ici, ma chérie ! murmura-t-il avant de tomber à genoux devant elle et de lui couvrir les mains de baisers.

— Relève-toi ! s'indigna Lala en l'aidant à se remettre debout afin de ne pas attirer l'attention. C'est un miracle. Depuis que la Grande Terreur a pris fin, quelques personnes sont revenues, mais très peu. Des morts vivants, comme on les appelle.

— Si je te racontais, tu ne me croirais pas. Ce que j'ai vu à Kolyma, ce qu'on fait aux gens… »

Lala fit asseoir son mari à une table et lui apporta un deuxième verre de cognac, une assiette de haricots lobio et une part de katchapouri. Là, il lui raconta une aventure étrange. Un garde du NKVD l'avait convoqué chez le commandant où on lui avait fait signer son bon de sortie. On lui avait rendu son vieux costume et ses vieilles chaussures puis le commandant l'avait invité à partager son déjeuner. Quelle coïncidence ! Il s'agissait de côtelettes de veau, le plat que Delphine servait quotidiennement rue Bolchaïa-Morskaïa. On l'avait ensuite conduit chez le barbier – un ancien aristocrate –, on lui avait donné un peu d'argent et on l'avait laissé libre d'entreprendre le long voyage de retour jusqu'à Tiflis.

Quand il eut repris quelques forces, Lala et Tengiz l'aidèrent à monter dans la chambre. Tengiz leur apporta de l'eau chaude et, quand il eut quitté la pièce, Lala dévêtit Zeitlin et nettoya son corps frêle à l'aide d'une éponge tiède.

Assis au bord du lit, Samuil la regardait d'un air interrogateur. Il voulait qu'elle lui donne des nouvelles de Sashenka, bien sûr, mais il ne parvenait à poser aucune question.

Après un profond soupir, il s'allongea, ferma les yeux et sombra immédiatement dans un sommeil sans fond.

Lala s'installa contre lui, la tête sur son épaule. Elle l'aimait tant qu'elle ne regrettait absolument rien. Ses premières années passées en Angleterre lui paraissaient appartenir à une autre vie. Elle avait l'impression d'avoir toujours vécu en Russie, avec les Zeitlin. Elle n'avait pas écrit à sa famille depuis des décennies. Ils la croyaient sans doute morte. D'ailleurs, Audrey Lewis, la jeune Anglaise, n'existait plus depuis bien longtemps.

Elle aimait Samuil depuis plus de trente ans et ils formaient un couple depuis une vingtaine d'années. Elle l'avait pleuré et avait porté son deuil avec ferveur.

Elle n'avait jamais reproché à Samuil de l'avoir obligée à rester en Russie ; ils avaient été heureux ensemble. Et ils avaient eu de la chance qu'elle n'ait pas été arrêtée et qu'elle ait continué de travailler au café Biblioteka, où elle avait attendu le retour de son mari. Il était là, à présent, son Samuil. Vivant.

Elle couvrit son visage et ses mains de baisers, respira son parfum. Il n'avait presque pas changé.

Lorsqu'il ouvrit les yeux, il crut à un rêve, sourit et se rendormit aussitôt, rassuré.

Lala lui caressait la peau, parcheminée par les années de goulag. Comment et quand lui expliquerait-elle l'héroïsme de sa fille ? Comment lui dévoilerait-elle ce qui s'était passé quelques semaines auparavant à la gare ? Comment lui avouerait-elle la façon dont Sashenka et elle avaient sauvé la vie de Snowy et Carlo ?

TROISIÈME PARTIE

Le Caucase, Londres, Moscou, 1994

1

« Plus que trois heures, douze minutes et dix-huit secondes avant le départ du train pour Londres ! » s'écria Katinka Vinski en courant à la fenêtre en chemise de nuit rose. Dans sa précipitation, elle faillit glisser sur le tapis jaune et ouvrit d'un geste sec les rideaux marron couverts de taches d'humidité. Dans le miroir, elle embrassa du regard son reflet souriant, son sac de voyage en toile et les montagnes de vêtements éparpillés dans la chambre. Le jour se levait sur la petite maison située dans la rue principale de Beznadej-naïa, un village russe à la frontière nord du Caucase si éloigné de tout qu'on le disait « ravitaillé par les corbeaux ».

« Mamochka ! Papochka ! Où êtes-vous ? » appela-t-elle en ouvrant la porte.

Dans la pièce qui servait à la fois de cuisine et de salon, le médecin et sa femme l'attendaient. Ils étaient prêts. Katinka savait que son père tentait de rassurer sa mère quant aux éventuels dangers du voyage qu'entreprenait sa fille : ils arriveraient à la gare en avance ; son billet était déjà réservé – une place assise dans le sens de la marche car leur fille chérie souffrait du mal des transports si elle était installée à contresens ; le train arriverait à l'heure ; elle aurait le temps de prendre le bus qui la mènerait à l'aéroport Cheremetievo de Moscou où elle prendrait un vol Aeroflot à destination d'Heathrow.

Certes, ses parents ne savaient pas quoi penser de ce mystérieux poste que la jeune fille venait d'accepter. Ils avaient éprouvé une grande fierté lorsqu'elle était sortie major en histoire de l'université de Moscou mais, quand le Pr Beliakov lui avait montré l'offre d'emploi parue dans la *Gazette du département des sciences humaines*, son père l'avait suppliée de ne pas partir. Qui avait les moyens de vivre à Londres et d'employer un historien ? Mais Katinka n'avait pas pu résister à la tentation. Fouiller le passé d'une famille, faire des recherches historiques… Elle imaginait un jeune comte Vorontsov, un érudit ; ou un prince Golitsyne vivant dans une maison de ville décrépite du cœur de Londres, remplie de samovars anciens, d'icônes et de portraits de famille, désireux de découvrir ce qu'était devenue sa famille, ses palais, ses œuvres d'art du XVIIIe siècle, la période dans laquelle elle s'était spécialisée. Si seulement elle était née à cette époque fastueuse et élégante…

Katinka ne s'était jamais rendue à l'étranger mais elle avait passé trois ans à Moscou dans le cadre de ses études. Non, décidément, cette opportunité était trop tentante. Les jeunes historiens spécialisés dans le XVIIIe siècle ont rarement la chance de décrocher un emploi payé en dollars américains et de voyager tous frais payés à Londres. Il fallait donc la saisir.

Le Dr Valentin Vinski, le père de la jeune fille, fumait une cigarette en faisant les cent pas tandis que sa mère, Tatiana, une frêle et douce créature aux cheveux teints d'un roux vif, s'occupait dans la cuisine avec sa grand-mère la babouchka qu'on surnommait Baba. La vieille paysanne trapue en robe à fleurs et foulard rouge se déplaçait laborieusement dans la pièce embuée et parfumée par les vapeurs du bouillon de légumes. La maison tout entière, comme tant de foyers soviétiques, était jaunie du sol au plafond en passant par les tapis et les rideaux à cause de la condensation, de l'humidité et de la graisse.

«Vous voici! leur lança Katinka en entrant dans la pièce. Depuis quand êtes-vous debout?

— Je n'ai pas fermé l'œil», lui répondit son père, un homme élancé au teint mat, aux yeux bruns et aux cheveux grisonnants. Avec son air toujours un peu fatigué, la jeune fille lui trouvait des allures de star de cinéma des années quarante. «Tes bagages sont prêts? ajouta-t-il.

— Pas si vite, papochka!

— Il faut te dépêcher, pourtant...

— Arrête, papochka!» Katinka serra son père dans ses bras, les larmes aux yeux. On pleurait facilement dans cette famille dont le cœur tendre et gâté était la benjamine des trois enfants. Son père était réfléchi et taciturne; d'ailleurs, il ne s'exprimait guère, en général, et de façon plutôt confuse. Pourtant, tout le quartier l'adorait car il avait mis au monde tous les bébés sur deux générations et même ses propres bébés ! « Je ne sais pas comment j'ai fait pour avoir une fille aussi bavarde et aussi sûre d'elle que toi, Katinka, lui avait-il confié un jour. Mais tu es mon rayon de soleil. Contrairement à moi, tu es capable de tout, tu n'as peur de rien ! » Il ne se trompait pas, elle avait l'assurance des enfants chéris par la plus heureuse des familles.

« Ton repas sera bientôt prêt. Ne t'inquiète pas, ma grande, lui annonça Baba dont la bouche était presque entièrement édentée. Va réveiller Punaise. Sans ça, il va rater ton départ ! » Punaise – ou Klop –, c'était le surnom que l'on donnait à Serguëi Vinski, le grand-père de Katinka.

La jeune fille fila jusqu'à la salle de bains, en passant devant sa petite chambre décorée d'un cosy typiquement soviétique comprenant un lit, un chevet et une lampe incorporée. Au mur, les posters de Michael Jackson commençaient à se corner.

Lorsqu'elle appela son grand-père, elle entendit des bruits de robinetterie et la porte de la salle de bains s'ouvrit sur l'odeur familière des pets de Punaise et des serviettes humides qui refusent de sécher, un autre élément typique des intérieurs provinciaux. Un petit paysan buriné en tricot de corps et slip gris distendu sortit de la salle d'eau. Mains sur les hanches, il se mâchonnait les gencives et lâcha un vent particulièrement sonore.

« T'as entendu ça ? Bonne journée et bonne chance, ma grande ! » lança-t-il en éclatant d'un rire gras. C'était tous les jours la même chose.

Katinka y était habituée mais, depuis son retour de l'université, elle observait les us et coutumes de la maison avec davantage de détachement.

« Tu es dégoûtant ! Pire qu'à la ferme ! lui répondit-elle joyeusement. Au moins à la ferme, les animaux ne sont pas grossiers. Allez, Punaise, viens vite. Le petit déjeuner est prêt et je pars bientôt.

— Et alors ? Pourquoi me dépêcher ? J'ai mes habitudes, ajouta-t-il en désignant du menton les toilettes typiquement soviétiques – dont la forme avait sans doute été conçue pour conserver le plus longtemps possible son contenu fétide – et il sourit de toutes ses gencives.

— Bien sûr, Punaise, et personne n'aime les habitudes plus que toi, on le sait. Mais tu viens quand même me dire au revoir, non ?

— Pour quelle raison ? Bon débarras, au contraire, répondit-il en riant. Attends, Katinka ! J'ai entendu parler d'un nouveau meurtre à la radio ! À Kiev, un tueur en série qui mange ses victimes. Oui, parfaitement, la cervelle, le foie, tout. Tu te rends compte ? »

La jeune fille retourna dans la pièce principale en secouant la tête d'un air consterné. Le vieux kolkhozien vivait dans un monde à part. Maintenant que l'Union soviétique avait été abolie, il portait le deuil du Parti communiste et, avec ses copains de jeu du Klub Vegaz-Kalifornia, il fulminait contre les nouveaux riches, à savoir les Juifs, les Tchétchènes et les bureaucrates ! Rien n'était pire que l'amertume des vieillards de la campagne, songea Katinka.

Pour Punaise, cependant, la récente désintégration du système possédait un avantage. En cette étrange période de troubles, la Russie voyait se multiplier les psychopathes et les cannibales. Punaise s'intéressait désormais à autre chose qu'à ses selles, à savoir la vie des assassins.

Après un profond soupir, Katinka retourna dans la cuisine pour dévorer ce qui serait son dernier repas avant son départ pour Londres.

2

Lorsque les parents et les grands-parents de Katinka sortirent de la maison pour l'accompagner à la gare, ils étaient sur leur trente et un, comme pour un jour de fête nationale.

Il faisait grand beau temps dans le village où se mélangeaient Russes et Caucasiens. L'atmosphère idéale pour un nouveau départ. Une fine couche de glace grisâtre recouvrait encore les champs, les prés et les fossés de chaque côté de la rue Souvorov – rue Lénine jusqu'à l'année précédente – dont les petites maisons sans charme n'étaient égayées que par leurs volets rouges ou bleus. C'est le plus beau moment de l'année en Russie car sous ce blanc déjà sali l'eau sourdait. La glace dégelait. Loin des regards, les ruisseaux renaissaient, bouillonnaient d'écume, lâchaient des filets d'eau qui repoussaient le manteau de neige. La sève coulait des arbres, les alouettes et les pinsons pépiaient de joie, le printemps arrivait.

Katinka portait un manteau en fourrure de lapin, des bottes en caoutchouc blanc, une minijupe en denim – fabriquée en Turquie – et un sweat-shirt violet rebrodé de diamants fantaisie dont elle était très fière. Un pardessus sur sa blouse de médecin, son père porta l'unique bagage de la jeune fille jusqu'à leur Volga blanche. La solidité rassurante de la vieille voiture rouillée résumait à elle seule le meilleur de l'ancienne URSS. Au village, le véhicule du médecin annonçait soit la cigogne, soit la faucheuse. Punaise apparut soudain. Il avait enfilé un vieux costume marron taché sur une chemise rouge, et épinglé ses médailles militaires – Stalingrad, Koursk, Berlin – pour s'installer avec Baba et Tatiana à l'arrière de la voiture. Quant à Katinka, la mascotte de la famille, l'héroïne du village, elle s'était installée à la place du passager avant.

Les gens sortirent de chez eux pour lui dire au revoir. Ils remontèrent l'ancienne rue Lénine, passèrent devant les préfabriqués en béton orange et noir des années soixante-dix. Katinka salua les employées du magasin d'alimentation aux joues rouges, les dactylos permanentées de la mairie, et même le maire qui, avec son costume blanc et sa coiffure bouffante, ressemblait à un crooner d'Amérique latine. Beso, le marchand de primeurs lui passa par la vitre un sac en papier rempli de tomates de Géorgie et Stenka, videur tatoué et bodybuildé du Klub Vegaz-Kalifornia en gilet de cuir et jean délavé, lui tendit une canette de bière mexicaine et un flacon de parfum grec. Gaïdar, le père des Azéris qui tenaient le kiosque à journaux, lui lança un Twix que Katinka offrit à son père qui dévorait des barres au chocolat lors de ses fréquentes crises d'hypoglycémie… Mais… où était Andreï ?

Là, devant la petite gare ! Il lui souriait avec adoration. Ses yeux gracieux semblaient être faits pour les adieux déchirants et les séparations sur les quais de gare. Lui non plus ne se faisait pas à l'idée de son départ pour Londres et, la nuit précédente, il l'avait à nouveau suppliée de rester et de l'accompagner en vacances sous le soleil de Crimée à la fin du printemps. Son insistance et ses baisers avaient failli convaincre la jeune fille qui l'avait toutefois arrêté d'un gentil : « Pas si vite Andriouchka. On verra. » Il s'était mis à bouder, elle l'avait consolé en regrettant déjà ses grands yeux verts mais il ne faisait pas le poids face à Londres, Moscou, le doctorat qu'elle venait d'entamer et sa future carrière d'historienne. Katinka voulait écrire ; elle voulait se spécialiser dans la Russie de la Grande Catherine ; elle se voyait déjà vivre à Moscou, publier des livres qu'on admirerait et peut-être un jour siéger à l'Académie…

Andreï voulait porter le petit sac de la jeune fille. Son père aussi. Après une légère altercation, ils finirent par tenir chacun une anse. Ils montèrent tous deux dans le train pour aider Katinka à s'installer dans son compartiment. Le Dr Vinski serra sa fille contre lui, déposa un baiser sur son front et fila, les larmes aux yeux. Quant à Andreï, il lui murmura : « Je t'aime. »

Debout à la fenêtre ouverte, Katinka envoya des baisers à sa famille et à son fiancé puis la puissante locomotive se mit à grincer, à cahoter et, après le coup de sifflet réglementaire, s'éloigna vers le nord, vers le cœur de la Russie.

Les trains qui quittent les petites gares de province peuvent paraître tristes même aux moments les plus gais mais les séparations sont rarement joyeuses. La famille garda longuement le silence ; Tatiana s'essuya les yeux avec son mouchoir, inquiète pour sa fille : quel genre de recherches allait-elle mener ? Comment survivrait-elle ? Pourquoi partir ? Incapable de trouver des réponses à ses questions, elle enlaça Andreï.

Preuve vivante que le dogme communiste est compatible avec les superstitions paysannes, Baba se signa. Punaise n'avait quitté Beznadejnaïa qu'une seule fois – de juin 1941 à mai 1945, pour faire la guerre dans l'Armée rouge –, il était parti dans un train poursuivi par son propre nuage de vapeur blanche de Moscou jusqu'à Berlin... C'étaient les meilleurs moments de sa vie et les pires, avait-il expliqué à sa femme. Il avait perdu des amis, en avait rencontré d'autres « pour Staline et la mère patrie » ! Ah ! Staline ! Lui, c'était un homme. Un vrai !

Le Dr Vinski demeura sur le quai bien après les autres. Il n'était que dix heures du matin mais la salle d'attente de son cabinet déborderait déjà de retraités souffrant de rhumes des foins et d'économies maigrelettes.

Il alluma une cigarette et regarda le train s'éloigner, très fier du courage de Katinka : aurait-il su faire preuve de la même audace ? Après une enfance passée ici même avec Baba et Punaise, il avait lui aussi pris ce train pour aller étudier la médecine à Leningrad. Malgré leurs faibles revenus, Baba lui avait acheté une nouvelle veste, de nouveaux souliers et une valise en chintz rouge : elle était si fière qu'il ait été accepté à l'école de médecine. Le premier de la famille, voire du village, à partir pour l'université !

Pourquoi, mais pourquoi était-il revenu installer son cabinet dans cet endroit reculé aux confins de l'empire ? se demanda-t-il pour la millième fois. Il aurait pu étudier davantage. Il rêvait de devenir gynécologue, professeur de médecine à Moscou. Mais non, il était rentré dans son village natal, dans la maison aux volets bleus où il était né, qu'il n'avait pas quittée depuis, pour rester avec ses vieux paysans de parents et s'occuper de ses malades. Il n'aurait d'ailleurs peut-être pas réussi à Leningrad. Il s'était peut-être montré lâche, mais cet endroit, c'était chez lui, et le village lui aurait manqué.

Le Dr Vinski détestait les séparations. Il ne supportait pas les départs. Après leur mariage, ses fils aînés avaient déménagé bien loin et voilà que sa benjamine adorée s'en allait à son tour. Proche de la soixantaine, il avait le cœur fragile et savait pertinemment qu'il ne tenterait jamais sa chance ailleurs.

Il tapota sa cigarette ; la cendre s'envola sur les voies. Que signifiaient ces recherches que Katinka allait entreprendre ? En Russie, il valait mieux ne pas remuer le passé. Ça n'attirait que des ennuis. Si le Pr Beliakov n'avait pas insisté, Katinka serait tranquillement restée ici. Mais tel un oiseau de paradis enfermé dans une cage fort laide, la jeune fille n'aspirait qu'à s'échapper, et son père l'avait laissée s'envoler vers d'autres cieux. Contrairement à Punaise, le Dr Vinski n'était pas communiste et pourtant, en ces temps difficiles dominés par le chaos, la corruption et la démocratie, il rêvait de stabilité.

Peut-être était-ce pour cette raison qu'il s'inquiétait pour Katinka ? Là où elle allait, il ne pourrait lui apporter aucune aide.

3

Du trajet en train au vol Moscou-Londres, le voyage fut si excitant que Katinka en consigna chaque détail dans un journal acheté à cette intention. Elle y décrivit ses rencontres dans le train, l'enregistrement des bagages à l'aéroport, ses voisins dans l'avion – son baptême de l'air ! –, son expérience dans le métro londonien – que les Anglais ont affublé d'un surnom sans grâce : le Tube – si sombre et si sordide par rapport à celui de Moscou dont la beauté laissait sans voix, le trajet de la station Sloane Square à sa destination, si pénible à cause de sa valise qui ralentissait sa marche. Soudain, elle arriva et, bouche bée, admira l'hôtel de luxe au charme discret où on lui avait réservé une chambre dans les jardins de Cadogan à Chelsea.

Le réceptionniste au teint cireux ne parut guère content de la voir. Quand il comprit qu'elle était russe, il se montra soupçonneux et étudia son passeport comme s'il avait pu contenir des traces d'armes biologiques du KGB, et quand il consulta sa réservation prépayée en espèces, Katinka remarqua que l'employé ne la considérait plus comme un membre des services secrets mais, pire, comme une fille à gangster.

« Pour quelle raison êtes-vous venue à Londres ? Pour le plaisir ou… ? demanda-t-il sans lever les yeux de son formulaire.

— Je suis historienne », répondit la jeune Russe dans un anglais hésitant tout en retenant un fou rire devant la mine consternée du réceptionniste. Prostituée, espionne ou historienne…, tout ça n'avait ni queue ni tête !

Arrivée dans sa chambre, à l'étage, elle ne put que s'émerveiller devant le grand lit à baldaquin, le téléviseur branché sur le câble et la salle de bains en marbre agrémentée de deux, oui, deux lavabos, de deux, oui, deux peignoirs moelleux et d'une montagne de savons, flacons de shampooing et de gel douche gratuits – qu'elle enfouit immédiatement dans son sac pour les rapporter chez elle. Rien à voir ni avec sa maison du Caucase ni avec la chambre de sa résidence d'étudiants à Moscou où elle avait vécu pendant trois ans.

Le bureau regorgeait d'enveloppes et de papier à lettres à l'en-tête de l'hôtel – qui finirent eux aussi dans son sac ! Il y avait des oreillers en plumes d'oie, des couvre-lits, des rideaux à cantonnière comme dans un palais. Au rez-de-chaussée, le salon, où régnait un silence absolu uniquement interrompu par le tic-tac d'une horloge comtoise, était meublé d'imposants canapés très confortables et de piles de magazines très chics tels que *Vogue* ou l'*Illustrated London News*. L'endroit était on ne peut plus anglais. Quelle chance d'avoir obtenu de si bons résultats en langues à l'école et de n'avoir pas tout oublié ! Quand elle eut terminé sa petite visite, le réceptionniste lui tendit une enveloppe.

Rendez-vous demain matin à 9 h. Votre chauffeur s'appelle Artyom.

Ce message lui sembla si symbolique qu'elle l'inséra dans son journal. Avant de partir flâner autour de Sloane Square et le long de King's Road, elle appela ses parents de sa chambre pour leur dire qu'elle était bien arrivée. Ce fut son père qui décrocha, lui qui fuyait le téléphone comme la peste.

« Katinka, ne fais confiance à personne là-bas, lui recommanda-t-il, entre deux longs silences.

— Ils ont peur des Russes ici, papa. À l'hôtel, ils croient que je fais partie soit du KGB, soit d'un gang !

— Promets-moi de ne pas prendre de risques, ma chérie.

— Promis juré, papa. Je ferai très attention. Je t'embrasse. Maman, Baba et Punaise aussi ! »

Après avoir raccroché, la jeune fille éclata de rire. Comment pourrait-il comprendre ? Elle adorait son père mais elle l'imaginait parfaitement au téléphone près de la bibliothèque. Il était tard et il fumait une cigarette dans son village perdu au milieu de nulle part alors qu'elle, elle se trouvait à Londres. Une fois couchée dans son lit si moelleux et si confortable, parmi les innombrables oreillers, elle ferma les yeux et se demanda ce qu'elle faisait là.

Une pointe d'angoisse vint gâcher son plaisir.

4

Le lendemain matin, après un petit déjeuner typiquement britannique composé de pain grillé, de marmelade, de bacon frit et de tomates – elle avait commandé presque tout ce qui se trouvait au menu –, un Russe au crâne rasé attendait Katinka à l'accueil de l'hôtel. Voilà donc le fameux Artyom, se dit-elle en se laissant guider vers une grande Mercedes noire qui embaumait le cuir neuf et le produit lustrant.

Artyom ouvrit la portière arrière à la jeune fille, s'installa avec raideur derrière le volant et actionna la fermeture centralisée des portières. Katinka examina la carrure du chauffeur, son inquiétant cou musculeux et, par comparaison, se sentit soudain minuscule et vulnérable. Son père avait finalement peut-être eu raison de la mettre en garde...

Et si ce voyage n'était qu'une ruse d'un mafieux russe ? Et si on ne cherchait qu'à la vendre à un proxénète ? Mais pourquoi passer par le Pr Beliakov, l'auteur du célèbre *Législation et construction de la nation sous le règne de Catherine II*, et lui faire publier une petite annonce dans la *Gazette du département des sciences humaines* de l'université ? Beliakov avait présenté ses meilleurs étudiants. Pourquoi un membre de la mafia réclamerait une historienne quand tous les villages de province et toutes les rues de Moscou regorgeaient de filles faciles à vendre comme prostituées à Londres ou à New York ?

« Où allons-nous ? demanda-t-elle avec inquiétude.

— À la maison, marmonna Artyom que cette question semblait profondément agacer.

— Qui vais-je rencontrer ?

— Le patron, répondit le chauffeur d'un ton revêche.

— M. Getman ? »

Pas de réponse.

« C'est vrai qu'il est très riche, Artyom ? »

Le chauffeur se contenta de renifler bruyamment d'un air supérieur et enclencha l'air conditionné sur son tableau de bord rutilant, comme l'aurait fait le pilote d'un avion de chasse supersonique.

« Comment êtes-vous entré au service de M. Getman ?

— J'ai servi dans les forces spéciales en Afghanistan. »

Katinka ne put s'empêcher de sourire. Si tous les videurs de bar qui prétendaient avoir combattu en Afghanistan disaient vrai, la Russie aurait sans doute gagné la guerre.

« M. Getman est un oligarque[1] ? »

Manœuvrant la Mercedes du centre de Regent's Park vers une allée discrète, Artyom se contenta une nouvelle fois de lui répondre par un long silence méprisant. Après un léger temps d'attente, de hautes grilles se mirent en branle et s'ouvrirent. Les pneus crissèrent sur le gravier et Katinka resta bouche bée devant la beauté et les dimensions impressionnantes de la maison, une demeure du XVIIIe siècle aux proportions parfaites, cachée au milieu d'un parc arboré, en plein cœur de Londres. L'un des endroits secrets, apprendrait-elle plus tard, dont plusieurs millionnaires de légende avaient été les propriétaires.

Artyom s'empressa de venir ouvrir la portière de la jeune fille. « Par ici », dit-il. Sans lui adresser le moindre regard, il fit demi-tour et monta les marches quatre à quatre.

Un peu nerveuse, Katinka le suivit dans une entrée carrelée de noir et de blanc qui embaumait la peinture fraîche et la cire. Sur les murs, les portraits de ducs anglais rougeauds en pantalon bouffant et redingote de velours la dévisageaient d'un air hautain. Dans le majestueux escalier, du haut d'une toile encadrée d'or, un officier de cavalerie en veste rouge chargeait, sabre au poing, et croisa son regard d'un air coquin. Mais où avait donc disparu Artyom ? Katinka le cherchait partout mais la maison silencieuse paraissait menaçante.

---

1. En Russie, depuis la désintégration du régime soviétique, homme d'affaires riche ayant des liens avec le pouvoir politique. *(N.d.T.)*

Soudain, une porte dérobée masquée par les chinoiseries du papier peint grinça. Elle l'ouvrit vivement et aperçut le chauffeur au bout d'un couloir. Soulagée, elle courut derrière lui dans le passage lugubre. Il ouvrit une porte. Un rayon de soleil qui se réverbérait de fenêtre en fenêtre éblouit momentanément la jeune fille. Se protégeant du revers de la main, elle cligna des yeux mais retrouva bien vite ses esprits.

Elle se trouvait dans la cuisine la plus spacieuse qu'elle ait jamais vue. Dans la pièce de marbre noir trônait un imposant réfrigérateur chromé. Les dimensions du four, de la machine à laver et du lave-vaisselle étaient impressionnantes et leurs tableaux de bord dignes d'une fusée interstellaire !

Avait-elle eu raison de venir jusqu'ici ? N'aurait-elle pas dû attendre dans l'entrée ? Katinka allait rebrousser chemin lorsqu'une dame fluette aux cheveux gris se leva et lui adressa un sourire radieux. La jeune fille se figea, et Artyom se dirigea vers un imposant fauteuil rouge vif, digne d'un trône papal, dans lequel se tenait un grand homme mou aux cheveux noirs bouclés. Il observait un mur d'écrans de télévision qui montrait les différentes pièces et les environs de la maison.

« Patron, lui annonça le chauffeur en s'arrêtant devant le trône, la fille est arrivée. Qu'est-ce que vous voulez que j'en fasse ? »

Il devait y avoir une erreur, décida Katinka, prête à s'enfuir, à rentrer chez elle, déjà inquiète de la façon dont elle parviendrait à regagner l'aéroport. C'est alors que le lourdaud se leva d'un bond et l'accueillit à bras ouverts.

« Vous devez être Ekaterina Vinski ? Soyez la bienvenue, suivez-moi. Nous vous attendions avec impatience ! dit-il dans un russe mâtiné d'un fort accent juif d'Odessa que la jeune fille n'avait entendu que dans les vieux films. Merci d'être venue nous voir. » Nous ? Qui ça, nous ?

« Bien, Artyom. On se voit à onze heures », lança-t-il au chauffeur, lequel s'éloigna en faisant claquer les portes battantes de la cuisine. Katinka se sentait rassurée de le voir congédié.

« Parfait, venez vous asseoir à présent. Je m'appelle Pasha Getman. »

C'était donc à ça que ressemblait un oligarque, un vrai. Un milliardaire qui avait accès libre au Kremlin.

« Allez, maman, lança-t-il à la dame si frêle. Apporte-nous tes biscuits au miel, s'ils sont prêts. » Puis, se tournant vers Katinka, il lui posa quelques questions. « Quel thé aimez-vous ? Du lait entier ou pas ? Allez, c'est parti ! »

Pasha semblait incapable de rester assis plus de cinq minutes de suite. Il débordait d'une énergie communicative mais, avant qu'il ne puisse enchaîner, un téléphone sans fil se mit à sonner. Il répondit en russe avant de continuer en anglais. Apparemment, il discutait des cours du pétrole. Soudain, posant la main sur le combiné, il se tourna vers son invitée. « Katinka, je vous présente ma mère, Roza Getman. » Et de reprendre sa conversation téléphonique.

Voilà donc mes nouveaux employeurs, songea la jeune étudiante, en observant plus attentivement la femme qui s'approchait d'elle un plateau en argent dans les mains. Un nuage de vapeur s'élevait d'une théière en porcelaine bleue ; des biscuits et du strudel aux pommes avaient été disposés sur des assiettes à dessert ; les tasses à thé étaient assorties à leurs soucoupes. Roza Getman s'empressa de servir le thé.

« Pasha est toujours pressé ! expliqua-t-elle en souriant à son fils.

— Pas de temps à perdre. La vie est brève et mes ennemis adoreraient que la mienne soit plus courte encore. Si on comprend ça, on comprend tout », expliqua-t-il, en menant le plus naturellement du monde deux discussions simultanées. Katinka ne savait quoi penser de ces gens d'Odessa qui lui paraissaient si hautains, si sophistiqués, si peu russes – elle savait, grâce à son grand-père qui le lui rabâchait sans cesse, que la plupart des oligarques étaient juifs – et qui lui donnaient l'impression, par comparaison, d'être une jeune empotée de province. Au moment où elle commençait à perdre courage, Roza lui tendit une assiette.

« Goûtez un de mes biscuits au miel, lui dit-elle. Vous êtes tellement mince ! Il va falloir vous remplumer ! Allez, dites-moi, comment s'est passé votre voyage ? L'hôtel vous a plu ?

— Mon Dieu, oui ! C'est fabuleux. C'était la première fois que je prenais l'avion et l'hôtel est un véritable palais. Le petit déjeuner était incroyable et les serviettes si moelleuses… » Elle se tut et rougit, consciente qu'elle venait à nouveau de se montrer bien provinciale, mais Roza lui tapota la main.

« Je suis tellement contente », lui dit-elle gentiment. Sa tenue était d'une élégance discrète et
Katinka admira l'écharpe de soie enroulée autour
de son cou, ses cheveux grisonnants bouclés
comme ceux d'une vedette des années cinquante.
Elle portait un chemisier de soie crème, une jupe
plissée en tweed mais aucun bijou, à l'exception
d'une alliance et d'une broche en forme de papillon
qui ornait son gilet en cachemire. Mais tout cela
n'impressionnait pas Katinka autant que ses traits
qui avaient été, non, qui étaient toujours d'une
grande beauté, son teint clair et ses yeux rieurs
d'un bleu magnifique.

Lorsque Pasha eut fini sa conversation téléphonique, l'appareil posé sur la table se mit à sonner
à son tour. Il appuya sur un bouton clignotant et
se mit à parler en russe d'une vente aux enchères
d'objets d'art. « Commencez sans moi, maman,
j'arrive », lança-t-il. Katinka eut donc tout le loisir
d'observer cette femme qui semblait avoir tout
pour elle sans pour autant paraître comblée.
Qu'est-ce que je fais ici ? se répéta la jeune fille en
croquant un biscuit au miel si sucré qu'elle fut
parcourue de délicieux frissons.

« Je suis tellement contente que vous ayez pu
venir, répéta Roza. Nous souhaitions un chercheur
en histoire si bien que j'ai fait appel au Pr Beliakov.

— Vous vous spécialisez dans le XVIIIe siècle ?
demanda naïvement Katinka en sortant aussitôt
un carnet de son sac à dos.

— Bien sûr que non ! s'exclama Pasha en raccro-
chant violemment le combiné du téléphone. J'ai
commencé par vendre des places de concert à

Odessa et les choses ont bien marché. Puis j'ai investi dans les métaux, les voitures et maintenant dans le pétrole et le nickel. Donc, non, je ne connais rien du XVIIIe siècle et maman non plus. »

Katinka se sentit humiliée.

« Inutile de t'emporter, Pasha, lui reprocha sa mère. Katinka, pour tout vous dire, nous avons besoin d'un historien, du meilleur, et le Pr Beliakov a suggéré votre nom. Vous avez déjà fait de la recherche, n'est-ce pas ? Dans des archives ?

— Oui, aux archives d'État, sur la législation à l'époque de Catherine II et, plus récemment, dans le cadre de mon doctorat sur l'impact du *prikaz* de 1775 sur le gouvernement local...

— Parfait ! l'interrompit Roza. Nous voulons que vous fassiez pour nous des recherches généalogiques.

— Que vous découvriez l'histoire de notre famille, précisa Pasha d'un air impatient tout en s'allumant un énorme cigare.

— L'histoire de votre famille au XVIIIe siècle ? Vos origines ?

— Non, pas du tout. Au XXe. » Katinka commençait à se sentir mal à l'aise. « Vous serez bien payée. Est-ce que mille dollars par mois plus les frais, ça vous conviendrait ? »

La jeune fille se redressa. « Non, non, ce n'est pas la peine. » La somme trop importante qu'on lui proposait lui faisait peur, ça cachait forcément quelque chose. Que répondrait son père, à sa place ? Punaise considérait les oligarques comme des suppôts de l'Antéchrist. « Je ne suis pas sûre d'être qualifiée pour cet emploi. Je ne connais que le XVIIIe siècle. »

Pasha lança un regard à sa mère et expira l'affreuse fumée de son cigare.

« Vous êtes en train de nous dire que vous refusez notre offre ?

— Doucement, Pasha, l'interrompit sa mère. Elle a raison de poser des questions. C'est votre premier emploi, n'est-ce pas ? » ajouta-t-elle à l'intention de Katinka, qui acquiesça d'un signe de tête. Premier emploi, premier voyage à l'étranger, premier oligarque, premier palais, premier tout.

« Réfléchissez, insista Pasha. Si vous avez déjà travaillé sur un genre d'archives, pourquoi pas sur un autre ? Les archives de la Grande Catherine ou celles de Staline, quelle différence ça fait ! »

Katinka se raidit. L'époque stalinienne ! Un signal d'alarme se déclencha dans son esprit. Ça ne se faisait pas de fouiller dans cette période. Comme disait son père : « Ne demande jamais à quelqu'un ce que faisait son grand-père, parce qu'un grand-père en dénonçait forcément un autre. » Et voilà que son tuteur, le Pr Beliakov de l'Académie, venait de la jeter dans la fosse aux lions. Tout ce chemin parcouru pour rien. Elle devait fuir. Au plus vite. Mais comment ? Elle prit une profonde inspiration.

« Impossible. Je ne connais rien à cette époque et je ne veux pas me mêler de ce qui a trait au Parti et aux organes de sécurité de l'État, rétorqua-t-elle, le visage en feu. Je ne connais pas assez Moscou et je ne peux pas accepter ce salaire mirobolant. Vous vous êtes trompés de personne en vous adressant à moi. Je m'en veux terriblement car vous m'avez fait venir jusqu'ici pour rien. Je n'oublierai jamais l'hôtel et je vous promets de vous rembourser le prix de…

— Ça suffit ! » rugit Pasha en laissant tomber sa tasse et sa soucoupe sur la table. Après avoir marmonné un commentaire sur les « gamines de province un peu trop coincées », il planta son cigare entre les dents.

Choquée par cet éclat, Katinka allait se lever pour prendre congé lorsque deux téléphones et le portable se mirent à retentir simultanément dans une cacophonie de sonneries.

« Va prendre tes communications dans ton bureau, Pasha, l'exhorta sa mère, ou je jette tous ces téléphones par la fenêtre. Et débarrasse-nous de ton cigare puant par la même occasion. »

Quand il eut quitté la pièce, Roza prit la jeune fille par la main. « Je suis désolée. Nous allons maintenant pouvoir bavarder en toute sérénité, dit-elle en scrutant le regard de son invitée. Comprenez qu'il ne s'agit ni d'orgueil, ni de curiosité, ni de l'argent de Pasha. Il s'agit de moi. Écoutez ce que j'ai à vous dire, s'il vous plaît et, ensuite, vous ferez ce que vous voudrez. Je veux de toute façon que vous profitiez de votre séjour à Londres avant de repartir chez vous. Mais si vous acceptiez de nous venir en aide… » Un voile vint brièvement embrumer son regard si bleu. « Katinka, j'ai grandi avec un manque dans le cœur, un vide, un trou. Je n'ai jamais pu en parler à qui que ce soit ; je ne me suis même pas autorisée à y penser. Mais je sais que je ne suis pas seule. La Russie regorge de gens comme moi, d'hommes et de femmes de mon âge qui n'ont jamais connu leurs parents. Nous n'avons aucun signe particulier, nous nous sommes mariés, nous avons eu des enfants, nous avons vieilli, mais je n'ai jamais pu me montrer insouciante. À cause de ce poids, de ce vide qui est en moi. C'est peut-être ce qui explique pourquoi j'ai élevé Pasha dans le but d'en faire un homme sûr de lui, extraverti. Je ne voulais surtout pas qu'il vive la même chose que moi. » Roza fronça les sourcils et se mit à rire doucement. « Je n'ai jamais abordé le sujet ni avec mon défunt mari ni avec Pasha mais, récemment, mon fils a souhaité m'offrir un cadeau. Lorsqu'il m'a demandé ce qui me ferait plaisir, je lui ai répondu que je n'aspirais à rien d'autre qu'à retrouver ma famille. Il m'a alors dit : "Maman, les communistes ne sont plus au pouvoir, le KGB n'existe plus. Je paierai ce qu'il faudra pour t'aider à découvrir ce qu'ils sont devenus." C'est pour ça que nous vous avons fait venir.

— Vous êtes… orpheline ? s'étonna Katinka sans oser imaginer ce qu'on peut ressentir lorsque l'on a perdu ses parents.

— Je ne le sais même pas. Où sont mes parents ? Qui sont-ils ? Je ne sais pas qui je suis ni d'où je viens. Je ne l'ai jamais su. Considérez cette recherche comme un défi, la base d'un mémoire, un emploi d'été, l'occasion de gagner quelques sous ou comme un acte de générosité, peu importe. Mais c'est ma dernière chance. Je vous en prie ! Je vous en supplie ! Dites-moi que vous allez m'aider à découvrir ce qui est arrivé à ma famille. »

5

C'était le printemps dans un Moscou récemment devenu schizophrène. Éclairée par des néons sinistres, la ville s'était transformée en une métropole à la fois orientale et occidentale où se côtoyaient BMW et Lada, communistes et oligarques, apparatchiks et prostituées.

Des stalactites pendaient encore des avant-toits roses délicatement ouvragés de l'immeuble Granovski. Katinka appuya sur la sonnette de l'appartement 4, escalier 1. Dans cette petite voie privée où se garaient Mercedes et Range Rover, des cascades de glace se balançaient dangereusement au-dessus des trottoirs que les gardiens interdisaient par endroits pour éviter les accidents. Dans le même temps, les cerisiers étaient en fleur et le rap envahissait les rues.

Katinka longea lentement le bâtiment et prit le temps de lire les plaques orangées sur lesquelles figuraient les noms des communistes célèbres qui y avaient vécu : les maréchaux, les commissaires du peuple, les hommes de main de Staline, tous ces noms appartenant à une époque heureusement révolue. La jeune fille ne rêvait que d'une chose : fuir. Il ne fallait pas venir ici, ce n'était pas bien. Et pourtant, elle était là.

Trois jours s'étaient écoulés, au cours desquels Katinka et Roza avaient bu du thé, déambulé parmi les rosiers des jardins de Regent's Park, discuté de l'enfance de Roza, de ses parents adoptifs et des souvenirs confus qu'elle conservait d'une autre vie. Katinka avait donc accepté. Malgré ce que lui dictait son instinct et les conseils de son père. Pour Roza.

Elle s'approcha de la porte vitrée et appuya de toutes ses forces sur la vieille sonnette en cuivre. Après une longue attente, elle allait faire demi-tour lorsqu'elle entendit un raclement de gorge.

« Qui est-ce ? demanda une voix âgée mais péremptoire dans l'Interphone.

— Katinka Vinski. L'étudiante en histoire qui vous a appelé. Vous avez accepté de me recevoir. »

Après une longue pause et quelques halètements, la porte d'entrée de l'immeuble se déverrouilla. La jeune fille entra et monta les marches d'un escalier branlant qui avait connu des jours meilleurs. Elle allait frapper à une porte blindée lorsque celle-ci s'ouvrit sur un couloir impeccable où chaussures et bottes se trouvaient alignées.

« Hou hou ! appela-t-elle.

— Qui êtes-vous ? » demanda aussitôt une femme d'âge mûr au teint mat qui portait des vêtements noirs défraîchis. Elle s'exprimait parfaitement, nota Katinka, comme si elle avait étudié dans les meilleures écoles.

« Je suis historienne. J'ai rendez-vous avec le maréchal.

— Il vous attend, répondit l'autre avant de lui indiquer un couloir et de se réfugier dans sa cuisine.

— Retirez vos souliers, lança la voix d'un vieillard. Venez me rejoindre ! Où êtes-vous ? »

Après s'être déchaussée et avoir enfilé une paire de sandales en mousse jaunie, Katinka suivit la voix jusqu'à un passage voûté. C'était donc dans ce genre d'appartement que vivaient les chefs ? Elle n'avait jamais vu un endroit pareil : les hauts plafonds, le lustre étincelant, les lambris en pin de Carélie, le mobilier Art déco des années trente. Le couloir en L menait à de nombreuses pièces mais elle entra dans la salle de réception. Dans la lumière crue du printemps, elle découvrit un piano couvert de photos de famille, un gigantesque portrait de Lénine à la gare de Finlande sur un mur et, sur un autre, un tableau original de Gerasimov représentant un élégant maréchal en uniforme, épaulettes dorées et assez de médailles pour décorer un sapin de Noël.

Sur la droite, une table débordait de revues soviétiques et étrangères ; un téléphone portable flambant neuf se rechargeait sur le rebord d'une fenêtre et un lecteur de CD jouait la symphonie concertante de Mozart. Katinka n'en revenait pas. C'était donc vrai : les dirigeants soviétiques vivaient bel et bien comme des princes.

À contre-jour, assis dans un profond fauteuil en cuir, se tenait un beau spécimen d'*Homo sovieticus*.

« Bonjour, jeune fille. Entrez ! » Si Katinka s'attendait à rencontrer un homme aux cheveux gras, au teint livide – le « bronzage du Kremlin » – et au ventre bedonnant, elle fut stupéfaite de découvrir un vieillard mince au visage buriné. Très droit sur son siège, vêtu d'un costume bleu typiquement soviétique, il n'arborait au revers de son veston que l'étoile de l'ordre du drapeau rouge, qui récompense les hommes qui avaient fait preuve de courage au cours de la Grande Guerre patriotique[1]. Avec ses épais cheveux gris couleur d'acier et son nez aquilin, on aurait dit un shah de Perse. Elle reconnut dans son hôte la copie vieillie du tableau encadré sur le mur.

Il se leva, s'inclina devant elle, lui indiqua une chaise en pin de Carélie et se rassit. « Installez-vous, je vous en prie. Bien. À présent, mademoiselle…

— Ekaterina, répondit-elle en prenant place.

— Que puis-je faire pour vous, Katinka, si vous m'autorisez à vous appeler ainsi ? »

Tremblante, la jeune fille sortit son petit cahier et un crayon. « Hercule Alexandrovitch… » Impressionnée, elle tourna trop de pages à la fois, fit tomber son crayon, le ramassa, perdit le fil de ses pensées tout en restant consciente que les yeux bleu intense du maréchal ne la quittaient pas.

Elle n'avait jamais rencontré d'homme d'État. Le maréchal avait connu tous les dirigeants sovié-

_____

1. La Grande Guerre patriotique désigne la campagne que les Soviétiques menèrent sur leur front occidental durant la Seconde Guerre mondiale. *(N.d.T.)*

tiques de Lénine à Andropov et Katinka hésitait entre sa modestie de provinciale et l'envie très soviétique de sauver sa peau en évitant les officiels, les Moscovites, les membres de la police secrète et les dangers inhérents à la fréquentation des gens de pouvoir. Elle se rappelait l'histoire que Roza Getman lui avait rapportée à Londres et allait interroger le maréchal lorsqu'il la devança.

« Quel âge me donneriez-vous ?

— Je connais la réponse, répondit-elle en décidant de montrer plus de confiance en elle qu'elle n'en éprouvait réellement. Vous êtes né avec le siècle.

— *Pravilno* ! Exact ! Je ne m'en sors pas mal pour un homme de quatre-vingt-quatorze ans, vous ne trouvez pas ? dit-il avec un accent géorgien très marqué malgré les décennies passées à Moscou. Je danse encore très bien, figurez-vous. Mariko ! » La dame qui avait accueilli Katinka apparut pour servir le thé. « Je vous présente ma fille, Mariko. Elle s'occupe de moi, expliqua-t-il à son invitée, persuadée qu'il restait plus de vie chez le vieux maréchal que chez sa fille. Mets donc un disque de lezginka, ma chérie. »

Après avoir posé son plateau sur la table, Mariko s'empressa de changer de CD.

« N'en faites pas trop, père. Vous avez déjà du mal à respirer. Interdiction de fumer. Et ne vous brûlez pas, votre thé est très chaud. » Après un regard noir en direction de Katinka, elle quitta la pièce d'un pas lourd.

Lorsque les cordes et la flûte de la lezginka se firent entendre, le maréchal Satinov se leva, salua puis adopta la position requise par cette danse du Caucase, à savoir mains sur les hanches, un pied de côté, l'autre sur la pointe. Katinka le félicita, comme il l'espérait sans doute, sur sa forme physique et son élégance. Il exécuta quelques pas avant de se rasseoir en souriant. « Bien... Katinka... Vinski... Je ne me trompe pas sur votre nom ? Vous êtes historienne ?

— Je rédige une thèse sur le programme législatif de Catherine II pour le Pr Beliakov.

— Vous êtes drôlement jolie, pour une étudiante. Une vraie fleur des provinces. » À ce compliment, la jeune fille ne put s'empêcher de rougir, ravie d'avoir choisi de porter sa plus jolie jupe, typique de la mode soviétique grâce à ses motifs à paillettes et sa fente sur le côté. « Je fais moi-même partie de l'histoire de notre pays, ajouta le vieil homme en changeant de sujet. Je devrais me trouver dans un musée. Posez-moi toutes les questions qui vous passent par la tête pendant que je reprends mon souffle.

— Je travaille sur un projet précis. Avez-vous déjà entendu parler des Getman ? »

Le regard bleu la scruta à nouveau mais le maréchal resta impassible.

« Le banquier... Comment dit-on de nos jours ? L'oligarque ?

— Oui, Pasha Getman. Il m'a embauchée pour faire des recherches sur sa famille.

— L'arbre généalogique des nouveaux riches, en somme. Ça ne m'étonnerait pas que le prince

Ioussoupov ait fait la même chose à l'époque du tsar. Getman est un nom fréquent. Juif évidemment. D'Odessa, j'imagine, mais d'origine galicienne. De Lvov, sans doute. Des membres de l'intelligentsia.

— C'est juste, ils viennent d'Odessa. Mais les connaissez-vous personnellement ? »

Un silence lourd suivit cette question. « Ma mémoire n'est plus ce qu'elle a été… mais, non, je ne crois pas, finit par répondre Satinov.

— C'est la mère de Pasha Getman qui est à l'origine de ces recherches, expliqua la jeune fille en prenant des notes dans son cahier.

— Avec l'argent de son fils.

— Bien entendu.

— Oh, avec tant d'argent, elle finira peut-être par découvrir quelque chose, mais le nom ne me rappelle rien. Qui essaie-t-elle de retrouver ?

— Sa véritable identité, répondit Katinka sans quitter le vieux maréchal des yeux. Son nom de jeune fille est Liberhart. Ça ne vous évoque rien ? »

Une ombre traversa le visage de son hôte. « Non, rien… j'ai rencontré tant de gens au cours de ma vie, vous comprenez, que les noms… » Après un soupir, il s'installa plus confortablement dans son fauteuil. « Dites-m'en davantage.

— La mère de Pasha Getman s'appelle Roza. Elle sait peu de chose de ses origines : un professeur de musicologie du conservatoire d'Odessa et son épouse, également enseignante, l'ont adoptée à la fin des années trente. Ils s'appelaient Liberhart, Enoch et Perla Liberhart. Ils ne parvenaient pas à avoir d'enfants si bien qu'ils ont adopté une petite fille blonde de cinq ans.

— Et avant ?

— Roza se souvient de certains détails. Le rire d'une beauté vêtue d'un tailleur crème et d'un chemisier blanc ; des hommes séduisants en tunique, des jeux avec d'autres enfants, des voyages, des gares et bien sûr l'adoption…

— Une histoire hélas fréquente à cette époque, l'interrompit Satinov. On perdait souvent la trace d'enfants que l'on confiait ensuite à de nouvelles familles. Lorsque l'on construit un nouveau monde, il y a forcément des dégâts collatéraux, des erreurs et des tragédies. Mais envisagez-vous qu'elle ait pu imaginer toute cette histoire ? C'est fréquent, vous savez, surtout depuis que la presse déterre toutes ces horreurs et imprime tant de mensonges. » Les yeux bleus la scrutaient d'un air cynique.

« Eh bien, c'est mon travail de la croire mais… oui, je pense qu'elle dit la vérité. Les Liberhart l'ont dissuadée de fouiller dans son passé parce qu'ils l'aimaient comme leur propre fille ; ils ne voulaient pas la perdre et… ils avaient peur d'attirer l'attention. L'adoption a été arrangée sous l'égide d'un haut fonctionnaire et, en ce temps-là, ce genre d'affaire devait rester secret.

— Mais après la mort de Staline, elle aurait pu…

— Oui. Elle a d'ailleurs poussé les Liberhart à faire une demande officielle. Il en est ressorti que ses parents biologiques étaient morts pendant la Grande Guerre patriotique, ce qui correspondait, car elle a été adoptée à ce moment-là.

— Et cette réponse l'a satisfaite ? s'enquit Satinov en écartant les mains.

— Elle s'en est contentée pendant des décennies car elle adorait ses parents adoptifs. Enoch est décédé en 1979 mais, après la chute du communisme, Perla a avoué à Roza qu'ils lui avaient menti. Contrairement à ce qu'ils lui avaient fait croire, ils n'avaient jamais mené de recherches officielles car on ne leur avait jamais révélé le nom de ses parents biologiques.

— Dites-moi, Katinka, ces Liberhart étaient-ils… des gens bien, des parents aimants ? » demanda Satinov en se penchant vers la jeune fille qui se sentit perdre pied. Elle songea avec un brin de nostalgie à ses études, à la Grande Catherine, au XVIIIᵉ siècle tellement plus noble, tellement plus faste. Mais Katinka était historienne et quel historien ne serait pas fasciné de rencontrer une relique telle que Satinov, la voix d'un passé lui-même entouré de mystère ?

« D'après Roza, ses parents adoptifs étaient des intellectuels totalement inadaptés aux réalités de notre monde et absolument pas préparés à avoir des enfants. Le Pr Liberhart ne savait ni cuire un œuf à la coque ni conduire. Perla était une pédante obèse incapable de repriser ou de changer les draps d'un lit. Elle ne se maquillait ni ne se rendait jamais chez le coiffeur, ce qui pourtant ne lui aurait pas fait de mal ! Elle a consacré sa vie à la traduction des sonnets de Shakespeare en russe. Dans ce contexte familial, Roza est rapidement devenue une petite adulte chargée de ses excentriques parents. Elle se souvient des événements terribles survenus pendant la guerre : le siège d'Odessa, le massacre des Juifs par les nazis et les Roumains. Cela dit, malgré leurs défaillances, Enoch et Perla l'ont aimée comme des parents ravis d'avoir enfin l'enfant qu'ils n'attendaient plus. »

Satinov versa de la confiture de prunes dans sa tasse de thé et lécha sa cuillère. Soudain, après avoir vérifié que la voie était libre, il sortit un paquet de cigarettes et en alluma une avec un briquet en argent. « Je n'ai pas le droit de fumer, mais ça m'est complètement égal, expliqua-t-il en inhalant voluptueusement la fumée. Toute cette histoire ne me dit pas pourquoi vous êtes venue me trouver.

— À l'adolescence, Roza a subi une intervention chirurgicale. Inquiets pour sa santé, ses parents ont appelé quelqu'un à Moscou qui s'est occupé de tout.

— Un oncle, peut-être ?

— Lors d'une conférence communiste, dans les années cinquante si Roza se souvient bien, de nombreux dirigeants sont venus à Odessa. Un après-midi, elle a vu une limousine s'arrêter devant son école avec, à l'arrière, un des chefs du Parti. Elle a eu l'impression, non, c'était plus fort que ça, elle était persuadée qu'il était venu pour elle. Il est repassé l'observer tous les matins de cette semaine-là. Hélas, je ne connais pas l'identité de cet homme, regretta Katinka en soutenant le regard du maréchal qui changea nerveusement de position dans son fauteuil. Roza a pardonné leur mensonge aux Liberhart mais elle a supplié sa mère de lui donner un nom. Avant de mourir, Perla lui a avoué que le Moscovite qu'ils avaient appelé lors de son opération, c'était vous. Vous l'avez aidée à obtenir son traitement médical. Vous étiez peut-être l'homme dans la limousine ? »

Satinov tira une bouffée de sa cigarette. Quand Katinka eut terminé son récit, il lui dit : « Ce ne sont que des histoires. »

Katinka commençait à perdre patience. « Roza et moi, nous aimerions savoir pourquoi vous lui êtes venu en aide, maréchal, dit-elle en se penchant vers lui. Elle est persuadée que vous savez qui étaient ses parents. »

Satinov secoua la tête en fronçant les sourcils. « Savez-vous, jeune fille, combien de soi-disant historiens m'appellent pour me poser des questions d'une impertinence insupportable ? À cause de mon grand âge, ils s'attendent à me voir dénigrer les plus belles réussites du XXe siècle, à savoir la création du socialisme, notre victoire dans la Grande Guerre patriotique, le travail de toute une vie. De toute ma vie. » Sur ces mots, il se leva. « Merci de votre visite, Katinka. Avant que vous ne preniez congé, j'aimerais vous offrir mon autobiographie », dit-il en lui tendant un livre dont la couverture le représentait en grand uniforme et qui s'intitulait *Au service de la glorieuse révolution d'Octobre, de la Grande Guerre patriotique et de la construction de la mère patrie : souvenirs, notes et discours* par le maréchal Hercule Satinov.

Pas mal, le titre, songea Katinka d'un air dépité. Je parie que les discours sont à mourir de rire. Consciente d'être congédiée, elle n'en demeurait pas moins convaincue qu'on lui cachait quelque chose. « Accepteriez-vous de me le dédicacer ? demanda-t-elle d'une petite voix, bien décidée à ne pas lâcher prise.

— Avec grand plaisir. »

Katinka s'approcha du fauteuil du vieil homme. Remarquant qu'il la couvait des yeux, elle se pencha davantage vers lui tout en faisant voler ses longs cheveux.

Après lui avoir tapoté la main, il rédigea sa dédicace : *À une superbe scientifique de l'histoire, Hercule*. « Mon autobiographie a été traduite dans bien des langues, annonça-t-il fièrement. En polonais, en tchèque et même en mongol, ajouta-t-il fièrement en lui tendant son exemplaire.

— Merci, maréchal. Vous êtes le premier héros de guerre célèbre que je rencontre et je sais que vous me viendriez en aide si vous en aviez le pouvoir. Vous croyez que les parents de Roza ont pu mourir pendant la guerre ? Qu'ils ont été des victimes de la Grande Terreur ? Si c'est le cas, on doit en trouver trace dans les archives du KGB, non ? De nos jours, les familles peuvent demander à voir les dossiers des procès mais, sans un nom, on ne peut rien faire. Vous accepteriez de nous aider dans notre démarche ? »

Il lui sourit d'une façon très audacieuse et finit par lui répondre : « Même si je ne suis plus qu'un vieux machin délabré, j'ai toujours aimé les femmes.

— Vous avez dû en faire danser un grand nombre. »

Après un long silence, Satinov finit par reprendre la parole. « Il doit bien me rester quelques contacts, même si la plupart de mes amis sont partis rejoindre Lénine.

— Comment ça ?

— Au Politburo du ciel. Vous n'êtes pas communiste, j'imagine.

— Non, mais mes grands-parents sont acquis à la cause.

— Je suis devenu marxiste à l'âge de seize ans et la foi ne m'a jamais quitté. »

Il ne lui révélerait rien, comprit Katinka, soudain terriblement déprimée. Cette rencontre avec le seul lien qui reliait Roza à son passé était un échec. Sa déception dut se lire sur son visage car Satinov lui prit la main et la lui serra affectueusement. « Katinka, le passé de notre pays reste obscur. Vous ne retrouverez peut-être jamais les anciens mais concentrez-vous sur la jeune génération. Retrouvez les jeunes ! Ils méritent votre intérêt. Vous connaissez parfaitement la cour de la Grande Catherine, mais vous ignorez tout de moi et de mon travail. Si vous voulez arriver à vos fins, vous devez impérativement vous immerger dans la construction du socialisme. Parlez aux chercheurs qui fouillent les archives. Allez plus loin qu'eux, retrouvez les maillons manquants. C'était l'univers du secret, mais certains détails peuvent réapparaître à la surface. Les temps étaient durs, c'est vrai, mais l'amitié existait et, si vous trouvez un nom, un fil du passé, revenez me voir. »

Apparemment, il ne voulait pas totalement abandonner la jeune fille à son triste sort. Elle trouva donc le courage d'insister une dernière fois. « Maréchal, puis-je vous poser une question très personnelle qui pourrait me faire gagner beaucoup de temps et me permettre de retourner me consacrer à la Grande Catherine ?

— Si vous voulez avancer et trouver des réponses, il faudra vous montrer un peu plus combative que ça, jeune fille. Sinon, vous n'obtiendrez aucun résultat. Bien, que souhaitiez-vous me demander ? »

Le cœur de Katinka battait à tout rompre dans sa poitrine.

« Êtes-vous le père biologique de Roza ? »

6

Katinka adorait l'atmosphère de mystère qui règne dans les bibliothèques. Certains de ses amis trouvaient ennuyeux ces lieux qui sentent le renfermé et dont le silence n'est interrompu que par de rares toussotements, des murmures étouffés et des pages tournées, mais la jeune fille les comparait à des endroits de passage où des inconnus se côtoient pendant quelques heures.

Elle commença comme tout le monde, par la salle de lecture de la célèbre bibliothèque Lénine, où elle avait déjà travaillé et dont elle possédait la carte. Elle parcourut les rayonnages, contourna les tables où des étudiants lisaient, s'étiraient ou bâillaient. Cette bibliothèque lui donnait envie de chercher et de trouver. Katinka avait un but, un objectif, mais elle ignorait comment l'atteindre.

Une fois installée à une table libre sous une des grandes fenêtres, elle tenta de réfléchir. D'habitude, elle ne remarquait que les étudiants mais, ce jour-là, elle découvrit les vieillards, en costume marron et cravate, qui gribouillaient des notes sur des blocs jaunis. Pourquoi avaient-ils une telle soif d'apprendre alors que leur vie tirait à sa fin ? Connaissaient-ils des choses qui lui seraient utiles ? Qu'avaient-ils vu ? En scrutant le visage d'un lecteur qui fronçait les sourcils et s'humectait le doigt pour tourner une page, une phrase de Satinov lui revint en mémoire : « C'était l'univers du secret mais certains détails peuvent reparaître à la surface. » Où ça ? Dans la presse, bien sûr !

Katinka se leva et pressa le pas jusqu'au bureau central. Là, le bibliothécaire lui indiqua où trouver les volumes reliés contenant les journaux des années trente. L'ascension de Satinov avait commencé en 1939, lorsqu'il avait été nommé au Comité central. Ces journaux étaient rédigés dans un jargon bolchevique particulièrement risible et faisaient allusion à des vestiges tels que les plans quinquennaux, les kolkhozes, les hauts fourneaux de Magnitogorsk, les héroïques pilotes, les camarades prolétaires et les mineurs stakhanovistes. Tandis qu'à l'extérieur le ciel bleu devenait d'un gris poudré, en épluchant les *Izvestia* et la *Pravda*, elle commença à comprendre que Satinov et Roza étaient originaires de planètes aussi éloignées l'une de l'autre que Mars et Jupiter. Elle trouva deux articles mentionnant le « camarade Satinov » qui avait fait un discours sur la production de thé en Abkhazie avant d'être rappelé à Moscou par Staline. En revanche, aucune allusion à sa vie privée, à ses amitiés ou à ses relations.

Plusieurs fois, elle se leva pour se dégourdir les jambes dans les travées et éviter de s'endormir ; plusieurs fois, elle fut tentée de feuilleter les magazines occidentaux ou *Ogonyok*, le journal satirique ; mais chaque fois, elle retourna sagement à ses investigations dans le passé.

Au moment où elle perdait espoir, elle découvrit sur la cinquième page d'un numéro de la *Pravda* de mars 1939 une photo de Satinov en tunique paysanne. Coiffé en brosse, il portait des bottes et se tenait à côté d'un homme au torse puissant vêtu d'un uniforme du NKVD. Sous le portrait se trouvait un article consacré au premier plénum du Comité central après le XVIIIe congrès.

Le camarade Staline a félicité la nouvelle génération de cadres appelés à devenir des membres du Comité central et rappelé que, « endurcis par la révolution, certains jeunes camarades ont grandi et fait leurs preuves au sein de la grande école du Parti… ». Par la suite, lors d'une conversation informelle avec les délégués, le camarade Staline a rappelé avec une émotion paternelle qu'il avait rencontré les camarades H. A. Satinov et I. N. Palitsine en 1917 à Petrograd, lorsqu'ils n'étaient encore que de jeunes ouvriers membres du Parti. « Ils étaient à l'époque de jeunes compagnons d'armes, des bolcheviks de la première heure. Le Parti leur a donné bien des corvées à accomplir, a expliqué le camarade Staline, mais les voilà réunis au sommet de notre État… »

Katinka lut l'article à deux reprises, en nota les détails et le nom qu'elle venait de découvrir : I. N. Palitsine. En parcourant la salle des yeux, elle remarqua qu'elle s'était vidée. La moitié des lampes de lecture étaient éteintes, tous les jeunes étaient partis. Seuls restaient les anciens, ces vieillards à qui il restait si peu de temps à vivre, comme Roza et son terrifiant sentiment d'abandon. Avait-elle trouvé le nom qu'elle cherchait ? « Les temps étaient durs, c'est vrai, mais l'amitié existait et, si vous trouvez un nom, revenez me voir… »

Katinka referma le classeur d'un coup sec. Il était temps de partir. La jeune fille avait un rendez-vous.

trompé ...

7

Le motard en pantalon de cuir et blouson d'aviateur qui portait un casque orné de cornes de Viking effectua un dérapage contrôlé devant la boîte de nuit Le Chien noir, sur les quais de la Moskova, à quelques centaines de mètres de l'ambassade britannique, juste en face du Kremlin. De rares morceaux de glace flottaient encore à la surface du fleuve et la terre sombre semblait ourlée de dentelle de neige, mais l'air offrait aux narines l'odeur forte de la terre humide. Le soleil allait bientôt se coucher et la soirée s'annonçait douce.

Katinka entendait le groupe de heavy metal jouer « Winds of Change » des Scorpions à l'intérieur du club. Et si elle s'était trompée d'endroit ? Peu familiarisée avec la ville, elle se repérait assez mal, et cette boîte de nuit ne lui paraissait pas le lieu idéal pour rencontrer un historien.

C'est à ce moment-là que le motard descendit de son engin, se dirigea vers elle, ôta son casque et lui tendit la main. « Vous êtes Katinka ? Je me présente : Maxy Shubin.

— Oh, bonjour… » Quel embarras ! La jeune fille se sentit rougir malgré elle : son interlocuteur semblait beaucoup plus jeune qu'elle ne s'y était attendue. Il avait une crinière de longs cheveux bruns, de grands yeux caramel et une barbe de trois jours des plus séduisantes. En observant son pantalon en cuir agrémenté de nombreuses fermetures à glissière, l'étudiante retint un sourire. « Vous n'avez pas du tout la tête d'un chercheur.

— Et vous, vous ne ressemblez pas du tout à une thésarde, répondit-il avec un sourire. Je vous offre un verre ? »

Le physionomiste, un punk qui avait abusé des piercings, les autorisa à entrer. À l'étage, dans une atmosphère enfumée, il y avait une section où l'on pouvait s'asseoir parmi les verres sales, les gobelets en polystyrène et les sandwichs abandonnés un peu partout. Le groupe jouait au rez-de-chaussée mais le sol vibrait quand même. Cela dit, ici, au moins, ils pourraient discuter.

Lorsqu'il eut trouvé une place dans un canapé, Maxy héla une brindille de serveuse en short de cuir, bas noirs et cuissardes en PVC. Après avoir commandé deux bières Ochakov bien fraîches, il se tourna vers Katinka. « Vous venez d'arriver à Moscou, n'est-ce pas ?

— J'ai étudié ici et j'y fais mes recherches mais…

— Laissez-moi deviner. D'après votre accent, je dirais que vous venez du nord du Caucase ?

— Bien vu. » En sirotant sa bière, la jeune fille reprenait confiance, sans s'apercevoir qu'elle avait de la mousse sur le nez et que sa tenue indiquait

619

clairement qu'elle venait de très très loin. « Vous êtes moscovite ?

— Oui, mais originaire de Piter.

— La fenêtre sur l'Europe. Que c'est romantique !

— C'est aussi mon opinion mais, pour être honnête, c'est un trou perdu. Poétique et élégant, certes, mais c'est un trou rempli de palais abandonnés. Cela dit, la ville bénéficie d'une liberté historique, et j'imagine que ç'a eu un effet positif sur mon travail à la fondation Rédemption. » Il ôta son blouson en cuir. « Comment m'avez-vous trouvé ? Sur quel sujet porte votre recherche ?

— J'ai lu votre article sur les activités du NKVD sous la Grande Terreur dans *Voprosy Istorii*[1]. Comme j'avais déjà entendu parler de Rédemption et de l'aide que vous apportez aux victimes de la Terreur, je me suis permis de vous contacter. Je vous remercie d'ailleurs de me rencontrer si rapidement. »

Maxy lui lança un regard penaud des plus éloquents : il avait accepté de la voir uniquement parce qu'elle était une fille ! Elle écarta bien vite ce genre de pensée pour se concentrer sur la quête de la vérité. « J'étudie Catherine II pour mon doctorat… »

Son interlocuteur se pencha vers elle. « Dans ce cas, pourquoi quitter la cour si noble, si élégante et si romantique de l'impératrice pour les tueurs à gages et les psychopathes de Staline ?

---

1. *Questions d'histoire,* revue de l'institut d'histoire de l'Académie des sciences de l'URSS. *(N.d.T.)*

— Je ne sais pas, reconnut-elle. Dans un premier temps, j'ai même refusé cet emploi.

— Mais vous vous êtes ravisée.

— Avez-vous déjà rencontré quelqu'un de si sublime et de si fascinant que vous vous êtes senti incapable de lui résister ? »

Maxy pencha la tête sur le côté et la regarda droit dans les yeux d'un air suggestif. « Oui.

— Je vous parle de vos recherches », répliqua-t-elle d'un ton sec en se redressant.

La mine du jeune homme s'assombrit. « Oui, mon métier consiste à rencontrer des gens tellement abîmés par les crimes du passé que je n'ai qu'une envie : les remettre sur pied. C'est ma vocation », ajouta-t-il d'un ton sérieux. Son enthousiasme le faisait paraître plus innocent, plus jeune, et Katinka le trouva soudain plus sympathique.

« Eh bien, ça vient de m'arriver. Elle s'appelle Roza Getman et son passé l'a tellement meurtrie que je veux lui venir en aide. » Maxy écouta attentivement le récit de Katinka qui lui décrivit son voyage à Londres, l'oligarque dans son palais, les promenades dans Regent's Park, l'entrevue avec l'unique personne qui liait Roza à son passé, un communiste très puissant. La jeune fille avait embrassé cette quête comme la sienne.

« À vous entendre, ça ressemble aux dossiers que je traite en ce moment, finit par lâcher Maxy. J'ai tellement de travail que je ne peux pas vous accompagner pas à pas dans votre démarche, mais je peux en revanche vous donner quelques conseils. Bien, rappelez-moi la semaine prochaine et je vous mettrai en contact avec un collègue qui pourra vous aider. » Lorsqu'il avala la dernière gorgée de sa bière, Katinka comprit qu'il venait de mettre fin à leur entretien. Elle avait repoussé ses avances et, parce que son affaire était identique à tant d'autres, il ne voyait aucune raison de s'occuper personnellement de son cas. Plus vite elle retournerait à son XVIIIe siècle, mieux ce serait. « Au fait, vous ne m'avez pas donné le nom de ce communiste au pouvoir si étendu.

— Satinov », répondit la jeune fille, qui réfléchissait déjà à la façon dont elle annoncerait l'échec de sa démarche à Roza.

Maxy se rassit aussitôt. « Vous voulez dire Hercule Satinov ?

— Oui.

— Il a accepté de vous recevoir ?

— Oui. »

Abasourdi, le jeune homme alluma une cigarette et en proposa une à Katinka. « Il refuse toujours les demandes d'entretien, expliqua-t-il d'une voix saccadée. Ça fait quinze ans que j'essaie de le rencontrer et aucun de mes collègues de la fondation, aucun historien n'a réussi à l'approcher. Les autres dinosaures sont morts à présent. Il ne reste que Satinov. Le gardien du temple des secrets. Le survivant du XXe siècle. Il sait tout du cimetière des éléphants. »

Maxy écarta les mains et proposa un marché à Katinka. « Si vous acceptez de partager les résultats de vos recherches avec moi, je vous aiderai de mon mieux. » La jeune fille le dévisagea d'un air méprisant. « Croyez-moi, mon appui vous sera précieux pour démêler les fils du passé. Ce serait plus simple pour vous d'essayer de décrypter les hiéroglyphes de l'Égypte ancienne que de trouver votre chemin dans ce labyrinthe qu'était le Kremlin de Staline. Qu'en dites-vous ? Vous êtes d'accord ?

— Oui, soupira la jeune fille en songeant à Roza. Mais rappelez-vous : je suis une historienne, pas une fille qu'on drague dans un bar. »

Pour toute réponse, Maxy éclata de rire et commanda deux autres bouteilles de bière.

« À notre collaboration ! trinquèrent-ils.

— Bien, enchaîna le jeune homme. Racontez-moi votre visite chez le camarade Satinov. Je veux tout savoir. Chaque détail revêt la plus grande importance, même la couleur de ses chaussettes. »

Il s'attacha donc à interroger minutieusement Katinka, à écouter attentivement ses réponses et à soulever des points qui demandaient davantage de précisions. Malgré l'atmosphère enfumée et vaguement sordide de la boîte de nuit, ils étaient si intensément concentrés sur leur conversation qu'ils auraient tout aussi bien pu se trouver dans le sanctuaire ultrasilencieux des archives. Ils avaient oublié où ils étaient.

« Il sait quelque chose sur la famille que vous recherchez. Et forcément quelque chose d'important.

— Dans ce cas, je ne comprends pas pourquoi il refuse de me le communiquer.

— Ce n'est pas le genre de ces gars-là. Les bolcheviks d'autrefois n'ont rien à voir avec les politiciens d'aujourd'hui. C'étaient de vrais fanatiques. Des exaltés intransigeants et dogmatiques qui se considéraient comme les membres d'un ordre à la fois militaire et religieux, assez similaire aux croisés du Moyen Âge ou aux templiers. Ils étaient impitoyables, amoraux et paranoïaques, persuadés que la mort de millions de gens permettrait de créer le monde parfait auquel ils aspiraient. La famille, l'amour et l'amitié ne valaient rien au regard de la quête de leur Graal. À la cour de Staline, la calomnie tuait souvent. De fait, pour un homme tel que Satinov, le secret permettait de survivre.

— Mais quarante ans se sont écoulés depuis la mort de Staline, le communisme n'existe plus depuis trois ans, objecta Katinka. Qu'est-ce qui empêche Satinov de nous révéler la vérité ?

— Vous devez comprendre que le silence et le secret étaient enracinés dans les gens comme Satinov. Du vivant de Staline, les apparatchiks se taisaient, parce qu'ils croyaient en leur mission, c'est vrai, mais aussi parce qu'ils étaient des conspirateurs-nés. N'oublions pas la peur. Du genre dont on ne se défait jamais, qui vous habite nuit et jour. À la mort de Staline, ils ont gardé le silence parce qu'ils souhaitaient protéger leur concept, l'Union soviétique. Pour Satinov et les autres, la politique du secret n'était pas qu'une habitude, mais l'essence même du code révolutionnaire. »

Après cette tirade, les deux historiens gardèrent le silence un long moment.

« Vous avez trouvé un nom ? » finit par demander Maxy.

Katinka haussa les épaules et exhala la fumée de sa cigarette. « Je comptais sur vous. J'ai pataugé dans les archives et compulsé des années de journaux d'époque mais je n'ai rien trouvé. À part ça, dit-elle en lui tendant des photocopies de l'article et de la photographie trouvée à la bibliothèque Lénine. Je ne suis pas sûre que ça nous mènera bien loin… »

Après avoir attentivement étudié le document, Maxy émit un sifflement admiratif. « Vania Palitsine. Je vois parfaitement de qui il s'agit. Un membre de la Tcheka. Un convaincu de la première heure. Il a d'ailleurs disparu peu de temps après que cette photo a été prise. Il a joué un rôle prépondérant dans les années trente, mais son nom n'apparaît dans aucun livre de mémoires, aucun ouvrage d'histoire. Son arrestation n'a jamais été officialisée et personne ne sait ce qu'il est devenu.

— À quoi toutes ces informations nous avancent-elles ?

— Eh bien… je ne savais pas que Satinov et Palitsine étaient amis. Ils devaient être très proches et leur amitié célèbre pour que Staline en parle dans ce qu'on appelait à l'époque une "conversation informelle". Ce détail ne nous mènera peut-être nulle part mais vous venez de trouver un lien avec le passé de Satinov. N'est-ce pas à cette unique condition qu'il a accepté de vous revoir ?

— Vous pensez que ça suffira ? Qu'il me recevra ? s'inquiéta-t-elle.

— D'après moi, vous devriez approfondir vos recherches avant de le recontacter, histoire de mettre toutes les chances de votre côté. Vous avez trouvé le nom de Vania Palitsine. Demandez son dossier aux archives du KGB – je le ferai, si vous voulez – et découvrez ce qui lui est arrivé, s'il avait une famille, des enfants. Ça, c'est le plus facile. Ensuite, vous rendrez visite à Satinov. Vous avez déjà épluché des archives ?

— J'adore ça ! L'odeur du papier, du vécu. Aux archives d'État, j'ai eu en main la correspondance de la Grande Catherine et de Potemkine, les lettres d'amour les plus enflammées, qui portaient encore le parfum de l'impératrice et la marque des larmes de son amant agonisant dans les steppes.

— Eh bien, les archives du KGB dégagent une atmosphère bien différente. La souffrance que rapportent ces documents confère une gravité quasi religieuse à l'endroit. Les nazis savaient qu'ils avaient tort. Ils ont donc tout caché. En revanche, les bolcheviks étaient persuadés d'avoir raison. Ils ont donc tout gardé. Que ça vous plaise ou non, vous êtes une historienne russe, vous cherchez des âmes égarées et, dans notre pays, la vérité n'est pas écrite à l'encre, comme ailleurs, mais avec le sang des innocents. Ces archives sont aussi sacrées que le Golgotha. Dans le froissement des feuilles de papier, vous entendrez les pleurs des enfants, les trains qui filent vers la Sibérie, l'écho des pas dans les sous-sols, le coup de feu unique des exécutions sommaires. Les dossiers empestent le sang. »

8

Deux jours plus tard, Katinka quitta le Moskva, l'hôtel décrépit à l'architecture typiquement stalinienne où elle séjournait. Elle gravit la colline, passa devant le Kremlin, le Bolchoï et l'hôtel Metropol pour se rendre sur la place Loubianka. Un flot d'employés de bureau se déversait de la station de métro et défila devant les kiosques à journaux aux devantures couvertes de tabloïds ; les voitures circulaient autour du rond-point où l'emplacement de la statue de Dzerjinski demeurait vide depuis la chute du communisme. Devant la jeune fille se tenait le quartier général du KGB, une invincible forteresse de granit rouge et gris abritant des bureaux, des archives, des tunnels et des cachots. Après avoir été le siège d'une compagnie d'assurances, ce bastion était devenu en 1917 le foyer des intrépides, impitoyables et incorruptibles chevaliers du Parti communiste qui avaient opéré sous différents noms. La Tcheka, le Guépéou, le NKVD et le KGB s'étaient succédé, différents acronymes pour une même fonction, mais leur pouvoir était à présent révolu, et Katinka savait au plus profond d'elle-même que le KGB ne contrôlerait plus jamais la Russie.

Elle aurait préféré ne pas se trouver là car aucun Russe n'a envie de visiter la Loubianka, le charnier national. Mais il lui suffisait de songer à sa conversation avec Roza pour presser le pas en direction de ce bloc froid. Au téléphone, Roza n'avait fait aucun commentaire sur les découvertes de Katinka mais l'avait poussée à continuer… Et pourtant, si le Dr Vinski avait appris que sa fille devait se rendre à la Loubianka, il le lui aurait défendu.

« Ne t'approche pas de cet endroit. On ne traîne pas dans les cimetières, c'est trop dangereux, aurait-il dit. Tu sais à quel point je t'aime ? Plus que quiconque a aimé depuis les débuts de l'histoire de l'humanité. C'est te dire ! » Quel bonheur d'avoir des parents si aimants, songea Katinka en comparant sa situation à celle de Roza. Quelle horreur de ne pas savoir d'où l'on vient.

Elle poussa les portes à double battant de la Loubianka et pénétra dans un vaste hall en marbre. Deux caporaux vêtus de bleu examinèrent son passeport, appelèrent quelqu'un à l'étage et lui indiquèrent un escalier en marbre, si monumental qu'un tank aurait pu l'emprunter.

Katinka se retrouva dans un long couloir recouvert d'un tapis rouge. Aux murs étaient accrochés de vieux drapeaux et des portraits d'anciens tchékistes. Maxy lui avait expliqué que, au cœur de la forteresse, se trouvait la prison politique où les parents de son employeuse avaient peut-être péri, bien qu'ils aient tout aussi bien pu être exécutés dans les prisons de Boutirki, de Lefortov, voire de Soukhanovka, le centre de torture que Beria avait installé dans un ancien monastère sublime des environs de Moscou. Maxy avait précisé que c'était le moment idéal pour demander à consulter des dossiers. Il avait appelé la veille. « La Loubianka m'a fait savoir que votre dossier vous attend.

— Vous êtes certain que je doive m'occuper de Palitsine ? Le maréchal Satinov m'a conseillé d'oublier les adultes et de m'intéresser aux enfants.

— Vous vous souvenez de ce que je vous ai dit sur les anciens bolcheviks ? répondit-il en riant. Mentir faisait partie intégrante de leur système de fonctionnement, pendant la révolution. Les recommandations de Satinov ne font que confirmer mon intuition : commençons par les adultes, nous nous occuperons des enfants plus tard.

— Je commence à comprendre.

— Attendez de découvrir les archives. Rappelez-vous, Katinka : les joyaux ne sont pas forcément visibles à l'œil nu. »

La jeune fille suivit les indications des caporaux. En haut des marches, après avoir tourné à droite puis à gauche, elle arriva devant une porte où un panneau annonçait *Colonel Lentin, directeur, département des Archives*. Lorsqu'elle frappa, une voix l'invita à entrer dans un minuscule bureau dont les stores blancs étaient baissés. L'air confiné de la pièce, la buée sur le miroir et le canapé froissé indiquaient que le colonel avait passé la nuit dans son bureau. Mais où pouvait-il bien être ?

« Bonjour », entendit-elle. Un homme gras-souillet aux cheveux soyeux finissait de boutonner la chemise de son costume de ville et d'ajuster sa cravate dans un miroir fixé derrière la porte. « Désolé. Je me faisais beau pour mes visiteurs. Asseyez-vous. »

Katinka s'installa à la table de conférence et plaça son petit cahier devant elle. Son instinct lui recommandait d'obéir à tous les ordres mais, à ce moment précis, sa curiosité était plus forte que ses craintes. Qu'était-il advenu de Palitsine, l'ami de Satinov ? L'enthousiasme et l'excitation de Maxy commençaient à la gagner.

« Bien. » Le colonel Lentin s'assit derrière son bureau et, s'humectant le doigt, il ouvrit un dossier posé devant lui. D'une voix érudite, il prit la parole. « Vous étudiez l'histoire du droit du XVIIIe siècle sous la direction du Pr Beliakov et, soudain, falala ! vous demandez à consulter les archives de l'époque du Culte de la personnalité. » *Falala ?* Le colonel Lentin devait être un de ces mordus des feuilletons mexicains ridicules qui envahissaient désormais les écrans de la télévision russe. Il ne semblait pas s'être servi d'un rasoir depuis bien longtemps et ses cils encore collés paraissaient sales, mais son visage anguleux, sa mâchoire proéminente et son nez plat faisaient penser à un petit animal. Oui, Lentin ressemblait à un marmouset qui fait du zèle et qui en est fier. « Je ne savais pas que la Grande Catherine avait réformé les lois des années trente. J'ai raté un épisode ?

— Je ne m'intéresse pas au Culte de la person-nalité. Il ne s'agit que d'une petite recherche pour une famille qui s'intéresse à son passé, répondit Katinka d'un ton détaché. Ça me permet de gagner l'argent qui m'aidera à poursuivre mes études.

—Je vois. Eh bien, votre ami Max Shubin et ses acolytes font, eux aussi, ce genre de petites recherches et, d'après moi, vous devriez éviter de fréquenter ces gens. Nous ne voyons aucun inconvénient à accéder à votre demande mais ces libéraux, ces dupes influencées par les Américains, se réjouissent de l'humiliation que subit actuellement la Russie. Ils s'acharnent sur les fondations de l'État en espérant que, falala! nous allons disparaître d'un coup de baguette magique. Or, sans nous, mademoiselle Katinka, la Russie serait sacrifiée aux spéculateurs et à l'hégémonie américaine. Sacrifiée. Complètement. Nous, les tchékistes, nous prenons nos engagements très au sérieux. Nous n'abandonnerons donc pas le navire. »

La jeune fille poussa un profond soupir. Ce verbiage d'un autre temps ne signifiait rien pour sa génération. « Je comprends ce que vous me dites, colonel. » C'est à ce moment-là que la porte s'ouvrit pour laisser entrer un vieil homme en blouse blanche. Il poussait devant lui un chariot sur lequel s'empilaient des tas de pochettes brunes tachetées d'humidité. Fermée par des élastiques, chaque pochette était étiquetée d'un numéro de dossier différent.

« Je vous apporte ce que vous m'avez demandé, colonel, annonça le nouveau venu avant de cracher dans un récipient de cuivre fixé à cet effet au chariot, sur lequel dormait un gros chat roux. De nouveaux trésors couverts de poussière !

— Bonjour, camarade… monsieur l'archiviste »,
le salua Katinka en se levant pour s'incliner respec-
tueusement devant lui. Elle devinait le véritable
rat de bibliothèque, le Quasimodo des rayonnages.
Dans toutes les archives, on trouve ce genre
d'employé dont il ne faut jamais sous-estimer le
pouvoir. La jeune fille savait que les historiens les
respectaient beaucoup et s'attachaient à gagner
leurs faveurs.

« Deux dossiers, camarade co-co-colonel ! Passez
une bonne journée ! » Sur ces mots, il tendit les
documents annoncés au marmouset, puis tira son
chariot vers la sortie. Un minuscule chaton sortit
la tête de sous sa mère.

« Puis-je vous demander votre nom, camarade ?
s'empressa de demander Katinka.

— Kuzma », répondit-il avant de se servir à
nouveau de son crachoir gravé aux initiales du
KGB. S'agissait-il d'un cadeau offert en récompense de ses bons et loyaux services ?

« Merci de votre aide. Vous devez être au courant
de tellement de choses que vous pourriez écrire
vous-même des livres d'histoire. Comment
s'appelle-t-elle ? demanda-t-elle en désignant la
chatte.

— Utesov.

— Vous appréciez le jazz d'Odessa ? »

Kuzma approuva d'un signe de tête.

« Dans ce cas, j'imagine que le chaton s'appelle
Tseferman ? »

Kuzma ne prit pas la peine de répondre. Il se
contenta de rester là, à caresser ses chats en fredon-
nant d'un air satisfait comme un père à qui on

aurait fait compliment de ses enfants. Katinka avait vu juste.

« Le petit Tseferman, hein ? Mon père adore ce genre de musique, alors j'ai grandi avec. Vous m'autorisez à apporter du lait à Utesov et Tseferman lors de ma prochaine visite ? »

Kuzma répondit par un crachat particulièrement visqueux, mais Katinka parvint à masquer son profond dégoût devant ce gracieux signe d'assentiment.

« Merci, camarade Kuzma. Au revoir, Utesov et Tseferman. »

L'archiviste ferma la porte derrière lui et s'éloigna.

« Voici les dossiers que vous aviez demandés. J'espère que vous n'êtes pas allergique à la poussière, enchaîna le marmouset. Voyons voir… », ajouta-t-il avant de se mettre à lire à voix haute.

Dossier d'enquête mai/juin 1939
Affaire 16373 – Administration principale de la Sécurité de l'État
Ivan Nikolaïevitch Palitsine…

Le colonel Lentin souleva le lourd dossier qu'il laissa aussitôt retomber devant Katinka. Un nuage de poussière s'éleva, dont les particules argentées se mirent à danser dans un rayon de soleil.

Après un instant d'hésitation, la jeune fille s'autorisa à parcourir du regard la couverture tachetée, le cachet du KGB, la multitude de gribouillis imprimés et manuscrits qui dressait la liste des codes archives.

« Puis-je prendre des notes ?

— Oui, mais je me réserve le droit de les consulter. En 1991, nous avons laissé copier trop de documents qui sont tombés dans de mauvaises mains. Les procédures officielles s'étaient relâchées. Qu'espérez-vous découvrir ?

— Si ce Palitsine est lié d'une manière ou d'une autre à la famille de ma cliente…

— Vous trouverez peut-être des réponses, mais vous n'avez pas le droit de tout savoir, même maintenant.

— Vous savez s'il avait une femme et des enfants ? »

Le marmouset acquiesça d'un signe de tête et plaça un autre dossier, plus fin, sur le premier. « Son épouse avait aussi son dossier. Le voici. Vous voulez le consulter ? »

Katinka le saisit pour en lire le titre :

Dossier d'enquête mai/juin 1939
Affaire 16374
Alexandra Samuilovna Zeitlin-Palitsine, prisonnière 778

« Samuilovna Zeitlin. Ce n'est pas un nom russe, ça. Ils étaient nombreux au Parti à l'époque et la plupart se sont révélés être des traîtres », nota le colonel en se penchant par-dessus l'épaule de la jeune fille pour ouvrir le dossier dont le premier document était une photographie fixée par un trombone aux quelques pages qu'il contenait.

Le cœur battant, à la fois éblouie, fascinée et émue, Katinka scruta le portrait d'une femme sensuelle dont les yeux fixaient l'objectif avec détermination.

« Elle est magnifique.

— Oui. À une époque, elle était célèbre, cette Dalila. Et puis, falala, elle a disparu.

— Je peux consulter son dossier tout de suite ? » La jeune fille ne rêvait que d'une chose, être débarrassée du regard insistant du marmouset.

« Je vous octroie une demi-heure, lui annonça-t-il avant de retourner s'asseoir à son bureau pour la surveiller.

— Pour ce dossier ?

— Non. Pour les deux. C'est la règle.

— D'accord. Ne vous embêtez pas pour moi, colonel. N'hésitez pas à faire ce que vous avez à faire. Vous devez crouler sous le travail, ajouta-t-elle, gênée qu'il ne la quitte pas des yeux.

— Mon travail, c'est justement de vous surveiller. »

9

Katinka plaça la photographie sur la pochette du dossier et scruta le regard qui s'offrait à elle : les yeux reflétaient le flash d'un appareil d'antan mais, loin de tout apitoiement sur soi, ils exprimaient chaleur communicative et désinvolture moqueuse. Aux muscles tendus, on devinait que cette femme avait clairement voulu faire bonne figure.

« Coucou, murmura Katinka en rêvant que la photo puisse lui répondre, que ce regard lui révèle son mystère. Qui es-tu ? » À l'intérieur de la pochette était agrafé un morceau de papier taché et chiffonné destiné à être signé par tous ceux qui consulteraient le document. Il était vierge : hormis les membres du KGB, personne ne s'y était intéressé. La jeune fille s'empara de la première feuille, une courte biographie.

Née en 1900 à Saint-Pétersbourg.
Alexandra Samuilovna Zeitlin-Palitsine.

Connue sous le nom de Sashenka, camarade Isatis.

Nationalité : juive.

Membre du Parti depuis 1916.

Dernier emploi : Rédactrice en chef du magazine La Femme soviétique et l'Économie domestique prolétarienne, *publication d'État.*

Scolarisée à l'institut Smolny…

« Sa-shen-ka…, murmura Katinka. Tu nous aideras, Roza et moi ? »

Famille :

Père : Baron Samuil Zeitlin, banquier capitaliste devenu spécialiste externe d'abord pour le commissariat du peuple aux Finances puis à celui du Commerce extérieur. Renvoyé en 1928. Exilé en 1929. Arrêté en 1937. Condamné à 10 ans à Kolyma.

Mère : Ariadna Zeitlin, née Barmakid. Morte en 1917.

Oncle maternel : Mendel Barmakid, juif, membre du Parti depuis 1904. Membre du Comité central de 1911 à 1939. Arrêté en 1939.

Oncle paternel : Gideon Zeitlin, juif, écrivain. Non communiste.

Époux : Ivan Palitsine, né à Saint-Pétersbourg. Russe, membre du Parti depuis 1911. Marié en 1922. Arrêté en 1939. Dernier emploi : adjoint au commissaire du peuple, NKVD.

Enfants : Volia, née en 1934, et Karlmarx, né en 1935.

« Enchantée de faire votre connaissance ! » chuchota Katinka dans un souffle. S'ils étaient encore vivants, Sashenka et son mari seraient très âgés mais, dans ce dossier, rien ne laissait croire qu'ils étaient décédés. Quant à leurs enfants, ils ne seraient pas encore vieux. Incapable de déterminer si cette femme l'aiderait dans sa quête, Katinka sentit toutefois son cœur s'accélérer. « Quelle a bien pu être votre destinée ?

— Vous parlez toute seule, lui fit remarquer le colonel Lentin.

— Désolée. » La jeune fille tourna la page pour découvrir un formulaire complété le 16 mai 1939. *Couleur des yeux : gris. Cheveux : châtain foncé.* À côté de cette description physique très sommaire figuraient ses empreintes digitales. Ensuite venait un document taché à l'en-tête de *l'administration centrale de la Sécurité de l'État, département des Affaires prioritaires.* En pleine page, dans une police ronde qui semblait n'avoir rien à cacher, on avait dactylographié la recommandation suivante : *Zeitlin-Palitsine et son époux Palitsine ont été reconnus coupables de servir depuis toujours les intérêts ennemis en espionnant pour le compte de l'Okhrana, de la Garde blanche, de ce saboteur de Trotski et du Japon. Il faut absolument l'arrêter et fouiller son domicile.*

Cachets, gribouillis et signatures suivaient ce texte. Le nom du *capitaine Melski, chef de la 9ᵉ section du 4ᵉ département, Administration centrale de la Sécurité de l'État* avait été rayé au feutre. Une écriture enfantine et malhabile avait ajouté le commentaire suivant : *Je me charge moi-*

même de cette mission. B. Kobilov, commissariat général, Sécurité de l'État deuxième grade. Plus tard, on avait conclu. *Mission accomplie. La prisonnière a été amenée à la prison interne. B. Kobilov, commissariat général, Sécurité de l'État deuxième grade.*

L'air mauvais, le colonel ne quittait pas Katinka des yeux, qui s'en fichait complètement. Cette histoire la captivait. Sashenka et son mari étaient donc tombés en 1939. Pourquoi ? À la page suivante, elle trouva le témoignage d'un certain Pierre Sagan, ex-capitaine de gendarmerie, officier de l'Okhrana puis – sous une fausse identité – enseignant à Irkoutsk. Cet homme révélait que, tout comme Satinov, Sashenka et Vania se trouvaient à Saint-Pétersbourg en 1917. Cette information était suivie d'une avalanche des accusations les plus folles proférées contre les Palitsine. Un fantôme semblait surgir du passé, prêt à se lancer dans un déluge de mensonges et de calomnies. Soudain, Katinka remarqua la date de ces déclarations : le 5 juillet. *Après* l'arrestation de la jeune femme. Sagan n'était arrivé à la Loubianka que le premier, Mme Palitsine avait donc été arrêtée pour d'autres raisons. Lesquelles ?

Katinka feuilleta frénétiquement cette confession dont chacune des quinze pages mal dactylographiées était paraphée par Sagan. Quelle ironie que les vies de ces gens soient à présent réduites à quelques griffonnages. Frissonnante, la jeune fille tenta d'imaginer les existences et les personnalités cachées derrière ces taches d'encre.

Elle trouva ensuite une feuille intitulée *Extrait de la confession de Benjamin Lazarovitch « Benia »*

Golden : à joindre au dossier d'Alexandra Zeitlin-Palitsine. Le célèbre écrivain. Katinka avait déjà entendu parler de lui et de son chef-d'œuvre, son recueil de *Nouvelles espagnoles*. Elle poursuivit sa lecture.

B. Golden : Grâce à des techniques dépravées dignes de Mata Hari, Sashenka (l'accusée Alexandra Zeitlin-Palitsine) m'a séduit sous le prétexte fallacieux de me confier un article à écrire pour son magazine et m'a persuadé de la retrouver et de pratiquer des activités licencieuses à l'hôtel Metropol, dans la chambre 403 que l'Union des écrivains et le Litfond mettent à la disposition du magazine dont elle est la rédactrice en chef, à savoir La Femme soviétique et l'Économie domestique prolétarienne, *qui peut ainsi y loger les écrivains qu'il emploie et qui ne résident pas dans la capitale. Sous les apparences trompeuses d'une honnête femme soviétique, Zeitlin-Palitsine m'a confié qu'elle travaillait au service de l'Okhrana et m'a demandé de la mettre en relation avec les services secrets français, lesquels m'avaient recruté en 1935, à Paris, où j'avais accompagné la délégation soviétique au congrès international des écrivains qui s'y tenait. Sashenka avait déjà enrôlé son oncle Mendel Barmakid, membre du Comité central. Quant à moi, j'ai recruté son autre oncle, mon ami le célèbre écrivain Gideon Zeitlin, pour m'assister dans le complot visant à assassiner les camarades Staline, Molotov, Kaganovitch et Vorochilov lors d'une fête donnée chez Sashenka. Il s'agissait pour moi de vaporiser du poison sur le Gramophone qu'utiliserait le camarade Staline. Notre tentative, le 1ᵉʳ Mai, a échoué car je n'ai pas eu l'occasion d'utiliser le poison...*

Témoin : Enquêteur Rodos, département des Affaires prioritaires, administration centrale de la Sécurité de l'État.

Katinka eut un mouvement de dégoût. Le si talentueux Benia Golden avait incriminé Sashenka ! Comment l'écrivain avait-il pu faire une chose pareille ? C'était sans doute cette dénonciation, ces accusations totalement absurdes qui lui avaient valu d'être arrêtée.

Mais non. Ces aveux étaient datés du 6 août, après ceux de Pierre Sagan. Katinka s'empressa de feuilleter le reste du dossier. Elle lisait déjà depuis un quart d'heure ; le temps pressait. Soudain, elle découvrit une note rédigée six mois plus tard.

Bureau du procureur, 19 janvier 1940

Tous les éléments de l'affaire concernant le groupe d'espions terroristes Zeitlin-Palitsine-Barmakid sont à présent réunis...

Transmettez le dossier au tribunal militaire, 21 janvier 1940.

Katinka ressentit un pincement au cœur, comme si elle ou un de ses proches avait été jugé le 21 janvier 1940. Détournant les yeux de la photographie, elle comprit que Maxy avait raison. Ces vieux papiers dégageaient une forme d'intimité, de tragédie. Que s'était-il passé lors du procès ?

Sashenka avait-elle survécu ? La jeune fille s'empressa de tourner la page mais c'était la dernière.

« Cinq minutes », annonça le colonel qui pianotait sur la table, plongé dans un magazine de football, le *Manchester United Fanzine*. Katinka nota dans son petit cahier l'essentiel de ses trouvailles et des nouveaux noms : Benia Golden, écrivain de renom. Mendel Barmakid, apparatchik oublié. Gideon Zeitlin, figure littéraire.

Elle se tourna ensuite vers le dossier Palitsine. D'abord la photographie. Ivan Palitsine, époux de Sashenka et ami de Satinov, portraits de face et de profil. Un homme solidement charpenté aux épais cheveux grisonnants. Des traits typiquement tatars. L'exemple parfait du séduisant prolétaire russe. Il avait travaillé aux usines Poutilov. Sur la photo, il avait un œil au beurre noir et la lèvre en sang. Il avait dû se battre. Il portait une tunique du NKVD. En scrutant son regard, la jeune fille y découvrit de la lassitude, du mépris, de la rage, mais ni la peur ni le sarcasme qui habitaient les yeux de sa femme.

« Quatre minutes », insista Lentin.

Katinka lut la biographie. Vania avait été un membre éminent de la Tcheka. Il avait personnellement assuré la protection de Lénine à Petrograd et Moscou dans les années 1917-1919. Pendant la Grande Terreur, après avoir sans doute participé au massacre, il avait enjambé les cadavres de ses chefs… La jeune fille trouva un mandat d'arrestation, rédigé peu de temps après celui de Sashenka. C'était sans doute pour cette raison qu'il semblait plus las et plus irrité qu'angoissé. Certes, il savait ce qui l'attendait, mais les procédures qu'il connaissait si bien le fatiguaient d'avance. Qu'était-il devenu ? Katinka lut et relut le dossier, nota les dates, chercha à comprendre la logique des événements. Tous les éléments semblaient pertinents mais aucun n'était ce qu'il prétendait être. Tout était rédigé dans le pire jargon soviétique. Elle continua de feuilleter la liasse. La confession de Palitsine avait commencé le 7 juin pour se poursuivre jusqu'en septembre. Lui aussi avait été jugé.

« C'est fini, annonça le colonel Lentin.

— Je vous en prie. Juste un instant ! » Katinka sauta quelques pages pour parcourir rapidement la fin du dossier. Il fallait qu'elle sache ce qui était arrivé à Palitsine. Ah ! Sa confession.

Accusé Palitsine : Je plaide coupable. J'ai espionné pour le compte des services secrets japonais et britanniques ; j'ai servi les intérêts de Trotski et j'ai fomenté un complot terroriste contre la direction de l'Union soviétique. Il n'y avait hélas ni conclusion à son histoire ni aucune mention de Satinov ou de leur passé commun.

Katinka s'empressa de noter les dates dans son petit cahier puis elle poussa un profond soupir, prise d'une terrible envie de pleurer. Pourquoi ? À cause de ce couple qu'elle ne connaissait ni d'Ève ni d'Adam ?

« Le verdict n'est pas joint au dossier, signala-t-elle. Est-il possible qu'ils aient survécu ? Qu'ils soient encore en vie ?

— Le dossier mentionne-t-il leur décès ?

— Non.

— Dans ce cas… » Sur ces mots, le marmouset se leva et s'étira.

« Mais ces dossiers sont incomplets, colonel. Le verdict n'apparaît pas. Les Palitsine ont peut-être été envoyés au Goulag puis amnistiés à la mort de Staline. Je voudrais consulter d'autres dossiers. Pour découvrir ce qui leur est arrivé.

— C'est un jeu, mademoiselle ? Falala ! Il se peut que vous ayez de la chance. Ou pas. Je vais transmettre votre demande à mon supérieur, le général Fursenko. Je ne suis qu'un des nombreux rouages de la grande machine. »

Katinka se sentit soudain abattue. Elle ne savait toujours pas pourquoi on avait arrêté les époux Palitsine. Les aveux du capitaine Sagan étaient postérieurs à leur arrestation ; elle ne croyait pas à cette histoire de liaison décrite par Benia Golden et encore moins à ses allégations concernant un complot visant à assassiner les dirigeants du Parti. Et puis… qu'est-ce qui liait le couple à Satinov ?

Lorsqu'elle fit glisser le dossier de Sashenka vers le colonel, elle retourna par mégarde la liste des personnes qui l'avaient consulté. Au dos se trouvait une liste de noms griffonnés en 1956. Son cœur se mit à bondir dans sa poitrine. Là ! Hercule Satinov !

Lentin entreprit de vérifier qu'il ne manquait aucun document au dossier et s'humecta le doigt pour tourner les pages une à une.

Katinka bénéficiait donc d'une ou deux minutes supplémentaires. Elle ouvrit promptement le

644

dossier d'Ivan Palitsine et tomba immédiatement sur une feuille qui attira son attention.

Sur une page à l'en-tête de la Sécurité de l'État se trouvait un ordre manuscrit en date du 4 mai 1939.

Top secret

À l'attention du capitaine Zubenko, groupe technique spécial, Sécurité de l'État

Faites immédiatement suivre (dans les limites de la ville uniquement) la camarade Sashenka Zeitlin-Palitsine, rédactrice en chef du magazine La Femme soviétique et l'Économie domestique prolétarienne, *sis 23, rue Petrovka, et faites installer des écoutes dans la chambre 403 de l'hôtel Metropol. N'adressez les comptes rendus qu'à moi. Aucune copie.*

Katinka resta bouche bée lorsqu'elle déchiffra la signature. *Vania Palitsine, commissariat général, Sécurité de l'État, troisième rang.*

Le mari de Sashenka.

Peu après, la jeune fille redescendit la colline, repassa devant le Bolchoï pour se diriger vers le Kremlin. Agrippant son petit cahier, elle observait sans les voir les étals des marchands ambulants qui proposaient des CD piratés, des fascicules d'histoire revue et corrigée, de la pornographie américaine, des tabloïds italiens. Elle bouscula par mégarde un homme qui se mit à l'injurier et se cogna ensuite dans une Lada garée sur le trottoir. Ne souhaitant rien tant qu'assembler les différentes pièces du puzzle qu'elle venait de trouver dans les dossiers, elle finit par s'éloigner de la Moskova pour marcher sur la place Rouge.

Benia Golden n'avait peut-être pas menti lors de ses aveux. Sashenka avait-elle pu avoir une liaison avec lui et le rencontrer dans la chambre 403 de l'hôtel Metropol ? Seul un insensé aurait pu séduire l'épouse d'un tchékiste qui bénéficiait par sa fonction de tous les moyens de la police secrète pour le confondre. Vania semblait avoir découvert la trahison de sa femme, ce qui avait mis le feu aux poudres. L'incendie s'était propagé malgré ses recommandations. *N'adressez les comptes rendus qu'à moi. Aucune copie.*

Un drame de la jalousie, conclut Katinka. Avaient-ils tous péri à cause d'un homme qui ne supportait pas d'être bafoué ? Étaient-ils tous morts à cause de sa jalousie ?

10

« Si je comprends bien, Vania Palitsine a enregistré les ébats de sa femme et de cet écrivain ? résuma Maxy, à cheval sur sa moto. Il reçoit le rapport, il entend les cris, les bruits, les halètements...

— ... Oui. Et outré, il ordonne l'arrestation de Benia Golden, l'interrompit Katinka.

— Non, non, non. Benia Golden était célèbre ; Sashenka aussi. Si ce n'était qu'une vulgaire histoire de fesses, pourquoi Vania aurait-il été lui aussi arrêté ?

— Benia a dénoncé sa maîtresse qui a dénoncé son mari ?

— Non, Katinka. Tu ne saisis pas. Ils ne peuvent pas avoir été arrêtés sans l'accord de Staline, lui expliqua Maxy en s'allumant une cigarette. Et les dates ne concordent pas. Tu dois comprendre que les archives sont un tissu de mensonges et de contrevérités. Il faut lire entre les lignes. »

Katinka poussa un profond soupir. « Que dois-je faire, à présent ?

— Ne t'inquiète pas. Tu t'en es très bien sortie. Mieux que je ne m'y attendais, précisa Maxy en consultant sa montre. Au fait, il n'est que neuf heures. Pourquoi n'appellerais-tu pas son éminence le maréchal ? Son aide te sera précieuse pour obtenir les éléments du dossier qu'on ne t'a pas montrés. Et maintenant que tu en sais davantage, tu peux l'interroger sur des points précis. Il faut absolument qu'il nous confirme que la famille Palitsine est bien celle qui nous intéresse. »

Il proposa une cigarette à la jeune fille et la lui alluma. Protégeant tous deux la flamme de l'allumette, leurs peaux s'effleurèrent. Maxy la regarda attentivement.

« Dis-moi, tu profites de l'argent que te verse l'oligarque ? Tu le dépenses en vêtements ? En maquillage ? Non, tu es bien trop raisonnable. Tu le gardes précieusement. Tu devrais t'amuser davantage ! Tu es trop mignonne pour être historienne, Katinka, commenta-t-il en se penchant vers elle et en écartant une mèche de ses cheveux qui lui tombait sur le visage.

— On se calme », répondit-elle en le laissant toutefois lui déposer un baiser sur la joue. Le contact de la barbe de trois jours de Maxy lui fit d'ailleurs l'effet d'une délicieuse brûlure.

D'une pichenette, le jeune homme jeta en l'air sa cigarette qui atterrit sur le quai de la Moskova. Il enfila son casque, démarra sa moto et s'éloigna vers le pont de Pierre.

Katinka regarda le bolide filer, puis caressa sa joue à l'endroit où Maxy l'avait embrassée en se répétant d'un ton de moquerie : « Tu es trop mignonne pour être historienne. » Quelle manœuvre éculée ! se dit-elle. Quel poseur, ce Maxy ! C'est moi qui choisis qui m'embrasse ou pas. Non mais.

Elle se dirigea ensuite d'un pas solennel vers une cabine téléphonique et composa un numéro.

« J'écoute », répondit un vieillard à l'accent géorgien.

« Cette fois-ci, je m'abstiendrai de vous faire une démonstration de danse », lui déclara Hercule Satinov. Confortablement assis sous son portrait en maréchal décoré, entouré des photographies de sa famille, il lui adressa un sourire froid. « Mon état de santé se détériore.

— Interdiction de fumer, père. Il a essayé de vous impressionner, mademoiselle, expliqua Mariko en apportant le thé, mais il en a aussitôt payé les conséquences puisqu'il a été se coucher dès après votre départ, vous savez. » Elle semblait furieuse, comme si elle estimait que Katinka était responsable de la situation. « Vous n'auriez pas dû venir à cette heure. Il est beaucoup trop tard. Il vaudrait mieux partir. » Sur ces mots, elle posa brusquement le plateau sur la table et quitta la pièce en dévisageant la jeune fille d'un air mauvais.

« Ne t'inquiète pas, Mariko… » Cette dernière ferma la porte derrière elle, mais un grincement du plancher leur signala qu'elle n'était pas partie bien loin. « Elle a raison, après tout, commença Satinov. Je ne suis plus tout jeune. » Lorsque Katinka s'installa sur la chaise qu'elle avait occupée lors de sa visite précédente, le vieil homme la regarda d'un air appréciateur. « On dirait que vous êtes allée danser. Pourquoi pas, si ça vous chante ? Pour quelles raisons une jolie fleur telle que vous devrait s'abîmer les yeux et perdre sa jeunesse à faire remonter à la surface des drames enfouis dans des salles d'archives poussiéreuses ? » Sur cette tirade, il sortit le paquet de cigarettes interdit, en alluma une et ferma les yeux.

« C'est ce que je fais de mieux, maréchal.

— Il se pourrait pourtant qu'il vous reste moins de temps pour vos recherches que vous ne le pensez. À moins que vous ne soyez en train de tomber amoureuse de moi ? » Soudain, il ouvrit les yeux et scruta son regard. « Eh bien, mademoiselle ? Qu'avez-vous découvert ? »

Pour se donner du courage, Katinka prit une profonde inspiration. « En 1956, vous vous êtes rendu à la Loubianka pour consulter les dossiers de Sashenka et Vania Palitsine, de vieux amis dont vous avez fait la connaissance avant la révolution. Ils sont le lien que vous m'avez demandé de trouver.

— Vous semblez plus motivée par ces recherches que la dernière fois.

— C'est vrai. Ces gens… Je ne sais pas pourquoi, mais ils me touchent.

— Ah ! La spécialiste de la Grande Catherine s'intéresse enfin aux problèmes de notre temps ! Rappelez-moi votre nom, dit-il en se penchant vers son interlocutrice. Vinski ? Pourquoi vous a-t-on choisie, vous, pour faire ces recherches ?

— C'est le Pr Beliakov qui m'a recommandée. J'étais la meilleure étudiante de ma promotion.

— Évidemment, admit Satinov en continuant de tirer des bouffées de sa cigarette, les yeux clos. Je vois bien que vous êtes une fille intelligente. Le Pr Beliakov de l'Académie a eu raison de vous choisir parmi les centaines d'étudiants dont il a dirigé les recherches au cours de sa longue carrière. Quand on y pense…

— Il voulait m'aider, je crois », l'interrompit Katinka, agacée par ces sous-entendus. Satinov se jouait d'elle, comme il avait dû se moquer des autres si souvent par le passé. « Maréchal, pourriez-vous répondre à ma question, s'il vous plaît ? Sashenka et Vania Palitsine sont-ils les gens que je suis censée retrouver ? Que sont-ils devenus ? »

Mâchoires serrées, Satinov secoua la tête.

« Il n'y a aucune trace ni de leur procès ni de l'exécution de leurs condamnations. Pensez-vous qu'ils aient pu survivre ?

— C'est peu probable mais envisageable. L'an dernier, une femme a retrouvé son mari qui avait été arrêté en 1938. Il vivait à Norilsk, répondit Satinov en adressant un faible sourire plein d'amertume à Katinka. Vous êtes en quête de la pierre philosophale. Ils sont nombreux ceux qui l'ont cherchée mais personne, à ce jour, ne l'a découverte. »

Katinka serra les dents puis reprit : « J'ai vraiment besoin de vous. Je veux absolument avoir accès aux dossiers complets. Ceux que le KGB cache. »

Comme toujours, Satinov prit son temps pour inhaler une dernière bouffée de sa cigarette. « D'accord. Je vais appeler de vieux amis. Ils sont

651

tous bons pour les services de gériatrie et attendent la mort dans leurs datchas, où ils passent leur temps à pêcher, à jouer aux échecs et à maudire les nouveaux riches. Je vais voir ce que je peux faire.

— Je vous en remercie, dit Katinka en se redressant sur sa chaise. Les dossiers indiquent que les Palitsine avaient deux enfants, Volia et Karlmarx. Que sont-ils devenus ?

— Je n'en ai pas la moindre idée. Comme tant d'autres, ils ont dû disparaître eux aussi.

— Comment ça ?

— C'est à vous de me le dire, répliqua-t-il sèchement. D'où m'avez-vous dit que vous veniez ? Du nord du Caucase, c'est bien ça ? »

Le cœur de Katinka battait la chamade. Si le vieillard changeait si souvent de sujet, c'est que la jeune fille approchait de son but. « Si je peux me permettre, vous connaissiez les Palitsine. Quel genre de gens étaient-ils ?

— Des bolcheviks convaincus.

— J'ai vu la photo de Sashenka dans son dossier. Elle était tellement belle…

— D'une beauté inoubliable, déclara-t-il tranquillement.

— Mais son regard semblait si triste… »

Les traits de Satinov se durcirent ; il ferma les yeux. « Elle était loin d'être la seule. Ce genre de photo, il en existe des millions. Des millions de gens ont subi un sort semblable. »

Sentant le vieil homme prêt à craquer, Katinka insista : « Je sais que vous êtes épuisé, maréchal, et je vais m'en aller mais... Roza Getman est-elle la fille des Palitsine?

— Ça suffit, mademoiselle!» Drapée dans un châle noir, Mariko venait de pénétrer dans la pièce pour s'interposer entre son père et son invitée. «Mon père est fatigué. Je vous demande de partir.»

Satinov se renfonça dans son fauteuil; sa respiration devenait plus difficile.

«Nous en reparlerons, parvint-il à articuler. Si Dieu le veut.

— Excusez-moi de vous avoir épuisé...»

Sans un regard et sans un sourire, il lui tendit la main.

«À présent, je vais me reposer.» Sur ces mots, il lui remit un morceau de papier. «Allez voir cette personne. Vite. Il est peut-être déjà trop tard. Saluez-la de ma part.»

11

Deux jours plus tard, Katinka fut réveillée en sursaut par le téléphone en plastique vert de la minuscule chambre vieillotte de ce cube de béton qu'était l'hôtel Moskva. Dans son rêve subitement interrompu, Sashenka, la femme de la photo, s'adressait à elle.

« Ne baisse pas les bras. Continue à harceler Satinov... » Mais pourquoi le vieil apparatchik refusait-il de coopérer ? Encore à moitié endormie, elle empoigna le combiné du téléphone.

« Allô ? » Elle s'attendait à un appel de ses parents ou de Roza Getman qui la contactait régulièrement pour connaître l'avancée de ses recherches. « Bonjour, Katinka, disait-elle toujours. Avez-vous trouvé des joyaux dans la poussière ? » Mais elle s'était trompée. On l'appelait des archives du KGB.

« Colonel Lentin à l'appareil. Vous souhaitiez étudier d'autres documents ?

— Oui. Ce serait magnifique.

— Magnifique, c'est le mot. Vous êtes d'un optimisme débordant. Retrouvons-nous au café Piano, près des étangs du Patriarche, à deux heures. »

La jeune fille enfila ses bottes et sa jupe à paillettes, prit l'ascenseur pour descendre dans le hall en marbre de l'hôtel qui sentait toujours le rat mouillé. Elle traversa une salle, monta quelques marches, suivit un couloir à gauche puis à droite et arriva enfin à un rideau rouge qu'elle souleva pour entrer dans une pièce minuscule meublée de trois tables. Dans sa cuisine miniature, une vieille femme s'agitait. Katinka fut accueillie par une odeur d'huile de cuisson et un grésillement d'œufs. Une jeune journaliste anglaise et un vieil Arménien dégustaient des expressos, attablés à leurs places habituelles.

« Bonjour, *señorita* ! la salua la cuisinière, une vieille Espagnole qui prétendait travailler là depuis la guerre civile et qui pourtant parlait très mal le russe. Une tortilla ?

— Comme d'habitude.

— C'est la meilleure cuisinière de toute la ville », murmura l'Arménien avant d'envoyer un baiser à la vieille Ibère.

Une heure plus tard, Katinka se dirigeait lentement vers la rue Tverskaïa – le nouveau nom de la rue Gorki –, puis tournait à gauche sous un porche pour rejoindre les étangs du Patriarche, une place dont le centre se composait d'un parc arboré agrémenté de deux lacs. C'est ici que vivait Boulgakov lorsqu'il écrivit *Le Maître et Marguerite*. Installée à la terrasse d'un café, elle s'offrit une glace et observa les flâneurs. Pourquoi le colonel Lentin souhaitait-il la rencontrer ici plutôt qu'à la Loubianka ? Allait-il lui apporter des documents ? Non, impossible. Quel mystère… Elle ne lui faisait pas du tout confiance.

À deux heures précises, elle quitta la place pour rejoindre le café Piano au bout de la rue. En entrant, elle fut assaillie par Rod Stewart qui chantait « Do Ya Think I'm Sexy » sur la chaîne stéréo. L'endroit semblait désert à l'exception du vieux serveur qui remplissait trois verres de vodka et de deux hommes installés à une table en métal. L'un des clients était le marmouset, vêtu d'une veste sport verte et d'une cravate à rayures. Il se leva pour tendre la main à la jeune fille.

« Venez, mademoiselle, dit-il en lui indiquant une chaise. Laissez-moi vous présenter mon camarade, Oleg Sergueïevitch Trofimski.

— Enchanté, Katinka. Asseyez-vous, je vous en prie », l'invita l'inconnu à qui une longue barbe blanche donnait l'allure de Merlin l'enchanteur. Le serveur leur apporta les vodkas qu'il posa brutalement sur la table.

« Non, non, le gronda l'enchanteur. Dima, apporte-nous plutôt ton plus vieux whisky. Cette demoiselle est trop délicate pour de la simple vodka russe. »

Sur un haussement d'épaules, le serveur retourna derrière son bar.

« Dima est un camarade à la retraite, expliqua l'inconnu. Du coup, nous venons ici pour… disons… par amitié. Il connaît mes goûts. Pas vrai ? »

Pour toute réponse, Dima roula des yeux et leur apporta leur commande.

L'inconnu se tourna vers Katinka. « Bien. Buvez lentement. Ce breuvage a cinquante ans. Il a vieilli sur une île au large de l'Écosse dans un fût de chêne. Son nom ? Laphroaig. Goûtez. Vous sentez ? Il a un petit goût de tourbe. Quand je travaillais à l'ambassade de Londres – dans la plus grande clandestinité, bien entendu –, j'ai eu la chance de visiter les îles calédoniennes. La famille royale britannique ne boit rien d'autre lorsqu'elle part chasser en Écosse. Allez ! Buvez ! »

Katinka trempa ses lèvres dans son verre.

« Vous êtes historienne, n'est-ce pas ? demanda l'enchanteur en se caressant la barbe.

— Oui. Ma spécialité, c'est le XVIIIe siècle.

— J'ai moi-même étudié l'histoire et je connais parfaitement le Livre de velours, le livre généalogique des nobles et des princes de notre pays. Les Romanov, les Saxe-Cobourg et tous les autres. C'est une passion, disons. Bien, maintenant que je vous ai appris quelque chose des petits plaisirs de la vie, je vais aller droit au but. Sur quoi portent vos recherches actuelles ? Sur la période du Culte de la personnalité ?

— Sur une famille en particulier, répondit prudemment Katinka.

— Ça, je le sais déjà. Le colonel Lentin me l'a dit. Les documents que vous avez consultés ne vous ont pas suffi ?

— Je voudrais en voir d'autres.

— Certes, c'est envisageable. Vous en verrez d'autres. »

Étonnée que les choses deviennent si faciles, Katinka bredouilla : « Merci. Quand ?

— Nous devons nous adapter aux temps qui changent, n'est-ce pas, colonel Lentin ? Nous devons prendre le train en marche. Tout en restant patriotes, évidemment. Nous ne voulons surtout pas devenir américains. Ne vous trompez pas, mademoiselle, nous sommes la conscience de notre pays qui, grâce à nous, redeviendra fort et puissant !

— Certes, mais les documents ? Quand pourrai-je les consulter ?

— Ah ! La jeunesse ! Toujours pressée. Demain ?

— Parfait, répondit la jeune fille, aussi ravie que mal à l'aise.

— C'est faisable pour demain, colonel ? demanda l'enchanteur.

— Non. Plutôt dans trois jours, expliqua le marmouset. Voire une semaine.

— Affaire conclue ! Et notre prix ne sera pas trop élevé.

— Comment ? s'écria Katinka. Mais…

— Ah ! Regardez-la, s'exclama l'enchanteur avec emphase. Voyez comme l'inquiétude assombrit ce joli visage. Ha ha ha ! Vous êtes nouvelle à Moscou, on dirait. Un petit chat perdu dans la grande ville, je le vois bien. Eh oui, que voulez-vous ? Tout a un prix. Le colonel et moi, nous nous mettons au goût du jour, nous prenons le train en marche. Apportez-nous du whisky, Dima. Et levons nos verres ! »

12

Le lendemain, peu après midi, Katinka se promenait dans les nouvelles boutiques du GUM sur la place Rouge. Elle avait rendez-vous au restaurant Bosko, où de grandes jeunes femmes filiformes, très bronzées et vêtues en Versace de la tête aux pieds bavardaient avec des petits gros en costume italien. Ce lieu était si chic que Katinka aurait tout aussi bien pu se trouver à Venise ou à New York.

Quel endroit ! songea-t-elle sans remarquer le regard méprisant que le maître d'hôtel, un Tatar aux allures italiennes, jeta sur sa jupe et ses bottes blanches. « Regardez ! Quel panorama ! » s'exclama-t-elle toute à sa joie provinciale et au plaisir sensuel que lui procuraient la vue du Bosko sur la place Rouge et ses pavés polis. La jeune fille s'abîma dans la contemplation du paysage urbain. Un sentiment de fierté l'envahit soudain pour son pays, sa capitale et ses merveilles architecturales.

Après avoir admiré le Kremlin, son regard se tourna vers le dôme du bâtiment du Conseil des ministres où le président Eltsine officiait et où Lénine et Staline avaient tous deux travaillé. Sashenka avait rencontré les deux grands hommes au début de la grande aventure du communisme, songea Katinka avant de sursauter. Son intérêt pour ses recherches devenait obsessionnel : elle pensait sans cesse à une femme qu'elle ne connaissait que grâce à sa photographie et à son dossier du KGB.

Le maître d'hôtel interrompit sa rêverie. « Je peux vous aider, mademoiselle ? Une table avec vue ?

— Elle m'accompagne, lança une voix derrière elle. Pasha Getman la dominait de toute sa hauteur. D'un pas gauche, il s'approcha d'elle. Malgré leur luxe, son pantalon était trop ample et sa chemise mal boutonnée, ce qui ne l'empêchait pas de dégager la confiance en soi et l'arrogance d'un natif d'Odessa ainsi que l'odeur malodorante de son cigare.

Après son entrevue avec l'enchanteur et le marmouset, Katinka s'était empressée d'appeler Roza qui lui avait conseillé d'en parler à Pasha, lequel lui avait aussitôt donné rendez-vous.

Allait-il la serrer dans ses bras ? Ils se penchèrent tous deux l'un vers l'autre mais, au dernier moment, Pasha lui tendit la main. Très gênée, la jeune fille fut toutefois sauvée par l'arrivée du maître d'hôtel.

« Bienvenue, gospodin Getman ! Vous voulez votre table, dans l'alcôve ? Suivez-moi. »

660

Les trois armoires à glace au crâne rasé qui servaient de gardes du corps à l'oligarque s'installèrent à une table voisine.

« Je n'ai pas beaucoup de temps, annonça Pasha lorsqu'ils furent assis.

— Je vous croyais à Londres.

— Vous voulez de l'eau ? » demanda-t-il en en renversant. Les serveurs se précipitèrent pour nettoyer les dégâts. « Je suis rentré chez moi. Les élections approchent et le président a besoin de notre aide. Nous devons empêcher le retour des communistes. Maman rentre bientôt, elle aussi. Vous comprenez bien que c'est son dernier espoir de retrouver ses origines. Mettez-vous à sa place, Katinka ! Vous connaissez vos parents ?

— Oui, bien sûr.

— Vous avez passé une enfance heureuse ? »

La jeune fille acquiesça de la tête, incapable de cacher le plaisir qu'elle éprouvait en repensant aux siens. « Mon père est médecin. Ils m'aiment beaucoup et nous vivons avec mes grands-parents dans la maison familiale.

— Nous avons beaucoup de chance, vous et moi. Bon, je sais que vous avez beaucoup discuté avec maman – Katinka s'amusait à entendre ce milliardaire d'une trentaine d'années parler de sa mère en l'appelant encore maman –, mais j'aimerais que vous me disiez vous-même où en sont vos recherches. »

Pendant toute l'explication, le téléphone portable de Pasha sonna sans arrêt, un de ses gardes du corps prit une communication et lui transmit un message, une rousse en minijupe de

661

cuir et bottes Chanel vint le saluer, plusieurs hommes d'affaires vinrent lui serrer la main, mais malgré ces nombreuses interruptions, Katinka réussit à résumer ses trouvailles. Penché vers elle, concentré, cigare au coin des lèvres, le regard perdu dans celui de son interlocutrice, Pasha ne perdait pas un mot de ses révélations.

« Si je vous suis, Satinov sait quelque chose mais il est très vieux et très mystérieux, comme tous les hommes de sa génération. Vous faites du bon travail. »

Ce compliment fit rougir la jeune fille de la tête aux pieds. « Mais certains documents manquaient dans les dossiers. J'ai rencontré deux employés de l'ex-KGB et j'ai vraiment honte… bien entendu, j'ai refusé leur proposition… mais ils m'ont demandé…

— Quoi ?

— De l'argent ! C'est répugnant !

— Combien ?

— Je leur ai dit qu'il n'en était pas question.

— Écoutez, l'interrompit Pasha. Je ne voudrais pas vous paraître… Je suis plus âgé que vous et… je suis désolé d'avoir perdu mon calme à Londres. Maman m'a fait la leçon, d'ailleurs. Mais vous êtes d'une étonnante naïveté. Je rencontre un nombre hallucinant de filles intéressées et j'ai bien compris que vous ne leur ressemblez pas. Maman m'a dit et répété que vous ne faites pas ça pour l'argent, que vous voulez sincèrement nous venir en aide. J'espère donc que vous continuerez à travailler jour et nuit. Combien vous ont-ils demandé ?

— On ne devrait pas les payer, objecta Katinka. Ils ne le méritent pas. Ils sont malhonnêtes.

— Contentez-vous de me dire combien ils réclament.

— Ils ont parlé de... C'est une telle somme. C'est un crime. Ce sont des mafieux... » La jeune fille soupira, profondément abattue. « Quinze mille dollars. C'est une honte. Notre pays part à vau-l'eau. »

Pasha haussa les épaules d'un air désinvolte. « Eh bien, disons que c'est un cadeau que j'offre à ma mère. La vérité coûte cher, mais la famille n'a pas de prix. Si vous comprenez ça, vous aurez tout compris. Je vais payer.

— Non.

— Ne me dites pas ce que je dois faire, gronda-t-il en agrippant la nappe dans un effort surhumain pour conserver son calme. C'est mon argent et nous avons besoin de ce renseignement.

— Bon d'accord, lâcha Katinka. Ah, j'oubliais, ajouta-t-elle en lui tendant un morceau de papier chiffonné. Satinov m'a donné ceci en me recommandant de voir cette personne au plus vite, avant qu'il ne soit trop tard.

— C'est un numéro de téléphone à Tbilissi. En Géorgie.

— En effet.

— Eh bien ? Qu'attendez-vous ? Vous devez partir tout de suite.

— Aujourd'hui ?

— Évidemment ! Filez chercher votre passeport et vos bagages à votre hôtel. À votre retour, je vous remettrai l'argent et vous pourrez donner rendez-vous à nos deux escrocs. » Sur ces mots, il composa un numéro sur son téléphone portable. « Allô, c'est moi. Réserve une place sur un vol à destination de Tbilissi. Départ cet après-midi. Quatre heures ? Parfait. Ekaterina Vinski. Réserve également une chambre à l'hôtel Metechi Palace. Salut. » Après avoir raccroché, il héla un de ses gardes de corps. « Eh, Tiger ! » L'homme s'approcha à pas lourds. « Ramène Katinka à son hôtel puis accompagne-la à l'aéroport. Pas de temps à perdre. »

13

Il faisait déjà nuit lorsque Katinka arriva à Tbilissi – l'ancienne Tiflis. Avec ses hordes de taxis qui hurlaient, ses hommes en armes, ses marchands, ses militaires et ses voleurs à la sauvette, l'aéroport avait tout du bazar oriental. Heureusement, un chauffeur attendait la jeune fille avec une pancarte sur laquelle était écrit « Vinski » et une Volga qui ne semblait pouvoir démarrer qu'en connectant deux fils et en priant bien fort. Sur le trajet qui les menait dans le centre, les coups de feu d'un petit territoire en pleine guerre civile ricochaient au-dessus de la ville à moitié éclairée. Avec ses ascenseurs en verre et son foyer surplombé de balcons à rambardes métalliques donnant sur une immense verrière, le Metechi Palace était une affreuse construction moderne dans laquelle patrouillaient des bandits géorgiens armés de kalachnikovs ayant déjà beaucoup servi.

Après avoir déposé ses bagages, Katinka prit un taxi pour se rendre dans le centre de la ville, auquel on n'accédait qu'après avoir passé des postes de contrôle gardés par des miliciens de toutes sortes. Par comparaison, les policiers semblaient pauvres et démunis, perdus dans leur propre cité. Les immeubles étaient tous délabrés, les rues tout droit sorties de l'idée que se font les Orientaux d'un Paris qui n'a jamais existé.

C'était la première fois que Katinka se rendait en Géorgie – sa famille allait toujours en vacances à Sotchi, sur la mer Noire – mais elle en avait évidemment beaucoup entendu parler. Les fruits, le vin rouge si capiteux, la capitale ostentatoire, le dôme du Soviet Emporium, ses privilégiés, ses chefs communistes corrompus et leurs vies de sultans, ses intellectuels et leur amour de la polémique, ses Casanova hauts en couleur... Cela dit, la Géorgie possédait également un côté sombre. Elle avait donné naissance à Staline et Beria, ainsi qu'à d'autres célèbres communistes aux noms imprononçables, voire ridicules : Sergo Ordjonikidze, Abel Yenukidze. Et bien sûr le maréchal Hercule Satinov.

Le taxi traversa la place de la Liberté – appelée d'abord place Erevan, puis place Beria, puis place Lénine –, puis tourna dans l'élégante avenue Roustaveli – anciennement avenue Golovinski – connue pour ses théâtres et ses palais. Le chauffeur demandait son chemin aux passants en criant. Après avoir fait demi-tour en dépit de la circulation et du mécontentement des autres automobilistes, il indiqua à Katinka l'endroit défraîchi qu'était l'hôtel Tbilissi, autrefois l'un des plus luxueux de la ville, et s'arrêta enfin dans une rue

666

en pente, près d'une église orthodoxe de style géorgien. Là, il lui montra un point dans l'obscurité.

« C'est là ! »

Après avoir payé sa course en dollars, Katinka avança prudemment dans la ruelle sombre. Derrière leurs hautes enceintes, les demeures semblaient étreintes par des lianes de vigne vierge, des jardins fleuris, des balcons d'où s'échappaient des plantes grimpantes, des rires et des éclairages vacillants. Un homme à la barbe blanche très fournie alluma le passage de sa lanterne.

« Où allez-vous ? Vous êtes perdue ? »

Malgré l'arme passée dans le ceinturon de l'homme, la jeune fille se sentait en sécurité. « Le café Biblioteka ? demanda-t-elle.

— Suivez-moi », répondit l'inconnu en russe avec un accent à couper au couteau, avant de la prendre par le bras et de l'accompagner sur une rue pavée jusqu'à une maison presque entièrement dévorée par la vigne. Là, il ouvrit la porte en bois, pénétra dans un couloir de marbre en ruine éclairé par des chandelles, puis dans une salle qui embaumait la cuisine géorgienne. « Venez, lança-t-il. C'est ici, le café Biblioteka ! »

Sans voix, Katinka entra dans l'étonnant café dont les bougies vacillantes dégoulinaient de cire liquide. Une odeur délicieuse de *tkemali*, ces pruniers de Géorgie, d'amandes, de gingembre et de pommes vint lui chatouiller les narines. L'endroit était une ancienne bibliothèque dont les rayonnages couraient entre les tables et derrière le bar. Des cartes, des drapeaux des régiments de la garde tsariste, des brigades de Géorgie et des travailleurs bolcheviques se mêlaient joyeusement aux dessins, nobles ou obscènes, aux tableaux, aux icônes, aux uniformes traditionnels, aux épées et aux dagues, tandis que les bustes de Mozart, de la reine Tamara, de Staline et de divers sénateurs romains décoraient les murs. Quelques étagères s'étaient écroulées sous le poids des livres et des ans. Les ouvrages restaient là, abandonnés sur le sol, leurs pages jaunies offertes aux regards.

Un vieil homme coiffé d'un chapeau de feutre lisait dans la pénombre ; un groupe de routards américains affublés de Timberland, de larges bermudas et de ceintures-portefeuilles – signalant ainsi aux brigands de la ville où trouver leurs devises occidentales – buvaient du vin géorgien ; deux locaux aux cheveux grisonnants se disputaient à voix haute : ils parlaient de politique.

« Chevarnadze est un traître, un espion du KGB, hurla le premier.

— Et Zviad un dingue et, lui aussi, un espion du KGB, rétorqua l'autre.

— Vous voulez une table, mademoiselle ? » demanda un grand Géorgien élancé. Coiffé d'un béret bleu, vêtu d'une *chokha*, la tunique traditionnelle à manches longues dotée de cartouchières, et armé d'une dague sertie de pierres passée à sa ceinture, il s'inclina. « Je m'appelle Nugzar. Et vous ? Vous avez l'air perdue.

— Connaissez-vous Audrey Zeitlin ? Je voudrais lui parler.

— La vieille dame anglaise ? C'est notre mascotte, notre porte-bonheur ! On lui donne à manger tous les jours. Elle a longtemps travaillé ici, elle nous a appris l'anglais, à nous et à nos enfants. Elle vit à l'étage. Suivez-moi! »

Katinka monta l'escalier, et longea un couloir dans lequel la vigne avait réussi à s'infiltrer par une fenêtre qu'il était désormais impossible de fermer. Nugzar frappa à la porte.

« Anuko? » appela-t-il.

Ah! songea la jeune fille. Les Géorgiens et leurs drôles de surnoms!

« Vous avez une visite, Anuko! »

Aucune réponse.

Après un moment d'hésitation, Nugzar osa pousser la porte pour jeter un regard timide dans la pièce obscure.

14

« Je n'ai jamais cessé d'espérer que tu viendrais »,
avoua Lala, d'une voix brisée par les ans.

La vieille dame portait une chemise de nuit,
une robe de chambre et ses longs cheveux blancs
détachés. Elle semblait rabougrie, comme un petit
sac d'os maintenus les uns aux autres par la peau
si fragile et si délicate qu'elle paraissait transparente. Ses yeux, en revanche, brillaient de la vie,
de l'audace et de l'exubérance de la jeunesse. « J'ai
attendu cinquante ans. Pourquoi t'a-t-il fallu tant
de temps ?

— Bonjour, répondit Katinka d'un ton hésitant,
craignant de ne pas être au bon endroit tout en
étant stupéfaite que cette dame semble la reconnaître. C'est le maréchal Satinov qui m'envoie.

— Ah ! Satinov. C'était notre héros, notre ange
gardien. Il est vieux, maintenant, bien sûr. Pas
autant que moi, évidemment. Assieds-toi, assieds-
toi. »

La jeune fille accepta le fauteuil qui se trouvait
dans le coin de la petite chambre embaumant la

crème pour les mains. Une unique bougie se consumait à côté du lit. Les photos sépia abondaient : de grands personnages en col amidonné et chapeau melon ; une écolière hautaine en tablier blanc ; une reproduction miniature en argent d'un derrick et de nombreux, très nombreux livres.

« Allez, ma fille, viens me retaper mes oreillers et apporte-moi un verre de vin. Demande à Nugzar. Ensuite, il faudra que nous bavardions. Toute la nuit. On ne dort guère à mon âge. Qui voudrait vivre aussi vieux ? C'est d'un ennui ! Tous mes amis sont morts. Mon mari est décédé depuis quarante ans mais j'attendais ta venue, je crois. Tu es là, maintenant. Envoyée par le maréchal Satinov. Il veut retrouver mes enfants perdus, n'est-ce pas ? Tu prends des notes, ma chérie ? »

Comme dans un rêve, Katinka fouilla dans son sac à la recherche de son petit cahier et d'un stylo.

« Je vais te parler de Sashenka, de Snowy et de Carlo.

— Un instant. Je connais Sashenka mais qui sont Snowy et...

— Tu ne sais donc rien ? Ce sont les enfants de Sashenka. De leurs vrais noms, Volia et Karlmarx. Je vais te raconter leur histoire, mais commence par ouvrir la fenêtre, tu veux ? » La jeune fille s'exécuta, trop heureuse de laisser entrer un peu d'air dans la chambre confinée. Dehors, le jardin odorant grouillait d'insectes. Le parfum des violettes, des roses et des tkemali pénétrait par vagues au travers des volets et rafraîchissait l'atmosphère. Du rez-de-chaussée, des chaudrons de la cuisine, leur parvenaient les effluves puissants de la noix muscade et du gingembre qui entraient dans la composition du *tchakapouli*, ce délicieux ragoût d'agneau traditionnel.

En dégustant du vin et des tranches de katchapouri apportés par le guerrier du café, Katinka fit donc un long voyage dans le temps, découvrit l'existence d'un hôtel particulier situé rue Bolchaïa-Morskaïa dans le Saint-Pétersbourg d'antan. Un riche banquier juif et son épouse volage y avaient élevé leur fille nommée Sashenka avec l'aide d'une jeune gouvernante anglaise dont les parents tenaient un pub dans un village du Hertfordshire. « Lala » Lewis, comme la surnommait Sashenka – « et vous aussi Katinka, vous devez m'appeler ainsi » –, semblait tout connaître de la famille Zeitlin. Elle décrivit l'enfant sage dédaignée par sa mère, adorée par un père absent et nourrie de la dévotion de sa gouvernante.

Quel tableau Lala peignait de cette époque lointaine. Les automobiles avec une vitre de séparation, des phares en chrome, des capitonnages en cuir et des intérieurs en teck ; des voitures et des traîneaux conduits par des cochers coiffés de hauts-de-forme et protégés du froid par de lourdes peaux de mouton ; des millionnaires, des comtes, des révolutionnaires, des oncles et des chauffeurs, des dépressions et des suicides.

« Je suis tombée amoureuse du baron Zeitlin, ici même, dans cette maison. Il y a bien longtemps, elle lui appartenait », avoua Lala avant d'ajouter qu'il lui avait demandé sa main dans un kabinet d'un restaurant chic, le Donan de Saint-Pétersbourg.

« En 1917, Samuil a tout perdu. Il a tout recons-
truit au service du nouveau régime avant de tout
perdre à nouveau en 1929, lorsque nous sommes
venus nous installer ici, pensant que nous y serions
plus en sécurité. Nous étions tellement persuadés
de ne pas avoir beaucoup de temps devant nous
que nous en avons profité autant que possible.
Nous nous aimions. Chaque jour était une lune
de miel, chaque baiser un cadeau inespéré. À
Moscou, Sashenka et Vania faisaient partie de la
classe dirigeante. Ils connaissaient tout le monde,
y compris Staline. Sashenka était rédactrice en
chef d'un magazine et Vania membre de la police
secrète, sans doute un affreux boucher sous ses
apparences affables. Ils nous manquaient car nous
adorions Sashenka autant l'un que l'autre. C'est
d'ailleurs notre amour pour elle qui nous a rappro-
chés, tu sais. Lorsque le NKVD a emmené Samuil,
je le savais condamné et j'ai attendu qu'on vienne
également me chercher. J'ai continué à travailler
ici ; je me suis occupée des enfants ; je suis devenue
le meilleur professeur d'anglais de la ville ; j'ai
enseigné aux enfants de la classe dirigeante et je
donne encore des cours ! Mais je m'égare. Quand
ils ont emmené Samuil, j'ai pleuré toutes les larmes
de mon corps. Les lettres et l'argent que je lui
envoyais m'étaient retournés, ce qui signifiait qu'il
était mort. Ensuite, ils ont arrêté Sashenka et
Vania. J'étais désespérée. Imagine ma stupéfaction quand Samuil est revenu ! La vie et la mort
étaient imprévisibles à cette époque !

— Comment votre mari a-t-il pris la disparition
de sa fille ?

— Sur son lit de mort, il délirait et criait "Sashenka, ma chérie, ma *lisichka*, mon isatis ! Embrasse-moi avant que je meure." Il était persuadé qu'elle reviendrait. Je lui ai donc promis que je l'attendrais à sa place.

— Avez-vous sommeil ? demanda Katinka, à la fois inquiète de l'état de fatigue de Lala et avide d'en savoir davantage. Vous voulez dormir un peu ? ajouta-t-elle en remarquant les larmes qui roulaient sur les joues de la vieille dame.

— Je suis épuisée, c'est vrai, mais j'ai attendu si longtemps pour raconter tout ça… Tu sais, quand Samuil était prisonnier, le camarade Satinov m'a fait venir au palais du vice-roi pour me faire une proposition impossible à refuser. Écoute-moi, Katinka. Je n'aurai pas la force de répéter cette histoire.

— Je suis tout ouïe. Je vous le jure ! »

« Hercule Satinov était un héros. Il avait une jeune épouse, un bébé, et il bénéficiait de tous les privilèges liés à son rang. Il a risqué le châtiment suprême pour aider les enfants de Sashenka, il s'est occupé de tout. Quand tous les autres se comportaient en larbins, en lâches et en tueurs, il a été le seul à rester droit. Si tu écris cette histoire, n'oublie pas de le mentionner.

— Entendu, répondit Katinka en repensant au vieux maréchal rusé comme un renard et à l'expression qu'il avait prise lorsque la jeune fille l'avait interrogé sur Sashenka et ses enfants.

— Au palais du vice-roi, où se trouvait le quartier général du Parti communiste à l'époque, Satinov

674

m'a annoncé que quelque chose de terrible était arrivé à Sashenka et Vania. Il fallait absolument que je m'occupe de leurs enfants. Il m'a dit de me rendre à la gare de Rostov où les petits m'attendraient avec leur gouvernante au buffet. À mon arrivée, ils étaient épuisés, affamés et crasseux, mais je les ai aimés sur-le-champ. Comme si je les avais élevés moi-même, d'ailleurs, car Sashenka s'occupait d'eux comme je l'avais fait pour elle. Snowy ressemblait tellement à sa mère que je l'ai immédiatement embrassée. Quant à Carlo, il était espiègle, adorable et taquin comme son père, mais son regard, son sourire et même ses fossettes lui venaient de Samuil. Ils m'ont immédiatement fait confiance, Dieu sait pourquoi, sans doute parce qu'ils sentaient le lien qui m'unissait à leur maman. C'était à fendre le cœur ! On les a d'abord séparés de leur père, puis de leur mère, et moi je l'ai fait de leur gouvernante. J'ai quitté l'hôtel de Rostov avant qu'elle ne s'éveille et je m'en veux encore. J'espère qu'elle a compris mon geste. Après tout, elle aussi a risqué sa vie pour ces enfants.

— Qu'est-elle devenue ? » demanda Katinka. La vieille dame ignora sa question, craignant peut-être de gaspiller avec ses forces sur des détails secondaires. En fait, comprit brusquement la jeune fille, Lala Lewis racontait l'histoire que Satinov ne trouvait pas la force de révéler.

En sirotant son verre de vin rouge, la vieille dame en renversa sur sa chemise de nuit. D'une main tremblotante, elle tenta d'essuyer la tache sans y parvenir. Lasse, elle renonça.

« Je l'ai supplié de me confier les petits, mais il m'a dit que j'allais moi aussi être arrêtée. Qu'adviendrait-il d'eux alors ? J'ai donc compris que je ne les garderais que très peu de temps et qu'il me fallait en profiter autant que possible. Les cinq jours que nous avons passés ensemble ont évidemment été trop courts. J'avais perdu Samuil mais j'avais retrouvé ces deux amours. Satinov m'a remis assez d'argent pour les nourrir convenablement et, comme nous avions des papiers, nous étions libres de nos mouvements. Je me sentais en famille. "Où est maman ? Quand revient-elle ?" répétaient les enfants mais Satinov m'avait conseillé de leur dire que leurs parents étaient morts dans un accident. Ce fut un moment horrible. Plus que jamais, Snowy s'accrochait à moi et à son coussin, ce coussin qui lui servait désormais de père et de mère, tandis que Carlo ne quittait plus son petit lapin en peluche. Je n'avais qu'une envie : les embrasser, les serrer dans mes bras, les gâter, les réconforter, les soigner. Je voulais leur donner tout mon amour… mais je n'en avais pas le droit car il ne fallait surtout pas qu'ils s'attachent à moi. Ils dormaient dans mon lit, c'est vrai, dans ce lit que tu vois, et j'ai savouré les câlins partagés. Allongée entre eux deux, je sanglotais en silence en songeant à leur destin et à celui de leur mère. Le matin, mon oreiller était inondé de larmes. Un jour, Snowy m'a embrassée. "On peut rentrer à la maison, Lala ? Où est maman ?

— Je crois qu'elle vous regarde.

— Comme les étoiles dans le ciel ?

— Exactement. Elle vous regardera toujours, ma chérie.

— Pourquoi est-elle partie sans nous ?

— Elle n'a pas eu le choix, ma chérie. Je sais qu'elle vous aimait, Carlo et toi, plus que tout au monde. La nuit, où que vous soyez, elle viendra déposer un baiser sur vos fronts. Comme ça. Vous ne vous réveillerez même pas. Mais le matin, vous sentirez une brise légère et vous saurez qu'elle vous aura rendu visite.

— Et papa ?

— Papa vous embrassera aussi, mais de l'autre côté du front.

— Maintenant, c'est toi qui vas nous servir de maman ?"

Oh, Katinka ! Tu imagines cette conversation ? Il m'a fallu les emmener à l'orphelinat Lavrenti Beria. Un enfer, cet endroit. Le visiter était déjà une expérience atroce, alors y vivre ! Nous avons obtenu les tampons nécessaires sur les papiers d'identité qui leur assignaient des familles adoptantes. Satinov s'était chargé des moindres détails si bien qu'ils n'étaient pas enregistrés comme enfants d'ennemis du peuple mais orphelins ordinaires. Comment il a réussi tout ça, je n'en ai pas la moindre idée. J'appréhendais beaucoup la séparation. Je les adorais, ces petits. Je me rappelle l'odeur de leur peau, leurs regards, leurs voix... Je n'avais pas le choix : je devais les abandonner et, pire que tout, je devais les séparer, puisqu'ils devaient ne plus jamais se revoir. C'était insupportable. »

677

Les larmes roulaient sur les joues parchemi-
nées de la vieille dame. Bouleversée, Katinka ne
put retenir ses sanglots. Sans un mot, elle s'assit
sur le lit et toutes deux restèrent là, à se tenir la
main. Après un long silence, Lala avala une gorgée
de vin et une cuillerée de katchapouri, puis elle
s'éclaircit la voix.

« Vous vous sentez assez forte pour poursuivre ?

— Moi oui. Et toi ? demanda l'Anglaise en
s'essuyant les yeux. Je ne m'en sors pas mal, pour
mon âge, n'est-ce pas ?

— Vous souvenez-vous des gens qui les ont
adoptés ?

— On ne m'a jamais dit leurs noms. Satinov
voulait être le seul à les connaître. Mais je me
souviens du jour où je les ai rencontrés. Quelle
souffrance, mon Dieu ! Carlo jouait avec un train
dans l'une des salles de l'orphelinat et Snowy
organisait un dîner pour une assemblée de
coussins quand les couples sont arrivés. C'étaient
des gens bien, j'imagine, mais sans le moindre
point commun avec Sashenka. Le couple juif – ils
n'ont pas mentionné leur religion mais ils venaient
d'Odessa ou de Nikolaev, je ne sais plus bien, de
la région de la mer Noire, en tout cas – semblait
assez gentil mais inapte à s'occuper d'un enfant.
Un intellectuel échevelé d'une quarantaine
d'années et une pédante rabougrie. Je leur ai
expliqué que la mère de Snowy était elle aussi
juive, qu'ils avaient un point commun, en somme.
Je leur ai parlé de la petite, de ses goûts, de ses
habitudes et, à leur manière un peu guindée, ils
se sont mis à jouer avec elle. Ça m'a rassurée. Je

les ai laissés seuls avec la petite, priant pour qu'ils l'apprivoisent, mais Snowy n'arrêtait pas de revenir vers moi en pleurant. "Où est Lala ? hurlait-elle. Ne nous abandonne pas ! Où est Carlo ? Je veux rester avec Carlo. Carlo ?"

Quand ils l'ont emmenée, elle s'est mise à crier : "Lala, tu m'avais promis ! Au secours ! Aide-moi !" Elle voulait rester avec son frère et moi. Pour finir, ce sont les infirmières et les gardiens qui l'ont poussée de force dans la voiture de ses parents adoptifs. Elle se débattait en sanglotant : "Tu m'avais promis !" Après leur départ, je me suis effondrée par terre et je me suis mise à hurler. Un cri d'animal, devant tout le monde… »

Cette histoire fascinait Katinka malgré sa fatigue. « Ce devait être les Liberhart. Roza est donc Snowy. » Mais Lala poursuivit son récit malgré l'interruption. « Ce fut la même chose avec Carlo et les paysans.

— Quels paysans ? s'étonna la jeune fille en prenant des notes.

— Le couple qui l'a adopté. Dès le départ de sa sœur, il s'est mis à pleurer. "Où est Snowy ? Je veux faire un câlin à Snowy ! Lala, tu ne vas pas me laisser, n'est-ce pas ? Tu ne vas pas partir sans moi ?" Je ne sais pas comment j'ai fait pour survivre à cette affreuse journée. Lui aussi s'est débattu lorsqu'ils l'ont emmené. J'entends encore ses cris… D'une certaine façon, c'était plus facile pour lui car il n'avait que trois ans. J'ai prié pour qu'il oublie ses parents, pour qu'il n'ait aucun souvenir de ce calvaire. On dit que jusqu'à trois ans la mémoire n'est pas effective. C'est l'âge limite. »

Katinka prit les mains de Lala dans les siennes. « J'ai de très bonnes nouvelles pour vous.

— Quoi donc ? C'est Sashenka ? dit-elle en scrutant l'obscurité. Elle est ici ? Je savais qu'elle viendrait.

— Non, Lala. Nous ne savons pas où elle est.

— Je rêve souvent d'elle, tu sais. Je suis certaine qu'elle est encore en vie. Après tout, on croyait Samuil mort et il est revenu. Trouve-la, Katinka. Amène-la-moi.

— Je ferai de mon mieux, mais je dois vous dire quelque chose. Je crois avoir retrouvé Snowy. La famille qui l'a adoptée, les Liberhart, l'ont appelée Roza. Je vais lui téléphoner dès ce soir pour qu'elle vienne vous voir. Vous pourrez lui raconter toute son histoire vous-même. »

Lala regarda longuement Katinka dans les yeux, puis détourna le visage. « Je savais que je n'attendais pas en vain. Satinov est un ange. Un envoyé du ciel », murmura-t-elle. Après avoir retrouvé un peu de force, elle fixa la jeune fille. « Je veux revoir Snowy. Mais n'attendez pas trop longtemps car je ne suis pas immortelle. »

Lorsque Katinka se leva pour prendre congé, elle fut prise de vertiges. Comme si elle avait vécu elle-même ces terribles épreuves. « Je dois rentrer à mon hôtel et appeler Roza. »

La vieille dame s'agrippa à son bras. « Non, non. Reste avec moi. J'ai attendu trop longtemps. J'ai peur que tu ne reviennes pas, que tout ne soit qu'un rêve, une illusion. Et si je me réveillais pour découvrir que tu n'étais qu'une chimère ?

— D'accord, je reste auprès de vous. » Ravie de ne pas retourner dans son hôtel trop luxueux à son goût, la jeune fille s'installa à nouveau dans son fauteuil.

Au cours de la nuit si douce, Lala la réveilla. Assise dans son lit, elle délirait. « Elle a été arrêtée devant le pensionnat, baron. Oui, les gendarmes l'ont emmenée… Qu'allons-nous faire aujourd'hui, Sashenka ? Et si nous allions faire du patin à glace, ma chérie ? Si tu es sage, nous achèterons une boîte de biscuits Huntley & Palmers à la boutique anglaise de la perspective Nevski. Pantameilion, avancez le traîneau… »

Katinka s'approcha du lit. Les yeux ouverts, Lala serrait une photo sur sa poitrine. C'était le portrait de Sashenka vêtue du tablier blanc des pensionnaires de l'institut Smolny.

« Rendormez-vous, Lala. Il faut vous reposer, lui murmura la jeune fille en lui caressant le front pour l'apaiser.

— C'est toi, Sashenka ? Oh, ma chérie ! Je savais que tu reviendrais. Je suis tellement heureuse de te revoir… »

Rassurée, la gouvernante se laissa retomber sur son oreiller. Quant à Katinka, incapable de comprendre ce qui lui arrivait, elle retourna dans son fauteuil pour sangloter jusqu'à ce que le sommeil sèche ses pleurs.

15

Ce matin de printemps, lorsque Katinka s'éveilla, les rideaux étaient déjà ouverts. Vêtue de sa chemise de nuit rose râpée, Lala tenait une tasse de café turc et une miche de lavashi que Nugzar venait de lui apporter.

Dehors, les Géorgiens partaient travailler en chantant « Suliko ». À Tbilissi, la musique est partout. Les odeurs si caractéristiques des fleurs d'amandier et de pommier s'élevaient du jardin ; le parfum corsé du café et le bruit de la vaisselle qui s'entrechoque montaient du café Biblioteka.

« Bonjour, chère enfant, lui dit Lala. Descends vite te chercher du café. »

Katinka se redressa et se frotta les yeux. Elle devait immédiatement se rendre à son hôtel pour appeler Roza. Sa mission semblait presque accomplie, mais il restait tant à découvrir. Carlo était-il toujours en vie ? Qu'étaient devenus Sashenka et Vania ? Lisant dans ses pensées, Lala prit la parole :
« Sashenka est vivante, j'en suis persuadée. Et je

connais quelqu'un qui peut nous aider à la retrouver. »

Le lendemain à dix heures du matin, Katinka était de nouveau à Moscou. Rue Tverskaïa, elle sonna à la troisième porte d'un immeuble, qui s'ouvrit automatiquement sur un couloir qui empestait le chou évidemment. Pour atteindre le dernier étage, la jeune fille prit un vieil ascenseur aussi spacieux qu'une boîte de sardines. Lorsque les portes grincèrent, elle en eut le souffle coupé. Au lieu de donner dans un couloir, elles s'ouvraient directement sur un appartement haut de plafond, décoré en bois clair, rempli de meubles dignes de figurer dans les plus beaux musées. Les murs étaient couverts de livres et de revues de l'époque soviétique, d'anciennes affiches de cinéma et de tableaux encadrés à l'or fin. L'endroit n'était pas aussi impressionnant que l'appartement du maréchal Satinov mais plus confortable, plus élégant. Un esthète aisé de l'époque du tsar y avait sans doute vécu.

« Soyez la bienvenue, Katinka », dit la superbe femme qui se tenait au milieu de la pièce. Élégante, la silhouette mise en valeur par un costume et une coupe de cheveux que n'aurait pas reniés Marlene Dietrich dans les années quarante, elle était parfaitement à sa place dans cet appartement. Malgré ses quatre-vingts ans passés, elle se teignait les cheveux en noir. Magnifique, elle gardait la pose jusqu'au bout.

« Je me présente, Mouche Zeitlin, dit-elle d'un ton mondain en tendant la main à la jeune fille.

Venez, je vais vous faire visiter l'appartement. Voici le bureau de mon père…, expliqua-t-elle en guidant Katinka vers une petite pièce où s'entassaient encore des papiers et des livres. Ce sont ses œuvres, ajouta-t-elle en désignant un mur couvert d'ouvrages. Vous en connaissez certainement quelques-unes. À moins que vous ne soyez trop jeune…

— Non, non, j'ai entendu parler de lui. Mon père a tous les livres de Gideon Zeitlin dans sa bibliothèque, ainsi que ceux de Gorki, d'Ehrenbourg et de Cholokhov.

— Un grand de l'époque soviétique, remarqua Mouche. Tenez, dit-elle en montrant le mur de photographies. C'est mon père, Picasso et Ehrenbourg à Paris. Oh! Et là, il est en compagnie du maréchal Joukov à la chancellerie d'Hitler en 1945. Sur celle-ci, il pose avec l'une de ses nombreuses conquêtes. Je le surnommais papa momzer. C'est du yiddish. Ma mère et ma sœur sont mortes durant le siège de Leningrad mais, avec notre sens de l'humour, mon père et moi avons survécu aux guerres, aux révolutions et à la Grande Terreur. En fait, j'ai un peu honte de le dire mais… nous avons même prospéré. Vous voyez ces affiches? C'est moi dans mes films. Vous en avez sans doute vu quelques-uns. Et si nous prenions un thé? » Les deux femmes traversèrent le vaste couloir et Katinka se retrouva installée à une grande table. « Vous écrivez sur mon père ou sur moi?

— Heu… non. En fait, ce n'est pas pour cette raison que je suis venue vous voir… », bredouilla

Katinka. Mouche balaya l'embarras de la jeune fille d'un geste de la main.

« Évidemment ! Suis-je bête ! Vous faites partie de la nouvelle génération. Mais vous m'avez pourtant dit que vous étiez historienne », ajouta-t-elle en allumant une Gauloises qu'elle inséra dans un fume-cigarette avant d'en proposer une à Katinka qui la refusa.

Katinka raconta à Mouche sa rencontre avec Roza et Pasha, ainsi que toute l'histoire jusqu'à la nuit passée à écouter Lala. « C'est elle qui m'envoie. À la mort de Samuil, elle a conservé votre adresse. Et nous savons désormais que Roza Getman, ma cliente, est en fait Snowy, la fille de Sashenka.

— Mon Dieu ! Snowy ! s'écria Mouche en perdant soudain son affectation pour aussitôt fondre en larmes. Je n'arrive pas à y croire ! On espérait tellement retrouver cette petite. Et Carlo ?

— J'espère que nous parviendrons bientôt à le localiser, lui aussi.

— Vous dites que Snowy est vivante ? En bonne santé ? Je n'arrive pas à y croire, répéta Mouche en serrant Katinka dans ses bras. Vous êtes le messager du bonheur ! Je peux l'appeler ? Quand pourrai-je la rencontrer ?

— Très bientôt. Mais il reste encore beaucoup à découvrir. Je suis venue vous annoncer cette excellente nouvelle, mais je voulais également vous poser une question. Avez-vous tenté de retrouver Sashenka et Vania ?

— Jusqu'à sa mort, mon père a cherché à savoir ce qui leur était arrivé, à eux et à leurs enfants. Sous le régime stalinien, malgré son statut d'écrivain préféré du dictateur, mon père a failli périr à plusieurs reprises. À la fin de la guerre, il s'est rendu à Tbilissi pour revoir son frère aîné. Et Lala Lewis, bien entendu. Les retrouvailles ont été très joyeuses, évidemment; les deux hommes ne s'étaient pas vus depuis tant d'années! Bref, Samuil a fait promettre à mon père que, dès qu'il le pourrait, il ferait son possible pour découvrir la vérité sur Sashenka et sa famille.

— Vos recherches ont abouti? demanda Katinka en sortant son petit cahier.

— Oh oui. Du temps de Staline, papa s'était renseigné auprès de la Tcheka. On lui avait dit que, en 1939, Sashenka et Vania avaient écopé de dix ans dans les camps. Nous avons fait une nouvelle demande en 1949, l'année où elle aurait dû être libérée, mais on nous a informés que sa peine avait été prolongée de dix ans, avec interdiction de correspondance. Après la mort de Staline, on nous a appris qu'ils avaient tous les deux succombé à des crises cardiaques pendant la guerre.

— Il ne reste donc aucun espoir.

— C'est ce qu'on pensait mais, en 1956, une ancienne prisonnière, tout juste libérée, nous a téléphoné pour nous dire qu'elle avait été internée avec Sashenka au camp de Kolyma, qu'elle l'avait revue avant sa libération et que Sashenka était encore en vie en mars 1953, à la mort de Staline. »

Le cœur de Katinka fit un bond dans sa poitrine.

Un peu plus tard dans la journée, une Mercedes blindée noire vint chercher la jeune fille à l'hôtel Moskva pour la conduire au quartier général de

Pasha Getman, une ancienne résidence princière à proximité de la rue Ostajenka. Katinka était tellement curieuse de découvrir « le palais » – pour reprendre l'expression de la presse qui le décrivait comme une véritable ruche grouillant d'intrigues politiques et financières – qu'elle fut presque déçue en passant le portail de sécurité lorsqu'elle vit l'élégante demeure de deux étages en marbre blanc ornés d'une profusion de piliers de style oriental. L'entrée était digne du harem d'un sultan turc, décorée de nombreux divans et de multiples fontaines. Là, Katinka rencontra la sublime secrétaire russe de Pasha, une brune à peine plus âgée qu'elle, vêtue d'un tailleur dont la jupe semblait beaucoup trop courte, la ceinture beaucoup trop clinquante et les talons beaucoup trop hauts. À son regard possessif, la jeune fille comprit que cette égérie de Versace ne se contentait pas d'être la dactylo de Pasha.

Perchée sur ses talons, l'assistante mena Katinka – laquelle se sentait un peu gourde dans sa jupe en denim – dans un couloir d'où l'on apercevait une pièce remplie d'équipements électroniques et d'écrans de télévision que regardaient des gardes en uniforme bleu ; puis dans une salle à manger où un jeune homme vérifiait le plan de table, les compositions florales et les couverts ; et enfin dans un spacieux bureau très contemporain entièrement meublé de verre et de chrome. Là, Pasha lui fit signe d'avancer.

Il discutait au téléphone, mais sa mère était assise sur le canapé placé sous une gigantesque toile d'art moderne que Katinka trouva affreuse.

« Ma chère petite, vous avez fait un travail formidable, la félicita Roza en l'embrassant et en la serrant dans ses bras. Je n'arrive pas à croire que vous ayez découvert tant de choses. Je vais appeler Mouche… Dès que vous avez mentionné les noms de Palitsine, Sashenka et Vania, tout m'est revenu en mémoire.

— Vous ne m'aviez pas dit que vous aviez un frère.

— Je voulais commencer par le commencement. D'ailleurs, j'ai encore du mal à prononcer son nom…, ajouta Roza en fermant les yeux pour reprendre le contrôle de ses émotions. De toute façon, je ne savais pas ce que vous trouveriez. Mais, sincèrement, je ne pourrai jamais vous remercier comme il se doit. Vous m'avez rendu mon histoire et mon identité.

— Vous voulez que je continue ? demanda Katinka qui n'avait qu'une envie : découvrir ce qu'il était advenu du reste de la famille, et en particulier de Carlo.

— Oui. Tenez, voici l'argent que réclament ces ex-agents du KGB, l'interrompit Pasha, en faisant le tour de son bureau pour l'embrasser et lui remettre une enveloppe. Je savais que j'avais embauché la bonne personne. » En entendant cette remarque, Roza et Katinka échangèrent un sourire complice. « Mais vous devez repartir tout de suite et retrouver les autres Palitsine. S'ils sont encore en vie… »

Une telle somme dans son sac à main ne rassurait guère Katinka. Elle n'avait jamais eu autant d'argent sur elle et restait persuadée qu'on allait le lui dérober ou qu'elle allait le perdre. Aussi fut-elle rassurée lorsqu'elle arriva enfin au café Piano près des étangs du Patriarche où le marmouset et l'enchanteur lui avaient fixé ce nouveau rendez-vous.

Elle tritura l'enveloppe une minute puis l'ouvrit devant eux pour leur montrer les dollars américains qu'elle contenait.

« Pour un tel montant, nous voudrions les dossiers le plus vite possible. Vous avez dit demain, si je me souviens bien.

— Le compte y est ? demanda le colonel Lentin sans quitter l'enveloppe des yeux.

— Oui. Et ne me remerciez pas. J'étais contre, c'est M. Getman qui a insisté pour payer.

— Que des billets verts ? l'interrompit l'enchanteur.

— Aucune idée, répondit Katinka qui ressentait un profond mépris pour le jargon de gangster qu'il employait.

— Vous êtes un ange monté tout droit du nord du Caucase ! Vous allez vite comprendre comment marchent les choses ici, répliqua l'enchanteur avant d'éclater de rire en se caressant la barbe.

— Demain, dans mon bureau, vous pourrez consulter les dossiers de Sashenka et de Vania, ainsi que ceux de Mendel et de Golden, ajouta le freluquet. Tout ce qu'on a sur le sujet. »

La jeune fille se leva mais l'enchanteur la retint par la main.

« Eh, vous êtes pressée ? On espère que ce sera le début d'une longue amitié. N'oubliez pas de le dire à M. Getman. Et pour vous qui êtes historienne, nous avons des documents sur l'espionnage pendant la guerre froide qui intéresseront sûrement les médias occidentaux et les éditeurs. Vous connaissez Londres. On serait prêt à partager les bénéfices si vous réussissiez à convaincre une maison d'édition ou un journal anglais.

— J'en ferai part à M. Getman.

— Une goutte de ce whisky pur malt qu'aiment tant les familles royales d'Europe ? suggéra l'enchanteur. C'est du Glenfiddich. Levons nos verres à nos futures affaires ?

— Je suis en retard », rétorqua Katinka, pressée de quitter ces escrocs répugnants qui n'étaient, à ses yeux, que les descendants des tchékistes qui avaient arrêté Sashenka et Vania.

Elle s'échappa. Dehors, l'odeur fraîche du printemps lui fit le plus grand bien. Elle s'offrit une glace qu'elle dégusta en admirant les jonquilles qui poussaient sous les arbres ainsi que les cygnes majestueux qui voguaient sur l'étang en file indienne.

Elle téléphona à Satinov.

Ce fut Mariko qui décrocha. « Mon père est malade. Il est tombé. Il souffre également de problèmes respiratoires.

— Mais j'ai mille choses à lui raconter ! J'ai retrouvé Snowy ainsi que Lala Lewis qui m'a dit qu'il s'était comporté en héros en venant en aide aux enfants…

— Vous l'avez déjà assez tourmenté. Cessez d'appeler. Laissez-nous tranquille ! »

Sur ces mots, Mariko raccrocha d'un geste rageur.

16

Séance du tribunal militaire, bureau du commissaire du peuple L. P. Beria, objet spécial 110. 3 h 00 – 21 janvier 1940

Président du tribunal militaire V. S. Ulrikh : Accusé Palitsine, avez-vous lu l'acte d'accusation ? Vous comprenez de quoi on vous inculpe ?

Palitsine : Oui. Moi, Vania Palitsine, je comprends de quoi on m'inculpe.

Ulrikh : Refusez-vous d'être jugé par l'un des juges présents ?

Palitsine : Non.

Ulrikh : Reconnaissez-vous votre culpabilité ?

Palitsine : Oui.

Ulrikh : Avez-vous organisé avec Mendel Barmakid et votre épouse Sashenka Zeitlin un complot visant à assassiner le camarade Staline et le Politburo ?

Palitsine : Ma femme n'a rien à voir dans cette affaire.

Ulrikh : Ça suffit, maintenant, accusé Palitsine. Nous avons devant les yeux des aveux complets signés de votre main dans lesquels vous racontez comment vous et Sashenka Zeitlin…

Palitsine : Si le Parti le veut…

Ulrikh : Le Parti exige la vérité. Arrêtez votre petit jeu et parlez.

Palitsine : Vive le Parti. Je suis un bolchevik convaincu et je milite depuis l'âge de seize ans. Je n'ai jamais trahi le Parti. J'ai servi le camarade Staline et le Parti avec une ferveur absolue. Tout comme ma femme Sashenka. Cela dit, si le Parti l'exige…

Ulrikh : Le Parti l'exige, en effet : vous reconnaissez-vous coupable de tout ce dont on vous accuse ?

Palitsine : Oui.

Ulrikh : Souhaitez-vous ajouter quoi que ce soit à votre déclaration ?

Palitsine : Je demeure entièrement dévoué au Parti et au camarade Staline. J'ai commis des crimes de la plus haute gravité et, si je dois affronter le châtiment suprême, je serai ravi de mourir avec le nom de Staline sur les lèvres. Vive le Parti. Vive Staline !

Ulrikh : Que les juges se retirent pour délibérer.

3 h 22 : Les juges reviennent.

Ulrikh : Au nom de l'Union soviétique des républiques socialistes, après étude du dossier, le tribunal militaire de la Cour suprême déclare Ivan Palitsine coupable d'appartenir à un groupe trotskiste antisoviétique, d'être lié à des agents doubles de l'Okhrana et de la Garde blanche diligentés par les services secrets français et japonais, d'être proche d'Alexandra « Sashenka » Zeitlin-Palitsine (son épouse, connue au sein du Parti sous le nom de *camarade Isatis), de Mendel Barmakid (connu au sein du Parti sous le nom de camarade Haut Fourneau) et de l'écrivain Benia Golden. L'accusé étant déclaré coupable de tous ces crimes en vertu de l'article 58, le tribunal le condamne au châtiment suprême. Il sera donc exécuté par balle. La décision du juge est définitive et doit être appliquée dans les plus brefs délais...*

À la Loubianka, assise à la table de conférence dans le bureau du colonel Lentin, Katinka étudiait les minutes du procès de Vania et les originaux de ses aveux pendant que le marmouset se limait les ongles et lisait son magazine de football. Lorsqu'elle prit connaissance du verdict, elle ne put s'empêcher d'avoir la chair de poule. Il s'agissait du père de Roza, après tout, et la jeune fille allait devoir lui annoncer que son père était mort d'une terrible façon. Elle parcourait les documents dans l'espoir de trouver le certificat d'exécution lorsque la porte s'ouvrit. Kuzma, le rat de bibliothèque en blouse blanche, clopina dans la pièce en poussant son chariot sur lequel ses chats s'ébattaient joyeusement.

« Je récupère les dossiers, colonel », murmura-t-il en plaçant des documents sur son chariot et en les rangeant en piles bien droites.

Katinka ne fit pas attention à lui, concentrée qu'elle était sur les procès-verbaux des interrogatoires de Palitsine. Il avouait les crimes mentionnés par le capitaine Sagan dont les confessions étaient ajoutées en annexe. Mais un détail chiffonnait la jeune fille. Chaque page des aveux signés par

Palitsine semblait salie, comme si on avait renversé un liquide dessus. L'enquêteur avait-il fait tomber du café ? Non ! Brusquement, elle comprit. Il devait s'agir d'éclaboussures de sang. Katinka ne ressentit soudain que du dégoût pour Lentin et l'époque dont il était si nostalgique.

« Excusez-moi, colonel, le dossier ne comporte pas de certificat de décès. Qu'est-il devenu ?

— Tout est là.

— Vania Palitsine a-t-il été exécuté ?

— Si c'est écrit dans le dossier, oui. Sinon, non.

— J'ai rencontré Mouche Zeitlin hier. Elle m'a dit que Sashenka avait été condamnée à dix ans avec interdiction de correspondance. Qu'est-ce que ça signifie ?

— Qu'elle n'avait le droit de recevoir ni lettres ni colis.

— Elle pourrait donc parfaitement être encore vivante ?

— Bien sûr.

— Mais ces dossiers sont vides. Il manque tellement de pièces. »

Pour toute réponse, le freluquet se contenta de hausser les épaules avec indifférence.

« Je croyais que nous avions conclu un marché », s'exclama Katinka d'une voix trop forte, avant de s'interrompre aussitôt. Kuzma se dirigeait péniblement vers la porte.

« Je ne suis pas magicien ! » lui répondit Lentin d'un ton irrité avant de faire le tour de la table pour tirer une note rangée à la fin du dossier : « Transmettez le dossier Palitsine au Comité central. »

« Qu'est-ce que ça veut dire ?

— Ça veut dire que ce que vous cherchez ne se trouve pas dans ce dossier, mais dans un autre, qui n'est pas ici. Je n'y suis pour rien et ce n'est pas mon problème. »

À ce moment précis, Kuzma cracha.

« Camarade, quel plaisir de vous revoir, s'exclama Katinka, non sans avoir sursauté au bruit des glaires atterrissant dans le crachoir. Comment vont Utesov et Tseferman ? » demanda-t-elle en admirant la chatte qui nettoyait son petit à coups de langue.

Cette fois-ci, Kuzma ouvrit une bouche édentée et exprima son contentement. « Ah !

— Je leur ai apporté une petite surprise. J'espère qu'elle leur plaira », annonça la jeune fille en sortant de son sac une bouteille de lait et une boîte de pâtée.

Kuzma s'empara des deux cadeaux, dénicha une soucoupe et versa le lait sur lequel les chats se jetèrent aussitôt. Lorsque l'archiviste cracha de nouveau, Katinka comprit que ses expectorations étaient le baromètre de son humeur.

Lentin la regarda avec un profond mépris. Il secoua la tête d'un air navré que Katinka fit mine d'ignorer. Après avoir adressé un sourire à Kuzma, elle retourna à ses dossiers et laissa les chats ronronner de plaisir.

Dossier d'enquête juin 1939
Affaire 161375
Mendel Barmakid (camarade Haut Fourneau)

L'oncle de Sashenka ; le grand-oncle de Roza, le compagnon de route de Lénine et de Staline ; celui qu'on appelait la « conscience du Parti ». Le dossier ne contenait pourtant qu'une feuille.

À l'attention du commissaire du peuple L. P. Beria, commissariat général, Sécurité de l'État, premier rang.

De la part du commissaire du peuple adjoint B. Kobilov, commissariat général, Sécurité de l'État, deuxième rang.

12 octobre 1939

L'accusé Mendel Barmakid est mort aujourd'hui à 3 h 00. Après examen, le Dr Medvedev du NKVD a conclu à un arrêt cardiaque. Rapport médical ci-joint.

Mendel était donc décédé de mort naturelle. Elle avait enfin découvert avec certitude ce qui était advenu d'un membre de la famille.

« Posez les documents, lui ordonna Lentin.

— Je n'ai même pas eu le temps de consulter le dossier de Sashenka !

— Il vous reste deux minutes.

— Nous avons payé pour les consulter ! rétorqua-t-elle avec une violence contenue.

— Je ne vois pas de quoi vous parlez. Deux minutes.

— Vous m'avez fait perdre mon temps. Vous ne tenez pas parole !

— Une minute et cinquante secondes. »

Les proches de son employeur avaient tant souffert dans cet endroit qu'il devenait insupportable à Katinka. Au bord des larmes, elle ne perdit pas contenance car elle ne voulait surtout pas craquer devant le colonel. Elle consulta le dossier de Sashenka qui ne contenait lui aussi qu'une seule feuille. « Veuillez trouver ci-joint les aveux de l'accusée Zeitlin-Palitsine (167 pages). » Les aveux avaient disparu. À sa place, Katinka ne trouva qu'une note : « Transmettez le dossier Zeitlin-Palitsine au Comité central. »

La jeune fille regretta immédiatement de s'être emportée. « Il manque les aveux de Sashenka. Pourriez-vous me les donner, s'il vous plaît ?

— Vous m'insultez, et à travers moi, vous insultez l'Union soviétique et ses dirigeants.

— Je vous en prie. Je vous présente mes plus plates excuses !

— Je demanderai à mon supérieur hiérarchique, le général Fursenko, mais je doute beaucoup qu'on vous donne accès à d'autres documents.

— Dans ce cas, répliqua Katinka, enhardie par le courage de ceux qui avaient affronté de bien pires dangers, je doute à mon tour beaucoup que M. Getman envisage de vous aider à monnayer vos secrets d'espionnage à la presse étrangère. »

Incrédule, Lentin la fixa d'un regard mauvais, puis se leva d'un air rageur pour ouvrir la porte d'un geste plein de colère. « Foutez-moi le camp, petite garce. J'en ai marre des filles dans votre genre. Pour vous, nous sommes responsables de tout, mais l'Amérique a causé en quelques années bien plus de dégâts en Russie que Staline en plusieurs décennies. Quant à votre oligarque, je l'emmerde ! Et sa mère aussi ! Vous n'avez plus rien à faire ici. Dégagez ! »

D'un air digne, Katinka se leva, rassembla ses affaires, passa devant Kuzma qui triait des documents sur son chariot, et sortit. À bout de nerfs, elle fondit en larmes : elle venait de tout gâcher à cause de cet accès de mauvaise humeur.

Elle ne saurait jamais ce qui était arrivé à Sashenka ; elle ne retrouverait jamais Carlo. Le souffle lui manquait, elle se sentait proche de l'évanouissement. Il ne lui restait plus aucun espoir.

17

« Encore vous ? la rabroua Mariko. Qu'est-ce que je vous ai dit ? Ne nous téléphonez plus.

— Mariko ! S'il vous plaît ! Je vous en supplie ! Écoutez-moi ! Juste une seconde, l'implora Katinka. Je vous appelle d'une cabine, devant la Loubianka ! Je reviens de Tbilissi où j'ai rencontré Lala. Laissez-moi vous parler ! Je veux remercier le maréchal. J'ai appris la façon dont votre père a sauvé la vie de Snowy et de Carlo. Il a tout risqué pour eux et ils voudraient l'en remercier. »

Un silence pesant s'ensuivit.

« Mon père est très malade. Je lui transmettrai votre message, mais ne nous téléphonez plus.

— S'il vous plaît… »

Mariko avait déjà raccroché. Très contrariée, Katinka s'empressa de composer le numéro du bureau de Maxy.

« C'est comme ça ! lui expliqua-t-il d'un ton affable. Les recherches que nous menons ne sont pas faciles. Ce genre de déconvenue m'arrive sans arrêt. Ne perds pas courage. J'ai une idée. Retrouve-moi au pied du poète, place Pouchkine. »

Après avoir hélé une Lada qui freina brusquement à la vue de ses deux billets verts, elle parvint la première sur le lieu de leur rendez-vous. Il faisait un temps magnifique, le ciel était d'un bleu éclatant, la brise légère, le soleil rayonnant. Dans les gaz d'échappement et le parfum du lilas, des jeunes filles attendaient leurs fiancés devant le poète ; des étudiants assis sur un banc prenaient des notes ; des guides en costume de polyester débitaient leur discours à des touristes américains ; les limousines des banquiers allemands et des malfrats russes s'arrêtaient devant le restaurant Pouchkine ; Katinka admirait la statue du poète.

Une moto grimpa sur le trottoir, Maxy ôta son casque par les cornes de Viking et embrassa la jeune fille comme s'il la connaissait depuis toujours.

« Tu as l'air énervée, dit-il en lui prenant la main. Asseyons-nous au soleil ; tu me raconteras tout. »

Une fois installée, Katinka lui décrivit sa visite à Tbilissi et la nuit passée en compagnie de Lala. Elle lui annonça que Roza était bel et bien la fille de Sashenka puis finit par lui expliquer ce qui s'était passé à la Loubianka.

« Tu as fait du bon boulot. Je suis sincèrement impressionné. Mais laisse-moi te dire mon opinion sur certains détails. Selon Mouche, Sashenka a été condamnée à dix ans, avec interdiction de correspondance. C'est une espèce de code qu'utilisait le KGB pour désigner une exécution. »

700

Très émue, Katinka en eut le souffle coupé. « Mais... cette ancienne déportée qui a déclaré avoir croisé Sashenka dans les années cinquante ?

— Le KGB adorait répandre ce genre de rumeur. Par exemple, le dossier de Mendel prétend qu'il est mort d'une crise cardiaque. C'est également un code. Ça signifie qu'il est mort au cours d'un interrogatoire, qu'on l'a roué de coups qui lui ont été fatals. Malgré le caractère très aléatoire de ce qui s'est passé pendant la Grande Terreur, il n'y avait pas de coïncidences ; tout était relié par des fils invisibles, que nous devons désormais découvrir. "Transmettez le dossier Palitsine au Comité central", répéta-t-il. Je sais ce que ça veut dire ! Suis-moi. Monte, je t'emmène. »

Katinka s'installa derrière Maxy sur la moto. Il fit rugir le moteur et s'engagea dans l'enfer de la circulation moscovite. Il descendit la rue Tverskaïa, tourna à gauche au niveau de la statue du prince Dolgorouki, le fondateur de la ville, et descendit la colline. Le vent décoiffait la jeune fille qui ferma les yeux pour savourer son plaisir et laisser l'air printanier lui caresser le visage.

Ils s'arrêtèrent devant un bâtiment en béton de l'ère brejnévienne reconnaissable à sa façade de verre démodée et aux portes à tambour ornées d'une frise représentant Marx, Engels et Lénine.

Maxy descendit de sa moto, ôta son casque et secoua ses cheveux. Avec son pantalon en cuir et son casque de Viking, il ressemblait davantage à un chanteur de heavy metal des années soixante-dix qu'à un historien. D'un pas élastique, il se dirigea vers le hall en marbre et Katinka dut presque courir pour ne pas se faire distancer. Là, des femmes vendaient des CD de Bon Jovi, des chapeaux et des gants comme sur un marché aux puces mais la véritable entrée se trouvait à l'arrière, près d'un buste de Lénine. Deux très jeunes soldats en surveillaient l'accès. Maxy leur tendit sa carte ; ils inspectèrent le passeport de Katinka qu'ils conservèrent en échange d'un ticket.

Après être passés devant une cantine d'où provenait une forte odeur de soupe aux choux, les deux historiens prirent l'ascenseur branlant pour se rendre au dernier étage. Avant de comprendre ce qui lui arrivait, la jeune fille se retrouva dans une salle de lecture dont les murs de verre donnaient sur la ville. Le panorama lui coupa le souffle.

« Pas le temps d'admirer la vue, murmura Maxy tandis que de vieux communistes levaient les yeux d'un air contrarié. Je sais où on sera tranquilles, dit-il en la poussant vers un coin isolé par plusieurs étagères débordant de livres. Attends-moi ici. » Quelques instants plus tard, il revint avec une pile de dossiers et s'assit si près d'elle que son odeur de cuir, de café et d'eau de Cologne citronnée chatouilla les narines de Katinka.

« Ici, chuchota-t-il, nous sommes aux archives du Parti. Tu vois ces fichiers ? Ceux qui portent le numéro 558 ? Ils contiennent les archives de Staline en personne. Officiellement, personne n'y a accès, et je doute qu'on les rende publiques un jour. Je les ai consultées et le nom de Satinov est mentionné. Dire qu'un dossier a été envoyé au Comité central, ça signifie qu'il a été transmis à

Staline. Voici sa correspondance. Vas-y, Katinka, cherche à la lettre S. Pour Satinov. »

Dans le dossier, la jeune fille découvrit une page de garde, tamponnée par Poskrebitchev le 6 mai 1939 à 21 heures.

À l'attention de J. V. Staline

Top secret. J'ai appris qu'Ivan « Vania » Palitsine avait ordonné la surveillance de son épouse Alexandra « Sashenka » Zeitlin-Palitsine, également membre du Parti, sans en avertir ni le Narkom du NKVD ni le Politburo.

Signé : L. P. Beria, commissariat général, Sécurité de l'État, premier grade, Narkom du NKVD.

« Tu vois, expliqua Maxy, Beria savait que Palitsine avait mis sa femme sous surveillance.

— Comment a-t-il fait ?

— Il s'agit sans doute d'une erreur administrative. Les transcriptions des écoutes étaient systématiquement envoyées à Beria qui décidait de les porter ou pas à la connaissance de Staline. Fou de jalousie, Palitsine avait ordonné de ne montrer les transcriptions à personne d'autre qu'à lui. Souviens-toi. Il avait écrit "aucune copie". Sa secrétaire a sans doute oublié, c'est le genre de chose qui arrive, et les a envoyées par erreur à Beria qui, c'était la règle à l'époque, se devait de signaler au grand chef cette utilisation des biens collectifs à un usage privé. Beria n'avait rien contre les Palitsine ; il savait que, suite à la fête du 1er Mai, Staline portait un intérêt tout paternel à Sashenka. C'est pour cette raison que dans cette note, ajouta

Maxy en tapotant la feuille du doigt, le ton est neutre. Staline tolérait plutôt bien ce genre d'aventure torride d'ailleurs, ça l'amusait. Sauf quand il avait l'impression d'avoir été mené en bateau.

— Vous pensez qu'il a lu les rapports de surveillance ? »

À l'attention de : Camarade Ivan Palitsine, commissariat général, Sécurité de l'État, troisième grade.

Comme convenu, voici les rapports de surveillance et les transcriptions des écoutes concernant Alexandra « Sashenka » Zeitlin-Palitsine, chambre 403, hôtel Metropol, 6 mai 1939.

Midi : Zeitlin-Palitsine quitte son bureau rue Petrovka pour aller au Metropol, prend l'ascenseur, entre dans la chambre 403. 12 h 15 : L'écrivain Benia Golden la rejoint. 15 h 03 : Ils quittent l'hôtel séparément. Une collation et une bouteille de vin ont été livrées dans la chambre.

Katinka feuilleta le dossier jusqu'à une page marquée d'un trait de crayon de couleur rouge.

Golden : Mon Dieu, je t'aime. Tu es tellement belle, Sashenka.

Zeitlin-Palitsine : Mais qu'est-ce que je fais ici ?

Golden : Quoi ? Tu n'as pas pris assez de plaisir ? Tu as hurlé mon nom !

Zeitlin-Palitsine : Comment pourrais-je l'oublier ? J'ai du mal à croire ce que je viens de vivre. J'ai l'impression d'être dans un rêve. C'est toi qui me rends folle.

Golden : Viens, approche. Défais ma braguette. C'est le paradis. Mets-toi à quatre pattes sur le lit et tu vas voir ce que tu vas voir. Oh, mon Dieu ! Quel régal pour les yeux ! Quel beau [censuré] *! Quelle* [censuré] *tu es ! Si les coincées du comité des femmes communistes te voyaient...*

Katinka découvrait par le trou de la serrure un moment d'intimité, un instant de passion dévorante. Soudain, son regard fut happé par quelques mots soulignés en rouge.

Zeitlin-Palitsine : Oh, mon Dieu, Benia ! J'adore ta [censuré]*. Je n'aurais jamais cru faire ça un jour. J'ai cru mourir de plaisir...*

« Ce trait de crayon de couleur rouge est de la main de Staline, expliqua Maxy, en tirant un carnet de la pile de dossiers. Ceci appartenait à Poskrebitchev. Il s'agit de la liste des visiteurs de Staline ici, place de la Trinité, à l'intérieur du Kremlin. » Chaque page était couverte de l'écriture fine et méticuleuse du secrétaire. « Consulte le 7 mai, dans la soirée. »

22 h 00 : L. P. Beria
Départ : 22 h 30
22 h 30 : H. A. Satinov
Départ : 22 h 45
22 h 40 : L. P. Beria
Départ : 22 h 52

« Satinov est donc venu juste après que Beria a montré la transcription des écoutes à Staline. Pourquoi ?

— Beria vient voir le chef, il lui donne les documents. Staline en lit les passages les plus chauds, crayon en main. Il ordonne à Poskrebitchev de convoquer Satinov qui se trouve au quartier général du Parti. La ligne directe de la vertouchka sonne sur le bureau de Satinov. "Bonsoir, le camarade Staline t'attend. Une Buick va venir te chercher", lui annonce le secrétaire. Staline est outré par la conduite des deux amants. »

Pour confirmer ses dires, Maxy lut l'annotation de Staline dans la marge.

Je me suis trompé sur cette femme corrompue. J'ai cru qu'elle était une honnête Soviétique. Son magazine explique comment devenir la parfaite femme au foyer. Elle est mariée à un des tchékistes les plus haut placés. Qui sait les secrets qu'elle est capable de dévoiler ? Elle se conduit comme une fille des rues. Nous devrions peut-être opérer les vérifications d'usage, camarade Beria. J. St.

« Tu sais ce que sont les vérifications d'usage, n'est-ce pas ? demanda Maxy. Une arrestation, tout simplement. Tu comprends, à présent, comment, une erreur en entraînant une autre, Staline a pris connaissance de ce document. »

Le cœur battant, Katinka secoua la tête. Si Staline n'était pas venu à la fête ; si Sashenka n'avait pas trompé son mari ; si Vania n'avait pas été fou de jalousie...

706

« Y a-t-il autre chose dans le dossier ? demanda-t-elle.

— Non, soupira Maxy. Mais le service des documents politiques et administratifs top secret des archives d'État, situé près de la place Maïakovski, est rempli de textes de Staline et, un jour, les générations futures découvriront peut-être la vérité. Mais ce n'est pas pour tout de suite. Tout ce à quoi nous avons accès se trouve devant nous. Quoique. J'oubliais ça », ajouta-t-il en reprenant la note de Staline qu'il observa méticuleusement. En haut à droite, le crayon rouge avait servi à écrire en lettres minuscules : *Bicho, clore le dossier.*

« Qu'est-ce que ça veut dire ? s'enquit Katinka.

— Je croyais tout savoir de l'époque stalinienne mais là, je sèche. »

Épuisée et démoralisée, la jeune femme se mit à tanguer d'avant en arrière. « Je crois que je ne saurai jamais ce que sont devenus Sashenka et Carlo, murmura-t-elle. Pauvre Roza, comment vais-je le lui annoncer ? »

18

Lorsque les deux chercheurs quittèrent la salle des archives, il faisait nuit. Encore sous le choc de leurs découvertes, ils se séparèrent comme deux adolescents après un premier rendez-vous un peu décevant. Tandis que Maxy filait sur son bolide, Katinka décida de remonter tranquillement la colline vers les néons lumineux de la rue Tverskaïa, un peu après la statue du prince Dolgorouki. Soudain elle sentit une présence derrière elle. On la suivait !

Elle pressa le pas. L'ombre aussi. Elle ralentit en espérant se laisser dépasser. L'ombre aussi. Quelle panique ! S'agissait-il des nostalgiques du KGB ? D'un agresseur tchétchène ? La silhouette se racla brusquement la gorge et cracha un volumineux jet de salive dans le caniveau.

« Kuzma ! s'écria la jeune fille. Mais qu'est-ce que vous... »

Sans un mot, il l'attira à l'écart, derrière la statue. Là, il ouvrit un gros sac en toile dans lequel se trouvaient Utesov et Tseferman, ses deux chats.

Katinka ne se sentait pas très à l'aise. Que mijotait l'archiviste ?

Après avoir fouillé dans son sac, il en tira une enveloppe jaune fermée par une ficelle rouge et la fourra dans les mains de la jeune fille, non sans vérifier à plusieurs reprises que personne ne les surveillait. Cette précaution faisait sourire Katinka, pourtant parfaitement consciente qu'il ne plaisantait pas. Le vieil homme prenait certainement un gros risque.

« C'est pour vous, marmonna-t-il.

— Qu'est-ce que c'est ?

— Lisez, vous verrez. » Sur ces mots, il s'assura que la voie était libre et commença à s'éloigner.

« Attendez, Kuzma ! Laissez-moi vous remercier ! » L'archiviste recula comme un vampire devant de l'eau bénite, mais elle réussit malgré tout à l'attraper par le poignet. « Une question. Quand le Comité central a demandé à récupérer un dossier, où peut-on le trouver ? Peut-on le consulter ? »

Il s'approcha si près d'elle qu'elle sentit son souffle sur son oreille, mais il garda le silence et se contenta d'indiquer du doigt le sol, les caves, les cachots, les tombes...

« Comment savoir ce qui s'est vraiment passé, dans ce cas ? »

Pour toute réponse, Kuzma haussa les épaules en désignant la colline. « Mieux vaut chanter en bon chardonneret qu'en piètre rossignol. » Laissant Katinka méditer sur cette étonnante explication, il s'éloigna d'un pas lourd et disparut bientôt dans la foule. Une ombre parmi les ombres qui envahissaient la rue Tverskaïa à l'heure de pointe.

L'enveloppe lui brûlait les mains. Malgré une envie irrépressible de l'ouvrir, Katinka tenta de garder son calme. D'un regard circulaire, elle vérifia qu'on ne la suivait pas, avant d'admettre que si quelqu'un décidait de la filer elle ne s'en rendrait pas compte de toute façon.

Mais elle ne pourrait pas attendre de se retrouver dans sa chambre d'hôtel, alors elle traversa la rue et entra dans le hall sordide de l'hôtel Intertourist, une affreuse construction des années soixante-dix toute de verre et de béton. Le plafond bas semblait fait de dalles de polystyrène blanc, le sol était recouvert d'une moquette bordeaux fanée par le soleil et, derrière le comptoir en plastique marron, le personnel de sécurité se montrait agressif.

Tel un souk, l'endroit grouillait de monde. Les bandits manchots ronronnaient et vrombissaient ; des prostituées en tenues trop voyantes attendaient sur des canapés orange. Katinka s'assit à côté de deux filles en cuissardes et bas résille. Elle leur offrit une cigarette. La première la rangea aussitôt dans son sac, l'autre dans son bas.

Une fois sa cigarette allumée, la jeune historienne déchira l'enveloppe qui contenait une liasse de photocopies. La première était celle d'un document qui datait de mai 1953, deux mois après la mort de Staline.

À l'attention de tous les officiers chargés de l'affaire Palitsine/Zeitlin

Pour des raisons de sécurité, si des proches nous demandent des renseignements sur les deux criminels susnommés, il faut leur dire qu'ils ont été condamnés à dix ans de goulag.

Signé : I. V. Serov, Président, Comité de la sécurité de l'État (KGB).

Katinka fut parcourue par une vague de colère et de confusion, suivie d'un accès de tristesse. Tout ce qu'elle avait appris grâce à Mouche et aux archives du KGB n'était qu'un tissu de mensonges. Elle avait dû pâlir car l'une des prostituées se pencha vers elle, inquiète. « Tu viens de recevoir le résultat de tes tests, ma belle ? Ça ne va pas ?

— Pas trop, non, répondit la jeune fille.

— C'est dur, c'est vrai, mais on s'y fait », conclut l'autre en se retournant vers sa collègue.

Katinka consulta les autres documents.

Séance du tribunal militaire, bureau du Narkom L. P. Beria, objet spécial 110,
02 h 30, 22 janvier 1940.

Procès de l'accusée Alexandra « Sashenka » Zeitlin-Palitsine (camarade Isatis).

Vassili Ulrikh, président de la cour suprême du tribunal militaire, s'occupe en personne de l'audience.

Katinka feuilleta le compte rendu à la recherche de la condamnation, mais la fameuse note revenait à nouveau. « Transmettez les documents de l'affaire Palitsine au Comité central. »

Elle se tourna donc vers les minutes du procès, et ce qu'elle lut la bouleversa tellement qu'elle fourra le dossier dans l'enveloppe et l'enveloppe dans son sac, quitta l'hôtel en courant, tourna à droite et descendit la colline jusqu'au Kremlin, dont les huit étoiles rougeoyaient dans la brume de cette nuit de printemps.

« Vous allez trop loin, cette fois », gronda Mariko sans lever la voix, ce qui lui conférait une autorité plus grande encore.

Installé dans son fauteuil, le maréchal Satinov respirait grâce à un masque fixé autour de son visage par un élastique et relié à une bouteille d'oxygène placée à côté de lui. En quelques jours, il semblait s'être rabougri. D'un regard fatigué, il suivait chaque mouvement de Katinka.

« Je vous en supplie, laissez-moi parler une minute à votre père, insista la jeune fille, en reprenant son souffle après avoir trop couru. J'ai tellement de choses à lui dire. C'est lui qui m'a demandé de revenir pour l'informer de ce que j'avais trouvé... »

Elle fixa Satinov d'un air implorant. D'abord indifférent, il se mit à cligner des paupières avant de retirer son masque. « Bon, ça suffit, Mariko, dit-il péniblement. Apporte-nous du thé. » Lorsque sa fille eut quitté la pièce, il interrogea sa visiteuse. « Comment avez-vous fait pour arriver jusqu'ici, mademoiselle ?

712

— On m'a laissée entrer dans l'immeuble et votre porte était entrouverte.

— Le destin, en somme. N'oubliez pas que c'est lui qui vous a amenée ici », ajouta-t-il en lui adressant un faible sourire.

Katinka s'assit sur le canapé, près de lui, et il ouvrit largement les mains, comme pour lui signifier qu'il était prêt à tout entendre.

« J'ai retrouvé Snowy. » Satinov la félicita d'un signe de tête satisfait. « Lala Lewis m'a tout raconté. Vous vous êtes comporté en héros, vous avez sauvé les enfants. Snowy voudrait d'ailleurs vous remercier en personne.

— Trop tard, croassa-t-il en secouant la tête. Vous avez aussi découvert ce qu'était devenu son frère ?

— Pas encore. Je me concentre sur le sort de Sashenka.

— Laissez tomber. Occupez-vous plutôt de Carlo. Les enfants, c'est l'avenir...

— Sashenka et Vania étaient vos meilleurs amis, n'est-ce pas ?

— Sashenka était... Il n'y en avait pas deux comme elle. Et les enfants... »

L'espace d'un instant, son regard s'adoucit. Katinka crut qu'il allait pleurer mais elle se força à poursuivre.

« C'est pour cette raison que Staline vous a convoqué dans son bureau après avoir lu la transcription des écoutes incriminant Sashenka et Benia ? Il savait pertinemment que vous les connaissiez depuis Saint-Pétersbourg et que vous étiez le parrain de Snowy. Il vous avait vus ensemble lors de la fête du 1ᵉʳ Mai. Voulait-il que vous lui révéliez tout ce que vous saviez sur eux ? »

Satinov tiqua, mais il garda le silence.

« Beria est parti, et vous êtes arrivé à 22 h 30. J'ai consulté le carnet de rendez-vous de Staline. Mais que s'est-il passé ensuite ? Sashenka avait une liaison. Vania a fait poser des micros dans leur chambre d'hôtel. Quel rapport avec le complot du capitaine Sagan et la destruction d'une famille tout entière ?

— Je ne sais pas, murmura Satinov.

— Pourquoi Staline a-t-il réclamé tous les dossiers de l'affaire ? insista-t-elle en le fixant d'un air noir auquel il répondit par un regard froid injecté de sang. Vous ne souhaitez pas non plus répondre à cette question ? Comment osez-vous prétendre que vous ne savez pas ce qui s'est passé ?

— Votre priorité, c'est de trouver Carlo, souffla Satinov. Vous ne devez plus être bien loin de la solution du mystère.

— Et… que voulait dire Staline lorsqu'il a écrit *Bicho, clore le dossier* ? »

S'ensuivit un long silence entrecoupé de la respiration laborieuse du maréchal. « Lisez attentivement mes Mémoires, finit-il par lâcher.

— Vous pouvez me croire, j'ai lu en long, en large, et en travers tous vos interminables discours sur la coexistence pacifique et sur votre rôle prépondérant dans la construction de la mère patrie socialiste et je n'y ai pas trouvé le moindre indice. » Il la dévisageait d'un air dur mais Katinka poursuivit malgré tout. « Vous m'avez menti du

714

début à la fin. Le KGB cachait ses crimes mais, aujourd'hui, j'ai réussi à avoir accès au compte rendu du procès de Sashenka et... vous y avez participé ! »

Satinov respirait de plus en plus mal.

« Regardez, dit-elle en lui montrant la première page du rapport.

— Je n'ai pas mes lunettes.

— Eh bien, dans ce cas, je vais vous aider. Là, c'est vous, maréchal. Non seulement vous avez assisté au procès, s'écria-t-elle avec fureur, mais vous étiez l'un de ses juges.

— Lisez mes interventions, lâcha-t-il.

— Vous avez condamné votre meilleure amie ! La mère de votre filleule ! Présentée devant ses juges, Sashenka vous a vu parmi eux. Imaginez sa réaction. Qu'en a-t-elle conclu ? Je vous prenais pour un héros. Vous avez sauvé Carlo et Snowy tout en détruisant leur mère ! A-t-elle été condamnée à mort ? Est-elle morte au goulag ? Dites-le-moi ! Dites-le-moi ! Vous devez bien ça à ses enfants ! »

Le visage de Satinov se durcit. Incapable de respirer, il gardait la bouche ouverte.

Quant à Katinka, elle se força à ravaler ses larmes. « Comment avez-vous pu faire une chose pareille ? Comment ?

— Qu'est-ce qui se passe ici ? demanda Mariko d'un ton sec en revenant avec son plateau. Ça va, papa ? »

Lorsqu'elle quitta la pièce, la jeune fille se retourna pour regarder une dernière fois le vieillard. Il avait remis son masque à oxygène, ses lèvres avaient bleui et, d'un frêle doigt vengeur, il lui indiquait la porte.

19

*Juge Ulrikh : Sashenka Zeitlin-Palitsine, vous
avez avoué un vaste complot visant à tuer chez vous
nos héroïques dirigeants, le camarade Staline et le
Politburo. Nous avons lu votre confession.
Souhaitez-vous ajouter quelque chose ?*

*Accusée Zeitlin-Palitsine : J'ai conspiré pour assas-
siner le grand Staline. J'ai imprégné d'arsenic et de
cyanure les rideaux de la pièce où le camarade
Staline devait se rendre.*

Juge Ulrikh : Et le Gramophone ?

*Accusée Zeitlin-Palitsine : Aussi. J'avais entendu
dire par divers camarades ainsi que par mon époux
Vania que Staline adorait écouter de la musique
après le dîner. J'ai donc déposé du cyanure sur mon
Gramophone.*

Juge Satinov : Nous avons besoin de précisions...

Satinov prenait la parole pour la première fois
au procès. Katinka avait l'impression d'entendre
les voix de ces hommes au cœur de pierre réunis
en pleine nuit, dans la lumière crue d'une pièce de

716

la prison Soukhanovka. Des gardes du NKVD en armes surveillaient les portes. En tenue officielle, Ulrikh, Satinov et le troisième juge présidaient.

Juste après l'entretien calamiteux chez Satinov, faisant de son mieux pour refouler ses larmes, la jeune fille avait téléphoné à Maxy. Contrairement à elle, l'historien se montrait optimiste. Satinov avait dit de lire ses interventions. Elle devait donc s'exécuter immédiatement. Il lui avait également recommandé de lire ses Mémoires, et ce conseil n'était sans doute pas anodin. Maxy lui proposa de la rejoindre le lendemain à midi, devant le bâtiment des archives spéciales, près de la rue Maïakovski.

Il faisait à présent nuit noire et Katinka lisait le rapport du procès dans sa chambre minable de l'hôtel Moskva. Pour se donner du courage et combattre la fatigue, elle se versa un verre de vodka. Derrière la vitre, les étoiles du Kremlin rougeoyaient.

Juge Satinov : Comment vous êtes-vous procuré ce cyanure ? Dites-le au tribunal !

Katinka imaginait Sashenka debout à l'extrémité de la table en T. Pâle, mince, abattue mais toujours sublime. Qu'avait-elle dû penser en découvrant Satinov parmi les juges, alors qu'elle risquait la peine de mort ? Il avait sans doute fallu se maîtriser pour ne pas trahir la moindre émotion. Tout le monde devait l'observer, attendre sa réaction. Imaginez la surprise, le choc, l'inquiétude : ses enfants étaient-ils en sécurité, comme elle l'avait cru ? Ou, au contraire, la présence de Satinov dans ce bureau signifiait-elle que les petits…

Accusée Zeitlin-Palitsine : Oui, monsieur le juge. Vania se l'est procuré dans le laboratoire du NKVD.

Juge Satinov : Comment saviez-vous quels disques empoisonner ?

Accusée Zeitlin-Palitsine : Je savais que le camarade Staline appréciait la musique traditionnelle de Géorgie, les chansons du film Volga, Volga, *ainsi que les arias de Glinka et Tchaïkovski. Ce sont donc ces disques que j'ai saupoudrés de cyanure.*

Juge Satinov : Vous serviez les intérêts de l'empereur du Japon, des propriétaires terriens polonais et des lords anglais ? Vous étiez de mèche avec Trotski ?

Katinka fut prise d'un tremblement en imaginant ce qui se passait dans l'esprit de Sashenka. Snowy ? Carlo ? Où êtes-vous ?

Accusée Zeitlin-Palitsine : Oui. Trotski avait donné l'ordre de ce meurtre diabolique en accord avec l'empereur du Japon et les lords anglais.

Juge Satinov : Et qu'en est-il de la Garde blanche, de ce capitaine Sagan qui vous manipulait au nom de Trotski, qui vous forçait à utiliser les méthodes qu'il vous avait enseignées lorsque vous étiez jeune fille ?

Accusée Zeitlin-Palitsine : Vous parlez de perversion sexuelle ? Oui. Ça m'a servi à recruter d'autres agents tels que l'écrivain Benia Golden.

Juge Satinov : Est-il devenu un traître, lui aussi ?

Accusée Zeitlin-Palitsine : J'ai tenté de le recruter en utilisant les artifices que le capitaine Sagan m'avait enseignés mais… puisque je dois dire la vérité devant le Parti, Golden n'était qu'un dilettante, un philistin qui n'a jamais fait partie de notre complot. Il considérait tout ça comme un jeu.

Juge Satinov : Vous revenez sur vos aveux ?

Accusée Zeitlin-Palitsine : Je dois dire la vérité devant le camarade Staline et devant le Parti, n'est-ce pas ? Je le répète, je suis coupable. Mon mari et le capitaine Sagan le sont également mais Golden est un enfant incapable du moindre complot.

Katinka ne put s'empêcher de sourire en lisant ce passage. Sashenka aimait vraiment Benia, la jeune fille venait d'en découvrir la preuve. Cette remarque dévalorisante n'était-elle pas plus romantique que toutes les chansons d'amour réunies ?

Juge Satinov : Messieurs les juges, je suis dégoûté par la perversité et la méchanceté de cette femme, de cette veuve noire. Sommes-nous prêts à rendre notre jugement ?

À la lecture de ces lignes tragi-comiques, Katinka ravala ses larmes. Satinov était-il sérieux ? Sashenka le croyait-il sérieux ? Elle avait dû le fixer, lui envoyer un message subliminal après l'autre. « Les enfants sont-ils installés dans leurs nouvelles familles ? Sont-ils en sécurité ? Nous as-tu trahis ? » Les questions d'une mère, en somme.

Tremblante d'émotion, la jeune fille alluma une cigarette avant de poursuivre sa lecture.

Accusée Zeitlin-Palitsine : Je dois déclarer à la cour que mon plus grand regret et ma plus grande honte sont les crimes que j'ai commis contre le Parti ainsi que le fait que la… postérité… se souviendra de moi comme d'une crapule.

La postérité ? S'agissait-il d'un message à l'attention de Satinov ?

Juge Ulrikh : Bien, messieurs les juges. Sommes-nous prêts ? Des remarques ?
Juge Lanski : Quelle horreur ! Sans commentaire.
Juge Ulrikh : Camarade Satinov ?
Juge Satinov : L'accusée nous a avoué des crimes monstrueux et une vie entière passée à mentir, trahir et tromper. Je demande à la cour de pardonner mes propos, mais le peuple soviétique peut remercier le NKVD. C'est grâce à son enquête vigilante que notre dirigeant, le grand Staline, est sain et sauf, tout comme ses loyaux camarades Molotov, Vorochilov, Mikoïan, Andreïev et les autres membres du Polit-buro, qui sont également sains et saufs, chez eux, loin de leurs ennemis. Ils sont en sécurité, vraiment. Une seule peine est envisageable, celle que l'on réserve aux chiens enragés : la justice du peuple… Merci de m'avoir donné la parole, camarade Ulrikh.

Le souffle court, Katinka lut et relut ce passage. Aucun doute ! Satinov avait répété « sains et saufs » et « en sécurité » à plusieurs reprises. Il n'avait

donc pas trahi. Au contraire, il disait à Sashenka :
« Chère amie, meurs l'esprit tranquille ; tes enfants
sont sains et saufs. Je répète : tes enfants sont sains
et saufs. »

Quel soulagement pour une mère ! Et pourtant,
le jugement ne figurait pas dans le dossier. Avait-
elle finalement survécu ? Seule l'habituelle note
« Document transféré au Comité central » était
annexée au dossier.

Le jour se levait sur la ville lorsque Katinka finit
par s'assoupir, la tête sur ses photocopies.

*Juge Ulrikh : Merci, camarade Satinov. Je vous
propose de nous retirer en vue des délibérations.*

20

Le soleil qui se levait dans le ciel bleu dardait la statue de Maïakovski de ses rayons d'or. Katinka remonta la rue Tverskaïa, passant d'abord devant la statue du prince Dolgorouki puis devant celle de Pouchkine pour atteindre les nouvelles archives. Maxy l'avait appelée à l'aube, elle s'était donc réveillée trop tôt, avec un torticolis, avant de se rendormir aussitôt. Elle souffrait encore, comme si on l'avait rouée de coups, et seul le double expresso revigorant pris au café Coffee Bean de la rue Tverskaïa lui avait remis les idées en place.

Un volumineux paquet sous le bras, elle contournait la station de métro Maïakovski et tourna à gauche sous l'une de ces arches de granit rouge qui confèrent à Moscou sa grandeur sombre et hostile. Elle se retrouva dans une ruelle qui ressemblait à une impasse mais qui n'en était pas une car, quand elle se crut au pied du mur, elle devint plus étroite certes mais se poursuivit. Katinka se délectait de découvrir cette venelle au milieu de la métropole impitoyable. Elle avait l'impression de pénétrer dans un village derrière les remparts de granit qui ceignaient les boulevards rugissants. Au deuxième tournant, elle tomba sur un mur ocre surplombé de blanc, puis sur une grille d'acier noire qui s'ouvrait sur une volée de marches. La moto de Maxy était garée devant une plaque sculptée du profil de Lénine.

« Tu as l'air fatiguée. Tu as mal dormi ? Tu as apporté ce que je t'ai demandé ? demanda-t-il.

— C'est le truc le plus cher que j'aie jamais acheté, dit-elle en lui indiquant son colis. Et j'ai dû demander la permission à Pasha Getman.

— Trois cents dollars, c'est une broutille pour lui. Tu lui as dit de quoi il s'agissait ?

— J'ai préféré me taire.

— Bien. C'est notre dernier espoir. Cette femme est prête à tout pour ce qu'on veut lui offrir, ajouta Maxy en serrant la main de Katinka. J'ai bien peur que tu ne sois en train de devenir encore plus accro que moi aux secrets. On y va ?

— Oui, mais… comment vais-je entrer ? Je croyais que tu m'avais dit…

— Ne t'inquiète pas, j'ai tout prévu. Souviens-toi seulement, expliqua-t-il avec le plus grand sérieux, que je t'ai pris un rendez-vous pour que tu puisses déposer un dossier en vue d'obtenir le droit de consulter la liste des documents conservés dans ces archives. Je peux d'ores et déjà t'annoncer que ta demande sera rejetée. Allez, Katinka, c'est le moment.

— J'ai peur. Est-ce que ça va marcher ?

— Réfléchis ! répondit Maxy en partant d'un grand éclat de rire. Il y a quinze jours, tu n'aurais jamais osé tenter un truc pareil. Aie confiance en toi. Fais comme si tu savais où tu vas, comme si tu étais dans ton droit. Je te laisse, à plus tard. »

Sur ces mots, il démarra sa moto et s'éloigna à vive allure dans les ruelles désertes. Là, Katinka se tourna vers le gigantesque bloc.

À l'accueil, les deux très jeunes soldats du ministère de l'Intérieur qui somnolaient dans leurs chaises défoncées se levèrent brusquement à l'approche de la jeune fille. Le plus boutonneux des deux ouvrit le registre des entrées, examina le passeport de Katinka avec un sourire en coin destiné à témoigner du pouvoir que lui avait conféré l'État russe, consulta une pile de bons jaunes posés sur son bureau, trouva celui qui portait le nom de Katinka, compléta un autre bon puis, avec un sourire viril, lui tendit le papier, conserva son passeport et lui indiqua d'un geste de grand seigneur les ascenseurs qui se trouvaient dans le hall de marbre. « Demandes d'accès aux archives : quatrième étage. »

Trop angoissée pour regarder derrière elle, la jeune fille sentit malgré tout une présence. En chaussures de plastique jaune et anorak gris, un maigrichon au crâne rasé décrochait sa blouse du vestiaire sans la quitter des yeux. Tous plus étranges les uns que les autres, ces archivistes, songea Katinka en se dépêchant de pénétrer dans l'ascenseur. Au moment où les portes allaient se refermer, une main les retint et le rat de bibliothèque entra et la salua d'un signe de tête nerveux. Il tirait sur sa blouse jaune couverte de taches et, derrière les verres sales de ses lunettes, ses yeux injectés de sang semblaient curieux, écarquillés.

L'ascenseur était si exigu que l'archiviste semblait sur le point de s'excuser d'une telle promiscuité sans pour autant parvenir à prononcer une parole. Il se mit donc à fredonner. La jeune fille se colla contre la paroi, trop proche encore à son goût du crâne en forme de dôme luisant du petit homme. Elle appuya sur le bouton du cinquième étage et lui sur celui du quatrième. Lorsque la cabine s'arrêta brusquement, les portes s'ouvrirent, l'archiviste sortit et les maintint ouvertes.

« C'est votre étage, annonça-t-il d'un ton péremptoire. Celui des demandes d'accès aux archives. »

Pour toute réponse, Katinka secoua la tête d'un air autoritaire. Interloqué, le rat de bibliothèque regarda les portes se refermer sans réagir. La jeune fille eut un mouvement de recul, consciente d'avoir été démasquée car, comme Maxy le lui avait expliqué, les personnes étrangères aux archives n'ont pas accès au cinquième étage.

L'ascenseur s'ouvrit à nouveau devant des portes en verre fumé, quelques palmiers en plastique fatigués et un gigantesque cadre – vide. *Conseil d'administration des études du matérialisme dialectique et des questions d'histoire économique et politique léniniste*, lisait-on sur une plaque où quelqu'un avait fixé une note : *Archives d'État russe : services des documents politiques et administratifs secrets*.

« Il vaudrait mieux que vous ne rencontriez personne là-bas », lui avait dit Maxy, si bien qu'elle s'attendait à voir surgir de nulle part l'archiviste et les deux soldats boutonneux.

Dans les longs couloirs où se succédaient en enfilade des portes qui se ressemblaient toutes, le silence régnait. L'atmosphère y était lourde car le chauffage fonctionnait encore comme en hiver. Katinka consultait les plaques sur chaque porte. Elle tourna à droite et encore à droite avant d'entendre résonner un air d'opéra. La célèbre aria d'*Une vie pour le tsar* de Glinka. Plus elle s'approchait de la dernière porte, plus la musique s'amplifiait.

Agrippina Constantinovna Begboulatova, directrice du service des manuscrits, pouvait-on lire sur la plaque. Quel nom ! Katinka écouta attentivement. La musique atteignait son apogée. La jeune fille aurait-elle mieux fait de prendre rendez-vous ? Non, Maxy considérait que ç'aurait été trop dangereux.

Elle frappa à la porte. Pas de réponse. Elle frappa à nouveau. Rien. Maudissant les dinosaures obstructionnistes, les bureaucrates psychorigides et les divers bâtons qu'on lui avait mis dans les roues, elle ouvrit la porte le plus naturellement du monde.

Une très grosse femme âgée à la peau très blanche dormait en sous-vêtements sur un divan, les yeux protégés par un masque au logo d'American Airways.

Il faisait chaud, la musique sortait d'un lecteur CD ultramoderne et une odeur entêtante enveloppait la pièce. Katinka eut le temps de remarquer les deux ventilateurs qui ronronnaient, les piles

726

de manuscrits jaunis et les énormes cuisses qui débordaient des bas résille avant que la femme n'ôte son masque, avant de se lever d'un bond et de se précipiter vers elle.

« Comment osez-vous faire irruption dans mon bureau ? Qui êtes-vous ? Quel manque de savoir-vivre et de culture ! » La baleine dévisagea Katinka comme si c'était la première fois qu'une jeune fille en denim et en bottes pénétrait dans les archives sacrées. « Qui vous a autorisée à venir dans mon bureau ?

— Heu... personne, répondit la jeune fille, momentanément déstabilisée.

— Dans ce cas, sortez, s'écria l'autre, toujours très dénudée.

— Non, non, non ! bafouilla Katinka, rouge de honte. On m'a simplement demandé de vous apporter quelque chose. C'est... heu... Tenez. C'est pour vous, dit-elle en montrant son paquet.

— Je n'attends aucun colis, rétorqua la fonctionnaire en jetant un regard en biais à la boîte. Katinka n'avait rien à perdre et faisait de son mieux pour ne regarder ni le porte-jarretelles, ni la gaine, ni quoi que ce soit d'autre. « C'est un cadeau de... » Là, elle jeta un regard inquiet dans le couloir pour suggérer que la dame préférerait sans doute que ses collègues ne soient pas au courant.

La directrice fronça les sourcils, soudain consciente de l'endroit et de la tenue dans lesquels elle se trouvait. « Un instant ! » vociféra-t-elle en poussant la jeune fille dehors et en fermant la porte derrière elle. Après un certain temps, la musique s'interrompit et la porte se rouvrit.

« Je me présente : Agrippina Begboulatova, déclara-t-elle en tendant la main à Katinka. J'aime bien faire une petite sieste en milieu de journée. Asseyez-vous, je vous en prie. »

La jeune fille s'installa sur le canapé rouge encore chaud du corps généreux qui l'avait occupé peu auparavant. Agrippina portait à présent du blush, un rouge à lèvres écarlate, une robe typiquement soviétique dont le décolleté était bordé de dentelle et les hanches ornées de deux pyramides pailletées. Elle arborait le volumineux brushing auburn des grandes dames de l'époque brejnévienne.

« Je suis chargée de recenser les Mémoires des membres du Parti afin de les cataloguer et de les classer dans nos archives. Vous le saviez ? demanda-t-elle en s'asseyant dans un fauteuil moelleux.

— Merci de me recevoir, Agrippina Constantinovna.

— Tout le plaisir est pour moi », répondit-elle d'un ton hautain.

Katinka comprit qu'elle bénéficiait d'une seconde pour s'expliquer... avant d'affronter l'administration. Lorsqu'elle ouvrit la bouche, elle n'avait pas encore décidé quel mensonge servir à son interlocutrice – elle n'avait jamais vraiment menti – et devinait les risques de son entreprise car tous les communistes haut placés se connaissaient, ils avaient fait leurs études ensemble, s'étaient mariés ensemble et avaient vécu dans des datchas voisines. Avant de réfléchir aux conséquences de ce qu'elle allait dire, la jeune fille entendit sa propre voix, déformée par le mensonge.

« Camarade Agrippina Constantinovna, je vous apporte un cadeau de la part de… Mariko Satinov. Vous la connaissez, j'imagine ? demanda Katinka, les dents serrées par l'angoisse.

— Mariko ? s'étonna la femme.

— Oui.

— Je connais le camarade Hercule Satinov. Pas très bien, évidemment, mais je l'ai rencontré à un concert du conservatoire et ici, dans le cadre de mes recherches, naturellement.

— Naturellement. Mais connaissez-vous Mariko ?

— Non. C'est elle qui m'envoie un cadeau ?

— Oui. Exactement. Afin de nous mettre en relation. Elle vous connaît de nom grâce au travail incroyable que vous avez réalisé avec son père, le maréchal Satinov. »

À ces mots, Agrippina se redressa fièrement. « Le camarade Satinov a parlé de moi ?

— Oh oui. Je suis une amie de la famille et il m'a vanté vos mérites à propos de l'aide que vous lui avez apportée dans la rédaction de ses Mémoires. Il m'a même dit que, sans vous, il n'aurait pas réussi à mener ce projet à son terme.

— Eh bien, les légendaires camarades Gromiko et Mikoïan, que j'ai également eu l'insigne honneur d'assister, ont dit que leurs Mémoires n'existeraient pas sans mes talents d'écriture.

— Ça ne me surprend pas le moins du monde, reconnut Katinka qui découvrait qu'un mensonge en entraîne facilement un autre. D'ailleurs, le camarade Satinov m'a dit : "Camarade, allez rendre visite à Agrippina Constantinovna, cette éditrice hors pair, cette gardienne de la flamme sacrée. Elle vous expliquera comment nous avons travaillé sur mes Mémoires, elle vous montrera les brouillons…"

— Vous êtes communiste, camarade…

— Katinka Vinski. Oui, j'ai été pionnière, puis *komsomol* et, maintenant, je suis historienne et j'écris un mémoire sur Satinov et le rôle qu'il a joué dans la prise de Berlin.

— C'est tellement rare de rencontrer de jeunes communistes, ça fait plaisir. Mais pourquoi le camarade Satinov ne m'a pas appelée directement ? Il sait bien qu'il faut prendre rendez-vous…

— Il est gravement malade. Il souffre d'un cancer du poumon.

— C'est ce que j'ai entendu dire, en effet. Mais je devrais contacter sa fille, cette Mariko, pour vérifier… » Sur ces mots, elle se dirigea vers les téléphones posés sur la table en T.

« Attendez, Agrippina Constantinovna, l'interrompit Katinka. Aujourd'hui… Mariko l'a accompagné… à l'hôpital Kremlevka. C'est pour cette raison que je me suis permis de venir sans rendez-vous. Dans un rare instant de lucidité, le camarade Satinov a demandé à sa fille de vous faire parvenir un certain cadeau… Il a précisé que vous sauriez que ça venait de lui, ajouta-t-elle en tapotant le paquet.

— C'est pour moi ?

— Parfaitement.

« — De la part du maréchal et de sa fille ? » Malgré son air incrédule, elle ne parvenait pas à détacher les yeux du colis et se tortilla au bord de son siège pour s'en rapprocher. Katinka posa la main dessus d'un geste protecteur. « Vous avez les Mémoires complets de Satinov, ici ? Le manuscrit ? » La jeune fille suivait les instructions de Maxy à la lettre.

« Oui, mademoiselle. Dans cette pile, répondit Agrippina en désignant les colonnes de manuscrits jaunissants qui recouvraient chaque centimètre carré de la pièce. Nos célèbres camarades ont dicté leurs souvenirs à leurs assistantes, ou à moi personnellement selon le cas, et je me suis chargée du travail d'édition pour le Parti, en suivant les recommandations du Comité central et en coupant les passages qui pouvaient déranger le public.

— Le maréchal tient à ce que je consulte ces fameux passages... afin de mieux apprécier la nature de votre travail de correction. Avant de s'affaiblir très récemment, il a demandé à Mariko de vous remettre ce cadeau en gage de sa gratitude, expliqua à nouveau Katinka en prenant le paquet dans ses mains. Vous avez le manuscrit ?

— Il faut vraiment que j'appelle chez le maréchal ou que je consulte le directeur des archives...

— Si vous le souhaitez. Mais dans ce cas, je serai dans l'obligation de donner ce cadeau à quelqu'un d'autre. »

Cette remarque résolut le problème. Agrippina tomba à genoux sur la moquette et, penchée sur les piles de documents, elle se mit à chercher en murmurant un à un le nom des dossiers qu'elle exhumait. Soudain, elle se redressa d'un air triomphant. Elle tenait à la main celui de Satinov. Le souffle court, le visage en feu, elle retourna s'asseoir pour à nouveau fixer le paquet des yeux.

Katinka patienta. Elle s'attendait à ce que la grosse dame lui tende le manuscrit, mais elle le conservait sur ses genoux. Les deux femmes se dévisageaient.

« Oh, j'oubliais, Agrippina Constantinovna, en gage d'amitié de la part des Satinov », dit-elle en lui remettant la boîte volumineuse.

Rayonnante, Agrippina déchiqueta le papier d'emballage pour découvrir un flacon de Chanel N° 5 d'une valeur de trois cents dollars.

« Mon parfum préféré ! s'exclama-t-elle en serrant la bouteille contre son cœur. Comment le maréchal a-t-il fait pour s'en souvenir ?

— Puis-je consulter le manuscrit ?

— Oui, mais uniquement dans cette pièce. Quelques passages n'ont pas été publiés et, à part moi, personne ne les a lus. »

Au contact du dossier, Katinka fut prise d'un pressentiment.

« Installez-vous sur le divan, lui proposa Agrippina en s'aspergeant de parfum. Vous profiterez de l'air frais du ventilateur et de la musique de Glinka. N'hésitez pas à prendre des notes. »

Katinka parcourut rapidement les pages qu'elle avait déjà lues dans le livre indigeste de Satinov. « Comment nous avons conquis des terres vierges », « La construction de logements pour les travailleurs soviétiques », « Une conversation très intéressante avec Gagarine sur la conquête de l'espace », etc. Encore une perte de temps, se disait la jeune fille. Soudain, son cœur se mit à battre la chamade.

21

Une conversation avec J. V. Staline, janvier 1940
Par Hercule Satinov

Une nuit, à deux heures du matin, j'étais à mon bureau lorsque le téléphone retentit.

« C'est Poskrebitchev. Le camarade Staline veut te voir à la datcha. Une voiture t'attend en bas. »

Staline m'appréciait. Malgré le pacte de non-agression avec l'Allemagne nazie, nous savions que la guerre allait éclater. Le Parti m'avait ordonné de superviser la création de nouveaux tanks et l'artillerie de l'Armée rouge. J'avais déjà été invité par deux fois à la datcha de notre dirigeant pour lui faire un rapport sur l'avancée de mon travail. Je n'étais donc pas inquiet, même si lorsqu'on était convoqué chez Staline, on ne savait jamais ce qui nous attendait.

La voiture était munie de chaînes pour éviter de glisser sur le verglas car il faisait vingt degrés en dessous de zéro, un froid typique de Moscou

733

l'hiver. Le chauffeur emprunta la route de Mojaïsk et tourna dans une allée arborée de chênes, de pins, de bouleaux et d'érables. De temps en temps, on devinait un garde.

Il fallut passer deux barrières de sécurité, puis une grille d'acier verte s'ouvrit et nous arrivâmes chez Staline, à la datcha de Kountsevo, une maison toute simple de deux étages, récemment repeinte en kaki.

Un garde en uniforme bleu du NKVD nous accueillit à la porte et me fit entrer. J'accrochai mon manteau à une patère. À gauche, le bureau de Staline débordait de livres et de périodiques, mais le grand homme sortit de la bibliothèque qui se trouvait sur la droite. Il portait une tunique grise et des bottes.

« Bonsoir, *bicho* », me lança-t-il en guise de salut. Il m'appelait toujours par ce surnom qui signifie garçon en géorgien. « Entre, et viens boire un verre. Tu as mangé ? »

J'avais bien entendu déjà dîné mais, à cette époque, nous nous pliions tous aux habitudes nocturnes de Staline.

« Le camarade Beria est là. Les autres vont arriver », ajouta-t-il en me menant dans une vaste pièce où trônaient une gigantesque table, de lourdes chaises et des divans. Les plafonds étaient couverts de lambris en pin de Carélie, tout comme les murs sur lesquels étaient punaisées des affiches d'artistes russes. Le buffet était disposé à une extrémité de la table, un véritable festin géorgien. Lavrenti Beria s'y tenait déjà, un verre à la main. Il me salua en géorgien car, avec Staline, voyez-vous, nous étions trois Géorgiens dans la glaciale Russie.

Après m'avoir servi un verre de vin et s'en être également versé un, Staline s'assit à la table et nous l'imitâmes. J'étais installé au milieu.

« Bien, lança Staline en allumant une cigarette. Où en sommes-nous de l'affaire Sashenka ? »

J'ai toujours eu du mal à masquer l'émoi qui me transperce lorsque j'entends son nom. J'espérais que personne ne s'en était aperçu.

« Elle semblait tellement droite, la femme soviétique idéale, en somme. Je me rappelle l'avoir rencontrée dans le bureau de Lénine à Petrograd, ajouta-t-il en secouant la tête d'un air déçu. Certaines personnes mentent pendant des dizaines d'années. On croit les connaître et on se trompe. »

Je dévisageai Beria.

« Elle a tout avoué.

— Le procès s'est passé sans problème.

— Tu la connaissais bien, n'est-ce pas, bicho ? »

J'acquiesçai d'un signe de tête.

« Ont-ils tous avoué et exprimé leurs remords ? demanda le dirigeant en écrasant sa cigarette pour prendre sa pipe.

— Vania Palitsine a tout avoué, répondit Beria en partant d'un grand éclat de rire. Il a bien pris sa condamnation. Il a même crié "Vive le camarade Staline". »

Les yeux mi-clos, le dirigeant tirait sur sa pipe.

« Mais Mendel, quel vieux fou ! poursuivit Beria. Il a refusé de reconnaître quoi que ce soit.

— Il a toujours suivi les règles à la lettre, fit remarquer Staline d'un air attendri.

— J'ai fait comme tu m'avais dit avec lui. »

Les deux hommes échangèrent un sourire complice. Ils adoraient ce genre de secret et d'intrigue. J'avais déjà entendu Beria mentionner un accident de voiture mortel dont avait été victime un camarade trop célèbre pour être arrêté et exécuté.

« Alors, bicho, ça t'intéresse de savoir ce qui est arrivé à Mendel ?

— Oui, répondis-je tout en redoutant le pire.

— Dis-lui, Lavrenti.

— J'ai dit à Mendel : "Confesse tes crimes et Staline promet de te garder en vie." Et tu sais ce qu'il m'a répondu ? "Jamais ! Je suis innocent et je resterai un honnête bolchevik jusqu'à ma mort." Il m'a craché au visage, tout comme à Kobilov…

— C'est une erreur de sa part, nota le dirigeant d'un air songeur.

— Fou de rage, Kobilov l'a rossé et voilà, c'était fini.

— Quel orgueil ! Quelle folie ! s'exclama Staline avant de se tourner vers moi. Mais tu t'es occupé de clore le dossier, n'est-ce pas, bicho ?

— Oui, camarade Staline. Comme tu me l'avais demandé. » Je ne pus m'empêcher de lancer un regard à Beria mais Staline l'intercepta.

« Eh bien ?

— Rien de particulier », répondit Beria en me donnant un coup de pied sous la table. Cela dit, même si Lavrenti pouvait se révéler dangereux, il n'était jamais recommandé de cacher quoi que ce soit à Staline.

« Il y a eu une irrégularité dans l'une des exécutions, camarade, expliquai-je enfin, un peu gêné.

— De quel genre ? » demanda froidement notre chef suprême.

Beria me donna un second coup de pied mais il était trop tard.

« Les cadres du NKVD sont des professionnels dévoués, mais ce cas précis est un exemple flagrant de l'infantilisme le plus crasse, répondis-je, en nage.

— Étais-tu au courant, camarade Beria ?

— J'en ai entendu parler, et je mène l'enquête.

— Je croyais que tu avais débarrassé nos rangs des individus susceptibles de ce genre d'erreur ? Le coupable doit être sévèrement puni. » Sur ces mots, il nous scruta attentivement. « Bien. Mettez une commission sur pied avec Chkiriatov, Malenkov et Merkoulov. Je veux un compte rendu rapide. »

À cet instant précis, on entendit un moteur rugir et des portières claquer. Staline se leva pour aller accueillir les membres du Politburo qu'il avait invités à dîner.

« Fils de pute ! marmonna Beria en me prenant à part. Pourquoi lui as-tu dit ça ? » Heureusement, Molotov, Vorochilov et les autres nous rejoignirent dans la pièce.

Alors que nous nous servions au buffet, Staline vint se poster derrière moi.

« Cette jolie Sashenka, murmura-t-il. Quelles décisions terribles nous sommes obligés de prendre… »

22

« Avez-vous terminé, mademoiselle ? » s'enquit
Agrippina. Les pages manquantes du manuscrit
de Satinov soulevaient d'autres questions qui
s'ajoutaient à celles restées sans réponse. Le plus
triste, c'était que Katinka savait désormais que
Sashenka était morte. Elle allait devoir téléphoner
à Roza et lui annoncer que ses deux parents avaient
été assassinés par les hommes de main de Staline,
que son père avait crié « Vive le camarade Staline »
et que son oncle Mendel n'avait pas succombé à
une crise cardiaque mais avait péri sous les coups.

Et comment était morte Sashenka ? De quelle
irrégularité avait parlé Satinov ? Avait-elle été violée
par les gardes ? Torturée ? Affamée ? Une seule
personne pouvait résoudre cette énigme. Il fallait
donc qu'elle coure chez le maréchal. Même si elle
l'avait poussé à bout la veille au soir, elle devait
absolument le voir avant qu'il ne meure.

« Merci de m'avoir autorisée à consulter ce
manuscrit, parvint-elle à articuler.

— N'oubliez pas de transmettre mes amitiés au maréchal et à sa fille. Je leur suis très reconnaissante de s'être souvenue de moi et de m'avoir offert ce cadeau.

— Je n'y manquerai pas », répondit Katinka, qui prenait déjà congé.

Ravalant ses larmes, la jeune fille attendit quelques minutes l'ascenseur qui tardait à arriver. Soudain, elle sentit une présence derrière elle. L'archiviste qui était monté avec elle au quatrième étage fredonnait, appuyé contre son chariot débordant de dossiers. Il finit par s'éclaircir la gorge.

« Cet ascenseur est en panne. Vous devez utiliser le nôtre. »

C'était un ordre mais la jeune fille était si contrariée qu'elle s'en fichait. L'archiviste continua de chantonner dans les couloirs jusqu'à un ascenseur plus vétuste au sol couvert de sciure.

Qu'allait-elle dire à Roza ? Une vague de désespoir submergea Katinka. Satinov allait refuser de la recevoir ; Mariko la jetterait dehors ; elle ne retrouverait jamais Carlo.

L'ascenseur finit par s'arrêter, mais au sous-sol. Le rat de bibliothèque ouvrit la porte.

« Je vous en prie.

— Mais… nous ne sommes pas au bon étage. »

L'archiviste regarda prudemment à droite et à gauche avant de répondre. « J'ai des documents à vous montrer.

— Désolée, répliqua Katinka soudain inquiète, mais je ne sais pas qui vous êtes. Je dois… » Sur ces mots, elle pressa le bouton du rez-de-chaussée mais l'inconnu maintint les portes ouvertes.

« Je m'appelle Apostollon Shcheglov, dit-il comme s'il s'attendait à ce que la jeune fille sache que son nom signifiait "chardonneret".

— Je suis en retard. Je dois me dépêcher, insista-t-elle, en appuyant à nouveau sur le bouton.

— "Mieux vaut chanter en bon chardonneret qu'en piètre rossignol" », dit Shcheglov en citant la fable de Krylov.

Katinka s'arrêta net pour le scruter du regard.

Shcheglov lui adressa un sourire agrémenté de deux dents en or.

« Vous vous souvenez ? Laissez-moi vous donner un indice : Utesov et Tseferman. Nous autres, archivistes, nous nous connaissons tous. Nous faisons partie d'un ordre secret. Venez, suivez-moi, ajouta-t-il en lui indiquant les couloirs de béton éclairés d'une lumière crue. C'est l'un des endroits les plus sûrs du monde, Katinka, si vous me permettez de vous appeler par votre prénom. C'est ici que nous protégeons l'histoire de notre nation. »

Encore un peu nerveuse, Katinka se laissa guider jusqu'à une porte métallique qui ressemblait au sas d'un sous-marin ou d'un abri antiatomique. Shcheglov tourna une large roue en chrome, ouvrit trois serrures différentes puis tapa un code sur un boîtier électronique. La porte de soixante centimètres d'épaisseur s'ouvrit lentement. « Elle a été conçue pour résister à une attaque nucléaire. Si les Américains nous envoient leur bombe H, les seuls rescapés à Moscou seront le président, les généraux et nous deux. »

Il ouvrit ensuite une seconde porte blindée. Se sentant affreusement vulnérable, Katinka ne put s'empêcher de regarder par-dessus son épaule. Et si Kuzma avait été suivi lorsqu'il lui avait remis des documents et s'était vu obligé d'attirer la jeune fille ici ?

Sans cesser de fredonner, Shcheglov entra dans une petite pièce de travail. Son bureau était impeccable, les dossiers empilés proprement. Sur la vaste table reposait un plan en relief où on distinguait des vallées, des rivières et des maisons, et sur lequel on avait aligné des soldats de plomb, des canons, des drapeaux et des chevaux, tous délicatement peints.

« J'ai fabriqué et décoré chacun de ces sujets. Vous voulez que je vous montre ? Vous êtes pressée ? »

Katinka n'avait jamais été aussi pressée de sa vie. Satinov était à l'agonie, prêt à emporter le secret de Sashenka dans la tombe. Mais... cet archiviste lui montrerait-il les documents dont elle avait besoin ? Le rat de bibliothèque devait avoir une bonne raison pour l'avoir fait descendre dans les sous-sols. Elle décida de se prêter à son petit jeu.

« J'adorerais voir tous vos soldats de plomb.

— Soyons clairs, ce ne sont pas des jouets, mais une reconstitution historique, précise et exacte dans ses moindres détails, jusqu'aux munitions des canons. Vous qui êtes historienne, devinez de quelle bataille il s'agit. »

Katinka fit le tour de la table tandis que Shcheglov frétillait de joie.

La jeune fille reconnut la Grande Armée de Napoléon d'un côté et les régiments de la Garde russe de l'autre. « 1812, évidemment, articula-t-elle. Ce doit être la redoute de Raevski, avec les forces de Barclay de Tolly ici. Là, le prince Bagration affronte Murat et Ney, les maréchaux français. Ici, c'est Napoléon en personne. C'est la bataille de Borodino! s'exclama-t-elle d'un air triomphant.

— Bravo! la félicita Shcheglov. Mais laissez-moi plutôt vous montrer où nous conservons nos documents », proposa-t-il aussitôt en ouvrant une troisième porte blindée qui menait dans un couloir souterrain où les armoires métalliques s'alignaient les unes après les autres, abritant des milliers et des milliers de dossiers numérotés. « La plupart resteront fermés bien après que nous aurons disparu. C'est le travail de toute ma vie, et je ne vous montrerais rien qui puisse mettre en danger la sécurité de notre mère patrie. Mais ce que vous cherchez n'est qu'une note de bas de page, un détail. Très intéressant, certes, mais il n'en reste pas moins un détail mineur au regard de l'Histoire. Je vous en prie, asseyez-vous à mon bureau.

— Pourquoi m'aidez-vous ?

— Uniquement pour faire une faveur à un camarade archiviste que je respecte beaucoup et qui se trouve être mon oncle. Et mon père travaille aussi aux archives d'État, comme son père l'avait fait avant lui.

— Une dynastie d'archivistes, en somme.

— De vous à moi, c'est exactement comme ça que je vois les choses, répondit Shcheglov en souriant tellement que ses dents en or accrochèrent la lumière électrique. Vous n'avez pas le droit de copier quoi que ce soit. Souvenez-vous que rien de ce qui est ici n'a jamais été publié. C'est d'accord ? »

Après avoir acquiescé d'un signe de tête, Katinka s'installa au bureau. Le rat de bibliothèque prit une petite pile de dossiers beiges sur une étagère, ouvrit le premier dont il tourna quelques pages.

« Scène un. Une liste de cent vingt-trois noms – tous numérotés – signée par Staline et par un quorum du Politburo le 9 janvier 1940. » Le cœur de Katinka se mit à battre la chamade. Une liste de condamnés. Shcheglov continuait de fredonner en cherchant du doigt certains noms.

82. Palitsine, I. N.
83. Zeitlin-Palitsine, A. S. (camarade Isatis)
84. Barmakid, Mendel

Katinka remarqua que la liste adressée à Staline et au Politburo était signée en vert. *L. P. Beria, Narkom, NKVD.*

Le doigt de Shcheglov glissa vers les gribouillis qui entouraient les noms des destinataires.

D'accord. Molotov
Il faut écraser ces traîtres. Je vote pour le châtiment suprême. Kaganovitch
Abattez ces garces et ces salauds comme des chiens. Vorochilov

Sans oublier, le plus important :

Fusillez-les tous.
J. St.

« Ils ont donc bel et bien été condamnés, conclut Katinka. Mais ont-ils tous...

— Scène deux », l'interrompit l'archiviste en poussant un nouveau document vers elle. Il retourna aussitôt à ses rayonnages qu'il fouilla quelques instants pour en tirer un mémorandum usé par les griffonnages, les taches d'encre, l'ennui, les bureaux sales, les doigts gras et la négligence routinière des prisons.

À l'attention du camarade commandant Golechev, de l'objet spécial 110
21 janvier 1940
Transférez au major V. S. Blokhine, chef des opérations de commandement, les prisonniers mentionnés ci-dessous condamnés à être fusillés...

Les cent vingt-trois noms de la liste figuraient à la suite du message. Sashenka et Vania apparaissaient en haut. Une centaine de feuillets chiffonnés et jaunis – les mémorandums officiels portant les noms et les dates – y étaient joints, maintenus ensemble par une ficelle rouge passée dans un trou de la liasse.

Les mains tremblantes, Katinka trouva le feuillet de Vania.

Sur l'ordre du camarade Kobilov, adjoint du Narkom, 21 janvier 1940 à 4 h 41, le soussigné a exécuté la condamnation à mort de... ici le gribouillis à peine lisible d'un bourreau à demi soûl avait ajouté le nom de *Vania Palitsine* et signé de son nom *V. S. Blokhine*. Maxy avait parlé de lui. Il portait souvent un tablier de boucher en cuir pour protéger son précieux uniforme du NKVD des éclaboussures de sang.

Face à tant d'inhumanité, Katinka ne parvenait même plus à pleurer. Elle était trop secouée et se sentait au contraire proche de l'évanouissement.

Les autres feuillets étaient identiques. Chaque document rempli à la va-vite signifiait la fin d'une vie. La jeune fille hésita à étudier celui de Sashenka, mais elle se mit soudain à tourner les pages trop vite, comme prise de panique.

« Je ne la trouve pas ! » s'exclama-t-elle d'une voix tremblante.

Shcheglov consulta sa montre. « Il nous reste peu de temps avant le retour de mon collègue. Nous allons à présent repartir six mois plus tôt, au moment où l'affaire a commencé. Regardez ceci. Scène trois. »

Il plaça alors devant Katinka une feuille jaunie à l'en-tête du bureau de J. V. Staline recouverte de griffonnages et de dessins aux crayons de couleur vert et rouge, des esquisses de loups et des suites de mots sans queue ni tête. Mais le secrétaire du chef suprême avait annoté la date et l'heure exactes. *7 mai 1939. Transféré aux archives à 23 h 42.* C'était le soir où Beria avait montré à Staline la transcription des écoutes de l'hôtel Metropol.

Katinka scruta Shcheglov, mais ne vit dans les verres sales de ses lunettes que le reflet de son propre regard angoissé. Elle s'abîma donc dans la lecture des documents placés devant elle et, lentement, méthodiquement, commença à reconstituer le drame qui avait conduit à la condamnation de

Sashenka et des siens. Staline avait lu le rapport de surveillance, elle le savait. Il avait été outré et avait parlé de Sashenka comme d'une *dépravée*, d'une *fille des rues*. Katinka sortit son petit cahier de son sac et étudia à nouveau l'ordre des visites reçues par le dirigeant ce soir-là.

> 22 h 00 : L. P. Beria
> *Départ : 22 h 30*
> 22 h 30 : H. A. Satinov
> *Départ : 22 h 45*
> 22 h 40 : L. P. Beria
> *Départ : 22 h 52*

Au moment où Beria quittait Staline, Satinov patientait dans l'antichambre. Une fois dans le bureau, le chef suprême l'avait interrogé sur la liaison de Sashenka.

Katinka parcourut la page couverte des gribouillages de Staline. Peu à peu, elle commença à comprendre et en fut horrifiée.

Questions pour le camarade Satinov : Sashenka à Saint-Pétersbourg au milieu de la feuille, cette phrase entourée de cercles, de carrés et d'une tête de renard admirablement dessinée, ombrée de rouge et intitulée *Camarade Isatis*. Satinov avait dû répondre calmement car Staline avait écrit *Vieux amis, bolcheviks convaincus*.

Puis Staline avait convoqué Beria une deuxième fois. Les deux hommes avaient intensifié leur inter- rogatoire. Les mots suivants étaient presque illisibles.

« Je n'arrive pas à comprendre », se plaignit Katinka.

L'archiviste lui vint en aide.

Isatis à Saint-Pétersbourg : Digne de confiance ou pas ?
L. P. Beria : Molotov et Mendel à Saint-Pétersbourg ?

Katinka devina qu'il s'agissait des questions posées à Satinov. Elle imagina aussitôt le combat intérieur qu'il avait mené pendant ses cinq minutes. Que pouvait-il faire ? Il avait certainement pâli, transpiré. Il ne devait plus savoir ni quoi faire ni quoi dire. Il avait une femme adorable et un bébé, mais il était également ambitieux et acquis à la cause communiste. Les réponses qu'il donnerait au cours de ces cinq minutes pouvaient soit lui sauver la vie et assurer sa promotion, soit le détruire, ainsi que sa famille.

Lorsque Staline avait souhaité savoir si Sashenka était digne de confiance à Saint-Pétersbourg, un nom s'était imposé à l'esprit de Satinov, celui du capitaine Sagan qu'il ne connaissait que par ses entrevues avec Mendel à la fin de l'année 1916.

Le chef suprême connaissait-il déjà la mission assignée à Sashenka par le comité de Petrograd, à savoir amadouer Sagan pour obtenir de lui des informations ? Si Satinov en parlait maintenant et que personne ne fût au courant, ça pourrait retomber sur Sashenka, mais ça semblait peu probable car Sagan était mort depuis plus de vingt-deux ans.

747

Mais… si Molotov et Mendel, les seuls à connaître l'opération Sagan, en avaient déjà discuté avec Staline ? Satinov serait accusé de cacher des informations au Parti et à Staline. Inconcevable parce que passible de la peine de mort.

Katinka observa attentivement les hiéroglyphes qui révélaient ce jeu enfiévré de roulette russe.

Alors ? Qu'avait décidé Satinov ? Avait-il cédé à la panique et parlé plus que nécessaire ? Avait-il tout prémédité et agi de sang-froid ?

« Nous ne le saurons sans doute jamais, murmura-t-elle.

— Mais nous savons qu'il a dit *ceci* », repartit Shcheglov en lui montrant les mots qui suivaient sur la feuille. *Hercule S : Cap. Sagan. Pétersbourg. SAGAN*

Katinka eut l'impression de se vider de son sang. Satinov avait donc bel et bien mentionné le capitaine Sagan de l'Okhrana en présence de Beria et de Staline. La jeune fille fut prise d'un élan de pitié pour le maréchal, puis de colère, avant de céder à nouveau à la pitié. Il aurait sans doute agi différemment s'il avait su que Sagan était vivant, qu'il croupissait dans un des camps de Beria, que son nom figurait dans la liste des prisonniers du NKVD et que, quelques heures plus tard, il serait en route pour Moscou où Kobilov le rouerait de coups pour l'obliger à témoigner contre Sashenka.

« Si seulement Satinov avait résisté, murmura-t-elle. Ils auraient tous survécu.

— Ou alors, il aurait subi le châtiment suprême, comme les autres, fit remarquer Shcheglov. Vous en avez assez vu ? s'enquit-il en rassemblant ses papiers qu'il classa aussitôt dans les dossiers appropriés où ils demeureraient peut-être pour l'éternité.

— Satinov a donc bel et bien condamné ses meilleurs amis, résuma Katinka, avant de tout risquer pour sauver leurs enfants. A-t-il expié sa faute pour autant ? »

L'archiviste lui fit signe de partir, pressé de la voir quitter son bureau, mais elle s'accrocha à son bras. « Un instant ? Il manque un détail. Staline a mis sur pied une commission chargée d'enquêter sur les conditions de l'exécution de Sashenka. Où sont les conclusions ?

— Il existe un numéro pour ce dossier, répondit Shcheglov en l'accompagnant vers la sortie, mais il n'est pas avec les autres. Désolé. » Il appuya sur le bouton pour appeler l'ascenseur.

« Merci de m'avoir montré tout ça, dit-elle en l'embrassant sur la joue. Vous n'imaginez pas ce que ça représente pour moi.

— Vous êtes trop sensible et vous prenez les choses trop à cœur », lui répondit-il en lui serrant les mains.

En entrant dans l'ascenseur, la jeune fille passa en revue les divers extraits des Mémoires de Satinov et la mystérieuse note de Staline : *Bicho, clore le dossier*, que Maxy lui avait montrée aux archives du Parti.

Bicho – garçon, en géorgien – était le surnom que le dirigeant réservait à Satinov. *Clore le dossier* était l'expression qu'il employait pour signifier la tâche de Satinov : superviser la destruction d'une famille qu'il adorait.

« Oh, mon Dieu ! » Le souffle court, Katinka venait de comprendre. « Satinov l'a vue mourir. Mais qu'ont-ils bien pu lui faire subir ? »

23

Katinka se mit à courir vers la place Maïakovski où elle héla une Lada pour filer vers l'immeuble Granovski. Incapable de se maîtriser, elle appuya sur cinq sonnettes à la fois, la porte s'ouvrit et elle monta les marches quatre à quatre jusqu'à l'appartement de Satinov. Là encore, la porte était ouverte, mais Mariko se tenait dans le couloir.

« Je sais ce que vous pensez, Mariko, mais je vous en supplie, il faut que je lui dise ce que j'ai découvert. Il m'a aidée à avancer étape par étape, sans que je m'en aperçoive. Il va accepter de me recevoir, j'en suis sûre. »

À bout de souffle, la jeune fille prit le temps de retrouver une respiration normale. Mariko ne la jeta pas dehors. Elle gardait le silence et Katinka, qui ne lui avait jamais vraiment prêté attention, ne lui trouva pas l'air furieux mais épuisé.

« Entrez, se contenta-t-elle de dire. Je vous autorise à le voir. » Elle avança dans le couloir, passa devant le salon. « Entrez. »

Satinov était alité dans sa chambre. Il reposait sur ses oreillers, les yeux fermés. Son visage, ses cheveux, ses lèvres étaient couleur de cendres. Au bord de son lit, une infirmière ajustait la bouteille d'oxygène et le masque mais, à leur entrée, elle s'éclipsa.

Malgré toutes les questions qui se bousculaient dans son esprit, Katinka se trouva démunie devant Satinov qui respirait très péniblement. Parfois, sa poitrine se soulevait trop vite, parfois, il n'inspirait pas pendant de longues secondes. L'effort et la peur le faisaient transpirer à grosses gouttes. Katinka aurait dû éprouver de la pitié pour ce moribond, mais elle ne ressentait que colère et frustration. Comment pouvait-il lui échapper si près du but ? Comment pouvait-il se montrer si cruel et laisser Roza dans l'ignorance de ce qu'il était advenu de sa mère ?

Du coin de l'œil, la jeune fille observa Mariko qui lui indiqua la chaise placée près du lit. « Vous pouvez lui parler. Une minute ou deux, pas plus. Il a demandé où vous étiez. Il pensait à vous et à vos recherches. C'est pour cette raison que je vous ai laissée entrer.

— M'entend-il ?

— Oui, je crois. Il parle de temps en temps. Il bouge les lèvres. Il a mentionné ma mère, mais ses paroles sont devenues difficilement compréhensibles. Les médecins disent… On ne sait pas vraiment. » Mariko se tut, s'appuya contre l'encadrement de la porte, s'étira et se frotta le visage à deux mains.

Katinka se leva, se pencha au-dessus du lit puis regarda Mariko pour se donner du courage.

« Allez-y. »

La jeune fille prit la main de Satinov dans la sienne. « C'est moi, Katinka. Votre chercheuse. Je dis "votre chercheuse" parce que c'est vous qui aviez les cartes en main depuis le début. Vous m'avez fait courir à droite et à gauche. Si vous m'entendez, faites-moi un signe. Vous pouvez presser ma main ou cligner des yeux. » Elle attendit, mais il tenta désespérément d'inspirer une bouffée d'air, son corps se mit à trembler puis il se calma de nouveau. « Je sais que vous aimiez Sashenka et Vania. Je sais aussi que vous avez fait quelque chose de terrible et que vous avez sauvé leurs enfants. Mais qu'est-il arrivé à Sashenka ? À quoi avez-vous assisté ? Je vous en prie, dites-moi comment elle a péri. »

Aucune réaction. Ce vieillard était un cas d'école en matière d'ambiguïté. Il avait passé son temps à l'aider et à l'encourager tout en lui tendant des pièges et en lui mettant des bâtons dans les roues. Tout comme il avait condamné Sashenka et sauvé ses petits. Elle éprouvait de la peine tout en n'ayant jamais ressenti une telle colère.

Il resta paisible quelques minutes puis sa respiration l'obligea à une lutte de chaque instant. Ses mains agrippaient le couvre-lit tandis que son corps se tordait de douleur. L'infirmière arriva précipitamment, lui donna davantage d'oxygène et lui administra une piqûre qui le calma instantanément.

« Je vais appeler mes frères dans une minute, annonça Mariko. Ils dorment dans leurs chambres. Nous avons passé la nuit à nous relayer. »

Katinka se leva pour prendre congé.

« Je suis désolée. Sincèrement. Merci de m'avoir permis de le voir. Je regrette de n'avoir pas pu venir avec Roza… J'avais encore tant de questions à lui poser. » Elle lui adressa un dernier regard, espérant follement qu'il la retiendrait. « Je connais le chemin. »

C'est à cet instant précis qu'il prit la parole. Katinka fit volte-face et les deux femmes se précipitèrent au bord du lit. Les lèvres de Satinov bougeaient à peine.

« Que dit-il ? » demanda Katinka.

Mariko prit la main de son père et lui baisa le front. « C'est moi, papa. Ta fille. Je suis avec toi, papa chéri. »

Ses lèvres bougèrent à nouveau mais aucun son ne s'en échappa. Peu après, elles s'immobilisèrent ; sa famille envahit la chambre et Katinka se retira discrètement.

À l'extérieur, Maxy attendait en fumant, appuyé sur sa moto. Katinka se jeta dans ses bras, rasérénée par l'odeur du cuir et de la cigarette.

« Il est en train de mourir ? Ce doit être un spectacle affreux. Mais tu as fait tout ce que tu as pu…

— C'est terminé et je suis épuisée. Je vais appeler Roza, rassembler mes notes et la mettre en contact avec les gens qu'elle voudra rencontrer.

— Et toi ? Qu'est-ce que tu vas faire ? »

— Je rentre. J'ai envie de revoir mes amis et je connais quelqu'un qui sera ravi de m'emmener en vacances. C'est peut-être aussi bien de ne pas savoir comment Sashenka est morte. Mon père avait raison. Je n'aurais jamais dû accepter cet emploi. Je retourne m'occuper de la Grande Catherine.

— Mais tu es tellement douée pour ce genre de recherches, Katinka ! S'il te plaît, réfléchis ! Pourquoi ne viendrais-tu pas travailler avec moi à la fondation ? On ferait de grandes choses, tous les deux. »

La jeune fille secoua la tête et se reprit aussitôt. « Non, merci. C'est trop douloureux. L'histoire est peut-être ancienne mais les souffrances restent vives et la douleur demeure. Retourner les tombes, ça n'est pas pour moi. C'est trop pénible. Au revoir, Maxy. Merci pour tout. »

Les larmes aux yeux, elle s'éloigna.

« Katinka ! » lui cria Maxy.

Elle se retourna à demi.

« Tu m'autorises à t'appeler de temps en temps ? »

24

C'était compter sans la force de persuasion de Pasha Getman.

« Katinka, vous n'avez pas le droit d'abandonner et de nous quitter comme ça ! avait-il rugi lorsqu'elle l'avait appelé pour lui annoncer qu'elle avait fait tout ce qui était en son pouvoir. Et ma mère ? avait-il ajouté d'un ton plus calme. Vous y avez pensé ? Elle vous adore. Il faut absolument que vous nous rendiez un dernier service. Si vous ne le faites pas pour moi, faites-le pour Roza. »

C'est ainsi que, trois jours plus tard, la jeune fille et son employeuse avaient pris l'avion privé de Pasha pour se rendre dans le Sud, à Tbilissi – ce qui, comme le lui avait fait remarquer l'oligarque, la rapprochait aussi de chez elle. Les gardes du corps les avaient directement conduites au café si croquignolet caché au milieu de la vigne.

« Lala, dit Katinka à la vieille dame, je vous ai amené quelqu'un. »

Son habituel verre de vin de Géorgie à la main, Lala Lewis se redressa dans son lit et fixa la porte.

« C'est elle ?

—Non. Ce n'est pas Sashenka, mais Roza Getman, sa fille, que vous avez connue sous le nom de Snowy.

—Oh, soupira la vieille Anglaise en tendant les bras en signe de bienvenue. Approche-toi. Je suis très âgée, vois-tu. Viens t'asseoir sur mon lit. Laisse-moi te regarder. Laisse-moi voir tes yeux.

—Bonjour, Lala, répondit Roza d'une voix remplie d'émotion. Cinquante ans se sont écoulés depuis que vous vous êtes occupée de nous. »

Là, Katinka assista aux retrouvailles les plus émouvantes qui soient. Toujours très élégante, Roza s'avança pour observer les vestiges d'un passé disparu. Elle sembla hésiter un instant devant les bras grands ouverts de la vieille gouvernante, puis s'assit sur le lit en souriant, comme si cette dame ne lui était finalement pas inconnue.

Lala lui serra les mains de toutes ses forces. Ni l'une ni l'autre ne disait mot mais, de là où elle était, Katinka voyait les épaules de Roza trembler et les larmes ruisseler sur les joues de la vieille Anglaise. Mal à l'aise, elle se posta devant la fenêtre pour regarder à l'extérieur. Les bruits et les parfums de Tbilissi l'enveloppèrent soudain, une chanson, les arômes de tkemali, du pain lavashi, du café moulu et des pommiers en fleur.

C'est la dernière scène de ce drame, se dit la jeune fille. Elle avait accompli la mission que Pasha lui avait confiée. Elle avait réuni ces deux femmes, ce qui l'avait affectée plus qu'elle ne l'aurait cru possible. Elle allait désormais rentrer chez elle, retrouver son père, sa mère... et Andreï.

Lala caressa le visage de Roza. « Chère petite, j'ai tellement rêvé de revoir ta mère. Il faut absolument que je te parle d'elle, car c'était un être à part. Regarde, c'est une photo d'elle dans son uniforme de l'institut Smolny. Tu vois ? J'allais la chercher dans le landau du baron, en voiture, comme on dit aujourd'hui. Samuil, le baron, était ton grand-père. Tu ne l'as jamais rencontré, mais il savait tout de toi. Pas un jour n'est passé sans que je pense à toi et à Carlo, ton frère. Quand tu étais petite, tu ressemblais tellement à ta mère – elle était d'une blondeur angélique quand elle était jeune – et tu as hérité des yeux violets de ta grand-mère Ariadna. Oh, ma chère enfant. Pense que j'étais une toute jeune fille à peine débarquée d'Angleterre. J'ai vécu assez longtemps pour assister à la chute du tsar, à la prise de pouvoir par les barbares, à leur propre chute et maintenant... je te rencontre enfin. Je n'arrive pas à y croire.

— On ne peut plus dire que je sois une enfant ! répondit Roza en riant. J'ai bientôt soixante ans !

— À côté de moi, Mathusalem est un gamin ! Tu te souviens de ces journées que nous avons passées ensemble avant...

— Je crois, oui, acquiesça Roza. Oui, je me rappelle t'avoir vue au buffet d'une gare. Tu avais apporté les biscuits préférés de Carlo. Je te donnais la main et...

— À l'époque, j'ai failli sombrer. J'ai dû lutter pour garder la tête hors de l'eau. J'avais perdu ta mère que j'aimais comme la prunelle de mes yeux. Puis ton grand-père. Et soudain, j'ai eu la chance

758

de passer quelques jours de bonheur avec ton frère et toi. Quand vous avez rejoint vos familles adoptives, j'ai envisagé le suicide. Si je ne l'ai pas fait, c'est que j'ai toujours gardé l'espoir de voir revenir ceux que j'aimais. Et, tu sais quoi ? C'est celui que je n'attendais plus qui est réapparu.

— Lala, la coupa Katinka, désolée de les interrompre mais brûlant de curiosité, seul Staline avait le pouvoir de sauver la vie de Samuil. Savez-vous pourquoi il l'a fait ? »

La vieille Anglaise approuva d'un signe de tête. « Après la mort de ce monstre, ici, tout le monde pleurait et portait le deuil. Les gens défilaient même en son honneur mais, moi, je jubilais. Samuil était très malade à l'époque, et je lui ai posé la question. "Maintenant, tu peux m'avouer pourquoi on t'a libéré." Il m'a répondu qu'il ne savait pas exactement mais que, en 1907, il avait recueilli et donné cent roubles à un révolutionnaire géorgien au visage vérolé. Il l'avait autorisé à se cacher dans la maison du gardien, ici à Tbilissi, alors que la police le recherchait. Plus tard, il a compris qu'il s'agissait de Staline, lequel n'oubliait jamais ni les injures ni les services rendus. » Lala se tourna vers Roza dont elle serrait toujours les mains. « Je peux mourir en paix, à présent.

— Vous êtes mon seul lien avec ma mère. Vous savez, lorsque j'étais enfant, j'en suis presque venue à détester mes parents. Ils m'avaient abandonnée et je ne savais pas pourquoi. Je ne comprenais pas ce que j'avais pu faire pour mériter une telle punition. Et pourtant, je n'arrêtais pas de penser à eux. Je rêvais parfois qu'ils étaient morts. J'observais la Grande Ourse, car papa m'avait dit qu'il s'y trouverait toujours. En grandissant, j'ai compris qu'il leur était peut-être arrivé malheur, qu'ils n'avaient pas eu le choix, qu'ils avaient été obligés de m'abandonner. Mais je n'ai jamais réussi à faire mon deuil. »

Roza se tourna vers Katinka. « Vous avez fait du bon travail. Je vous en remercie du fond du cœur. Sincèrement. Vous avez changé ma vie. Mais je sais que vous êtes impatiente de rentrer chez vous et l'avion de Pasha vous attend à l'aéroport pour vous ramener à Vladikavkaz. Vous pouvez partir quand bon vous semble. »

La jeune fille l'embrassa, ainsi que Lala puis se dirigea vers la porte avant de s'immobiliser.

« Non, impossible, je ne peux pas partir maintenant, dit-elle en se retournant brusquement. Vous me permettez de rester et de vous écouter ? J'ai bien peur de m'être investie plus que je ne l'aurais dû dans cette histoire.

— Bien sûr ! s'écria Roza en se levant pour la serrer dans ses bras. Je suis tellement contente que vous ressentiez cela ! Je me suis beaucoup attachée à vous, vous savez, ajouta-t-elle en se rasseyant sur le lit. Lala, reprit-elle, grâce à Katinka, je sais ce que sont devenus mes parents et j'ai fait votre connaissance mais je ne sais rien de mon frère. Parlez-moi de lui, s'il vous plaît. »

La gouvernante sirota une gorgée de vin avant de fermer les yeux. « C'était le plus mignon des petits garçons. Il ressemblait à un petit ourson, et il avait des yeux bruns magnifiques. Il était si câlin, si affectueux. Il n'arrêtait pas de me caresser le visage et de m'embrasser le nez. Le jour où j'ai dû le laisser partir a été le plus douloureux de ma vie. Nous étions à l'orphelinat Beria – vous imaginez des enfants dans une maison portant le nom de ce monstre ? La veille, Snowy, tu étais partie avec les Liberhart, des professeurs juifs qui faisaient apparemment partie de l'intelligentsia, mais tu t'étais débattue, tu avais poussé des hurlements, et moi j'avais pleuré pendant des heures. J'aurais préféré te garder avec moi, mais Satinov m'avait dit "Votre mari ne reviendra pas, la police vous arrêtera sans doute d'un jour à l'autre et que deviendront les enfants ? Non, il vaut mieux les installer dans des familles stables et aimantes". Le lendemain, deux paysans du nord du Caucase se sont présentés. Ils travaillaient dans une ferme collective. Des Russes au sang cosaque, mais si primitifs qu'ils étaient venus à Tbilissi en charrette après avoir livré les légumes de leur production au marché. Je voyais bien qu'ils étaient analphabètes et rustres ; ils avaient même de la paille dans les cheveux, mais je n'avais pas le droit de m'interposer. Nous étions déjà bien heureux que Satinov se soit occupé de tout. Mais Carlo était un enfant sensible. Il lui fallait ses biscuits Kremlin car il souffrait d'hypoglycémie et se sentait parfois faible. Il ne s'endormait que sous les caresses, onze au minimum ainsi que Carolina, sa gouvernante, me l'avait montré. Quand ils l'ont emmené, je me suis effondrée par terre et j'ai failli m'évanouir. Je ne me souviens pas très bien de ce qui s'est passé ensuite, mais un médecin est arrivé. J'étais inconsolable... »

Un frisson d'excitation parcourut Katinka. *Satinov s'était occupé de tout.* Mais bien sûr, les pièces manquantes du puzzle s'emboîtaient enfin. Que lui avait-il dit lors de leur deuxième entrevue. *Vous vous appelez Vinski ? Et comment avez-vous obtenu cet emploi ? Oui, le Pr Beliakov de l'Académie a eu raison de vous choisir, vous, parmi ces centaines d'étudiants.* La jeune fille se souvenait de l'agacement qu'elle avait ressenti en entendant ces mots. Elle avait eu l'impression de n'être qu'un jouet entre les mains du maréchal, alors qu'en fait il lui adressait un message. Soudain, l'illumination ! Comme elle s'était montrée stupide ! L'annonce des Getman était parue dans le journal de la faculté, mais elle avait obtenu la place alors qu'elle n'avait même pas fait acte de candidature. C'était le Pr Beliakov qui était venu la trouver à la bibliothèque. « Cet emploi est pour vous. Inutile d'étudier les autres dossiers. »

« Comment m'avez-vous choisie ? demanda la jeune fille à Roza. Vous avez fait passer des entretiens à d'autres candidats ?

— Non. Nous avons envoyé un courrier au maréchal Satinov. C'était le seul nom que j'avais. Le seul lien. Il a refusé de nous aider en prétendant n'avoir aucun rapport avec nous, mais il a insisté pour que nous fassions appel à un historien, et nous a mis en contact avec le professeur Beliakov, qui a passé une annonce.

— Que vous a dit le professeur ?

— Que de nombreux candidats avaient répondu à notre offre d'emploi mais que vous étiez la meilleure. Qu'il n'était pas nécessaire de rencontrer les autres. »

Katinka se leva, consciente que les deux femmes la regardaient bizarrement. Son cœur battait à tout rompre. Seul Satinov connaissait le nom des familles adoptives. Savait-il également quelque chose sur elle ? Si c'était le cas, lorsqu'il avait reçu la lettre de Roza, il lui avait suffi de contacter son ami Beliakov. « Des millionnaires vont vous contacter. Ils cherchent à embaucher un étudiant pour effectuer des recherches généalogiques, envoyez-leur la fille Vinski. » Elle cherchait Carlo dans les archives alors qu'il était beaucoup, beaucoup plus proche d'elle.

« Il faut que je parte, annonça-t-elle soudain. Je dois absolument parler à mon père. »

25

« Nous avions envie d'un enfant à nous », expliqua Baba à la famille réunie dans le salon vétuste de la maisonnette aux volets bleus.

Katinka observait d'un œil neuf la maison où elle avait grandi. Elle se sentait responsable de l'angoisse qu'elle lisait sur tous les visages. Vêtue de sa blouse à fleurs et coiffée de son foulard rouge, sa robuste grand-mère était assise au milieu, sur une chaise défoncée. Son visage rond n'était qu'anxiété. Katinka ne l'avait jamais vue si abattue. Quant à Punaise, le grand-père irascible et hargneux, il arpentait la pièce de long en large, en maudissant sa petite-fille. C'était pourtant son père qui lui causait le plus de peine.

Le Dr Vinski était allé directement de son cabinet à l'aéroport pour chercher sa fille, qu'il avait embrassée et serrée contre lui.

« Je suis tellement content que tu rentres ! Mon rayon de soleil. Tout va bien ? Tu en es sûre, ma chérie ? »

Elle l'avait dévisagé d'un air songeur et sérieux à la fois. Il était si beau, avec sa fossette au menton qui lui donnait un air de star du cinéma. Katinka hésitait à lui répondre, convaincue qu'une bombe à retardement allait faire exploser la famille. « Que se passe-t-il ? » insista son père.

Elle lui avait raconté toute l'histoire.

Il avait gardé le silence un certain temps puis avait allumé une cigarette. Katinka avait attendu nerveusement sa réaction, mais il n'avait exprimé aucune colère et s'était contenté de fumer et de réfléchir.

« Dis-moi, papochka. J'aurais dû me taire ? Faut-il faire comme si de rien n'était ?

— Non. Si ce que tu dis est vrai, je veux retrouver ma sœur et connaître l'histoire de mes parents biologiques. Qui plus est, tout ça ne changera pas grand-chose à ma vie car je sais qui je suis. Mes parents m'aiment ; ils resteront mes parents et moi leur fils. Mais ça pourrait leur briser le cœur. Ce qui, par ricochet, briserait le mien. Laisse-moi leur en parler moi-même, veux-tu ? »

Ils avaient gardé le silence jusqu'à la maison. En arrivant dans son village, Katinka aurait aimé irradier de joie à l'idée de rentrer enfin chez elle. L'endroit semblait avoir changé, comme si un tremblement de terre avait définitivement ébranlé le monde de la jeune fille.

Sans Tatiana, la famille aurait pu s'effondrer à cause du silence angoissé du médecin et de celui, obstiné, des grands-parents. Mais dès que Katinka lui eut tout expliqué, Tatiana, d'habitude légère et insouciante, entreprit d'apaiser son mari et de rassurer ses beaux-parents.

Punaise et Baba commencèrent par prétendre qu'ils n'étaient au courant de rien, qu'il s'agissait d'une erreur. Katinka en vint donc à douter. Et si son imagination était trop débordante ? Si elle avait pris l'histoire de Sashenka trop à cœur ? Si elle perdait l'esprit, tout simplement ?

« C'est un coup de poignard ! dit Baba à son fils. Un mensonge, une diffamation, insista-t-elle d'un air de défi.

— Est-ce qu'on ne t'a pas aimé toute ta vie ? ajouta Punaise. Est-ce qu'on n'a pas été de bons parents ? Et c'est comme ça que tu nous remercies ? En prétendant qu'on n'est rien du tout pour toi ? » Il se tourna ensuite vers Katinka. « Pourquoi tu nous jettes ces menteries à la figure ? Tu devrais avoir honte. C'est un jeu, une farce de ces Juifs de Moscou ? »

Katinka était écartelée entre la douleur et le doute. Elle n'avait jamais vu son père si torturé.

C'est à cet instant que sa mère prit la parole : « Chers parents, je sais que Valentin vous aime plus que vous ne pouvez l'imaginer. Quant à toi, mon chéri, dis-leur ce que tu ressens. Parle.

— Papa, maman, déclara celui-ci en s'agenouillant devant la vieille paysanne dont il prit la main. Vous êtes mes parents. Vous êtes et vous resterez mes papochka et mamochka adorés. Si j'ai été adopté, ça ne change rien pour moi. Je vous aime depuis toujours. Je ne connais que votre amour bienveillant. Je sais qui je suis et je demeurerai l'enfant que vous avez élevé si tendrement.

Si vous avez préféré ne pas m'en parler plus tôt, je comprends votre choix. Dans le temps, on ne parlait pas de tout ça. Mais si vous avez quoi que ce soit à me révéler, nous vous écouterons et nous vous aimerons tout autant après. »

Très émue, Katinka observait Baba dont le visage s'adoucissait progressivement. Les deux paysans échangèrent un regard, puis la grand-mère haussa les épaules. « Je veux raconter, dit-elle à son mari.

— Des mensonges, voilà tout », répéta Punaise d'un ton plus calme.

Certains secrets restent enfouis si longtemps qu'ils en perdent toute réalité, songea la jeune fille.

Là, le grand-père agita un doigt noueux en direction de sa femme. « Fais ce que tu veux, dit-il en allant s'asseoir sur le canapé pour allumer une cigarette.

— Vas-y, maman, l'encouragea de Dr Vinski en allumant à son tour une cigarette avant de remplir un gobelet de cha-cha à sa mère. Je suis prêt à entendre ton histoire. Quelle qu'elle soit. »

Baba inspira profondément, avala le cha-cha d'un trait puis parcourut la pièce du regard. « Punaise et moi, on était mariés depuis huit ans et… pas d'enfants. Rien. Une vraie malédiction. J'étais une communiste pure et dure, mais je suis quand même allée voir des prêtres pour obtenir leur bénédiction. J'ai aussi consulté un rebouteux. Rien. Punaise ne voulait pas en causer… Un jour, j'ai entendu dire au kolkhoze qu'un grand chef allait venir de Moscou pour inspecter les installations. Il bavardait avec tout le monde et il voulait discuter avec nous. C'était le camarade Satinov.

— Vous le connaissiez déjà ? s'étonna Katinka.

— Oui. En 1931, la campagne de collectivisation des villages qui visait, entre autres, à faire disparaître les paysans les plus riches était passée par chez nous. Tous les *koulaks* avaient été déportés, beaucoup avaient été fusillés ici même. On nous a confisqué notre grain, la famine a suivi. C'était horrible. Quelqu'un a dénoncé Punaise. Nous faisions partie des quotas à arrêter. Tous ceux qui figuraient sur la liste ont été exécutés, à part nous. C'était le camarade Satinov qui s'occupait de cette affaire et, je ne sais pas pourquoi, il est intervenu en notre faveur et nos noms ont disparu de la liste. On lui devait la vie. Huit ans plus tard, en 1939, il nous a de nouveau bénis en nous demandant de nous occuper d'un petit garçon de trois ans. "Aimez-le et chérissez-le comme un don du ciel. Emportez ce secret dans la tombe. Élevez-le comme votre propre fils." Un jour, l'orphelinat Beria nous a appelés et nous sommes allés à Tbilissi pour… aller chercher un bout de chou avec de jolis yeux bruns et une adorable fossette au menton. Le plus bel enfant du monde !

— Tu étais notre fils, à nous, grommela Punaise.

— Nous t'avons aimé à la première seconde, ajouta Baba.

— Vous avez essayé de contacter Satinov ? demanda Katinka.

— Une seule fois, répondit Punaise en se tournant vers son fils. Tu voulais devenir docteur mais c'était compliqué d'entrer dans les meilleures écoles et, dans la famille, personne n'avait jamais fait d'études. Je me suis déplacé à Moscou et j'ai appelé le camarade Satinov, qui t'a permis d'entrer à l'université de Leningrad.

— Quand tu étais petit, précisa Baba, tu te souvenais de certaines choses. Tu réclamais, ta mère, ton père, ta gouvernante, ta datcha... Tu aimais tellement ton petit lapin en peluche que nous en avons élevé dans des clapiers. Tu leur donnais à manger, tu leur avais même trouvé des noms... Le soir, je te serrais contre moi pour que tu t'endormes et, petit à petit, tu as oublié ton passé, tu t'es mis à nous aimer. Nous, on t'adorait, mais on ne pouvait rien te dire... C'est la vérité, je te le jure. Si nous avons fait des erreurs, dis-le-nous. »

Lorsque son père alla embrasser ses parents, Katinka fut trop bouleversée pour assister à la scène. Elle sortit donc faire quelques pas sur la véranda et admira le printemps en fleurs, le chèvrefeuille luxuriant, les hirondelles qui voletaient, le bouillonnement des ruisseaux et, au loin, les sommets enneigés. Elle demeura toutefois aveugle et sourde à la beauté du paysage. Elle ne voyait que le visage aimant de son père et n'entendait que les hululements de sa grand-mère qui pleurait sans aucune retenue, comme les paysans le font depuis toujours.

26

Le corps d'Hercule Satinov reposait dans un
cercueil de chêne verni doublé de satin rouge,
installé dans le salon de son appartement. Sur un
chevalet trônait un portrait du maréchal que
Katinka ne connaissait pas et qui le représentait
en sémillant commissaire du peuple au début des
années vingt. Sur son cheval, en manteau de cuir,
un pistolet Mauser à la main et un fusil passé en
bandoulière, il menait un régiment de cosaques à
travers les vastes plaines enneigées. À l'époque, ce
jeune commandant devait être à peine plus âgé
que Katinka.

Deux jours auparavant, Mariko avait appelé la
jeune fille à son domicile pour lui annoncer le
décès de son père la veille au soir et pour inviter
les enfants de Sashenka à venir lui rendre un
dernier hommage.

Roza se trouvait déjà à Moscou si bien que
Pasha avait envoyé son avion chercher Katinka et
son père. Folle de joie, Roza semblait excitée
comme une puce. « Je n'arrive pas à y croire, avait-

770

elle dit au téléphone. Je ne sais pas du tout ce que je vais lui dire. Ni ce que je vais porter. Ton père est-il aussi nerveux que moi ? »

Ce soir-là, allongée dans son lit, la jeune fille avait imaginé les retrouvailles du frère et de la sœur. Sashenka et Vania auraient été tellement heureux ! Comment la scène allait-elle se dérouler ? Qui se jetterait dans les bras de l'autre ? Qui fondrait en larmes ? Qui éclaterait de rire ? Son père si réservé garderait ses distances tandis que Roza le serrerait dans ses bras avec exaltation… C'était grâce à Katinka s'ils pouvaient enfin se rencontrer, et la jeune fille souhaitait que tout se passe parfaitement.

Lorsque la nuit avait fait place à l'aurore, Katinka s'était redressée pour enfiler sa chemise de nuit et descendre au salon. Elle savait qu'elle y trouverait son père en train de fumer sur le canapé, dans la pénombre. Il lui avait serré la main. « Tu n'as pas fait tes bagages ?

— Je n'y vais pas. C'est ici, chez moi. Je n'ai pas besoin d'une famille supplémentaire. »

La jeune fille s'était installée à côté de lui. « Tu n'as pas envie de faire la connaissance de ta sœur ? Satinov souhaitait tellement que vous vous rencontriez. On ne peut évidemment pas recoller tous les morceaux mais, en ne venant pas, tu laisses les assassins de tes parents biologiques l'emporter. » Le Dr Vinski n'avait rien répondu. « S'il te plaît, papochka ! »

Il s'était contenté de secouer la tête. « Je trouve qu'ils ont assez joué avec nous. Maintenant, ça suffit. »

Le vol qui la menait à Moscou avait paru bien long à Katinka. Elle en voulait à son père de l'avoir laissée tomber mais n'en respectait pas moins sa détermination tranquille. Elle ne pouvait penser à rien d'autre qu'à la tragédie de ses grands-parents.

Roza, accompagnée de Pasha et de deux gardes du corps, l'attendait sur le tarmac de l'aéroport privé de Vnoukovo devant une Bentley rutilante et deux Land Cruiser dont les moteurs ronron-naient, prêts à filer vers Moscou.

Lorsqu'elle avait aperçu l'air dépité de Katinka, Roza l'avait serrée contre elle. « Ne t'en fais pas. Moi aussi, je suis déçue mais je comprends. J'ai attendu trop longtemps. L'essentiel, c'est que je sache qui je suis et d'où je viens. Sans oublier que je me suis trouvé une nièce dont j'ignorais l'exis-tence ! Je t'ai, toi, ma chère Katinka. »

Les deux femmes étaient restées un long moment immobiles, comme si elles étaient seules au monde, puis Pasha avait embrassé sa mère sur le front.

« Allez, on rentre à la maison, avait-il dit en la poussant gentiment vers la voiture. Ça peut prendre du temps, tu sais, maman. »

Avant de refermer la portière, il avait murmuré à l'oreille de Katinka : « C'est tout à fait compré-hensible. Tu n'y es pour rien. Ils ne se connaissent pas. Ton père ne voulait pas retrouver ses origines, ce sont ses origines qui l'ont rattrapé. »

Katinka et Roza, sa toute nouvelle tante, se donnaient le bras et patientaient dans la file d'attente qui menait au salon des Satinov. Malgré l'absence de son frère, Roza avait insisté pour venir voir celui qui avait si radicalement changé sa vie, la première fois pour le pire et la seconde pour le meilleur, dans l'espoir, sans doute, d'obtenir une certaine forme de rédemption et de soulager sa conscience.

Les amis du défunt, songea Katinka, semblaient tout droit sortis des années soixante-dix. Des matrones vêtues de tailleurs trop ajustés sur la poitrine et coiffées d'impressionnants brushings roux passaient avec leurs hommes, des apparatchiks saucissonnés dans des uniformes marron couverts de médailles, qui s'étaient évertués à masquer leurs crânes dégarnis avec les rares cheveux qu'il leur restait. Il y avait également de jeunes officiers et quelques enfants, sans doute les descendants de Satinov. Leurs parents essayaient de les empêcher de rire et de jouer afin de conserver le caractère solennel de la cérémonie mortuaire.

Arrivée devant le cercueil, Katinka serra très fort la main de Roza, puis les deux femmes montèrent ensemble sur le marchepied qui permettait de regarder le défunt. La jeune fille ne put s'empêcher de dévisager Satinov avec affection, même s'il avait un peu joué avec elle. La mort – et l'œuvre d'un embaumeur et d'un coiffeur méticuleux – avait redonné au maréchal la gracieuse virilité et la grandeur sereine du héros soviétique d'autrefois. Quatre rangées de médailles étincelaient sur sa poitrine, et les épaulettes dorées et étoilées scintillaient.

« Je me rappelle avoir joué avec lui, déclara Roza sans le quitter des yeux. Et, à Odessa, c'était bien lui qui me regardait aller à l'école du fond de sa limousine. » Elle se pencha sur le cercueil pour embrasser Satinov sur le front, mais en descendant du marchepied, elle perdit l'équilibre. Heureusement, Katinka la rattrapa. « Ça va, insista-t-elle. C'est beaucoup de choses à absorber, mais ça va. »

La jeune fille l'accompagna jusqu'à une chaise d'où Roza observa les enfants qui couraient dans le long couloir et glissaient sur le parquet ciré. Katinka en profita pour aller lui chercher un verre d'eau à la cuisine où Mariko et quelques proches, sans doute ses frères, buvaient du thé et grignotaient des en-cas géorgiens.

« Oh ! Katinka, s'écria Mariko. Ça me fait plaisir que vous soyez venue. Vous voulez une tasse de chaï ou un verre de vin ? » La fille de Satinov semblait lasse mais elle paraissait avoir rajeuni et embelli au cours des quelques jours qui venaient de s'écouler. « Demain auront lieu les obsèques d'État, annonça-t-elle fièrement.

— Grâce à votre père, j'ai pu retrouver les enfants de Sashenka et vous ne devinerez jamais ! Grâce à lui, j'ai appris que Sashenka était ma grand-mère ! Vous imaginez ? »

Mariko fit venir Roza dans la cuisine. Les proches de la famille les laissèrent seules, et la fille de Satinov leur versa du thé et leur servit une collation.

« Vous savez, déclara Roza en sirotant son thé, je me souviens des glissades que je faisais dans cet appartement.

— Vous habitiez également au Granovski, n'est-ce pas ? lui demanda Katinka.

— Nous vivions dans cet immeuble, et plus précisément, dans cet appartement. C'était ici chez nous. Je me souviens du jour où les hommes en uniforme sont venus. Les photos dispersées ; les papiers éparpillés ; et nous, cajolés par une jolie jeune femme en larmes. »

Katinka lança un regard interrogateur à Mariko qui garda le silence un long moment. Elle et Roza étaient à peu près du même âge, mais leurs vies n'avaient rien eu de commun.

« Je suis née en 1939, finit par expliquer la fille de Satinov en avalant une gorgée de vin rouge. C'est à cette époque, je crois, que cet appartement nous a été octroyé. On ne refusait pas un cadeau du Parti, c'était toujours plus ou moins un test de loyauté… » Elle déglutit avant de détourner les yeux. « Cela dit, je n'aurais jamais imaginé que nous en avions bénéficié de cette façon. Je ne sais pas quoi vous dire. »

Roza tendit la main pour serrer celle de Mariko. « C'est tellement merveilleux de vous rencontrer. Si les choses n'avaient pas mal tourné, nous aurions peut-être grandi ensemble.

— Si seulement ! Ça ne doit pas être facile, pour vous, de venir ici… C'est parfois compliqué d'apprendre certaines choses. Et ce n'était pas simple pour mon père.

— Il m'a aidée, lui rappela Katinka, mais il y avait certains points qu'il ne souhaitait pas que je découvre.

— Il voulait tellement que vous retrouviez les enfants de Sashenka ! Mais il avait donné sa vie à l'Union soviétique et au Parti. Il lui fallait vous apporter son soutien sans négliger ses convictions profondes. Il ne voulait surtout pas que l'on découvre le terrible crime qu'il avait commis. Mon père a assisté à bien des tragédies dans sa vie, vous savez, mais je crois qu'il n'a jamais oublié Sashenka. Ni elle ni les siens. Ils ont dû le hanter chaque jour qu'il a passé dans cet appartement.

— Mais nous ne savons toujours pas ce qu'elle est devenue, rétorqua Katinka d'un ton amer. Seul votre père connaissait la réponse à cette énigme et il a emporté son secret dans la tombe. »

Que dire de plus ? Mariko se leva, débarrassa la table et empila la vaisselle dans l'évier.

« Mes condoléances », lui dit Roza.

La fille de Satinov s'essuya les mains. « Je suis dé… » Mais elle se reprit brusquement. « Merci d'être passées », finit-elle par articuler.

Quelques minutes plus tard, Katinka et Roza descendaient les marches qui menaient dans la rue où la Bentley de Pasha les attendait. Le chauffeur leur ouvrit la portière. L'histoire, quel cirque ! Quel désastre ! songea la jeune fille en se rappelant les paroles de son père. Elle aussi détestait la façon dont le destin se jouait des gens.

« Katinka ! » Elle leva les yeux. « Katinka ! » Mariko l'appelait du palier du premier étage.

La porte d'entrée de l'immeuble était encore ouverte. Katinka fit demi-tour et monta les marches quatre à quatre.

« Prenez ceci, lui dit la fille de Satinov en lui tendant une enveloppe jaune. Mon père m'avait fait promettre de la détruire, mais elle vous revient de droit. Allez, prenez-la. Cette histoire, c'est aussi la vôtre. La vôtre et celle de Roza. »

27

Une fois rentrée à la résidence des Getman, Katinka prit le téléphone.

« J'ai besoin de ton aide, Maxy. C'est la dernière fois, promis.

— Ça me fait plaisir d'entendre ta voix. Tu m'as manqué. Et j'ai quelque chose à te montrer. À la campagne. Quel meilleur endroit pour bavarder et pour réfléchir, je te le demande ? Je passe te chercher ? »

Une demi-heure plus tard, Katinka fut ravie d'entendre le vrombissement de la moto de Maxy. Elle se précipita dehors et ils filèrent bientôt sur les routes récemment goudronnées aux frais des oligarques et des ministres qui possédaient des datchas dans la région. Il ne s'agissait plus de cabanons en bois à moitié détruits mais de vastes chalets et de palais de style pseudo-Tudor protégés par des miradors et de hauts murs. Après un certain temps, Maxy quitta la route pour s'engager dans une allée forestière.

Le soleil dardait ses rayons entre les aiguilles des pins et les feuilles des bouleaux et des tilleuls. Après tant d'heures passées dans l'avion et dans des archives poussiéreuses, Katinka appréciait tout particulièrement le chemin cahoteux et l'air vivifiant des bois. Maxy s'arrêta enfin dans une clairière qui abritait une maisonnette en bois. Katinka ôta son casque et se trouva parmi les framboisiers et les mûriers.

« Quel endroit magnifique, dit-elle en libérant ses cheveux.

— J'ai apporté du pain de seigle et du fromage pour grignoter en bavardant ainsi que du jus de fruits pour nous désaltérer.

— Je ne te savais pas si prévenant. Tu m'impressionnes. »

Maxy eut l'air gêné mais aussi ravi. Il disposa la nourriture sur l'herbe et s'installa. « Bien. Qui commence ?

— Toi ! s'écrièrent-ils à l'unisson, avant d'éclater de rire.

— Je veux d'abord entendre tes nouvelles pour savoir comment t'aider. Mais d'abord… comment s'est passé le retour au bercail ? demanda Maxy.

— Très bien », répondit-elle en s'asseyant dans l'herbe et en admirant les jeux de lumière sur le visage de son compagnon. Le soleil chauffait tant la résine de pin qu'elle embaumait l'air.

Maxy coupa une tranche de pain et un morceau de fromage qu'il offrit à Katinka.

« Et ton petit ami ?

— Ah, d'accord ! Je comprends mieux le sens de ta question !

« — Non, non, ce n'est pas ce que je voulais dire, c'est juste que… »

« — Il n'a pas changé, mais je ne suis pas certaine de rester dans le Caucase très longtemps. La rencontre avec Roza et Pasha, les recherches dans les archives pour découvrir le passé de Sashenka – la jeune fille s'étonnait de voir à quel point son compagnon semblait nerveux –, tout ça a changé la donne. Je ne suis plus la même, en fait. J'envisage donc de passer l'été à Moscou. Je pourrais reprendre ma thèse et même t'aider un peu à la fondation. »

« — Génial ! » s'exclama Maxy d'un air si radieux que Katinka faillit éclater de rire. La réaction du jeune homme lui faisait grand plaisir, mais elle préféra ne pas le montrer car il était déjà bien assez imbu de lui-même !

« Bref, reprit-il en prenant un ton plus dégagé, qu'est-ce que la fille de Satinov t'a donné ? »

Katinka tira l'enveloppe de sa veste, dénoua la ficelle qui la fermait et en sortit un vieux document. « Je n'ai fait qu'y jeter un œil. C'est la partie manquante du dossier. »

Top secret
À l'attention de : J. V. Staline ; L. P. Beria
Rapport de la commission d'enquête mise en place par le Comité central (camarades Merkoulov, Malenkov et Chkiriatov) sur un incident survenu lors de l'exécution du châtiment suprême de l'objet 83 à l'objet spécial 110 le 21 janvier 1940. Rapport archivé le 12 mars 1940.

780

Le souffle court, Katinka remarqua les petits dessins au crayon vert qui entouraient l'en-tête. « C'est la copie personnelle de Staline.

— Exact.

— Comment Satinov se l'est-il procurée ?

— C'est simple. Après la mort de Staline en 1953, tous les dirigeants ont voulu sauver leur peau. Ils ont donc pillé les archives pour s'approprier tous les documents particulièrement compromettants. En général, ils les brûlaient, mais Satinov a gardé celui-ci. » Maxy étudia le dossier. Ce faisant, il coinça une cigarette entre ses lèvres et fit craquer une allumette sans pour autant s'en servir.

« Bien. Essayons d'analyser tout ça. Le châtiment suprême, c'est l'exécution du condamné d'une balle dans la nuque. L'objet spécial 110, c'est l'ancien couvent Sainte-Catherine que Beria avait converti en prison spéciale, la Soukhanovka, là où les Palitsine ont été jugés et exécutés. L'endroit était tellement secret qu'on appelait les prisonniers par leurs matricules et non par leurs patronymes. L'objet 83 est donc…

— Sashenka, l'interrompit Katinka. C'était son numéro dans la liste des condamnés à mort. » Elle se pencha pour lire. « Ils ont d'abord interrogé Golechev, le commandant de la prison…

Commission : Camarade commandant Golechev, vous étiez responsable de la mise en œuvre du châtiment suprême sur les condamnés du 21 janvier 1940, auquel le camarade Hercule Satinov devait assister, au nom du Comité central. Pourquoi

781

avez-vous commencé si tôt et pourquoi l'exécution s'est-elle déroulée d'une façon si peu bolchevique ?

Golechev : Le châtiment suprême a été infligé avec autant de professionnalisme qu'on peut l'espérer d'un officier du NKVD.

Commission : Je vous préviens, camarade Golechev, c'est un délit grave. Par votre comportement, vous avez aidé nos ennemis. Travaillez-vous à leur service ? Vous seriez dans ce cas passible, vous aussi, du châtiment suprême.

Golechev : J'avoue devant le Comité central mes erreurs et je les regrette. C'était mon anniversaire. Nous avons commencé à boire au déjeuner car l'alcool nous aide à accomplir la Vishka. Du cognac, du champagne, du vin, de la vodka. À minuit, c'était l'heure de faire descendre les prisonniers mais le camarade Satinov était en retard et nous ne pouvions pas commencer sans lui.

Commission : Camarade Satinov ? Pourquoi étiez-vous en retard alors que vous deviez assister à l'exécution au nom du Comité central ?

Satinov : Je suis tombé malade. J'ai signalé mon problème de santé au commandant et je suis arrivé aussi vite que possible.

Commission : Camarade Satinov, vous connaissiez certains des condamnés, en particulier Sashenka Zeitlin-Palitsine. Souffriez-vous d'une crise de neurasthénie due à un accès de sentimentalisme bourgeois ?

Satinov : Non, je vous en donne ma parole de communiste. Je souffrais simplement d'une intoxication alimentaire. En temps de guerre et de lutte, les ennemis du peuple doivent être liquidés.

782

« Tu saisis ? demanda Maxy. Les gardes du NKVD sont complètement ivres. Sashenka, Vania et une centaine d'autres condamnés attendent leur exécution et Satinov est tellement bouleversé par la situation qu'il ne peut même pas y assister. Donc, que se passe-t-il ? »

Golechev : En buvant, nous avons discuté de la perversité des ennemis du peuple, en particulier de la prisonnière Zeitlin-Palitsine, la célèbre Sashenka. Nous avions entendu parler des méthodes odieuses de cette garce, des ruses dont elle se servait pour piéger d'autres traîtres et, comme le camarade Satinov n'arrivait pas, l'alcool aidant ainsi que le dégoût qu'elle nous inspirait, nous avons décidé de commencer par elle. Nous l'avons emmenée dans ma salle à manger et…

En vert, à côté de cette déclaration, Staline s'était contenté d'un mot : *vandales !*

« C'est maintenant au tour de Blokhine de s'exprimer », annonça Maxy.

Commission : Camarade major Blokhine, vous avez été désigné pour mener à bien le châtiment suprême des cent vingt-trois prisonniers figurant sur cette liste et, pourtant, vous vous êtes plaint de la conduite du commandant.

« Blokhine était le bourreau en chef de Staline, expliqua Maxy. Lors du massacre de Katyn, en Pologne, il a exécuté lui-même environ onze mille hommes en deux nuits. »

Blokhine : Je suis arrivé à minuit pour remplir mes fonctions de chef du commandement chargé du châtiment suprême de cette liste de cent vingt-trois noms mais je souhaite préciser au Comité central que j'ai trouvé le commandant et ses hommes complètement soûls en présence de la prisonnière Zeitlin-Palitsine qu'ils traitaient d'une façon très peu professionnelle et contre les règles morales des nobles tchékistes. Elle était déjà partiellement dévêtue. J'ai protesté avec véhémence. J'ai proposé de l'exécuter sur-le-champ, mais on m'a envoyé promener. J'ai essayé d'appeler Satinov. Je lui ai tout dit dès son arrivée. Ces soiffards, ces incompétents, ces amateurs se sont moqués de mon profession-nalisme et de mes compétences dans le domaine qui m'est réservé. Ils prenaient des paris en hurlant. [Un trait de crayon vert soulignait le mot « pari ».] *À environ minuit trente-trois, ils ont poussé la prison-nière Zeitlin-Palitsine dans la cour, près des garages des officiers qui sont éclairés de la lumière aveuglante des projecteurs. Il faisait à peu près quarante degrés en dessous de zéro.*

Golechev : Une fois qu'elle a été dehors, on a mené à bien le châtiment suprême auquel le tribunal militaire avait condamné la prisonnière Zeitlin-Palit-sine, mais à cause de notre état d'ébriété avancé et du retard inexcusable du camarade Satinov... nous l'avons appliqué avec une légèreté et une perversité inacceptables. Oui, je reconnais que nous étions curieux de voir celle dont le nom était devenu synonyme de débauche.

Katinka frissonna d'horreur. « Oh, mon Dieu, murmura-t-elle. Ils l'ont violée ?

— Non. Si ç'avait été le cas, ce serait mentionné. Mais ils étaient clairement excités par sa beauté et sa réputation de séductrice. Ils avaient entendu parler des écoutes de l'hôtel Metropol. »

Satinov : Je suis arrivé à 03 h 06 et j'ai remarqué quelque chose d'étrange dans la cour, près de l'endroit où mon chauffeur avait garé la voiture. Je reconnais que mon retard est en partie la cause de cet incident. Le commandant Golechev avait trop bu ; il essayait de cacher ce qu'il venait de faire. J'ai convoqué le major Blokhine pour passer en revue la liste des condamnés au châtiment suprême et j'ai noté l'absence de la prisonnière Zeitlin-Palitsine. J'ai ordonné au commandant Golechev de m'emmener là où elle se trouvait. Ensuite, j'ai ordonné au commandant Golechev et au major Blokhine d'entamer la procédure habituelle. On a descendu les prisonniers dans la cellule conçue à cet effet et j'ai assisté à la Vishka de cent vingt-deux personnes en tant que représentant du Comité central. Le major Blokhine a enfilé un tablier de boucher et fait preuve de compétence. En tant que communiste convaincu, j'ai pris un plaisir tout particulier à la liquidation de ces ennemis, de ces traîtres, de ces vauriens et de ces salauds.

Golechev : Nous avons commis un crime contre les très hautes valeurs morales du Parti communiste mais je suis dévoué corps et âme au Parti et au camarade Staline. Je m'attends à une punition exemplaire mais je me jette au pied du Comité central pour implorer sa clémence. À environ 03 h 00, le camarade Satinov est enfin arrivé. Il ne s'est pas comporté en professionnel mais, au contraire, il a fait preuve d'une sentimentalité bourgeoise...

De son crayon rouge, Staline avait entouré cette accusation et griffonné les mots suivants : *Satinov indulgence ?*

« Alors ? Que s'est-il passé ? Qu'a vu Satinov ? » demanda Katinka, totalement absorbée. Rien n'avait plus d'importance que la réponse à cette question.

Satinov : Elle était complètement... dénudée. Le commandant Golechev a fait preuve d'une dépravation, d'une perversité et d'un manque de respect que j'ai rapportés en personne noir sur blanc aux instances. Je reconnais qu'en interrogeant Golechev je l'ai frappé à deux reprises et qu'il est tombé par terre. Ce sont les conséquences de mon indignation de fervent communiste et non d'une sentimentalité petite-bourgeoise envers l'ennemi.

Maxy émit un sifflement admiratif. « Je ne sais pas ce qui est arrivé à Sashenka mais Satinov, l'homme de fer d'une génération impitoyable, en a perdu son sang-froid. C'est étrange car, en craquant comme il l'a fait devant ces officiers de la police secrète, il aurait pu signer son arrêt de mort.

— Mais qu'est-ce qu'il a vu ? hurla Katinka.

— Patience, répondit Maxy en poursuivant sa lecture. C'est indiqué ici », dit-il en montrant du doigt le bas du document. Au beau milieu d'un labyrinthe de gribouillages verts, Staline avait écrit deux mots :

Jet d'eau.

« "Jet d'eau" ? J'ai mal lu ? » s'énerva la jeune femme.

Son compagnon secoua la tête. « Je ne crois pas…, dit-il après un temps d'hésitation.

— Qu'est-ce que ça signifie ?

— J'ai entendu parler d'une affaire similaire à la prison Vladimir en 1937. Je suppose qu'ils ont attaché Sashenka à un poteau et qu'ils l'ont arrosée. Elle était nue. Il faisait particulièrement froid cette nuit-là. Ils ont lancé les paris sur le temps que prendrait… l'eau pour geler. Peu à peu, elle est devenue prisonnière de la glace. Comme pétrifiée. »

28

Longtemps, les deux historiens gardèrent le
silence. Les pinsons gazouillaient pourtant dans
les arbres, les abeilles virevoltaient autour des
framboisiers et les branches de lilas passaient leurs
têtes blanches ou mauves parmi les bouleaux
argentés.

Katinka pleurait la grand-mère qu'elle n'avait
jamais connue ; elle imaginait ce qu'avait enduré
Sashenka en cette longue nuit de l'hiver 1940.
Maxy lui passa un bras protecteur autour des
épaules.

« Qu'est-ce qu'on fait maintenant ? finit-elle par
lui demander en s'écartant.

— J'ai effectué une petite recherche et j'ai trouvé
les documents attestant des enterrements de
Sashenka, Vania et Mendel. Après les exécutions,
ils ont été incinérés et leurs cendres enterrées dans
le jardin d'une datcha que le NKVD possédait dans
les bois de bouleaux à la sortie de Moscou. Sur
ordre du NKVD, on y a ensuite planté des framboi-

siers et des mûriers. Regarde, il y a une plaque sur cet arbre, là-bas. »

Ici reposent les dépouilles
Des innocents qu'on a torturés
et des victimes de la répression politique.
Ne les oublions jamais !

« Elle est ici, n'est-ce pas ? murmura Katinka en se rapprochant de Maxy qui l'entoura à nouveau de son bras, qu'elle ne repoussa pas cette fois.

— Elle et les autres. Ils sont tous là, réunis. »

La nuit tombait, un crépuscule rosé semblait illuminer Moscou, lorsque Maxy déposa Katinka chez les Getman. Arrivée en haut des marches, elle se retourna pour lui faire signe et le regarder s'éloigner.

Quand les gardes du corps de Pasha la firent entrer, la maison semblait plus silencieuse que d'habitude, mais la jeune fille trouva Roza dans la cuisine.

« Toi, tu as besoin d'une tasse de chaï et de biscuits au miel, déclara sa tante en remarquant ses yeux gonflés et les rougeurs qui lui marquaient le visage. Assieds-toi. »

La jeune fille regarda Roza préparer le thé auquel elle ajouta une cuillerée de miel et deux de cognac.

« Tiens, bois ça. Nous en avons toutes les deux besoin. Ne t'inquiète pas pour ton père. Mon empressement a dû l'effrayer. Tu sais, je vois encore ce petit garçon qui ne se séparait pas de son petit

789

lapin en peluche à la datcha. Quand je pense à lui, c'est ainsi que je l'imagine et je meurs d'envie de le revoir, mais il va de soi que l'enfant dont je me souviens n'existe plus. Tu pourras m'aider ?

— Oui, bien sûr », répondit Katinka d'un air absent car elle songeait à ce qu'elle venait d'apprendre et ne parvenait pas à effacer de son esprit l'image de Sashenka agonisante. Elle eut brusquement une envie irrépressible de partager ce qu'elle savait, de tout raconter à Roza, de parler encore et encore de la façon dont Sashenka avait péri, de ce qui lui était arrivé, de ce qu'elle avait fait, de ce à quoi Satinov avait assisté… « J'ai autre chose à te montrer, dit-elle en sortant une liasse de photocopies de son sac.

— Au fait, répondit sa tante, avant que ça me sorte de la tête, je voulais te poser une question. Je sais que mon père a été fusillé mais tu m'as dit qu'il s'était passé quelque chose de bizarre… Comment ma mère est-elle morte ?

— J'allais y venir », annonça Katinka, qui garda toutefois ses documents contre elle.

Elle inspira profondément, pressée de tout révéler, mais Sashenka apparut soudain devant ses yeux, dans la neige, sa peau rendue plus blanche par la lumière crue des projecteurs. Elle sentit la glace lui marquer la plante des pieds au fer rouge, le jet d'eau brûler son corps dénudé, sa peau perdre de sa sensibilité. L'eau gelait, se transformait en une couche de glace chaque seconde plus épaisse… Elle vit Satinov arriver quelques minutes trop tard ; l'horreur qui se lisait sur son visage…

En sentant le regard doux mais pénétrant de Roza posé sur elle, Katinka reprit instantanément ses esprits. Il lui faudrait garder certains secrets pour elle.

Elle dévisagea sa tante, se noya dans son regard violet et comprit que Roza s'était préparée à recevoir un choc. La jeune fille se contenta donc de lui prendre les mains. « Comme les autres. Elle est morte exactement comme les autres.

— C'est ce que je pensais, mais c'est bien d'en avoir la confirmation. Bien, qu'est-ce que tu voulais me montrer ? »

Katinka déplaça habilement les dossiers concernant l'enquête sur la mort de Sashenka à l'arrière de sa liasse. « J'ai apporté quelques documents que Kuzma m'a donnés, y compris les aveux de ta mère. Je ne les ai pas lus entièrement parce qu'elle leur a fourni deux cents pages de confessions plus dingues les unes que les autres, des réunions secrètes avec l'ennemi jusqu'à son complot visant à assassiner Staline... tout ça pour laisser à Satinov le temps de vous installer, Carlo et toi, dans vos familles adoptives. Mais il y a un passage qui me paraît étrange. Je peux te le lire. »

Accusée Zeitlin-Palitsine : En 1933, en récompense de notre travail, le Parti nous a autorisés, Vania et moi, à nous rendre à Londres pour tenter de trouver un remède à ma neurasthénie. Nous nous sommes rendus dans une clinique réputée de Harley Street, la clinique Coussin, où, sous couvert d'un traitement médical, nous avons rencontré des agents des services secrets britanniques ainsi que Trotski

lui-même qui nous a demandé d'organiser l'assas-
sinat du camarade Staline.

Enquêteur Mogilchuk : À la clinique Coussin ?
Accusée Zeitlin-Palitsine : C'est bien ça.

« C'est étrange, ce nom de clinique, commenta
Katinka. J'ai vérifié, il n'y a jamais eu aucune
clinique Coussin à Londres. Ça te rappelle quelque
chose ? »

Roza partit d'un grand éclat de rire. « Suis-moi,
dit-elle en prenant la jeune fille par la main pour
la mener au premier étage, dans sa chambre. Tu
vois ?

— Quoi donc ?

— Regarde ! répondit-elle en indiquant le lit.
Là ! » Elle saisit un vieux coussin si usé, si mité et
si délavé qu'il en paraissait presque blanc. « Je te
présente Coussin, ajouta-t-elle en le serrant contre
son cœur. C'était mon compagnon d'enfance, le
seul souvenir que j'ai pu conserver dans ma
nouvelle vie. Tu comprends ? Elle pensait à moi.
C'était une façon pour elle de me dire qu'elle
m'aimait. Elle m'envoyait un message. De cette
manière, elle pensait que, si je découvrais ma
véritable identité, je saurais qu'elle n'avait jamais
cessé de m'aimer. »

L'atmosphère de la pièce s'était soudain tendue.
Roza se détourna pour aller regarder par la fenêtre.

« Y a-t-il quelque chose d'autre dans ce genre
dans ses aveux ? » demanda-t-elle d'un ton plein
d'espoir. Katinka comprit qu'elle souhaitait offrir
le même genre de message à son frère.

« Oui, il y a autre chose. Tu m'as dit que mon père adorait les lapins. Eh bien, dans ses aveux, Sashenka dit qu'elle avait caché le cyanure dans les clapiers à lapins de la datcha. Je crois donc qu'elle s'adressait à lui...

— J'aimerais le lui annoncer moi-même mais je ne veux surtout pas le contrarier. Je me disais que je pourrais attendre un peu avant de le contacter. Ensuite, je descendrai peut-être le voir dans le Sud. Qu'en penses-tu ?

— Pas de problème, lui répondit Katinka en souriant. Mais n'attends pas trop longtemps. »

29

Quelle journée extraordinaire ! songea Katinka
en descendant l'escalier.

Alors qu'elle traversait le hall pour se rendre
dans la cuisine, elle entendit un convoi de voitures
arriver dans l'allée. Pasha rentrait. Les portières
claquèrent, la voix de l'oligarque résonna, puis des
pas, et une conversation qui s'interrompit brusquement.

« Mon Dieu ! C'est elle ! »

Katinka fit volte-face pour se trouver nez à nez
avec un mince octogénaire aux traits doux. Il
portait un costume marron froissé et une très
vieille casquette bleue d'ouvrier. Malgré son grand
âge, il dégageait une telle énergie et une telle
élégance que la jeune fille le trouva instantanément sympathique.

« C'est toi, Sashenka ? demanda-t-il en la dévisageant. C'est toi ? Mon Dieu, c'est un mirage. Vous
lui ressemblez tellement : les mêmes yeux, la même
bouche, la même allure. C'est un piège ?

— Non, pas du tout, lui répondit Pasha qui était resté derrière lui. Katinka, tu n'étais pas la seule à fouiller le passé. Moi aussi, j'ai retrouvé quelqu'un. »

La jeune fille laissa tomber son sac à dos par terre. « Qui êtes-vous ? »

Le vieil homme s'essuya le visage à l'aide d'un grand mouchoir en lin. « Qui pose les questions, ici ? Moi ou cette gamine ? Je m'appelle Benia Golden. Et vous ? enchaîna-t-il en lui baisant la main et en la scrutant de son regard si bleu. Je vous en prie, rassasiez ma curiosité.

— Benia Golden ? Mais… je croyais que vous étiez…

— Eh bien… vous n'étiez pas la seule, dit-il en haussant les épaules. Je peux m'asseoir ? Un cognac ne serait pas de refus, ajouta-t-il en jetant un regard circulaire sur la résidence des Getman, les tableaux de maîtres, les canapés moelleux. Quelque chose me dit que votre bar est bien fourni. Donnez-moi donc un Courvoisier avant que je ne m'effondre. Le voyage a été long. Regardez : mes mains tremblent. »

Ils se rendirent au salon où Pasha alluma un cigare et servit des cognacs pour tout le monde.

« Vous avez entendu parler de moi, si j'ai bien compris ?

— Évidemment ! J'ai même lu vos *Nouvelles espagnoles*.

— Je ne savais pas que j'avais de si jeunes fans. D'ailleurs, je ne savais pas que j'avais des fans tout court, précisa-t-il avant de s'emmurer dans un long silence. Vous n'imaginez pas, finit-il par lâcher, à quel point vous ressemblez à une femme que j'ai beaucoup aimée. Elle s'appelait Sashenka. On vous l'a déjà dit ? »

Katinka secoua la tête. « Non. Mais c'était ma grand-mère. Je viens de découvrir ce qui lui est arrivé.

— Vous avez fouillé ces immondes archives ?

— Oui.

— Et vous avez découvert les horreurs qu'on nous a fait subir ?

— Oui, je sais tout.

— Dans ce cas, vous pouvez m'expliquer pourquoi. Pourquoi nous ? Pourquoi Sashenka et moi ?

— Il n'existe pas de réponse précise à vos questions, articula la jeune fille. Il y a eu un enchaînement d'erreurs. J'ai découvert tellement de choses… Mais dites-moi… Vous ? Comment avez-vous survécu ?

— Heu… il n'y a pas grand-chose à en dire. Les hommes de main de Staline m'ont rossé et je leur ai dit tout ce qu'ils avaient envie d'entendre. Lors du procès, j'ai déclaré que j'avais menti sous la torture. Je savais que je méritais d'être fusillé, mais ils m'ont condamné à dix ans à Kolyma. J'ai été libéré pendant la guerre, mais on m'a à nouveau arrêté. Puis à nouveau libéré dans les années cinquante. Je n'étais plus que l'ombre de moi-même mais, dans les camps, j'ai rencontré une femme, une infirmière, qui est devenue mon ange gardien et qui m'a remis sur pied. Elle m'a trouvé un emploi de rédacteur en chef pour un périodique de Birobijan, près de la frontière chinoise, et c'est dans ce trou paumé que je vis depuis.

— Vous écrivez toujours ?

— Non, les coups que j'ai reçus m'en ont ôté l'envie, dit-il en balayant ses talents d'auteur d'un geste de la main. Je suis déjà bien content d'être vivant. Vous auriez de quoi grignoter ? Je meurs de faim.

— Bien sûr, répondit Pasha. Dites-nous ce qui vous ferait plaisir et nous vous le ferons préparer !

— Dans ce cas, un steak, mon bon prince. Et une bouteille de vin. J'abuse sans doute, mais si vous aviez du bordeaux, ce serait fabuleux. J'adorais ça, dans le temps… J'en buvais à Paris, vous savez. Vous en avez ! Merveilleux ! Vous boirez bien un verre avec moi ? » s'exclama-t-il avant de se taire à nouveau, les yeux embués de larmes.

Après un long silence, il prit la main de Katinka qu'il baisa une seconde fois. « C'est un plaisir infini de vous rencontrer. Ma dernière chance, en somme. Il ne s'écoule pas un jour sans que je pense à votre grand-mère. Nous avons été les plus beaux amants du monde et pourtant… nous n'avons passé que onze jours tous les deux, déclara-t-il en poussant un profond soupir. Je lui ai offert une fleur par jour… »

Le cœur de la jeune fille lui semblait sur le point d'exploser. Elle fouilla dans son sac dont elle tira la petite pochette de documents que lui avait confiée Kuzma. « Ceci vous rappelle-t-il quelque chose ? » lui demanda-t-elle en lui tendant une enveloppe froissée qu'une écriture féminine avait adressée à *B. Golden* à l'Union des écrivains soviétiques.

L'octogénaire la prit, l'ouvrit et, d'une main tremblante, en sortit une fleur de mimosa séchée si fragile qu'elle manqua de tomber en poussière entre ses doigts.

« Elle vous l'a envoyée, expliqua Katinka, mais la lettre est arrivée trop tard ; vous aviez déjà été arrêté. L'Union des écrivains l'a transmise au NKVD qui l'a archivée. »

Benia secoua la tête en marmonnant, incrédule. Il porta la fleur à ses narines et respira les vieux pétales qu'il embrassa. Quand il se sentit capable de reprendre la parole, il se redressa d'un air d'orgueil radieux et remercia la jeune fille d'un regard inondé de larmes.

Il souriait, triomphant. « Même après cinquante ans, dit-il en faisant tourner sa casquette au bout de son doigt d'un geste incroyablement énergique, je sais ce que ça signifie. »

30

Une semaine plus tard, à Moscou, le soleil orangé du *sumerki* se couchait. La lumière baissait doucement et semblait déposer un voile d'un rose délicat sur les eaux tranquilles tandis que l'ombre des arbres se teintait de bleu. Ils ployaient sous les fleurs que la brise faisait voleter, les pétales semblaient flotter dans l'air. Katinka et Maxy flânaient autour des étangs du Patriarche. La jeune fille se sentait heureuse et grisée à l'idée de prendre ses distances avec sa famille et son passé. Ici, seul comptait le présent ; elle profitait agréablement de sa promenade dans ce sanctuaire de calme en plein cœur de la ville.

Elle n'avait pas revu Maxy depuis leur pique-nique en forêt et mourait d'envie de partager avec lui des informations qu'il serait le seul à apprécier à leur juste valeur.

« Je suis vraiment heureuse de vivre dans les années quatre-vingt-dix car, à l'époque, je n'aurais sans doute pas été aussi courageuse que Vania et Sashenka.

« — Au contraire, je pense que tu aurais fait preuve d'une formidable bravoure.

— Dieu merci, de nos jours, ce n'est plus nécessaire. Pour la première fois de son histoire, la Russie est un pays libre. Nous pouvons dire et faire ce que bon nous semble. Personne ne nous surveille. Le pire est derrière nous.

— Pour combien de temps ? » demanda Maxy d'un ton si grave que Katinka trouva son compagnon exagérément pessimiste. Elle ressentit brusquement une telle bouffée de bonheur à l'idée d'être en vie et de pouvoir profiter de sa jeunesse qu'elle se tourna vers Maxy et l'embrassa. Pour le plaisir.

Remerciements

Cette histoire retrace le destin de plusieurs générations de femmes et d'enfants d'une famille fictive. Elle plaira, je l'espère, pour ce qu'elle est, à savoir le roman intime d'une famille. Ce roman m'a été directement inspiré par bon nombre d'histoires et de lettres découvertes dans les archives et entendues lors des entretiens que j'ai réalisés pendant les dix ans que j'ai passés à fouiller l'histoire russe.

Certains personnages de ce livre ont vraiment existé – à commencer par Raspoutine et Staline – et je les ai décrits le plus fidèlement possible mais, plus j'avançais dans l'écriture de ce roman, plus Sashenka et sa famille devenaient, à mon sens, aussi réels que les faits historiques de l'époque.

Les historiens écrivent en général sur les gens extraordinaires qui ont façonné le monde mais, dans ce roman, j'ai préféré décrire une famille ordinaire qui traverse les triomphes et les tragédies du XXe siècle russe. Le courage et l'endurance de milliers de femmes qui ont perdu maris et enfants m'ont ébloui; je me suis demandé

801

comment elles avaient fait pour survivre et comment nous nous serions comportés à leur place.

Ce livre est avant tout une saga familiale et un roman d'amour mais j'ai également voulu donner corps à l'histoire russe pour des lecteurs qui n'ouvriraient pas souvent des ouvrages spécialisés. Les détails de la haute société de Saint-Pétersbourg, ses boutiques, ses restaurants, ses clubs, ses prisons, ses bars louches, ses rois du pétrole et ses officiers de la police secrète, l'institut Smolny, les bureaux de l'Okhrana ainsi que les personnages extravagants tels que le prince Andronikov sont essentiellement véridiques. Pour ce qui est de la période stalinienne, Beria, Rodos et Kobilov sont des personnages historiques comme le sont les détails concernant les prisons, leurs gardes et la bureaucratie soviétique. Le style et les informations contenues dans les documents de la troisième partie sont également réels, bien que certaines de ces archives aient été inventées. Si le village de Beznadejnaïa est imaginaire, il reste représentatif de bien des bourgades de la région du nord du Caucase.

L'histoire de Sashenka et de sa famille est inspirée de nombreuses histoires vraies, à commencer par celles des épouses juives des hommes de main de Staline, des arrestations d'écrivains tels qu'Isaac Babel et de l'affaire de la femme de Nikolaï Iejov, le chef du NKVD qui fit disparaître tous ceux qui l'aimaient (voir également mon ouvrage *Staline : à la cour du tsar rouge*).

Je dois beaucoup à mes sources, que j'ai largement mises à contribution. Pour la première partie

(« Saint-Pétersbourg, 1916 »), j'ai utilisé les célèbres et délicieux Mémoires de Vladimir Nabokov, *Autres rivages*, les superbes Mémoires d'une très riche famille juive publiés à titre privé, *The Silver Samovar* d'Alexandre Poliakoff que j'ai connu lorsque j'étais enfant ; *Les Cinq*, de Vladimir Jabotinski, les Mémoires en plusieurs volumes d'Ilya Erhenbourg ainsi que divers romans d'Isaac Bashevis Singer dont *La Famille Moskat* et *Le Manoir*.

Pour l'histoire, la politique, les arts et la société, j'ai utilisé un livre magnifique, *Passage Through Armageddon* de W. Bruce Lincoln. Pour les détails sur la police secrète du tsar, il faut lire *Russian Hide-and-Seek : The Tsarist Secret Police in St Petersburg, 1906-14* d'Iain Lauchlan et *The Foe Within* de William C. Fuller Jr, mais j'avais déjà trouvé tous les renseignements nécessaires au cours de mes recherches pour mon dernier livre, *Le Jeune Staline*.

Pour la deuxième partie (« Moscou, 1939 »), la plupart de mes informations proviennent des recherches que j'avais effectuées pour ma biographie *Staline : à la cour du tsar rouge*, mais je dois également beaucoup à l'érudition de *La Parole ressuscitée : dans les archives littéraires du KGB* de Vitali Chentalinski ainsi qu'au court roman *La Maison du quai* de Iouri Trifonov et à la trilogie *Les Enfants de l'Arbat* d'Anatoli Rybakov.

Les ouvrages récents *Stalinism as a Way of Life* de Lewis Siegelbaum et Andreï Sokolov, *Thank You Comrade Stalin* de Jeffrey Brooks et *Rulers and Victims* de Geoffrey Hosking m'ont été très précieux. L'inoubliable *The Whisperers* d'Orlando Figes est particulièrement intéressant car il révèle combien le destin de Sashenka était, par bien des aspects, banal. J'en recommande la lecture à tous ceux que mon roman aura intrigués et qui souhaiteront découvrir le sort des familles russes. Dans les années quatre-vingt-dix, de nos jours aussi d'ailleurs, les familles russes exhument leurs passés extraordinaires et retrouvent des parents disparus.

Les spécialistes remarqueront que le courrier dans lequel Mendel se plaint de ses conditions de détention est fondé sur la funeste lettre écrite par le metteur en scène de théâtre V. Meyerhold.

En ce qui concerne la troisième partie, je me contenterai de dire que, dans les années quatre-vingt-dix, j'ai passé beaucoup de temps à Moscou et dans le Caucase en tant que journaliste et dans le cadre de mes recherches d'historien. La plupart des informations de cette partie proviennent donc de mon expérience personnelle.

Un grand merci à Galina Babkova qui s'est renseignée sur les conditions de vie des pensionnaires de l'institut Smolny, à Galina Oleksiuk qui m'a appris le russe et qui a relu mon manuscrit en s'attachant au contexte russe ; à Nestan Charkviani pour le réalisme des descriptions de la Géorgie ; à Marc et Rachel Polonsky qui m'ont accueilli dans leur appartement du Granovski, et à Dominic Lieven pour ses encouragements.

Merci à tout le monde chez Transworld, mon éditeur, et en particulier à Bill Scott-Kerr, à Deborah Adams pour son formidable travail d'édition, et à Claire Ward et Anne Kragelund pour la couverture du livre. Merci également à mon éditrice, Selina Walker, dont l'intelligence, la sensibilité et le sens du détail m'ont été très précieux.

Mes parents, Stephen et April Sebag-Montefiore, ont corrigé et amélioré ce roman. Mon épouse et ma meilleure amie, la romancière Santa Montefiore, m'a prodigué des conseils en or pour les personnages et l'intrigue. Et c'est le charme exubérant de mes enfants adorés – ma fille Lily et mon fils Sasha – qui m'a encouragé et inspiré.

Simon Sebag Montefiore
Décembre 2007

Achevé d'imprimer par GGP Media GmbH, Pößneck
en août 2009
pour le compte de France Loisirs,
Paris

N° d'éditeur : 56240
Dépôt légal : août 2009

Imprimé en Allemagne